아버지는 14세 징용자였다

아버지는
14세 징용자였다

지성호 지음

차례

■ 일러두기

이 책은 나의 아버지가 펴내신 아래 저작물을 근간으로 집필한 것이다. 그런 까닭에 이야기의 서술은 아버지인 '나'를 중심으로 이루어져야 자연스러울 것이겠지만, 필자인 나는 '재호'라는 이름으로 '나'를 타자화하기로 했다. 소년이 겪은 실제와 이를 둘러싼 좀 더 큰 세계 - 그 시대를 관통하는 일본 제국주의와 신앙과 사랑과 인간군상을 동시에 드러내고 싶었기 때문이다. 그러니까 재호는 필자인 내가 투영된 동시에 타자화된 소년으로 '나'보다는 좀 더 객관화된 존재라 하겠다.

1. 지재관, ≪도벌에게 짓밟힌 엽전≫ 1-4권, 도서출판 한승, 1996년
2. 지재관, ≪지석교회 백년사≫, 한국기독교장로회 지석교회, 2005년

프롤로그 - 1976년 1월

　내가 복무하던 군부대는 강원도 최전방 펀치볼과 향로봉 사이를 흐르는 성내천 인근에 자리했다. 이곳 온도는 한밤이면 영하 20도에 육박했고 어떤 날은 이를 넘어서기도 했다. 페치카(pechka)를 때는 내무반이라 봤자 수은주가 영상 5도를 넘지 못해 입김이 하얗게 뿜어져 나왔다. 쇠로 된 문고리나 총열을 맨손으로 잡으면 쩍쩍 달라붙고 볼펜 심조차 얼어붙게 만드는 동장군은 말단 소총수 일등병인 나에게 매일, 매시간 고통으로 다가왔다. 세 끼 식사가 끝나면 부리나케 내달려 두꺼운 얼음장을 깨고 소대원 35명의 알루미늄 식기를 빨간 손을 호호 불며 반질반질 닦아야 했다.

　그뿐인가. 큰 눈이라도 내리면 보급로가 끊길까봐 밤을 새워 제설작업을 해야 했다. 또 끊임없는 사역과 훈련, 거기에다 소대 내 층층시하 고참들 심부름이나 각종 지시는 어떤 일에 우선순위를 둬야 할지 갈피를 잡을 수가 없었다. 시도 때도 없는 폭언과 폭행에 정강이는 늘 피딱지가 졌다. 겨우 기회를 잡아 화장실에라도 갈라치면 인분이 얼어 뾰족하게 산처럼 차올라 구석에 비치된 곡괭이로 쳐내고 일을 봐야 했다.

　그렇게 하루하루를 손꼽다가 첫 휴가를 나왔다. 병사에게 집이란 얼마나 고대하던 곳인가. 연탄아궁이가 데워주는 아랫목은 따스하다 못해 뜨끈뜨끈했다. 나는 아침의 분주 끝에 식구들이 다 빠져나간 빈집에서 가볍고 포근한 캐시밀론 이불을 덮은 채, 등에는 큰 베개를 고이고, 비스듬히 누워 세상 누구의 방해도 받지 않는 게으름을 한껏 누리며 빈둥거렸다. 그러나 더할 나위 없는 이 평안을 째깍째깍 움직이는 탁상시계의 초침이 방해하는 것이었다. 내 첫 휴가를 갉아먹는 시간의 소리를 듣는다는 것은 가슴이 다 암울해지는 고문이 아닐 수 없었다.

그러다 시야에 뭔가 조그마한 게 움직이는 모습이 날카로운 2번 소총수의 눈에 포착됐다. 이 한 마리가 이불 위를 기어가고 있었다. 기겁한 나는 이불을 샅샅이 헤집으며 잔당이 숨어 있는지 정밀 수색을 하기 시작했다.

군에서는 월동준비의 하나로 내복 양쪽 겨드랑이와 사타구니 쪽에 이 약 주머니(DDT)를 달게 하고 점호시간이면 일직 사관이 엄한 눈으로 일일이 점검했다. 그러나 사악한 이는 약에 적응했는지, 아니면 당시 보급품 태반이 그랬듯 불량품이었는지는 모르겠으나 약주머니 속에서도 보리알만 한 이가 기어 나올 정도로 창궐하고 있었다. 집에까지 이 불결하고 고약한 놈을 옮길 수는 없어 고참들이 일러주는 대로 나름의 조치를 한다고 했으나, 이 미물의 생존능력은 염라대왕 같은 고참들보다도 영악하고 뛰어났다.

두께가 팔꿈치를 넘게 얼어붙은 성내천에는 대대 병사들이 사용할 허드렛물을 얻기 위해 얼음 구멍을 크게 파놓은 곳이 있었다. 물론 시시각각 얼어붙는 이 구멍은 매번 들고 간 곡괭이로 깨야 했지만 이미 파놓은 터라 그리 힘든 일은 아니었다. 휴가병에게 주어진 특권은, 고참들이나 사용할 수 있는 페치카 온수통의 물로 옷을 삶을 수 있다는 것이다. 삶아진 빨래를 들고 냇가 얼음 구멍으로 가서 물을 길어 빨래를 하는데, 바늘 끝처럼 따끔하게 찔러대는 찬바람에 눈물 콧물이 다 뚝뚝 떨어졌다. 어렵사리 끝낸 빨래는 잘 말린 다음 긴 끈으로 묶어 천장에 대롱대롱 매달아 놓았다. 뭐, 휴가야 큰 훈련이 아니라면 끊길 일이 없으니 한겨울 내무반의 기이한 풍경이기도 했다.

설마 그 긴 끈을 타고 이가 올라갔을까? 아니면 온수가 팔팔 끓는 물이 아니어서 덜 삶아진 걸까? 아무래도 동네 목욕탕에 가야겠구나 싶어 갈아입을 속옷을 찾으려고 서랍장을 여기저기 뒤적이는데, 깊숙한 곳에 두툼한 원고 뭉치 서너 권이 검은 철끈으로 묶이어 있는 것이 눈에 띄었다.

'이게 뭐지?'

붉은 칸이 쳐진 200자 원고지에는 일제강점기 열네 살 징용자로 끌려간 아버지의 육필수기가 쓰여 있었다. 맞춤법이나 문장이 한 세대를 지난 것이었지만 그렇다고 읽기에 불편함은 없었다. 나는 원고 뭉치를 들고 일어서서 한 장 한 장 읽어 나가다 문장 속으로 점점 빠져들었다. 허리가 아팠으나 원고지에 눈을 떼지 못한 나는 이불을 들추고 아랫목에 앉아 본격적으로 읽기 시작했다.

1. 좌절

　재호의 유년 공간은 그가 태어난 충청남도 부여군 충화면 괸돌마을을 중심으로 펼쳐진다. 괸돌이라 했으니 마을 입구에 고인돌이 떡하니 놓여 있어 이 마을의 내력이 선사시대에까지 거슬러 닿아 있는, 그 돌에 핀 이끼 만큼이나 오래되었음을 의미하기도 하였다. 그렇다고 큰 강이나 큰 산이 있는 것도 아니었다. 그저 올망졸망한 산들이 첩첩한 산골 마을이라 부여 읍내나 장항과 같은 대처로 나가는 버스를 타려면 시오리 길을 걸어 홍산까지 가야만 하는 궁벽한 곳이었다.

　천수답에 의지하여 근근이 목숨줄을 부지하는 가난은 아마도 고인돌의 역사(役事)가 시작된 석기시대부터 이 땅에서 살아온 사람들의 숙명이 아니었을까.

　그럼에도 재호 세계의 전부인 고향은 그에게 특별한 곳이었다. 재호가 사는 동네에서 홍산으로 가려면 반드시 지나가야 하는 노고산(老姑山)이 있다. 이 산기슭 범황(梵皇)골에는 백제 시대에 범황사가 있었다고 전해오지만, 지금은 아무 자취도 없어 가까스로 골짜기 이름으로만 기억될 뿐이다. 계백장군은 이 절의 혜오화상을 스승으로 하여 백제 말 삼충신이라 불리는 성충, 홍수와 더불어 차력과 둔신술을 배웠다고 한다. 그러니까 계백은 범황사에서 체계적인 무술을 익힌 후 노고산 남쪽으로 연결되는 천등산에 표석(表石)을 남기고 관직으로 나간 것으로 보인다. 계백의 출생지인 천등산

자락은 계백이 마시던 우물과 표석에서 유래된 표뜸마을이 있는 곳이다.

삼충신에 다섯 명을 더해 팔충신이라 부르는데 혜오화상, 도침대사, 억례복류, 곡나진수, 복신장군이 그들이다. 이 충신들이 모조리 다 충화면 사람이라면 과연 그럴까 놀라게 되면서 충화(忠化)란 지명이 괜히 붙은 것이 아님을 알게 된다. 그러니 재호가 고향을 특별한 곳이라 여기고 큰 자부심을 가진 데에는 다 그만한 이유가 있었던 셈이다.

이 유서 깊은 노고산 정상이 꼬부라진 모양새라 마을 사람들은 꼬부랑산이라 불렀다. 비록 해발 229m의 야트막한 산이지만 재호와 고향 사람들이 마음으로 생각하는 높이는 해발 2,290m보다 높았다. 그러니까 말로만 듣던 백두산이나 지리산과 마찬가지로 위용 있고 엄연한 산이었다. 마을 청년들이 부여 읍내 깐죽거리는 왈패들의 텃세에 전혀 기죽지 않고, 읍내에서도 빤히 보이는 그 꼬부라진 산세를 손가락으로 가리키며 '저 꼬부랑산이 우리 마을'이라며 가래침을 탁 뱉고 눈알을 부라리면 기가 막혀서인지 아니면 계백을 비롯한 팔충신의 후광에 눌려서인지 대개는 돌아서고 말았다.

이 땅에서 재호는 1928년에 태어났다. 그해 '일제시기 조선 내 인구조사표'를 보면 조선인 총계 추정치가 19,844,562명으로 기록되어 있다. 2천만 명에서 155,438명이 부족할 뿐이니 그냥 2천만 명이라 하더라도 과장된 것은 아니다. 더구나 추청치 아닌가.

이런 통계를 군이 인용하는 이유가 있다. 일제에 빼앗긴 이 땅에서 태어난 원죄로 재호는 원하든 원하지 않든 식민지 백성이었다. 식민지라면 힘 있는 나라에 복속되어 자주적인 주권을 상실한 나라를 말함이니, 애당초 권리는 없고 무거운 의무의 멍에와 노예의 굴종을 강요당하는 부라쿠민(部落民)일 뿐이고, 재호라는 존재는 여기에 숫자 하나를 보태는 미미한 존재, 아니 존재의 부존재자에 지나지 않음을 말하고자 함이다.

생각해보면 누군들 태어날 나라를 선택할 수 있는 것은 아니지만 하고 많은 공간과 시간 속에서 하필이면 그 시기 한반도에 태어났으므로 그것을 운명이라면 어쩔 수 없다. 재호는 그 대가를 온몸으로 겪어내야 했으니 불운한 운명임이 틀림없다.

첫 경성 나들이

재호의 수난은 태어날 때부터 예고된 것이었겠지만, 그가 고통으로 상처받으면서 골수에 패인 또렷한 기억은 소학교 6학년 때, 그러니까 그의 나이 열세 살 때부터였다.

졸업을 앞두고 재호의 부모는 눈앞에 닥친 그의 상급학교 진학에 골몰했다. 당시 무학자나 문맹자가 태반이었던 농촌에서는 줄기에 매달린 고구마처럼 주렁주렁한 자식들의 교육에 힘을 쓸 여력이 없었다. 그저 글은 기성명 정도면 족하다고 생각했고 소학교만 졸업시키기에도 허리가 휘었다. 그렇지만 개화 여성이었고 소학교 훈도를 역임한(시골에서 재호의 가장 큰 자부심이었다) 어머니 화서는 자식에 대한 교육열이 남달랐다.

당시 충화면에서 중학교로 진학하는 학생은 한 해에 서너 명 정도에 불과했다. 그리고 이들 대부분이 걸어 다닐 수 있는 시오리 길 홍산중학교에 입학했다. 하지만 화서는 다른 생각을 하고 있었다.

여름방학이 거의 끝나갈 무렵, 화서는 아들의 진학 문제를 매듭짓기 위해 재호를 앞세우고 경성으로 향했다. 기차를 한 번도 타본 일이 없을 뿐만 아니라 구경조차 못 한 재호였다. 그는 가슴이 부풀어 잠도 오지 않았고 떠나는 날까지 어찌나 시간이 더디 가는지 밥맛을 잃을 정도로 들떠 지냈다. 버스도 들어오지 않는 궁벽한 산골 소년이 대처, 그것도 경성에 있는 중학교로 진학한다는 벅찬 꿈을 안고 길을 나섰으니 그 설레던 여정은 새롭지 않은 것이 없었고, 소년의 기억 속에 황금빛 기쁨으로 화석화되어 활동사진처럼 각인되고 말았다. 하지만 그 기쁨의 크기만큼 위태로운 미래였던 것을 어찌 짐작이나 했으랴.

집인 충화에서 경성까지는 당시로서는 제법 먼 길이었다. 일찍 집을 나서 걸어서 홍산까지 간 뒤, 홍산에서 부여를 거쳐 논산까지는 버스로, 논산에서는 기차를 타고 경성까지 가는 여정이었다. 드디어 경성 가는 날이 밝았다.

홍산 차부에는 여행객이 별로 많지 않았다. 모자가 타고 갈 목탄 버스가 길 떠날 채비를 하고 있었다. 조수가 차 뒤편의 숯 통에 숯을 가득 채우고 땀을 뻘뻘 흘리면서 풀무를 돌려댔다. 숯불이 벌겋게 달아오르며 불똥을 탁탁 튀기자 긴 쇠막대기를 들고 버스 앞머리의 시동기를 힘차게 돌려댔으나 좀처럼 엔진이 살아나질 않았다. 가까스로 '부르릉!' 시동이 걸리고 연기가 자욱하게 피어올랐다. 기다리던 승객들이 다행스러운 얼굴로 올라탄 버스는 시국이 어수선해서 그런지 좌석이 여기저기 비어 있었다. 버스는 힘에 부쳐 엔진 소리만 요란할 뿐 속력을 내지 못했다. 홍산까지 시오리 길이라지만 새 신을 신은 재호의 발도 부르트고 날도 무더워 몇 번이나 쉬어 온 걸 생각하면, 그래도 버스는 안락하고 빨랐다. 숯불의 힘으로 이런 큰 차가 움직인다는 것이 소년에게는 믿기지 않을 정도였다.

일제는 전시하에 기름이 부족해지자 송유(松油)를 기름 대용으로 사용했다. 송유를 얻는 공정은 그리 어려운 일이 아니었다. 관솔을 큰 흙 가마에 채워놓고 그 밑에 불을 지펴 가열하면 관솔에 배어 있던 기름이 녹아 가마의 대롱을 통해 검붉게 흘러내린다. 송유는 송진과 달리 응고되지 않았다. 공장이라고는 할 수 없지만, 면 단위마다 이런 시설을 마련하여 모인 송유는 정유 과정을 거쳐 군용으로 사용했다. 일제는 가구별로 20관(1관은 약 3.75kg)의 관솔을 공출로 강제했고 학생에게는 한 명당 5관이 부과되었다. 학교에 다니는 재호와 동생인 재해에게 배당된 몫을 합하면 재호의 집에서는 모두 30관의 관솔을 채취해야 했다. 재호와 재해는 학교를 마치는 대로 망태와 자귀 한 자루씩을 들고 소나무를 찾아 온 산판을 헤매고 다녔다. 당시 고무신은 돈 주고도 구할 수 없어 짚신 발로 험한 산판을 오르내리다 보면 짚이 다 풀려서 맨발로 다녀야 했다. 발은 찔리고 할퀴어 피가 흐르고 배는 고프고 해는 져서 사방은 보이지 않은데도 망태기는 차지 않아 어린 형제가 울음을 터트리면서 고생 고생 채취한 관솔 기름은 모두 군수(軍需)로 돌려지는 모양새였다.

고갯길을 오를 때였다. 버스가 '따따따따' 엔진 방귀를 요란하게 뀌더니 기어이 시동이 꺼져버렸다. 이런 상황에 익숙한 조수는 뛰어내리는가 싶더니 뒷바퀴에 돌을 잽싸게 밀어 넣어 후진을 막고는 숯 통의 재를 후벼 퍼내고 매달아 놓은 숯 섬에서 새로운 숯을 꺼내 보충하였다. 운전수는 연초를 종이에 침을 발라 말더니 벌건 숯 한 덩이를 집게로 집어 담배에 불을 붙여 물고 조수의 하는 양을 지켜보았다. 하릴없는 남자 승객들도 하나둘 모여들어 운전수와 같은 방법으로 담뱃불을 댕겨서 파란 연기를 저마다 풀썩풀썩 피워 올렸다. 조수가 엔진을 살리자 운전수는 운전석으로 올라가고 남자들은 이런 일에 익숙하다는 듯이 누가 말하지 않아도 차를 밀었다. 황소 힘만 힘이겠는가, 참새 힘도 거들면 힘이니 소년도 이들 속에 끼어 힘을 보탰다. 비록 나이는 어리지만 담벼락에 오줌을 누는 사내였으니까.

차는 오후 한 시를 넘어서야 논산에 도착할 수 있었다. 논산 정거장 입구에는 광주리에 삶은 햇고구마를 얹어놓고 파는 아주머니가 몰려드는 파리 떼를, 머릿수건을 풀어 연신 쫓아내고 있었다. 모자가 대합실로 들어섰으나 경성 가는 기차 시간은 두 시간도 더 남은지라 한산하였다. 나무로 된 긴 의자에 앉아 부채를 부치는 사람이나 아예 누워 낮잠을 자는 사람들을 피해 한갓진 곳을 찾아 자리를 잡고 앉으니 그제야 재호에게 고단함과 함께 시장기가 몰려왔다.

"재호 너, 배고프지?"

"배두 고프구 목두 말라유!"

재호가 화서의 얼굴을 올려다보면서 말했다. 티 하나 없이 뽀얀 얼굴에 더위와 차멀미로 눈언저리와 양 볼이 불그레 상기된 화서의 모습이 너무 아름다워 재호의 목소리에는 어느덧 어린양이 배어 나왔다. 짙은 남색 세루치마에 백모시 저고리를 받쳐 입고 구경조차 할 수 없는 하얀 고무신을 신은 화서는 사람들의 시선을 한 몸에 받고 있었다. 개화 여성의 상징인 8부 치마 길이가 짧아 돋보이기도 했겠지만, 무엇보다 서른일곱 화서의 단아한 태깔은 사람들의 이목을 끌 수밖에 없었다. 재호는 이런 어머니가 자랑스러웠다. 재호의 차림새도 그 어머니의 자식 됨에 부족함이 없었다. 아버지 창우가 사준 쑥색 여름 학생복에 화서가 용케 구해다가 장롱 깊이 넣어두었던 검정 운동화를 신고 있었다. 사람들은 화서에게 쏠렸던 시선을 재호에게로 돌려 그의 운동화를 신데렐라의 유리구두처럼 놀라운 눈으로 쳐다보았다.

화서는 매점으로 가서 작은 병 하나를 사 들고 와 재호에게 마시라고 주었다. 병에 부착된 상표를 읽어보니 '사이다(サイダ)'라고 쓰여 있었다. 재호가 난생처음 대하는 물건이었다.

"사이다가 마시는 거래유?"

"목이 마르다며? 어여 마셔라."

아무 생각 없이 한 모금 마신 재호는 따끔거리며 톡 쏘는 맛에 깜짝 놀랐다.

"아니……, 무슨 물맛이 이래유?"

뒤따르는 단맛을 음미하며 물었다.

"으응, 마시는 사람이 시원하라구 탄산가스를 넣어 그렇단다"

화서의 대답을 다 듣기도 전에 정말 시원하게 목구멍으로 꺼억 하고 가스가 터져 나왔다. 처음으로 맛본 사이다 맛은 원시 농경사회의 소년이 갑자기 타임머신을 타고 문명사회로 불시착한 것이나 다름없는 문화적 충격이었다.

"이런 것이 조선에서 나오나 벼유?"

"아니. 그것은 일본에서 온 것이란다. 자 이것 허구 찬찬히 먹거라"

화서는 트렁크에서 주먹밥 한 덩이를 꺼내주었다. 이때는 총독부가 쌀을 공출로 다 빼앗아 가, 배급받은 썩은 콩깻묵으로 근근이 연명하던 시절이었다. 쌀이 없으니 식당도 문을 닫아 여행객들은 굶거나 아니면 준비한 주먹밥을 먹는 수밖에 없었다. 재호가 사이다와 주먹밥을 번갈아 먹는 모습을, 조금 떨어진 곳에서 엄마의 치맛자락을 붙들고 서 있는 여자아이가 집게손가락을 입에 물고 빤히 쳐다보고 있어 민망한 생각이 들었다. 화서 같으면 그런 행동은 염치없는 짓이라며 절대 용납하지 않았을 테지만, 아이 엄마는 개의치 않는 것 같았다. 기차 시간이 다가오자 대합실에 제법 많은 사람이 모여들었다. 긴 칼을 허리에 찬 순사도 때맞춰 들어섰다. 그는 사람들 틈을 이리저리 돌아다니다가 의심쩍은 사람이 있으면 봇짐을 풀게 하여 살펴보기도 했다.

경성행 기차

이윽고 순사들이 쓰고 다니는 모자와 비슷한 모자를 쓴 역무원이 개찰구를 열고 기차표를 펀치로 찍어주며 승객들을 내보냈다. 보따리를 들거나 머리에 이거나, 아이를 업거나 손을 잡고 걸으며 긴 대열을 이룬 행렬에 합류하여 플랫폼으로 향하는 건널목을 건너는데, 훅하고 콜타르 냄새가 재호의 코를 찔렀다. 행여 화서를 놓칠세라 바짝 붙어 따라가며 호기심에 가득 찬 눈으로 여기저기를 둘러보다가 사람들의 시선이 쏠리는 곳, 기차가 들어오는 방향으로 부신 햇빛에 눈을 가늘게 뜨고 한참을 바라보는 소년의 눈에 멀리 철로가 맞닿은 소실점, 한낮의 열기가 아지랑 아지랑 피어오르는 쪽에서 펑펑 뭉실뭉실 검고 하얀 연기를 뿜어대는 검은 물체가 '쐐액, 꿱!' 기적을 울리며 달려드는 것이 보였다.

소년은 태어나서 처음 듣는 큰 소리에 놀라 정말로 간이 떨어진다는 말을 실감하고 있었다. 소년이 조금만 더 어렸다면 경기를 일으키며 울음을 터트렸을 정도로 말로만 듣던 기차는 압도적인 모습으로 두렵게 다가왔다. 재호가 상상했던 크기와 길이를 열 배도 넘는 기차는 쇳소리를 길게 끌며 멈춰 섰다. 여전히 잔뜩 화난 괴물처럼 하얀 수증기를 쉭쉭 뿜어내면서.

객실에 빈자리를 먼저 차지하려고 성급하게 올라타는 사람들의 큰 짐보따리와 내려오는 사람들의 짐이 엉켜 객차의 좁은 승강구는 순식간에 옥신각신 실랑이가 벌어졌다. 그 광경 앞에 재호는 수치심을 느끼며 일본인 선생이 조선 사람들은 무례하고 질서가 없다고 한 말을 떠올렸다. 공부 시간에 그런 말을 들을 때마다 소년은 모욕당하는 것 같아 화가 났지만, 막상 눈앞에서 그런 꼴을 보고 있자니 부끄러운 생각에 마음이 다 무거워졌다.

화서는 재호의 손을 잡고 소란이 잦아들기만을 기다렸다. 재호는 속으로 이러다 기차가 떠나면 어쩌나 조바심이 났으나 화서는 개의치 않는 모습이었다. 정작 객실로 들어서니 그늘진 자리는 찼지만 해가 들이치는 자리는 군데군데 비어 있었다. 트렁크를 선반에 올리고 자리에 앉아 출발을 기다리는데도 기차는 움직이지 않았다. 쓸데없는 법석만 피운 셈이다.

건너편 철길로 다른 기차가 들어오면서 기관사가 손을 내밀어 철로 변하얀 ㄷ자형 걸이에 둥근 테를 던져 걸더니 이윽고 다른 테를 낚아챘다. 역장이 이것을 꺼내어 드는 것을 기다렸다는 듯 재호가 탄 기차의 차장이 파란 깃발을 좌우로 흔들었다. 비로소 기차는 덜커덩 육중한 몸을 흔들면서 "꽥!" 소리를 지르고는 서서히 움직이기 시작했다. 재호는 그 둥근 테의 정체가 여간 궁금한 게 아니었다.

기차의 객석은 버스보다 훨씬 넓어 편안하였고 긴 통로 끝에 변소도 딸려 있다는 사실에 재호는 놀라지 않을 수 없었다. 덜거덕덜거덕 철길을 구르는 바퀴 소리가 일정한 장단이 있어 듣는 재미가 있었고 넓은 차창 밖으로 흘러가는 풍경도 놓칠 수 없어 지루한 줄 몰랐다. 터널을 통과할 때는 열어놓은 창문으로 매캐한 연기와 석탄 냄새가 들어와 화서는 눈살을 찌푸리고 손수건을 코앞에서 흔들었지만, 재호는 모든 게 새롭고 신기하여 한시도 눈을 뗄 수 없었다. 고개를 떨구고 잠이 든 사람들이 이상하게 보일 정도였다.

기차는 모든 역마다 빠짐없이 정차했다. 그때마다 소년이 호기심에 관찰한 바에 따르면 기관사가 그 둥근 테를 투호에 화살을 던져넣듯 정확하게 걸어 넣고 또 다른 테를 회수하고 나서야 기차가 출발한다는 사실이었다. 기관사는 한 번도 실수하지 않고 묘기를 부리듯 그 일을 반복하였다. 너무도 궁금한 소년은 화서에게 물어봤으나 미소를 띠며 고개를 좌우로 흔들 뿐이었다. 어머니가 모르는 것도 있다는 사실에 의아해하며 소년의 궁금증은 참을 수 없을 정도로 부풀어 오르고 팽팽해졌다. 둥근 테는 바로 '통표(通票)'라 하는 것으로 일종의 운행허가증이었다. 단선 구간에서 오고 가는 열차가 동시에 운행될 때 발생할 수 있는 충돌사고를 미리 방지하기 위한 확실한 조치로 역무원과 기관사 간의 통표가 교환돼야만 비로소 운행할 수 있는 것이었다.

대전역에 도착하자 수많은 철길이 얽혀 복잡했고 여객들로 복닥거렸다. 기름때 묻은 푸른색 복장의 역무원들이 긴 자루의 쇠망치를 하나씩 쥐고는 바퀴마다 탕탕 치고 다녔다. 왜 저러지? 재호는 이 또한 무척 궁금했으나 피곤한 모습으로 눈을 감고 있는 화서를 귀찮게 하기 싫어 참기로 했다. 이제 객실도 자리가 꽉 차 통로에 서서 가는 사람들이 많았다.

기차 안에서도 순사가 돌아다녔다. 승객들을 훑어보며 다가오던 공안 순사는 모자의 좌석에서 멈추더니 선반을 바라보았다.

"이 도랑코(트렁크) 누구 꺼요?"

"지것인듀우."

화서가 당황한 표정으로 일어섰다.

"내려서 열어보시오!"

화서는 순사의 지시대로 큰 트렁크를 힘들게 내려 열어 보였다. 화서가 학생 시절에 개성에서 사용하던 낡은 트렁크가 열리자 오래된 것이 풍기는 냄새가 코끝에 어렸다.

순사는 트렁크 안을 뒤적이다가 물었다.

"이거 쌀이 아닌가?"

"예, 쌀이유!"

일제는 모든 물자의 유통을 단속했지만, 특히 쌀은 엄격한 통제 물품으로 사적 매매를 금지한 품목이다. 만약 암거래하다가 적발되기라도 하면 압수를 당할 뿐만 아니라 구류도 살아야 했다. 화서는 표정이 변하는 순사의 얼굴을 바라보며 말했다.

"우리 애가 학골 다뉴."

순사는 재호가 입은 학생복을 바라보더니 물었다.

"이 학생이 아들이오?"

"예, 아들이유"

"요로시!"

순사는 내뱉더니 다음 좌석으로 옮겨갔다. 화서가 그리 대답한 이유는 학생의 자취 양식은 암묵적으로 용인되고 있었기 때문이다. 재호가 학생복을 입지 않았다면 무슨 봉변을 당했을지 모를 일이었다.

경성

경성역에 도착하자 육중한 시계탑이 밤 열 시 반을 가리키고 있었다. 지게꾼들은 무거운 짐을 든 사람들을 노리고 다짜고짜 짐을 뺏어 들어 올릴 기세라 화서는 이들을 단호히 물리치고 대합실로 들어섰다.

"재호야, 밤늦게 백 선생님 댁으 찾아가기가 그러니 여그서 밤을 새우고 니알 아침으 가야겠구나."

"예, 알았유."

그러나 늦은 밤인데도 몰려오고 몰려 나가는 여행객들로 왁자지껄한 대
합실에는 빈자리가 없었다. 반 시간 정도를 서 있다가 한 무리의 사람들이
기차를 타려고 빠져나가자, 모자는 서둘러 자리를 겨우 잡을 수 있었다. 재
호는 화서의 트렁크에 팔을 포개고 그 위에 얼굴을 묻고는 잠을 청했다. 그
러나 산골의 어두운 밤과 절대 고요에 길든 소년에게 역내는 너무 밝고 소
란스러워 잠이 올 리 없었다.

꾀죄죄한 옷을 걸치고 머리가 떡 진 남자가 다가와 화서에게 손을 내밀
었다. 달라는 것이 아니라 어서 내놓으라는 듯 위아래로 흔들어대자 화서
는 손사래를 치고 재호를 보호하듯 잡아당겼다. 집에서는 동냥을 청하는
사람을 그냥 보내지 않던 화서지만, 이 사람의 거친 행동은 위압적이어서
그녀의 방어본능을 자극한 모양이었다. 화서의 완강한 태도에 그는 뭐라
욕을 내뱉더니 사람들 속으로 사라졌다. 떠난 자리에 술 냄새와 시궁창 냄
새가 머물렀다. 소년의 마음에도 이 복잡한 도시의 두려움이 엄습했다. 졸
다가 깨다가 견디는 밤은 길고도 길었다.

아침이 밝아왔다. 경성역은 떠나려는 사람들과 내리는 사람들로 다시
북새통을 이루고 있었다. 화서는 익숙한 듯 전차를 타는 곳으로 향했다. 역
앞의 넓은 도로는 인력거와 땡땡거리는 전차 등속의 온갖 탈것들이 우르르
몰려가고 우르르 몰려들었고 사람들도 하나같이 빠른 걸음으로 움직였다.
경성은 바쁜 도시였다. 재호는 눈 감으면 코 베어 간다는 말이 떠올라 정신
을 바짝 차리고 화서를 따랐다.

거대한 석조건물이 파란 모자를 쓰고 있는 총독부 서편으로 고만고만한
낮은 기와집들이 길게 늘어선 골목으로 들어섰다. 대문마다 통의정(通義町)
이란 주소가 적혀 있었고, 그 골목을 벗어난 다른 골목에는 체부정(體府町)
이란 문패가 눈에 들어왔다.

"다 왔다."

화서가 눈으로 가리키는 집에는 '조선야소교부인회(朝鮮耶蘇敎婦人會)'라는 간판이 있었다. 그리고 오른편 문설주에는 '백신영(白信永)'이라는 문패가 붙어 있었다. 화서가 대문을 소리가 나도록 흔들었다.

"누구셔요?"

신발을 끄는 소리가 들리더니 고운 목소리의 처녀가 대문을 조금 열고 얼굴을 내밀었다.

"어머나, 구 선생님! 어서 오셔요."

반갑게 활짝 웃는 처녀는 고향에서는 볼 수 없는 매우 희고 예쁜 얼굴에다 세련되고 지성미가 넘쳐흘러 눈부셨다. 트렁크를 받아 들고 들어가는 처녀를 따라가는데 몸집이 크고 통통한 중년 여인이 대청마루에 나와 온화한 미소를 머금고 서 있었다.

"어서 와요!"

"선생님, 그간 평안하셨슈?"

화서가 여학생처럼 머리를 숙이며 인사했다.

"응, 그동안 별일 없었구?"

화서 선생인 백신영은 말하면서도 소년에게서 시선을 거두지 않았다.

"재호야, 백 선생님이시다. 어서 인살 올려야지!"

화서가 아들과 신영을 번갈아 보며 말했다.

"안녕하셔유!"

재호는 화서가 예까지 오면서 이르는 대로 머리를 깊숙이 숙여 공손하게 인사를 올렸다.

"이 애가 두찌유"

"아이구, 잘생긴 도련님이로고……. 어서들 들어와요."

정갈한 방에는 콩기름이 잘 먹은 장판이 반질거렸다.

"선생님께 큰절을 올려야지."

설에 어른들께 세배하듯 큰절을 올리고 나서 무릎을 꿇고 그 위에 단정하게 손을 모으자 신영이 물었다.

"이름이 뭐라 했지?"

"지재호여유!"

"그래, 재호야. 편히 앉으렴!"

소년이 자세를 고쳐 앉았다.

"어쩌면 그리 참하게 생겼니? 경성 애들보다 더 희고 관옥 같은 얼굴이네."

고향 사람들은 두메산골에서 유별나게 하얀 재호의 피부를 보고 양놈 같다고들 했고 애들은 아예 흰둥이라고 놀렸지만, 화서가 늘 존경의 목소리로 말하는 신영에게 듣는 칭찬 앞에 소년의 부끄러움은 복숭아꽃처럼 발그레 얼굴을 붉히는 것으로 나타났다.

그때 문을 열어주던 처녀가 쟁반에 예쁜 주발 두 개를 받쳐 들고 들어왔다.

"밤차로 오시느라 피곤하시겠어요. 우선 이걸 드시고 조금 이따 아침 잡숫게요."

노란 설탕물이었다. 나중에 화서에게 들은 이야기로는, 그 처녀는 신영의 양딸로 이화전문학교를 다닌다고 했다. 화서는 트렁크를 열어 꾸려온 쌀 한 말을 내놓았다.

"구집사, 내가 굶길까봐 이 귀한 쌀을 가져왔나?"

"도시에서는 돈 주고두 쌀을 못 구한다 말을 들었슈. 우덜 먹을 것이라두 갖구 와야겄다 싶어서유."

"이눔의 세상 빨리 귀결이 나야 할 텐데……."

화서는 또 치마허리를 풀어 꼭꼭 동여 두르고 온 모시 반 필을 방바닥에 내놓자 모시풀 냄새가 상큼 번졌다. 신영은 놀라며 말했다.

"아니, 한산 백 모시 아닌가! 이 귀한 것을……."

말을 잇지 못하고는 눈시울을 붉히면서 손에 들고 오래 바라보는 것이었다. 모시의 섬세한 결을 살핀다기보다 화서의 정성에 감동해 그러는 것으로 보였다.

그러고는 두 사람의 이야기가 꼬리를 물고 끊길 줄 몰랐다. 신영은 성결교 여전도회 총회장과 조선야소교부인회 부회장을 겸직하고 있었다. 신사참배 국면에서 총독부의 시정에 반대하는 기독교인들은 교회나 회관 같은 공적 장소에서의 활동이 위축될 수밖에 없었고 개인 집에서 겨우 그 명맥을 이어가는 형국이었다.

신영 집에 이틀을 묵는 동안 화서는 신영과 그동안 밀린 이야기에 여념이 없었고 재호는 혼자 나와 경성의 거리를 부지런히 돌아다니며 구경했다. 발길 닿는 대로 아무 데나 돌아다니다가 광화문 가는 전차만 타면 길을 잃을 염려는 없었다. 재호의 진학 문제는 기독교 계통의 중학교로 입학시키기로 하고 숙식은 신영의 문간방을 쓰는 것으로 결론이 났다.

◦ 수탈

그해 12월. 다행히 농사는 보기 드문 풍작이라 집안에 훈기가 돌아야 마땅했지만, 창우와 화서의 얼굴은 오히려 수심이 가득했다. 면에서 터무니없는 공출량을 할당했기 때문이다. 벼농사 수확분을 다 쓸어 바쳐도 재호의 진학비는 고사하고 당장 끼니를 걱정해야 할 지경에 이르다 보니 금사망을 쓴 집안은 납덩이처럼 무거웠다.

어쩌겠는가. 이들 부부는 죽든 살든 일가족이 겨울을 날 최소한의 양식을 확보하는 한편 자식놈은 가르쳐야겠기에 탈곡한 벼 일부를 숨겨두기로 작정하였다. 목숨이 걸린 일이라 이 은밀한 작업은 너무도 교묘하여 누가 봐도 완벽해 보였지만 소문들이 하도 흉흉하여 재호의 어린 맘조차 조비

비듯 조마조마하였다. 감추어야 하는 사람들의 마음이 감당해야 할 불안이었다.

면에서는 할당량을 채우지 못한 집들을 찾아다니며 들들 볶아댔다. 아니다. 할당량 자체가 농민들의 소출량을 넘어설 지경이었으니 당하지 않는 집이 없었다. 다들 분노가 골수를 파고들었지만 거대한 힘 앞에 어찌지 못하고 썩어 뭉그러진 속심은 숯불처럼 안으로만 타들어 갈 뿐이었다. 이를 모를 리 없는 일제의 충직한 말단들은 아랑곳없이 승냥이처럼 으르렁거리며 수탈에 광분했다.

창우는 이들이 찾아와 독촉할 때마다 마냥 고분고분하지 않았다.

"자, 보슈. 남은 그이 이것뿐이유! 우덜두 내년 보리타작 꺼진 먹구살어야잖유!"

광문을 벌컥 열어젖히며 이게 전부라는 듯 벼 가마를 보여주었지만 그런다고 이 일에 이골이 난 자들이 순순히 물러나는 경우는 거의 없었다.

"식량이야 배급을 주지 않소? 이것들을 모두 정량으로 작석(作石)해서 당장 면으로 운반하시오!"

담당이 몰아세웠다.

"아니, 썩은 콩깻묵 몇 덩이 주다 말다 하는 거스루 여러 입이 워치게 살란 말유?"

창우는 가래침을 땅에다 캭 뱉으며 목덜미를 붉혔다. 재호는 그때 아버지의 상고머리에서 김이 난다고 생각했다.

"지금은 전시잖소! 다 먹고 다 쓰고 살 세상이 아니란 말이오. 온 국민이 인고 단련으로 황국 승전의 그날을 위해 충성할 때라는 것을 모른단 말이오?"

창우는 최대한 버티다 마지못한 듯, 무게를 맞춰 세 가마를 면사무소에 지게로 날라다 주었다. 치열한 수 싸움이 시작된 것이다. 그럼에도 미납분 열 가마에 대한 면사무소의 닦달은 날로 험악해졌다. 끝까지 버티던 창우는 결국 비국민으로 분류돼 연말에는 주재소에까지 소환당하고야 말았다.

순사들이 한 사람씩 호명하여 좁은 마당에 줄을 세운 50여 명의 농민은 하얀 입김을 내뿜으며 불안스레 발을 동동거리다 일본인 오모리 순사부장(충화면주재소 주임)이 나타나자 표정이 금세 딱딱하게 굳어졌다.

"에또, 너희들은 대일본제국으로부터 비국민임을 자처하는 놈들인 만큼 충성된 국민이 될 때까지 단련시켜 주겠다!"

"모두 웃옷을 벗어랏!"

눈발 선 뒤바람이 바늘처럼 파고드는 엄동설한에 옷을 벗으라니, 소환된 사람들은 설마 하는 표정으로 눈치를 보며 미적거렸다.

"빨리 벗지 못해!"

붉으락푸르락 험악해지더니 허리에 찬 일본도를 한 뼘 정도 빼다가 칼집으로 철컥 소리 나게 집어넣자 다들 움찔 놀라며 부랴부랴 한 겹 두 겹 옷을 벗었다. 소나무 가지에 앉아 있던 까치 한 마리도 덩달아 놀라 푸드덕거리며 날아올랐다. 떠난 자리에 쌓여 있던 잔설이 하얗게 부서지며 흩뿌려졌다. 우는 아이도 순사 온다는 소리에 울음을 뚝 그친다는 신화는 이렇게 만들어진 것이다.

"자, 이제라도 연말 안에 완납할 사람은 한 발 앞으로 나오라, 최후의 기회다!"

서슬이 심상치 않다는 생각이 들었는지 오돌오돌 소름 돋은 웃통을 드러낸 채 덜덜덜 떨던 무리 속에서 절반가량이 어물어물 열 앞으로 나갔다.

"이 사람들은 면으로 데려가시오!"

산업 계장이 아래 직원에게 옷을 입혀 데려가도록 지시했다. 이들이 마당을 빠져나가자 주임이 빽 소리를 질렀다.

"찬물을 떠와라!"

예사롭지 않은 광경에 잔뜩 긴장하고 있던 주재소 소사가 냅다 내달리더니 도르래 달린 우물에서 빠른 동작으로 물을 길어 올리기 시작했다.

남은 사람들은 어떠한 굴욕과 폭력 속에서도 참고 견뎌야 가족들이 산다는 결연한 의지를 다지며 이를 악물었지만 삐득삐득 비명을 지르며 돌아가는 도르래 소리가 이들의 심장을 예리하게 할퀴고 있었다. 창우 옆에 중늙은이는 두 팔을 엮어 야윈 새가슴을 힘주어 안으며 "으흐흐, 으흑!" 진저리를 쳤다.

소사는 물을 채운 나무 양동이가 힘에 겨운지 비척거리며 뒤뚱뒤뚱 걷자 물이 이쪽저쪽으로 튀면서 제 바짓가랑이뿐만이 아니라 마당을 적셨다. 그 자리에는 기다렸다는 듯 금세 살얼음이 끼치는 것이었다.

지켜보던 주임이 눈살을 찌푸리더니 소리쳤다.

"너희 모두 땅에 엎드려!"

설마 하던 사람들은 처음에는 그 말의 뜻을 잘 몰랐다.

"이놈들, 말귀를 못 알아듣는구나. 가슴을 땅에 대고 납작 엎드리란 말이다. 엎드렷!"

이내 엉거주춤 엎드리는 사람, 주저하는 사람들로 대오가 중구난방이 되었다.

"요시!"

오모리 주임이 발끈하였다.

"일어섯!"

"엎드렷!"

몇 번을 반복하자 무리는 잘 훈련된 군인처럼 일사불란하게 땅바닥에 몸을 던져 엎드리지 않을 수 없었다. 모욕과 수치를 당하지 않는 삶이 어디 있으랴만 식민지 백성을 다스리는 주임의 방식은 감정을 가진 인간이라기보다 원숭이를 조련시키는 사육사와 다를 바 없었다. 아니, 사육사조차도 재롱을 피워 돈을 가져다주는 원숭이를 그렇게 다루지는 않는다.

이만하면 됐다 싶었는지 주임은 소사를 향해 명령을 내렸다.

"이놈들 등짝에 물을 끼얹어라!"

소사가 얼이 빠져 주춤거리며 애원하는 눈빛으로 산업 계장을 바라봤다. 산업 계장은 애써 먼 산을 바라보는 척했다.

오모리 주임은 안 되겠다는 듯 옆에 서 있는 가네다 순사를 향해 크게 손을 휘저었다.

가네다는 소사에게 양동이를 들고 따르게 하고는 바가지로 물을 가득 떠서 땅바닥에 납작 엎드려 있는 사람들에게 물을 쫙쫙 끼얹고 다녔다. 여기저기서 불에 덴 듯 비명이 터져 나왔다. 어쩌면 불에 달군 인두로 지지는 것보다 더 뜨거운 통증이 그들의 허리를 관통하고 있었을지도 모른다.

"자, 마음이 변한 사람은 일어나시오!"

주임의 목소리가 한층 누그러워졌다. 팽팽한 정적이 흘렀다. 아주 짧은 시간이었지만 당하고 있는 사람에게는 너무도 긴 시간이었다. 그러나 이들은 호흡을 멈추고 그 긴 시간을 견뎌냈다. 아무도 일어나지 않았다. 이들이 강철 같아서가 아니라 백척간두에서 더 물러설 길이 없었기 때문이었다.

"오이(おい)!"

가소롭다는 듯 무리를 앞뒤 좌우로 훑어보다가 말했다.

"가네다 순사, 이놈들의 명단을 작성하시오!"

그리고 마치 너 때문이라는 듯 산업 계장을 매섭게 노려보면서 명령조로 말했다.

"이놈들은 한 놈도 빼지 말고 다음 노무자 공출 때 모조리 차출하도록 하시오, 알겠소!"

그러더니 화가 나 있다는 것을 보여주려는 듯 과장된 동작으로 마당을 쿵쿵 구르며 주재소로 들어갔다. 허리에 찬 일본도도 덩달아 철커덕거리며 앞뒤로 움직였다.

이날, 창우는 신열로 이를 딱딱 마주치며 집으로 돌아오자마자 이불을 뒤집어서 쓰고는 오래 몸져누웠다. 어찌 몸만 아팠겠는가!

숨긴 벼를 빼앗기다

이러구러 한 달쯤 지났으려나. 해를 넘기고 설을 앞둔 어느 날, 오모리 주임과 가네다 순사, 면에서는 산업 계장과 마을 담당이 불쑥 재호네 집에 들이닥쳤다.

그들은 이날도 무례했다. 신발조차 벗지 않은 채로 마루에 올라서더니 방 방을 다 열어보고 대청과 광을 샅샅이 뒤지기 시작했다. 하다못해 부엌의 무쇠솥도 드르렁 열어보고 한눈에 다 보이는 찬장 속의 사발까지 쓸어 내리며 아수라장을 만들었다. 재호는 이런 행패를 본 적이 없었다.

"어이, 이것들을 죄다 마당으로 내가라!"

산업 계장이 오돌오돌 떨고 서 있는 형 재영과 재호를 향해 소리쳤다. 형제는 후들거리는 손으로 네 칸 넓이의 부엌 한 귀퉁이에 높이 쟁여놓은 땔나무 더미를 헐어 마당으로 날라 쌓았다. 추위에 거무죽죽해진 재영의 얼굴에 짙은 공포가 어려있었다.

흙바닥이 드러나자 바닥에 깔린 솔잎까지 깨끗이 쓸어내게 하더니 가네다 순사가 부지깽이로 다져진 강도와 색깔이 다른 부분을 푹푹 쑤셔대다가 어느 순간 찾았다, 싶었는지 삽을 가져오라고 외쳤다. 마을 담당이 삽으로 흙을 두어 자 넘어 걷어내자 파묻힌 검은 독이 드러났다. 한 섬들이 벼를 숨겨둔 독이었다. 형제는 차마 이 광경을 볼 수 없어 두 눈을 질끈 감았다. 눈앞에 닥친 위기 속에서 재호는 자신도 모르게

"하나님, 지발 여기서 끄치게 해주셔유!"

세상에 태어나 가장 절박하고 솔직한 기도를 드렸지만, 그분은 아무런 도움을 주지 않았고 상황은 더 악화할 뿐이었다. 기세가 등등해진 이들은 집의 바깥을 돌며 떡국점이 된 눈깔로 요모조모 살펴보기 시작했다. 의심나는 부분은 줄 끈으로 밖을 재보고 안을 재보고 하다가 결국은 고함을 버럭 지르며 흙발로 안 대청에 부리나케 뛰어들었다.

"오이, 네놈들 이것들 다 들어내!"

사시나무 떨듯 서 있는 형제는 이들의 지시로 책장과 약장을 치우지 않을 수 없었다. 그들은 말끔하게 드러난 벽의 도배지를 죽죽 찢더니 촘촘히 가로 박힌 판자 쪽을 힘껏 뜯어내고야 말았다. 감춰뒀던 벼가 와르르 쏟아져 내렸다. 그들과 긴 싸움에서 재호네 집이 패자가 되는 순간이었다.

이때까지 병치레하고 있던 창우는 이 소동에도 그저 누워서 눈을 질끈 감았다. 하지만 흘러내리는 눈물은 볼을 타고 베개를 적셨다. 화서도 넋을 잃고 마루에 앉아 손으로 이마를 괴고 있었다. 어깨를 가늘게 들썩이면서.

재호는 화서의 모습이 너무 애처로워 안겨 통곡이라도 하고 싶었으나, 화서가 더 슬퍼할까봐 울음을 속으로 삼켜야 했다. 벽에 걸린 액자가 곧 떨어질 듯 한쪽으로 기울어 이 처연한 광경을 말없이 바라보고 있었다.

이로써 재호의 진학은 물거품이 되었다. 경성에서 중학생이 되는 꿈, 꼭 입고 싶었던 교복, 벙그는 꽃심처럼 얼마나 설레던 마음이었던가!

2. 대한독립만세

　어린 마음에 기대가 컸던 만큼 형용할 수 없는 좌절과 분노가 그의 가슴을 옥죄었다. 주린 배를 움켜쥐고 호미로 풀을 매다가 잠시 쉴 참으로 그늘에 앉아 무심히 흘러가는 먼 하늘의 구름을 바라보다 저도 모르게 설움이 북받쳐 무릎에 얼굴을 파묻고 오열하기도 했다.

　재호는 소년답지 않게 잠 못 이루는 밤이면 언제가 수렁에 빠져 참혹하게 죽어가던 소의 모습이 자꾸만 떠올랐다. 모내기 철에 농부가 물 댄 논에 소를 몰고 쟁기질하다가 그만 소의 앞발이 수렁에 빠지고 만 것이다. 미끈 덩 발굽 사이로 간지럼 먹이며 빠져나가야 할 그 한없이 보드랍고 찰진 것이 소의 다리를 물고 놓아주지 않는 것이었다. 소는 제 딴에는 벗어나 보려고 용을 쓰지만 그럴수록 더욱 깊이 빠져들었다. 당황한 농부는 쟁기를 풀고 코뚜레를 잡아끌며 사력을 다하다 자신도 감탕으로 빠져버렸다. 다행히 농부는 소뿔을 잡고 구사일생으로 빠져나오긴 했지만 무거운 몸뚱어리의 소는 점점 더 깊이 빠져들고 있었다. 다리는 고사하고 목까지 잠기자 진흙 감태기를 뒤집어쓴 소는 커다란 눈을 뒤집고 긴 혀를 빼며 음머~ 음머~ 단말마로 울어댔다. 살고자 하는 안간힘은 거친 숨소리와 전신의 땀으로 분출되어 어느새 하얗게 몰려든 구경꾼들조차 애가 타 마른침을 삼켰지만 아무도 도울 수 없었다.

　장날이면 달구지에 무거운 짐과 사람들을 태우고 가타부타 말없이 뚜벅

뚜벅 걷던, 말 그대로 황소 같은 뚝심도 수렁의 깊이를 이기지 못하고 결국은 펄 속에 잠기고 말았다. 그때의 비릿한 진흙탕 냄새와 함께, 살려는 의지와 죽음이 벌이는 처절한 사투는 선연한 기억으로 남아 소년도 소처럼 헤어날 수 없는 수렁에 빠져 버렸고, 운명은 소년의 다리를 움켜쥔 채 놓지 않고 있다는 압박감에 숨통이 막히는 나날이었다.

소년은 나이답지 않게 운명이란 것을 생각하는 시간이 길어졌다. 마음 한구석에서는 교회에서 배우고 믿고 있던 그 나이에 생각할 법한 신앙의 분량과 운명이라는 굴레가 복잡하게 얽히고 있었다. 재호는 결국 가장 궁금한 것을 화서에게 묻지 않을 수 없었다.

"지는 한 주도 빼지 않구 열심히 교회에 출석했구 뭐시던 하나님께 기도하면 다 들어주신다 배웠는디 왜…….."

재호는 말을 다 잊지 못하고 기어이 눈물방울을 떨구고 말았다. 저도 모르게 이런 모습을 보인 게 당황스러웠는지 고개를 들지 못했다. 따스한 손으로 재호의 눈물을 닦아주는 화서의 눈가도 젖어 있었다. 화서는 얇은 한숨을 쉬더니 잠시 망설였다.

"글씨, 어려운 질문이구나…….."

"어린 니게 워치게 말히야 좋을지 난감허다만……. 구약 시대 아삽이라는 성가대 지휘자가 있었단다. 그가 노래한 시편 가운데 악한 자들은 부와 모든 복을 누리고 심지어는 죽을 때에도 평안하다며 왜 이런 일이 일어나느냐구 하나님을 원망하는 부분이 있단다. 이 어미는 니가 빨리 어른이 돼설랑 아삽의 불평을 나에게 잘 설명해 줬으면 좋겠구나."

그러고는 재호의 얼굴을 살폈다.

"재호야, 말로는 다 설명할 수 없는 그이 신앙이란다. 눈에 보이고 이해되는 것만 믿는다믄 믿지 않얼 사람이 워디 있겠냐. 하지만 분명한 것은 고난을 통흐 성장허는 그이 또한 신앙이란다. 너와 우리 집과 우리 이웃과 조선 사람덜이 당허는 이 고통은 하나님의 형벌이 아니라 오히려 우리 민족을 사랑하고 계시기 때문이라구 이 어미는 믿고 있단다."

화서의 말을 들으니 "좁은 문으로 들어가라"라는 성구가 떠오르면서 재호의 가슴속에 자꾸만 묻고 싶어지는 의문의 증폭과 더불어 한편으로는 어떤 심오한 세계, 예컨대 하얀 뭉게구름 너머의 높고 광활한 푸른 하늘처럼 세계의 불가사의가 어슴푸레 전달되는 느낌도 들었다.

광복군다운 일을 저지르다

재호네 집에서 화서의 영향력은 절대적이었다. 화서는 자식들에게 철저한 기독 신앙과 대한민국의 국민임을 인식시켰다. 신사참배는 우상을 섬기는 것이며 필경 일본은 망하고야 만다고 나직이, 그러나 힘주어 말하곤 하였다. 그런 배일사상은 드러내기에 너무나 위험한 것이어서 자식들의 입단속 또한 엄하게 하였다.

"멀지 않었다. 두구봐라! 이 어미는 선교사두 만나구 경성으 교회 지도자들허구두 듣는 말이 있단다. 미국이 참전했으니 일본은 인자 망헐 날만 남었단다!"

어느 날이던가, 평소 재호의 총명함을 대견하게 여기는 화서는 안방 반닫이 속 잘 개켜진 옷가지들을 젖히고 두꺼운 책 한 권을 꺼내더니 재호에게 건네주는 것이었다. 《학해(學海)》라는 잡지였다. 첫 장부터 뿜어져 나오는 용광로 같은 결기는 읽는 재호를 압도했다. 안방에서만 읽어야 한다는 화서의 엄명은 오히려 금단의 붉은 열매가 되어 재호를 유혹했다. 책이 귀했던 시절이라 늘 활자에 목말랐던 재호는 배고픈 생쥐처럼 틈만 나면 들락거리며 반닫이 속의 비밀을 야금야금 먹어 댔다. 금서에는 《학해(學海)》뿐만 아니라 흥사단 기관지 《동광(東光)》도 있었다. 책장을 넘기다 보면 화서의 조심스러운 손길이 느껴지는 반듯하게 접힌 문서들이 갈피에 꽂혀 있었다. 광복군총영약장(大韓光復軍摠營約章)이나 대한민국임시정부 대일선전성명서(大韓民國臨時政府對日宣戰聲明書) 같은 것들이었다. 그 활자들이 내지르는 뜨거운 함성을 들으며 재호는 숨 가빠했다. 일제라는 리바이어던(Leviathan)의 이빨과 내뿜는 화염 앞에서 누구도 무사할 수 없고 하늘 아래 그럴 사람이 없을 것 같았지만, 총칼 높이 들고 말달리며 맞서는 사람들이 있다는 사실을 재호는 알아버린 것이었다. 화서는 재호에게 이러한 글을 읽지 못하게 했어야 옳았다. 그 나이가 갖는 순진한 의식은 분별을 몰라 엉뚱한 일을 저지르기에 딱 알맞은 나이였다. 재호는 반드시 만주로 건너가 광복군이 되기를 결심했고 아니, 마음속으로는 이미 광복군이었으므로 재호가 당장 할 수 있는 광복군다운 일이 무엇일까를 열심히 궁리하기 시작했다. 그리고 그가 생각한 방식을 아무도 모르게 실행해 나갔다.

재호가 소학교에 다닐 때는 아침마다 빠지지 않고 전교생이 반드시 해야 하는 의식(儀式)이 있었다. 이른바 궁성요배(宮城遙拜)라 해서 일본 천황이 있다는 동쪽을 향해 주번 선생의 구령에 맞춰 절을 하는 의식이었다. 재호가 다닌 충화소학교는 대열의 가장 좌측인 서쪽에 6학년을 세웠다. 이 때문에 요배를 위해 전교생을 동쪽으로 향하게 하면 재호가 선 자리는 맨 뒷줄이 되었다. 구령에 맞춰 전교생이 허리를 90도로 숙이고 절을 하는 까닭에 재호 혼자 굽히지 않고 서 있는 것을 아무도 눈치채지 못했다. 선생들은, 특히 일본인 선생들은 학생들에게 모범적인 모습을 보여야 했던 탓에 더 오래 절을 하느라 알아챌 수 없었다.

이런 날도 있었다. 등교하는데 호랑이 선생이라 불리는 일본인 주번 선생이 긴 회초리를 들고 정문에 딱 버티고 서서 신사당을 향해 참배하지 않고 들어가는 학생들을 단속하는 것이었다. 참배의 격식은 차렷 자세로 두 발을 모으고 반듯이 서서 두 손을 합장한 다음 딱, 딱, 딱 세 번 손뼉을 치고 두 손을 정중히 내려 손바닥으로 허벅다리를 훑어 무릎을 덮을 때까지 상반신을 구부려 절하는 식이었다.

무서운 일본인 선생이 빤히 지켜보고 있는데 신사참배를 피할 수 없는 재호의 입장이 여간 곤혹스러운 게 아니었다. 재호는 어정쩡하게 책보를 겨드랑이에 끼우고 두 손을 모아 손뼉을 한 번 치고 두 번째 치려고 팔을 벌리면서 의도적으로 겨드랑이의 책보를 땅에 떨어트렸다. 재호는 몸을 굽혀 책보를 줍는 시늉으로 어물쩍 넘기고는 홍당무처럼 달아오르는 얼굴로 교실을 향해 달음박질쳤다. 뒤에서 선생이 부를 것 같았지만 다행히 그런 일은 없었다.

그러나 그날은 온종일 마음 한구석이 께름칙했다. 회초리가 두려워 얄팍한 눈속임으로 상황을 모면하려 한 자신의 용기 없는 행동을 자탄하며 죄의식에 시달렸다. 이 죄의식의 속죄 행위로 그는 아주 위험하고 발칙한 일을 기어이 벌이고야 만다. 삶과 죽음을 모르는 소년은 오염되지 않은 선연한 목표를 향해 용감한 직진을 감행한 것이다.

재호는 깜깜한 밤을 기다려 초여름인데도 겨울철 검정 학생복을 찾아 입고 마침한 도끼 하나를 들고는 학교 뒷산으로 난 산길을 조심스럽게 걸어갔다. 아무도 만나지 않았지만, 만약 만난다 해도 칠흑같이 어두운 밤에 검정 옷을 입은 재호를 알아보지 못할 것이라는 나름의 계산이 있었다. 매일 같이 재호의 양심에 부담을 주고 괴로움을 주는 신사당을 기어코 때려 부수고야 말겠다는 무모하고 엉뚱한 결의에 충천하여 가고는 있었지만, 노루같이 겁이 많은 재호의 다리는 후들거려 뜻대로 잘 걸어지지 않았다.

신사당의 정면은 학교 동쪽의 윗마당에서 계단을 한참 올라가야 나오지만 그 길은 위험하다 생각되어 곧바로 접근할 수 있는 뒤편 잔솔밭으로 기어들었다. 멀리 숙직실의 남포등이 솔잎 사이로 깜박이는 것을 보자 재호의 터질 듯한 심장박동 소리가 얼마나 큰소리로 쿵쾅거리는지 그악스럽게 울어대는 개구리 소리조차 들리지 않았다. 한 걸음 한 걸음 조심스럽게 철조망으로 다가가 두 손으로 틈새를 벌리고 머리를 들이미는 찰나, 바로 앞에서 버스럭거리는 소리가 나더니 펄떡 뛰어오르는 것이 있었다. 재호는 기겁하고 뒤로 나가떨어졌다. 하마터면 소리를 지를 뻔했다. 깡충거리며 사라지는 것이 산토끼였다. 얼굴은 물론이려니와 온몸이 땀으로 범벅이 되었다.

이 놀람은 의외로 재호에게 국면을 바꾸는 효과를 주었다. 잠시 철퍼덕 주저앉아 가쁜 숨을 몰아쉬며 진정되기를 기다리는 동안 도망치고 싶은 강렬한 유혹이 사라지고 어떤 자신감 같은 것이 솟구치는 것을 느꼈다. 신당을 한 바퀴 둘러보는데, 생각보다 정군산같이 우람하고 견고한 구축물이었다. '내가 왜 이 생각을 못 했을까?' 작은 도끼 하나로 부수어 보겠다고 덤빈 만용이 터무니없다는 생각이 들자 커다란 낭패감과 그만큼의 허탈이 재호에게 몰려왔다.

"어이구야, 이 고생을 하구서 이기 뭐여!"

성냥이라도 있다면 신주에 확 불을 싸질러 버리고 도망가면 시원하겠지만 그 무렵은 성냥조차 구할 수 없는 석기시대가 돼버렸다. 몇 해 전까지만 해도 성냥은 흔한 생필품이었다. 그러나 태평양전쟁이 일어나자 화약 원료인 성냥은 자취를 감추고 대용품이 장터에 등장했다. 그런데 그것이 보통 불편한 게 아니었다. 소나무를 길고 얇게 다듬어 한쪽 끝을 뾰족하게 깎은 다음, 이 부위에 유황을 녹여 붙인 것으로 이걸 화롯불에 갖다 대면 파랗게 불이 일어 그것으로 호롱불도 켜고 아궁이에 불도 지폈다. 이 대용품 자체가 불을 일으키는 것이 아니라 반드시 점화를 촉발하는 불씨가 있어야 했으므로 휴대성이나 이동성이 없는 조악한 산물이었다. 농부들이 들이나 산에 일하러 가서 담배라도 태울 양이면 잘 마른 쑥잎을 손으로 잘 공글려 부싯돌을 쳐서 어렵사리 불씨를 얻어야 했으니 말 그대로 석기시대나 다를 바 없었다.

"그냥 되돌아갈 수두 없구……."

재호에게 번쩍 묘안이 떠올랐다. 나무 계단을 소리 나지 않게 살금살금 올라가 신전의 정문에 올라 쌍문갑 양쪽에 놓인 향로와 촛대와 꽃병을 옮겨놓고 그 안의 속문을 열어 위패를 꺼내 들었다. 다행인 것은 이미 어둠에 익숙해진 눈이 물건을 넘어트리거나 부딪쳐 소리가 나게 하여 일을 그르치지 않게 도와주었다.

집에 가야만 태워버릴 수 있으므로 조심스레 집으로 되돌아와 호롱불에 비춰보니 '천조황태신궁(天照皇太神宮)'이라는 문구가 정자체로 쓰여 있었다. 그것을 살살 한 꺼풀 벗기자 은행나무 판자가 나타났고 거기에는 톱니형으로 들쑥날쑥한 백지 한 겹이 길게 붙어 있었다. 무슨 비밀스럽고 대단한 물건이 들어 있을 줄 알았는데 그게 다였다. 이따위 종이 한 장에 모든 학생을 강제로 절하게 하고 성역으로 신성시하는 것이 가소롭기 그지없었다.

순간 기발한 생각이 떠오르자 재호의 얼굴에 저절로 미소가 떠올랐다. 벼루에 먹을 갈고는 작은 붓으로 일본 신이라는 백지에 '대한민국독립만세(大韓民國獨立萬歲)'를 재호가 할 수 있는 모든 정성을 다하여 써넣었다. 그러고 그것을 '천조황태신궁'이라 쓰인 겉봉투가 파손되지 않게 조심스레 집어넣고는 다시 학교로 되돌아가 모든 것을 제자리에 배치하고 마지막으로 신주에 너풀너풀 드리워진 백지도 있던 자리에 걸어놓으니 누구도 눈치챌 수 없이 감쪽같았다.

"자, 날이 밝으면 이곳에 참배하는 누구나 '대한민국독립만세'에 절을 하는 세상이 되겠구나!"

재호가 흡족한 마음으로 잠자리에 들자 대청마루의 괘종시계가 뎅! 뎅! 두 점을 쳤다. 하지만 벅찬 가슴에 쉬 잠들지 못하고 등교 시간이 기다려지는 것이었다.

아이들에게는 저마다의 비밀이 하나씩은 다 있게 마련이다. 식구들 모르게 달걀 한 알을 훔쳐 먹었다든가, 아니면 예쁜 면장 딸을 혼자만 좋아하고 있다든가. 그러나 이러한 비밀들은 다 사소한 비밀이었다. 재호에게도 아무도 모르는 엄청난 비밀이 생긴 셈이었다. 만약 이 비밀이 발각된다면 재호나 그의 부모는 주재소로 끌려가 죽을 수도 있는 경천동지할 일이었다. 그러나 그런 일은 절대로 일어나지 않으리라는 것은, 재호 스스로 벌인 일이 얼마나 무서운 사건인지를 너무나 잘 알고 있었던 까닭에 그 누구에게도 말하지 않을 것이기 때문이었다.

일제는 매월 8일을 전국적으로 신사 대례일(大禮日)로 정하고 평일보다 특별한 의식을 거행했다. 이날이 되면 면장과 지서 주임을 비롯한 면 단위 기관장과 그 밑의 직원들에다 4학년 이상의 전학생을 의무적으로 신사당 앞 너른 마당으로 모이게 했다. 순서에 따라 일본인 기무라 마사오사 교장은 검은색 제복을 갖춰 입고 무거운 모래 자루를 찬 짐승처럼 한 걸음 한 걸음 엄숙하게 계단을 올라 제단 양쪽에 촛불을 켜고 향을 살랐다. 재호는 교장 선생 특유의 과장된 외식과 근엄함에 속으로 웃음이 치밀어 올라 입술을 앙다물고 서 있었다. 교장은 알아듣지도 못할 제문을 무슨 귀신 씻나락 까먹듯 길게 웅얼거리고는 손뼉을 세 번 치자, 밑에 있는 사람들도 따라서 손뼉을 딱, 딱, 딱 치고는 허리를 깊숙이 숙여 절을 했다.

대한민국독립만세!
대한민국독립만세!
대한민국독립만세!

3. 이별

대동아공영이라는 망상에 빠져 이성을 잃은 일제는 태평양까지 전선을 확장하더니 결국은 전력이 거덜 나기 시작했다. 다급해진 총독부는 징병이니 징용이니 조선 땅에 쓸만한 사람은 다 잡아가는 것은 물론, 1943년에는 '식량관리법'을 제정하여 쌀이며 보리며 닥치는 대로 수탈해 갔다. 그뿐만 아니라 집집마다 군용 마초(馬草), 목화, 낙하산 재료인 명주, 피마자 열매, 하다못해 나팔꽃 씨며 질경이씨까지도 공출로 배당했다. 노인이든 아이든 새벽부터 산으로 들로 내몰림을 당했다.

재호라고 이 광풍을 비켜 갈 수 있을까? 진학은 고사하고 무어라도 집안 일을 도와야 할 형편이었다. 이러다 농투성이로 영원히 노예의 멍에를 메고 소처럼 수렁에 빠져 허우적거리다 죽을 것만 같은 절망에 재호는 몸서리치곤 했다. 그러면서 저놈들을 몰아낼 수만 있다면 뭐든지 하고 싶었다.

화서가 나직이 말하던 것처럼 만주로 가 광복군이 되고 싶었다. 그전에는 막연했다면 이제는 너무나 절실했다. 가서 열혈남아의 기개로 동지들과 힘을 합해 저놈들을 깡그리 해치우고 싶었다. 형 재영은 만주의 실정을 모르는 사람이 아니었다. 2년 전 하얼빈의 교포가 운영하는 상점에서 점원으로 일하다 혹독한 겨울 추위를 견디지 못하고 열 달 만에 내려오고 말았다. 재영은 가끔 만주에서 떠돌던 광복군 얘기를 들려주곤 했다. 그런 형이었기에 여러 차례 말을 꺼내봤지만, 재호의 절절한 진심을 그저 세상 물정 모르는 소년의 치기 정도로 여기는 것 같았다.

암울한 날들이 흘러 봄이 오고 감자가 토실하게 여무는 초여름이 되었다. 빼앗긴 대지에 뿌리박은 무심한 것들은 생명을 길어 올려 짙푸르러 갔으나 재호는 점점 말을 잃어 가고 있었다. 한 가지 기쁨이라면 달포 전에 재영의 갑작스러운 결혼으로 재호에게 형수가 생겼다는 점이다.

재호가 다니는 귄돌교회에 안 속장(屬長, 일정 구역의 속회 모임을 인도하거나 대표하는 교회 직분)이라고, 화서와 잘 소통하는 사람이 있었다. 화서는 안 속장으로부터 자기 딸과 재영이를 맺어주자는 끈질긴 권유를 받고 있었다.

"내 딸이라서가 아니라 우리 애가 머리두 있구 인물두 그만하면 빠지지 않구 신앙두 좋으니 우리 사둔을 맺읍시다. 요즘 시국이 이런디, 동네 개만 짖어싸두 가심이 철렁 내려앉쥬."

안 속장의 말이었다. 과년한 딸이 있는 집안은 누구랄 것도 없이 전전긍긍하던 때였다. 현미리 사는 누구네도, 복금리나 오덕리 사는 누구네도 딸애가 정신대로 끌려갔다는 흉흉한 소문이 산을 넘고 내를 건너 마을을 휩쓸고 지났다. 그럴 때마다 딸 가진 집은 공포에 떨어야 했다. 안 속장은 체면이고 뭐고 화서에게 매달렸다. 누구 중매쟁이가 나서 이러는 것이라면 화서도 마음 편하게 의사 표시를 했으련만 내놓고 이러니 곤란하기 이를 데 없었다. 그래도 혼사는 중요한지라 선뜻 응할 수 없었다. 지난겨울의 일로 식구 하나 늘리는 것도 그렇고, 무엇보다 화서는 재영이 열일곱 어린 나이라 아직은 장가들기에 이르다고 보았다. 그러나 안 속장에게는 이런 말이 통하질 않았다. 또 다른 말로 화서를 집요하게 졸라댔다.

"아따 이 시국으 어렵지 않은 집이 어디 있답디까? 다 지 묘은 타구 난다는디, 아무리 못 먹구 고상헌다 혀두 잡혀가는 것보담 훨씬 낫쥬, 안 그류?"

경우 없다는 생각이 들지 않은 것은 아니었다. 하지만 딸 가진 부모가 얼마나 급하면 저렇겠나 싶기도 하고 마냥 냉정하게 손사래를 칠 수만은 없는 관계였던지라, 엉겁결에 혼사를 승낙하고야 만 모양새였다. 재호네 집의 중요한 결정권은 언제나 화서가 행사했다. 그게 재호네 집안의 불문율이었다. 그로 인해 가부장적인 창우와 다툼이 많았지만, 화서는 옳다는 일에 굽히는 법이 없었다.

안 속장 집에서는 혹시나 일이 틀어질까 말이 떨어지자마자 날을 잡아 보름 만에 예식을 강행했다. 말이 예식이지 멀리서 목사님을 모셔 와 주례로 삼고 그분의 축복과 당사자들의 서약이 전부였다. 그래도 화서는 언젠가 짜둔 명주로 재영의 바지저고리를 해 입혔고, 남촌 사는 시누이 아들의 비장품인 구두와 두루마기를 빌려 그런대로 신랑의 입성은 꾸몄다. 비장품이라 말하는 것은 일제가 발악하는 전시체제에서 물자가 너무 귀해 시골에서는 도저히 구할 수 없는 귀물이었고 친척이 아니라도 동네 혼사 때마다 몸에 맞든 안 맞든 으레 빌려 가는 것으로 알고 있었기 때문이다. 재호의 고종형 또한 좋은 일이려니 하고 그것들을 상용하지 않고 잘 손질하여 비장품으로 모셔두고 있었다.

재호는 형수 현애가 좋았다. 몸에 밴 단정함이 그랬고, 살갑게 대해주는 따스한 배려가 그랬다. 온화한 미소와 마주치면 재호의 상처 입은 마음이 다 환해지는 것 같았다. 처음에는 부끄러워 고개를 숙이고 단추만 만지락거리던 그였지만 '되련님' 소리에 익숙해지면서 부끄럼도 차차 사라지고 현애를 곧잘 따르게 되었다. 그렇게 궁핍과 불안 속에서도 그런대로 조용한 일상이 찾아온 듯싶었다.

형을 잡으러 온 요시다

'끼이익, 쿠당탕.' 대문의 문장부가 울부짖듯 요란하여 재호가 섬찟한 마음으로 내다보았다. 그늘진 대문간을 지나 성큼성큼 마당으로 들어서는 사람은 다름 아닌 요시다(吉田)였다. 재호는 그를 보는 순간 온몸에 끼치는 소름과 함께 그만 다리에 힘이 풀려 털썩 주저앉을 뻔했다.

요시다는 고향이 어디고, 원래 무슨 성씨인지도 모르지만, 동족인 것만은 분명했다. 그는 충화면의 노무계로 면내의 저승사자였다. 솔개 어물전 돌듯 그가 마을에 뜨면 사람들은 혹여 그의 그림자라도 마주칠까 두려워 숨기에 바빴다. 멀리서 국방색 국민복에 각반을 찬 요시다가 보일라치면 정자나무 그늘에서 한가하게 장죽 쇠머리를 다독이며 연기를 뻐끔뻐끔 피워 올리던 노인들조차 식혜 먹은 고양이 상으로 슬금슬금 피하고 보는 것이었다. 하물며 젊은 축들은 말해 무엇하랴. 그의 집요하고 날카로운 눈에 띄는 순간, 남자는 징용으로 처자는 정신대로 속속 끌려갔다.

그런 요시다가 분명한 발걸음으로 곧장 재호네 집에 찾아왔다는 것은 피할 수 없는 재앙이 집안에 들이닥쳤다는 것이기에 재호의 정신이 아득해지고 숨이 턱 막혔던 것이다.

"이케다 자이론(지재영)!

요시다가 재영의 이름을 부르며 거침없이 토방으로 올라섰다. 그의 검은 지카다비(엄지발가락과 다른 발가락 사이가 갈라져 있는 신발로 일본인들의 작업 신발)가 눈에 들어왔다.

"재영이 읍슈."

안방에서 마루로 나오는 화서의 목소리가 흔들렸다.

"어딜 갔소?"

요시다는 이 방, 저 방을 기웃거리며 반문했다.

"산으 풀 낭구 비러 간다구 지게 지구 나갔슈……."

재영을 노리고 온 요시다 앞에서 화서의 말꼬리는 흐려지고 있었다. 그러나 화서는 그 순간에도 기지를 발휘하여 산에 갔다고 둘러댄 것이다. 온통 산으로 둘러싸인 동네에서 천하의 요시다라도 어찌 찾겠는가.

"고레 고맛다나(이것 참 곤란하군)……."

그가 혼잣말로 중얼거렸다. 요시다는 방마다 열어보고도 의심이 가시지 않는지 가다가 되돌아와 부엌으로 뒤꼍으로 기웃거리다가 재영의 부재를 확인하고는 낭패한 걸음걸이로 사라졌다.

부엌에는 현애가 일하다가 넋을 잃고 서 있었다. 지켜보는 재호도 오금이 펴지질 않아 꼼짝할 수가 없었다. 화서는 휘청거리는 걸음으로 현애가 있는 부엌으로 들어가더니 잠시 후 재호를 불렀다. 재호는 대답조차 못 하고 높은 부엌 문턱을 겨우 넘어섰다. 현애는 누가 건드리기만 해도 그대로 주저앉을 것 같았고 얼굴은 하얗게 질려 있었다.

"재호야! 너, 빨랑 성헌티 가서 이르고 오너라!"

재호가 막 나서려는데 화서의 부름이 그를 멈추게 했다.

"뛰다가 요시다와 마주치면 안 뒹게, 조심혀!"

화서는 어려운 일을 당할 때도 의연함을 잃지 않았다. 결코 허둥대는 법이 없었다. 재호는 그럴 때마다 화서가 든든한 반석 같다고 생각했다.

재호가 신작로 건너 배동골 논을 향해 화서가 이르는 대로 주위를 살피며 가는 와중에도 현애의 하얗게 질려 있던 모습이 자꾸만 떠올랐다.

'성이 잡혀 가믄 안 돼아!'

재호는 오로지 그 일념뿐이었다. 방앗간에 이르러 멀리 바라뵈는 모든 길에 아무도 없음을 확인하고는 두 손을 불끈 쥐고 달리기 시작했다. 동구 밖에 이르렀을 때 손씨 정려 쪽에서 누군가 불쑥 튀어나왔다.

요시다였다! 이 교활한 놈은 재호 집에서 일어날 다음 행동과 동선을 꿰뚫어 보고 정려 뒤쪽에서 몸을 숨기고 있었던 것이다. 그를 보는 순간 재호의 머리털이 쭈뼛 곤두서며 그 자리에 얼어붙고 말았다.

"너 어딜 가는 게냐?"

뱀처럼 반짝이는 눈매로 재호를 노려보며 물었으나 목이 쩍 마르고 혀가 굳어버린 재호는 어떤 대답도 할 수 없었다. 재호는 순간 하얘진 머리가 갈피를 잡을 수 없는 와중에도 오직 하나, 절대 해서는 안 될 말을 생각했다.

"이리 와!"

그러나 재호의 다리는 움직여지질 않았다. 그러자 그의 억센 손이 재호의 왼손을 덥석 잡아 힘을 주었다. 대단한 악력 때문이었는지 너무 놀라서 그랬는지 몸에 찌릿 전류가 흐르며 재호는 맥을 놓아버렸다.

"앞장서!"

잡은 손을 놓으며 말했다. 재호가 혹시라도 도망칠까 우려해서 앞장서라 했겠지만, 다행인 것은 요시다가 형에게 가라는 것인지, 아니면 면사무소로 가라는 것인지 분명한 목적지를 말하지는 않았다. 재호는 주술에 걸린 것처럼 자기 발로 어느덧 면사무소를 향해 걸었고 요시다는 그런 재호를 뒤따르고 있었다.

만약에 요시다가 재영한테 가자고 했다면 재호는 어떤 선택을 했을까. 처음부터 재호는 집을 나와 재영에게 가고 있었고 요시다는 이를 노리고 그를 지키고 있었다. 요시다가 이 점을 놓칠 리 없으니, 답은 이미 정해진 것이나 다름없었다. 요시다의 포획물로 끌려가면서 체념과 희망 사이를 수없이 오가던 끝에 그가 생각한 것은 신혼인 형보다 차라리 내가 잡혀가는 게 집을 위해서나 형수를 위해서 낫다는 결심이었다.

신작로로 나와 곧장 내를 건너면 재영이 일하는 배동골이고, 좌측으로 틀면 면사무소였다. 만약 갈림길에서 재영이 일하는 쪽을 무심히라도 바라본다면 어떤 일이 벌어질지 모를 일이기에 재호는 망설임 없이 면사무소를 향해 걸었다. 요시다는 없는 재영을 찾느니 아직 어리지만 재호를 대신 잡기로 작정한 모양인지 군말 없이 따라왔다. 둘 사이에 암묵적인 합의가 이루어진 셈이다. 요시다는 머릿수만 채우면 그만이었다.

그러나 이 짧은 시간 동안 재호의 심장은 손아귀의 작은 새처럼 벌떡벌떡 요동치고 있었다. 어디를 바라봐도 구원의 기미는 보이지 않았다. 눈앞이 캄캄했다. 아버지, 어머니, 형과 형수, 그리고 동생들의 얼굴이 재호의 머릿속을 스쳐 지나갔다. 식구들은 재호의 이런 처지를 짐작도 못 할 것이고 재호는 그들에게 어떤 말도 전할 수 없었다. 혹여 전해진다 해도 처지가 바뀔 가능성은 전혀 없다.

신작로를 나오면 동네는 멀어진다. 재호는 아릿한 마음이 들어 뒤를 돌아보고 싶었으나 요시다의 얼굴과 마주치는 게 싫기도 하고 무섭기도 하여 도리없이 참았다. 아직 장마가 오기 전이라 폭양이 쏟아지는 하얀 신작로에 잔자갈 밟는 두 사람의 저벅거리는 소리 외에는 대낮의 적막이 관자놀이를 지끈거리게 했다. 어느 골짜기에선가 비둘기의 '구구' 우는 소리가 유난히 구슬프게 가슴을 파고들었다. 이 길을 걸으면 다시는 고향으로 돌아오지 못할 것이다. 이 길의 끝이 어디를 향하고 있는지 모르는 재호는 두렵고 떨렸다. 두 눈에 뜨거운 것이 맺혀 세상이 뿌옇게 보였고 가끔은 허방을 딛듯 휘청거리기도 했다. 재호는 가슴속으로 그저 '엄니, 엄니!' 부르짖고 있었다. 그러지 않으면 쓰러질 것만 같았다.

이 땅에서 노무 공출로 끌려간 사람은 많아도 돌아온 사람은 아무도 없었다. 3년이 되고 4년이 넘어도 오늘날까지 돌아왔다는 소문을 들어보지 못했다. 그저 살아 있다는 편지만 받아도 가족들은 한숨 돌리며 다행으로 여기는 실정이었다.

면사무소로 끌려간 재호

면에 도착하자 요시다는 재호를 숙직실에 인계하고는 어디론가 팽 하니 사라졌다. '또 다른 포획자를 찾아 나섰겠지.' 숙직실에는 이미 다섯 명이 잡혀 와 있었고 그중에는 승국이도 끼어 있었다. 유승국은 재호보다 네 살이 위였으나 입학이 늦어 학교로는 2년 선배였다. 둘 다 이런 자리에서 만난 게 멋쩍어 그저 쓴웃음만 지었다. 내 코가 당장 석 자지만 승국이도 참 박복하다는 생각을 재호는 하지 않을 수 없었다. 계모 슬하에서 자란 승국이는 소학교에 다니는 배다른 동생이 둘이나 있었다. 아버지란 사람은 집 안일은 나 몰라라 하고 허구한 날 투전판만 쫓아다니는 어정뱅이였다. 그러니 힘든 농사며 궂은일은 다 승국이 몫이었다. 그런데도 아버지는 언제나 이복동생들 편만 들어 걸핏하면 승국이를 무작스럽게 두들겨 패는 바람에 동네 사람들의 입초시에 오르내리는 위인이었다. 승국이 없는 집은 어찌 되려나……

재호가 그저 멍하니 앉아 이런저런 생각을 하고 있는데 요시다가 또 한 명을 끌고 왔다. 요시다는 한번 나가면 빈손으로 돌아오는 법이 없었다. 이윽고 두 명을 더 끌고 와 재호까지 모두 아홉이 되었다.

인간 백정 요시다는 이런 일을 저지르면서도 아무 양심의 거리낌이 없었다. 그는 조선인이었지만 그 때문에 더욱 일제가 읊조리는 진충보국 멸사봉공의 자세로 맡은바 직분을 충실히 수행한다고 자부하고 있었다. 그는 부레 없는 물고기처럼 한 치 깊이의 생각조차 없었으므로, 자기가 저지른 행동이 수많은 가정을 박살 내고 삶의 토대를 무너뜨린다는 점을 알려고도 하지 않았다. 숙성되지 못한 도덕성에 권력의 완장까지 찬 그는, 사람의 목숨을 좌지우지하는 그 무도한 일에 옳고 그름을 분별하기는커녕 눈곱만큼의 연민도 없었다. '종이 종을 부리면 식칼로 형문(刑問)을 친다'더니 두려움과 공포에 떨며 먼저 무너져버리는 사람들의 애원하는 눈동자 앞에 자기 힘의 위력을 실감하면서 무슨 대단한 권력자라도 되는 양, 자가당착에 빠져든 사람이니 총독부로서는 이보다 단순하고 쓸만한 개는 없었을 것이다.

"하이고, 이제 다 바닥이 나서 머릿수 채우기가 갈수록 힘드능만. 오늘은 아홉 명으로 시마이 하고 이만 군에 들어가봐야겠네."

수송 차량을 대기시키러 가는 모양으로 잡혀 온 사람들을 감시하는 면직원에게 다짐하는 말투였다. 이들은 요시다에게 낚인 하루치의 어획물에 불과했다. 그때였다.

"재호야!"

다급하게 부르는 화서의 목소리가 들렸다.

"엄니!"

그와 동시에 외치며 벌떡 일어나 뛰쳐나가는 재호를 두 명의 면서기가 완강하게 가로막았다. 비록 가로막혔지만 재호는 이들이 두렵지 않았다. 화서는 얼마나 울었는지 눈시울이 부어올랐고 두 눈이 붉게 충혈된 채 다가왔다. 지키는 면서기들은 다행히 요시다처럼 모질게 굴지 않았다. 이들이 지켜보는 가운데 재호는 잠시 화서와 손을 맞잡았다. 화서가 뭔가를 재호 손에 쥐여주면서 빠르게 귓속말로 속삭였다.

"우쨌든지 도망쳐 오니라! 돌아오면 꼭 경성으로 보내 공부시켜 줄게……."

재호는 이렇게나마 화서와 작별할 수가 있으니 얼마나 다행인가 싶었다. 면서기들이 화서를 돌려세우고 그에게 들어가라고 재촉하여 자리에 돌아와 손을 펴보니 꼭꼭 접고 접은 10원짜리 두 장이었다.

'20원!' 집 형편으로는 큰돈이었다. 재호는, 월급이 세다는 학교 선생의 경우 조선인은 20원에서 25원이고 일본인은 25원에서 30원이라 들은 기억이 났다. 어머니가 이 큰돈을 그새 어떻게 마련해 왔을까 의아해하다가, 그 경황 중에도 급하게 변통했을 화서의 마음이 그대로 전해졌다. 비로소 어머니와의 이별이 피할 수 없는 것이라는 각성이 몸서리치게 들었다. 꿈이라면, 정녕 꿈이라면 눈만 뜨면 사라져버릴 것을, 아무리 도리질해도 손에 쥔 돈처럼 시뻘건 현실이라 재호는 터질 것 같은 가슴을 한 손으로 부여잡으며 꺽꺽 울음을 토해냈다.

"엄니, 엄니 말씀대로 우쨌든지 이 두찌는 꼭 살아 돌아올 것이구먼유!"

이윽고 군청에서 보내온 트럭이 자욱한 먼지를 일으키며 도착했다. 엔진을 탑재한 부분이 앞으로 튀어나온 이 화물차는 면마다 돌아다니며 잡아들인 징용자들을 모아 부여군청으로 실어 나르는 구닥다리였다. 요시다의 지시에 따라 잡혀 온 일행이 도살장에 끌려가는 마소처럼 굼뜬 동작으로 힘겹게 올라타자 조수가 힘 있게 발동기를 돌려 엔진을 살려냈다.

"크르릉!"

요란한 굉음과 함께 연기가 새까맣게 뿜어져 나와 시야를 가렸다. 금세 눈이 따끔거리고 저질유 타는 역한 냄새에 여기저기서 캑캑거리기 시작했다. 모두 다 두 눈을 질끈 감고 앞섶이나 손으로는 코를 막으며 끌려가는 비참함보다는 당장 닥친 불편에 대처하기 급급했다.

차가 움직이기 시작하자 어떻게들 알고 왔는지 면사무소 마당에 사람들이 몰려들어 통곡 소리, 외치는 소리, 누군가를 부르는 소리로 들썩였다. 끌려가는 사람들도 죄 일어나 어머니 아버지를 부르며 울부짖는 통에 지옥이 따로 없었다.

"엄니! 엄니이! 꼭 살어 도러올그유!"

재호 역시 눈물을 닦으려 하지도 않은 채 화서를 향해 목이 터져라 외쳐댔지만, 큰 소음에 묻히고 말았다. 차가 슬슬 면사무소를 벗어나려 하자 누군가는 트럭의 적재함을 잡고 따라붙고 누군가는 두 팔로 막아섰다. 그러나 주재소 순사들과 면서기들이 휘두르는 몽둥이에 금방 제압당했다. 소란을 뒤로하고 트럭이 속도를 높이자 자욱한 먼지가 구름처럼 솟구치며 뒤따랐다. 끌려가는 사람들의 시선은 오직 한 방향, 점점 멀어져 가는 정다운 사람과 정다운 산천을 향해 있었다.

그때, 동구에서 신작로 쪽으로 누군가 내달려 오고 있었다. 그 뒤로 멀리 서 있는 여인 한 사람.

'성허구 성수다!'

재영이 마구 달려오면서 입에 손을 모아 무어라 외치는 것 같았지만 요란한 엔진소리에 묻혀 아무 소리도 알아들을 수가 없었다.

"서엉! 서~ㅇ."

재호는 목이 터져라. 형을 불렀다.

"조용해!"

요시다가 호통을 치더니 목을 낚아챘다. 그 바람에 재호는 털썩 주저앉았지만 오로지 형만을 바라보았다. 넘어질 듯 달려오던 재영은 말뚝처럼 우뚝 서버렸고, 한참 뒤에는 행주치마를 걷어 올려 눈물을 닦고 있는 현애의 모습이 아련하게 멀어져가고 있었다.

4. 끌려가는 노예들

부여군청 노무계원 김용판은 읍내 여관에 상주하며 각 면에 할당한 노무 공출 인원을 모으고 있었다. 실적이 부진한 면은 상급 기관의 위세를 앞세워 노무계원들을 닦달하였다. 목표 인원 100명이 채워지자 내지인(일본인)과 명부를 펼쳐놓고 잡혀 온 이들을 하나씩 대조한 후, 여관 방마다 인원을 분산하여 배치하고는 홀가분하다는 듯 사라졌다.

노무 공출자들의 겁먹고 일그러진 얼굴을 대할 때마다, 그는 이 일이 사무실에서 서류를 들추며 문서를 작성하는 일보다 훨씬 험하다는 생각을 하지 않을 수 없었다. 도(道)로부터 할당된 머릿수를 채우는 일도 갈수록 태산이고, 틈만 나면 도망칠 궁리하는 이들을 내지인에게 인계할 때까지 관리하는 일도 보통 사나운 일이 아니었다. 태반이 무학자인 이들과 악다구니를 쓰며 씨름하다 보면 자신마저도 머리와 몸에서 고약한 냄새가 나는 이들과 다를 바 없다는 생각이 들곤 하여 저절로 미간이 찌푸려지는 것이었다.

그러나 이 자리는 힘든 만큼 은밀한 보상이 주어져, 군청 내에서는 사실상의 노른자위 보직이었다. 노동자 한 명이라도 아쉬운 내지의 기업체 직원들이 찾아와 작부 집에서 질탕하게 마시고 즐길 수 있는 향응과 용돈을 수월찮게 쥐여주니 따분한 말단에는 뿌리칠 수 없는 유혹이었다. 그도 처음에는 군민을 팔아 제 잇속이나 챙기는 것 같아 맘자리가 마냥 편한 것만은 아니었다. 그러나 '늦게 배운 도둑이 날 새는 줄 모른다'고 이제는 뒷거래가 없으면 속으로 상욕부터 나오기에 이르렀다. 좌우간 하급 관리란 윗전에는 굽신거리고 아래로 내려갈수록 더욱 모질게 닦달하여 구전(口錢)이나 얻어먹으면 좋고 내 한 몸 편하면 그만이었다.

쓸데없이 민족이니 독립이니 들먹이는 인간들은 과대망상자들로 일본의 강함을 몰라도 한참을 모르는 자들에 불과했다. '참나무에 곁낫걸이'지 조선은 힘이 없어 어차피 일본이 아니더라도 강대국에 먹힐 운명이었다. 그럭저럭 이 험한 세월에 자식새끼들 잘 건사해서 시집 장가 보내고 고향 면장질이나 하면 더할 나위 없겠다는 게 그의 가장 큰 포부였다. 사실 조선인 신분에 이 정도면 출세한 것이라고 해도 과히 틀린 말은 아니었다.

총독부는 전황이 다급하게 돌아가던 1943년 7월 '국가의 요청에 기초하여 제국 신민으로 하여금 긴요한 총동원 업무에 종사'해야 한다는 교활한 말장난으로 아예 징용을 국민의 의무로 일반화시켰다. 이제 13세 소년 소녀부터 50대에 이르는 노장까지, 길거리나 장터, 또는 논밭에서 일하고 있는 사람들을 강제로 끌어가도 된다는 염라대왕 법을 마련한 것이다.

군수 물자 생산에 혈안이 된 일제의 기업들은 더 많은 인원을 할당받기 위해 직접 직원을 조선에 파견하였다. 이들은 관계 관청에 들락거리며 공출이 좀 더 수월한 지역을 배정받으려 뇌물을 아끼지 않았다. 총독부의 강력한 명령에다 각종 뇌물과 향응이 제공되다 보니 현장에서의 약발은 무소불위의 위력을 발휘했다. 어느 정도였나 하면 해당 군에서 인원을 채우지 못하면 도청에 항의하여 실무자의 문책을 요구할 정도로 정경 카르텔이 시퍼렇게 작동하였다. 뇌물로 얽힌 김용판이 이들과 좋은 관계를 유지하려 애쓴 이유도 거기서 비롯되었다.

김용판은 노무 공출자원이 갈수록 고갈되자 상부 기관의 지시대로 경찰에 협조를 요청했다. 그러나 요청은 명령으로 둔갑하여 순사들은 할당 수를 강제 공출하는 일이 비일비재했다. 그뿐만 아니라 이판사판, 탈주에 목숨을 건 징용자들을 감시하거나 감금하기도 하였다. 이는 부여군뿐만 아니라 전국적인 실상이었다.

　부리나케 여관을 빠져나온 김용판은 숙취도 풀 겸 탁배기를 반주 삼아 늦은 점심이나 먹고 일찍 퇴근할 요량으로 향교 쪽으로 접어들었다. 초여름이라지만 오후의 따가운 햇볕은 살아 움직이는 것들을 어디로 다 숨겼는지 골목은 개새끼 한 마리 얼씬거리지 않고 괴괴하기만 했다. 말매미 한 마리가 극성스럽게 울어대는 팽나무 밑동에 단추를 풀고 아까부터 터질 것 같던 오줌보를 시원하게 비워냈다. 간밤에 일본인들과 마신 술이 과했는지 덜 삭은 술 냄새가 풀풀 올라왔다.

　김용판이 사라지고 나자 여관이 곧 시끄러워졌다. 마당가에 있는 변소의 작은 환기창을 떼어내고 두 사람이 도망쳐버린 것이다. 내지인들은 김용판에게 이미 인계인수를 한 터라 누구한테 책임을 묻지도 못하고 맥없는 여관 주인에게 노발대발 호통을 치고 있었다. 연신 굽신거리던 주인은 변소 창에다 굵직한 통나무를 가로질러 대못을 촘촘하게 때려 박는데, 그 하는 짓이 풀 데 없는 화풀이나 다름없었다. 내지인들은 방심했다는 생각이 들었는지 경찰서에 연락해 순사 두 명을 지원받아 배치하였다. 순사들은 긴 칼을 덜그럭거리며 잡혀 온 일행을 감시했다. 변소 출입도 이들의 허락을 받아야만 비로소 가능했다.

　솔개에 채인 병아리 모양으로 졸지에 잡혀 온 이들은 명색이 여관이지 좁다란 방 한 칸에 15, 16명씩 몰아넣어져 누울 자리는커녕 앉아 있기에도 턱없이 비좁았다. 날씨마저 무더웠던 탓에 밀착된 사람들이 품어내는 체취와 열기는 숨쉬기는 고사하고 질식해서 죽을 것만 같았다. 사람의 몸이 이렇게 뜨거운 줄 몰랐다. 마당으로 나가 숨이라도 제대로 쉬었으면 좋으련만 순사들은 바깥출입을 일체 엄금했다. 바로 우리에 갇힌 짐승의 모습이었다.

징용자 조직이 구성되다

도망자가 발생하자 내지인들은 쉬운 통제를 위해 우선 98명의 신원을 파악한 다음 학력을 중심으로 조직을 짰다. 도망친 2명을 제외한 98명 중 5년제 중졸이 1명, 4학년 중퇴가 1명, 소학교 졸업이 12명, 그 외 한학이 2명, 나머지 82명 모두가 문맹자였다. 당시 조선 땅 농촌의 교육 수준이 대략 이와 같았다. 이들은 중 4년 중퇴자인 구니모토(國本)를 대장(隊長)으로, 중졸자인 미쓰모리(三森)를 서사(書士)로, 일본 말 소통이 가능한 소학교 졸업자 열 명을 조장으로 세웠고 한 조당 아홉 명에서 열 명씩을 배치하였다.

대장에 중졸자가 있음에도 중퇴자로 세운 것은 미쓰모리가 이제 중학교를 갓 졸업한 스무 살인 데다 숫기가 너무 없는 데 비해, 구니모토는 나이도 서른다섯 살이고 일본어가 매우 유창하여 내지인들이 적격자로 판단한 것 같았다. 내지인은 김용판으로부터 넘겨받은 명단을 미쓰모리 서사에게 주어 이름을 불러 확인하게 했다. 희미한 목소리로 그가 부르는 이름은 모두 창씨(創氏)였다. 본래의 성과 이름은 알 수가 없었다.

재호도 소학교 졸업자로 맨 먼저 지명되어 1조장이 되었다. 가장 나이 어린 재호를 조장으로 삼은 것은 이들이 일본어 소통 능력을 우선한 것이 아닌가 싶었다. 한 가지 기이한 것은 무슨 명예로운 조직도 아니고 끌려가는 피동적 집단이었음에도 내지인들이 직책을 부여했을 때 이들 사이에 묘한 심리적 기제가 발동되었다는 점이다. 제왕에게 간택되기를 바라는 궁녀의 마음은 아닐망정 적어도 내지인이 누군가를 선택한다는 것은 무리 중에서 그의 우월성을 인정했다는 식의 은근한 인정욕구가 가슴속에 피어올랐다는 점에서, 또한 대장을 중심으로 형성된 위계 구조가 자연스럽게 기능하게 되고 서열이 생겼다는 점에서, 결국 인간은 끌려가는 처지에서도 정치적 동물이자 사회적 동물임에 틀림없었다.

내지인들이 구니모토를 대장으로 지목한 것은 그들이나 끌려온 자들 모두에게 매우 적절한 인선이었음을 시간의 흐름이 증명해주었다. 우선 그의 외모가 믿음직스러웠다. 큰 키는 아니었으나 우뚝 솟은 콧날과 범상치 않은 준엄함을 풍기는 눈매는 그의 사려 깊은 내면을 짐작하게 하였다. 대장은 일본인들 앞에서 비굴한 모습을 보이지 않고 의연했으며, 할 말이 있으면 충분히 소신을 피력했고 판단력이 빨라 매사에 일 처리가 명료했다. 이런 점들을 일본인들은 오히려 인정하는 눈치였고 끌려온 자들은 그나마 다행이라 생각했다.

조장의 임무란 서사에게 받은 명단을 보고 조원을 수시로 파악하여 이상 유무를 대장에게 보고하는 일과 주먹밥을 타다가 조원들에게 나누어주는 일이었다. 일본인들은 이런 방식으로 끌려온 자들을 구조의 틀 안에 집어넣음으로써 서로 감시하게 하여 탈주를 미연에 방지하고 자기들이 해야 할 잡다한 일에서 벗어날 수 있었다.

끌려온 사람들은 일본 본토나 만주, 사할린, 남양군도의 어딘가로 보내질 것이다. 하지만 이들을 운송하는 주체가 어디인지, 또 어디로 가는지 알 수 없고, 그곳에서 무슨 일을 하게 될지도 모르는 불확실성에 잔뜩 주눅이 들어 있었다. 그러나 무리의 속셈은 한결같지 않았다. 일찌감치 고개를 떨구고 현실에 순응하는 사람들은 그 체념으로 오히려 무덤덤해 보이기조차 했다. 이들은 기왕에 이렇게 된 것, 좀 더 나은 노역장에 보내지기만을 바랄 뿐이었다. 반대로 눈빛을 반짝이며 탈주의 틈새를 호시탐탐 노리는 사람들의 심사는 엄습하는 불안으로 가슴을 조이고 있었다. 삼천리 반도 어디나 할 것 없이 촘촘하게 드리워진 일제의 그물코를 뚫고 과연 탈주는 가능한 것일까? 거기가 어디든 지금의 처지보다는 낫지 않을까? 이같이 불안은 어려운 목표에 도전하는 인간이 치러야 할 대가였다. 어쩌면 희망은 불안의 다른 말일지도 몰랐다. 재호도 마찬가지였다. 어머니와의 약속을 떠올리며 여린 가슴은 쉴 새 없이 요동치고 있었다.

목적지를 알 수 없는 기차 이동

삼엄한 감시의 눈초리를 받으며 트럭에 짐짝처럼 실린 그들은 해가 기울 무렵 논산역에 대기시켜 놓은 빈 객차에 인솔되어 올라탔다. 객차는 사람들의 시선을 받지 않는 가장 후미진 철로에 덩그러니 놓여 있었다. 재호가 화서와 경성에 갈 때 탄 것과 비교도 안 될 정도였다. 마치 폐차장에서 끌고 온 듯, 낡고 곰삭고 온통 시꺼멓게 그을린 실내는 퀴퀴한 냄새가 짙게 밴, 사람이 타고 다니는 객차가 아니었다. 그렇다! 이제 이들은 짐승처럼 어디론가 끌려가는 것이다. 삶과 죽음을 장담할 수 없는 곳으로.

그들은 마주 보는 의자에 조별로 자리를 잡고 앉았다. 양쪽 출입구에는 일본인이 두 명씩 감시 요원으로 배치됐고, 한 명은 가운데 통로를 오가며 혹시 모를 행동을 감시했다. 창문으로 탈주할까 염려해서인지 창문은 굳게 닫혀 실내 공기가 칙칙했고 퀴퀴한 냄새로 머리가 지끈거렸다.

실내는 곧 맞닥트리게 될 모든 단절이 임박했기 때문인지 침묵으로 무겁게 가라앉아 있었다. 익숙한 것, 길들여진 것, 사랑하는 것, 하다못해 미워하는 것, 그리고 어머니 품에서 저절로 익힌 모국어로부터의 단절이었다. 누구도 입을 열지 않고 움직이지도 않았다. 아니 움직임을 허락받지 못했다. 오로지 감시의 눈을 번득이는 일본인이 통로를 오가는 발소리만 크게 들렸다.

도대체 어디로 가는 것일까. 가족들은 얼마나 황망해하며 망연자실하고 있을까. 이들 사이에 가장 어린 재호는 생각할수록 창자가 녹아내리는 통증이 쓴 물처럼 치밀어올라 탈진한 몸뚱어리를 등받이에 기댄 채 두 눈을 꼭 감고 있을 뿐이었다. 달리 할 수 있는 일이 없었으므로.

잠도 오지 않았다. 입 안이 쩍쩍 말라붙어 물 한 모금이 절실했다. 지난 사흘의 시간은 오로지 견딤으로써만 가까스로 버텨낼 수 있는 혹독함이어서 백 년, 아니 천 년보다 길었다. 재호는 보호받고 굄받는 어머니의 아늑한 품에서 난데없이 가혹한 구렁텅이에 내동댕이쳐진 슬픔과 고통이 극에 달했으므로 아침저녁으로 주는 주먹밥을 한 번도 먹을 수 없었다. 누군가가 그의 몫을 먹는 것조차 관심을 두지 않았다. 갑자기 허기가 몰려와 손이 떨리고 진땀이 배어 나왔지만 텅 빈 위가 먹을 것을 요구한다는 것에 구역질이 났다. 내가 이렇게 슬픈데 배고픔이라니, 사치스럽다는 생각이 들었다.

몽롱한 의식으로 재호가 눈을 다시 떴을 때는 어둠의 장막이 모든 것을 차단하여 아무것도 보이지 않았다. 감시받는 자 98명과 감시하는 자 5명, 합이 103명이나 되는데 숨소리마저 들리지 않는 아득한 적막과 짙은 어둠이 꿈결처럼 오랫동안 지속되었다.

얼마나 시간이 흘렀을까. 그때 갑자기 덜커덩하는 소리와 함께 충격이 전달되더니 천장의 불이 들어왔다. 증기기관차의 동력부에 연결된 것이다. 전등의 조도는 상갓집의 조등(弔燈)만큼이나 침울했다. 이동 감시자가 바쁘게 통로를 오가며 창문의 커튼을 모두 내리라고 지시했다.

밤이라지만 밀폐된 실내는 공기의 순환이 막혀 숨이 턱턱 막혔다. 밖조차 내다볼 수 없어 답답한 마음에 열차가 역에 정차할 때마다 어디를 향하는지 방향을 가늠해 보았지만, 북쪽인지 남쪽인지 종잡을 수 없었다. 어느 역에선가 열차가 후진과 전진을 거듭하면서 차량을 떼어내고 매다는 것이 느껴져 그곳이 큰 역임을 짐작할 수 있었고 그동안 정차한 역을 헤아려 보건대 아마도 대전역일 것 같았다. 재호는 그저 막연하게 들려오는 소리를 듣고 있었다. 귀에는 눈과 같이 꺼풀이 없으므로.

철로를 덜커덕거리며 굴러가는 바퀴 소리와 가끔 울부짖는 기적소리, 출입문을 지키는 일본인들의 대화 소리가 간간이 들려왔다. 기차의 기관이 점차 숨차게 헐떡이는가 싶더니 철로 마디를 지나는 바퀴 소리의 간격이 점차 벌어지면서 속력이 뚝 떨어지는 것을 느끼는 순간이었다.

"추풍령이다!"

누군가가 조용하지만 단호하게 외치는 소리가 들렸다. 그 말이 떨어지자마자 닫혀 있던 커튼과 차창 열리는 소리가 여기저기에서 달그락달그락 들려왔다. 재호가 정신이 번쩍 들어 눈을 떠보니 벌써 여러 명이 창구로 상반신을 내밀어 빠져나가고 있었다. 놀란 일본인들은 부리나케 이리 닫고 저리 내달리며 빠져나가는 사람의 옷깃을 마구 잡아당겼으나 목숨을 건 사람들의 의지를 당할 수는 없었다.

재수 없는 사람은 언제나 있기 마련이라 빠져나가려다 창틀 어딘가에 옷이 걸려 쩔쩔매는 이를 일본인 두 명이 떼어내 통로에 무릎을 꿇리더니 온갖 욕설과 함께 달아난 사람들에게로 향한 분노까지 곁들여 발길질해 대는데 거의 죽일 기세였다. 그러나 죽이지는 않았다. 노예 한 명의 숨통을 끊어놓으면 그만큼 손실이라 생각한 모양이었다.

혼비백산한 이동 감시가 인원을 점검하더니 낭패한 목소리로 일곱 명이 도주했다고 동료들에게 알리고는 씩씩거리며 히코쿠민(ひこくみん: 비국민)이니 이누치쿠쇼(いぬちくしょう: 개새끼) 같은 상욕을 씨부렁댔다. 예상치 못한 극적인 광경에 모두 눈을 휘둥그레 떴지만 한바탕 광풍이 지나고 잠잠해지자 이윽고 저마다 생각에 빠져들었다. 각각의 가슴속에서 던지는 큰 의문의 소리를 들으면서.

어쩌다 무리의 대장이 되어 왜놈들 뒷수발이나 들어야 하는 처지가 처량하다 생각하는 구니모토도 다를 바 없었다. 왜 우리 일행은 수적으로 저들을 압도할 수 있었음에도 놀란 가슴으로 지켜만 보고 있었는지, 왜 우리에게는 호랑이는 아니더라도 너구리만큼의 용기도 없었는지, 수치스럽고 부끄러운 마음이 밀려들었다. 우리는 우리도 모르게 심장을 잃어버린 겁먹은 노예로 전락해버리고 만 것일까? 우리는 그들의 제도와 식민지 정책에 길든 염소 떼에 불과한 것일까? 그리하여 이미 천황의 충성스러운 신민이 되어 일제의 부름에 따라 임지로 향하는 노동자라도 됐다는 말인가? 아니면 저들의 뒷배인 일제의 무력과 헌병, 순사의 앙칼진 감시로 어차피 돌아갈 고향과 집을 잃어버렸기 때문일까?

그러나 대장은 일행이 다 느끼듯 사려 깊은 사람이었다. 자기 한 몸 끌려감으로써 동생들을 보호할 수 있다는 오직 그 일념 하나로 현실을 받아들이기로 작정한 것이었다. 그런 한편으로는 기차의 속도가 느리기는 했으나 차창 높은 곳에서 허둥지둥 뛰어내렸을 그들의 안위가 걱정되었다. 설령 다치지 않았다 하더라도 헌병과 순사들이 두 눈 부릅뜨고 설쳐대는 시국에, 들숨 날숨 없는 조선 천지 어디에도 발붙일 곳 없어 보이는 그들의 전도를 사뭇 걱정하다가도, 사람 살 곳은 골골이 있다는데 다들 어디에서든 제 몸뚱어리 하나 기댈 수 있으리라는 생각도 들었다.

재호도 마찬가지였다. 아무것도 하지 못한 자신이 한없이 부끄러웠다. 그러면서 용기 있는 사람들의 탈주대열에 끼지 못한 아쉬움과 기회를 놓쳐버렸다는 허탈감이 엄습했다. 그러나 재호는 추풍령을 전혀 알지 못했다. 반대로 그들의 행동을 보면 충동적으로 도주한 게 아니라 추풍령을 이미 알고 있었고 기회를 노린 것으로밖에 보이지 않았다. 한 가지 확실한 것은 이 소동으로 그 암담한 무리의 행선지가 북쪽이 아니라 남쪽 부산인 것이 분명해졌다. 이들은 일본 아니면 남양군도의 어느 곳으로 보내질 것이다.

기차에서 만난 사연들

창가 쪽 재호의 앞자리에는 50이 넘어 보이는 반백에 주름이 많은 중노인이 앉아 있었다. 삭정이처럼 바짝 마른 그의 얼굴은 햇볕에 그을리다 못해 짙은 구릿빛을 띠었고 턱밑으로는 초라한 갈색 수염이 제멋대로 매달려 어디 할 것 없이 질척거리는 궁색함이 덕지덕지 묻어났다. 입성조차 '양주 사는 홀아비' 꼴이라 흰 무명 잠방이는 논에서 일하다 댓바람에 끌려왔음이 여실해 보였다. 거기에는 진흙이며 꼬질꼬질한 땟물이 절어 있는 데다 순사가 쏜 물총의 검정 물감은 여기저기 얼룩으로 번져 있었다. 누덕누덕

거칠게 기운 삼베적삼의 벌어진 앞자락 사이로 새까만 배꼽이 다 드러나 보였지만, 다른 사람의 시선을 느꼈을 터인데도 옷매무새를 추스를 생각이 전혀 없어 보였다. 아니 그러거나 말거나 무관심해 보였다.

일제는 백의민족의 상징인 흰옷을 불온한 저항의 색깔이라 여겨 장터에서나 거리에서 흰옷을 입고 다니는 사람을 보면 물총으로 검정 물감을 뿌려댔다. 노인에게 자존감이나 수치심이 쥐꼬리만큼이라도 있었다면 걸인 같은 자신의 행색을 부끄러워했으련만 천성이 그런 탓인지, 아니면 신산한 삶에 지쳐 넋을 놔버렸는지 마주 보고 앉은 자리에서 눈길이라도 부딪칠라치면 민망하기 그지없었다.

그의 옆자리에는 다 낡은 쑥색의 여름 학생복을 입은 소년이 백지장처럼 핏기 없는 얼굴로 앉아 있었다. 저런 얼굴은 십중팔구 영양실조에다 빈 배 속에는 회충이 가득 차 있을 것이다. 재호 옆에 앉은 삐쩍 마르긴 했어도 강골깨나 있어 보이는 40대 남짓의 남자는 살가운 평양 나막신처럼 모르는 사람과도 쉬 말을 트는 유형의 사람 같아 보였다. 숨조차 쉬기 힘든 남루한 객차에 장시간 갇혀 지루함으로 터질 것 같은 좌석에서 갑자기 말소리가 들렸다.

"으디 사러?"

바로 재호 옆에 앉은 40대가 앞자리 소년에게 말문을 열었다. 나직한 목소리였지만 들릴 수도 있겠다 싶어 재호는 두려운 마음으로 등을 보이고 통로를 지나는 감시원을 돌아보았다. 그러나 그는 지루한 시간 동안에 배어든 느슨함 때문인지 고개조차 돌리지 않았다.

"은산면 사류."

"아적 어려 보이능만……. 근디 맷살여?"

40대가 이맛살을 찌푸리면서 말했다.

"열일곱 머겄슈!"

어느새 그들의 대화에 귀를 기울이던 재호는 좀 놀라고야 말았다. 체격도 왜소하고 얼굴도 야위어 열네 살인 재호하고 같거나 비슷할지언정 많아 보이진 않았는데, 아마도 못 얻어먹어 발육이 부진한 것처럼 보였다.

"성은 읍서?"

40대는 측은한 듯 또 물었다.

"야, 읍슈, 독자유."

"근디도 잡어와? 후랴들 놈들……."

40대는 흥분하고 있었다.

"아부지가 마흔한 살이신디. 모집가끼리(면의 노무계원) 야스다(安田)가 아부지를 잡어갈려구 집이루 불쑥 들어닥친께 아부지가 발로 후딱 뒷문을 처제끼구 떠 도망쳤슈. 뒷산으르유."

소년의 말로는 아버지가 어리고 왜소한 아들이야 설마 잡아가겠나 싶어 도망쳤을 것이라며 제 아비를 두둔하고 있었다. 형을 대신해 잡혀 온 재호와 크게 다를 바 없어 그 심정에 연민이 지피는 것이었다.

꿩 대신 닭이라고 야스다가 아들을 끌어내자 소년의 어머니가 아들을 덥석 껴안고 울부짖었다.

"나리, 나리, 쟈는 우덜 집 독자유. 지발 좀 봐줘유. 야……?"

소년의 어머니는 애걸복걸 울면서 매달렸다.

"햐, 이 아줌니 보게! 이 손 안 쳐!"

야스다는 눈을 부릅뜨고 호통을 쳤다.

"아뉴! 야를 노면 끌고 갈 거잔유. 나리, 지발 조께 살려줘유!"

어머니는 털썩 주저앉아 두 다리로 아들의 허리를 감싸고, 두 팔로는 아들의 목을 꼭 감고 죽어도 놓지 않겠다는 결연한 태도를 보였다.

"에잇, 코라 우루사이 야쓰 다나(이거 귀찮은 년이네)."

야스다가 안 되겠다는 듯 지카다비 신은 발바닥으로 여자의 이마를 모질게 내지르자 그녀는 뒤로 벌러덩 나가 뒹굴었다. 하지만 어느새 초인적인 순발력으로 다시 아들을 덥석 끌어안고 발을 버둥거리며 대성통곡했다.

그러나 야스다는 노련했고 이런 일에 어떻게 대처해야 하는지를 너무나 잘 알고 있었다. 길길이 호통치던 목소리가 금세 나긋나긋한 목소리로 가라앉더니 어르듯이

"허따, 아줌니! 내도 종신이가 독잔걸 잘 알고 있는디 같은 조선 사람덜끼리 아주야 델꼬 가겠슈? 군청까지만 가 주먼사 내 책임은 면형께, 내가 그띠 군 담당헌티 잘 말혀서 빼낼팅게 염렬 허덜말고 보내도록 헙시다."

종신이 어머니도 잘 알고 있었다. 조선 사람이 이 대세를 거스를 수 없다는 것을. 그러나 목숨보다 귀한 독자를 저들이 하자는 대로 놓아줄 순 없었다. 통사정이나 해 보려고 아들을 놓으면서 이제는 야스다의 발치에 엎드려 두 손을 파리처럼 싹싹 비벼댔다.

"나리, 지발 고렇게만 해주셔유! 나리만 믿을 탱게유. 종신이를 디려가문 우덜 집안은 대가 끊겨유."

여인은 야스다에게 머리를 연신 조아리며 빌고 또 빌었다.

"엄니는 지가 집이서 끌려나옹게 땅을 치구 통곡허셨슈. 자석이 잡혀가는 줄두 모르구 지 혼차 내뺐다구 아부지를 겁나게 원망허시면서유."

소년은 말을 마치며 손등으로 눈물을 닦았다.

"허참, 씨부럴 늠들. 그려 고늠이 군 직원헌티 야기는 허댜?"

"아뇨, 암말두 안혔슈. 지만 넝겨뻬리구 핑 내뺏슈……."

"웬수 가튼 늠들이여. 씨부럴늠들!"

노인도 귀를 쫑긋이 세워 듣고 있다가 40대에게 물었다.

"아이, 성씨는 워쩌다 끌려왔슈? 팔팔허니 심 좀 쓰게 싱겼구먼!"

"얼라, 성씨라니 말씸 노셔유!"

40대는 노인의 공대에 놀라 손을 내저으며 말했다.

"지는 임천면으 만사리 사는디 장날 성냥개비나 밑다발 쟁여 노려구 설렁설렁 장이 갔는디 하따, 지수 드럽게 업승게로 순사들, 군서기, 민서기들이 합동으르다 사냥 나와설랑 당허구 말았구먼유. 열대엿 명이 몽땅 한꺼

번에 끌려와 버렸슈!"

면서기가 잡아 순사에게 넘기면 순사는 즉석에서 신원 조서사를 작성하고, 거부하거나 도망치면 징역 보내겠다고 서슬 퍼런 협박을 해대는 바람에 도망은 생각도 못 하고 집에도 알리지 못한 채 트럭에 실려 왔다는 것이었다.

"참말로, 집이 논네들도 기시구 에린 새끼들두 야섯이나 되는디, 내 없이 워치게 농살 지을랑가 걱정이 태산이구만유. 씨부랄 꺼!"

이 사람은 말끝마다 욕을 찰지게 하는 버릇이 있었다. 말을 마치는 그의 얼굴에 수심이 가득 차올랐다. 그러다가 궁금한 걸 참느라 힘들었다는 듯 40대가 걸인 모양의 50대에게 물었다.

"아자씨는 연치가 많이 잡솨싱거 같은디 워치게 잡히셨슈?"

"다 매한가지쥬. 나는 양화면 갓개 사는디, 동니에서 먼디 있는 논이서 기슴(김)매고 있었는디. 근디, 질가상이서 '여보쇼! 여보쇼!' 누가 부르는디 누궁가 허릴 피고 살피봉게, 뭔 왜눔덜 군모 쓴 양복쟁이가 날 손짓험서 부른단 말이쥬. 그리서 '나유?' 소락빼기 칭게 고갤 끄덕끄덕 험서 빨리 나오라구 손짓을 헙디다. 우덜거튼 농삿꾼이 양복쟁이가 부르는디 안 갈수가 없잖유. 헐 수 없이 신작로까지 나갔드니 이 꼴이 된거시쥬."

50대는 보기보다 말을 잘하는 편이었다. 시골에서는 따따부따 말마디나 하는 축에 들 것 같았다.

"그리서 고대로 끌려 오싱게뷰!"

양복쟁이가 무조건 면에 같이 가야 한다고 을러대서, 이런 꼴이니 집에 들러 옷이라도 갈아입고 식구들에게 말이라도 하고 가야잖겠느냐고 사정했지만 틈을 안 주고 몰아대는 바람에 이렇게 됐다는 것이었다.

"자치가 새끼 자치 잡아 묵고 산다등만 같은 조선 사람끼리 이게 헐 짓이유?"

50대는 쓰디쓴 입맛을 다셨다.

"하따야, 그름 집이서 농살 져먹을 사람이라두 있유?"

40대가 물었다.

"그렇게 말이유. 일흔 잡쵀신 엄니가 기시구 내가 늦장개를 들이서 큰 지지배가 금년 봄이사 소핵교를 졸업했시유. 그 밑에 아가 4학년, 또 1학년, 그러구 고 밑으로 둘이나 까질러놔서 모두 5남매나 되잖컸슈."

"워치게 헌대유! 아자씨 안 기시믄 남은 사람들 고상이 겁나게 씨게 생기부렀구먼유. 허기사 우덜 집도 매찬가지긴 허유, 개쌍녀르 새끼들……!"

이제 이 좌석에 사연이 남은 사람은 재호 혼자였다. 40대는 당연히 재호를 바라보더니 말을 걸었다.

"안직 학상인감? 얌잔허니……. 낮이 씻은 팥알 맨키로 깨깟혀가꼬 고상읍시 큰 학상 같구먼."

맞는 말이었다. 농촌에서는 열 살 정도 넘어서면 다들 작은 지게라도 지고 꼴짐을 나르고 호미질에다 낫질도 해야 하는 반농사꾼이 되었다. 물론 호미질 같은 소소한 일은 해봤지만, 삽질이나 지게질 같은 험한 일은 한 번도 하지 않고 오늘까지 살아온 재호였다. 그것이 끌려가는 재호의 가장 큰 두려움이기도 했다. 그런 내가 과연 중노동을 견뎌낼 수 있을까?

재호도 40대의 질문에 예까지 이르게 된 경로를 얘기하지 않을 수 없었다. 재호의 얘기를 다 듣고 난 40대는 난초 불붙으니 혜초 탄식하듯 한숨을 폭 쉬더니 말했다.

"다들 시절을 잘못 타고나서 쎙으루다 고상이여, 씨부럴노므 시상 확 뒤집어져야 헐 판인디!"

분개한 마음에 모두 침묵에 빠져들었다. 인간에게는 누구든 악마적 속성이 잠재되어 있다. 이들을 여기까지 내몬 일제의 앞잡이들은 어떻게 그리 야차같이 동족의 피눈물을 빼먹고도 아무렇지 않게 살 수 있다는 말인가. 그들은 평소에는 선량한 가장이었고 이웃과 더불어 정을 나누던 사람이었을 터였다. 하지만 거대한 악이 권세를 휘두르자 자신만 살겠다고 마음속의 악마를 불러낸 자들이었다. 마치 여름날 기어 나와 살갗의 가장 약한 부분에 빨판을 꽂고 피를 빨아대는 각다귀처럼 먹고살아야 한다는 우활(迂闊)한 명분 뒤에 숨어 동족의 숨통을 조이는, 그들은 자신의 잃어버린 마음을 찾지 않는다는 점에서 가련한 족속들이었다.

일제의 군국주의는 귀축영미(鬼畜英美)라는 공동의 적을 설정하고 거짓 신을 내세워 전 국민을 황국신민으로 일체화하면서 그 밖의 어떤 비판과 도전도 철저하게 탄압하고 봉쇄했다. 이제 개인의 사랑, 행복, 불행과 슬픔 조차도 공공의 적이 돼버렸다. 천황이라는 바알(Baal) 앞에 신의 자비와 긍휼이 사라진 제국. 신이 사랑한 사람들은 간데없고 전쟁의 화염을 부채질하는 사탄이 선량한 사람들을 쓰러트리는 세상. 그것은 너무도 부자연스러운 억지여서 그들에게 통찰력이 조금만 있었더라면 제국은 아침 안개처럼 스러지고 말 것을 내다봐야 마땅했다.

부산역 수용소

기차는 그러거나 말거나 덜거덕덜거덕 내달리고 있었다. 일행은 기차 안에서 졸다 깨다 밤을 보내고 아침을 맞았다. 호기심 많은 재호는 커튼이 내려 있어 밖의 풍경이 무척 궁금했지만, 또 무슨 경을 칠까 두려워 열어볼 엄두도 내지 못했다. 그러나 재호의 자리가 마침 창 쪽이어서 그는 손가락으로 조심스럽게 커튼을 조금 들추고 왼쪽 관자놀이를 창가에 밀착시켜 밖을 훔쳐보았다. 그 조그마한 틈새로 풍경이 다가왔다 흘러갔다. 저 흘러가는 풍경만큼 조국의 산천과 마을과 도시가 지워진다는 생각에 가슴이 저렸다. 그의 참새처럼 팔딱거리는 심장은 감시인이 다가오지도 않았는데 지레 겁을 먹고 곧 커튼 자락을 잡은 손을 내려놓고는 했지만, 몇 번의 시도를 통해 삼랑진을 지나고 구포를 지나는 이정표를 볼 수 있었다.

오후가 돼서야 부산에 도착한 일행은 오랜만에 신선한 공기를 흠뻑 들이마시게 된 것을 다행으로 여겼다. 그들은 선창가에 있는 창고로 죄수처럼 줄지어 들어갔고, 그곳에서 세 명의 간호부에게 콜레라 예방주사를 맞았다. 접종을 마치고 대기하고 있던 일행 앞으로 두 사람이 네모나고 커다란 대나무 상자를 무겁게 떠메고 들어와 내려놓았다.

주먹밥이 담긴 상자였다. 일본인의 지시를 받은 대장은 1조부터 조별로 줄을 서서 주먹밥을 한 덩이씩 타 가라고 말했다. 아직 해가 중천인데도 그 주먹밥이 점심이자 저녁이었던 셈이다. 다들 묵묵히 식사를 마치자, 대장은 변소에 다녀올 사람들은 줄을 서서 해가 떨어지기 전에 용변을 모두 마쳐야 한다고 주의를 환기했다. 밤이 오면 일본인들은 그들을 창고에 가두고 변소 출입도 금할 작정인 모양이었다. 그러나 꼭 한 사람씩만 허용했고 그것도 일본인 감시원이 반드시 동행했다. 재호가 돌이켜보니 잡혀 온 후 지금까지 한 번도 대변을 보지 못했다는데 생각이 미쳤다. 먹은 것 자체도 워낙 적었던 데다 긴장된 몸이 스스로 대사를 조절한 모양이었다. 재호는 이번에도 그 긴 줄에 합류하지 않았다.

창고 바닥은 공출 노동자를 수용하기 위해 가운데는 사람이 드나드는 통로를 두고 벽 쪽으로는 길게 가마니를 깔아 누울 수 있는 곳으로 마련해놓았다. 낡고 해진 가마니에서 생선 비린내가 날 선 바늘처럼 코를 찔러 머리가 아팠다. 이 불행한 여정에 끊임없이 동행하며 고통을 주는 것은 악취였다.

대장은 조별로 줄을 맞춰 자리를 잡으라고 지시했다. 그러나 그 더러운 자리조차 좁아터져 눕기는커녕 앉아 있기에도 협소했다. 일행은 신발도 못 벗고 엉덩이만 겨우 바닥에 대고 앉아서 밤을 새워야 했다. 부여의 여관에 수용된 이후 지금까지 바닥에 등을 대고 제대로 한 번 누워보지도 못하고 앉은 채로만 지냈다. 그러다 보니 어쩌다 걸을라치면 무릎이 잘 펴지지 않아 겨우 일어나 어기적거리며 걷곤 했는데 또 그렇게 밤을 지새워야 했다.

나름대로 자리를 잡고 창고 안이 정리되자 대장이 인사말을 했다.

"지금 여러분은 마음도 몸도 피곤할 것입니다. 물고기는 물살을 거슬러 오르지만, 사람은 시대의 흐름을 거스를 수 없는가 봅니다. 우리는 분명히 시대를 잘못 타고난 사람들입니다. 그래서 우리는 본인들의 의사와는 관계없이 고향을 떠나 이역의 어딘가로 끌려가는 중입니다. 또 그곳에 가서 무슨 일을 하게 되는지도 모릅니다.

다만 인력 공출로 끌려가는 몸들이니 어디를 가든 노동을 해야 한다는 사실만은 확실합니다. 나나 여러분의 입장은 똑같습니다. 우리는 이제부터 한솥밥을 먹는 한 식구입니다. 서로서로 외로움과 고통을 나누고 도우면서 견디어 나가도록 해야 할 동지인 것입니다. 그것이야말로 서로가 살아날 수 있는 길입니다. 우리의 목표는 단 한 가지, 어찌 됐든 살아서 두고 온 고향의 가족 품으로 되돌아가는 것입니다.

한 가지 부탁드리는 말씀은 일본인들한테 될 수 있는 대로 약점을 잡히지 않도록 서로 조심해달라는 것입니다. 그래야 나도 일본인 앞에서 당당하게 할 말을 할 수가 있으며 우리들의 최소한의 생활 보장이나마 받을 수 있을 것입니다."

대장의 말에 귀 기울이다 보니 어느 한구석 틀린 말이 없어 재호는 그 와중에도 위로가 되고 사람에 대한 신뢰와 믿음이 다시 솟아나는 것을 느꼈다. 그를 겪은 지 불과 며칠 안 됐지만, 대장이라는 직책을 떠나서 그는 인격적으로 존경할 만한 인물이라는 생각이 들었다.

이제 조선을 떠나는 내일을 앞두고 잠을 자야 했다. 재호는 두 무릎을 세워 두 팔로 깍지를 끼고는 그 위에 얼굴을 묻었다. 고달픈 몸과 마음은 난파선처럼 무저갱으로 가라앉는 것 같았고 잠도 오지 않았다.

"우쨌든지 도망쳐 오니라! 돌아오면 꼭 경성으로 보내 공부시켜 줄게……."

어머니의 음성이 귓전을 맴돌며 윙윙거렸다. 재호는 지금 처한 상황이 너무도 믿기지 않아 눈앞에 벌어지고 있는 일들이 악몽을 꾸는 것이 아닌가 하는 생각이 들 때가 많았다. 그는 고개를 번쩍 들어 눈을 떠보았으나 사방이 깜깜하여 아무것도 보이지 않았다. 분명한 것은 재호가 꿈속에 있는 것이 아니라 현실 속에 있다는 자각뿐이었다.

'나는 이 악몽 같은 소용돌이에 휘말려 침몰하고 있는 것인가……?'

재호는 답답한 마음에 고개를 들어 어둠에 잠긴 천장을 바라보았다. 들보가 얼기설기 얽힌 환기창으로 달빛인지 부두의 전등 빛인지 뿌연 빛이 스며들고 있었다. 암담했다. 여기는 조선의 땅끝, 재호가 도망칠 수 있는 마지막 지점이었다. 내일 날이 밝으면 일행은 배에 태워져 어디론가 끌려가겠지만 그곳은 재호가 경험해보지 못한 낯선 바람과 낯선 산, 낯선 벌판일 것이고 낯선 언어를 사용하는 낯선 사람들이 낯선 풍속으로 사는 곳일 것이다.

그동안 재호는 '도망쳐야 한다!'를 주문처럼 외우며 마음을 다져왔다. 그러나 그에게는 용기가 없었다. 호시탐탐 기회를 노렸으나 포착된 틈새에서 팽팽하게 당긴 시위를 볼에 댄 채 너무나 오랜 시간 과녁을 바라보느라 기력이 다해 그만 시위를 내려버리기 일쑤였다. 기회 앞에서 가슴만 콩닥거릴 뿐 발은 그의 의지를 무력화시켰다. 그는 온실 속의 화초에 불과했다. 칠흑 같은 어둠 속에서 도끼를 들고 신사당을 때려 부수러 갔던 그의 담력이 왜 일본인들 앞에 서면 그토록 무력해지는지 한심한 기분이 들었다.

'내가 너무 어린 탓일까……? 아니면 본디 비겁하게 타고난 것일까?'

자책하고 또 자책하면서 두 무릎을 감싸 안은 팔짱 속에 머리를 푹 처박고 눈을 감아 애써 잠을 청해봤으나 오라는 잠은 오지 않고 어머니가 찾아왔다. 여정 내내 그가 눈만 감았다 하면 어김없이 어머니의 모습이 보였다. 너무나 보고 싶고, 너무나 간절하고, 너무나 사무치는 어머니, 어머니가.

'엄니, 난 한 번두 엄니 품을 떠나 본 적으 읎슈. 단 하루두 엄니를 떠나 본 적으 읎슈. 그러구 보니 고양마저두 엄니와 같이 간 경성 말고는 떠나본

적으 읍슈. 엄니를 보구 싶어 죽을 것 같은디 워치게 히야 헐지 모르겠슈.'

창자가 뒤틀리고 울컥 치솟는 느꺼움에 '엄니!' 자신도 모르게 신음처럼 터져 나온 소리에 재호는 스스로 놀라 눈을 떠 주변을 두리번거렸다. 잠들지 못하고 있던 몇 사람이 재호를 쳐다보고 있는 것이 어둠 속에서도 어슴푸레 보였다. 그들도 재호처럼 가슴이 너무 아파 잠들지 못하는 것이겠지.

문 앞의 나무 의자에 앉아 일행을 지키는 감시원들이 담배를 피우려는지 성냥불을 그어댔다. 그러자 칙 하고 불이 살아나면서 일본인 두 명의 얼굴이 잠깐 보이는가 싶더니 곧 어둠이 삼켜버렸다. 두 대의 궐련이 빨릴 때마다 담뱃불이 발갛게 드러났다.

재호는 억지로 잠을 청하였으나 좀처럼 뜻대로 되지 않았다. 그렇게 얼마나 지났을까. 도망칠 기회는 이 밤뿐이라고 생각하자 심장이 또 콩닥거리면서 땅이 꺼져 내리는 현기증이 핑 돌았다. 고개를 들고 주위를 조심스럽게 살폈다. 다들 어둠 속에서 무릎에 얼굴을 파묻거나 아니면 서로에게 기댄 채 깊은 잠에 빠져 있었다. 일본인들도 어디로 갔는지 보이지 않았다. 가슴이 사정없이 방망이질해 댔다.

재호는 조심스럽게 무릎걸음으로 문까지 다가가서는 살그머니 문을 밀어보았다. 문은 재호의 절실한 마음을 알았는지 소리 없이 열렸다. 허망할 정도였다. 온몸에 땀이 솟았다. 일단 문틈으로 얼굴을 조심스럽게 내밀고는 신중하게 사방을 둘러보았지만, 인기척은 어디에도 없었다. 이때다! 문을 빠져나와 잰걸음으로 등을 숙이고 걷다가 허리를 폄과 동시에 미친 듯이 뛰기 시작했다. 뒤를 돌아봐도 쫓아오는 이는 아무도 없었다. 달리면서 주머니를 뒤져 화서가 준 20원을 확인했다. 이 돈이면 집에 들러 어머니를 만난 후 만주까지 갈 수 있는 여비로 충분할 것이다. 여기만 벗어나면 어쨌든 살길이 열릴 것이라는 생각을 하면서 재호는 죽을힘을 다해 달렸다.

그러나 곧 숨이 차오르고 가슴이 빠개지는 통증에 어깨를 들썩이며 입안에 고인 끈적한 침을 뱉었지만 침은 길게 늘어지며 재호 앞자락에 감겼다.

헉헉거리며 뒤를 돌아보니 일본인 감시자 두 명이 재호의 뛰는 소리를 들었는지 소리치며 달려오고 있었다. 잡히면 끝이다! 힘을 다해 달아나려 했지만 그의 의지와는 무관하게 발이 땅에서 떨어지지 않았다. 젖 먹던 힘까지 다해 뛰어보려고 용을 썼으나 땅은 그의 발을 꽉 붙들고 놓아주질 않았다.

일본인들이 등 뒤에 바짝 따라붙으며 재호를 움켜잡으려고 손을 뻗었다. 그들의 눈이 밤에 보이는 맹수의 푸른 눈처럼 섬찟 빛났다. 뒷덜미가 그들의 손에 잡히는 순간, 높은 벼랑 아래로 뛰어내리다 깜짝 놀란 재호가 눈을 떴다.

꿈이었다. 이마에 배어난 진땀을 손으로 닦아내는데 허망한 마음이 맵고 싸하게 몰려왔다. 쭈그린 자세로 두 무릎을 깍지 낀 채 잠이 들어 오금이 저렸다. 팔을 풀고 두 다리를 뻗어 보았으나 무릎이 굳어서 잘 펴지지 않았다. 경직된 몸을 풀어보려 손발을 움직였더니 예방주사를 맞은 팔이 몹시 아팠다.

천정의 환기창이 훤하게 밝아온 것으로 보아 벌써 아침이 온 모양이었다. 밤새워 경비를 서던 일본인이 바뀌고 창고 문이 활짝 열리자 기다렸다는 듯 아침 햇빛이 쏟아져 들어와 눈이 부셨다. 곧이어 주먹밥이 운반되었다. 이것이 조국 땅에서 먹는 마지막 식사가 되나보다 하는 생각이 절로 들었다.

곤고마루

부둣가에 이르렀을 때는 이미 일행을 싣고 갈 곤고마루(こんごうまる, 金剛丸)가 잔교에 묶여 거대한 위용을 드러내고 있었다. 무기력하게 끌려가는 재호의 비참한 심경에 압도적인 크기의 곤고마루는 저항할 수 없는 강력한 힘의 실체인 동시에 그를 화서와 조국으로부터 강제로 떼어놓는 노예선에 불과했다.

그 배는 7,100톤의 여객선으로 일곱 척의 관부연락선(關釜連絡船) 중에서도 큰 편이었다. 일행은 일반 승객들의 시선으로부터 차단돼야 하는 불편한 존재였기 때문에 그들보다 먼저 승선하게 되었다. 재호가 배 밑창 화물칸으로 들어가면서 갑판에 붙은 시계를 보니 오전 8시를 가리키고 있었다.

일본인 감시원 중 한 명은 갑판에, 네 명은 일행과 같은 화물칸에 배치되었다. 일행이 선실로 모두 들어오자 다시 인원을 점검했는데 놀랍게도 그사이에 두 명이 도망쳤다. 도대체 어떻게 촘촘한 감시의 눈을 피하여 도망칠 수 있었을까. 어안이 벙벙했다. 100명 중에서 최종적으로 열한 명이 도망친 것이다.

이제는 배에 올라 가장 밑바닥까지 내려왔으니 독 안에 든 쥐 꼴로 도망의 꿈은 끝내 사라지고 말았다. 재호는 조국의 마지막 모습이나 바라보려고 열리지 않는 둥근 유리창에 얼굴을 댔다. 좋은 옷을 차려입은 승객들은 먼바다를 항해한다는 기대감에 부푼 듯 즐거워 보였고 저마다 짐을 들고 배에 올라타고 있었다. 재호도 어머니와 경성에 갔을 때 저들처럼 가장 좋은 옷을 차려입고 사람들의 부러운 시선을 받으며 기차를 탔었다. 그랬던 그가 이제는 노예의 신세로 선실 맨 밑바닥에서 하늘의 새처럼 자유로운 저들을 부러워하며 선망의 눈으로 바라보는 신세가 된 것이다. 무언가 아주 억울했다. 그가 죄인이라면 식민지 땅에 태어난 것 말고 무엇이 더 있겠는가. 전송객들은 열심히 손을 흔들어댔다.

무심결에 이들 속에서 어머니를 찾고 있는 자신을 발견한 그의 눈에 눈물이 핑 돌았다. 차마 바라보기가 어려워 반대편 선창으로 향했다. 저 멀리 윤슬이 반짝이는 바다에 여러 척의 중선 돛배가 한가로이 떠 있었고, 하얀 갈매기들은 날개를 활짝 펴 날아가다 바다에 내려앉아 물결의 율동을 타며 흔들리고 있었다. 재호는 그의 고통과 무관한 이 평화가 몹시 슬펐다. 저홀로 세상에 버려진 느낌이 들었다.

드디어 배의 육중한 기관이 일행의 전신을 흔들어대며 용트림을 치더니 잔교로부터 벗어나서는 먼 뱃길로 향하기 위해 방향을 틀었다. 손을 바쁘게 흔드는 부두의 전송객들이 멀어져 갔다. 곤고마루도 항구와 전송객들에게 인사하듯 부웅~ 뱃고동 소리를 길게 울렸다.

부산항이 멀어져 갔다. 고통을 당하는 재호의 조국이 점점 멀어져 갔다. 그는 이별하는 지극한 슬픔의 눈으로 그것들이 수평선 너머로 보이지 않을 때까지 오랫동안 서 있었다. 그리고 현기증과 함께 빈자리에 풀썩 쓰러져 눈을 감았다. 재호의 볼을 타고 뜨거운 것이 흐르고 있었다.

5. 화서

　백제 수도 사비성의 영고성쇠를 고스란히 간직한 부여는 금강이 가로질러 읍내를 양분하는데, 이곳 사람들은 이 강을 예로부터 백마강(白馬江)이라 불렀다. 부여 사람들은 누군가 이 강을 금강이라 하면 어리둥절해하며, 속으로 그를 외지 사람일 것이라 쉽게 단정 지어버린다. 백마강의 형세를 자세히 보면 동쪽에서 서쪽으로 흘러가는 정확히 매부리코 형태의 강이다. 바로 그 매부리 진 콧마루에 낙화암이라 불리는 하식애(河蝕崖)가 1,300여 년 전의 비극을 지금도 굽이치는 물결에 울울이 녹여내고 있어 올려 보는 사람이나 내려 보는 사람 모두 숙연해지기 마련이다.

　물길은 여기서부터 서쪽으로 터진 구룡뜰을 바라보고 크게 휘돌아간다. 그 넓은 뜰을 보노라면 왜 백제가 공주를 놔두고 부여로 천도했는지 고개를 끄덕이게 된다. 바닷물이 밀려 올라오는(感潮河川) 백마강 수로를 통해 중국이나 일본과 교류하기 용이하고 농사에 최적인 구룡의 넓은 뜰이 아무래도 좁아터진 공주보다 유리한 점이 많았기 때문이리라.

　백마강이 흘러 규암면 외리에 이르면 옥산저수지를 원류로 하는 지류와 만나는데 그 천을 '쇠내', 곧 '금천(金川)'이라 부른다. 이 내를 따라 하얀 꽃차례가 바람에 서걱거리는 갈대밭, 뜸부기가 깃들어 사는 언저리에, 고려 말부터 능성구씨(綾城具氏) 또한 뜸부기처럼 정착하여 대대손손 맥을 이어 사는 곳이 있으니 바로 금천마을이다. 앞으로는 너른 홍산벌이요, 뒤로는 마가산 자락 양지바른 곳이다.

화서라는 소녀

1905년 구씨 마을에 '화서'라는 소녀가 태어났다. 그해가 너무 멀어 짐작이 가지 않는다면, 일제가 대한제국의 외교권을 박탈하기 위해 강제로 을사늑약을 체결한 해라고 한다면 시대적 상황을 단박에 떠올릴 수 있을 것이다. 화서가 태어나자마자 아버지는 병환으로 세상을 떠났고, 다섯 살 먹었을 때는 유명무실한 조선이 망해버렸다. 이는 화서의 삶이 평탄할 수 없는 내외적 조건이 되고 말았다.

1남 5녀의 맏아들이자 외동아들인 화서의 오라버니 영섭은 화서보다 스무 살이나 연상이다. 영섭은 박복한 것이 태어나 아버지를 여읜 것이라며 막냇동생 화서를 심하게 구박했다. 당시는 남존여비 사상이 시퍼렇게 작동하던 때라 아버지 없는 집안의 가장인 그의 권위는 어머니조차 그 그늘에서 살아야 할 정도로 절대적이었다.

사람들은 모시 하면 서천군의 '한산모시'를 떠올리지만, 실제로는 한산에만 국한되는 것이 아니다. 서천을 기점으로 서해를 따라 북쪽으로 남포까지, 또 다른 쪽으로는 금강 유역을 따라 임천까지를 아우르는 권역 내에서 생산된 모시를 통칭하여 한산모시라 한다. 하지만 아무래도 물량과 거래 면에서 한산이 대표성을 띠기 때문에 '한산모시'를 꼽는다.

모시는 실로 복잡하고 수많은 공정을 거쳐야 하는 까다롭고 섬세한 정성의 결정체로, 재배와 수확 정도만 남정네가 감당하고 그 외의 모든 공정은 오로지 여성의 몫이다. 그것을 순서대로 나열하자면 재배와 수확-태모시만들기-모시째기-모시삼기-모시굿만들기-모시날기-모시매기-모시짜기-모시표백으로 이루어진다. 모시 한 필을 생산하는 과정 하나하나에 들어가는 공력은 가히 눈물겹다. '모시짜기'만 해도 삼복더위에 베틀 앞에 앉아 모시가 바람에 마르지 않도록 방문을 꼭 닫고 연신 흐르는 땀을 견디며 한올 한올 짜는 인고의 과정이다. 모시가 마르면 툭툭 끊어지기 때문이다.

모시삼기는 한산모시가 생산되는 어느 곳이나 농촌 여인들의 일상이기도 했다. 여인들은 틈만 나면 쩐지(여러 가닥의 모시실을 갈라진 틈에 끼워 걸어놓고 한 올씩 이을 때 쓰는 대나무로 만든 기구)에 쩬 모시를 걸고 한 올씩 드러낸 무릎에 침을 묻혀 문지르며 이어간다.

《진본 청구영언》에 작자 미상의 "모시를 이리저리 삼아"라는 사설시조가 나오는데 여인들의 모시 삼는 모습이 잘 나타나 있다.

모시를 이리져리 삼아 두로삼아 감삼다가
가다가 한가온대 뚝 근처지거늘
호치단순(晧齒丹脣)으로 훔빨며 감빨며
섬섬옥수(纖纖玉手)로 두긋 마조 자바 뱌븨여 니으라 져 모시를
엇더타 이 인생(人生) 굿처갈제 져 모시쳐로 니으리라.

모시를 이리저리 손바닥으로 비비어 꼬아서 잇다가,
한가운데가 뚝 끊어지거늘
흰 이와 붉은 입술로 흠뻑 빨고 감아빤 다음
가냘프고 고운 손으로 두 끝을 마주 잡고 비비적거려 이으리라 저 모시를
아하, 나의 삶이 끝나갈 때 나도 저 모시처럼 이으리라.

금천리에 태어난 여자도 숙명적으로 모시를 삼으며 일생을 보내야 했다. 화서도 당연히 어렸을 적부터 모시를 삼았다. 그러나 그녀는 글공부가 너무나 하고 싶었다. 이슥한 밤에 사내들이 호롱불을 밝히고 글 읽는 소리가 낭

랑하게 들려오면 모시를 삼다가도 그 소리에 귀가 번쩍 뜨여 글을 배우고 싶은 염원이 사무쳤다. 하지만 오빠가 두려워 입 밖에 낼 수가 없었다. 어머니에게 눈물로 애원도 해봤다. 하지만 당시는 여자가 글공부한다는 게 가당치도 않은 일이었고, 어머니도 괜스레 아들의 눈치를 보느라 입도 뻥긋 못했다.

그러던 중 영섭의 아들이자 화서의 조카 회가 마을에서 5리 밖인 홍산장터에 있는 보통학교에 입학했다. 화서는 회가 학교에서 돌아와 숙제할 때면 모시 짝을 들고 그 옆으로 다가가 모시를 삼으며 어깨너머로 듣고 보면서 글을 익혔다. 그러나 그것으로는 한계가 있어 다른 방도를 찾아야 했다.

어느 날 오빠와 올케가 들에 일하러 간 것을 틈타 화서는 조카와 은밀한 약속을 맺었다.

"회야!"

화서가 회를 조용히 불렀다.

"고모, 왜?"

"너, 고모헌티 공불 좀 가르쳐 다구."

"고모두 공부허게?"

"그려. 니가 핵교에서 배운 것을 날마다 그대루 나헌티 가르쳐주먼 디야."

회는 선선히 응하며 화서에게 공책 한 권과 연필 도막 하나도 내주었다.

"고마워, 회야. 근디 너, 니 엄니 아부지헌티 이런 말 허믄 절대로 안디야. 아부지가 알먼 큰 일 나, 알겠지?"

"응, 그려어."

고모와 조카 사이에 밀약이 이루어진 뒤로 회는 고모에게 가족들의 눈을 피해 조선어, 산술, 국어(일본어)를 자기가 아는 만큼 가르쳐주었다. 화서는 모시 삼는 일에 축을 내지 않으려고 잠을 줄여가면서 공부에 열심을 내었다.

그러던 어느 날, 영섭이 쇠죽을 쑤려고 사랑채 부엌에 갔다가 화서와 회가 도란도란 방안에서 공부하는 것을 봤다. 영섭은 눈에 불을 켜고 부지깽이를 들고는 방으로 뛰어들어 둘을 소경 매질하듯 닥치는 대로 두들겨 팼다.

영섭은 서당에서 한학을 공부한 사람으로 조선을 지배했던 강고하고 배타적인 성리학 이념을 절대시했다. 조선의 성리학은 도덕적 자기완성을 목표로 하는 내면적 수기(修己)의 방향에서는 긍정적인 부분이 있다 하겠으나, 철저한 계급적 질서를 강요하여 양반의 나라, 그들만의 나라로 만들어 버렸다. 어느덧 성리학의 근본은 사라져 버리고 율법의 문자주의에 함몰하여 형식과 절차를 따지느라 앙앙불락하였고, 사소한 말꼬리를 트집 잡아 당을 나누거나 귀양보내고 죽이는 그들만의 다툼에서 위민(爲民)의 치(治)는 진작에 실종되었다.

그런데도 까닭 없는 공덕비만 즐비하게 늘어나 백성의 원성은 하늘을 찔렀으며, 박제된 도덕·윤리는 민중의 삶을 억압하는 코뚜레였다. 이런 위로부터의 폐단은 아래로 부챗살처럼 갈래갈래 퍼져 나가 마을마다 박힌 유건 쓴 자들은 나이로 위아래를 따져 다투고, 족보를 따져 다투고, 항렬과 본향을 따져 다투고, 나와 다름은 곧 무식이니 유식이니로 다투면서 무리를 지어 누군가를 패륜으로 낙인찍으며 배타의 울타리를 두 겹 세 겹 둘러쳤다.

그러나 정작 나라가 위태로우면 머리를 돌바닥에 찧으며 상소를 일삼던 그들의 태산 같은 대의명분은 다 어디로 가고 임금부터 제 한 몸 살고자 이리저리 도망치며 추한 꼴을 노정한 나머지 종국에는 나라까지 팔아먹었다. 그러나 분연히 낫과 곡괭이를 들고 일어나 나라를 지키겠노라 목숨을 내놓은 사람들은 정작 그들이 평소 멸시했고 마소처럼 부려 먹던 민중들이었다.

하지만 그런 민중 속에는 또 다른 얼굴이 숨어 있었다. 내세울 가문이나 족보는 물론 유교 경전을 읽는 데 필요한 글자 한 자 깨우치지 못했지만, 위에서 강요하는 지배 이데올로기의 언저리를 막연하게 맴돌면서 공소한 허례허식을 좇아 조선 땅 골골마다 율법의 올무를 쳐놓고 거기에 스스로 갇혀 지내는 자들의 얼굴이 그것이다. 그 구조 속에서 가장 큰 희생자는 여성이었다. 그들은 자기 의지로 세상을 살 수 없었고 집안의 대를 잇는 씨받이로, 여필종부 하는 남성의 부속물로 살아야 했다.

화서의 불행은 영섭이 그러한 시대적 모순에 아무런 성찰 없이 절대적 권위를 집안에서 행사한 데서 비롯되었다. 이런 영섭인지라 화서가 태어나자마자 아버지가 세상을 떴다는 사실 하나로 그녀에게 미움을 쏟아내 걸핏하면 매질을 일 삼았다. 화서가 딸이 아닌 사내였다면 생각과 행동이 달랐을 것이다.

기독교와 운명적 만남

화서의 공부는 중단되고 말았다. 그러나 영섭의 강요에 마음까지 승복한 것은 아니었다. 화서는 모시방에 모여 모시를 삼는 동네 아낙들에게 마을 예배당에서 글을 가르쳐준다는 말을 듣고 귀가 번쩍 띄었다. 금천마을 입구에는 개화 바람을 타고 자그마한 성결교회가 들어서 있었다. 금강 유역은 그 입지적 접근성이 좋아 개신교도 다른 내륙보다 빨리 전파될 수 있었다.

소녀는 교회 종이 울리는 날만 기다렸다. 모시 삼으러 가는 척 집을 나와서는 모시 짝을 모시 방에 놔두고 예배당을 향했다. 영섭의 무서운 얼굴이 떠올라 가슴이 조마조마했으나 공부하고자 하는 일념을 포기할 수는 없었다. 듣던 대로 찬송가와 성경뿐만 아니라 글도 가르쳤다. 거기에는 차별이 없었다. 모두가 다 하나님의 형제요, 자매였다. 화서가 경험하지 못한 전혀 다른 세상이었다.

백신영(白信永) 전도사의 가르침은 습자지에 먹물이 스미듯 화서의 마음 속으로 빠르게 스며들었다. 백신영, 그녀는 화서의 삶을 근본부터 변화시켰다. 화서에게는 신영의 신여성으로서의 지식과 교양과 신앙, 하다못해 그녀의 억양과 행동까지도 흠모의 대상이었다. 소녀는 종소리가 울리면 어떤 수단과 방법을 쓰더라도 빠짐없이 예배당에 참석했고, 그 빈 시간을 메꾸려고 밤잠을 줄이면서 모시를 삼았다. 그러나 꼬리가 길면 밟히는 법. 아무리 쉬쉬해도 50~60호의 작은 집성촌에서 소문이 나지 않을 리 없었다. 마을 사람들은 양코배기들이 전파한 야소교를 늘 경계심 반 호기심 반의 눈초리로 바라보며 작은 문제라도 생기면 야소교에 비난을 퍼붓다가도, 한 바람이 잦아들면 언제 그랬냐는 듯 신여성과 신문물에 대한 호기심을 드러내곤 했다.

"어이, 구 서방, 자네 모르능가? 화서가 예배당에 댕긴담만."

영섭은 격분하여 그길로 집으로 달려가 화서를 불렀다.

"야, 화서야, 이 지지배가!"

화서는 안방에서 어머니, 올케와 함께 모시를 삼고 있다가 영섭의 분기탱천한 목소리에 놀라 어머니 치마꼬리에 매달렸다.

"너 이 지지배, 예배당에 댕긴다면서?"

영섭은 화서를 덥석 잡아채더니 쇠뭉치 같은 주먹으로 연약한 볼을 후려쳤다.

"집안을 망쳐먹을려구 작정한 거시여? 이 잡것아, 말을 혀봐!"

화서는 비명과 함께 방바닥에 쓰러졌고 그런 화서를 이번에는 발길을 들어 내지르려는 것을 어머니와 올케가 달려들어 겨우 말렸다. 화서의 얼굴과 입은 피투성이가 되었다. 영섭은 분이 아직도 안 풀렸는지 씨근덕거리며 말했다.

"너 이 지지배, 한 번만 더 예배당에 가문 그때는 다리몽뎅이를 작신 분지러놓을 탱게 그런 줄 알어, 알았어?"

종주먹을 대고는 방문을 박차고 나가버렸다.

"거봐라, 왜 그렇게 그던디를 가아, 이럴 줄 몰랐냐, 이것아! 이 꼬라지
가 뭐냐? 아이구우, 쯧쯧……."

어머니는 딸이 측은한 듯 연신 혀를 찼다.

"인자, 그런 디 절대루 가지 마아!"

올케가 입가의 피를 닦아 주면서 달래듯 말했다. 화서는 엎드린 채 흐느
껴 울고 있었다. 그러면서 마음속으로 다짐하는 것이었다.

'글두 모르구, 예수님두 모르구 사는 것보다야 이렇게 매 맞어 가면서도
배워야 디야. 그게 사람이 사는 거여!'

화서는 구약을 통해 위기의 순간에 영웅적인 행동으로 나라를 구한 에
스더(Esther)나 룻(Ruth)과 나오미(Naomi)의 고부간 사랑뿐만 아니라 리브
가(Rebekah)나 레아(Leah) 같은 여인들이 조선과 마찬가지로 철저한 가부
장적 구조 속에서도 섬세하고 용기 있는, 여성만의 지혜와 순발력으로 민
족과 가족의 위기를 극복한 이야기에 흠뻑 빠져들었고 내면화했다.

그들을 생각하면 이렇게 바보같이 울고 있을 수만은 없다는 결연한 각
오가 생겨 다시 모시를 끌어당겨 삼으려 했지만, 입 안이 헤지고 입술과 볼
이 부어올라 입으로 삼는 일이 불가능했다. 화서는 손으로만 할 수 있는 모
시 꾸리를 감기 시작하면서 마음속에서 울컥울컥 치솟는 영섭에 대한 무서
움과 미운 마음을 성서 속의 인물들이 그랬던 것처럼 오히려 사랑으로 그
를 감싸 안아야 한다고 스스로 다독거렸다.

어김없이 주일이 돌아왔고 드높은 종소리가 마을에 울려 퍼졌다.

"땡그렁! 땡그렁!"

그 소리는 금촌리는 물론 마가산과 홍산벌 멀리멀리 울려 퍼졌지만 두
근거리는 가슴의 화서에겐 용기가 필요했다. 화서는 순교당하는 스데반
(Stephanos)의 두 기도를 떠 올렸다. 하늘을 우러러 '주여, 내 영혼을 받으

시옵소서', 자기를 위해 드리는 기도와 '주여, 이 죄를 저들에게 돌리지 마옵소서', 자기를 돌로 치는 자들을 위한 기도를 올렸다.

그것은 첫 순교자의 본보기를 보여준 가장 위대한 기도였다. 사람은 약한 존재다. 인간이 제일 먼저 습득하는 감정이 공포라고 한다. 공포야말로 인간이 위험을 감지하고 그것에 대처하는 동물적 본능이다. 따라서 죽음을 예견하는 공포는 인간에게 가공할 회피본능을 유발한다. 그러나 위대한 자들은 이 공포 앞에 결연히 맞서 회피하지 않음으로써 인간의 한계를 신성으로까지 드높인 자들이다. 스데반은 예수의 정신을 한 치의 흐트러짐 없이 결연한 죽음으로 보여줬다. 진리는 그렇게 강하다. 그뿐만 아니라 죽음을 통해 증명되는 것 또한 진리다. 진리는 그 공명의 파장이 크고 넓어 그 울림이 오래 이어진다. 시간과 공간을 뛰어넘어 온 우주로 확장된다. 돌에 맞아 죽은 스데반의 기도는 돌로 치는 자들의 심장에 균열을 가져왔다. 이들의 대열에 앞장섰던 당대 최고의 지식인이자 율법주의자였던 사울의 회심은 바로 스데반의 기도였다. 사울이 바울이 된 기적은 여기서부터 비롯된 것이고 그 파동은 산골 소녀 화서를 비켜 가지 않고 어린 심령을 흔들어 놓았다.

'나도 죽음으로 믿음을 지킬 것이구먼!'

비장한 결심을 하고 집을 나섰다.

"화서야, 너 어디 가냐?"

영섭의 화가 잔뜩 치민 목소리였다. 화서는 놀라 털썩 주저앉을 뻔했다. 영섭은 예배당의 종소리가 들리자, 화서가 예배당 가는 길목을 지키고 있었다. 화서는 두 눈을 딱 감고 무작정 뛰었다. 영섭이 쫓아오는 것 같았지만 뒤도 안 보고 힘껏 내달려 예배당 문으로 뛰어들었다. 헐떡이며 문밖을 내다보니 오라버니는 예배당 조금 떨어진 곳에서 씩씩거리고 서 있었다. 체면을 중시하는 영섭은 남의 이목을 의식했던 것이다.

화서는 어른 예배와 주일학교를 모두 마치고 사람들의 눈에 띄지 않는 곳에 서서 어디로 향할 바를 모르고 불안과 공포감에 휩싸인 채 많은 것들을 생각하고 있었다.

'이럴 때 전도사님이라도 기시면 좀 좋으런만'

공교롭게도 백 전도사는 경성에 중요한 회무가 있어 출타 중이었다.

'홍산에서 한약방을 허구 있는 큰 성내 집으루 피헐까? 아녀어. 그 집에 가두 예배당 다니기 어렵구 오래 있을 곳이 못디야. 그럼, 나허구 제일 친헌 넷째 성내 집으로 갈까? 그 성은 나헌티 참으루 잘허는디. 그렇지만 올봄이사 시집간 열일곱 살 새댁인디, 시집 식구들 헌티 어려워서 안디야.

아차, 한산 둘째 성내 집이 제일 좋겠구먼. 거기는 성부의 큰아버지가 이상재(李商宰) 선생이라구 경성에서 굉장히 높은 사람이구 고향에다 예배당두 져 줬다는디, 거기 가면 예배당 다닐 수 있겠구먼…… . 그것두 아녀어. 그 집은 양반 집이라구 예절을 따진다는디 여아가 혼자 돌아 다닌다구 성의 체면이 어렵게 될것여. 그럼 여기서 제일 가찬 셋째 성내 집으로 가야겠구먼. 그런디 거기두 가문이라나 뭐 예의범절이라나를 따지는 집이라 성이 시집살이가 어렵다는디…… .'

아무리 헤아려봐도 뾰족한 수가 떠오르질 않았다. 영섭이 눈에 불을 켜고 잡아먹을 듯 기다리는 집에 가기가 너무 두려웠던 화서는, 우선 누구 눈에 띌까 마가산 기슭의 그늘에 몸을 숨겼다. 거기서는 화서네 집과 예배당이 한눈에 내려다보였다. 어머니가 화서를 찾느라 몇 차례나 종종걸음으로 예배당을 기웃거리다가 돌아서는 모습이 빤히 내려다보였다. 어머니의 걸음걸이에는 자기를 기다리고 있는 영섭이 어떤 모습인지 눈에 선해 선뜻 어머니에게 뛰어갈 수가 없었다.

화서로서는 피할 수 없는 그 무서운 시간을 미루고 싶은 마음이 가장 정직한 마음의 상태였을 것이다. 초조한 마음으로 신영에게 배운 대로 기도도 해보고 성경도 읽으며 애써 용기와 평온을 찾으려 했으나 소녀에게 쉽지 않은 일이었다. 화서는 그 숲 그늘에서 어찌할 바 모르는 한 마리 길 잃은 어린 양이었다.

따지고 보면 이 화근은 화서가 자청한 것이었다. 여느 아이들처럼 주어진 조건에 순응했다면 이런 일이 일어날 리 만무했다. 하지만 화서는 어린 마음에도 본능적으로 존재에 대한 불안을 느꼈다. 아무것도 아닌 무의미한 삶, 평생 모시를 삼거나 땡볕이 자글자글한 긴 밭고랑을 기며 구슬땀을 흘리는 어머니가 살아온 삶, 아들에게도 눈치를 봐야 하는 짓눌린 삶, 그런 서럽고 허무한 삶이 아닌 실존에 대한 간절함이 작동했다.

왜 남자는 배워야 하고 여자에게는 그것을 금하는가. 이 부조리에 대한 의문은 밖으로 드러내서도 안 되는 사회적 금기이자 가정의 금기였다. 하지만 조카가 배움의 길에 들어서자 잠류하던 열망이 분출하였다. 길이 막히자 이번에는 예배당을 통해 이런 세상이 아닌 다른 삶의 장소가 있다는 것을 알았다. 그 뒤부터는 어떤 고통을 감수하더라도 결코 그 길로 되돌아가지 않겠다는 결심으로 이를 악물어보았다. 하지만 아직은 어린 소녀였다. 저녁 예배 종소리가 들릴 때까지 점점 짙어 오는 어둠 속에서 누구에게도 도움의 손길을 요청할 수 없는 절절한 고립감에 무연해졌다. 점심도 굶고 저녁도 먹지 못해 어질어질 현기증을 느끼면서도 화서의 발걸음은 어느덧 예배당을 향하고 있었다. 밤 예배까지 보고 집에 들어가기로 결심한 터였다.

다리가 부러질지언정

예배를 마치고 집으로 돌아가는 화서는 극도의 공포로 이미 반죽음 상태나 마찬가지였다. 하나님께 용기를 부어달라고 기도했지만, 요동치는 가슴은 진정되지 않았다.

아니나 다를까. 대문밖에 영섭과 어머니가 서성거리고 있는 모습이 어둠 속에서 희끄름하게 보였다. 크게 심호흡하고 화서가 모습을 드러냈다. 어머니는 아들에게 너무 심하게 하지 말라고 애원하는 것 같았다. 영섭은 화서를 보자마자 말없이 팔목을 움켜쥐더니 안으로 끌고 들어갔다.

"그들이 내 걸음을 막으려고 그물을 준비하였고 웅덩이를 팠으나 자기들이 그중에 빠졌도다. 내 마음이 확정되었고 내 마음이 확정되었사오니 내가 새벽을 깨우리로다."

화서는 마가산 숲 그늘에서 외우고 또 외웠던 시편의 성구를 마음속으로 절박하게 되뇌었다. 영섭은 화서를 안방 마루와 뒷방 마루 사이의 기둥에 기대 앉혀 놓고 빨랫줄로 꽁꽁 옭아매고는 두 다리를 가지런히 뻗쳐 놓았다. 그리고는 안방의 찐지다리를 들고나오면서 형리가 죄인 앞에 판결문을 고하듯 말하는 것이었다.

"일전에 내 분명히 말허기를, 한 번 더 예배당에 가문 다리를 분질러 놓는다구 헌 것 기억헐 것이다."

말을 마치자 두 손으로 찐지다리를 거꾸로 잡아 번쩍 들었다가 내리쳤다. 그것은 화서의 어린 몸뚱어리를 조금도 염두에 두지 않은, 그렇다! 머리 위로 높이 도끼를 치켜들었다가 힘껏 장작을 내리패는, 딱 그 모습이었다.

화서의 눈에 벼락 치듯 강렬한 빛이 튀었다. 와락 비명과 함께 내리친 도끼에 쪼개진 장작이 튀듯 몸이 저절로 튀어 올랐다. 화서를 묶은 줄이 뚝 끊겨졌다. 화서는 본능이 시키는 대로 몸을 굴려 마당에 떨어진 후 대문 밖으로 달아났으나 이내 쓰러지고 말았다. 다리뼈가 부러진 것이다. 소녀는 결사적으로 부러진 다리를 질질 끌며 기어서 예배당 안으로 들어가 문을 걸어 잠갔다.

영섭이 내버려 두라고 했는지 어머니나 올케나 곧바로 따라 나오지는 않았다. 화서의 나이 열세 살 때였다. 화서는 격렬한 통증과 압통으로 사지가 덜덜 떨려 숨조차 쉬기 어려웠다. 조금만 움직여도 뼛속을 날카롭게 파고드는 고통이 머리끝까지 차올라 악악 소리쳤다. 가물가물 의식이 흐려졌다 되돌아오기를 반복하며 일초 일초를 이를 악물고 견뎌야 했다. 제발 하나님이 내 숨을 거둬달라고 빌고 또 빌었다. 길고도 긴 밤이었다.

어머니는 아들이 잠자리에 들었음을 확인한 뒤에야 조심스레 집을 나와 화서를 찾아다녔으나 갈 만한 곳을 다 뒤져도 화서를 찾을 수가 없었다. 어머니는 화서의 다리가 부러진 것을 알았지만 아들에게 아무 소리를 할 수 없었다. 오히려 아들의 눈치를 살펴야 했다. 아들은 이 집안의 가장이자 절대 권력자였으니까. 그게 그 시절의 법도였다. 뜬눈으로 밤을 지새우고 이튿날 아침에야 딸이 예배당 안에 있는 것을 알게 되어 문을 두드렸지만 열어주지 않았다.

"화서야, 화서야……. 지발 문 좀 열어봐아, 문 좀!"

문을 흔들며 두드리다 끝내는 흐느껴 우는 어머니의 간청은 화서를 움직이지 못했다. 거기에는 길고 긴 고통의 밤을 방치당했다 싶은 화서의 서러움도 없지 않았다.

"엄니…… 돌아……가셔유……. 지는 예수님과 함끄 여기 있을 거유……. 돌아가셔유……."

연약하게 떨려 나오는 목소리에 딸이 죽지 않고 살아 있다는 안도감으로 가슴을 쓸었지만 뒤따라 막내딸이 왜 이리 고집을 부려 어미의 속을 문드러지게 하는가 하고 답답한 나머지 가슴을 쳤다.

"저것을 어찌할꼬! 저것을 어찌할꼬!"

어머니는 여러 번 더 두드리다 포기하고 다섯째네 집으로 향했다. 화서하고 유별나게 우의가 좋았던 사이니까 그 딸이라면 화서를 달랠 수 있으리라는 희망을 품고.

다섯째는 금천에서 십 리가 채 못 되는 충화면 괸돌마을로 출가했다. 화서를 살리고 보자는 급한 마음에 동동걸음을 치며 딸네 시집의 커다란 대문 앞에 이른 어머니는 그제야 아차 싶었다. 겨우 흩어진 머리를 매만져 입에 물고 있던 비녀를 다시 꽂고 옷매무시를 가다듬기는 했으나 어찌할 바를 모르고 서성거렸다. 사돈을 어찌 뵐 것이며 뭐라고 말을 한단 말이냐.

발소리가 들렸다. 놀라 흙담 뒤로 몸을 숨길까 했지만 그럴 틈도 없이 누군가 대문을 삐걱 열고 나서는 것이었다. 천만다행으로 다섯째 진실이 물동이를 이고 물을 길러 나오다 친정어머니를 보고 화들짝 놀랐다. 어머니는 집게손가락을 입에 대고 주위를 돌아보다 따라오라 손짓했다. 진실은 무슨 심상찮은 일이 벌어진 것을 직감하고 잔뜩 긴장하여 따라왔다.

왕재 올라가는 중턱 대나무밭에 이르러서야 어머니는 여기까지 허위허위 달려온 사연을 눈물로 쏟아놓고 발걸음을 돌렸다. 진실은 당장이라도 달려가고 싶었으나 시부모 눈치를 보느라 부지런히 낮일을 모두 거두고 신랑에게만 허락을 얻어 밤이 이슥했을 때야 가까스로 집을 나설 수 있었다. 열일곱 새댁이 혼자서 밥을 싸 들고 무섬증이 절로 이는 깜깜한 마가산 고개를 넘어 금천 예배당을 찾아간 것이다.

"화서야, 화서야. 나여……. 문 좀 열어줘!"

진실도 어머니처럼 울음을 터트리며 문을 두드렸다. 화서는 제일 좋아하고 따르던 언니가 이 야밤에 제 이름을 부르는 것에 너무 놀랐다.

'아니 이 밤에 성이 어떻게……!'

문을 열었다.

"성!"

"……."

진실이는 화서의 산발이 된 머리와 고통으로 일그러진 몰골을 보고 그저 하염없이 흐르는 눈물을 닦느라 말문을 열지 못하였다. 화서의 무명 치마를 걷어 올리자 치마에 상처가 들러붙었는지 화서가 펄쩍 고함을 쳤다. 남포등 불빛으로 보이는 동생의 심상치 않은 정강이는 어른 허벅지만 하게 퉁퉁 부어올라 있었다. 부러진 부위에 검은 피가 솔방울처럼 엉켜 있었고 여러 갈래로 흐르다 말라붙은 핏자국에는 쓸린 흙과 풀잎이 묻어 있었다. 잘못하면 동생이 죽겠다는 생각도 들었다. 진실은 그냥 보고 있을 수 없어

보자기를 풀어 쑥잎으로 틀어막은 됫병의 물을 적셔서는 상처 부위를 피해 조심스럽게 피와 흙을 닦아 내렸다. 화서는 그조차도 견디기 힘든지 허리를 메뚜기처럼 파닥거리며 신음을 뱉어냈다.

"성, 나 인자 집이는 안 갈 것이어……. 나 죽드래두 이 예배당에서 죽을 것이어."

"어쨌든 밥이나 먹어!"

"나, 아무것두 안 먹구 금식 기도허다가 예수님이 기시는 천당에 갈 거여……."

화서는 말끝을 맺지 못하고 울음을 터트렸다. 두 자매는 그렇게 끌어안고 뜨거운 눈물만 쏟고 있었다.

"밥 먹어야 혀. 너헌티 먹일라구 이 밤으 산 고개를 넘어서 왔잖여."

진실이는 밥 보자기를 풀어서 반찬을 챙겨 펼쳐 놓으며 말했다.

"성, 고마워……."

화서는 울음이 멎은 후에야 겨우 밥을 먹기 시작했다. 그 모습을 지켜보던 진실이가 벼르던 말을 꺼냈다.

"너, 예수 안 믿겠다구 허구 집으로 가야 헌다. 그리야 니도 살고 엄니도 살어 이거사!"

진실이가 달래듯 말했다.

"아녀, 집에 들어가문 예배당 못 다니게 허잖여. 나 오라버니 밥 안 먹구 예수 믿구 살 거시여. 성두 인자 믿어. 이 시상은 잠깐이구 하늘나라는 영원하니께!"

"아이구 쯧쯧, 너두 참 큰일이다."

진실은 혀를 차면서 어이없고 딱하다는 표정으로 화서를 바라볼 뿐이었다. 날이 밝자 교인들이 화서의 사정을 알게 되어 백방으로 치료에 힘쓰며, 끼니마다 음식을 날라다 주었다. 영섭은 화서를 두고 이제 집안에서 버린 자식이니 그리 알라며 어머니와 처가 화서에게 접근하는 것을 일절 금지시켰다. 어머니는 눈 하나 끔쩍 않고 어린 동생의 생다리를 무작스럽게 분질러버린 아들이 무섭고 낯설었다. 어머니가 할 수 있는 일은 몰래 화서의 끼니를 챙겨 교인들 편으로 전달하는 것뿐이었다.

며칠 후 백신영 전도사가 돌아왔다. 신영은 화서의 다리를 보고 눈물을 흘리며 어린 소녀가 겪어야 했을 고통에 분노하면서 동정을 아끼지 않았다. 신영은 농촌의 여성들이 남성의 가부장적 그늘에서 감내해야 하는 질곡에 같은 여성으로서 진심으로 공감하였다. 그 까닭에 그녀들의 하소연을 경청했고, 그녀들의 피 울음에 같이 울었으며, 그녀들과 더불어 무릎을 꿇고 정성을 다해 기도했다. 마침 스무 살 나이에 남편과 사별하고 홀로 사는 신영은 화서를 집으로 돌려보내지 않고 같이 지내기로 했다. 화서는 두 달이 걸려서야 접골이 되어 가까스로 걸음마를 뗄 수 있었다. 신영은 무서운 집념을 가진 화서가 그토록 소원하던 공부를 더 체계적으로 가르쳐주었다. 화서는 이제 영섭의 그늘에서 벗어나 맘껏 공부하고 맘껏 예배당에 다닐 수 있게 되었다. 전화위복이 된 것이다. 하늘의 궁리는 누구도 모르는 법이다.

6. 기미년

해가 바뀌어 기미년(1919년) 이른 봄. 마가산 응달에는 잔설이 설핏했고 금천리 앞 넓은 뜰을 내달리는 바람결 역시 아직은 코끝에 시렸으나 봄 냄새가 묻어났다. 양지쪽 붉은 황토는 한낮이면 녹아내려 질편한 물이 배어 나왔다. 해토가 시작된 것이다. 묵정밭에서 냉이 캐는 아낙들의 등에도 따스한 햇볕이 머물렀다. 신영은 마을로 접어드는 외길에 눈길을 자주 주었다. 누군가를 기다리는 모습이다. 이윽고 멀리 바람에 날리는 검정 치마폭을 손으로 연신 다스리며 걸어오는 여인이 보이자 서둘러 사립을 나섰다.

"김 전도사님, 기다리고 있었습니다. 어서 안으로 들어갑시다."

독립만세운동 거사 준비

어제 아침나절 심방을 갔다 오니 홍 집사가 교회 마당을 서성이고 있었다. 제법 기다렸다는 듯 인사를 건네니 다음과 같은 말을 전했다.

"지가 지금 홍산 볼일 있어 갔다가 장터에서 김 전도사님을 뵌는디, 그분 말씀이 긴하게 상의할 일이 있어 찾아볼 것이니 니얄 아침에 외출허지 마시고 꼭 사택으 기시라는 디요."

"아, 그래요? 저보고 나오라 하시면 될 일을……."

뭔가 심상치 않은 일이라는 직감이 온 터라 기다리는 내내 일각이 여삼 추였다. 김 전도사는 신영의 안내를 받아 예배당 마당 가에 있는 신영의 사택으로 따라 들어갔다.

"백 전도사님, 지금 경성에서는 조선 사람들이 노도처럼 일어나 '대한 독립만세'를 부르며 궐기하고 있대요."

김 전도사가 목소리를 낮추며 말했다.

"오머나, 그래요?"

신영은 눈이 휘둥그레지면서 말했다.

"그래서 제가 백 전도사님을 급하게 찾아왔는데요. 이 만세운동이 지금 전국 각지로 확산되고 있다는 거예요."

김 전도사는 흥분된 목소리로 말을 이어나갔다.

"우리도 구경만 하고 있을 순 없잖아요?"

"그럼은요!"

대답하면서 김 전도사는 품에서 무언가 둘둘 만 종이 한 장을 꺼내 펼쳐놓았다.

"제가 그래서 태극기 견본을 한 장 갖고 왔습니다."

신영은 감격에 찬 눈으로 태극기를 손으로 쓸며 살펴보는 것이었다.

"고맙습니다. 김 전도사님! 그러면 우리도 언제 궐기에 동참하는지, 아니면 우리가 이 문제를 결정해야 한다면 지금 상의를 해야겠네요."

"이 문제는 은밀하게 처리해야 하는 것이라 여러 사람을 거치면 일이 그릇될까 싶어 세세한 말씀은 드릴 수가 없고요. 날짜는 추후 연락해 드리겠습니다. 저는 이 거사에 연락책임을 맡고 있는지라 홍산장을 거래하는 홍산면을 비롯하여 남면, 충화면, 옥산면, 외산면, 내산면, 보령군 미산면의 각 예배당에 연통해서 모두 사전에 만반의 준비를 하도록 다녀야 합니다. 전도사님은 우선 태극기를 만들어 놓으세요. 날짜는 장날로 알고 있습니다."

"장날로 한다구요?"

"아믄요! 그래야 각 면의 교인들이 장꾼으로 가장해서 일본 헌병이나 순사의 감시를 피할 수도 있고요. 또 한 가지 좋은 점은 우리가 만세 시위를 하면 장을 보러 오는 사람들도 합류할 게 아니겠어요?"

"참 그렇겠습니다. 아주 좋은 생각이십니다."

김 전도사가 떠나고 난 후, 신영의 가슴속에서는 조국의 독립이 눈앞에 있는 것 같은 환희심으로 부풀어 올랐다.

신영은 장날인 3월 7일, 장터에 나가 백지와 물감을 사 왔고, 동네에서 신우대를 구해 두 자 길이로 잘라 몇 다발을 준비해놓고는 믿을 만한 교인과 주일학교 학생들을 밤늦게 은밀히 불러들여 밤을 새워 태극기를 만들었다.

화서는 종이를 규격대로 잘라주고 어른들이 그린 태극기를 신우대에 붙이는 일을 또래들과 도맡았다. 날이 밝아오자 밤새워 만든 태극기를 돌돌 말아 다발로 묶고 빈 쌀가마에 넣은 후 예배당 마룻바닥 일부를 들어내 그 속에 감추고는 다시 마루 판자에 못을 박았다.

신영은 다음 날 밤부터 주일 학생들을 불러 모아 발 풍금을 치면서 만세 운동 노래를 가르쳤다.

동포들아 나서라 용감히
자유의 깃발 독립의 깃발
소리 높여 신 대한 만만세
세계 만방에 포창 되기까지

동포들아 나서라 용감히
이제야 십년 원한 풀 날이라
타는 가슴 뜨거운 피 흘려
이천만이 한뜻에 죽고 살자

동포들아 나서라 용감히
외치자 자유 만세 독립 만세
단군 자손 억만대 평화 위해
온 민족 한데 뭉쳐 독립 만세

신영은 흥분과 초조한 마음으로 매일매일 소식이 오기만을 기다렸다. 그러면서 그녀는 정보를 얻으려고 백방으로 노력했다. 미국 대통령 윌슨의 민족자결주의 선언에 자극받은 재일 유학생들의 2·8 독립 선언과 뜻밖의 고종황제 붕어 사건에 대한 흉흉한 소문들로 조선인의 일본에 대한 적개심은 폭발의 임계점까지 팽팽해져 누군가 불씨만 던지면 폭발하고야 말 일촉즉발의 분위기였다. 신영은 국권을 되찾을 수 있는 절호의 기회가 온 것으로 판단했다. 이번의 거족적 만세운동이 국제 여론화되어 만국회의에서 우리나라의 독립문제가 제기되면 열방의 압력으로 일제도 어쩔 수 없이 물러날 것이라는 희망적인 생각을 했다.

드디어 연락이 왔다. 3월 17일 장날, 사람들이 가장 많이 모이는 시각인 정오에 모두 태극기를 숨겨 몸에 지니고 하나둘 흩어져 장터로 집결하라는 것이었다.

그날이 오면 7개 면의 교인들이 장마당에 모여 손에 손에 태극기를 흔들며 '대한독립만세'를 부를 것이고 장꾼들도 합세할 것이다. 장터를 가득 채우고도 모자라 고샅까지 빼곡히 들어찬 흰옷 입은 사람들이 저마다 태극기를 높이 들고 '대한독립만세!', '대한독립만세!'를 외치면 우렛소리로 널리 널리 퍼져 나가 일본 사람들이 놀라 도망치는 광경은 상상만 해도 가슴이 벅차오르고 흥분되었다.

태극기를 빼앗기다

그러나 거사 일을 이틀 앞둔 3월 15일. 들을 가르고 곧게 뻗은 금천마을 길에 말발굽 소리가 요란스럽게 울렸다. 일본 헌병이었다. 때아닌 소리에 화들짝 놀라 내다보던 사람들은 천둥에 개 뛰어들 듯 사립을 닫고 방 안으로 꼭꼭 몸을 숨겼다. 왼팔에는 빨간 완장을 두르고 카키색 전투모에 노란 별이 유난히 돋보이는 헌병 두 명이 마상에 높이 올라 박차를 가하며 내달려 오고 있었다. 이들의 뒤에는 뽀얀 먼지가 일어 솟구쳤다가 바람 부는 방향으로 휩쓸려 가고 있었다.

마을 들머리에 있는 예배당에서 이들을 누구보다도 먼저 발견한 신영과 화서는 부리나케 삭아 헤진 솔가지 울타리를 비집고 옆집 박 집사네로 피신했다.

헌병들은 조금치의 망설임도 없이 예배당 마당으로 쑥 들어섰다. 말에서 내리자마자 잠긴 예배당 문을 발로 힘껏 박차 잠긴 문고리를 부숴버렸다. 그리고 붉은 가죽 장화를 신은 채 뚜벅뚜벅 안으로 들어가서 준비해 온 노루발로 정확하게 태극기를 감춘 부분의 마룻바닥을 뜯어냈다. 이들은 누군가의 밀고를 받고 온 것임이 분명했다. 그렇지 않고서는 할 수 없는 행동이었다.

그날 밤, 마을 사랑방에서는 도대체 '밀고자가 누구냐?'는 것을 가지고 추리가 한창이었다. 여러 말이 오고 갔으나 이 마을에서는 감히 주재소에 드나들 사람이 없고 왜놈들하고 만나는 사람도 없었다. 그러나 헌병이 속속들이 알고 온 것만은 확실하니 분명히 내용을 잘 아는 자의 밀고라는 결론은 내렸지만 그게 누군가를 가려내기는 쉽지 않은 일이었다.

"혹시……."

"혹시라니. 잽히는 디가 있다는 거여?"

경식이가 머리를 갸우뚱거리며 말을 할까 말까 망설이자 영환이가 다그처 물었다.

"아아녀어……. 혹시 말여……. 기동이가 시라이 상회 왜놈헌티 허지나 않았을까 허는 생각이 들어서……."

"그려, 나도 그놈배끼 없다 생각혔어. 갸밖에는 없잖여?"

두 사람의 눈을 번갈아 쳐다보던 갑식이가 고개를 내저으며 말했다.

"아녀어, 기동이는 나이가 에려서 밀고 같은 것을 헐 수 없잖여."

뒷전에서 팔을 괴고 누워 있는 자익이가 거들었다.

"그러찮어. 어려서 철 모르니께 더 숩게 말헐 수도 있잖겄어?"

영환이가 말을 받았다.

"참 그렇겄네……."

자익이가 부스스 일어나 앉으며 수긍하는 말로 대답했다. 사랑에 모여 있는 사람들은 모두 30세 전후로 이 마을의 대소사를 도맡아 하는 기둥 역할을 하는 사람들이었다.

이들에게 거론되는 기동이는 금천마을의 열네 살 난 소년으로 홍산 보통학교 5학년을 중퇴하고 홍산장터의 시라이(白井) 상점 점원으로 일하고 있었다. 금천에서 홍산까지는 불과 오 리로 면은 다르지만 모든 생활권이 홍산과 연결되어 있었다.

"그럼, 한 번 알아봐야 혀. 이러구 있을 게 아녀어. 만약 기동이가 일러 바쳤다면 그놈은 민족 반역자여……."

영환이가 방안을 둘러보면서 말했다.

"암, 그려어. 우리 이러구 있을께 아니라 그 집으 다들 가보세."

영환이와 같이 예배당에 다니는 경식이가 동의하였다. 그들 모두 사랑방을 나와 기동이네 집으로 향했다.

"기동아! 기동이 집이 있냐?"

영환이가 불렀다.

"누구요? 왜들 그랴? 기동이는 아직 안 왔는디……."

기동이의 어머니 코큰내미가 방문을 열고 의아하다는 듯 내다보면서 말했다. 그녀의 코는 양코배기처럼 유별나고 콧방울도 왕방울이라 동네 어른들뿐만이 아니라 아이들도 코큰내미라 불렀다. 물론 앞에서는 기동이 엄니요, 삼천리댁이라 불렀지만.

"아줌니, 진지 잡수셨유? 다름이 아니라, 기동이 좀 만나볼 일이 있어서유. 어디 갔유?"

영환이가 물었다.

"아녀어, 홍산서 안 왔어. 올 때가 버얼써 지났는디 안 와서 그러찮어두 걱정허는 중인디 왜 그려어?"

"아니어유. 그럼 편히 주무셔유."

"뭔 일이랴? 몰려 댕기믄서"

코큰내미가 방문을 담으며 빈정대는 소리를 귓전으로 들으며 경식이가 어둔 길을 앞장서 걸으며 말했다.

"틀림없당게. 갸 짓이여."

"그려어, 맞어. 낼 저녁으 한 번 더 찾어 와보드라구."

이튿날 밤, 다시 사랑방에 모인 청년들이 기동이의 집을 찾았으나 역시 안 들어왔다는 대답이었다.

"왜들 그러는 겨어? 갸가 뭘 잘못했간디 그러는 겨어?"

코큰내미는 그 큰 코를 들이대며 청년들에게 따지듯 반문했다.

"안유, 잘못허구 안 헌 것은 기동이를 만나봐야 알쥬. 그러찮유? 아줌니는 오늘 기동이 찾아가봤을 것 안유?"

영환이의 가시가 돋친 물음이었다.

"그려, 가봤어."

코큰내미 대답의 뒷말은 '그런데 어쩌라고?'라는 말이 생략되어 있었지만 모두 듣고 있었다.

"그런디 뭐라구 혀유?"

"뭔 말을 혀? 뜬금 없기루. 오늘 밤에는 온다구 혔지…….”

"그런디 여태 안 왔잖유?”

"아 참, 그런디 갸가 오구 안 오구 자네들이 무슨 상관있다구 이러는겨? 응? 이렇게 할 일 없이 뭉쳐 다니믄설랑.”

"아니, 할 일 있응게 왔을 꺼 아뉴?

경식이 언성이 높아졌다. 이런 경식을 잡아끌며 영환이가 말했다.

"알었유. 우덜덜이 낼 장터루 나가 볼 텡게요……. 그럼 편히 쉬슈.”

코큰내미는 낮에 기동이가 일하는 상점에 찾아갔었다. 마을에서 널 밀고자로 의심하고 있으니 당분간 집에 오지 말고 가게에 딸린 방에서 생활하라 이르고 돌아온 차였다.

거사 불발의 이유

헌병이 마을에 나타나 거사가 불발된 내력은 이렇다. 신영이 3월 7일 저녁에 교인들과 태극기를 만들어 예배당 마루 밑에 숨겼다는 이야기가 동네 안에 퍼지기 시작했다. 동네 사람들은 독립만세를 부르려고 한다는 데 흥분했고 예배당에 다니는 사람이거나 아니거나 간에 거사에 동참하려는 의지가 있는 사람도 많았다. 개중에는 괜히 끼어들다 동티 날까 몸을 사리는 사람도 없지 않았지만, 이들도 만세운동을 싫어하지는 않았다. 그저 손 안 대고 코나 풀기를 바라는 맘이었다.

그러나 코큰내미는 달랐다. 그녀는 아들이 일본인 상점에 취직된 것을 대견스럽게 생각했고 자랑으로 삼았다. 그런데 만약에 조선이 독립되면 아들의 직장이 없어질 뿐 아니라 친일파로 몰려 동네에서 살기 어려워질 것이라 염려하여 퇴근하고 돌아온 아들에게 시라이 상한테 말해서 헌병대에 고발하도록 시켰다.

그러잖아도 시라이는 경향 각처에 만세 시위가 일어나고 있다는 소식을 듣고 토박이 기동이에게 "너 조선인 중에서 만세운동을 일으키려는 자가 있거든 알려주어야 한다"라면서 몇 푼의 용돈까지 쥐여줬다.

이튿날 예배당 다니는 영환이가 앞장서고 금천 청년들이 무리를 지어 장터 시라이 상회를 향해 몰려갔다. 그들 중에는 몽둥이를 든 사람도 여남은 명 있었다.

그들은 기동이를 다그쳐 밀고 사실이 확인되면 시라이 상점을 때려 부수기로 했다. 그러나 기동이는 어디론가 숨은 후였고 시라이는 그런 사실이 없다고 잡아떼면서 오히려 청년들을 헌병대에 고발하겠다며 으름장을 놓았다.

갈 때는 홍산 바닥을 한바탕 뒤집어 놓을 것처럼 의기양양하던 청년들이었지만 올 때는 장구 깨진 무당같이 시르죽어 되돌아왔다.

"지눔이 언제까지구 집에 안 들어오지는 않을 것 아녀……."

청년들은 어디 두고 보자고 마음을 벼르며 각자 집으로 흩어졌다. 한편 태극기를 압수당한 금천 예배당뿐만 아니라 금천리에 고등계 형사들이 시도 때도 없이 들락거리며 백 전도사의 향방과 이 거사의 연결고리를 찾기 위해 일대를 탐문 수색했다. 그리고 부여 헌병분견대와 경찰서는 각 면의 예배당마다 압수수색을 벌이며 궐기 예방에 철통같은 방비책을 세워 홍산 지방의 만세 시위는 물거품이 되고 말았다.

7. 결혼

신영과 화서는 경찰의 추적을 피해 피신하는 데 성공했다. 신영은 화서를 개성에 있는 호수돈여숙(好壽敦女塾)에 입학시켰다. 대전에 있는 호수돈여자중고등학교의 전신인 이 학교는 한국 최초의 기숙형 여학교였는데, 자립을 강조하여 학생 스스로 경제적으로 자립할 수 있도록 교육했다. 또한 개성 지역의 3·1 만세운동을 주도한 독립운동의 산실이었다

3·1 만세운동은 민간 주도의 자발적 시민운동으로 치밀한 조직과 지도부가 부재한 상태에서 거국적으로 일어난 항일운동이었다. 일제가 국내외적으로 조선인이 원해서 일본과 합병했다는 주장은 명명백백한 기만이고 오히려 조선 전역에서 일제의 통치를 목숨 걸고 반대한다는 의지를 확실하게 선포한 것이었기 때문에 그 파장이 컸다. 무엇보다 이 운동의 여파는 '대한민국임시정부'를 수립하게 된 계기가 되었고 여성 독립운동 단체도 여러 갈래의 대오를 단일화하여 '대한민국애국부인회'를 탄생하게 했다. 여성 독립운동사의 한 획을 그은 신영은 이 단체의 결사부장(決死部長)이 된다.

대한민국애국부인회

신영은 이 과정에서 임시정부가 발행한 문건들을 입수할 수 있었고 이를 통해 3·1 만세운동이 가지는 민족사적 의의와 역사적 무게를 온몸으로 받아들일 수 있었다. 1919년 4월 11일 제정한 '대한민국임시헌장'(대한민국 임시정부의 첫 헌법)의 제3조(대한민국의 인민은 남녀·빈부 및 계급 없이 일체 평등으로 함)와 제4조(대한민국의 인민은 종교·언론·저작·출판·결사·집회·주소 이전·신체 및 소유의 자유를 향유함)를 읽은 백신영은 뜨거운 호흡을 가다듬어야 했다.

왕과 남자들만의 세상이었던 조선왕조가 아닌 모든 백성이 귀천이 없이 평등하고 종교의 자유를 누리는 새로운 세상, 바로 신영이 꿈꾸는 세상이 아니었던가. 조선왕조는 끝까지 백성은 안중에도 없었다. 나라를 들어 일본에 바치는 협정에서도 왕실 일족들의 이익은, 하다못해 비첩들까지도 꼼꼼하게 빼놓지 않고 문서화한 그들이었다. '한일병합조약' 제3조를 보면 '일본국 황제 폐하는 한국 황제 폐하, 태황제 폐하, 황태자 전하와 그 후비(后妃) 및 후예로 하여금 각각 그 지위에 따라 상당한 존칭, 위엄 및 명예를 향유하게 하고 또 이를 유지하는 데 충분한 세비(歲費)를 공급할 것을 약속한다'라고 명시되어 있다. 이 조약의 어떤 구석도 백성의 삶과 백성에 대한 연민은 찾아볼 수 없다.

100명, 50명을 통솔하는 장교도 부하들을 사지에 몰아넣고 제 한 몸 살고자 빠져나오진 않는다. 물에 빠진 친구를 살려보겠다고 뛰어들었다가 함께 죽은 소학교 학생도 있다. 그들이 얼마나 백성의 삶을 하찮게 여기고 백성의 피눈물 나는 고통에는 어떤 책임도 죄의식도 없이 오로지 일신의 영화만을 탐하는 비루한 자들인가 말이다. 이제 왕조는 망했고 신영은 헌법 1조에 의한 대한민국의 국민이었다. 신영은 대한민국 앞에 붙은 '임시'를 떼고 명실상부한 대한민국을 반석에 올려놓기 위해 목숨이 필요하다면 그것을 기꺼이 바치겠다고 결심하였다.

'대한민국애국부인회'는 활동한 지 1~2개월 만에 약 6,000원이라는 거액의 군자금을 모아 상해 임시정부로 보내는 성과를 거두었다. 하지만 애석하게도 한 간부의 배신으로 서울과 지방의 간부와 회원들 52명이 경상북도 고등계 형사들에게 일제히 체포되어 대구 경찰에서 취조받았다. 그중 43명은 불기소로 풀려나고 김마리아와 백신영 등 주동자급 9명만 기소되었다. 이들은 대구형무소에 수감되어 심문받을 때 "한국인으로서 독립운동을 하는 것은 당연하다", "일본 연호는 모르고 서력만 안다"라고 당차게 답변하면서 서슬 퍼런 투지를 보였다.

그러나 혹독한 문초를 당한 신영은 위장 손상으로 아무것도 먹지 못해 빈사 상태였기 때문에 대구 법정에서 세브란스병원 간호부들의 부축을 받으며 재판을 받아야 했다. 이때 일제 검찰은 3년을 구형하였고, 판사는 징역 1년을 선고하였다. 하지만 병이 깊어져 가사 상태에 이르자 병보석으로 출소하게 된다. 몸도 가누지 못하고 들것에 실려 감옥에서 풀려난 신영은 몸을 추스를 새도 없이 1922년에 강경성결교회 전도사로 부임하여 1927년까지 시무하면서 주일 학생들에게 철저한 체험적 신앙과 배일사상을 주입하였다. 1924년 일어난 '강경교회 신사참배거부' 사건의 배후는 당연히 백신영 전도사였고, 일제강점기 최초의 한국교회 신사참배거부로 한국 기독교사에 기록된다.

신영은 경성의 정신여학교 출신이었다. 그녀는 이 미션스쿨에서 교육받으면서 새로운 인생관을 가졌다. 곧 하나님을 위해, 조국의 독립을 위해 평생을 바치기로 결심한 것이다. 신영은 그 길에서 추호도 변함이 없었다.

처음에 열정적으로 독립운동의 가시밭길을 함께 걷던 동료들도 일제의 통치가 생각보다 길어지자 하나둘 지쳐가더니 낙오자가 나오기 시작했고 동료를 파는 배신자까지 나왔다. 그러나 신영은 체포되어 극악한 고문을 당할 때도 그들을 원망하지 않았다. 그 길이 두렵고 무서운 길임을 너무나도 잘 알고 있었기 때문이다. 신영은 차디찬 감옥에서 새벽어둠에 무릎 꿇고 드리는 기도를 통해 하나님과 소통의 끈을 놓지 않았다. 이 기도의 힘에 의지해서 동료들의 숱한 배신과 변절에도 무너지지 않고 일로를 걸을 수 있었다.

주님! 빛이 있기 전, 궁창이 있기 전, 번성하여 움직이는 모든 생물을 창조하시기 전, 곧 영원에서부터 다가올 영원까지 주는 하나님이심을 믿습니다.

산들이 밀려나고 언덕들이 흔들린다 하여도 내 평화의 계약은 흔들리지 아니하리라 말씀하신 주님, 천황이라는 허황한 바알은 이 강산을 통곡의 땅으로 만든 것도 부족하여 도처에 세력을 넓혀가고 있음을 잘 아시지요? 언제까지입니까? 묻지 않을 수 없습니다. 주님이 주시는 평화는 언제나 가능한 것입니까?

저의 사랑하는 동료들이 이 길에서 지쳐 좌절하고 있습니다. 저도 매일매일 좌절하고 있습니다. 동지들이 일제의 힘 앞에, 고작 잘해봐야 가시나무 그늘일진대 그 위험한 그늘에서 안전을 도모하고자 합니다. 저로 하여금 그들을 원망하거나 지탄하지 않게 하여주시옵소서. 저나 그들이나 다 약한 자들이옵니다.

주님, 우리가 가시나무의 질곡을 뚫고 무화과나무와 포도나무의 무성한 그늘에서 주님이 주시는 참된 샬롬을 맛볼 수 있게 하여주시옵소서. 주님, 허무한 것으로 자랑하는 자는 다 수치를 당할 것이라 하셨사오니 우리가 주님의 영원성에 기대어 살게 하옵소서.

주님, 우리가 하나님의 영광을 반사함으로 우리의 실존이 빛나게 하시고 의미 있게 하시고 복되게 하여주시옵소서. 우리의 삶이 제아무리 캄캄한 어둠을 준다 해도 참고 기다리면 아침이 올 것임을 의심하지 않습니다. 새 하늘, 새 땅, 그 눈물 없고 다툼 없는 영원한 나라를 파수꾼이 아침을 기다리듯이 간절히 기다리오니 이 땅에 평화를 주시옵소서.

창영학교 교사 구화서

호수돈의 학업 과정 4년을 마치고 고향으로 내려온 화서는, 1923년 신영의 주선으로 세도면 청포리 창영학교 교사의 길을 걷게 된다. 이 학교는 군산스테이션의 선교사들에 의해 1906년 세워진 학교로 본래 근대교육을 실시하여 복음 전파의 질을 높이자는 선교 전략의 방편으로 세워졌지만, 이 지역 민족주의자들 또한 민족 계몽을 통해 구국의 활로를 열고자 했던 터라 이들의 열렬한 호응에 힘입은 바가 컸다. 그 결과 강경 3·1운동의 주력은 바로 청포교회와 창영학교였다. 화서가 교사로 부임한 창영학교는 교장이 윌리엄 불(William F. Bull, 부위렴) 선교사였고, 소학교 과정의 학생은 50명이었다.

교사(校舍)는 따로 있는 것이 아니라 청포리 교회 건물을 사용했기 때문에 주일날은 교회 예배당으로 병용했다. 화서는 학교에서 평일에는 학생들을 가르치고 주일이면 청포교회의 주일학교 반사로 봉사했다.

창영학교나 청포교회는 철저한 배일사상으로 무장한 민족주의자들의 요람 같은 곳이었다. 창영학교 교사 엄창섭이 바로 '강경 옥녀봉 만세시위'의 주모자로 체포되어 2년 동안의 옥살이를 마치고 출소한 지 얼마 되지 않았다. 한마디로 창영학교나 청포교회는 일제를 두려워하지 않는 뜨거운 용광로였던 셈이다. 이는 역으로 일제가 여러 경로로 감시망을 촘촘하게 짜놓고 눈을 번득이며 지켜보고 있었다는 뜻이다. 따라서 화서가 부임한 때에는 보이거나 보이지 않는 긴장감이 늘 상존했던 탓에 말 한마디도 조심스러웠다.

화서의 어머니 입장에서는 걱정 끝에 낙이라고 즐거워해야 마땅했으나 그게 아니었다. 오히려 날로 커져만 가는 근심에 잠 못 이루는 밤이 많았다.

"환갑도 넘긴 내가 인자 영감헌티 갈 날이 지척인디 막내 년을 시집도 못보내구 죽게 생겨부렀으니 눈이나 지대로 감을란가 모르것다, 에구 속터져! 어찌 맨날 지지배가 밖으로만 싸돌아댕기면서 내 속을 이리 썩인다냐, 썩을 것."

자식들을 다 성가시켰지만 마지막 남은 화서가 문제였다. 이미 화서의 나이가 혼기를 놓친 지 오래됐지만, 결혼에는 뜻이 없고 밖으로만 도는 화서의 장래가 영 불안하기 짝이 없었다. 당시만 하더라도 열 살이 채 되지 않은 나이라도 부모의 의사만으로 성혼하는 경우가 많았고 여자 나이 15세를 넘기면 만혼으로 여겼다. 그러나 화서는 스무 살이 내일 모래였으니 이러다 시집가기는 다 글러버린 것 같아 어머니의 한숨이 잦아질 수밖에 없었다. 시절이 시절인 만큼 육례의 절차와 의식을 다 갖출 수 없다 해도 혼인은 대사 중 대사였다.

조선은 유교 국가였기 때문에 봉제사는 해도 되고 안 해도 되는 게 아니라 선택의 여지 없이 반드시 지내야 하는 나라의 율법이었다. 따라서 결혼하지 않으면 가문의 핏줄이 끊기게 되고 제사도 끊기게 되니 절손은 사회악이었고 패륜이었다. 어머니는 그런 시대를 살아왔기 때문에 화서의 혼인 문제로 애간장이 타들어 갔던 것이다. 왜 말을 꺼내지 않았겠는가. 그러나 그때마다 묵묵부답으로 넘어가는 화서였고 그 고집을 너무나 잘 아는 어머니로서는 속수무책이었다.

화서는 어머니를 대할 때 살갑지는 않아도 고분고분했지만 어렵고 다루기 힘든 딸이었다. 화서가 입을 다물면 그 다문 입의 기세에 그만 기가 눌리는지라 어머니는 말꼬리를 이어갈 수 없었다. 대신 만만한 다섯째를 들볶는 것이었다. 다섯째 진실도 어머니의 성화가 아니어도 아무래도 이 일은 내가 나설 수밖에 없다는 생각에, 괸돌마을에 누구 마땅한 신랑감이 없는지 은연중 물색하였다.

어머니나 진실은, 화서가 스승으로 경모해 마지않는 신영이 고등계 형사들에게 붙잡혀 여성으로서 감내하기 어려운 치욕과 거의 죽음에 이르는 혹독한 고문을 받은 사실을 알고부터는, 화서의 앞날도 꼭 그리될 것 같은 예감에 전전긍긍하였다. 더구나 신영이 강경성결교회 전도사로 부임하면서 강경이 발칵 뒤집히는 사건들이 연이어 일어나고 있었다.

'강경성애소년단' 사건도 마찬가지였다. 일제가 조선 역사를 폐지하고 일본 역사만을 가르치게 하자 5학년 윤판석이 단장으로 있는 성애소년단원 여덟 명이 똘똘 뭉쳐 수업을 거부하고 모두 뛰쳐나와 자퇴를 해버린 것이다. 윤판석 역시 신영에게 신앙심과 민족교육을 받은 학생이었다. 이런 얘기를 들을 때마다 화서의 어머니는 남 일 같지 않아 좌불안석이었다.

어머니는 신영에 대한 고마움이 없는 것은 아니었지만 그것은 또 다른 문제였다. 어머니는 마을의 여느 여인네들처럼 무슨 독립이나 민족 같은 대의명분을 헤아릴 수 있는 사유의 깊이를 가지고 있지 못했고 그저 딸의 안위만을 걱정하는 소박하고 평범한 노인이었다. 화서의 어머니는 신영이 두려웠다. 딸의 장래를 망칠 수 있는 위험을 불러오는 여자였고 무슨 수단을 써서라도 그녀로부터 딸을 떼어놓아야겠다고 궁리를 거듭했다. 제일 좋은 방법은 화서를 결혼시키는 일이었다. 결혼만 시킨다면 어미로서 할 일은 다 한 것이고 그다음 일은 제 신랑이 알아서 할 일이었다.

진실의 중매

홍산 장날 진실이 친정에 찾아왔다.

"엄니, 내가 괸돌에 사는 마침한 화서 신랑감을 봐뒀는디 워쩔렁가 모르겄유!"

어머니는 반색하며 마음이 바쁜지라 물어보는 말이 두서없이 엉켰다. 마을에 부상(負商, 등짐장수) 노총각이 있는데 어머니는 일찍 돌아가시고 홀아버지와 살고 있다는 것과 열 살 무렵부터 장사를 배워 장짐을 매고 성실과 근면으로 돈을 모아 실하고 번듯한 집도 마련하고 농토도 먹고살 만큼은 된다는 것이었다. 다만 흠이라면 무학이라는 것인데 그것이 화서같이 잘난 동생에게는 더 마침 한 것이 아니겠느냐고 어머니의 얼굴을 쳐다보는 것이었다. 어머니의 얼굴이 금세 보름달처럼 환해지며 손뼉을 쳤다.

"맞다, 맞어! 화서헌티는 영락없는 짝이로고. 화서가 학식 있고 똑똑한 남자에게 고분고분할 지지배냐? 지지배가 별나면 서방이라도 얌전혀야 맞추아 살지. 근디, 나이가 매시라고?"

"을사년 생잉게 화서하구는 동갑내기유"

"그려, 그려! 싸게싸게 일매듭을 얼릉 지어버리자잉!"

화서에게 진실 언니로부터 편지 한 통이 날아들었다. 어머니가 많이 편찮으시니 한번 다녀가라는 전갈이었다. 화서가 놀란 마음으로 토요일을 기다려 본가에 들르자 정말로 어머니는 이불을 둘러쓰고 자리보전하고 있었다.

"어머니, 워디가 이리 편찮으신가유? 지가 지금 홍산 약방에 가서 약을 지어 올류."

"으응, 내가 아무래도 죽을랑갑다. 근디, 내가 니 시집도 못 보내고 죽을까 겁이 나서 맘대로 죽지도 못허게 생기부렸다. 니 아부지는 또 어찌 본다냐! 으이구……."

"무슨……."

"화서야, 난 니가 내 말대루 혼인만 헌다믄 니가 그렇게 소원허는 예배당에두 나갈란다. 느이 오라버니두, 느이 언니두 그렇게 매미 기우는가 보더라."

화서는 창영학교의 앞마당이라 할 수 있는 백마강을 따라 섬배미 들길을 걷거나 아니면 그곳 어디 물새가 알을 품기 좋을 만한 고즈넉한 강돌 위에 앉아 무릎을 세워 손에 깍지를 끼고 오래도록 강을 바라보는 것을 좋아했다. 흐르는 것도, 고여 있는 것도 아닌 호수처럼 벙벙한 기인 강에는 강경과 군산을 오가는 여객선에 장꾼들이 빼곡하게 차 있었다. 그중 실없는 총각들은 화서를 향해 손을 흔들기도 하였다. 닻을 내리고 고기를 잡는 어선이 있는가 하면 크고 작은 고깃배들과 상선들이 전국에서 몰려드는 장사꾼들을 노리고 밀물 썰물처럼 들고 나는 것이었다.

이것들을 풍경으로 바라보노라면 화서의 산란하던 마음이 잦아들었다. 아침에 세수하러 마당에 나와 마주하는 눈 부신 태양은 매일 반복되는 출현이 아니라 그날 하루의 찬란한 출산이었다. 이 아름다운 자연 속에서 인간들은 감시하고 감시받으며 서로를 물어뜯을 듯이 증오하고 있는 게 아닌가.

가끔은 신영을 만나기 위해 배로 황산 나루를 건너 옥녀봉 아래 강경성결교회를 찾아갔다. 신영은 옥살이의 고초를 겪어내느라 몸이 많이 상했지만, 정신과 기개는 여전하였다. 여기서 조금만 오르면 옥녀봉 정상에 쉽게 닿을 수 있어 신영과 더불어 산책 삼아 걷거나 때로는 혼자 오르기도 했다.

화서는 그 무렵 심하게 망설이고 있었다. 그날은 갈피를 잡을 수 없을 만큼 머릿속이 어지러워 자기도 모르게 신영을 찾아온 것인데 때마침 그녀는 출타 중이었다. 집에서 혼인을 압박하는 일이 잦아지자 어찌할 바를 모르는 화서였다. 화서는 신영에게 그 말을 꺼내는 자체가 왠지 떳떳하지 못한 것 같아 저어하며 삼가고 있었다. 신영은 화서가 독신으로 당신처럼 신앙과 애국의 길을 걷기를 원한다고 생각했다.

신영과 약속을 하고 찾아온 것이 아니어서 옥녀봉에 홀로 올랐다. 화서의 근무지인 세도면 망개의 납작 엎드린 초가지붕 너머 아득한 벌판을 바라보노라니 천지간의 광활한 공간에 노을이 곱게 물들어 가고 있었다. 분홍빛 황금빛 다홍빛으로 땅과 맞닿은 구름의 층층이 조금씩 다른 빛을 품고 있는 영묘한 풍경 앞에서 화서는 한 점 정물로 굳어져 시간 가는 줄을 몰랐다.

왜 이 나루를 놀뫼나루라 부르는지 비로소 수긍이 갔다. 바라뵈는 놀뫼나루는 숱한 차마(車馬)들이 끝도 없이 늘어서 도선의 차례를 기다리고 있었고 여러 척의 인도 선들은 부지런히 강의 이쪽과 저쪽을 오가며 사람들을 쏟아내고 있었다. 다들 다가올 어둠에 쫓겨 서두르고 있는 것 같았다.

화서는 독신주의자는 아니었다. 정신없이 여기까지 달려오다 보니 어느 덧 나이가 든 것뿐이었고 혼인은 언젠가는 해야겠지만 아직은 아니라고 막연하게 생각하고 있었다. 이런 실랑이가 몇 차례 반복되는 사이 속만 썩여 드린 어머니가 저러다 세상을 뜨면 어떻게 감당할 것인가를 생각한 것도 사실이다. 흔들리고 있던 것이다.

신영의 축복

땅거미가 져 내려오다 보니 신영의 창호지 바른 쪽문이 호롱을 밝혔는 지 홍싯빛으로 곱게 물들어 있었다. 빈손이라 잠시 망설였지만, 불빛을 보고 지나칠 수 없어 결국은 방문을 두드렸다. 신영은 귀가하여 막 저녁을 먹으려던 참이었다. 밥상은 단출하기보다는 초라했다. 김치와 맑은국이 전부였다. '왜 지난번에 사다 드린 명란젓이며 오징어젓갈이라도 드시지 저렇게 부실하게……' 하다가 그것조차 또 누군가에게 주셨겠지 하는 생각이 들었다. 신영은 심방 처에서 내놓은 고구마를 두 개나 먹었다며 있는 밥이나마 함께 나누자면서 화서에게 더 많은 양을 덜어내 그릇을 만들어 상 위에 올려놓았다.

> 생명의 떡으로 오신 주님! 오늘도 일용할 양식을 주셔서 감사합니다. 이 밥을 먹을 때마다 수고하고 애쓴 농부들의 피와 땀을 기억합니다. 그들에게 거두는 자의 기쁨이 있게 하시고 그들의 곳간이 늘 풍성하게 하소서. 이 곳간을 탐하는 세력이나 이들의 수고를 먹고 마시며 불의를 도모하는 자들을 하루빨리 물리쳐 주시옵소서. 그날이 도둑과 같이 임할 것을 믿사오며 예수님 이름으로 기도합니다.

화서는 아멘으로 화답했다. 감사 기도를 올린 신영은, 어서 들라는 표시로 화서에게 숟가락을 들어 올렸다. 평소보다 풀이 죽고 조용한 화서의 태도에서 뭔가 할 말이 있어 찾아온 것임을 짐작한 신영이 먼저 말을 걸었다.

"화서야, 무슨 일이 있는 거니?"

화서는 막 김치 한 점을 들었다가 잠시 멈추었다.

"그냥 선생님 뵙구 싶어서 불쑥 나섰슈……."

"뭔가 할 말이 있어 뵈는구먼……."

화서가 대답을 안 하자 서로가 말없이 밥을 먹어야 하는 의무를 수행하기라도 하듯이 조용히 밥을 먹었다. 수저를 놓고 숭늉을 한 모금 마시고 나서 화서는 결심이 선 듯 말을 꺼냈다.

경청하던 신영은 갑자기 장성한 자식을 바라보듯 대견스럽다는 미소를 띠었다.

"화서야, 참 잘된 일이구나. 난 기쁘기 그지없다. 고민할 것 없다. 가서 그 가문의 복음의 씨앗이 되거라!"

원래 두툼하고 후덕해 뵈는 신영의 얼굴에서 난데없이 은진미륵불이 떠올라 화서는 잠시 얼굴을 붉혔다.

결국 이 혼사는 이루어지고 말았다. 화서의 나이 스무 살 때였다. 신랑 자리가 좋고 나쁘고는 그렇게 중요하지 않다고 생각했다. 신랑이 믿지 않은 사람이라는 것도 흔쾌한 마음은 아니었지만, 그 시절에 믿는 사람이 얼마 되지 않았으니 그리 큰 문제가 아니었다. 신영 말대로 화서가 복음의 씨앗이 돼서 그 집안의 텃밭에 차차 움을 틔우고 자라게 하면 될 일이라고 낙관적으로 생각했다.

그러나 어머니나 오라버니가 예수를 영접하지 않고 세상을 뜬다는 건 생각만 해도 가슴이 철렁 내려앉는 일이었다. 사실 오랫동안 화서는 어머니를 비롯하여 모든 가족이 예수의 사랑 안에 거하는 가족이 되게 해달라고 눈물로 기도했었다. 이런 식으로라도 가족이 믿는다면 그보다 더 좋은 일은 없다는 쪽으로 생각이 기울었다.

노처녀 화서는 스무 살 되던 1925년 초에 괸돌마을 동갑내기 지창우와 화촉을 밝혔다. 그해를 넘기지 않고 첫아들 재영이를 낳았고 삼 년 후에는 둘째 아들 재호를 낳았다. 어머니와 오라버니, 진실 언니를 비롯한 친정 식구들은 약속을 지켜 예배당에 나갔고 시댁 식구들도 시누이부터 그 집 자손들까지 하나둘 예배당에 나가는 사람들이 늘어났다. 문제는 남편이었다. 열 길 물속은 알아도 한 길 사람 속은 모른다더니 창우는 친정어머니나 언니가 생각하듯 유하고 호락호락한 사람이 아니었다.

남편 지창우

창우는 모시가 생산되고 유포되는 저산8구(苧産八區) 상무좌사(商務左社) 소속 부상(負商)에게 열 살 때부터 매를 맞아 가며 장사를 배웠고 부상 간의 엄격한 상도의와 매서운 윤리 규범을 체화한 부상단 중 한 명이었다. '저산8구'란 모시가 많이 생산되던 부여·홍산·남포·비인·한산·서천·임천·정산 등의 8읍을 말하고, '상무좌사'란 등짐장수로만 이루어진 조직을 가리킨다.

상무좌사 조직은 서로의 상권을 침범한다거나 가짜 물건을 파는 등 상거래 관행에 벗어난 속임수를 쓰면 엄격한 벌을 가하는 상도의와, 부상의 일원이 병들거나 죽으면 조직 모두 제 일처럼 나서 도움을 주는 신의를 목숨처럼 여겼다. 당시 민간에 이보다 단단한 결속력을 가진 조직이 없었기 때문에 가끔은 정치적으로 이용당하기도 했으나, 우리 경제의 최일선에서 물류를 담당한 상단이었다.

창우는 코흘리개 때부터 고단한 삶을 무거운 등짐처럼 등에 지고 추운 겨울이나 더운 여름 할 것 없이 장마당을 떠돌며 사람들의 잇속이 불꽃 튀는 거래 현장에서 돈에 대한 인간의 속성을 몸으로 깨우친 사람이었다. 따라서 허술한 빈틈이 조금도 없었고 셈이 바르고 경우가 틀림없는 깐깐하고 정직한 사람이었다. 감정에 휘둘리어 까닭 없이 너그럽거나 옹졸하게 굴어 거래를 그르치는 사람이 아니었다.

가까운 장터가 시오리, 먼 곳은 사오십 리였는데, 그 무거운 짐을 메고 새벽어둠에 나가 깜깜한 밤에야 집으로 돌아왔다. 술을 마셔도 반주로 두서너 잔이지 절대로 취하도록 마시는 법이 없었다. 그저 쓰지 않고 아껴서 한푼 두푼 모으고 또 모아 살림을 일군 인물이다. 집도 140가구가 넘는 괸돌마을 큰 뜸에서 둘째가라면 서러울 정도로 반듯하고 실한 데다 마당도 넓었다.

그렇지만 그는 애 하나 키우는 데 온 동네 사람들이 다 나서야 한다는 평범한 사실조차 몰랐다. 일찍 어머니를 여의어 어미 사랑을 받은 적이 없어 아이를 사랑하는 법은 물론 그 언어도 몰랐다. 상무사에서 보고 배운 엄격한 규율은 거친 상단 사람들에게나 가능한 것이지 보듬고 아울러야 할 가정에는 어울리지 않았다. 창우의 단점은 그 틈새 없는 엄격함이었다.

그 대척점에 화서의 성정이 있었다. 손이 커서 베풀고 나누려는 화서가 창우의 눈에는 '여편네 활수하면 벌어들여도 시루에 물 붓기'라더니 꼭 그 짝으로 살림이 마냥 헤프게만 보였다. 그런 와중에도 아이들은 무럭무럭 자라났으며 셋째와 넷째, 고명딸, 그리고 그 밑으로 막둥이를 두었다.

화서는 이 어린것들의 잠든 모습을 지켜보노라면 땀으로 젖은 머리에 볼그레한 볼로 쌔근거리는 그 동글동글하고 실한 모습이 깍지 속의 동부콩처럼 너무 예뻐 보여 세상에 다시없는 보물을 보고 있는 것 같아 가슴이 다 벅차고 뿌듯해지곤 했다.

그러나 창우는 아이들에게 살갑게 대하질 못했다. 그런 잔정 없는 창우를 아이들은 어려워하고 무서워했다. 창우가 장에 나가면 꽃피는 봄날처럼 집안이 온화해지고 아이들의 재잘거리거나 퉁탕거리는 소리로 이방 저

방이 소란했다가도 창우가 집에 돌아오면 금세 얼음장처럼 싸늘해지는 것이었다. 어쩌다 장 서는 날이 비게 되어 창우가 집에서 쉬는 날에는 집안이 온종일 쥐 죽은 듯 고요해지고 아이들의 발걸음조차 조심스러워졌다.

큰아들 재영은 열두엇이 되면서부터 장 마중을 나가기 시작했다. 아버지가 장을 파하고 집에 돌아오는 길목을 향해 십 리도 걷고 시오리도 걸어 짐을 거들어야 했다. 대문이 열리는 소리가 날라치면 온 가족이 자다가도 벌떡 일어나 마당으로 달려 나가 공손히 아버지를 맞이하는 일은 어느덧 집안의 의식으로 굳어진 지 오래다. 만약에 무슨 사정이 있어 대열에 빠지기라도 하면 된통 벼락을 맞아야 했다.

그런 아이들이 안쓰러운 화서는 아이들의 말에 몸을 굽혀 더욱 귀를 기울이고 창우 앞에서 자식들의 역성을 들어주다 싸움으로 번지는 일이 잦아졌다. 창우의 혀는 길들여지지 않아 그가 자식들에게 쏟아내는 말은 폭력이나 다름없었고 화서는 그걸 견딜 수 없었다. 그럴수록 아이들은 화서의 치마폭으로 모여들었고 그것이 창우의 눈에는 제 어미만 싸고도는 것 같아 심사가 꼬였다.

그러나 화서와 가장 크게 부딪히는 것은 봉제사와 관련된 문제였다. 그것은 부부가 서로 절대로 양보할 수 없는 불화의 근원이었다. 그런 면에서 창우와 화서의 결혼에는 그 태동부터 불화의 싹이 주머니 속의 송곳처럼 자리 잡고 있었는지도 모른다.

봉제사는 반드시 지내야 한다는 창우와 우상숭배니 폐해야 한다는 화서의 근원적 불화는, 만약 부부가 어리석었다면 그 모자람으로 화해하고 그 모자람으로 화평을 만들어 낼 수 있었을 것이다. 그러나 창우와 화서는 어리석지 않은 사람들이었다. 아니 둘 중 하나만 어리석어도 잦은 분란을 잠재울 수 있었으련만 그렇지 않다는 데 문제가 있었다.

어리석은 자로 말할 것 같으면 예수만큼 어리석은 자가 또 있을까. 오리를 가자 하면 십 리를 가고 왼뺨을 때리면 오른뺨을 내밀라 말하지 않았던가. 말구유에서 태어났고 하찮은 노새를 타고 예루살렘에 입성했으며 죄가 없어도 스스로 십자가를 지고 골고다에 올라 거기서 죽었다. 그러므로 그는 죽었으나 영원히 살았고 인류의 구세주가 되었다.

화서는 싸움 중에 배설하는 창우의 푸르디푸른 욕설에 맞서 삶의 터전을 불 싸지를 수 없었기에 어리석은 여인이 되고자 노력하고 또 노력했지만 결국은 맞서고 마는 되풀이 되는 후회였다. 어리석기란 세상에서 가장 어려운 일이었다.

화서와 창우

불화의 또 다른 근원은, 두 사람의 혼사에서 사랑은 처음부터 전혀 고려의 대상이 아니었다는 점이다. 어머니와 언니의 강권에 못 이겨 창우의 얼굴 한번 보지 못하고 신방을 차렸지만, 첫날 밤 화서는 너붓거리는 화촉 앞에서 창우를 마주 볼 수 없어 눈만 내리깔고 무연히 앉아 있었다. 죽을 때까지 반려가 될 남성과 잠자리를 함께한다는 설렘과 떨림이 있어야 할 자리에 오히려 낯선 남자와 한방에 같이 있다는 거북하고 불편한 사실이 있었다. 화서에게는 그저 치러야 할 의식일 뿐이었다.

조선의 여인들은 500여 년 동안 이런 제도의 틀 속에서 새로운 생명을 잉태하였고 목숨을 이어나갔다. 인격과 감정을 가진 여성으로서의 꿈과 사랑은 애당초 가능한 게 아니었다. 따라서 화서 역시 사랑 앞에서 설레고 사랑 앞에서 떨리는, 한마디 말이 없어도 눈빛만으로도 만 가지 언어를 뛰어넘는 그 애틋하고 미묘한 신비를 알지 못했다.

화서는 이런 제도의 모순에 대한 근본적인 성찰은 없었지만 무언가 승복할 수 없는 억지스러움 때문에 치욕스럽기도 했고 무엇보다 부끄러움으로 초야 다음 날 시댁 식구들의 얼굴을 마주보기가 민망했다. 이처럼 창우와 화서는 제도의 틀 안에서 가정이라는 형식은 갖추기는 했으나 달라도 너무 다른 두 사람의 성정을 갈등 속에서 서로 맞춰나가는 일이란 불가능에 가까웠다.

"나의 사랑하는 자가 내게 말하여 이르기를 나의 사랑 나의 어여쁜 자여 일어나서 함께 가자"라는 성구처럼 사랑까지는 바라지 않아도 부부가 함께 가는 길이어야 했다. 그러나 창우는 경제권을 틀어쥐고 삼종지도(三從之道)와 여필종부(女必從夫)라는 이데올로기를 배경 삼아 지배의 언어로 군림하려 들었고 화서는 그에 저항했다.

화서는 이 난감한 상황을 신영이라면 어떻게 대처했을까를 생각하면서 답을 찾으려 노력했다. 화서는 자식들과 그 교육에 이해가 없는 창우의 간섭을 아예 차단하고 자식들을 철저한 기독 신앙으로 양육했다. 다행이라면 창우는 새벽같이 나가 밤늦게 돌아온다는 점이었다. 아이들이 말귀를 알아들을 나이가 되면 상해의 임정 이야기와 만주의 광복군 이야기를 옛날얘기처럼 들려주며 부지불식간에 배일사상이 스며들게 했다.

그러면서 화서는 친정아버지의 사랑을 받지 못하고 자란 어린 시절의 한이 맺혀 시아버지 봉양에 지극정성이었다. 일찍 상처하고 딸도 진작 출가시킨 시아버지는 어설픈 안팎살림에 궁상맞고 추레한 입성이 목불인견이었다. 오죽하면 홀아비는 이가 서 말이라는 말이 회자되었겠는가. 그러나 늦복이 터져 효성이 유별난 며느리를 맞는 바람에 동네 사람들이 '어디서 많이 본 사람 같은데 누구지?' 하며 돌아볼 정도로 완전히 딴 사람으로 변했다.

재호는 열 살이 넘어가면서 어머니가 시아버지 모시옷을 푸새하거나 다림질할 때는 조수 역할을 도맡아 했다. 화서가 볼에 물 한 모금을 머금고 모시옷에 고루 스며들게 내뿜질하고는 접힌 곳이나 눌린 곳을 살펴 이리저리 펴고 나서 잘 개켜 빠진 곳 없이 오래오래 밟고 있노라면, 재호는 부채를 부치며 숯불을 괄하게 살려내곤 했다.

더운 여름에 숯불의 열기로 송골송골 맺힌 땀을 흘리며 한쪽은 화서가 잡고 맞은쪽은 재호가 당기어 팽팽해진 옷을 이리저리 다림질하는 것은 쉽지 않은 일이다. 서로 눈치껏 의도를 살펴 잘 맞춰 가야지 만약에 한쪽이 놓치기라도 한다면 그다음 벌어질 일은 빤하다. 잘 달궈진 다리미가 지나가면 물기를 머금어 축 처져 있던 모시가 서걱서걱 날이 서 살아났다. 시아버지는 잠자리 날개 같은 결 고운 모시옷을 보란 듯이 걸쳐 입고는 뒷짐을 지고 일없이 동네를 쏘다녔다.

이불 홑청 다듬이질도 손이 많이 가는 일이었다. 늦은 밤 호롱불 밑에서 화서가 이웃 아낙과 장단 맞춰 다듬이질하는 소리가 나면 잠이 짧은 시아버지는 자기도 모르게 귀 기울여 듣게 되는데, 진양으로 시작하는 장단이 굿거리를 넘어 자진모리 휘모리로 끝나는 한바탕 신명 나는 산조 가락이기도 하였다. 시아버지는 잠자리에 들어 버석거리는 이불의 산뜻한 촉감을 느끼며 집 안에 다듬이 두들기는 소리가 나야 사람 사는 집이라고 흐뭇해했다. 홀시아버지 모시기는 벽에 오르기보다 어렵다지만 화서는 그 높은 벽을 기꺼이 올라 그 효성이 근동에 소문으로 번졌다. 시아버지가 고희가 되던 해, 중앙의 모성공회와 임천향교, 그리고 부여군수로부터 효부 표창과 부상으로 송아지 한 마리를 받기도 했다.

이런 아내가 창우는 버거웠다. 동네 사람들이 화서를 칭찬할 때마다 그는 자기를 비난하는 소리로 들려 심사가 비틀렸다. 조상신에 대한 제사를 모시지 않는 부인을 공격하는 일에 틈이 생긴 것이다. 하지만 화서는 죽음의 율례보다는 삶을 존중했으며, 그 소신에 관한 한 다른 사람들의 시선이나 말에 관심을 두지 않았다. 오로지 마음으로서만 홀시아버지를 공경했고 섬겼을 뿐이었다.

20세가 되도록 장가도 못 든 노총각이 처음 본 화서의 모습은 월궁항아(月宮姮娥) 같았다. 박꽃같이 희고 예쁜 얼굴이 눈부셨다. 거기다 소학교 선생이라는 신여성이었다. 겨우 이름 석 자나 쓰며 치부책에 돈이 오가는 숫자를 지렁이 기어가듯 삐뚤빼뚤 적어 넣던 창우에게 넘볼 수 있는 자리가 아니라는 생각이 없지 않았다. 그러나 이 혼사가 뜻밖에 성사된 것은 자신이 애써 축적한 돈과 재산이 가져다준 행운이라고 생각했다. 그가 장바닥에서 배운 진리는, 돈이라는 낚시에 물린 사람은 그 누구도 그 미늘을 빠져나가지 못한다는 것이었다. 창우는 그만큼 욕망의 리비도인 돈의 위력을 누구보다 잘 아는 부상이었다.

그러나 화서 집안의 입장은 그게 아니었다. 따지고 보자면 창우의 가계(家系)가 화서 집안에 비할 바가 아니라는 생각이 들었지만 화서의 나이를 생각하거나 위험한 신영과의 관계를 생각하면 찬밥 따순 밥 가릴 처지가 아니었다. 그저 화서만 데려가 준다면 좋았다. 거기다 부자는 아니어도 끼니 걱정은 안 할 것 같으니 혹시라도 어그러질까 염려하기도 했다.

신혼 초 창우는 부인이 가장의 권위에 순종하는 여성인 줄 알았다. 어느 집을 막론하고 당연히 그랬기 때문이었다. 그러나 화서는 도통 만만한 여자가 아니었다. 세상에 통용되는 가부장적 권위는 고사하고 돈과 완력으로도 굴복시킬 수 없었다. 화서는 창우에게 도저히 짊어질 수 없는 가장 무거운 등짐이었다.

싸울 때는 버럭버럭 욕을 해댔지만, 솥뚜껑만 한 홍어를 장짐에 매달아 끌고 오기도 했고 구하기 힘든 쇠고기를 갈비짝이나 다리째 끊어 얹어와 찜이나 곰국을 끓이게도 했으며, 좋은 옷감과 귀한 고무신도 사 날랐다. 궁벽한 시골에서 명절치레로도 쉽지 않은 일이었기에 창우는 다른 가장이 하고 싶어도 못 하는 일을 한 것이고, 화서는 그게 고마워서라도 남편에게 기꺼이 순종할 줄 알았다. 창우는 화서 들으라고 아이들을 무릎 꿇리고 너희들 때문에 내가 매일 등짐을 지고 이 고생을 한다는 말을 입에 달고 살았다. 이 말의 함의는 그러니 너희들은 아비 된 나의 수고를 한시도 잊지 말고 보답해야 한다는 강요일 뿐이었다.

창우의 성실함과 스스로를 다지는 근면한 삶의 태도는 본받아야 할 장

점이었다. 그러나 그 철벽같은 성정에는 자신의 입장과 다른 것이나 그르다고 생각되는 것에 대해 너그러움이 깃들 틈새가 바늘 끝만큼도 없었다. 화서는 당시의 배운 여성이었고 역사를 의식하며 예수의 정신을 따라 억눌린 자들과 약한 자들에 대한 연민이 있었다.

그런 면에서 창우와는 문화적인 차이가 있을 수밖에 없었다. 둘 사이에 존재하는 갈등의 배후에는 이런 문화적 격차가 주는 갈등이 상당 부분 작용하고 있었다. 그러나 화서를 잘못됐다 할 수 없는 것이, 그녀가 무슨 우월의식으로 남편 창우를 내려보는 것이 아니었다. 다만 마음에 승복 없이 무조건적인 복종을 강제하는 것에 반기를 들었을 뿐이다. 그러니 봉제사 문제로 시작해서 교회 문제, 아이들 문제 등 부딪칠 일은 차고도 넘쳤다.

나중에 일제가 태평양전쟁을 벌여 물자가 장터에서 다 사라져버릴 때까지 이런 일들이 반복됐다. 창우는 돈과 무관한 세상에 대한 이해가 부족했으며 먹고사는 일을 떠난 다른 세상이 있다는 것을 모르고 살았다. 창우는 신념을 위해 목숨을 바치고 의를 위해 핍박을 받는, 내 삶이 아닌 모두의 삶에 대한 넓은 세상을 몰랐다.

따지고 보면 배움이 없는 창우의 잘못은 아니었지만, 화서가 남다른 여자고 자신과는 다르게 세계에 대한 큰 시야를 가진 여성으로 너그럽게 인정하면 될 일이었다. 그러나 그것은 지팡이에 새순이 돋기보다 어려운 일이었다.

괸돌교회와 나씨 할머니

화서의 집 앞에는 괸돌(支石)교회가 있었다. 월남 이상재 선생의 노력으로 1904년에 세워진 교회였다. 월남은 괸돌마을 천석꾼 야은 손철래에게 괸돌의 큰뜸 뒷동산에 예배당을 건축하도록 청을 넣었다. 야은은 민족개화

운동에 힘을 써 건명학교를 설립해 운영했다. 한때 괸돌교회는 100여 명에 이르는 신자가 있었는데, 이들 대부분이 설립자 가족이 소유한 전답의 소작인들이거나 머슴들이었다. 나중에 이 전답을 팔아 애국지사들의 후원과 지역개발사업에 기증하느라 토지가 다 소진되자 소작인들의 원성이 높아지더니 오갈 데가 없게 된 그들은 예배당에 발걸음을 끊어버렸다.

화서가 괸돌마을로 시집을 와 예배당에 출석해보니 94세의 나씨 할머니만 홀로 예배당을 지키고 있었다. 할머니는 노구에도 불구하고 정해진 예배 시간이 되면 어김없이 초종, 재종을 쳤고 하루도 빠짐없이 새벽을 여는 종 줄을 당겼다. 그리고 혼자 머리를 숙여 기도하고 찬송하면서 청지기의 소임을 다하고 있었다.

화서는 이 종이 예사 종이 아님을 할머니에게 전해 들었다. 교회 설립자 야은의 아들 손창욱이 이승만 박사가 미국에 갈 때(1912년) 동행했다가 귀국하면서 사 온 종으로 어쩌면 충청도 최초의 교회 종일지도 모른다고 했다.

화서는 괸돌마을에 종소리를 그치게 해서는 안 되는 일이라 생각하여 할머니가 수행하던 종지기를 자청하였다. 집 앞 탱자나무 울타리 너머가 바로 예배당이라 어려운 일도 아니었다. 창우가 이 일을 매우 못마땅하게 여기는 바람에 다투기도 많이 했지만, 화서는 그때마다 물러서지 않았다. 주일과 수요일과 새벽 예배 시간이면 어김없이 땡그랑땡그랑 종을 울렸고, 스무 살 새댁이 힘껏 당기는 종소리는 멀리멀리 명료하게 들렸다. 그리고 할머니와 사이좋은 고부간처럼 무릎 꿇고 예배드렸다.

나씨 할머니는 움직이는 전설이었다. 여전히 짙푸른 그늘을 드리운 잿정지 고목과 같은 기품 때문인지도 몰랐다. 상처 없이 고목 진 나무가 어디 있으랴. 그 등걸에 새긴 서사가 궁금한 사람들은 할머니와 마주치면 비켜서서 몸을 낮추며 저마다 그럴듯한 상상을 하는 것이었다.

할머니에 관한 소문이 몇 있었다. 원래 정승의 딸로 한양에서 태어나 대갓집으로 출가했으나 소싯적에 과부가 되었고, 그때 은밀히 복음을 받아 신자가 되었는데, 그로 인해 시가의 핍박이 심해지자 신앙의 자유를 찾아 괸돌까지 오게 되었다는 소문이 있었다. 또 궁궐에 거하는 궁인이었는데 천주교인이던 몸종의 꼬임으로 궁을 떠나 괸돌까지 오게 되었다고는 이야기도 돌았다.

화서가 나씨 할머니를 처음 대면했을 때, 비록 주름은 깊었으나 그윽하고 선한 눈매를 보면서 "머리에 있는 보배로운 기름이 수염, 곧 아론의 수염에 흘러서 그의 옷깃까지 내림 같고"라는 시편이 문득 떠올랐다. 경이로운 94세 노인은 남자와 여자를 초월한 용모와 목소리였고 마음에 쌓인 신심은 세모시처럼 고운 결로 나타나 고졸한 태깔이 드러나고 있었다. '나도 저렇게 늙어야겠다'는 다짐이 절로 솟은 화서는 시어머니 봉양하듯 지극했으며 그녀의 아이들도 백 살 할머니라 부르며 친할머니처럼 따랐다. 그러나 1939년에 108세를 일기로 소천한 할머니는 화서에게 절절히 아쉽고 먹먹한 슬픔이었으며 열한 살 재호가 맞닥뜨린 첫 죽음이었다.

화서의 아픔

화서는 신영이 해오던 사역도 그대로 실천했다. 당시 한반도의 80%가량이 문맹이었고 농촌은 열에 아홉이 그랬다. 신영처럼 화서는 이들이 성경을 읽고 찬송가를 부를 수 있도록 글공부를 시켰다. 교인이 아니어도 객지에 나간 남편이나 자식, 또는 친정으로부터 온 편지를 들고 찾아오면 소리 내어 읽어주고 답장을 써주곤 했다.

화서는 또 침술과 약 처방을 배워 아픈 환자에게 침을 놓고 약을 지어주며 전도에 나섰다. 화서가 들고 다니는 가방에는 성경이나 찬송가 책뿐만 아니라 정로환, 영신환, 안티푸라민, 금계랍, 활명수, 용각산, 됴고약, 기나

뽄, 중창탕, 청심보명단 같은 약들로 언제나 배가 불룩 튀어나와 있었다. 약이 귀한 시절이라 된장을 약으로 바르고 심하면 인분도 바르는 때여서 그것들은 신통력을 발휘했다.

한편 당시는 여성으로 태어나면 방구쟁이, 누구네 집 첫째 지지배, 둘째 지지배, 시집을 가면 오덕리 댁, 천당리 댁, 자식을 낳으면 아무개네 어머니로 불리며 제대로 된 이름도 없이 평생을 살았다. 화서는 이런 이름 없는 여인들을 불쌍히 여겨 성서에 나오는 마리아, 에스더처럼 그들의 이름을 붙여줬다. 화서의 시누이는 지마리아였고 친정 언니는 구진실이었다. 이런 활동으로 전담 교역자가 없는 교회였음에도 날로 부흥하여 교인이 늘었고, 십 리가 넘는 곳에서 산 넘고 물 건너 출석하는 교인이 적지 않았다.

화서의 집 안 대청에는 다른 집에서는 볼 수 없는 큰 약장이 놓여 있었다. 그곳은 늘 약재 냄새가 고여 있었다. 창우는 이런 부인의 행동에 화가 났다. 돈을 버는 것이 아니라 일을 만들어 돈을 쓰기만 하는 화서를 도저히 이해할 수 없었다. 비바람 눈보라에 시달리며 무거운 등짐을 지고 먼 길을 걷던 창우의 생각이 거기에 미치면 부아가 치밀어올랐다. 물건을 사러 오는 사람과 1전을 다투며 줄다리기하다가도 이렇게 힘들게 번 돈을 화서는 납득할 수 없는 데다 탕진하고 있다는 생각이 들면 맥이 빠졌다. 자고로 돈을 모은다는 게 마른 모래로 다보탑 쌓기보다 어렵고, 돈을 쓰기로 하자면 우람한 은행나무가 하룻밤 된서리에 우수수 나뭇잎을 떨구듯 한순간에 거덜 나는 것이다.

그런데 모름지기 살림하는 여자라면 없는 단추 하나라도 온 장롱을 뒤져 찾아 달아야지 돈도 안 되는 일에 이리저리 헤프게 써대니 억장이 무너지는 것이었다. 창우는 이 모든 화근이 화서가 예수 귀신에게 단단히 씌어 그런 것으로 생각되어 예배당을 지나칠 때마다 자기도 모르게 된 가래침과 함께 '씨브럴……' 하고 욕을 내뱉었다.

살을 맞대고 사는 부부라는 것이 뜻이 맞으면 한없이 좋다가도 틀어지면 금세 미움과 분노를 여과 없이 드러내기 마련인지라, 창우의 화서에 대한 거친 장바닥 욕설은 제 어미를 사랑하는 아이들의 마음에 깊은 상처를 주었다. 그것은 아이들의 가슴에 앙금처럼 가라앉은 슬픔이자 어두움이었다.

일제가 태평양전쟁을 일으키자 공출 품목은 갈수록 늘어났고 급기야는 사람들까지 거침없이 끌고 갔다. 창우의 장짐도 나날이 가벼워졌고 집에 있는 날이 늘어가기 시작했다. 거래할 물건이 없었다. 설상가상으로 땅에서 거둬들이는 수확도 다 공출로 빼앗기는 판이라 당장 끼니를 염려해야 했다.

엎친 데 덮친 격으로 겨우 열네 살 먹은 재호가 형 대신 노무 공출자로 끌려가 버린 것이었다. 그날 재호에게 '형을 잡아가려는 요시다가 나타났으니 어디로 피해 있으라'고 심부름을 시킨 화서는 집으로 돌아올 시간이 지났는데도 재호가 나타나지 않자 초조해지기 시작했다.

불길한 예감에 집에만 있을 수 없어 조바심 나는 가슴으로 동동거리며 고샅을 빠져나가는데, 월촌댁을 마주쳤다. "워디를 그리 싸게 가슈?" 월촌댁이 인사를 건넸으나 화서는 안중에도 없이 무엇에 홀린 사람 모양 내달렸다. 무안한 낯빛으로 그녀가 입을 삐죽거리더니 발 섶에 채는 애꿎은 강아지를 "이눔의 새끼가 왜 지랄이여!" 발길질하며 집으로 횡하니 들어가버렸다.

동구 밖은 물론 신작로까지 나가봤지만, 재호는 보이지 않았다. 눈앞이 캄캄해졌다. 분명 무슨 사달이 난 것이다. 얼굴이 달아오르고 숨쉬기가 힘들었다. 내를 건너 재영이 일하는 배동골까지 어떻게 왔는지 모를 정도로 제정신이 아니었다.

"재영아!"

절박한 목소리에 재영이 피사리하다 말고 허리를 폈다. 재영을 본 화서의 얼굴이 하얗게 질리는가 싶더니 그 자리에 주저앉고 있었다. 놀란 재영이 뽑아 든 피를 손에 든 채로 화서에게 달려갔다.

"재영아. 재영아. 재호가……. 재호가……."

화서는 말을 잇지 못하고 모로 쓰려졌다.

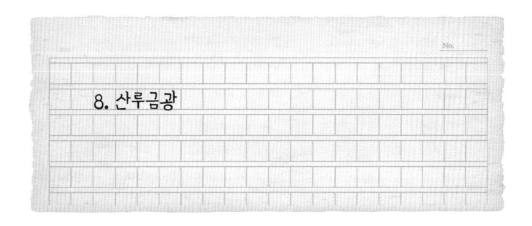

8. 산루금광

배가 내해를 벗어나 큰 물결이 이는 바다 한가운데로 나왔다. 성난 파도가 거슬러 오는 곤고마루를 향해 날을 세우고 온몸으로 솟구쳐 올라 무망한 타격을 쉴 새 없이 되풀이하지만, 거대한 철선의 침로를 1도도 바꾸지 못했다.

'정녕 되돌아갈 수 없는 것이로구나.'

재호는 큰 파도가 몰려와 뱃전을 때리면서 텅텅 부딪는 소리가 바닥을 주먹으로 내리치며 통곡하는 몸 안의 울음소리로 들렸다. 누워 바라보는 선실의 하얀 천정으로 요시다에게 이끌려 그곳에 이르는 동안 탈주의 기회를 놓쳐버린 아쉬운 순간들과 어머니와 동생들, 그리고 형과 형수의 먼 그림자 같은 모습들이 활동 영화처럼 흘러가고 있었다.

뱃멀미

일행이 수용된 곳은 선실 밑바닥으로 내려오는 계단을 중심으로 가운데에 통로가 나 있고 양쪽으로는 마루판자가 깔려 있었다. 화물칸이었던 것을, 징용자를 실어 나르는 객실로 바꾼 것이다. 바다 한가운데서 탈주자가 있을 리 만무했으므로 일본인들은 3등 객실에 있으면서 대장을 시켜 일행과 연락했다.

그동안 두 다리를 쭉 뻗고 편안한 잠을 자보지 못한 일행은 곧 밀린 잠에 빠져들었다. 얼마나 지났을까? 재호는 심한 두통과 어지럼증으로 잠에서 깼다. 뱃머리가 불쑥 들어 올려지는가 싶더니 푸욱 아래로 꺼지는데 끝도 없이 내리꽂히는 것이었다. 낭떠러지로 처박히듯 전율스러운 속도감은 사람의 몸을 허공중에 부양시키는 것처럼 아찔한 현기증을 몰고 왔다. 뱃밥 먹는 사람들 말로 배가 용왕님에게 절을 한다는 그 순간이었다. 재호는 돋보기를 쓴 것처럼 사물이 어리어리 뱅뱅 도리질하며 돌아가는지라 울컥 구토가 치솟았다. 파도의 골을 따라 이물이 쑤욱 들리기 시작하면 가파른 경사를 타고 몸뚱어리들이 떼굴떼굴 굴러 고물 쪽으로 몰리다가 이물이 돌연 고개를 숙이고 아래로 처박히면 이번에는 반대편 이물 쪽으로 굴러가는 것이었다. 그럴 때마다 89명이 토해내는 토사물도 사람 따라 이리 흐르고 저리 흘렀다.

미식거리고 창자가 꼬이는 통증에 토하기를 반복하다 종국에는 끈적이는 쓴 물을 악악거리며 쥐어 짜내고 나면 등줄기에서 오싹 찬 기운이 퍼지면서 부르르 소름이 돋았다. 고통으로 하얗게 질린 얼굴에는 눈물 콧물에다 땀으로 범벅이 되었지만, 피할 곳이 없어 견뎌낼 수밖에 없었다. 쑤욱 푸욱. 쑤욱 푸욱. 수도 없이 반복되는 널뛰기에 죽어서 편할 수만 있다면 차라리 배가 쫙 쪼개져 단숨에 숨통이 끊어져 버렸으면 좋겠다는 생각이 절로 들었다.

광란의 바람은 더 흉포해지는지 이번에는 사람의 몸뚱어리를 정말로 허공에 붕 띄우더니 사정없이 바닥으로 내동댕이쳐 버렸다. 여기저기서 신음 소리, 외마디 고함 소리가 터져 나와 선실은 순식간에 아비규환의 아수라장으로 변해버렸다.

악몽 같은 시간이 얼마나 지났는지, 어느새 선체는 점차 안정을 되찾아 갔다. 거대한 산처럼 높고 깊은 파도가 곤고마루쯤이야 흔적 없이 삼켜버릴 것 같았던 가공할 위력은 거짓말처럼 뒤끝 없이 어디론가 사라져버렸다. 극단의 공포와 고통에서 놓임을 받은 무리는 살아 있음을 확인하려는 듯 기진맥진한 몸뚱어리를 비척거리며 일어서려 했지만 수천 번 맴돌이하다 멈춰 선 사람처럼 털썩 주저앉거나 바닥에 활개를 치고 몸을 부리는 사람도 보였다. 그러나 그 탈진 속에서도 죽지만 않으면 사는구나, 하는 안도가 저마다의 가슴에 찾아드는 것이었다. 토사물과 기름 냄새로 숨통이 막힌 재호는 여전히 빙빙 돌아가는 선실 바닥을 엉금엉금 기어 계단을 올라가 갑판 문을 힘껏 열어젖혔다. 훅하고 거센 바람이 얼굴을 후려쳤다. 정신이 번쩍 들었다. 난간에 기대 폐부 깊숙이 신선한 공기를 들이마셨다가 푸우 소리를 내며 내 뿜기를 반복했다. 어지럽게 맴돌던 세상이 차차 제자리를 찾아갔다. 뱃전을 때리며 흰 포말로 부서지는 파도가 긴 항적을 그리며 멀어져 갔다. 갈매기 서너 마리가 배를 따라 날고 있었다. 어딘가 육지가 가까웠다는 징조였다.

광풍이 물러간 하늘은 음울한 먹빛 구름으로 짙게 드리워져 시간을 짐작할 수가 없었다. 그 두꺼운 장막 뒤에 해가 숨어 미미한 빛을 발산하고 있었다. 위치로 보면 중천에서 서쪽으로 조금 비킨 곳이었다. 재호는 구태여 정확한 시간을 알 필요가 없어 시계 있는 곳을 찾지도 않았다. 시계는 시간의 궤적에 맞춰 뚜렷한 목표나 가치를 창출하는 사람에게나 필요한 것이지, 코뚜레에 꿰여 끌려가는 노예가 무슨 시간 따위에 관심을 기울일 필요가 있겠는가. 그러므로 노예는 시간을 잃어버린 존재기도 했다. 재호가 습기를 잔뜩 머금은 바람에 심호흡하며 메스꺼운 토증을 다스리다가 구름이 맞닿은 수평선을 바라보자니 무언가 가물가물 길게 누워 있는 희미한 모습이 보였다.

시모노세키

'저기가 시모노세키인가?'

점점 거리가 좁혀지면서 구름을 이고 선 검은 산들이 보였다. 몇 개의 섬을 뒤로하고 항구의 긴 제방과 등대가 나타났다. 곤고마루의 엔진소리가 바뀌더니 속도를 떨어트리며 시모노세키(下関)와 기타큐슈(北九州) 사이의 수로를 깊게 파고들었다. 바람에는 흙냄새와 항구의 짠 내가 묻어났다. 일본의 관문답게 시모노세키 항구에는 수많은 배가 들어차 있었고 드나드는 선박들로 연락부절이었다.

험난한 현해탄의 파고를 헤치고 온 곤고마루는 이 여정의 최종 목표인 선착 지점을 향해 육중한 선수를 틀고 있었다. 그동안 재호를 끝없이 압박해오던 탈주의 번민도 결국은 파도의 물거품처럼 스러져버리고 말았다. 차라리 마음이 편했다.

트랩 계단을 내려와 부두에 발을 내딛자 단단한 줄 알았던 땅이 지진 난 것처럼 흔들려 현기증이 일었다. 이로써 재호는 두려움으로 점철된 눈물의 행로를 마치고 일본 땅에 첫발을 딛게 된 것이다. 잔인한 운명이 짜놓은 엉겅퀴 가시밭길이었다.

산길이나 두렁길에 익숙한 산골 소년에게 그 시작과 끝을 짐작할 수 없는 넓은 신작로는 언제나 가슴 설레는 출발점이었다. 하굣길에 어쩌다 트럭이 먼지구름을 몰고 지나가면 어린 것들은 짚신을 벗어들고 함성을 지르며 먼지 속으로 뛰어들었다. 그것은 먼 곳을 향한 동경이 시키는 일이었다. 길은 길을 향하여 연을 대고 있어서 그 길을 따라가다 보면 광복군이 활약하는 만주도 갈 수 있고 경성도 갈 수 있지만 그 길의 끝이 내 안의 적국, 일본일 줄이야!

곧 대장의 지시로 대오를 맞춰 정렬한 후 인원 점검을 받았다. 아무도 도망친 사람은 없었다. 이제 일본 땅에서 더 이상의 탈주는 불가능하다는 것을 인정하기란 쉽지 않았을 것이다. 하지만 그것을 받아들였다는 사실은 돌아갈 길이, 돌아설 곳이 막혔다는 것을 의미했으므로 모두가 의기소침해졌다. 일행을 일본 땅으로 실어 나른 곤고마루는 풀죽은 무리가 측은한 듯 기관을 죽인 채 물끄러미 내려다보고 있었다.

일행은 부두 한쪽에서 다음 지시가 있을 때까지 대열을 유지한 채 앉아 있었다. 파도 흉흉한 폭풍의 바다를 건너온 일행은 다들 녹초가 되어 무릎에 얼굴을 파묻고 잠을 청하거나 멍하니 항구를 오가는 배들을 바라보다가 몰려오는 졸음에 고개를 떨어트리는 사람도 있었다.

그러기를 얼마나 지났을까? 일본인들이 일행을 검역소로 인솔해 갔다. 대장이 일본인들에게 들은 내용에 따르면 이 검역소는 외지 전투에 출전했다가 귀국하는 군인들이나, 전선에서 붙잡은 포로들을 구인해 왔을 때, 그리고 일행처럼 끌려온 공출 노역자들이 반드시 거치는 곳이라 했다.

일행은 전시 복장에 전투모를 쓰고 왼팔에 완장을 두른 검역원들의 지시에 따라, 팬티까지 모두 벗어 개인별로 소쿠리에 담고 옥외에 설치된 우윳빛 소독수가 가득 채워진 욕조에 목만 내놓고 전신을 담갔다. 살균 소독수의 독한 냄새가 눈과 코를 찔러 머리가 다 아팠다. 그동안 목욕은커녕 세수 한번 제대로 못 한 일행이 뜨거운 소독수에 몸을 담그고 있자니 여기저기 가렵기 시작했다. 누군가가 부지불식간에 때를 밀다가 발각되어, 검역원이 휘두르는 대나무 빗자루로 호되게 얻어맞아 등짝에 붉은 빗자국이 선명하게 찍혔다. 모두 겁을 잔뜩 집어먹고는 돌부처처럼 미동도 못 하고 앉아 있어야 했다.

5분도 채 안 돼 쫓기듯 욕조를 나와 옷을 찾아 입으려니 소쿠리가 송두리째 사라져 보이지 않았다. 재호는 순간 어머니가 쥐여준 20원이 번개처럼 스치며 머리가 하애졌다. 89명의 벌거벗은 무리는 영문도, 부끄럼도 모르고 웃지도, 울지도 못한 채 그저 마당 가운데 어정쩡하게 서 있을 수밖에 없었다. 벌건 대낮에 치부를 드러내고 서 있다는 사실에 짐승이 아니고서야 어찌 수치심을 느끼지 않을 수 있겠는가. 한참 후에야 소쿠리를 산더미처럼 쌓은 짐수레가 도착하였다. 고열 수증기로 쪄낸 듯 옷이 뜨거웠고 벌겋게 변색되어 있었다.

재호는 옷 바구니를 받자마자 다급하고 떨리는 손으로 바지부터 뒤졌다. 새끼주머니에 꼭꼭 접어 넣은 지폐 20원은 색깔이 변했지만, 사용하는 데는 지장이 없어 보여 가슴을 쓸었다. 이 돈이 어떤 돈인가? 화서가 누군가에게 급하게 변통했을 큰돈으로 느닷없이 끌려간 아들이 위급할 때 사용하라는 생명줄이자 어머니의 사랑과 연결된 유일한 증표요, 뒷배였다.

그들은 다음 차례인 검진소로 인솔되었다. 검진이래야 형식적 절차일 뿐 대충 안진(眼診)으로 누구 하나 세심한 진찰 없이 통과시켰다. 마지막으로 왼쪽 팔에 예방주사를 한 대씩 맞고는 어둠이 짙게 내려앉은 부두를 벗어나 기차역으로 향했다.

다시 인원 점검을 받고 곧바로 개찰구를 통과하여 플랫폼의 맨 끝자리 외진 곳에 자리를 잡은 일행은, 아무 설명도 듣지 못하고 딱딱한 콘크리트 바닥에서 무려 세 시간을 넘게 대기하였다. 무한정 한자리에 앉아만 있자니 허리도 아프고 엉덩이도 아프고 좀이 쑤셨으나 다들 견디는 수밖에 없었다. 어쩌겠는가.

일본 본토의 열차에 오르다

길고도 지루한 대기 끝에 드디어 열차에 오를 수 있었다. 일본의 객차는 조선에서 탄 낡고 악취에 찌든 객차와 달리 깨끗하고 밝고 쾌적했다. 무엇보다 군청색 우단으로 쌓인 푹신한 의자는 몸을 안락하고 편안하게 감싸주는 것이어서 일행은 마치 주인집 안방으로 잘못 들어간 천방지축 송아지처럼 어리둥절하기조차 했다.

더구나 역무원은 반듯하게 차려입은 검정 제복이 썩 잘 어울리는 여자들이었다. 지금까지 일본인 감시원들의 거친 행동과 언사에 시달린 것은 말할 것도 없고 엉겁결에 끌려온 데다 누더기 차림의 남자들끼리만 지내오던 터였다. 청결하고 단정하여 눈부신 여성의 출현은 바짝 긴장한 일행의 마음을 단숨에 무장해제 시켜버리는 마력을 발산했고 선망의 시선, 아니 감춰져 있던 성적인 본능으로 바라보지 않을 수 없게 만들었다.

재호도 비록 소년이었지만 경우 없는 눈길을 보내는 사내 중 하나였다. 그것은 참기 힘든 수컷의 본능이었기에 그것을 의식했을 때 재호는 내심 민망하여 눈길을 돌렸으나 어느덧 자기도 모르게 그녀들의 뒤태를 좇고 마는 것이었다. 상거지의 모습으로 무기력하게 끌려가는 노예의 신분에 상냥하게 미소 짓는 그녀들은 별천지의 전혀 다른 종족으로 보였다. 소년은 아마도 일본의 남자들이 모두 전쟁터로 끌려가 그 자리를 여성으로 대체한 것이 아닐까, 하고 추측해 보았다.

편안함에 마음이 놓였는지, 아니면 자포자기가 주는 이완 때문이었는지는 모르나 일행은 모처럼 숙면에 빠져들었다. 재호가 잠에서 깨어났을 때는 차창 밖으로 푸르스름한 새벽빛이 가로수의 우듬지를 밝히고 있었다. 밤을 꼬박 새운 역사의 가로등 불빛도 지쳐 조는 듯 보였다. 평화롭게 보이는 새벽 풍경에 어느 모로 보나 전쟁의 모습은 눈에 띄지 않았다. 한반도나 일본 땅이나 부윰하게 밝아오는 아침의 모습은 다를 바가 없었다.

열차는 어느덧 나고야(名古屋)역을 빠져나가는데 멀리 층층으로 올려진 나고야성의 푸른 지붕과 하얀 벽이 보였다. 조선에서는 볼 수 없는 모습이어서 여기가 일본 땅이라는 실감이 났다. 일본인들의 감시도 훨씬 느슨해져 열차의 커튼을 내리게 하지 않았으므로 마음껏 차창 밖의 풍경을 바라볼 수 있었다. 재호는 열차에 올라 자리를 잡을 때는 반드시 열차가 달려가는 순방향 쪽의 창가를 찾아 앉았다. 이것만큼은 누구에게도 양보하고 싶지 않았다.

농가는 두툼한 짚단을 덮은 지붕의 경사각이 급격하여 맞배지붕 끝이 뾰족했고, 벽체는 흙이 아니라 나무판자를 사용한 것이나, 기와지붕도 처마가 들린 조선과 달리 직선인 것이 낯설게 보였다. 산의 나무도 소나무보다는 키가 큰 삼나무나 대숲으로 울창했다. 들에서 일하는 농부들이 긴 장대를 어깨에 걸치고 그 끝단에 걸린 망태에 짐을 넣어 경중거리며 나르는 모습도 처음 보는 광경이라 눈길을 끌었다.

시즈오카(靜岡)역에 정차하자 미리 연락된 듯 주먹밥이 올라왔다. 일행은 통로를 따라 일렬로 줄을 서서 길든 가축처럼 나누어주는 주먹밥 한 덩이씩을 받아먹었다. 누마쓰(沼津)역을 지나 시가지를 벗어나는 건널목에 한 무리의 여인들이 몸뻬바지를 입고 대창을 어깨에 멘 채 열을 지어 기차가 지나기를 기다리고 있었다. 일본 본토에서도 여자들의 총후교련(銃後敎練)은 어김없이 실시되는 모양이었다. 조선에서는 교련을 통하여, 일반인은 청년훈련소나 조선청년특별연성소, 장정훈련소와 같은 훈련 집단을 만들어 수시로 학교 운동장에 소집해서 대창(竹槍)이나 목검(木劍)을 가지고 훈련시켰다.

사람은커녕 짐승 한 마리 때려잡기에도 어설픈 모조품으로 총과 대포, 항공기와 잠수함으로 무장한 상대와 싸우게 한다는 것이 가소로웠다. 하지만 그만큼 일본의 전세가 다급하다는 방증일 것이고 백성들을 명령에 따라 일사불란하게 옭아매려는 일본 군부의 발악이었을 것이다. 재호는 자신도 모르게 자신을 노예로 삼은 적국에 대해 비판적인 눈으로 관찰하고 있었다.

도쿄, 요코하마를 거쳐 아오모리로

마침내 그들의 수도인 도쿄(東京)역에 도착했다. 하얀 화강암 기둥에 붉은 벽돌로 쌓아 올린 도쿄역은 과연 제국 수도의 역사(驛舍)답게 그 크기가 한눈에 다 들어오지 않을 만큼 웅장한 건물이었다. 그러나 수학여행 온 학생이 아닌 재호에게는 별다른 감흥이 있을 리 없었다. 아니 내심 놀란 것이 사실이었다. 하지만 이성은 그런 재호의 심사에 부끄러움과 죄책감을 주고 있었다. 어머니로부터 민족적 자각과 배일사상을 교육받아 그들이 떠받드는 신위에 '대한민국독립만세'를 적어놓은 재호였다. 그런 그가 한갓 건물의 위용 앞에 끌려가는 자의 분노 대신 잠시라도 넋을 잃고 경탄하다니……. 한없이 부끄러운 마음이 들었다. 그러나 경성조차도 가본 적이 없는 일행은 벌어진 입을 다물지 못하고 높은 천장을, 목을 뒤로 꺾어 가면서까지 이리저리 바라보느라 정신이 팔려 있었다.

촌닭 관청에 온 듯 어리둥절한 일행을 일본인들은 무엇에 쫓기듯 다그치며 전차에 오르게 했다. 재호가 경성에서 타본 한 칸짜리와는 달리 열차처럼 여러 칸이 길게 연결된 전차였다. 어디로 향하는지도 모르고 가다 한참 만에 내린 곳은 요코히미(横浜)였다.

요코하마라면 이제 여기서 배를 타고 남태평양 쪽으로 간다는 의미인가? 무슨 문제가 생긴 듯 일본인들은 무리를 한쪽에 대기시키더니 자기들끼리 모여 대책을 논의하다 한두 명이 어딘가를 바삐 다녀오고 나서 무슨 지시를 받았는지 또다시 머리를 맞대고 숙의를 거듭하느라 좋이 세 시간은 걸린 것 같았다. 그 궁금했던 결말은 일행을 다시 배가 아닌 기차에 오르게 하는 것이었다. 뭔가 처음 계획 한대로 일이 진행되지 않고 목적지가 중간에 변경된 듯 보였다.

요코하마역을 출발한 열차는 바다 쪽이 아닌 서쪽 내륙으로 향했다. 일본의 허리를 동에서 서쪽으로 관통하는 길은 깊숙이 파고들수록 험산 준령이라 유난히 터널이 많이 나왔다. 간토지방(関東地方) 북서부 다카사키(高崎)를 거쳐, 다니가와산(谷川岳)의 험로를 타고 우노강을 따라 북쪽으로 올라가다 에치고카와구치(越後川口)역을 지났다. 그 후부터는 우노강을 버리고 새로 나타난 시나노강을 왼편에 끼고 한없이 달려가더니 동해의 큰 항구니가타(新潟)시에 도착했다.

그렇다면 사할린으로 간다는 말인가? 종잡을 수 없는 불안이 따라붙었다. 어디를 가나 징용자로 끌려온 마당에 중노동을 해야겠지만 기왕이면 고향 땅에서 조금이라도 가까운 곳이기를 바라는 마음들이었다. 멀어지면 멀어질수록 그만큼 살아 돌아온다는 보장이 없다는 생각이 들었기 때문이다. 그곳으로부터 동해 연안을 따라 계속 북상하면서 무라카미(村上), 사카타(酒田), 아키타(秋田)를 거쳐 히가시노시로(東能代)에 이르렀다.

일본의 서쪽 해안을 동해로 부르는 이유는 그것이 고유명사기 때문이다. 일본인들은 이 바다를 일본해로 부른다지만 이는 그들만의 주장일 뿐, 열방에 통용되는 공식 명칭은 엄연히 동해다. 일행 중 몇몇은 동해 연안의 역들을 지나치면서 저 보이는 바다 너머에 자리한 조국, 하다못해 울릉도나 독도의 그림자라도 보일까 하여 눈을 떼지 못했지만, 하늘과 맞닿은 지점에는 자로 그린 듯 선명한 수평선뿐이었다. 그러나 끊임없이 몰려드는 파도는 분명 대한민국 동쪽 해안 어드메쯤의 기별을 담아 너른 바다를 건너 저 하얀 모래톱에 쏟아내고 있을 것이었다.

어느덧 석양은 그 넓은 바다를 어느 한 군데 놓치지 않고 곱게 다홍으로 물들여 놓았다. 태양은 마지막 장엄을 불태우며 길게 꼬리를 끌면서 수평선 너머로 꼴깍 잠기고 말았다. 그럼에도 어둠은 장막을 내리듯 일거에 오지 않았다. 이미 육지는 모색에 잠겨 어슴푸레했다. 바다만이 오래 태양의 기억을 품고 마지막 잔영을 붙들고 있다가 시나브로 스며드는 어둠에 결국은 잠식당하고 말았다. 버려진 듯 모래톱에 박힌 배 한 척이 검게 보였다. 세상에서 가장 아득하고 쓸쓸한 풍경이었다.

천장 등이 들어오자 창밖의 잔영으로 밖의 풍경과 안의 풍경이 겹쳐 보였다. 그러다 어둠이 칠흑처럼 짙어질수록 차창은 온전한 거울로 변해 긴 여정으로 지쳐 졸거나 잠에 빠진 일행의 초췌한 몰골을 적나라하게 비추는 것이었다.

예민한 재호는 쉬 잠들지 못하고 덜거덕, 덜거덕 바퀴 구르는 소리에 망연히 귀를 기울이는 것이었다. 우르르릉 사나운 바람 소리를 몰면서 바퀴 소리가 그전보다 훨씬 크게 들리면 그것은 기차가 터널을 지나거나 다리를 건너는 것이고 점차 그 소리의 간격이 넓어지며 날카로운 비명처럼 길게 쇳소리를 내면 어김없이 등불만 깜박이는 역사가 나타났다.

히가시노시로(東能代)에서는 철로 선을 바꿔 오다테(大館)와 히로사키(弘前)를 경유한 후 아오모리(青森)에 도착했다. 아오모리는 일본 도호쿠지방(東北地方)으로 혼슈(本州)의 최북단이다. 동쪽은 태평양, 서쪽은 동해, 북쪽은 쓰가루 해협(津輕海峽)에 접한다. 이 해협의 대안에 홋카이도(北海道)가 위치한다. 철로는 여기서 바다에 막히고 배를 통하지 않고서는 더는 앞으로 나갈 곳이 없다. 요코하마부터 아오모리까지 길고 긴 여정을 함께 한 기관차는 일행이 탄 객차를 대기선에 떼어놓고는 어디론가 사라져버렸다. 동력을 잃어버린 객차에 전등이 꺼졌다. 그 어둠 속에서 일행은 하룻밤을 지냈다.

홋카이도

다음 날 아침 10시경이 되어서야 일행은 아오모리역의 줄줄이 깔린 철로를 가로질러 넘고 넘어서 항구로 인솔되었고 거기서 대기하고 있던 배에 곧바로 태워졌다. 쓰가루 해협을 건너는 연락선은 곤고마루보다 작은 배였다. 그러나 버선발같이 오목하게 파인 내해라 그런지 별 요동 없이 순탄한 항해를 계속하다가 홋카이도의 관문인 하코다테(函館)항에 도착했다. 네 시간이 넘는 긴 항해였다. 여기서부터는 일본의 북쪽 변방 홋카이도다.

일행은 이미 마음에 단단한 족쇄를 찬 노예였으므로 이제 어디를 향하든 궁금하지도 않았다. 일본인들이 이끄는 대로 기차를 타라면 탔고 배에 오르라면 올랐다. 일행은 일본 땅에 도착한 이후 한 사람도 도망치지 않았을 뿐만 아니라 투지도 의욕도 멸절된 무기력한 허수아비 꼴이었다. 오늘이 몸서리치게 힘들어도 내일은 나아질 수 있다는 희망이 있다면 눈빛도 살아나련만 일행은 희망을 잃어버린 탓에 걷는 것조차 연체동물처럼 흐물거렸다.

그들은 또 기차에 태워져 우치우라(內浦)만을 따라 북쪽으로 북쪽으로 향했다. 바다와 나란히 달리는 끝 모를 철길은 지척에 궁기로 찌든 어촌의, 벌겋게 녹슨 함석지붕이며 어구들이 함부로 널려 있는 해안을 지칠 줄 모르고 내달렸다. 그곳은 누구 하나 마주치는 사람을 볼 수 없는 적막한 땅이었다.

재호는 홋카이도의 검은 땅이며 처음 보는 하얀 자작나무 숲을 보고 있으면서도 이곳의 겨울이 얼마나 혹독하며 그것이 어떤 고통을 줄지를 꿈에도 상상하지 못했다. 그저 낯설고 이국적인 풍경에 망연한 눈길을 보냈다. 무로란(室蘭)에서 삿포로(札幌)를 지나 아사히카와(旭川)와 같은 홋카이도의 큰 도시를 거쳐 끊임없이 북으로 북으로만 달리는 기차는, 도대체 이 지루한 여행을 언제 끝내려는 것인지 멈출 기색조차 보이지 않았다.

'아, 결국 사할린으로 끌려가는구나…….'

목적지를 알 수 없는 길고 긴 노정에 이미 해는 지고 땅거미가 짙어왔다. 열차는 지구 끝까지 달릴 기세로 지척을 분간할 수 없는 어둠의 아가리 속으로 헤집고 들어갔다. 변방 오지의 옹색한 역사를 밝히는 희미한 불빛만이 등댓불처럼 열차가 가는 방향을 인도했다. 이정표에는 무지의 세계에 그 이름만으로 겨우 존재를 알리는 시베츠(標津), 다요로(多寄), 미즈호(瑞穂), 후렌(風連), 나요로(名寄)……. 사람보다는 여우나 사슴이나 늑대나 곰이 사는 전설의 마을 이름 같았다. 변경의 유형지처럼 쓸쓸한 산간의 역들. 내리는 사람도 오르는 사람도 없이 오직 여자 역무원만이 열차를 맞이할 뿐, 열차도 사람이 그리워 목이 메는 듯 울부짖는 기적 소리가 유난히도 계곡 사이에서 크게 메아리쳤다.

산루광업소

　끝을 모르고 그토록 달리기만 하던 열차가 전등불이 가물가물 졸고 있는 어느 시골 역에 이르렀을 때, 일본인 중 한 사람이 일어서더니 구니모토 대장을 불렀다. 일행은 일본인들의 표정에서 드디어 이 지루한 여행이 끝이 났음을 알 수 있었다. 여행이 끝났다는 것은 이제부터 본격적인 노예 생활의 시작을 알리는 것이었지만, 무리의 마음속에는 종착지에 도달했다는 것만으로도 알 수 없는 안도감이 찾아들었다. 잡혀서 여기까지 끌려오는 데 꼬박 일주일이 걸린 지치고 힘든 여정이었다. 인간의 의식은 단순하기보다 복합적이고 중층적이어서 한 층에 불안이 깃들어 있어도 다른 층에서는 하나의 불확실성이 확실해지고 단락이 지어진 사실만으로 안도하는 경향이 있는 것 같았다.

　기차에서 내린 일행은 일본인들이 비춰주는 불빛을 따라 정체를 알 수 없는 새까만 결정체가 쌓인 건물로 들어갔다. 협궤가 깔린 그곳에는 광차 10여 대가 연결되어 일행을 실어 나르려 대기하고 있었다. 일본인들은 쓸데없이 소리를 꽥꽥 질러대며 마치 동물을 우리 안에 몰아넣듯 광차 한 대에 1개 조씩 태웠다. 재호는 1조였으므로 맨 선두의 광차에 올랐다. 승차를 마친 후, 인원 점검이 있었으나 이탈자는 한 사람도 없었다. 광차를 견인하는 장난감같이 작은 기관차가 시동을 걸었다. 이 광차를 일본인들은 도롯코(トロッコ)라 불렀다. 광차는 지금까지 타고 온 기차에 비하면 속도가 느려터져 사람이 뛰는 속도에 미치지 못할 정도였다.

　칠흑 같은 어둠 속에서 우련하게 새어 나오는 불빛이 깜박거리는 마을 두 곳을 지나 일본식 판자 건물 앞에 광차가 멈춰 섰다. 재호가 다니던 소학교와 외양은 같았으나 규모가 작은 건물이었다. 두 동의 건물 중 궤도에 인접한 건물 현관에 미쓰이 광산주식회사 산루광업소(三井鑛山株式會社 珊瑠鑛業所)라는 간판이 걸려 있었다. 일행을 여기까지 끌고 온 실체가 드러나는 순간이었다.

150개의 자회사를 거느린 거대한 콘체른(Konzern)으로, 일본 최대 재벌인 미쓰이 그룹의 광업소였다. 마당에는 국민복에 전투모를 쓴, 광업소 직원으로 보이는 사람들이 마당에서 일행을 기다리고 있었다. 일행을 조선에서 끌고 온 일본인들이 광차에서 뛰어내리자 직원들은 무슨 개선장군이라도 맞이하는 양 호들갑을 떨어대며 악수하고 포옹하면서 사무실 안으로 들어가버렸다. 마당에 서 있던 몇 명의 직원은 새로운 먹잇감의 기선을 제압하려는 듯 '내리지 마!', '움직이지 마!' 등의 짧은 군대식 명령을 큰 소리로 외쳐대며 전쟁 포로나 죄수를 다루듯 거칠게 굴었다.

멀고 먼 이국땅 산간벽지까지 끌려온 사람들은 말을 잃은 채 지척을 분간할 수 없는 어둠에 갇혀 그저 눈만 껌벅이며 한 식경이나 기다렸을 것이다. 이윽고 전투모에 노란 별을 달고 군복 왼팔에 헌병 완장을 찬 사람이 올라타자 광차는 다시금 시동을 걸어 움직였다. 광차는 앞길이 보이지 않으니 어둠의 심연에 놓인 협궤를 꽉 붙들고 달리는 듯 보였다. 숲의 자락이 몸에 스칠 듯 무성했지만, 도대체 사물의 윤곽조차 분간할 수 없었고 눈을 뜨나 감으나 그저 어둠뿐이었다. 그렇게 몇십 분을 달렸을 무렵 돌연 시꺼먼 물체가 앞을 가로막듯 나타났다. 긴 여로의 최종 목적지에 다다른 것이다.

광차에서 내려서니 무슨 산적들의 산채 같은 으스스한 판잣집 한 동이 보였다. 일행은 그 건물 앞에서 말없이 서성거리며 코끝에 스치는 깊은 산속의 습한 냉기에 잔뜩 어깨를 들어 올려 목을 파묻지 않을 수 없었다. 헌병이 그 깜깜한 건물 안으로 들어가더니 칸델라 랜턴과 카바이드를 들고나와 대장에게 건네주었다. 대장이 칸델라를 취급해본 사람 있으면 나오라고 하자 한 사람이 나섰다. 칸델라에 카바이드 덩어리를 넣고 물을 붓자 하얀 덩어리가 부글부글 끓어올랐다. 뚜껑을 덮어 조이고 성냥불을 댕기는 순간 '퍽' 하는 소리와 함께 불이 붙었다. 점화를 확인한 사람이 밸브를 서서히 열자 불꽃이 맹렬한 기세로 뿜어져 나왔다. 화들짝 놀란 사람들이 뒤로 물러섰다. 무리의 대부분이 한 번도 경험하지 못한 맑고 투명한 불꽃이 주위의 어둠을 몰아냈다.

이 불빛에 낡을 대로 낡아빠진 판잣집의 정체가 드러났고 출입문 위에 제1료(第一寮)라고 써 붙인 것을 읽을 수 있었다. 바로 일행이 기거하게 될 요사(寮舍)였다. 대장은 조별로 세워 인원 점검을 마친 후 칸델라를 앞세우고 요사 안으로 들어갔다. 출입문을 들어서자 흙바닥 통로가 나타났다. 그 통로 오른편으로는 사무실과 요장(寮長)이 기거하는 방 두 칸이, 왼편으로는 노역자 숙소의 출입문이 나 있었다. 일행이 가야 할 곳은 노역자 숙소였다. 왼편 문을 열고 들어서자 네 개의 칸막이로 나누어진 다다미방 내무반(헌병은 침실이라 하지 않고 내무반이라 불렀다)이 나왔다. 말이 다다미지 다 풀어져 해진 지푸라기가 너덜너덜하여 꼭 짐승의 외양간이나 다름없었는데, 냄새마저 쿰쿰한 것이 바로 빈민가의 가난이 풍기는 냄새였다.

칸막이 하나에 칸델라가 하나씩 배당되었다. 네 개의 불을 다 켜니 호롱불에 익숙한 일행의 눈에는 대낮같이 밝아 눈이 부셨지만 보이는 것은 죄다 구지레한 때로 얼룩진 궁색한 것뿐이었다.

마흔이 다 돼 보이는 헌병은 얼굴이 우들우들한 살갗에다 눈이 때굴때굴하여 성깔깨나 있어 보였다. 그는 구니모토 대장의 통역으로 그동안의 조 편성을 해체하고 4개 반으로 재편성한 뒤 한 칸마다 1개 반씩 배치했다. 재호는 1반에 배속되었다. 새로 뽑힌 반장들은 모두 일본어는 고사하고 한글도 모르는 까막눈들이었다. 구니모토 대장은 부여를 출발하여 여기까지 오는 일주일 동안의 경험을 바탕으로 그들이 비록 문맹이지만 막노동판에서 잔뼈가 굵은 사람들이고 반원을 힘으로 휘어잡을 깡이 있어 반장으로 인선한 것이다. 취사반장으로는 요릿집 요리사로 있다가 끌려온 다케다를, 이를 도울 보조요원으로는 공사판의 함바(현장식당) 경험이 있는 두 사람을 더 임명했다. 재호는 인선 과정을 통해 자신이 여태까지 겪어보지 못한 힘과 깡다구가 지배하는 살벌한 노동판을 실감할 수 있었다.

제1료 생활 시작

"기상!"

이튿날 아침 헌병이 외치며 일행을 깨웠다. 알고 보니 헌병이 바로 요장이었다. 헌병이 왜 이런 민간인 공사판의 현장 책임자로 있는지도 알 수 없는 노릇이었다. 다만 무리를 다루는 행위 하나하나가 군대의 병영과 다를 바 없었다. 전시 동원 체재라 그런가 보다 하고 막연하게 짐작할 뿐 자세한 내용은 아무도 몰랐다. 요장은 대장에게 마당가 협궤도 건너편에 세면장이 있으니 일행을 그곳으로 데려가 세수시키라는 지시를 내렸다.

마당으로 나간 일행은 모두 깜짝 놀라지 않을 수 없었다. 눈에 보이는 온 세상이 어른 키를 훌쩍 넘는 산죽 천지였다. 얼마나 밀생이 되어 있는지 발 디딜 틈도 없어 탄성이 절로 나왔다. 가없는 산죽밭 군데군데에 삼나무가 불에 타 검은 등걸만 남은 채 서 있었는데, 나무마다 각각 다른 표정을 지니고 있었다. 나무 윗동의 탄화된 부분이 오랜 세월 비바람에 씻겨 어떤 나무는 엄숙한 표정으로, 어떤 나무는 고통으로 일그러진 모습으로, 또 어떤 나무는 성자와 같이 거룩한 모습이거나 대장군의 늠연한 모습으로 저마다 팔을 펼치고 먼 곳을 바라보며 서 있는 수백 그루의 나무들이 장관을 이루고 있었다. 육탈되어 검은 뼈만 남은 나무들이 우뚝 솟아 풍기는 그로테스크한 아우라는 바로 주검의 에피타프(epitaph)였다.

산록에 바람이라도 부는지 산죽이 이리 쏠리고 저리 쏠리며 바람길을 따라 자지러지는 한바탕 소란이 일었다. 그 스산한 소리는 나무마다의 형

틀에 매달려 오래전에 죽은 자들이 내질렀던 신음을 산죽이 잎새마다, 갈피마다 기억해 두었다가 바람결에 풀어내는 것처럼 들렸다. 아마도 벼락이라도 쳐 산불이 크게 이 산록을 휩쓸었던 모양이다.

요장이 말한 세면장으로 모두 내려갔다. 무슨 시설이 따로 있는 게 아니라 그저 개울물이 흐르는 곳이었다. 여기서 무리가 또 한 번 놀랐다. 물이 검붉어서 바닥이 전혀 보이지 않았던 것이다. 온 천지가 산죽으로 절어 수천 년, 수만 년 잎과 줄기가 죽고 돋아나고 쏟아지고 쌓인 것들이 썩고 썩어서 흐르는 물이었다. 문제는 그 물로 밥도 지어 먹고, 목이 마르면 마셔야 하고, 세수와 빨래를 해야 한다는 사실이다. 재호는 맑고 깨끗한 물이 여울져 흐르는 고향 산천과 두레박으로 길어 먹는 청량한 샘물이 저절로 떠올라 이내 마음이 어두워졌다.

노예로서의 본격적인 첫 일정을 시작하는 89명은 저마다 개울가의 맞춤한 자리를 찾아 일주일 만에 세수다운 세수를 했다. 그리고 대장의 구령에 따라 수용소의 첫 식사를 위해 식당으로 들어갔다. 흙바닥에 삼나무로 거칠게 짠 식탁이 줄을 맞춰 놓여 있고 식탁 양쪽으로는 역시 삼나무로 된 긴 의자가 고정되어 있었다. 밥그릇이나 국그릇, 하다못해 수저까지도 다 삼나무로 만든 것들이었다. 이 현장은 하나같이 놀라운 것들뿐이었다. 삼나무 판자로 네모지게 짠 밥그릇에는 콩깻묵 밥이 절반씩 담겨 있었고 같은 판자로 만든 국그릇에는 멀건 뭇국이 담겨 있었으며 역시 삼나무로 깎아 만든 숟가락이 하나씩 놓여 있었다.

그나마 다들 끌려온 이후 처음으로 국물을 마시며 수저질해 보는 식사였다. 식사를 마치고 내무반에서 대기하고 있는데, 이 생경하고 암담한 환경 속에 던져진 사람들의 표정이 묘하게 대비되고 있었다. 얼굴에 불안과 근심이 가득한 부류는 농촌에서 농사일만 하다 잡혀 온 순진한 사람들인 것 같고, 익숙하다는 듯 전혀 겁먹지 않고 오히려 활기차게 보이기까지 한 사람들은 막노동 출신인 것 같았다.

대장이 숙소 입구에 서서 반장들을 불러 사무실로부터 내려온 전달사항을 지시했다. 반마다 다섯 명씩 차출하여 사무실로 인솔해 오라는 것이었다. 잠시 후 그들은 보급품을 한 아름씩 안고 내무반으로 들어왔다. 무리는 1인당 검정 작업복 한 벌과 작업모자, 그리고 지카다비 한 켤레씩을 받았다. 작업복은 엿장수들이 거두어들인 헌 옷가지를 재생한 것이었다. 그러나 지카다비는 조선에서는 돈을 주고도 살 수 없는 훌륭한 신발이었다. 어린 재호는 성인용 작업복이 몸에 맞을 리 없었으므로 소매며 바지 단을 이리저리 접어 그야말로 어른 옷을 걸친 아이 꼴이었다.

작업복으로 일제히 갈아입은 일행은 산죽 뿌리를 캐내고 대충 다져놓은 경사진 마당으로 나가 어정거리며 반별로 서 있었다. 대장과 서사가 보급품 수령에 관한 일로 아직 사무실에 있는 동안, 요장과 '지도원'이라는 완장을 왼팔에 두른 다섯 명의 감독이 나와 무리 앞에 섰다. 그중 하나가 큰 소리로 호령했다.

"방고!"

그러나 일본어를 모르는 맨 앞 사람이 멍청히 서 있었다.

"빠가야로!"

욕설과 동시에 감독은 들고 있던 곤봉으로 그 사람의 얼굴을 내려쳤다. 그러자 코를 부여잡고 땅바닥으로 쓰러진 자의 얼굴에 코피가 터져 유혈이 낭자했다. 일행은 얼음처럼 바짝 얼어붙었다.

"방고!"

감독은 화가 난다는 듯 더 큰 소리로 외쳤다. 쓰러졌던 사람이 코피를 닦을 새도 없이 벌떡 일어서서 외쳤다.

"하나!"

그 정신없는 와중에도 '방고'가 일본말로 '번호'라는 것을 눈치챘지만 불행하게도 '하나'는 조선말이었다. 감독은 이번에는 복날 개 패듯 미친 듯이 곤봉을 휘둘렀다.

"방고!"

세 번째 외침에 쓰러진 불운한 사람이 비실비실 일어나며 목이 터지라 외쳤다.

"이치!"

운 없는 사람은 옆에 있는 사람이었다. 너무 긴장한 나머지 그의 입에서도 조선말이 튀어나왔다.

"두…… 두…… 니!"

여지없이 감독이 몽둥이를 휘두르자 두 번째 사람도 얼굴을 부여잡고 쓰러졌다. 이때는 대장과 서사도 튀어나왔으나 놀라서 쳐다만 볼 뿐 어떻게 끼어들 틈이 없었다. 끌려온 사람 대부분은 일본어를 모르는 처지여서 두들겨 팬다고 될 일이 아니었으나, 감독이란 자는 이유 불문하고 몽둥이질을 멈추지 않은 통에 방고를 수십 번 외치는 동안 코피를 쏟지 않은 사람이 없었다.

그리하여 머리통이며 얼굴이며 코가 깨진 일행은 일본인 감독들의 노림수대로 명령에 철저히 복종하는 노예가 되고 말았다. 한바탕 몽둥이 활극이 벌어지고 난 후, 대장이 요장에게 무언가를 한참 설명했고 요장이 고개를 까닥한 것으로 보아 어떤 결론이 난 모양이었다.

대장은 무리를 반별로 정렬시켰다. 대장의 지시에 따라 1반부터 차례로 반장이 대장에게 군대식으로 인원 보고를 했다. 대장은 이를 취합하여 요장에게 총원보고를 했다. 반장들이 일본어를 몰랐으므로 조선말로 보고하고 대장이 요장에게 일본말로 보고하는 방식으로 가닥이 잡혔다. 조선에서는 어떤 단체건 조선말 사용을 엄격하게 금하고 일본말만 강제했는데, 정작 일본 내지에서는 조선말 보고가 통하는 일이 생긴 것이다.

다섯 명의 감독들이 대열 앞에 서 있는 가운데 인원 보고를 받은 요장이 일장 훈시를 시작하였다. 그가 중간중간에 구니모토 대장을 쳐다보면 대장은 이를 조선말로 통역했다. 일행은 잘 훈련받은 병사들처럼 뻣뻣하게 긴장하여 열중쉬어 자세로 듣고 있었다.

"여러분! 여러분은 대일본 제국의 신민으로서 대동아 공영건설의 성전과 우리 황국의 승리를 위해 보국 전사가 되어 이곳에 온 것이다. 우리 대일본 황군은 베이징, 상하이, 난징을 정벌하고 지금 충칭 정복을 눈앞에 두고 있다. 또한, 남태평양으로는 베트남, 버마(오늘날의 미얀마), 필리핀, 마닐라, 싱가포르, 인도네시아, 뉴기니 등 수없이 많은 남양군도를 모조리 점령하였으므로 그야말로 대동아는 이제 하나가 될 날이 머지않았다. 그러나 이를 방해하는 영국과 미국이 있어 가일층 분발해야 하는 이때, 여러분은 천황 폐하와 조국을 위해 부름을 받은 군수산업의 전사가 된 만큼 적성(赤誠)을 다해 백금과 크롬 생산에 진력하여 주기 바란다. 에또, 아울러 오늘부터 여러분을 지도할 광업소 직원들을 소개하겠으니 이 사람들의 지시와 명령에 따라 열심히 일하기를 바란다."

요장은 군대식 훈시를 하고는 대열 앞에 늘어서 있는 일본인 지도원(감독)을 소개하기 시작했다.

지도 주임에 스즈키(鈴木), 지도원에 히라노(平野), 이시이(石井), 나카지마(仲島), 노구치(野口)가 있었다. 그중 나카지마는 색안경을 낀 애꾸눈의 상이군인이었다. 무리에게 몽둥이찜질을 한 감독은 노구치였다.

곧이어 산죽을 치는 낫, 삽, 오삽, 곡괭이, 괭이, 지렛대 등의 작업 도구가 나왔다. 무리는 그것들을 하나둘씩 어깨에 메고, 맨 앞서가는 스즈키 주임을 따라 채광 현장을 향해 걸어갔다. 지도원들도 중간중간에 끼어 있었다.

그들은 땅을 뒤덮은 산죽을 두고 '사사(ササ)'라 불렀다. 산죽이 굳게 엉켜 점령한 고원에서 인간이 걸을 수 있는 빈틈은 광차 레일뿐이었다. 레일 밑에 일정한 간격으로 깔린 침목을 하나둘 세어 나가듯 밟으며 따라가는 무리의 양쪽으로는 빽빽이 우거진 산죽 외에는 아무것도 보이지 않았다. 머리 위로 하늘만 뻥 뚫렸을 뿐이었다.

산루광산 채광장

15분쯤 걸어갔을까. 돌연 시야가 확 열리면서 넓은 공터가 나왔다. 산죽을 쳐내고 뿌리를 걷어낸 채광장이었다. 군데군데 광택이 나는 새까만 모래 더미가 보여 가까이 가서 살펴보니 다이아몬드처럼 뾰족뾰족한 결정체가 녹두 알만했다. 그것이 요장이 훈시 때 언급한 크롬임을 알 수 있었다.

스즈키는 무리를 모아놓고 앞으로 이곳에서 무슨 일을 어떻게 해야 할지, 현장 설명을 시작했다.

"에또, 오마에라 요쿠 기께(너희들 잘 들어)."

구니모토 대장이 옆으로 다가가 통역했다.

"여기 이 산죽밭 땅속에는 크롬과 백금이 좌악 깔려 있다. 너희는 이제부터 이 넓은 산죽을 다 쳐낸 다음 흙을 파 올리고 그 속에서 크롬과 백금을 채광하는 일을 해야 한다. 이 크롬과 백금은 우리 황국이 전쟁을 수행하는 데 매우 중요한 물자인 점을 명심하라. 기술적인 것은 여기 서 있는 감독들이 잘 지도할 것이다."

스즈키는 길게 뻗은 눈썹이 하얗게 센 깡마른 노인이었는데, 그런 체형이 보이는 매우 날카롭고 신경질적인 사람 같았다. 말 중간에 한눈을 파는 사람을 보고는 이맛살을 찌푸리며 엄하게 눈을 치떴다. 그러자 일행은 순식간에 얼어붙고 말았다. 말을 마친 스즈키는 흙더미 위에서 내려와 감독들에게 작업요령을 이것저것 지시하고는 훌쩍 사무실 방향으로 사라졌다.

산루(珊瑠)광산의 작업 과정은 지표면의 산죽을 쳐내는 것으로부터 시작되었다. 자루가 2m나 되는 묵직한 산죽 낫으로 산죽을 후려쳐 베어내면 그 자리의 흙을 파내서 목도질로 버력장에 날라다 버려야 했다. 목도질이란 두 사람이 짝이 되어, 흙이나 돌덩이를 얽어맨 밧줄에 몽둥이를 꿰어 어깨에 메고 나르는 일이었다. 그 무게가 자갈이면 120kg, 흙일 경우도 100kg은 족히 넘는 것이니 여간 힘든 중노동이 아니었다.

이렇게 4m에서 6m 깊이의 흙을 걷어내면 그 밑에는 감흙이라 불리는 모래층이 나왔다. 그 속에는 거무스름한 크롬 사광(砂鑛)이 섞여 있었다. 감흙을 모두 채취하면 밑에는 암반이나 굳은 땅이 깔려 있는데, 그것을 '바닥'이라 불렀다. 그 바닥에 싸라기 같은 백금 결정이 가라앉아 있었다. 바닥이 드러나면 바닥쓸이라고 해서 까칠까칠한 손비나 솔로 깨끗이 쓸어 모으는 작업을 한다. 그렇게 채취한 광물은 선광대(選鑛台)로 운반하여 선광 작업을 하였다.

이 작업도 어떤 기계적 동력 없이 오로지 노동자들의 수작업으로 모든 공정이 진행됐다. 수파대(水波臺)라고 부르는 원시적 선광시설에 물과 함께 광물 입자를 흘려보내면 광물의 비중에 따라 가라앉는 곳이 다른 물리적 현상을 이용하는 것이다.

수파대 한 대에 필요한 인력은 감흙을 날라주는 목도꾼, 감흙을 조광대에 퍼 얹는 오삽꾼, 조광대에 올라타고 서서 기다란 나무 주걱으로 감흙을 밀어 떠내려 보내는 주걱꾼, 어레미 밑에서 쏟아지는 자갈을 퍼 올리는 또 다른 오삽꾼, 그리고 흐르는 물속으로 들어가 떠내려오는 크롬사와 모래를 조리질하여 모래는 떠내려 보내고 크롬사는 목도 상자에 담아내는 괭이꾼이 있다. 그 외의 사람들은 쳐올려지는 자갈과 모래를 목도로 메어 버력장으로 날라다 버리는 일을 해야 했다.

하루의 작업이 끝날 무렵이면 스즈키 주임이 나타나 침전대 가마니를 걷어 함지에 탈탈 털어 넣고 손으로 흔들어 어르면 가장 비중이 높은 백금을 최종적으로 얻게 된다. 스즈키는 그걸 소중하게 싸 들고 시모가와의 광업소로 돌아가는 식이었다. 현장에는 이런 수파대가 석 대 있었다. 그러나 그런 일 중에서 어린 재호가 할 수 있는 일은 아무것도 없었다.

지질이 형성된 이래 단 한 번도 사람 손이 타지 않은 지표면은 콘크리트처럼 단단해서 온 힘을 다해 삽날을 밟고 굴러도 삽날은 한 치도 흙 속을 파고들지 못했다. 재호는 할 수 없이 곡괭이를 들어보았다. 그것 역시 재호의 나약한 체력으로는 아무리 용을 써봤자 뻑 하고 자국만 내고는 튀어서 옆으로 누워 버리는 것이었다. 조광대에 감흙을 떠올리는 일이나 어레미 밑에서 계속 쏟아져 내리는 자갈을 퍼 올리는 일도 재호가 할 수 있는 일은 아니었다. 오삽으로 철판 바닥을 힘 있게 쭉 밀어 감흙이나 자갈을 한 삽 소복하게 담아 어른 키보다 훨씬 높이 던져 올려야 했다. 선광대에서 모래를 퍼 2~3m 높이로 내치는 일 역시 마찬가지였다.

재호가 할 수 있는 일이 없어 어정쩡하게 서 있는 것을 본 애꾸눈 나카지마 감독이 버럭 소리를 지르며 달려오더니 머리통을 몽둥이로 세게 후려 치고는 재호의 팔을 잡아끌고 가 목도질터에 밀어트렸다. 뼈가 아직 여물지 못한 재호가 120kg이 넘는 들것을 들어 어깨에 멜 수는 없었다. 현명한 감독이라면 어린 재호가 감당할 수 있는 적당한 일거리를 찾아 주는 것이 당연했지만 그 감독에게는 그런 분별력이 없었다. 나카지마뿐 아니라 모든 감독이 마찬가지였다.

재호는 감독이 무서워 흙을 가득 담아 놓은 목도채를 들지 않을 수 없었다. 엉겁결에 재호의 짝이 돼버린 30대의 가네야마가 이맛살을 찌푸렸다. 잘못 걸렸다는 표정이었다. 그래도 이 사람은 어린 재호가 불쌍해서였는지, 아니면 다른 방법이 없어서 그랬는지, 아예 목도 고리를 자기 앞으로 당기며 들것을 어깨에 걸었다. 그러면 흙의 무게중심이 가네야마 쪽으로 기울어 재호 쪽은 훨씬 가벼워졌다. 집에서 지게 멜빵 한 번 메어 보지 않은 재호가 그 무거운 흙짐을 메려는 것이다. 목도채를 어깨에 얹고 일어서려는데 어깨뼈가 으스러질 것 같은 격렬한 통증이 등골을 타고 머리를 훅 찔렀다. 하지만 흙망태는 꿈쩍도 하지 않았다.

"기사마 야로(이 새끼야)!"

또 애꾸눈이 고함을 버럭 지르며 달려들어 발길로 엉덩이를 세차게 걷어차고는 재호 쪽의 채를 번쩍 들어주었다. 재호는 그 힘에 의지하여 겨우 일어서긴 했으나 두 다리가 휘청거려 발을 땅에서 뗄 수가 없었다. 전신에 온

힘을 불끈 주고 한 발짝을 겨우 내디뎠지만 세상이 온통 노랗게 보였다. 허리가 흔들거려 내려놓으려다 애꾸눈의 쏘아보는 시선이 무서워 후들후들 한 발짝을 떼고 나서 저도 모르게 털썩 주저앉고 말았다. 맞아 죽어도 할 수 없다며 자포자기 상태로 헉헉거리고 있는데 삽질꾼이 재빠르게 망태의 흙을 푹푹 질러 두 삽을 떠내주었다. 재호는 삐져나온 눈물을 손등으로 문지르면서 다시 목도채를 어깨에 메고 일어나 비틀거리며 이미 산더미처럼 높아진 버력장까지 죽을힘을 다해 올라가 한탕을 겨우 처리할 수 있었다.

'아, 엄니! 지는 죽을 것만 같유. 아니 차라리 죽어 버렸으면 좋겠슈. 혀를 깨물고 죽든, 저 버력장에 몸을 날려 죽든 더는 견딜 수가 없슈.'

이것이 일본인들이 말끝마다 자랑스럽게 입에 올리는 야마토다마시(大和魂)라는 것인가? 기계는 과부하가 걸리면 고장이 난다. 사람이라고 다를까? 정신력이라고? 열네 살 먹은 소년에게 그 몸무게의 네다섯 배가 넘는 짐을 온종일 지우는 정신이 일본 정신이라면, 이는 야만이고 무지가 아닐 수 없다. 재호는 일본과 저 애꾸눈을 증오하며 끔찍한 목도를 또 메지 않을 수 없었다.

두 번째 망태에는 아예 삽질꾼이 흙을 적게 담아주었다. 재호는 아까도 그랬지만 이 사람의 호의에 어떤 감사의 표시도 못 했다. 그럴 정신도 없었다. 더군다나 재호의 온 신경은 애꾸눈에 가 있었다. 그가 적게 담았다고 소리칠까, 그게 무서워서 그의 얼굴을 힐끗 살피면서 목도를 메고 일어섰다. 어깨에 전해지는 통증이 처음보다 더 격렬하여 저도 모르게 눈물이 볼을 타고 흐르고 있었다. 재호의 몸은 이 상태를 이해하지 못하고 있음이 분명했다. 온몸의 세포가 들고 일어나 그만 멈추라고 아우성치고 있었다. 재호는 이를 악물고 가까스로 한탕을 해냈으나 더는 도저히 못 할 것 같았다. 차라리 감독의 손에 맞아 죽는 것이 낫겠다는 비장한 결심으로 목도채를 내던지려다가 애꾸를 바라보는 순간, 저도 모르게 겁에 질려 또 억지로 한 탕을 치렀다. 이제는 창자까지 꼬여왔다.

막노동 현장은 살벌했다. 사람 하나 죽어 나가도 눈 하나 깜짝하지 않을 감독들 몽둥이 앞에서 살려면 버텨내야 하고 그러잖으면 죽어야 하는 것이 이 세계의 법칙이었다. 이제는 시야가 흐릿흐릿하게 어른거려 재호의 목도 짝인 가네야마의 얼굴이 둘로 보였다가 셋으로 보였다가 의식이 가물가물 해졌다. 그런 와중에서도 힐끗힐끗 애꾸의 눈치를 살피면서 작업을 계속했다. 통증을 느낄 정도라면, 그것은 극한의 상황이 아니었다. 통증을 넘어선 극통이 있는 줄을 재호는 정녕 몰랐다. 재호는 그 고통의 극점에서, 다만 죽기를 바라고 저 애꾸의 남은 한쪽 눈이 뿜어내는 주술에 걸려 유령처럼 무거운 흙짐을 운반하고 있었다.

삼손은 두 눈이 뽑힌 채 멍에를 메고 육중한 연자맷돌을 돌렸다지만 그는 타고난 괴력을 가진 장정이었다. 그러나 재호는 지금껏 화서의 품 안에서 어린아이로 살아온 떡잎같이 여린 몸뚱어리였다. 한탕도 감당할 수 없는 목도질을 온종일 견뎌내는 시간은 천년만년보다 더 길었다. 재호가 그긴 하루의 노동을 끝내고 숙소로 돌아와 윗옷을 벗어 보니 어깨의 살갗은 홀라당 벗겨졌고 피가 떡 져 있었다.

처음 겪는 고통

다음 날, 대장이 외쳐대는 기상 소리에 새벽잠에서 깨어났지만, 재호의 온몸은 아프지 않은 곳이 없었고 머리마저 멍멍했다. 어깨는 말할 것도 없고, 옆구리와 뱃가죽이 결리고 종아리가 땅겨 걸음조차 제대로 걸을 수 없었다. 엉덩이 한곳이 너무 아파 살펴보니 애꾸눈에게 걷어차인 자리가 멍이 들어 있었다. 머리에도 혹이 불쑥 솟아 작업모에 눌리지 않도록 조심해야 했다.

아침 식사 후 마당에 모여 점호를 마치자 바로 현장으로 끌려 나갔다.

상처 난 오른쪽 어깨가 붓고 아파서 옷깃만 스쳐도 소리를 지를 정도인데 거기다 무거운 목도를 도저히 멜 수 없어 왼쪽 어깨로 메려 했지만, 재호는 본래 오른손잡이 인지라 힘도 없고 중심이 잘 잡히지 않았다. 그렇다고 안 할 수도 없고, 죽고 싶지만 죽을 길조차 없어 지쳐 죽을 때를 기다리면서 한탕 두탕 끌려다니던 재호의 전신에서 쏟아지는 땀으로 옷이 다 젖어 감겨들었다. 헉헉거리며 달아오른 호흡으로 입술은 트고 혀는 말라 참고 참다가 '애꾸눈아 날 좀 제발 죽여다오'라는 각오로 수파대 배수로로 뛰어들었다. 그리고는 엎드려 검붉은 물을 벌컥벌컥 들이마시는데, 가쁜 호흡과 함께 머리를 깊숙이 숙인 자세로 허겁지겁 마시던 물에 사레들려 물이 코로 역류하면서 기침이 쏟아져 나와 정신을 차릴 수 없었다. 가슴을 두드리며 좀 진정이 되자 시장기가 가시면서 힘이 돋는 것 같았다. 다시 목도채를 메려 하니 이제는 왼쪽 어깨마저 헤지고 아파 잠시 머뭇거리며 애꾸의 동정을 살피다가 재호를 노려보는 그의 시선과 딱 마주쳤다. 움찔 놀라 저도 모르게 재빨리 어깨로 목도채를 받쳐 일어선 순간 전신으로 고압 전류처럼 찌릿찌릿 불꽃을 튀기며 몰려오는 통증에 피가 바싹바싹 잦아드는 것 같았다.

이 가혹한 노동은 재호에게 매일 새로운 고통으로 다가왔다. 전혀 익숙해지지 않고 길들여지지 않는 끔찍한 고통이었다. 매 순간 죽을 것 같았고, 또 죽음으로써 그 고통에서 벗어나고 싶었다. 견딜 수 없으니 목숨이라도 거둬가길 소원해보았지만, 하나님은 너무 멀어 그의 절규를 듣지 못하는 것 같았다. 목숨줄은 고래 심줄보다 더 질기고도 질겼다. 한 달 만에 재호의 몸은 살 한 점 없이 뼈와 가죽만 남아 갈비뼈가 앙상하게 드러나 보였다. 노역도 노역대로 고통이었으나 배고픔도 견딜 수 없는 형벌이었다.

처음 깻묵 밥은 진즉부터 감자밥으로 바뀌었다. 홋카이도의 북부 산지에서는 감자가 많이 생산되었고 그 감자의 크기는 작은 것이 공만 하였으며, 큰 것은 그 배는 족히 되었다. 그런 감자를 밤톨만 하게 썰어 쌀을 2할

섞어 밥을 짓는다지만, 쌀알은 감자 속에 묻혀 보이지도 않았다. 게다가 물을 많이 부어 죽보다는 되고 밥보다는 묽은, 말 그대로 죽도 밥도 아닌 것이었다.

그 크고 흔한 감자라도 배불리 먹인다면 일꾼들이 힘을 내 능률도 오를 텐데 왜 그리 인색한지 알 수 없었다. 나무 그릇의 반도 차지 않는 양인지라 텅 빈 반쪽에 검은 곰팡이가 핀 바닥이 그대로 드러나 보였다. 그릇과 수저가 다 나무여서 씻을 때마다 늘 물기를 머금어 마를 겨를이 없었기 때문에 그렇게 될 수밖에 없었고 역한 냄새까지 올라왔다. 그러나 배가 고파 허덕이는 무리는 냄새나 위생 따위를 생각할 겨를이 없었고 그저 단 한 끼만이라도 가득 채워 배불리 먹어보는 것이 소원이었다. 반찬은 처음부터 지금까지 나온 적이 없었다. 한결같이 멀건 소금 뭇국뿐이었다.

저녁에 온몸이 파김치가 되어 기다시피 짚 더미에 몸을 던지면 잠이 아니라 허기가 몰려왔다. 텅 빈 위로 명징해진 정신은 오히려 배고픔을 부추겨 잠들 수가 없었다. 재호의 뒤척이는 잠자리는 허기와의 긴 싸움이었다. 집에서는 잠들기 전에 꼭 감사의 기도로 하루를 마무리했으나 어떤 감사도 떠오르지 않았고 그저 먹을 수만 있다면, 배불리 먹을 수만 있다면……. 오로지 먹는 생각뿐이었다. 종일 비지땀을 바가지로 흘리고 뼈가 녹아나도록 일을 하는데도 허기를 채울 밥이 없으니 저절로 '엄니! 엄니!'를 속으로만 부르며 울었다. 엄니가 그리워 우는 것인지, 배가 고파 엄니를 부르는 것인지 분별 못 할 눈물 속에서 애써 잠을 청하는 나날이었다.

한창 자랄 나이인지라 고봉밥 한 그릇 뚝딱 해치우고도 돌아서면 배고플 때였다. 그러므로 이 불면증의 근원은 다름 아닌 배고픔이었다. 처방은 주린 배를 채우는 것이었다. 그러면 치료가 되는 간단한 질병이었다. 그러나 고된 노동에 비해 턱도 없는 밥, 그놈의 밥이 문제였다.

어느 날인가, 재호가 현장에서 일을 마치고 지쳐 발을 끌다시피 돌아오는데 마당가 레일에 부식을 싣고 온 철마차가 서 있는 것이 보였다. 산죽 정글인 이곳은 인도가 따로 없고 사람이든 짐승이든 오로지 협궤도를 길로 삼아 걸어 다녔다. 아주 특별한 경우가 아니고는 기름을 쓰는 기관차를 운행하지 않았기 때문에 광차는 말이 끌거나 아니면 두서너 사람이 밀고 다녔다. 말이 끄는 광차를 이곳에서는 철마차라 불렀다.

말을 몰고 온 일본인은 노동자들을 보더니 광차에 실린 짐을 창고로 들여가라고 지시하면서 사료 주머니를 말 앞에 놔두고는 요장 사무실로 들어갔다. 싣고 온 짐은 감자와 무뿐이었다. 재호가 짐을 내리면서 말 사료 속에 통옥수수가 들어 있는 것이 얼핏 눈에 뜨여 손에 든 감자 자루를 내려놓고 가까이 가서 들여다보았더니 썰어 놓은 마초 속에 통째로 말린 옥수수가 적잖이 섞여 있었다.

"이른 개자석덜, 사람두 못 먹는 옥수수를……."

저도 모르게 욕이 튀어나왔다. 노동자에게는 감자밥마저 겨우 목숨을 부지할 만큼만 주면서 말에게는 잘 여문 통옥수수를 그득히 담아 먹이고 있다는 것에 분노가 치밀어 올랐다.

말이 옥수수를 입에 물고 아삭아삭 깨물어 먹는 모습을 보자니 마치 재호의 팔이 끌려들어 가 씹히는 것같이 절절하게 아까운 마음이 들었다. 말이 옥수수 하나를 맛있게 잡숫더니 이내 다른 옥수수를 먹으려고 침을 길게 늘어뜨리며 주머니 속에 입을 들이미는 순간, 재호는 재빨리 왼손으로 말의 주둥이를 힘껏 밀치고 오른손으로는 가장 탐스러운 옥수수 하나를 집어 냉큼 산죽밭으로 내던졌다. 혹시라도 누가 보지 않았나 싶어 두리번거렸지만 본 사람은 아무도 없었다.

재호는 저녁 식사를 마친 후 어두워지기를 기다렸다가 세면장에 가는 척하고 옥수수를 던진 부근의 산죽밭을 이리저리 더듬다가 한참 만에 옥수수를 손에 쥘 수 있었다. 저녁밥을 먹었다고는 하지만 여전히 배가 고팠다. 산죽밭 속에 몸을 파묻고 옥수수를 먹기 시작했다. 그것을 처음 깨물었을 때는 떫은맛이 났지만 씹을수록 고소한 맛이 우러나 얼마나 맛이 있던지

다 씹을 겨를도 없이 그대로 꿀꺽꿀꺽 삼켰다. 튼실한 알갱이가 촘촘하게 들어박힌 큰 옥수수 하나를 순식간에 뜯어먹고 나니 배가 조금은 든든해지고 눈이 훤하게 밝아져 산죽밭의 짙은 어둠이 걷혀가는 기분이 들었다.

고향의 또래들은 소학교에 다니면서 지게를 지고 들과 산에서 꼴짐이나 나뭇짐을 나르기도 하고 논밭 일도 거들었다. 그러나 화서는 재호에게 험한 일은 도통 시키지 않았다. 생각해보면 학교에서 단체로 모심기할 때 의무적으로 동원된 것 외에는 농사일을 해본 기억이 없다. 단지 공출 때문에 산판을 누비며 관솔을 채취하거나 텃밭의 풀 정도나 매었을까 온실 속의 화초처럼 곱게 자란 재호였다. 그랬던 그가 갑자기 홋카이도 최북단 기타미산지(北見山地)의 고원으로 끌려가 막노동으로 수십 년 구른 사람들과 똑같은 일을 강요당하고 있으니, 그에게는 견디기 힘든 가혹한 형벌이었다. 감독들은 재호가 어리다며 봐주는 법이 없었다. 일하는 것이 성에 차지 않으면 여지없이 질책과 구타가 뒤따랐다.

밑바닥 인생들의 세계

밑바닥 인생들이 눈칫밥의 촉이 예민하듯 노동자들은 생살여탈권을 틀어쥔 감독들의 눈치를 보는 데 익숙했다. 그들의 성격과 버릇, 그중에서도 민감하게 살피는 것은 무엇보다 무리를 대하는 태도였다. 감독 중 가장 악바리는 단연 스즈키 주임이었다. 깡마른 체구에 삼각진 얼굴로 셰퍼드처럼 쫑긋한 귀를 가진 이 사람은 육십 언저리의 노인임에도 표독스럽기 짝이 없어 무리는 그를 늙은 늑대라 불렀다. 그의 눈에 딴짓하는 사람이 걸리는 순간, 셰퍼드처럼 달려가 늘 들고 다니는 목검으로 가차 없이 후려치거나 배를 깊숙이 찌르며 욕설을 퍼부어댔다. 노인다운 자비심이라고는 티끌만큼도 느낄 수 없는 악바리였다. 다른 감독들도 그 늙은 늑대가 나타나면 태도가 돌변하여 노동자들을 괜스레 들볶았다.

히라노는 키가 크고 얼굴이 호박처럼 너부데데한 데다 배가 나온, 그 시대에 보기 드문 뚱보였다. 그가 험상궂게 화등잔 같은 눈알을 떼굴떼굴 굴릴 때면 무리가 바싹 긴장하곤 했지만, 막상 지나고 보니 성품이 느긋하고 원만하면서도 자상한 호인이었다. 작업현장에서는 오전 오후 한 번씩 겨우 5분간의 휴식이 주어졌다. 그때마다 뚱보는 노동자들이 모여 앉아 쉬는 틈새로 끼어들어 농담으로 좌중을 웃기며 차별을 두지 않고 흔연히 잘 어울렸다. 그럴 때마다 재호는 그의 통역이 되어주었다. 나중에는 그도 필요할 때마다 재호를 불러 통역을 시켰다. 뚱보는 또한 현장 주위의 인문지리적 지식을 아는 대로 무리에게 설명해주는 것을 좋아했다.

뚱보 말에 따르면 그 광산 현장은 원래 커다란 하천이었다. 피야시리산(ピヤシリ山)에 매장되어 있던 백금과 크롬 광물이 대홍수로 떠내려가다가 비중이 높아 그곳에 가라앉았고, 그 위로 억만년의 세월 동안 흙탕물이 흐르고 앙금이 침전되어 쌓이고 쌓여 오늘날과 같은 기타미산지의 고원이 만들어졌다는 것이다.

그 밖에도 홋카이도에 관한 이야기도 곧잘 해주었다. 홋카이도는 원래 아이누족의 땅이었는데 일본인들이 그들의 땅을 힘으로 점령하자 그들은 더 깊은 산속 오지로 숨어들어 살고 있다고 했다. 피야시리산을 비롯한 강과 산 대부분은 아이누족이 부르던 지명을 그대로 쓰고 있다는 말도 들려주었다. 이런 말을 듣다 보면 뚱보는 성격대로 편협하지 않고 객관적인 눈을 가진 드물게 보는 일본인이었다. 세상에는 어디나 좋은 사람도 있고 나쁜 사람도 있게 마련이다. 노동자 중에도 좋은 사람과 나쁜 사람이 섞여 있었다.

고국에서 이곳으로 잡혀 올 때까지는 모두가 황망한 처지라 서로에 대해 잘 몰랐고 그런 만큼 조심했지만, 시간이 갈수록 제1료의 분위기는 어느덧 막노동 세계의 법칙이 지배하고 있었다. 거친 남자들만의 집단이었던

탓에 초반에는 서열 다툼이 심했다. 구니모토 대장과 미쓰모리 서사는 감독들이나 노동자들이 모두가 인정하는 권력 구조의 최상층이었고, 자신의 힘으로 다음 권위를 인정받은 이는 재호와 종씨인 지씨였다. 노동자들이 이케다 상(池田 さん)이라 부르는 그는 일본어는 전혀 못 했지만, 한학을 조금 배운 것 같았다. 나이로 치자면 30대로 연장자는 아니었다. 그러나 날렵하고 근육질인 체구에 싸움은 누구도 당할 수 없었다. 그 점을 인정한 감독들로부터 경비원으로 지명받아 야간에는 경비를 서고 낮에는 잠을 잤다.

그런 이케다가 재호를 하나밖에 없는 종씨라며 자상하게 돌봐주고 살뜰히 위해 주자 아무도 재호를 어리다고 함부로 대하지 못했다. 재호로서는 얼마나 든든한 뒷배인지 몰랐다. 재호 또한 이케다의 힘을 믿고 건방을 떨지 않고 먼저 깍듯이 인사하고 하찮은 심부름이라도 기꺼이 했다.

그다음 서열은 아무래도 반장들이었다. 재호가 속한 1반의 반장은 50세 가까운 가네가와(金川)였다. 그는 평생을 막노동판에서 지낸 것을 자부하는 사람으로 이의 대부분이 의치여서 웃느라 이가 드러날 때는 온통 노란 금니가 반짝였다. 싸움이 벌어질 때마다 박치기당해 위아래 앞니가 죄 부러져 그리됐다고 했다. 작달막한 키에 약삭빠른 얼굴에는 잔주름이 많았다. 이 사람은 스스로가 가장 똑똑한 줄 알았으며 반장을 무슨 벼슬처럼 여기고는 으스대며 저 잘난 맛에 사는 것 같았다.

반장들 다음 서열은 나이가 적든 많든 오로지 막노동판의 밥그릇 수에 따라 결정되었다. 고향 땅에서 동네 어른들이 아이들에게 자주 하는 말은 '아야, 뛰지 마라. 배 꺼진다'라는 것이었다. 하지만 이 사람들은 그 힘든 노역과 형편없는 밥을 먹고도 어디서 기운이 솟는지 사소한 일로도 닭들이 투덕거리듯 번번이 싸움판을 벌였다.

"요 종간나 새끼, 너 노가다 밥 몇 그릇이나 먹었다구 까부는 거여?"

이 말로부터 싸움이 벌어지는데, 이어 박치기가 날아가 코피가 터지거나 이가 부러진다. 그러다 보면 곡괭이를 거꾸로 땅에 툭 쳐 자루를 뽑아

들고 살기등등한 싸움판으로 확전되었다. 감독들은 이런 싸움질이 벌어지면 당사자들을 뜯어말리고 질책하지 않았다. 오히려 한없이 너그러워져 아주 재밌어 죽겠다는 듯 구경했다. 감독들이 그렇게 나오니 싸움판은 하루도 끊일 날이 없었다.

그럴 때마다 구니모토 대장이 보다못해 멀찌감치 서서 '그만두지 못해!'라고 소리쳐보지만 그 점잖은 목소리가 그들의 귀에 들릴 리 만무했다. 아무래도 구니모토 대장은 막노동판에는 어울리지 않는 사람이었다. 싸움이 어떤 식으로든 마무리되고서 대장이 늘 하는 말이 있었다. 일본인들은 우리가 단합하는 것을 가장 두려워하여 우리의 분열을 바라고 있는데 왜 그들 앞에서 싸움질하느냐고 타이르지만, 노동자들이 알아들은 것 같지 않았다.

그러나 요 내에서 발생하는 싸움질은 언제나 이케다가 들어서야 진압되었다. 이케다는 의협심이 강하고 사리 분별이 분명하여 싸움판이 벌어지면 시시비비를 정확히 가려 서로가 승복할 수밖에 없는 명판이기도 했다. 그러나 난투극의 현장에서는 '또 비렁뱅이끼리 동냥자루 찢기냐?' 호통치며 쌈박질하는 사이로 뛰어 들어가 딱 버티고 서서 두 사람을 번갈아 노려보면, 서로 죽일 것같이 날뛰던 그들이 신기하게도 슬금슬금 꽁지를 빼고 물러났다. 그들은 이케다의 주먹을 이길 수 없으므로 서로 분이 풀리지 않았음에도 싸움을 그만두었다. 이처럼 막노동판에서는 싸움을 말리는 데도 그들보다 더 센 주먹이라야 효력이 있었고, 그 점이 구니모토 대장과 비교되는 것이기도 했다.

노동자들은 '의리'라는 말을 입에 달고 살았다. '의리에 살고 의리에 죽는 것이 노가다'라 하였고, '노가다의 윤리는 오직 의리다'라고 입버릇처럼 말했다. 그러면서도 아무렇지 않게 지나칠 일에도 거친 상욕을 하고 그것을 시발로 박치기가 오가고 상대방의 이를 몇 개씩 부러트리고 나서 한다는 소리도 '의리 없는 녀석은 화끈한 맛을 보여주어야 해!'였다.

참으로 의리가 있다면 똑같이 끌려온 처지끼리 어찌 그리도 가차 없는 폭력을 쓰는 것일까. 그들이 말하는 의리의 정체는 무엇일까, 재호는 혼란스러웠다. 이케다에게는 나이가 훨씬 많은 자도 형님이라 부르거나 오야가다(우두머리)라 하여 무조건 순종하고 깍듯하게 받들어 모시는 의리(?)를 지키면서도 자기보다 만만한 약자에게는 걸핏하면 폭력을 행사했다.

그 때문에 농사나 짓다가 잡혀 온 순박한 사람들은 그저 바보처럼 죽어지낼 수밖에 없었다. 정말 강한 사람이라면 약자에게는 관대하고 부당한 힘을 휘두르는 강자에게는 단연코 맞서 싸워야 하지 않겠는가. 강자의 힘은 강한 주먹도 주먹이지만 인간에 대한 연민과 약자에 대해 너그러움이라는 덕목을 갖춰야 할 것이고 그런 면에서 이케다는 끌려온 노동자들 가운데 가장 돋보이는 인물이었다. 재호는 그 살벌한 곳에서 불행 중 다행으로 이케다의 일방적인 도움과 보호를 받고 있다는 사실에 감사하고 또 감사했다.

엽전과 쪽발이

의리와 함께 그곳에서 일상적으로 듣게 되는 또 다른 말은 '엽전'이었다. 본래 '엽전'은 옛날 관습에서 벗어나지 못한 구태의연한 사람이거나 아니면 세상 물정 모르는 깡촌의 어수룩한 사람을 업신여기는 멸칭이었다. 일본 내에서는 그 의미가 징용자뿐만 아니라 일본 땅에 거주하는 모든 조선 사람을 총칭하는 대명사로 쓰이고 있었다. 그러니까 '엽전'은 조선인을 달리 부르는 이칭이라고도 할 수 있었다. 그러나 그 이면에는 조선인을 비하하는 의미가 담겨 있어 들을 때 썩 좋은 호칭은 아니었다.

'엽전'을 현장에서 사용할 때는 자조적인 입장인 경우가 많았다. '엽전들은 이래서 안 돼' 또는 '그럼 그렇지, 엽전이 별수 있겠어' 같은 말들이었다. 큰 실수를 저지르고도 '엽전이 별수 있습니까? 좀 봐주십시오' 하고 능치면 상대가 마냥 화만 낼 수 없어 넘어가는 사과의 기술이기도 했다. 일본인 감독에게 심한 구타나 모욕을 당해도 (겉으로는 드러낼 수는 없다 하더라도) 아무 분노도 없이 '엽전들이야 다 그런 것 아닌가!' 하면서 노예적 종속을 기정사실로 받아들이며 체념할 때는 듣기가 몹시 거북한 지칭이기도 했다.

타고난 성정이 자존심이 강한 데다 그 연령대의 특징이기도 한 단선적 판단 때문에, 재호는 엽전이라는 말을 들을 때마다 그 팽개쳐진 민족적 자존심에 내심 분개했다.

구니모토 대장은 노동자들이 감독들 앞에서 한없이 비굴한 모습을 보이면 늘 타이르는 말이 있었다. '배알도 없이 왜 업신여김을 자초하느냐'고. 이런 모습을 지켜보는 재호가 더 부아가 치민 것은 그들이 대장의 타이름 앞에서 부끄러움을 모르는 양 이죽거리는 뻔뻔함에 있었다.

한편 노동자들은 일본인 감독들이 없는 데서는 그들을 쪽발이라 불렀다. 쪽발이는 본래 일본인들이 발가락이 갈라진 버선이나 나막신을 신은 데서 기인했다. 다른 한편으로 일본인들을 멸시하는 뜻보다는 오히려 그들을 두려워하는 심리적 기제가 있었다. 무리는 배가 고프고 지친 몸을 적당히 사리다가도 누군가 '쪽발이 온'라고 하면 정신이 번쩍 들어 열심히 일하는 척하는 노예적 속성을 어느덧 체화하고 있었다.

감독관과 요장

요사에서 무리의 입길에 가장 많이 오르는 사람은 스즈키 주임이었다. 제일 나이 많은 노인임에도 그 누구도 스즈키 주임이라거나 다른 경칭을 사용하는 예를 들어본 적이 없었다. 늘 '쪽발이 새끼'거나 '늙은 늑대 새끼'

라 부르며 그의 억양과 몸짓을 과장되게 흉내 내면서 웃어댔다. 그만큼 두렵고 무서운 감독인지라 그의 부재에도 그는 무리의 의식을 지배하며 고통을 주고 있었다. 그 때문에 노동자들은 부지불식간에 '쪽발이 새끼'라 부르며 두려움을 배설했다.

쪽발이 감독 다섯 명은 현장에서 한 시간 거리인 산루슈우라쿠(柵瑠集落)의 사택에 살고 있었다. 그들은 그 먼 거리를 비가 오나 눈이 오나 휴일도 없이 매일 걸어서 출퇴근했다. 쪽발이 감독들이 불편함을 무릅쓰고 먼 거리를 오간 것은 그만큼 이 광업소가 사람들이 살 수 없는 산죽 정글 지대이기도 했지만, 그보다는 거친 노동자들이 모여 있는 곳에 처자와 함께 살 수 없다는 경계심도 작용했을 것이다.

단지 후지하라 요장만은 요 내에 기거했다. 그의 숙소는 사무실 뒤편으로 연결된 곳으로 부인과 단둘이 살고 있었다. 그 숙소는 다다미방 2개와 주방이 붙어 있어 노동자들과는 환경이 전혀 다른 별천지였다. 그의 부인은 출입도 요 내 현관을 통하지 않고 별도의 후문을 사용했다.

노동자들이 나중에 안 사실이지만 후지하라는 현역이 아닌 40대의 예비역 헌병 오장(伍長: 하사)이었다. 그런데도 그는 언제나 헌병 복장에 완장을 두르고 있었다. 노동자들이 입고 있는 후줄근한 작업복이 무리를 위축시키는 것과 마찬가지로 후지하라는 군국주의 일본의 최고 권위를 자랑하는 헌병 제복과 완장을 착용함으로써 강자의 위세를 마음껏 떨치면서 노동자들에게 왕으로 군림하고 있었다.

제1료의 노동자들은 노예 취급을 받으며 가혹한 노동과 구타와 폭언과 배고픔에 허덕이면서도 누구 하나 도망치려는 시도조차 하지 못했다. 도망쳐봤자 가도 가도 끝이 없는 산죽 정글에서 발 디딜 틈도 없을 뿐 아니라 그 지역 먹이사슬의 정점인 곰에게 잡아먹힐 위험 때문이었다. 인간은 단한 발짝도 헤치고 들어갈 수 없는 산죽 정글이었지만 곰은 호랑이조차 두려워 피하고 보는 괴력의 발로 길을 뚫어 그 길로만 다닌다고 했다.

노동자들 숙소는 높은 담벽이나 철조망보다 더 높고 촘촘한 산죽으로 격리된 형편이므로, 요장은 처와 편안히 잠을 잘 수 있었다. 더구나 후지하라 요장과 무리 사이에는 이케다라는 최고의 주먹이 가로막고 있었다. 경비원인 그의 가장 중요한 임무는 바로 이 요장 가족의 신변을 지키는 일이었다. 결국 외부로 나가는 유일한 통로는 광차가 다니는 협궤로 이 외길 관문에는 산루슈우라쿠 경비소가 있어 거기서 걸리지 않을 수 없었으므로 노동자들은 그 누구도 탈주할 엄두도 내지 못하고 고통을 감내했던 것이다.

9. 패싸움

산루광산에 끌려와 막노동꾼으로 죽지 못해 목도를 어깨에 멘 채 비척거리는 발걸음을 한 걸음 또 한 걸음 떼야 하는 시간은 참으로 더디게 흘러갔다. 그 피땀으로 점철된 시간이 아주 조금씩 조금씩 쌓여서 여름이 가고 가을이 왔다. 이곳에는 달력도 없거니와 날짜를 알 필요도 없었다. 무슨 노동자로서 당연히 있어야 할 계약서를 쓴 적도 없다. 죄수라면 정해진 형기가 있겠지만 무리는 기약조차 없는 무기수처럼 악몽 같은 연자맷돌을 눈감고 돌리는 가엾은 마소 신세였다. 아무도 시계를 가진 사람이 없었으나 사실 시계가 필요하지도 않았다. 오직 이케다의 기상 소리에 일어나고, 구니모토 대장의 구령으로 밥 먹고, 점호받고, 일 나가고, 돌아와서 자면 그만이었다. 그날도 어두워진 지 오래여서 막 잠이 들려는 때였다.

"전원 집합!"

이케다의 매서운 집합 명령이 떨어졌다. 잠잘 시간에 때아닌 명령은 뭔가 긴급한 일이 벌어졌다는 불길한 신호였다. 무리는 이불을 박차고 벌떡 일어나 의아한 표정을 감추지 못한 채 중앙 통로로 몰려들어 대장을 비롯한 간부들을 빙 둘러섰다. 초저녁에 대장과 이케다, 그리고 취사반장 다케다가 머리를 맞대고 뭔가를 진지하게 논의하던 모습이 떠올랐다. 이들은 지금까지 그 논의를 계속하고 있었던 모양으로 얼굴들이 상기되어 있었다.

잔뜩 흥분한 다케다 취사반장은 마음은 급한데 말이 따르지 않는지 한 없이 더듬거리며 말했다.

"여, 여, 여러분, 피곤하여 쉬, 쉬는디 미안헌 말, 말씀 드, 드, 드리게 돼 설랑, 지, 지송헙니다."

듣고 있는 사람들은 속이 터질 지경이었지만 무슨 중대한 사태가 벌어진 것만큼은 틀림없었으므로 귀를 기울이는 수밖에 없었다. 정리하자면 다음과 같은 말이었다.

산루광산 대전의 서막

"우리는 지금 제2료 사람들로부터 참을 수 없는 모욕을 당하고 있습니다. 그들은 자기들보다 늦게 온 우리를 얕잡아 보고 무시하는데, 이대로 참고만 있을 수는 없습니다. 그래서 오늘 저녁 반장 회의에서 그들과 한판 겨루기로 결의했으니 한 사람도 빠짐없이 모두 곡괭이 자루를 하나씩 들고 모이십시오. 우리는 단체생활을 하고 있습니다. 우리는 노가다입니다. 단체생활에서는 개인행동이 있을 수 없고, 노가다에는 의리가 있습니다. 의리에서 벗어나는 사람은 가차 없이 노가다식으로 처단할 것입니다."

여기까지 말을 힘들게 이어오는 다케다의 입가에 하얀 거품이 껴 있었다. 다케다는 고국의 경성 어느 요정 요리사로 있으면서 술 먹고 떼쓰는 손님과 술값 안 내려는 건달들을 도맡아 처리하는 쌈꾼이었다고 자랑삼아 으스대던 사람이었다. 아닌 밤중에 홍두깨식으로 몽둥이를 들고 제2료를 쳐들어가자는 반장의 선동에 그 이유가 무척 궁금해졌는데, 가네가와 1반장이 나서서 요원들에게 자세한 내막을 들려줬다.

사연인즉 이랬다. 며칠 전 다케다 취사반장이 취사반원 두 명과 함께 광차를 밀고 시모가와의 광업소 본부로 식량 보급을 받으러 갔다가 마침 같은 용무로 온 제2료 사람들을 우연히 만나게 되었다. 양쪽 사람들은 다 같이 고생하는 동족이기에 반가운 나머지 인사도 나누고 서로의 형편을 묻는 과정에서 그들이 천안군 출신으로 150명이 끌려와 일하고 있다는 사실을 알게 되었다. 생각지도 않게 같은 충청도 사람들을 만나서 고향 사람이나 다름없다는 생각으로 얼싸안을 듯 반가웠다. 그리고 광업소 창고에서 각기 쌀과 감자와 무를 받아 일단 창고 문밖에 내다 놓고 광차에 옮겨 실어놓은 후에 늘 하던 대로 다시 한번 세어보니 감자 한 가마가 모자란 것을 알게 되었다. 난감해진 다케다가 제2료 사람들에게 물었다.

"혹시 감자 한 가마 더 가지 않았습니까?"

"아니오, 그럴 리가 있습니까?"

"이상허네……. 분명히 한 가마가 모자라는디……."

제1료 사람들이 광차에 실린 짐을 모두 풀어 다시 세어보는 동안 제2료의 광차가 제 갈 길로 가버렸다는 것이다. 제1료의 감자는 다시 세어봐도 분명히 한 가마가 부족했다. 이렇다 보니 제1료의 광차는 제2료를 향해 달려갈 수밖에 없었다.

"아니, 워쩐 일이래유?"

제2료 취사반장이 제1료의 광차가 들이닥치자 의외라는 듯 놀라며 물었다.

"우덜 보급품을 다시 시어봐도 분명히 감자 한 가마가 모자라 혹시나 히서 알아보려구 왔슈."

"아니, 우덜을 도둑으로 알유?"

제2료 취사반장이 격앙된 어조로 말했다.

"그렁거시 아니구유. 혹시 싣다가 모르구 우리 것을 하나 더 실을 수두 있지 않겄슈?"

"아니, 기어코 우덜을 도둑 취급허는 거유?"

"그기 아니구 실수가 있을 수 있을팅게 서루가 확실히 보급품을 확인허른 될 그이 아뉴?"

"얼라? 기 아니면 뭐여. 여까지 찾아온 건 우덜보구 감자 한 가마 내놓으라는 거잖어?"

제2료 취사반장이 어느덧 말을 놓으며 억양을 높이고 있었다.

"그름 감자 한 가마가 으디 날아가기라도 혔다는 기여? 분명히 한나가 부족혀서 왔잖여!"

"하, 씨브럴! 이 새끼가 우덜을 도둑으로 아네!"

이 말과 동시에 제2료 반장이 다케다에게 박치기를 날렸다. 다케다는 잽싸게 황소처럼 맞받아쳤다.

"아이쿠우!"

제2료 반장은 예기치 않은 반격에 비명을 내지르며 뒤로 나가떨어졌다. 이마에서는 피가 흐르고 있었다. 이를 본 제2료의 취사반원 두세 명이 고함을 내지르며 곡괭이 자루를 들고 달려들었다. 그러자 제1료 사람들은 쏜살같이 광차를 밀면서 내빼기 시작했다. 평지에서는 광차를 힘차게 밀다가 뛰어올라 타면 가속도가 붙어, 사람이 따라붙을 수 없는 속력이 나온다.

이러한 사건의 경과를 다케다가 구니모토 대장에게 보고하면서, 어떻게든 감자 한 가마를 찾아와야 한다고 말했다. 구니모토 대장은 서로 치고받은 것쯤은 피차 혈기에 있을 수 있는 일이라 치더라도 감자를 한 가마나 잃어버린 것을 없었던 일로 칠 수는 없었다. 대원들이 그렇잖아도 주려 허덕이는 상황에서 생명줄이나 다름없는 감자를 포기할 수는 없었기 때문이다.

제2료로 쳐들어가다

대장은 곧 간부들을 소집했다. 간부라면 곧 대장을 비롯한 서사, 경비, 4개 반장, 취사반장이다. 말할 것도 없이 결론은 잃어버린 감자 한 가마를 무슨 수를 써서라도 찾아와야 한다는 것이었다. 다케다가 없는 말도 보태가며 사건을 부추긴 측면이 있어서 개중에는 당장 제2료로 쳐들어가야 한다고 흥분하는 이도 있었다.

구니모토 대장은 신중한 사람이었으므로 혈기를 앞세우기보다는 일단 감독들을 통해 해결 방도를 찾아보겠으니 '나한테 맡겨달라'는 의견을 내놨다. 사리에 맞는 말인지라 다른 간부들이 동의하지 않을 수 없었다. 늘 배가 고파 고통당하는 제1료 사람들에게는 감자 한 가마의 무게가 천금과 같아서 결코 포기할 수 없는 사안이었다.

요사와 요사의 거리는 상당했지만 전화 같은 통신 수단도 없고 요사 간의 소통도 엄금했으므로, 대장이 제2료 사람들과 이 문제로 의견을 교환하는 방법은 하나뿐이었다. 제1료 감독을 통해 제2료 감독에게 상황을 말하는 것이었다. 요별로 작업현장은 달랐지만, 감독들은 모두 산루슈우라쿠의 사택에 이웃하고 살고 있었다. 대장은 감독 중 가장 똑똑한 사람인 병조(兵曹) 출신 이시이에게, 전 대원이 흥분하고 있으니 우리 입장을 제2료 쪽 감독에게 잘 전달하여 감자 한 가마를 꼭 돌려받을 수 있도록 해 달라고 부탁했다.

실은 이런 문제는 요장 후지하라가 처리해야 할 일이지만 그는 이런 일에 나설 마음이 없어 보였다. 대장이 이시이 감독에게 청을 넣기 전에 요장에게 일의 경위를 설명하고 도와달라고 했지만, 그는 가타부타 어떤 말도 없이 그저 빙그레 웃고 넘어갔던 것이다. 제 배가 부르면 하인이 배고픈 줄 모른다더니, 배부른 요장은 무슨 감자 한 가마니 가지고 이 야단을 벌이는지 못마땅해했다. 아니, 이해하지 못하는 것 같았다.

그런데 대장의 부탁을 받은 이시이는 제2료 감독들에게 말을 전달하는 과정에서 오해를 불러일으킬 만한 말을 했다. 원만한 해결은 고사하고 양쪽 싸움을 부추긴 꼴이 되었다. 당사자끼리 말을 주고받아도 자칫 감정적으로 치달을 수 있는 판국이었다. 그런데 감독들을 통해 말과 말이 전해지다 보니 그 말들 사이에 다른 말이 끼어들 틈새가 생겼고 그것이 화를 불러온 모양새였다.

양쪽 감독들은 감자 한 가마의 절실함에 대한 이해가 없었음은 물론이고, 은근히 양쪽 사이를 이간질한 측면도 없지 않았다. 이들에게 요사 간의 유대나 소통은 반가울 리가 없었다. 만약 요사 간에 뭉치기라도 해서 폭동을 일으킨다면 어찌 감당하겠는가. 감독들이 진정으로 다툼을 해결하려 들었다면 감자 한 가마를 어떻게든 마련하여 제1료에 주고 쉽게 넘어갈 수 있는 일이었다. 그들의 재량으로 충분히 가능한 일이었으나 그들은 그럴 의도가 전혀 없었다.

무리는 각자 곡괭이 자루 하나씩을 어깨에 메고 머리에 수건을 질끈 동여맨 채 요사를 나섰다. 요 내에 단 한 사람도 남지 않고 전원이 요사를 빠져나왔는데도 후지하라 요장은 문도 열어보지 않았다. 이 엄청난 사실을 대장이 사전 보고하지 않았을 리 만무했다.

달빛조차 없는 산죽 정글은 완전한 어둠이었다. 대장과 이케다가 선두에 섰다. 칸델라 네 개가 앞뒤 중간을 비춰주어 흥분한 무리가 걷는 데 불편함은 없었다. 칸델라 불빛은 몽둥이를 둘러멘 무리가 전장을 향해 행군하는 병정이나 되는 듯 실제보다 과장된 광경을 연출해주고 있었다. 가장 신이 난 사람들은 반장들이었다. 때를 만났다는 듯 신바람이 나서 대열의 앞뒤를 오가며 누구든 뺑소니치는 자가 있으면 박살 내겠다는 기세로 분위기를 몰아갔다.

곧 닥칠 싸움판을 앞두고 흥분으로 들뜬 사람들과 달리 재호는 이 상황이 당황스럽고 두려웠다. 꼭 동족끼리 몽둥이로 맞서야 하는지 회의가 들었다. 상대방은 150명이라 제1료보다 배가 많은데 이런다고 한 가마를 내줄 리도 만무하고, 제2료의 태도를 보면 문제의 감자 한 가마를 가져가지 않았을 확률이 더 높아 보였다. 애초에 사무실의 착오로 한 가마가 적었을 것이라고 재호는 생각했다. 그러나 감정으로 똘똘 뭉친 성난 무리는 제2료 사람들을 다 때려잡을 듯이 몰려가는 중이다.

재호 혼자 이 대열에서 도망칠 수도 없었다. 추운 날씨도 아닌데, 사람들이 몽둥이로 서로 대적하면 제일 약한 재호는 아마 살아남지 못하리라는 두려움에 와들와들 떨고 있었다. 마음속으로 재호는 대장과 이케다의 이런 결정에 처음으로 원망하는 마음이 들었다. 늘 감정에 휘둘리지 않고 명확한 판단을 내리던 사람들이 이번에는 왜 이런 결론을 냈는지 의아했다.

혹시 제1료의 집단적 분노를 막아설 경우, 대장과 경비의 권위를 잃어버릴 수 있어 부득이하게 내린 결정이었는지도 모를 일이었다. 툭하면 치고받고 피를 보고야 마는 제1료 사람들이 이번만큼은 하나로 똘똘 뭉쳤다. 제2료 사람들은 목숨보다 소중한 감자 한 가마니를 강탈해 간 악당들이었고 제1료는 이를 응징함으로써 정의를 세운다는 윤리적 우위를 점하고 있었으므로 누구 하나라도 이의를 제기하는 순간 제1료를 배신하는 것으로 받아들여져 아마 집단 린치를 피할 수 없었을 것이다. 제1료는 이제 우리라는 울타리 안에서 확실한 공격 목표를 가지고 포구(砲口)를 떠난 대포알이나 다름없었다.

한 시간 정도를 걷는 동안은 어디고 불빛 하나 보이지 않고 빽빽이 들어찬 산죽 정글뿐이었는데, 멀리서 불빛 하나가 깜빡거렸다. 그곳이 제2료라는 것쯤은 누가 말해주지 않아도 알 수 있었다. 불빛이 보이자 재호의 가슴이 사뭇 떨려오기 시작했다. 짙은 어둠 속에서 제2료 사람들이 몽둥이를 들고 튀어나올 것만 같았다. 불빛이 점점 가까워지자 맨 앞에서 칸델라를 들고 가던 이케다가 걸음을 늦추고 좌우 산죽밭을 살피면서 신중한 자세를 취했다. 무리도 덩달아 발걸음 소리를 죽이고 바짝 긴장하며 따라갔다.

"재호야, 니는 너무 어리니깨 남아 있거라."

왜 이케다는 출발하기 전, 그 말을 하지 않았을까? 그가 그랬다면 감히 누구도 반대하지 않았을 터인데. 또다시 원망이 밀려왔다. 양쪽 패거리의 몽둥이 난투극이 벌어질 걸 예상하고 제1료는 피아를 식별하기 위해 모두 머리에 수건을 동여매기로 했다. 그런 것까지 용의주도하게 준비한 이케다가 이 일에서만큼은 웬일인지 재호에게 별다른 관심을 두지 않았다. 제1료 소속의 누구도 예외를 둘 수 없었겠다 싶으면서도 평소의 그답지 않은 행동에 괜스레 서운했다. 재호의 성격상 이런 싸움 자체가 싫었던 것이 솔직한 심정이었다.

아름다운 화해

제2료의 요사가 시커멓게 드러나고 마당이 나타났다. 마당이라야 역시 제1료나 마찬가지로 산죽을 쳐내고 다진 흙바닥이었다. 뜻밖에 조용하기 그지없었다. 제1료 무리가 몽둥이를 들고 몰려온 낌새를 눈치채지 못한 것인가? 그렇다면 이케다는 어떤 대응을 할까? 궁금한 찰나에 요사의 현관문이 열리며 세 사람이 칸델라를 들고나왔다. 이들은 이쪽의 다가오는 불빛을 지켜보고 있었던 것이다.

"어서 오십시오. 어두운데 먼 길 오시느라 고생이 많으셨습니다."

몽둥이 활극이 벌어질 줄 알았는데 뜻밖의 환영 인사에 무리는 어안이 다 벙벙해졌다.

"자, 모두 들어갑시다. 우리 식구들이 기다리고 있습니다."

가운데 사람이 말했다. 친절한 말투였다.

"……?"

제1료 쪽에서는 아무도 대꾸하는 사람이 없었다. 상대가 저렇게 나오는데 아무리 막노동 패라 해도 이 상황에서 누구라도 몽둥이를 휘두를 수는 없었다. 무리는 느닷없이 허점을 찔린 듯 말문이 막혔다. 이 싸움을 가장 부추기고 제 세상 만난 듯 설쳐대던 반장들조차 얼굴에 낭패가 스쳤다. 들어갈 수도, 돌아갈 수도 없었다. 뜻밖의 상황에 이들은 당황했다.

그때 맨 앞에 있던 제2료 사람이 구니모토 대장의 손을 잡고 안으로 들어갔다. 나머지도 어쩔 수 없이 슬금슬금 따라 들어갔다. 기세 좋게 들었던 몽둥이가 갑자기 부끄러워졌지만 그렇다고 버릴 수도 없었다. 제2료 사람들이 모두 일어나 환영한다는 의미로 손뼉을 쳐주는 가운데, 그들은 하릴 없이 머리를 동여맨 수건을 풀어 주머니에 집어넣었다. 그러고는 계면쩍어 고개를 푹 숙이고 안내하는 자리에 엉거주춤 앉을 수밖에 없었다. 양쪽 사람들이 모두 자리를 잡고 앉자 한 사람이 앞으로 나와 미소를 띤 얼굴로 말문을 열었다.

"제1료 동지 여러분! 아니, 우리 조선 동포 형제 여러분! 먼저, 사연이야 어떻든 이렇게 찾아와, 한자리에 모이기 힘든 우리 모두의 입장에서 서로 합석하게 된 것에 반가운 마음 금할 길 없습니다."

한바탕 피의 활극이 벌어질 줄 알았던 재호는 그 상황에 적이 마음이 놓였다. 그리고 그의 따뜻하고 묵직한 음성이 쏟아내는 연설의 서두를 듣는 순간 뭉클한 감격이 솟아나 가슴이 뜨거워지는 것이었다.

"우리는 고국에 부모 형제들과 조상 대대로 물려받은 고향산천을 두고 온, 한 핏줄의 동포며 이곳에 오고 싶어 온 것이 아니라 나라를 빼앗겨 이 오지의 노동판에 끌려온 똑같은 처지의 불쌍한 약소민족입니다. 그러므로 우리는 모쪼록 건강하게 몸 성히 잘 있다가 전쟁이 끝나면 고국산천의 품, 사랑하는 가족의 품으로 무사히 돌아가야 할 사람들이 아닙니까? 그런데 무엇 때문에 우리끼리 싸워 다치거나 생명을 잃게 할 수가 있단 말입니까?

우리가 지금 배고파 굶주리고 헐벗으며 견디지 못할 가혹한 노역을 치르고 있는 것이 참혹하다고 여겨지지 않습니까! 서로 불쌍하지도 않단 말입니까! 우리는 서로서로 위로하고 격려하면서 고향으로 돌아갈 그날까지 버티어나가야 할 사람들입니다.

제1료 형제 여러분! (웃으면서) 어떻게 하시렵니까? 저것을 보십시오. 저마루 밑에 우리도 곡괭이 자루를 여러 다발 준비해 놓았습니다. 정이나 원하신다면 당당하게 상대해주려고 말입니다.

여러분! (다시 정색하며) 감자 한 가마가 수십 명의 목숨보다 더 귀중하단 말입니까? 그 한 가마의 감자는 창고에서 지급하는 사람의 착오일 수도 있고 혹은 실으면서 우리의 실수일 수도 있습니다. 그리고 여러분 제1료의 착오일 수도 있습니다.

여러분의 주장대로라면 우리의 범행인데 우리 동료의 말을 들어보면 그렇지도 않다고 합니다. 그렇다고 해서 그 사람들의 말만 듣고 발뺌하려는 변명이 아니라 이럴 수도 있고 저럴 수도 있는 일 아니냐는 말입니다.

형제 여러분, 이 시비가 가려지지 않아서 우리끼리 치고받는다고 칩시다. 결국 피해자는 불쌍한 우리뿐입니다. 우리는 무슨 원한 서린 원수도 아니고 적도 아닙니다. 다만 처절한 탄압과 학대 속에서 같이 고생하는 동료요, 한 핏줄의 동족입니다. 어떻게 몽둥이를 들어 서로 칠 수가 있습니까. 어떻게 박치기로 그 얼굴을 깨뜨릴 수가 있습니까.

제가 지금 가슴속에서 용솟음쳐 설토하고픈 말을 어찌 다 이 자리에서 할 수 있겠습니까마는, 다시 한번 강조하고 싶은 것은 어쨌든 이역만리 타향에서 고생하는 형제끼리 서로 도우며 때가 올 때까지 살아남아 버티어 나가자는 것을 마음을 다해 호소하는 바입니다.

여러분께서 참으로 어려운 걸음으로 이렇게 오셨는데 아무것도 대접해 드릴 게 없어 마음 아픕니다만 피차 형편을 잘 아는 처지이니 이해하시고 기왕 오신 김에 서로 오해를 풀고 대화를 나누시다 가셨으면 합니다."

연설을 들으면서 재호는 그의 모습이 태산처럼 크게 보였다. '저 사람은 몽둥이 대신 연약한 혀 하나로 240명 모두를 장엄한 언어의 위엄으로 압도하며 평화를 만들어내고 있지 않은가!' 찬탄과 함께 존경심이 절로 일었다.

재호가 힐끗 바라보니 이 싸움을 부추긴 제1료 반장들뿐만 아니라 대장도 이케다도 취사반장도 모두 그에게 빨려 들어가 진심으로 감동하는 표정을 감추지 못했다. 위대한 순간이었다. 허구한 날, 감독들의 등쌀에 허덕이던 비루한 존재들이 어느덧 웅대한 심장을 갖게 되는 순간이었다.

그의 연설이 끝나자 실내는 그 감동을 차마 깨트리지 못하고 다들 압도당한 채 물을 끼얹은 듯 조용했다. 그때 구니모토 대장이 일어섰다. 평소에 보던 대장이 아니라 보잘것없는 패장의 모습이었다.

"제2료 여러분! 방금 선생의 말씀을 듣고 보니 몽둥이를 들고 찾아온 우리의 모습이 심히 부끄럽습니다. 그러나 이곳을 찾아오기까지는 여러 가지로 이해하기 어려운 일들과 격분하지 않을 수 없는 소지가 충분히 있었습니다. 인간은 감정의 동물이기에 죽을죄를 용서할 수도 있고, 하찮은 일로 살인이 벌어지기도 하는 것 같습니다.

그러나 이번 불상사는 우리가 직접 만나 대화할 수 있었더라면 이런 사태까지 오지 않았을 터인데 그렇지 못하고 간접적인 전달 과정에서 잡음이 생겨 큰 오해가 쌓이게 되었다고 생각합니다.

이제 우리 지난날의 잘잘못은 피차 잊기로 하고 앞으로는 같은 동포의 정으로 유대를 갖기를 바라면서 좋은 모양으로 찾아오지 못한 점을 깊이 사과드립니다."

그제야 제2료 사람들이 적극적으로 동의한다는 표시로 일제히 손뼉을 쳐주었다. 이렇게 하여 산루광산 대전(大戰)은 난투극과는 비교할 수 없는 아름다운 화해로 끝을 맺었다.

재호는 요사로 돌아와 쉬 잠들지 못하고 오랜 시간 뒤척거렸다. 이름도 모르는 영웅 때문이었다. 조선의 미미한 백성도 그렇게 똑똑한데, 그런 사람이 조선 조정에 열 사람만 있었어도 일본에 먹히지 않았을 테고, 그 또한 이런 오지에 끌려오지 않았을 것이라는 생각이 들었기 때문이다.

재호의 생각처럼 당시 조정의 대신들은 그럴듯한 명분을 내세우고 뒤로는 사사로운 이익을 탐했다. 을사오적의 으뜸가는 수괴 이완용을 미국인

선교사 알렌(Allen)은 '머리가 잘 돌아가고 영민하지만, 영혼 없는 기계 같은 사람'이라 평했다. 이들은 영혼이 없으므로 역사를 의식하지 못하고 역사 밖에 삶의 터전을 둠으로 그 치욕의 이름을 민족의 유전자에 깊이 새긴 것이다.

10. 다케다의 죽음

금 생산이 부진하다고 감독들이 부쩍 안달이 난 것으로 보아 위로부터의 증산 압박에 어지간히 시달리는 게 아닌 모양이었다. 결국은 에가와(江川) 소장이 순시를 나왔다. 제1료 사람들이 산루광산에 온 지 넉달 만에 처음으로 그가 현장에 나타난 것은, 산출량 증대를 닦달하기 위해서였으므로 좋은 신호가 아니었다. 그러잖아도 가혹한 노동으로 지친 그들에게 무얼 더 요구하겠다는 말인가.

소장은 전형적인 일본인이었다. 왜소한 체구에 코 밑 수염을 짤막하게 길렀다. 무척 침착해 보이는 50대였지만 쥐새끼처럼 반짝이는 눈으로 현장을 둘러보았다. 노동자들에게 군림하던 후지하라 요장의 모습은 어디론가 가버렸다. 그는 소장의 꽁무니를 졸졸 따라다니며 지나치게 굽신거렸다. 소장은 무리에게 의례적인 빈말도 건네지 않고, 그들의 위생 상태나 먹는 것, 입는 것에는 아무런 관심을 보이지 않은 채 사라져버렸다.

휴식 시간에 뚱보 히라노가 들려준 이야기에 따르면, 미쓰이(三井) 광산의 본사는 도쿄, 홋카이도 지사는 삿포로에 있으며, 이 회사는 여러 곳에 많은 광산을 갖고 있었다. 그리고 방금 다녀간 소장은 기타미에 산재한 금사광(金砂鑛)의 총책이었다.

에가와 소장이 다녀간 후폭풍은 고스란히 무리에게 고난으로 들이닥쳤다. 감독들은 더 늘어난 목표량을 채우기 위해 바짝 고삐를 조이며 발악 수

준으로 무리를 들볶았다. 많이 먹은 소가 당연히 똥도 크게 눈다. 노동 생산성을 높이려면 무엇보다 배불리 먹여야 했지만, 에가와가 다녀간 후로 오히려 쌀 공급량을 줄여버렸다. 그렇다고 식사량을 그보다 더 줄일 수가 없었던지 요장은 하루 총량은 종전대로 하루 400g으로 하되, 쌀 20%를 15%로 줄이고 대신 감자를 85%로 지급하라고 미쓰모리 서사에게 지시했다. 증산 대책치고는 하책 중의 하책이었다.

노동자들을 잡도리해서 증산을 도모하는 것이 그들이 말하는 일본 정신 (大和魂)이라면 일본은 점차 망할 수밖에 없겠지만, 노동자들은 그 불합리를 몸으로 견뎌내야 했다. 그들은 전가의 보도처럼 야마토다마시라는 말을 들먹이며 무리를 들볶았다. 노동자들에게 야마토다마시는 '불가능은 없다. 안 되는 것을 되게 하라'는 감독들의 억지스러운 작업독려이자 가혹한 명령이었다.

비극의 전말

소장이 다녀간 이튿날 다케다 취사반장은 식량을 타려고 창고로 갔다. 거기서 요장의 지시라며 쌀과 감자의 비율을 1.5:8.5로 달아주는 서사를 밀치고 스스로 2:8의 비율로 달아 들고나왔다. 이렇게 되자 서사는 쌀의 부족분 때문에 어찌할 바를 몰라 했고, 결국 그 사실을 요장에게 보고하지 않을 수 없었다. 다케다는 곧 후지하라 요장 사무실로 호출되었다.

"다케다, 어찌 된 건가?"

요장이 묻는 말을 미쓰모리 서사가 통역했다. 다케다는 일본말을 모르는 사람이었다.

"요장님, 지금두 대원들이 배가 고파서 일을 지대루 못 허는 실정인디유. 그기다 또 워치게 더 줄인다는 거시유?"

다케다는 당당하게 응수했다.

"치쿠쇼(빌어먹을)!"

요장은 벽력같은 고함을 내질렀다. 그러나 다케다는 물러서지 않았다. 그가 요리사로 일하던 요정은 법보다는 주먹이 위력을 발휘하는 곳이었다. 다케다는 맨몸으로 주먹세계의 내로라하는 건달들과 겨루면서 싸움의 기술을 터득하여 그 바닥의 알아주는 사람이었다. 떡 벌어진 어깨와 다부진 가슴에 잔뜩 힘을 모으고 두 주먹은 불끈 쥔 채 수틀리면 한 방 날릴 기세로 요장을 노려보았다. 그런 다케다의 태도는 요정에서 잔뼈가 굵어 몸에 밴 것이었으나 절대 해서는 안 될 행동이었다.

사무실에는 딱 세 사람뿐이었다. 마침 이케다는 자는 시간이었다. 다케다의 이런 반응이 너무도 의외여서 요장은 순간적으로 몹시 당황했다. 군국주의 일본에서 헌병은 나는 새도 떨어트리는 무소불위의 절대 권력이었다. 민간영역까지 전방위적으로 수사하거나 체포 내지는 구금할 수 있었고, 한국 무단통치의 직접적인 무력과 억압의 원흉이기도 했다. 그로서는 헌병 앞에 떨지 않은 조선 사람을 여태까지 본 적이 없었다. 그 때문에 현역에서 물러난 후에도 후지하라는 헌병의 제복과 완장을 착용하고 거드름을 피울 수 있었다.

그런데 취사장에서 허구한 날 감자나 썰던 조센징 한 놈이 감히 헌병 제복에 맞서 독사처럼 머리를 치켜들고 여차하면 주먹을 날릴 기세를 취하다니. 폭력의 세계에서 눈싸움에는 동물적 본능으로 포착할 수 있는 여러 정보가 얽혀 있어서 이쪽이 제압할 수 있는 놈인지, 아니면 꼬리를 내려야 하는 놈인지를 단박에 알게 마련이라 후지하라는 결국 눈빛을 거두며 몸을 부르르 떨었다.

"요시, 가에레욧(좋다, 돌아가라)!"

내뱉듯 말하고는 안방으로 들어가버렸다. 후지하라의 완패였다. 이튿날 아침 점호 때 요장은 다케다를 불러내 앞으로 나오게 했다. 그리고는 쪽발이 감독들에게 곡괭이 자루를 하나씩 나누어주었다.

"이자는 아직도 야마토다마시가 덜 박힌 자로 보국 정신이 전혀 없는 반일 분자다."

그때 구니모토 대장은 통역하지 않았다. 요장은 통역을 재촉하는 눈빛을 여러 번 보냈으나 대장은 요지부동이었다. 요장은 속으로 이를 부득 갈았다. 요장은 대신 미쓰모리 서사를 불러 세웠다. 그는 연약하기 이를 데 없는 골샌님이어서 요장의 명을 거역하는 일은 생각지도 못할 위인이었다. 미쓰모리는 기어들어 가는 목소리로 가늘게 떨면서 요장의 말을 전달했다.

"이런 자는 황국신민으로서 적성(赤誠)을 다하는 여러분 앞에서 처벌되어야 마땅하다!"

비겁하기 그지없는 후지하라는 그런 식으로 다케다에 대한 보복을 감행하려 했다.

"다케다, 무릎 꿇어!"

요장은 어제의 치욕을 만회하려는 듯 군림하는 자의 위세로 감독들에게 명령을 내렸다.

"자, 지도원 한 사람당 힘껏 다섯 대씩 쳐라!"

명령이 떨어지자 쪽발이들은 다케다 반장을 에워싸고 몽둥이를 번쩍 들어 내리치기 시작했다. 다섯 대는 어느덧 수를 셀 수 없는 난타로 이어졌다. 퍽, 퍽, 퍽, 다케다의 몸뚱이 어디를 가리지 않고 무차별적인 몽둥이찜에 그의 몸에서는 피가 튀었고 살점이 묻어났다.

재호는 얼어붙은 채 그만 눈을 감아버렸다. 감자 한 가마니 앞에서 모두 괭이자루를 들었던 그 맹렬한 투지는 다 어디로 갔다는 말인가. 늘 입에 달고 살던 의리에 살고 의리에 죽는다는 노가다의 의리는 이때 아니면 언제 발현돼야 한다는 말인가. 무리는 한없이 비겁한 방관자가 되어 저 몽둥이가 자신에게 향하지 않은 것을 다행으로 여기며 애써 외면하고 있었다.

건장한 다케다였지만 감독들이 죽기를 바라고 내리치는 몽둥이질 앞에서 짐승처럼 비명을 내지르다 세운 무릎을 꺾으며 뻗어버리고 말았다. 흙바닥에 선혈이 고이고 있었다. 의식을 잃고 숨만 몰아쉬고 있는 다케다를 요장의 지시로 반장들이 떠메어다 그의 자리에 눕혀 놓았다.

다케다의 단점은 성미가 급하다는 것과 자기의 주먹을 너무 믿는다는 데 있었다. 그 급한 성미 때문에 말도 몹시 더듬었고 말보다는 주먹이 먼저 나갔던 사람이다. 다케다 반장은 의식을 회복하지 못한 채 열흘 뒤 끝내 숨을 거둠으로써 제1료 노동자 89명 중 첫 희생자가 되었다. 일본인들은 다케다에 어떤 의료적 시도도 하지 않았고 철두철미하게 방치했다. 명백한 살인이었다.

다케다는 억울하게도 쌀 한 줌과 목숨을 맞바꾼 셈이었다. 그것도 자기가 먹을 쌀이 아니라 동료들에게 한 톨이라도 더 주기 위해서 말이다. 일본인들은 다케다의 앞뒤를 가리지 않는 급한 성격과 그 센 주먹 앞에 늘 위협을 느끼던 차에 좋은 핑곗거리가 생긴 셈이었고 자기들에게 맞서는 자는 어떤 결과를 낳는지를 본보기로 보여준 것이다.

다케다의 죽음은 사람들의 의식에서 오랫동안 떠나질 않았다. 고통스러운 노역장은 물론이고 잠자리에서도 불현듯 그 처참한 최후가 떠오르는 것이었다. 구니모토 대장도 마찬가지였다. 동료가 폭력 앞에 죽어가는데도 아무것도 하지 못한 대장으로서의 자책과, 그럴 수밖에 없었던 현실에 대한 분노가 그의 뇌리를 떠나지 않았다. 일본제국을 등에 업은 폭력 앞에서 다케다는 무모하게 꼭 정면으로 대항했어야 했을까?

그 결과가 죽음이라는 것을 생각하지 못했을까? 그러면서 그의 성미대로 자신을 자제하지 못해 우발적으로 일어난 일이라면 다케다는 목숨 앞에서 너무나 경솔했다는 생각이 들었다. 설령 비겁해 보일지라도 폭력 앞에 인내하며 살아남는 것도 폭력을 우회적으로 이기는 방법은 아닐까? 그러나 그것은 대장의 생각일 뿐이지 다케다는 그런 상황이 되풀이된다면 사나이다움이라 믿는 혈기 때문에 똑같은 일을 반복했을 것이다.

누구든 자신들에게 대가리를 들면 여지없이 죽여버리겠다는 요장의 의도된 살인은, 대장을 비롯한 제1료 사람들에게 확실한 효과를 발휘하고 있었다.

11. 설국

여름이 가는가 싶었는데 곧장 겨울이 덮치듯 찾아왔다. 10월이 채 가기도 전에 눈이 내리기 시작했다. 고향처럼 첫눈은 쌓이기도 전에 녹는 게 아니라 함박눈이 내리는 동시에 하염없이 쌓여갔다. 안 그래도 조용한 산지의 적요는 먼 곳의 눈 쌓인 나뭇가지가 찢어지는 소리도 가깝게 들리게 했다. 하늘의 저 순결한 편편(片片)은 온 산야의 골짜기나 평평한 곳이나 흐르는 개울이거나 가리지 않고 골고루 흩뿌려, 할퀴고 패이고 상처 난 자리를 공평한 분배로 메워주었지만, 오로지 지상에 발 딛고 사는 인간의 사악한 마음에는 태초의 순백이 쌓일 여지는 없었다.

헐벗은 삶이라도 흐벅지게 내리는 눈송이를 보노라면 먼 곳의 소식을 기다리듯 까닭 모를 상념에 젖어도 보련만 매일 핍진한 노동에 지친 사람들에게는 오히려 처음 겪는 겨울이 또 다른 두려움으로 다가왔다. 먼 곳의 눈은 검게 내렸지만 가까운 곳의 눈은 홀씨처럼 부유의 현란한 춤을 추며 하얗게 내렸다. 아니다. 내리는 게 아니라 쏟아붓는 것이어서 아예 눈을 감고 일을 해야 했다.

끊임없이 쏟아붓는 눈이 1m, 2m로 땅에 쌓여 처마를 가리더니, 11월에 접어들면서는 더욱 기세를 올려 3m, 4m 끝 모를 기세로 쌓여갔다. 노동자들은 눈더미의 무게로 지붕이 내려앉지 않도록 매일같이 눈을 쳐내려야 했다. 하천도, 협궤도, 산야도, 산죽밭도 점차 눈 속에 파묻혀 본래의 모습은 온데간데없이 사라지고 오로지 백설 애애(皚皚), 까마귀조차 날지 않는 설원이었다. 이 안에 갇힌 오두막은 목숨인 양 굴뚝으로 파랗고 가느다란 연기를 피워 올리며 절해고도의 외로운 등대처럼 위태롭게 보였다.

하늘은 저토록 많은 눈을 도대체 어디에 모아두었다가 이리도 끊임없이 쏟아붓는 것일까. 내리고 내려 두께를 더해가더니 5m, 6m로 쌓여 이제 눈을 치우는 일은 더는 불가능했다. 마당을 건너 세면장으로 가는 길은 터널을 뚫어 어둡지만 하얗게 빛나는 동굴 속으로 다녀야 했고 작업현장으로 가는 눈 계단도 만들어야 했다. 두꺼운 눈더미에 포근하게 쌓인 세면장의 개천은 얼지 않고 여전히 훙덩하게 검붉은 빛을 띠며 흐르고 있어, 겨우내 세수하고 빨래하는 데는 문제가 없어 보였다.

무엇보다 그 답답하고 지긋지긋하던 산죽 정글이 눈 속에 잠긴 덕분에 가늘게 뜬 눈으로 멀리 바라볼 때마다 거칠 것 없는 눈부신 설원이어서 가슴이 다 훤히 트이는 것같이 시원했다.

겨울나기

홋카이도의 눈은 압도적인 자연의 위력이었으므로 그 눈 속에서 인간은 가엾고 미미한 존재일 뿐이었다. 치워도 치워도 끝없이 내리는 눈은 노동자들을 지치게 했다. 그토록 여름 가기를 고대했던 무리는 이제는 차라리 그 여름철이 좋았다는 생각마저 들었다. 감독들은 초겨울의 쌓이는 눈 속에 설피를 신고 힘들게 한 발 한 발 내디디며 십리 길을 오가는가 싶더니 쌓인 눈이 얼어붙자, 스키를 신고 날듯이 출퇴근하고 있었다.

보급물자 수송 역시 말이 끄는 눈썰매를 이용해야 했다. 말발굽이 눈 속에 빠지지 않고 다닐 수 있는 쇠눈이 될 때까지는 보급을 중단할 수밖에 없었다. 겨울철의 연례적인 일이라 그런지 광업소는 사전에 보급물자를 충분히 비축해놓아 작업이 중단되는 일은 일어나지 않았다.

매일 새롭게 쌓이는 눈을 다지며 힘겹게 현장에 도착하면 조광대며 수파대며 물이란 물은 모두 깡깡 얼어붙어 있어 우선 얼음부터 제거해야 했다. 허벅지까지 오르는 고무장화를 신고 물속으로 들어가 수파작업을 하노라면 섬뜩하게 파고드는 냉기에 발과 종아리, 허벅지의 살과 피가 뻣뻣하게 굳어 버려 남의 살처럼 감각을 느낄 수 없었다.

초겨울에 그토록 퍼부어대던 눈의 기세도 날씨가 추워지면서 잦아들었다. 대신 온종일 찌푸린 잿빛 하늘에 바늘 끝처럼 뾰족한 가루눈이 바람을 타고 날아와 얼굴이며 목덜미며 맨살이 드러난 곳이라면 어디든 사정없이 후벼 파는 것이었다.

오랜 시간 추위에 절여져 새파래진 몸뚱어리는, 숙소로 돌아온다 해도 입김이 하얗게 품어져 나오는 썰렁한 곳이라 의지가지없기는 매한가지였다. 한 가지 좋은 점이라면 산죽밭이든 골짜기든 다 눈으로 뒤덮인 데다가 단단하게 얼어붙은 쇠눈이 되어 가고자 하는 곳은 어디라도 다닐 수 있다는 것이었다. 비단 사람뿐 아니라 말도 발굽이 빠지지 않아 광업소에서는 말이 끄는 썰매로 보급품을 운반하기 시작했다.

1년간 쓸 땔나무 준비도 바로 이때가 적기였다. 산불로 고사한 삼나무를 찾아다니며 톱으로 베어 넘어뜨린 후 적당한 길이로 잘라 썰매에 얹어주면 마부는 말을 몰아 요사까지 운반하여 마당에 부려놓았다.

무리는 마당에 산처럼 쌓인 통나무를 톱으로 자르고 도끼로 쪼개어 장작을 만들어 가지런히 쌓아놓았다. 처마까지 닿는 장작더미를 바라보고 있노라면 흐뭇한 마음이 고였다. 이것들이 겨우내 난로용과 취사용으로 사용하는 것이니 무리의 든든한 목숨줄이 아니겠는가. 더구나 수십 년 자란 삼나무의 가장 깊숙한 속살에서 품어져 나오는 은은한 목향은 잠시 그들의 고달픈 처지를 잊게 해주었다.

크고 삼각진 일본 톱은 안에서 밖으로 밀어야만 날이 먹혀 조선 톱에 길든 노동자들을 처음에는 곤혹스럽게 했지만 이내 적응할 수 있었다. 조선 톱은 당길 때 나무가 켜지는 데 반해 홋카이도 톱은 밀 때 켜지도록 톱날이 반대 방향으로 되어 있었다. 상식적으로 당기는 힘이 미는 힘보다 강할 것 같은데 이런 원리조차 다르게 적용한 데서 일본이 조선과 얼마나 다른지를 생각하지 않을 수 없었다. 화목을 장만하는 일은 광산일보다 훨씬 할 만한 것이었다. 겨우내 화목작업이나 했으면 좀 좋으련만, 그 일도 보름여 만에 끝이 나버려 무리는 다시 광산 현장으로 나가야 했다.

숙소에는 1, 2반과 3, 4반에 장작 난로가 하나씩 놓여 있었다. 이케다가 밤새 불목하니 노릇을 하느라 들락거렸다. 그는 또한 후지하라 요장 침실과 그의 부인 방 난로까지 다 관리했다. 그로 인해 이케다는 노동자들에게는 금단의 영역인 요장 부부의 침실을 들여다볼 수 있는 유일한 사람이었다. 이케다는 각방을 쓰고 있는 이들의 풍습이 낯설어서 그랬는지 재호에게 그 사실을 들려주었다. 재호는 그 말을 기억했다가 쉬는 짬에 뚱보한테 물었다. 그는 어린것이 별걸 다 묻는다는 듯이 피식 웃으며 반문하는 것이었다.

"그러면 조선인 부부는 어떻게 자지?"

"그야 한 이불 속으서 자지유."

"아, 그러면 쉽게 권태감을 느껴서 안 되지. 부부는 떨어져 있어야 그리워지고 당기는 정이 있는 것이거든. 그래서 일본인은 옛날부터 각방을 쓰는 전통이 있는 게야."

"그름 방이 한나밖으 읍는 경우는유?"

"그야 한방에서 침구만 따로 쓸 수밖에 없잖니?"

재호로서는 알 것도 같고 모를 것도 같은 설명이었다. 노동자들에게는 두 사람당 하나의 요와 이불이 배정되었다. 이불과 요는 솜 대신 짚을 허술하게 넣은 것이어서 보온이 잘 안 되었다. 짚이라도 속을 단단히 채워 마름질을 야무지게 했다면 그럴 일이 없을 터인데, 성긴 짚은 이불 모서리로 돌돌 뭉쳐져 홑이불을 덮고 자는 격이었다. 그나마 자다가 몸이라도 들썩이면 먼지가 풀풀 일어나 여기저기서 재채기를 해댔다.

88명이 거처하는 공간에 화목난로가 두 대라면 온기로 훈훈해야겠지만, 나무 벽체의 벌어진 사이로 왕바람이 들이쳐 온기를 가둬두지 못했고, 그 틈새로 파고든 미세한 눈가루가 바닥에 소복하게 쌓이곤 했다. 눈이 녹지 않고 쌓인다는 것은 실내가 빙점 아래라는 의미였다.

이불을 덮어도 얼굴과 코가 시려 때에 전 수건으로 얼굴을 싸매고는 새우처럼 바싹 웅크리고 잠을 청하지만, 결국은 파고드는 냉기에 쫓겨 모두 난롯가로 모여들 수밖에 없었다. 난로가 달아올라 앞쪽이 뜨거우면 등 쪽이 시리고, 돌아서면 이내 앞쪽이 시려 몸을 이리저리 돌려가면서 꾸벅꾸벅 졸며 지새는 나날이었다. 잠자리라도 따뜻하면 온종일 언 몸이 풀리기라도 할 텐데 몸에서 떠나지 않는 냉기로 그들은 겨우 내내 개 떨듯 덜덜 떨며 지내야 했다.

겨울은 잔인한 계절이었다. 캄캄한 새벽에 아침밥이라고 감자밥 한 술을 뭇국에 말아 먹고는 칼바람에 맞서 어깨에 목을 잔뜩 파묻고 현장에 도착해봐야 날은 밝지 않은 채였다. 추위와 배고픔이 한데 얽힌 고통의 타래는 늙은 늑대 스즈키보다 백배는 무서운 것이어서, 일초 일초를 바들바들 떨며 견뎌야만 했다. 온종일 동태처럼 꽁꽁 언 몸은 해가 지고 어두워져 연장이 보이지 않을 정도가 되어야 비로소 일손을 놓고 요사로 돌아올 수 있었다.

무서리

어느 날이었던가. 무리가 점심 먹으려고 요사에 돌아왔을 때였다. 마침 광업소에서 무를 싣고 온 썰매가 취사장 앞마당에 세워져 있었다. 각 반에서 두 명씩 나와 창고로 무를 나르라는 말에 재호는 귀가 번쩍 뜨였다. 재호는 지난번같이 옥수수라도 하나 얻을 수 있을까 기대하며 설레는 마음으로 나섰으나 이날따라 말밥 주머니가 없어 여간 실망한 게 아니었다.

실려 온 무는 눈구덩이에서 파내 온 것처럼 얼어붙어 있었다. 재호는 누가 볼세라 꽁꽁 얼어 돌덩이 같은 무 하나를 발로 콱 밟아 눈 속에 박아 놓았다. 여덟 명이 삽시간에 무를 옮겨놓고 식당으로 달려가 감자밥 한술을 뚝딱 해치우고는 난롯가의 따뜻한 곳을 차지하려고 앞다투어 숙소로 들어갔다.

하지만 꿍꿍이가 있는 재호는 반대쪽 현관으로 나와 눈 속의 무를 파내 들고는 사람들의 시선이 닿지 않는 세면장 눈 터널 속으로 들어갔다. 무를 덮은 눈가루를 벗겨 내려고 옷에 썩썩 문질러봤다. 하지만 얼어붙은 터라 닦이지 않아 그대로 한 입 베어 물었다. 꽁꽁 언 얼음덩어리라 이가 잘 먹힐 리 없어 애를 쓰면서 겨우 한 조각을 입 안에 넣었다. 얼음과 무가 입 안에서 오독오독 아삭아삭 씹히면서 단맛이 났다. 둥글납작한 홋카이도 무는 맛이 좋았다. 잇바디 자국으로 틈새가 생긴 무는 이제 베어 물기 쉬워졌다. 무 조각은 입 안에서 녹일 겨를도 없이 허겁지겁 씹어 꿀꺽꿀꺽 삼켰다. 아니 저절로 넘어가고 있었다.

얼마나 맛이 있는지 경성에 갔을 때 파고다공원에서 사 먹은 2전짜리 얼음과자 맛이 저절로 떠올랐다. 향긋하고 달콤하며 시원한 그 맛과 다를 바 없는 무맛이었다. 흙이 묻어 얼어붙은 무를 괘념할 새도 없이 껍질이며 꽁지며 가리지 않고 한 개를 다 먹고 나니 제법 배가 부른 것 같고 추위가 가시는 것 같았다. '끄억' 올라오는 트림을 시원하게 내뱉으며 터널을 나와 눈더미에 올라서서 눈부신 하얀 설원을 바라보았다. 서쪽으로 야트막한 설능이 길게 뻗어 잿빛 하늘과 맞닿은 곳에 어머니의 모습이 어려 있었다.

"엄니, 지를 이 추위 속이서 지키주셔유. 얼어 죽지 않구 살아서 꼭 엄니를 보구 싶구먼유."

재호의 추락

동장군의 위력은 겨울이 깊어져 갈수록 사납고 날카로운 비수로 변해 헐벗고 굶주린 노동자들을 무차별로 찔러댔다. 차라리 목화송이 같은 함박눈이 펑펑 퍼붓던 때가 좋았던 것 같다. 그때의 눈발 속에는 포근함이라도 배어 있어서 견딜 만했다. 삭도 같은 눈가루가 돌개바람을 치며 갈라 터지고 비쩍 마른 얼굴을 후려치면 숨 쉴 때마다 콧속이 다 아려왔고 몸속의 피가 송두리째 얼어버리는 것 같아 부르르 몸서리를 치곤 했다.

인간만큼 자연 앞에 무기력한 생명체가 또 있을까. 홋카이도의 곰도, 여우도, 늑대도, 사슴도, 겨울에는 두꺼운 털과 가죽으로 보온한다. 하지만 내복도 없이 겹작업복만 입은 무리는 바람이 파고든 온몸의 살가죽이 갈래갈래 트고 손발과 귀뿌리는 동상으로 퉁퉁 부어올라 진물이 흘렀다. 얼어 죽지 않으려고 기를 쓰고 억세게 일을 해보았으나 여전히 몸은 풀리지 않고 덜덜 떨려왔다. 손발이 언 상태라 일하는 것이 어설펐고 늘 사고의 위험이 뒤따랐다. 그런 몸으로 무거운 목도를 어깨에 메고 반질반질 빙판길 버력 굽이를 오르내릴 때면 다리가 후들거려 넘어질세라 죽을힘을 다해야 했다.

과연 이 겨울이 물러나고 봄이 다시 올 수 있으려나? 이 깊고 깊은 겨울의 뿌리를 녹이는 봄은 영영 오지 않을 것 같았다. 얼음은 무쇠보다 더 무겁고 단단했으며 곡괭이로 힘껏 내리찍어도 자국조차 나지 않고 손목만 시큰거렸다.

해조차 구름 깊숙이 숨어 동장군이 잔뜩 으등거리던 어느 날이었다. 오호츠크해에서 불어오는 강풍이 쇠눈 바닥을 휩쓸어 날카로운 눈가루가 사정없이 날아와 눈으로 파고들었다. 눈을 제대로 뜨기가 힘들었다. 눈을 거의 뜰 수 없는 이런 날은 무거운 망태를 어깨에 메고 미끄러운 빙판길을 비척거리며 걷는 일 자체가 그만큼 사고의 위험도를 높이는 것이었다. 감독은 목도질을 멈추게 했어야 옳았다. 그러나 감독들은 언제나 인정사정없었다. 노동자들의 안전은 이들의 관심사가 아니었다.

그날 사달이 나려고 그랬는지, 재호는 세 살 위인 가네다와 목도 짝을 이루었다. 가네야마는 재호보다 더 약골이었다. 수파대에서 퍼 올린 얼어붙은 자갈을 곡괭이로 찍어 망태기에 담아 주면 그것을 들어 어깨에 메고 날라야 했는데 발이 꽁꽁 얼어 땅을 내디딜 때면 감각이 전혀 없었다.

산처럼 쌓인 가파르고 미끄러운 버력 길을 조심하며 한참을 오르던 참에 얼어붙은 돌멩이 하나를 잘못 밟아 쫄딱 미끄러졌다. 일시에 목도의 균형이 한쪽으로 쏠리면서 그 무게에 밀린 재호가 벼랑으로 나가떨어졌다. 꽁꽁 언 몸은 데굴데굴 구르는 돌멩이와 다를 바 없었다. 결국 5m가 넘는 벼랑을 굴러 막장 바닥으로 내동댕이쳐지는 순간, 머리통이 둔탁한 것에 탁 부딪히는 것까지는 의식할 수 있었다.

재호가 눈을 떴을 때는 사람들이 그를 걱정스러운 눈으로 에워싸고 있었다. 몸을 움직여 일어나려는데 머리가 빠개지듯 아팠고 왼팔이 말을 듣지 않았다. 팔이 부러진 것이다.

12. 종소리

날씨가 차가우니 바라보이는 모든 것이 을씨년스럽게 느껴졌다. 창우는 대목장을 놓칠 수 없어 갓개장(양화면 입포리)에 나와 판을 벌였다. 하지만 설을 앞둔 대목장이래 봤자 썰렁한 게 한참 흥청거리던 시절 오일장도 못 돼 보였다. 일제가 큰 전쟁을 이곳저곳 벌여놓고 뒷감당이 안 되는지 조선 천지의 쓸 만한 물건은 다 공출로 걷어가는 판이었다. 순사와 면서기를 풀어 집집이 들쑤시고 다니면서 토치카용 가마니며 숟가락, 젓가락, 놋식기, 놋대야, 놋요강에다 화로며 솥뚜껑까지, 아니 방문 고리까지도 쇠붙이라면 뭐든 다 빼내 거두어 갔다.

더구나 메이지 천황 시절부터 설을 양력으로 대체한 일제는 조선 사람에게도 그것을 강요하는 한편, 민족 설을 구정(舊正)이라 하여 낡고 불합리한 구습이니 타파해야 한다고 안달을 부렸다. 설날에 관청 같은 공공기관과 학교의 조퇴를 엄금하거나 흰옷을 입고 세배 다니는 사람에게는 검은 물감이 든 물총을 쏘아 얼룩지게 하는 유치한 일도 서슴지 않았다. 그렇다고 신라 때부터 내려오는 고래의 명절이 제사와 맞물려 없어질 리 만무했지만, 시절이 시절인지라 대목장에 거래할 물건이 별로 없었다.

거세게 불어쌓는 강바람이 우우 함성을 지르며 몰려다니면서 장꾼들이 쳐놓은 차일을 요란하게 흔들거나 흙먼지를 감아올려 행패를 부리는 통에, 장 보러 오는 사람마다 그 바람에 쫓겨 종종종 잰걸음을 놓았다. 창우가 벌여놓은 좌판은 제수품과는 상관없는 것이어서 기웃거리는 손님도 없었다. 건너편 어물전에서 지푸라기로 아가미를 꿴 동태며 조기 묶음을 이리저리 들었다 놓았다 하는 두루마기 입은 노인의 모습을 하릴없이 바라보며 창우는 종이를 말아 문 담배를 뻑뻑 빨아댔다. 불편한 심기가 드러나고 있었다. 저 노인은 분명 제상에 올릴 어적용 생선을 고르고 있을 것이었다.

불화

다들 끼니도 어려운 시절에 저렇게 조상 모시기에 정성을 들이는데, 예수 귀신에 단단히 씌운 화서의 행티는 생각할수록 괘씸한 것이었다. 자식들도 다 예수쟁이로 만들더니 며느리조차도 예수쟁이를 들이는 바람에 집에서 창우 편은 아무도 없었다.

그러니 제사 때마다 집안이 조용할 날이 없었다. 창우가 제수품을 봐 오면 화서는 마지못해 음식을 장만하고 제상을 차려주기는 했다. 하지만 식구들의 냉담 속에 기제사며 차례며 늘 창우 혼자 절하고 마는 것이어서 그 뒤풀이로 한바탕 소동이 벌어지는, 그야말로 제삿날이 되어버렸다. 이러다 내가 죽으면 제삿밥 얻어먹기 글렀다는 생각에 이르면 부인이고 자식들이고 간에 노여움이 부글부글 끓어 올라왔다.

그뿐만이 아니었다. 화서는 재호가 끌려간 후 소학교에 갓 들어간 고명딸 숙이를 창우 방에 들여보냈다. 숙이에게 창우의 자리를 깔아주고, 요강도 비우게 하고, 잔수발을 들게 하면서 창우의 윗목에서 자라고 이르고는 아예 건넌방으로 옮겨 애들과 같이 지내는 것이었다.

어쩌면 기제사보다도 이런 화서의 태도가 창우의 화를 더 돋우는 진짜 이유인지도 몰랐다. 아무리 아들이 징용으로 끌려갔다 해도 창우의 나이가 아직 사십이 되려면 두 해나 남았는데 지나치다는 생각이 들었다. 어디 창우네 집만 그런 것도 아니고 한 집 건너 한 집이 다 그런 횡액을 당하고 사는데, 화서처럼 유별나게 구는 집은 들어보지도 못한 그로서는, 화서가 잠자리를 거부하고 있는 것에 불만이 컸다. 더구나 이 일은 밖에 드러낼 수도 없는 부부 사이의 은밀한 일이라 그는 다른 핑계를 내세워 식구들을 괴롭혔다. 장에 갔다 와서 늦은 밥상을 물리면 자식들을 불러 무릎 꿇리고 온종일 품었던 분노를 풀어놓기 시작했다.

창우는 자식들 앞에서 자식들보다는 언제나 화서를 나무랐다. 예컨대 여편네가 제사 모시는 것은 결사반대하면서, 재호가 끌려가는 것도 막지 못한 예수 귀신은 새벽부터 지성으로 섬기더니 꼴좋다는 비아냥을 쏟아냈다. 그러면 건넛방에서 듣고 있던 화서가 참지 못하고 기어이 대거리를 해댔다. 옳다구나 기다리고 있던 창우의 언성이 높아지기 시작하고 화서의 머리채가 한 줌이나 빠지고 나서야 싸움이 끝나는 날도 적지 않았다.

화서는 며느리 앞에서 이런 무참한 꼴을 당하는 게 심히 민망했지만, 창우가 재호를 건드리는 순간 화서답지 않게 참아내지 못했다. 화서는 재호가 끌려간 후 제정신이 아니었다. 길을 걷다가도 울컥 눈물이 쏟아졌다. 한 그릇의 밥을 앞에 두고도 흐르는 눈물은 마를 새가 없어 눈언저리가 다 짓물렀다. 그런데도 창우는 잠자리를 원했다. 재호를 자식으로 연민한다면, 그리고 화서의 고통에 조금이라도 공감한다면 도저히 있을 수 없다는 생각에 창우가 무슨 짐승처럼 역겨웠다. 그 요구를 어떻게 대처할까, 오래 생각한 끝에 숙이를 창우 방에 들여보내 시중을 들게 한 것이다.

오라버니의 몽둥이 앞에 다리가 부러졌을 때의 고통은 몸뚱어리가 아픈 것이어서 흐르는 시간과 함께 아물었지만, 자식을 사지로 보낸 고통은 빗물에 젖어 드는 짚 더미처럼 안으로, 안으로 깊숙이 넓게, 미치지 않는 곳이 없었다. 그 어리디어린 것이 어디로 끌려갔는지도 몰랐지만 어디가 됐든 중노동을 어떻게 감당하고 있단 말인가. 매일 매시간 속이 바싹 타들어가 뱉어내는 호흡마다 뜨거웠고 꿈자리조차 사나워, 자다가도 벌떡 일어나 안절부절 정신이 아득하여 질정(質定)이 없었다.

화서의 고통

이 극단의 시련 앞에서 가족 간에 서로 보듬고 슬픔을 나누어도 참아내기 힘들 터인데 창우는 어리석게도 화서를 공격하는 빌미로 삼고 있었다. 내가 과연 사람들을 만나고 웃으며 살 수 있을까? 밥이 맛있다며 배불리 먹을 수 있을까? 불가능한 일이었다.

화서는 오로지 하나님에게 매달려 재호를 살려달라고 애원했다. 이때만큼 보이지 않는 분이 야속하고 답답할 때가 있었던가. 치밀어 오는 원망을 제어하기가 힘들었다.

'왜 하필 나에게?'

화서는 이 고통을 승복할 수 없어서 그분과 안간힘으로 씨름하느라 교회의 마룻바닥이 차가운 것도 몰랐고 추위 속에 땀을 흘리는 날이 많아졌다. 그 한마디가 꼭 듣고 싶었다. 참고 기다리면 재호는 살아서 돌아온다고.

그러나 화서가 그토록 그분에게 절통한 어미의 심정을 쏟아내는데도 어떤 응답도 없었고 어떤 조짐도 없었다. 살아 있다는 편지 한 장이 그렇게 절실했을까. 남양군도일까, 아니면 사할린일까? 혹시 북해도에 충청도 사람이 많이 끌려갔다는데 거기는 아닐까?

화서는 글 모르는 여인들이 가슴 시린 사연을 들고 찾아와 눈물지으면 번번이 그네들의 고통에 공감하고 같이 눈물로 편지를 읽어주거나 대필해준 까닭으로 삶의 질곡에 내해 누구보다 잘 이해한다고 생각하고 있었다. 그러나 그게 아니었다. 남의 고통은 남의 고통일 뿐이었다. 너의 고통이 내 것이 될 수 없었다. 그것이 고통의 민얼굴이었다.

최근 일제가 하는 짓은 단말마적 발악이어서 지금이 바로 가파른 역사의 고비라는 확신을 가져보기도 했다. 하지만 어떤 날은 또 까닭 없는 불안이 찾아오는 터라 스스로도 종잡을 수가 없었다. 그러나 그런 날들이 켜켜이 쌓여 화서의 가슴속에 어떤 줄기가 점점 형체를 띠며 자라고 있었다.

그전에는 그분에게 간절히 기도하면 그 응답이 손에 쥐어질 것이라는 기복의 신앙이었다면, 이제 고통의 절대성 앞에 인간이 얼마나 가련하고 나약한 존재인지를 통렬히 깨닫는 한편 기복을 넘어 보이지 않은 분에 대한 신앙의 깊이가 칡뿌리처럼 마음 깊은 곳까지 뻗어 가고 있었다. 보이지 않는 분을 섬기고 예배하는 대상이 아니라 인격으로 만나고 인격 앞에서 고통을 토로하고 위로받는 사랑의 관계를 시작하게 된 것이다. 그것은 반드시 고통이라는 험한 관문을 거쳐야만 가능한 것이었다. 비로소 '보이지 않으나 계신 분'이라는 확신을 얻게 된 것이다.

괸돌교회의 화재

화서를 창우와 맺어준 언니 진실은 약속대로 교회에 출석하기 시작했다. 괸돌교회는 그 출발이 손씨 문중의 재력에 의지했는데 100호가 넘는 괸돌마을의 최대 문중인 송씨 가문으로부터 철저한 견제와 배척을 받았다. 그 탓에 송씨 집안사람들은 아무도 교회에 출석하지 않았다. 20여 호밖에 되지 않는 손 씨들이 동네 한복판 가장 높은 곳에 보란 듯이 예배당을 세움으로써 대놓고 위세를 떠는 것처럼 생각되어 볼 때마다 심사가 꼬였다. 그들은 예배당을 손가당(孫家堂)이라 부르며 그 앞을 애써 피해 다녔다.

언니 진실의 시댁이 바로 그 송씨 가문이었다. 진실이 아들과 함께 예배당에 출석했을 때 송씨 가문은 분노하였다. '족보에서 파적하겠다', '제사를 지내지 않으니 재산을 몰수하겠다', '누구도 농사일에 품앗이를 금하겠다' 등의 말로 진실을 핍박했다. 그러나 한번 마음먹은 진실은 이름처럼 진실하여 흔들리지 않았다. 진실은 아들 하나를 얻고 일찍 과부가 된 상태였다. 문중의 핍박은 그녀가 감내하기 어려운 현실적인 위협이었지만, 그것을 참고 견딤으로 극복해나갔다. 결국에는 점차 씨족 간의 갈등이 봉합되어 송씨 집안에서도 교회에 출석하는 이가 늘어가기 시작했다.

그러나 언제나 좋은 일만 있었던 것은 아니다. 화서의 또 다른 정신적 지주였던 나씨 할머니가 108세의 일기로 세상을 떴고, 교회가 방화로 전소되는 사건이 있었다. 손 씨들에 대한 반감이 교회로 쏠린 송 씨 하나가, 부흥회를 열어 동네를 시끄럽게 한다는 이유로 술의 힘을 빌려 교회 초가 지붕에 불을 댕겼다. 겨울철 건조한 날씨와 강한 바람은 불을 순식간에 키워 손쓸 겨를도 없이 교회를 삼켰다. 늘어나는 교인을 수용하기 위해 교회를 신축하려고 애써 구입한 목재 300본도 숯덩이가 되었다.

그 와중에도 누군가가 뛰어들어 강대상 등의 집기와 풍금 등의 악기를 밖으로 밀어내고 굴리며 튀어나왔다. 이 악기들은 괸돌교회 설립자 손철래의 증손자 손의정이 교회에 헌물한 것이었다. 1933년에는 풍금을, 1937년에는 오보에, 클라리넷, 트럼펫, 트롬본, 튜바, 큰북, 작은북 등 일습을 헌물했다. 의정은 클라리넷과 아코디언을 익혀 여가를 즐기던 음악애호가였다. 그는 이 악기에 맞춰 취주악대를 구성하기 위해 사람들을 모았다. 기껏해야 버들피리, 보리피리나 불던 사람들에게 가지런한 키를 가진 목관악기며 황금빛으로 번쩍거리는 금관악기는 한눈에도 감탄이 절로 나올 정도였고 입소문을 타고 지망자가 쇄도했다.

이들은 이 정밀한 악기를 만든 사람들이 사는 나라에 대한 환상을 가지지 않을 수 없었다. 그것은 남대문보다 열 배나 큰 집을 지을 줄 알고, 천등산보다 큰 군함도 만들어 대포를 쏘면 몇십 리를 날아가 성곽을 한 방에 날려 버리는 코쟁이 나라에 대한 동경이었다.

의정은 악기들을 원하는 사람에게 연습시키는 과정에서 타고난 재능을 가진 이가 의외로 많다는 사실을 알고 내심 놀랐다. 그들의 악기에 대한 적응력을 보면서 의정은 그들이 소작농이라며 은연중 만만하게 본 자신을 부끄러워했다. 그는 악기를 만든 이들의 재능이나 그 악기를 연주할 줄 아는 이 모두 거슬러 올라가면 그 근원은 하나님에게 있다고 생각하면서 열심히 그들을 지도해나갔다. 당시는 도시에서조차 풍금을 갖춘 교회가 드물 때라 의정의 음악에 대한 열정이 일으킨 일치고는 전국적으로도 획기적인 일이 아닐 수 없었다.

괸돌교회 취주악단은 일요일이 되면 쿵쿵 울리는 북소리에 맞춰 나팔 불고 피리 불며 천당리와 지석리 일대를 한 바퀴 돌고 예배당으로 향했는데, 악대 뒤로 코흘리개들이 줄을 이어 따라가는 진풍경을 연출하기도 했다. 매주 예배당은 꽉 찼고 어린이를 위한 주일학교는 그들의 노랫소리로 시끌벅적했다. 면내의 행사나 소학교 운동회 때는 그 악단을 초청하는 것이 관례로 자리 잡기도 했다.

화재는 교회 건물뿐 아니라 교인들까지 삼켜버렸다. 순사가 방화혐의자를 찾는 과정에 송씨 문중의 누군가가 거꾸로 진실의 외아들 송일섭을 방화자로 밀고한 것이다. 문중의 배신자로 낙인찍어 어디 두고 보자는 앙심이 벌인 터무니 없는 모함이었다. 일섭은 주재소에 연행되어 고문까지 당했다. 하지만 없는 죄가 억지로 만들어질 수는 없었다.

신앙의 깊이

잠류하고 있던 양 가문 사이의 알력이 빚어낸 참사의 피해는 고스란히 교회 몫으로 돌아왔다. 괸돌교회가 멀어 복금교회가 분립하면서 그쪽에 가까운 교인들이 다 빠져나갔다. 게다가 신사참배 문제로 교인들의 마음에 상처를 입는 일까지 겹쳐 하나둘 교회를 멀리하였다. 나 외에 다른 신을 섬기지 말라는 제일 계명을 그렇게 강조하던 목사들이 자발적으로 부여 신궁 건립 현장에 근로봉사를 하질 않나, 징병과 학병의 출정 독려를 하질 않나, 이렇게 저렇게 일제의 위협에 굴복한 목사들의 흉흉한 소문이 돌 때마다 예배당의 빈자리는 커져만 갔다. 젊은이들은 젊은이들대로 징용으로 징병으로 강제 위안부로 끌려가 교회는 겨우 열 명도 안 되는 사람만이 신앙의 절조를 지키느라 전전긍긍했다.

하지만 그중에는 화서와 언니 진실이 있었다. 진실은 일섭을 끝내 조선 신학교에 입학시켜 목사로 만들었다. 그러고 보면 화서나 진실이나 한번 결심하면 물러섬이 없다는 점에서 집안 내력이라고 봐야 할 것이다. 화서는 나씨 할머니가 세상을 뜬 후, 고인의 유지인 성스러운 종지기 역할을 충실하게 이어나갔다. 때가 되면 어김없이 줄을 잡아당겨 '땡그랑!, 땡그랑!' 종을 울렸다.

하늘이 처음 열리고 물이 모여 바다가 되고 땅이 솟아 산이 되고 충화 땅에 괸돌이 놓였을 때도 이런 종소리는 들리지 않았다. 소학교조차 땡땡 학교 종이 울리기 한참 전에 괸돌의 큰뜸 뒷메에 높이 매달려 울려 퍼진 첫 종소리는 변함없이 사람들은 물론 귀 있는 마소며 노루며 토끼에게도 하늘의 평화를 흩뿌려주었다.

화서는 재호가 하던 말을 떠올리지 않고 종을 쳐본 일이 한 번도 없었다.

"엄니, 종소리가 꼭 '천당! 천당!' 허구 울리는 그 같어유!"

'그래, 재호야! 이 종소리는 니 말대로 백 마디 설교보다 단박에 천국의 비밀을 깨우쳐주는구나. 니가 있는 곳을 어미는 알 수 없어 속이 터진다만 그곳이 어디든, 슬픔도 이별도 고통도 없는 천당의 영토가 임하기를, 그리하여 너와 내가 이 종을 같이 울리는 날이 속히 오기를, 이 어미는 사무치는 마음으로 종을 치고 있난다.'

13. 천사 다마코

등에 업혀 요사까지 오는 동안 재호는 제정신이 아니었다. 참을 수 있다면 그건 아픔도 아니었다. 시뻘건 인두로 지져대듯 통증이 몰아칠 때마다 재호는 선불 맞은 짐승처럼 울부짖었다. 이케다가 놀라 뛰쳐나오는 것이 가물가물 몽롱한 의식 속에서 보였다가 이내 흐려졌다. 누군가 재호의 이름을 다급하게 부르며 몸을 흔드는 바람에 억지로 눈을 떠보니 이케다였다.

현장에는 응급치료 약이 하나도 없었다. 끌려온 지 여덟 달이 지나는 동안 중노동을 이기지 못하고 다친 사람이나 병난 사람은 많았지만, 치료를 받거나 약을 타 먹은 경우는 한 번도 없었다. 감독들은 징용 노동자들을 사람으로 보지 않고 일하는 마소처럼 취급했다.

맞아 죽은 다케다처럼, 재호 역시 아무 치료도 받지 못하고 앓다가 죽을 판이었다. 하지만 그렇게 죽을 수는 없었다. 재호는 노역이 너무 고통스러운 나머지 이러한 삶이 영원히 계속될까 두려워, 차라리 죽음이 그를 데려갔으면 하고 바랐다. 그러나 정작 다치고 난 뒤에는 다케다처럼 자기 삶이 끝날 수도 있겠다는 생각이 들었다. 그것은 너무나 억울한 일이었다. 반드시 살아남아 어머니를 만나야 한다는 일념으로 통증이 몰려올 때마다 어머니를 소리쳐 부르며 울부짖었다.

부러진 팔은 계속해서 부어올랐고 머리는 머리대로 통증이 극심했다.

그런데도 어떤 방도가 없다는 것 자체가 그렇게 두렵고 절망스러울 수가 없었다. 이케다와 서사만이 지켜 서서 근심스러운 표정으로 내려다볼 뿐, 속수무책이었다.

치료소 이송

이케다는 재호를 살릴 수만 있다면 어떤 일이라도 해볼 요량이었다. 서사를 강권하여 요장 숙소로 몇 번이고 들여보냈으나 무슨 시원한 답을 듣지 못하고 돌아오기 일쑤였다. 그는 다른 환자한테도 그랬듯이 이번에도 코빼기조차 내비치지 않았다. 일 나간 동료들이 어두워져서야 숙소로 돌아와 너나없이 재호를 둘러싸고 걱정했지만 달리 방도가 없기는 마찬가지였다.

재호가 이를 악물고 몸부림치고 있는데 문이 벌컥 열리고 이케다가 희색이 가득한 얼굴로 뛰어 들어오며 외쳤다.

"재호야, 됐다, 됐어. 아까부터 미쓰모리 서사와 함께 요장헌티 너를 병원에 보내 달라고 사정사정혔단다. 처음에는 냉담허게 거절허더니 내가 무릎까지 꿇고 매달리니깨 마지못혀 이시이 감독을 불러 니얄 썰매 마차를 보내라구 지시허더라. 심들겠지만 니얄 썰매가 올 때꺼정 참구 견디자, 재호야!"

이케다는 자기 일처럼 기뻐했다. 재호는 그 무도한 놈들이 과연 자신을 위해 썰매를 보내줄까 반신반의하면서 잠시도 그를 가만두지 않는 통증에 이를 악물고 버티면서 긴 밤을 지새웠다.

이튿날 아침 성날 썰매가 도착했다. 이케다의 정성이 철벽같은 요장을 움직인 것이다. 그가 재호를 조심스레 안아 들어 썰매에 앉히고는 이불을 가져다 몸을 싸매주며 어서 가라고 손짓했다. 썰매가 눈 위를 미끄러지며 속력을 내자 예리한 바람이 이불자락을 파고들어 부러진 팔을 마구 찔러

대는 통에 신음이 절로 나왔다. 이케다가 이불이라도 챙겨주지 않았더라면 그 고통을 참아낼 수 있었을까? 생각할수록 그는 재호의 든든한 의지처였다.

썰매가 도착한 곳은 시모가와 광업소 본부였다. 처음 재호가 이곳에 올때 전등 불빛으로 보았던 그 건물이었다. 마부는 재호를 데리고 사무실로 들어가 나이 먹은 직원에게 인계하고는 어디론가 사라졌다.

재호는 직원을 따라 치료소에 들어갔다. 그 안에는 재호 집 대청에 있던 것보다 작아 보이는 약장과 간단한 의료기구장이 놓여 있고, 간호부로 보이는 여자 둘이 그곳을 지키고 있을 뿐, 의사 같은 사람은 보이지 않았다. 직원과 재호가 들어서자, 여자 둘이 의자에서 일어섰다. 직원은 재호가 팔이 부러져 왔다는 말을 건성으로 건네고 바쁘다는 듯 제 사무실로 가버렸다.

소녀같이 어리게 보이는 간호부가 조심스럽게 재호의 윗옷을 벗기고는 퉁퉁 부어오른 팔을 보며 혀를 찼다. 나이 들어 보이는 간호부가 다가와 얼굴을 한껏 찌푸리더니 부은 곳을 거칠게 쿡쿡 누르는 통에 재호는 저도 모르게 으악, 으악 신음을 터트렸다.

이 여자의 처방은 아주 간단명료했다. 옥도정기를 상처 부위에 발라주라는 것이었다. 재호가 부어터진 머리의 상처도 보여주었더니 역시 대수롭지 않다는 듯이 같은 처방을 내렸다. 화서도 재호가 어디 다치거나 하면 자극적인 냄새가 톡 쏘는 옥도정기를 발라주곤 해서 익숙한 약이었다. 약을 바른 다음, 두 여자는 다친 팔이 움직이지 못하도록 고정 목을 마주 대고 붕대로 친친 감아 싸매었다.

나이 먹은 간호부가 자기 테이블로 갔다. 소녀가 재호의 윗옷을 들어 부러진 왼쪽 팔은 놔두고 오른쪽 팔에만 옷소매를 넣고는, 그 하얗고 조그만 손길로 마치 어머니가 어린 자식의 옷을 입히듯 하나둘 단추를 채워나갔다. 재호는 시선을 어디로 두어야 할지 몰라 계면쩍어했다.

소녀가 난로 위 주전자를 들어 뜨거운 물을 컵에 반절쯤 따라 나무 쟁반

위에 올려놓았다. 컵에서 얇은 김이 피어오르다가 흩어졌다. 그리고 찬물이 들어 있는 작은 주전자를 가져와 마시기 적당한 온도로 컵의 나머지를 채우고 약 한 봉지와 함께 가져왔다.

재호는 광산의 검붉은 물이 아니라 쟁반에 받쳐진 맑고 따뜻한 물 한 잔을 앞에 놓고, 난로에서 하얀 김을 솔솔 내뿜는 주전자며 똑딱거리는 벽시계며 간호부가 책상 앞에 앉아 눈부시게 청결한 하얀 가운을 입고 일하는 모습을 보면서, 이렇게 훈훈하고 정갈한 곳이야말로 사람 사는 곳이라는 생각이 들어 목이 메었다. 문득 화서도 저렇게 맵시 나고 깔끔하게 접은 하얀 첩지에 지은 약을 몇 첩씩 포개 찾아온 동네 사람들에게 건네던 모습이 떠올랐다.

'엄니는 내가 이렇게 다친 것을 알면 월매나 놀래실까. 내가 홍역을 앓을 때두 눈을 떠보믄 원제나 근심 가득헌 얼굴루 지키 보구 기셨는디……. 보구 싶은 엄니!'

재호가 이런저런 생각을 하며 약봉지와 물을 물끄러미 바라보고 있자 소녀가 채근하는 것이었다.

"자, 어서 약을 먹어야지요. 먹고 나서 좀 기다리면 통증이 가라앉을 거예요. 나중에 부기가 빠지면 깁스를 해줄게요"

간호부 다마코

어린 간호부는 예쁘고 거기다 상냥하기 이를 데 없었다. 재호는 남자들 세계의 거친 말만 듣다가 오랜만에 듣는 소녀의 다정다감한 말에 가슴이 또 울컥해지는 것이었다.

"이렇게 친절허게 치료해 줘서 대단히 고마워유."

재호는 용기 내어 정중하게 감사의 말을 전했다.

"어머, 일본어를 잘하네요."

동그랗게 눈을 뜬 소녀의 상긋 웃는 얼굴에 볼우물이 움푹 파였다. 소년의 가슴속 그윽한 샘에도 똠방 영롱한 물 한 방울이 떨어지더니 파문이 여러 겹 동심원을 그리면서 번져가고 있었다.

'이릏게만 혀도 곧 나슬 것 같구먼유.'

꼭 하고 싶은 말이었으나 그것은 혀끝을 벗어나지 못하고 말았다. 정말 방치돼 죽을 날만 기다릴 줄 알았는데 이케다 덕으로 치료소에 오니 벌써 살 것 같았다. 재호는 아마도 이곳 치료소에 온 최초의 징용자였을 것이다.

재호와 일본 말로 의사소통이 가능한 걸 안 소녀는 마치 오랜 친구를 대하듯 스스럼없이 말을 붙였다.

"이곳에는 언제 왔어요?"

소학교 동창인 아랫집 수란이하고도 문 앞에서 마주치면 모르는 척 비켜 가야 했던 조선의 풍습과 달리 거리낌 없이 다가오며 건네는 소녀의 물음 앞에서 재호는 어찌할 바를 모르고 있었다.

"지난해 6월……."

"어머나, 그래요……? 가족들이 몹시 보고 싶겠네요?"

그녀의 표정이 싹 바뀌더니 애처로워 못 견디겠다는 듯 울상이 되었다.

"……."

재호는 고개만 살짝 두 번을 끄덕이는 것으로 대답을 대신했다. 재호는 곧 눈물이라도 쏟을 것 같은 소녀의 이 한마디 앞에서 아픈 팔의 고통도 잊어버렸고 그 험한 여덟 달의 고통을 다 보상받고 있다는 기분이 들었다.

"내 이름은 다마코(玉子)예요. 저기 저분은 기쿠코(菊子)이고요. 이름이 뭐예요?"

"예, 이케다유."

현장에서 감독들은 모두 이름을 빼고 성(姓)만 불렀기 때문에 재호도 이케다라고 대답한 것이다. 그러나 여기 치료소의 여자들에게는 성이 아니라 이름을 부르는 것으로 보아 이 나라의 습속인 것으로 짐작됐다. 치료를 마치자 다마코는 재호가 당분간 거처할 숙소로 안내해주었다. 아담한 6첩 다다미방은 너무 깨끗하여 비 맞은 수탉처럼 추레한 거지꼴의 재호가 들어가도 되나 잠시 주저하는 마음이 생겼다. 그리고 이런 생각을 해야 하는 자신의 처지가 슬퍼졌다. 방 가운데에 주물로 된 석탄 난로가 피어 있어 실내가 안온하고 따뜻했다. 작업장의 거처와 비교하면 그곳은 천국이었다.

"이 방은 우리 치료소에서 사용하는 곳이니까 치료받을 동안 마음 놓고 쓰도록 해요. 좀 누워서 상처를 안정시키는 게 좋아요."

그녀가 돌아간 후 재호는 난로 앞에 앉아 방 안을 이리저리 둘러보았다. 복도 쪽으로는 전면이 일식 미닫이여서 창호지를 투과한 부드러운 햇빛이 방 안에 가득했다. 작업장에 뜬 해는 추위에 얼어붙었는지 사위어가는 잔불처럼 맥을 못 추었다. 그러나 이 방 안에는 깊숙이 어디라 할 것 없이 따사로운 온기를 전해주었다. 햇살조차 헐벗은 노동자들을 차별한다는 생각이 들게 했다. 그 방을 혼자 독차지하고 있다니 꿈인지 생시인지 믿기지 않았다.

그곳에는 웬일인지 환자용 이불이 없었다. 그렇다면 여태 재호처럼 입원하는 환자가 없었다는 얘긴가? 이케다가 둘러주었던 이불이 냄새나고 때가 절어 간호부 앞에서 내심 부끄러웠지만, '이 이불이나마 없었다면 어쨌을까?' 생각하며 성한 손으로 이불을 펼쳐 반으로 접어 한 자락은 바닥에 깔고 다른 자락으로 몸을 덮으며 조심스레 누웠다. 편안했다. 어느결에 그렇게 괴롭히던 통증이 잦아들고 있었다. 진통제의 약효가 나는 모양이었다.

어느새 재호는 다마코의 슬픈 눈동자와 움푹 팬 볼우물을 떠올리고 있었다. 일본인이라 해서 다 나쁜 사람만 있는 것이 아니라 뚱보 히라노와 다마코 같은 사람도 있다. 히라노는 근본적으로 바탕이 선한 사람이지만 다

른 감독들과 함께 다케다 취사반장을 몽둥이질한 사람이었다. 그의 처지에
서는 선택의 여지가 없었을 것이라고 이해는 하면서도 한동안 그와 마주치
는 게 불편했다. 그도 어쩔 수 없는 일본인이라는 생각이 들어서였다.

일상을 살아가는 히라노와 조직 안에서의 히라노는 같을 수가 없다. 다
마코라고 예외일 수 있을까? 아마도 마찬가지일 것이다. 구조 안에서 개인
은 본심과는 반대로 가더라도 구조의 틀을 따를 수밖에 없다. 반대로 폭력
적이고 이기심으로 가득 차 모두의 행복을 깨트리는 사람도 그 구조가 이
를 용납하지 않으면 어쩔 수 없이 순응할 수밖에 없을 것이다. 그게 사회적
인간의 한계다. 선한 사람들이 선한 마음을 가지고 살 수 없는 세상, 내부
에 억눌려 있던 인간의 악마성을 억지로 끄집어내어 지옥으로 바꾼 세상,
바로 일제가 만든 세상이었다.

감귤 두 개

재호는 쉬 잠들지 못하고 천장을 바라보며 이런저런 생각에 잠겨 있었
다. 그때 사람 그림자가 미닫이문에 비치더니 노크 소리와 함께 문이 열리
면서 다마코가 들어왔다.

"어때요, 덜 아프지요?"

그녀는 눈웃음을 담뿍 지으며 물었다. 그 웃음 앞에서 누군들 어찌 아니
라고 대답할 수 있을까.

"아, 아픈 느낌이 별루 없는디유."

재호는 환자지만 누워있기가 뭐해서 몸을 일으키며 대답했다.

"어쩌다가 이렇게 다쳤어요?"

소녀가 재호의 팔을 들여다보며 물었다.

"발이 얼어서 감각을 잃은 상태루 목도를 메구서 높은 곳을 오르다가

그만 미끄러져 막장 웅뎅이루 굴러떨어졌슈."

재호는 선생님의 질문에 손을 들고 답하는 소학교 학생처럼 대답하고 나서는 부끄러운 마음이 들었다. 좀 더 어른스럽게 대답해야 했다는 낭패감이 들었다.

"아, 그래요. 큰일 날 뻔했어요. 그만하기 다행이지 뭐예요. 정말 다행이네요. 팔목의 골절은 깁스만 하면 잘 낫지만, 머리를 심하게 다쳤거나 척추 같은 데를 다쳤더라면 어쩔 뻔했어요?"

그러면서 흰 가운의 주머니에서 감귤 두 개를 꺼냈다.

"심심할 것 같아서 말동무해 주려고 한가한 틈을 타서 왔어요. 조선에서도 이런 귤이 나오나요?"

그녀는 귤을 까면서 말을 이어갔다. 재호는 방안에 상큼하게 퍼지는 귤 향내를 맡으며 다마코가 다행이란 말을 두 번씩이나 강조한 것을 생각하느라 바로 대답을 못 했다.

"아……, 아녀유. 귤은 즌여 안 나쥬."

"그래요? 그러면 조선은 이 귤이 귀한 것이겠네요?"

"그르믄유. 매우 귀한 것이지유. 귤뿐맨이 아니라 조선서는 뭐시든 다 귀하쥬."

어느 틈에 다마코와 대화가 익숙해졌다.

"그래요. 빨리 전쟁이 끝나야 할 텐데……. 모두 지쳤어요."

그녀의 표정이 쓸쓸한 낯빛으로 바뀌고 있었다. 그러더니 껍질을 벗긴 귤 한 쪽을 떼어 재호의 입에 넣어주려 했다. 순간, 재호는 너무나 놀라 저도 모르게 고개를 뒤로 젖히며 입을 외로 돌리고 말았다. 재호의 얼굴이 화끈 달아올랐다. 재호는 지금껏 제 또래의 이성과 단둘이 있어 본 적도, 말을 걸어 본 적도 없었기에 저도 모르게 그런 행동이 튀어나온 것이었다. 재호의 이런 모습에 다마코도 무안했던지 얼굴을 붉혔다. 잠시 둘 사이에 어색한 침묵이 흘렀다.

"놀라게 해서 미안해요. 당신은 한 손을 못 쓰기에 그런 것인데⋯⋯."

재호는 이 어색함 앞에서 어찌할 바를 몰라 마땅한 할 말을 찾지 못하고 있었다. 다마코는 평상심을 찾았는지 말을 이어갔다.

"당신은 환자고 나는 당신을 간호할 책임이 있어요. 당신이 만약에 두 손을 쓰지 못하는 환자라면 내가 밥을 떠먹여 줘야겠지요. 화장실도 못 가고 누워만 있어야 한다면 내가 대소변 처리도 해야 하고요."

다 맞는 말이었다. 재호는 환자고 그녀는 간호부이니까. 재호의 괜한 부끄러움으로 서로가 어색해졌던 것이다. 그러면서도 재호는 그런 다마코의 태도가 좋았다. 자신을 사람으로 인정하고 세심하게 배려해주는 그 마음이.

"난롯불이 약해지거든 석탄 한 삽 퍼 넣어요."

그녀가 일어나 나가면서 미소를 보이자 볼우물이 다시 움푹 팼다. 다마코가 나간 후에도 그녀의 모습이 떠나지질 않았다. 앳된 해맑은 얼굴에 샛별처럼 또렷한 검정 눈동자며, 오똑한 콧날에 그린 것 같은 눈썹에다 입술의 곡선이 귀여운 인형을 연상케 하는 소녀, 재호는 이 소녀의 얼굴을 그림으로 그리라면 그릴 것도 같았다.

다마코는 재호와 간호부의 신분으로 만났지만, 재호에게는 이성과의 첫 만남이어서 설레지 않을 수 없었다. 다마코는 다른 환자에게도 이렇게 친절을 베풀었을까? 그녀의 성품으로 보아 누구에게나 그랬을 것이지만 재호는 그렇게 단정 짓기가 싫었다. 나에게만 특별한 관심을 베풀어 주는 천사라고 생각하고 싶었다. 그것은 재호의 솔직한 심정이었다.

'밤새 통증으로 한숨도 자지 못하고 여기까지 오돌오돌 떨면서 왔다. 그러나 갑자기 찾아든 이 편안함은 어디서 오는 것일까? 따뜻한 난로와 햇빛이 가득한 정갈한 방이어서? 아니면 진통제의 약 기운으로? 아니야, 다마코의 따뜻한 배려 때문일지도 몰라. 일본 여인은 누구나 다 다마코처럼 이성 간에 스스럼이 지낼까? 아니면 간호부라는 직업의식으로? 조선에서는 여자가 다마코처럼 굴면 행실 나쁜 여자라는 소리를 듣기 십상인데⋯⋯.'

재호는 제1료에서 혹독한 겨울과 싸우는 동안 따뜻한 난로 곁에 누워 오로지 잠만 실컷 자고 싶다는 소원을 가졌었다. 그러나 그 소원하던 모든 것이 갖춰진 이곳에서 재호는 다마코의 생각으로 정작 잠 못 들고 있었다. 불행 중 다행이라더니 재호가 다치지 않았더라면, 그리고 이케다의 노력이 없었더라면, 그는 다마코도 만날 수 없었을 것이다. 다마코가 있는 이 치료소야말로 지치고 병든 재호에게 쉼을 주는 따스한 공간이었다. 그러나 간호부 기쿠코는 그렇지 않았다. 산루의 감독들이 재호를 바라보는 그 시선, 멸시로 가득 찬 냉엄한 눈초리였다.

문득 다마코가 까놓은 귤이 재호의 눈에 뜨였다. 샛노란 귤! 얼마나 귀한 것인가. 조선에서는 정말 보기도 힘든 과일이었다. 일제는 양력설이 되면 으레 학교에서 전교생을 모아놓고 신년식을 거행했고, 식이 끝나면 모찌라 부르는 찹쌀떡 두 개와 귤 두 개씩을 나누어 주었다. 재호는 그것들을 혼자 먹지 않고 반드시 집에 가져갔고 화서는 온 식구들에게 한쪽 씩 나누어주었다.

입에 넣고 깨물면 과육이 툭 터지며 입 안 가득 고이는 그 시원하고 달콤한 맛이라니. 바구니째 질리도록 먹어봤으면 원이 없겠다던 귤이 아닌가. 재호는 지리 시간에 조선처럼 일제의 식민지가 된 대만이 귤의 주산지라 배웠다. 일제는 조선에서 양곡을 수탈하듯 대만의 귤도 그렇게 빼앗아 먹고 있는지는 모르겠지만 이 먼 북방의 섬에서조차 귀한 줄 모르고 먹는 것 같았다. 귤 한 쪽을 집어 입에 넣으면서 다마코가 귤을 그의 입에 넣어주려던 모습이 떠올라 재호의 얼굴이 또 달아올랐다.

"빨리 전쟁이 끝나야 할 텐데……."

다마코의 말이 떠올랐다. 같은 말처럼 보이지만 일본 사람과 조선 사람에게는 전혀 다른 의미로 쓰이고 있었다. 다마코는 당연히 일본의 승리로, 재호는 일본의 패망으로 전쟁이 끝나기를 바라고 있었을 것이다. 같은 말에 다른 생각이라니, 다마코처럼 착하고 예쁜 사람이 왜 하필 일본 사람으로 태어났을까 하는 생각을 재호는 하지 않을 수 없었다.

귤 두 개를 순식간에 다 먹어 치우고 성한 오른손으로 귤껍질을 문질러 터트렸다. 그러자 노란 즙이 묻어나며 상쾌한 냄새가 짙게 배어 나왔다. 그 냄새에서 고향의 탱자나무가 떠올랐다. 귤처럼 생겼지만 너무 시고 쓰고 떫은, 먹음직스럽지만 먹을 수 없는 탱자. 재호네 집 대문을 열자마자 다섯 걸음도 채 되지 않은 곳에 고랑을 끼고 높은 탱자나무가 울울하게 둘리어 있었다. 매서운 가시 틈에 깃들어 살면서 늘 조잘거리던 참새 떼와 동글동글 많이도 달려 노랗게 익어가던 탱자 열매. 5월에 완연한 훈풍이 불어 잎보다 먼저 탱자꽃이 하얗게 무리 지어 피어나면 어디에서들 소식을 들었는지 노랑나비, 흰나비, 호랑나비가 몰려왔다. 그것들은 용케도 가시를 피해 이 꽃에서 저 꽃으로 생명의 씨앗을 전하느라 온종일 바쁘게 날았고, 어떤 나비는 꽃 향에 취해 날개를 모았다 폈다, 한참을 자지러지는 것이었다.

꿀벌처럼 염치없는 것들이 또 있을까. 잉잉거리고 날아다니다 이 꽃이다 싶으면 사정없이 머리를 처박고는 정신없이 꿀을 탐했다. 그 하얀 꽃들의 향기는 얼마나 고혹적인지 바람을 타고 집 마당까지 언뜻언뜻 스치면 소년의 어린 마음조차 싱숭생숭해지는 것이었다. 재호가 요시다에게 끌려오던 날도, 시들어 녹슨 꽃잎을 밀치고 손등의 사마귀만 하게 탱자 열매가 삐죽삐죽 고개를 내밀고 있었다. 일본이라는 나라가 독침처럼 무서운 탱자 가시라면 다마코는 그 틈에서 피어난 순백의 고혹한 탱자꽃 아닐까? 그 여리여리한 꽃잎이 하늘하늘 재호의 마음으로 떨어져 쌓이는 것이었다.

다마코의 호의

어느새 난롯불이 화력을 잃었다. 재호가 쇠 부지깽이로 난로 가운데를 후벼 파자 깊은 곳의 푸른 불꽃이 혀처럼 날름거렸다. 석탄 한 삽을 조심스레 퍼넣고 뚜껑을 덮었다. 싸한 석탄 냄새가 방 안으로 퍼졌다.

그때 노크 소리가 들렸다. 다마코가 미닫이를 반쯤 열고 얼굴과 가슴만 들이민 채 점심 먹으러 가자고 했다. 미소 가득한 얼굴에 어김없이 볼우물이 패었다. 재호는 아픈 팔을 오른손으로 떠받치며 일어나 그녀를 따라나섰다.

복도의 유리창 밖은 이동로를 겨우 확보하느라 눈을 수직으로 처마 높이까지 쳐내어 파란 하늘 외에는 아무것도 보이지 않았으나 그 설벽이 바람막이 역할을 대신한 덕분에 무척 아늑했다.

치료소와 사무실이 ㄱ자로 연결되는 부분에 식당이 있었고 그곳에서는 벌써 기쿠코가 광업소의 나이 든 직원들과 어울려 밥을 먹고 있었다. 젊은 남자들이 모두 전쟁에 나가고 없는 터라 남자라고는 다 나이 먹은 사람들뿐이었다.

"거기 앉아 있어요. 내가 밥을 타 올게요."

다마코가 주방 배식구로 가더니 양손에 쟁반 두 개를 받쳐 들고 와서는 하나는 재호 앞에, 하나는 맞은편에 놓고 앉았다. 쟁반에는 밥 한 공기와 미소시루(お味噌汁: 된장국), 백김치와 단무지가 있었다. 밥은 콩과 보리가 약간 섞인 쌀밥이었다.

곰팡이가 검게 돋아나 냄새가 코를 찌르는 광산의 네모진 나무 그릇이 아니라 오목하고 얇은 공기에 겉은 검은색, 안은 빨간색 옻칠을 한 그릇들이 참으로 정갈하고 고급스러워 재호는 황송한 마음이 들었다.

"식기 전에 어서 드세요."

넋을 놓고 쟁반을 들여다보던 재호는 그녀의 말에 수저를 들어 된장국을 떠먹었다. 재호의 혀가 깜짝 놀랐다. 삼시 세 끼 반찬도 없이 무 몇 쪽 썰어 넣고 소금만 넣은, 뭇국이라고도 할 수 없고 그냥 맹탕 소금국만 먹어온 재호의 혀가 놀라지 않을 수 없었다.

욕심 같아서는 세 공기, 네 공기도 부족할 지경이었으나 차마 더 달랠 수 없어 몹시 아쉬웠다. 그 친절한 다마코도 밥을 더 권하지 않는 것으로 보아 그녀 역시 배고픔을 모르는 일본인이었다. 식당을 둘러보니 치료소는 광업소 직원과 그의 가족들이 찾아와 가벼운 치료 정도나 받는 모양으로 한산했다.

다음 날 아침, 출근하기에는 이른 시간인데 다마코가 찾아왔다.

"어때요? 어젯밤은 편히 잘 수 있었지요?"

"예, 편안히 잘 잤슈."

다마코는 붕대를 풀어 재호 팔의 상태를 살펴보더니

"부기가 가라앉기 시작하는군요. 이 상태라면 일주일 안으로 깁스를 할 수 있겠어요."

다마코는 자기가 한 일이 자랑스러워 못 견디겠다는 표정을 지으며 붕대를 다시 쫀쫀하게 감아주고는 재호에게 바짝 다가서더니 하지 않아도 될 일을 하는 것이었다.

그녀의 하얀 가운에 대비되는 재호의 검정 작업복은 넝마를 재생해 만든 옷으로 바느질도 엉성했다. 무엇보다 낡고 후줄근한 데다 지나치게 헐렁하여 재호를 걸어 다니는 허수아비로 만들었다. 그런 모습이 다마코 앞에서 부끄럽게 만들고 자신을 잃게 했다. 그런 재호의 구겨진 작업복 옷깃을 일일이 매만져 주느라 그녀의 얼굴이 한 뼘도 안 되게 가까워졌다. 그녀의 몸에서 갓 벤 풀냄새가 났다.

"아침 식사하러 가요. 원래 아침밥은 안 해주는데 내가 취사장 반장한테 특별히 부탁해놨어요."

말하는 대로 그녀의 입김이 재호의 들숨과 함께 콧속으로 들어왔다. 순간 몸 안의 모든 촉수가 그 냄새를 깊게 흡입하느라 떨고 있었지만, 재호는 애써 태연한 척 시선을 다마코의 어깨너머 벽에 둘 뿐이었다. 그래도 뭐라도 고마움을 표해야 할 것 같았다.

"다마짱, 정말 고마워유."

겨우 말하고는 얼굴을 붉혔다. 어머니와 형수 말고는 이 세상에서 재호가 처음 접촉한 여자 다마코. 그녀는 상처 부위의 붕대를 바꾸고 약을 발라주는 일 말고도 짬만 나면 재호 방에 들러 말동무를 해주었고 끼니때가 되면 어김없이 밥을 챙겨 마주 앉아 밥을 먹었다. 그녀는 재호가 여기까지 온 경위와 작업장에서 하는 일 등을 궁금해했다. 재호는 다마코를 곤란하게 하고 싶지 않아, 될 수 있는 한 민족 간 반목의 정서를 에둘러서 이야기를 풀어갔다.

　　그녀는 광산노동자들이 돈을 벌기 위해 자발적으로 이 먼 홋카이도로 온 것인 줄 알고 있었을 뿐, 일본인들이 얼마나 극악하게 조선인을 괴롭히는 줄은 전혀 모르고 있었다. 그러나 이제 소학교를 갓 졸업한 재호가 납치당하다시피 끌려온 사실을 알고는 충격을 받은 것 같았다. 어느 날 다마코는 재호에게 정색하며 말을 꺼냈다.

　　"나는 그동안 광업소 근무를 하면서도 전혀 몰랐는데 이번에 재호 상을 만나고 나서 많이 놀랐어요. 우리 일본이 안타처럼 연약한 소년까지 강제로 끌고 와 위험한 중노동을 시키는 짓은 정말 사람이라면 할 수 없는 일이라고 생각해요. 내가 안타처럼 부모도 모르게 타국으로 끌려가 몸을 다친다는 상상만 해도 기가 막혀요. 이건 분명 일본이 너무나 잘못하는 일이에요. 내가 일본을 대신해서 안타에게 사과하고 싶어요! 내가 할 수 있는 일이 있다면 기꺼이 안타를 돕고 싶어요."

　　어느덧 다마코는 재호를 안타(あんた: '너'라는 뜻의 이인칭)라 부르고 있었다. 다마코는 재호가 소학교 교사를 비롯하여 지금까지 겪어본 일본인에게는 없는 균형 잡힌 판단력을 가지고 있었다. 재호는 일본인에게 한 번도 이런 말을 들어본 기억이 없었다. 일본인이라도 제 양심에 따라 당시의 징용정책을 잘못됐다고 비판하는 순간 그 사람은 비국민으로 일본 사회에서 매장당할 수밖에 없는 상황이었다.

　　다마코는 재호를 통해 우연히 나이 어린 징용자의 비참한 실상을 알게 되었고 내면의 양심이 가리키는 방향을 바라본 사람이었다. 재호가 만약 다마코였다면 과연 그녀와 같은 분별력을 가질 수 있었을까? 다른 일본인들처럼 천황폐하의 적자로서 위대한 일본인임을 자랑스럽게 생각하지나 않았을까?

● 다마코와 이별

다마코의 헌신으로 부기는 많이 가라앉았다. 물론 조그만 충격에도 몹시 아파 눈물이 쏙쏙 빠질 지경이었지만 처음 다쳤을 때만큼의 몸서리치는 고통은 없었다. 재호가 치료소에 온 지 6일 만에 다마코의 도움을 받으며 기쿠코는 깁스 작업을 어렵지 않게 마칠 수 있었다.

"깁스하느라 팔을 많이 건드려서 잠시 아플 거예요. 다행히 뼈가 어긋나지 않아 이대로 접골만 잘되면 괜찮아요."

다마코는 그 말을 하면서 평소와는 다른 어두운 얼굴을 했다. 재호는 뭔가 달라진 다마코의 태도를 의식하면서도 그녀에게 무슨 일이 있나 보다, 애써 모르는 척했다.

"안타……."

다마코는 재호를 불러 놓고는 거의 울상으로 뜸을 들이다 청천벽력 같은 말을 했다.

"오늘 오후에 산루광산으로 돌아가게 될 거예요. 썰매를 준비하라는 지시가 내려졌거든요."

재호는 망치로 얻어맞은 듯 놀라 얼어붙고 말았다. 요동치는 마음을 애써 다스리려 했으나 그게 몹시 어려웠다. 의연한 척 마음과 다른 말을 겨우 꺼냈다. 그래야 할 것 같았다.

"그래요……. 허긴 치료가 끝났응게 가야겠지유!"

그러나 그 말을 뱉고 나자 가슴에 설움이 북받쳐 올라 거의 울 뻔했다. 언젠가는 되돌아가야 할 줄은 알았지만, 그날이 이렇게 빨리 올지는 몰랐다. 다마코도 재호도 뭔가 할 말은 많은데 그 말을 찾지 못하고 있었다. 재호는 다마코 품에 안겨 실컷 울고 싶었다. 그 생각이 다마코에게 전해졌는지 다마코는 소년의 볼을 두 손으로 감싸며 눈을 정면으로 보면서 말을 꺼냈다.

"안타, 치료가 다 끝난 것이 아녜요. 그러나 어쩔 수 없어요. 안타……."

다마코의 손바닥을 통해 전해지는 따뜻함을 느끼며, 이번에는 당황해서가 아니라 눈물을 보일 것 같아 고개를 돌렸다. 차마 그 눈을 바라볼 수가 없었다. 눈에 뜨거운 것이 맺혀 그녀의 얼굴이 흐려지고 있었기 때문이다.

"그동안 증말 고마웠슈, 다마짱! 잊지 않을거시구먼유."

결국은 오른 손등으로 볼을 타고 흐르는 뜨거운 것을 훔쳐내고야 말았다. 재호는 고개를 돌린 채 있었으므로 다마코의 젖은 목소리를 듣고만 있었다.

"안타! 조심해야 해요. 자꾸 충격이 가면 접골이 되지 않아요. 무슨 일이 있어도 다친 손을 쓰지 않도록 해야 해요. 안정상태에서 한 달은 걸려야 완전 접골이 될 거예요."

다마코도 그럴 줄 알았던 모양이었다. 완전히 접골되기까지 이곳에서 한 달은 지낼 줄 알았는데, 기쿠코가 오늘 사무실로부터 오후에 재호를 산루광산으로 보내라는 지시를 받았다는 것이었다. 깁스를 마치자마자 재호를 보낼 수는 없다는 말로 기쿠코에게 도움을 요청했는데 오히려 심한 타박만 받은 모양이었다.

재호는 상처가 쉽게 호전된 것이 오히려 원망스러웠다. 다마코가 재호를 살뜰히 보살펴주는 치료소를 떠나 어떻게 그 끔찍한 지옥으로 되돌아갈 수가 있다는 말인가. 마음 한구석에 팔이 나으면 떠나야 한다는 불안이 재호를 괴롭혔지만, 그 시간이 오늘일 줄은 몰랐다.

겨울 해는 노루 꼬리보다 더 짧았다. 재호의 마음처럼 음산한 잿빛 하늘에 지향 없이 떠도는 작은 눈송이가 하나둘 날리는 오후, 누군가 복도를 걸어오는 소리가 들렸다. 다마코가 아니면 여기를 찾아올 사람이 없었으므로 그녀가 틀림없을 것이었다. 붕대를 바꾸고 약을 바르는 일 외에는 특별히 할 일이 없는 재호는 그 방에서 난로 앞에 앉아 있거나 누워서 늘 복도 쪽으로 귀를 기울이며 하루를 보냈다. 그렇다고 밖으로 나갈 수도 없는 것이 날씨도 혹독하게 춥거니와 마땅히 갈 곳도 없었으며 무엇보다 그런 자유의 몸도 아니었다.

그러다가 재호에게 다가오는 그녀의 발걸음 소리가 들리면 나침반의 바늘처럼 어김없이 소년의 마음이 떨리는 것이었다. 시계가 없는 재호를 위해 식사 시간이 되면 찾아와 함께 식당으로 향했고, 한 손을 못 쓴다는 핑계로 재호를 기어이 앉아 있게 하고, 밥이며 물이며 살뜰히 챙겨주던 다마코였다. 사무실 사람들과 기쿠코의 탐탁지 않아 하는 시선 속에서 다마코의 그런 행동에는 용기가 필요했을 것이다.

그녀는 그녀대로 겨울 동안 눈에 갇혀 지내는 치료소 생활이 따분하던 차에 말이 통하는 또래가 생겼으니 틈만 나면 찾아와 도란도란 이야기를 나누는 것이 즐거운 듯 보였다. 세상이 온통 전쟁으로 흉흉해도 따뜻한 난로 앞에 같이 있다는 것만으로도 행복이 차올랐다.

소년과 소녀는 아직 어른이 아니어서 사용하는 말들이 서툴렀을지라도, 그럼으로써 더욱 꾸밈없고 깨끗한 말들이 시냇물처럼 조랑조랑 쉼 없이 흘러가는 것이었다. 오월의 신록 같은 소년기는 세상의 계급과 그 계급이 갖는 선악을 뛰어넘는다는 점에서 인생에서 가장 아름다운 시절일 것이다.

에덴동산 최초의 남자와 여자처럼 우정과 사랑 사이의 어느 지점에서 둘은 서로를 바라보았다. 그러고 보니 둘은 설벽으로 차단된 그 공간에서 매일 둘만의 영토를 만들고 있었던 것이다. 그 영토 안에는 일본인도 없었고 조선인도 없었으며 다툼이나 미움 같은 건 더더욱 없는 최초의 세상이

자 성경에 묵시된 미래에 올 세상이었다. 이리가 어린 양과 함께 살고, 표범이 어린 염소와 함께 뒹굴며 해 됨도 상함도 없는, 그리하여 눈물과 고통이 없는 세상 말이다.

그녀는 소녀다운 호기심으로 조선에 대해, 그리고 재호에 대해 많은 것을 알고 싶어 했다. 무릎에 두 팔로 깍지를 끼고 재호 이야기에 귀를 기울이는 그녀의 얼굴이며 목덜미가 난롯불에 발그레 물들어가면 소년의 가슴속에도 복숭아며 살구꽃들이 무리 지어 피어나 꽃구름을 만드는 것이었다.

그러나 오늘은 사형수가 형장으로 끌고 가는 형리를 기다리듯 초조한 심정으로 귀를 기울이고 있었다. 가볍게 미닫이를 똑똑 두드리는 소리를 들으면서도 너무 상심한 재호는 머리가 텅 비어 어쩔 줄 몰랐다. 소리 나는 쪽을 향해 얼굴을 돌리기는 했지만 사실 다마코를 바라본다는 게 쉽지만은 않았다. 잠시 기다리는 듯하더니 이윽고 문을 열고 그녀가 방으로 들어섰다. 그녀 역시 재호를 쳐다보지 않고 먼 데로 시선을 돌린 망연한 눈에서는 금방이라도 눈물이 쏟아질 것 같았다.

"안타, 썰매가 사무실 앞에서 기다려요."

나지막하게 억누른 목소리는 낙원을 떠나 에덴의 동쪽으로 향하라는 추방 명령이나 다름없는 것이어서 재호로서는 무참한 마음으로 일어설 수밖에 없었다. 다마코가 다가와 재호 앞에 무릎을 꿇고는 작업복 저고리의 단추를 채워주며 말했다.

"꼭 고향으로 돌아가 어머니를 만날 수 있기를 안타의 신께 빌게요."

재호는 아무 대답도 하지 못했다. 그동안 고마웠다는 말조차도. 만감이 북받쳐 입을 열면 울음이 터질 것 같았고 감정을 다스린다는 게 이토록 어려운 일인 줄 몰랐다.

재호는 이불을 오른팔로 돌돌 말아 감아 들고는 이송되는 죄수처럼 기다리고 있는 썰매에 올라탔다. 그런 재호를 다마코는 가운 위에 검은 외투를 걸치고 하얀 입김을 뿜으며 지켜보고 있었다. 썰매에는 보급품이 가득

실려 있었다. 재호가 탈 곳은 쌓인 짐짝 위의 위태로운 곳이었으나 그나마 조금은 안전해 보이는 공간을 찾아 자리를 잡았다.

마부가 올라타더니 채찍을 들어 말을 몰았다. 썰매가 미끄러져 나가는 순간 재호의 몸이 뒤로 쏠렸다. 다마코가 손을 흔들었다. 재호는 떨어지지 않으려고 성한 손으로 짐을 동여맨 밧줄을 꼭 붙들고 있었으므로 마주 흔들 손이 없어 그저 고개를 숙여 인사를 했다. 돌아보지 않으려고 마음속으로 백을 정하고 세기 시작했다. 그 정도면 산굽이를 에돌아 다마코가 보이지 않을 것 같아서였다. 사내라면 왠지 그래야 할 것 같았다.

그러나 서른을 겨우 넘어서자마자 숨이 차오르듯 저도 모르게 고개를 뒤로 돌렸다. 다마코는 여전히 그 자리에 까만 점으로 남아 손을 흔들고 있었다. 소년이 감당하기엔 너무나 고통스러운 이별이었다.

산루광산으로 복귀

제1료가 가까워져 오는가 싶더니 곧 눈더미 사이로 새까맣게 그을린 판자 지붕이 보였다. 사람 사는 집이라기보다 설국의 요괴가 살법한 흉측한 거멍굴 같았다.

다마코가 있는 치료소를 몰랐다면 좋았을 것을, 다마코가 있는 따뜻하고 청결하고 밝은 곳이 있다는 것을 몰랐다면 차라리 좋았을 것을, 어찌 저곳에 다시 갇혀야 한단 말인가. 재호의 억장이 무너졌다. 마부가 썰매를 세우느라 외치는 소리를 듣고 이케다가 뛰어나왔다.

"재호야! 재호야! 이제 괜찮니? 고상했지?"

재호가 대답할 겨를도 주지 않고 이케다는 말을 쏟아냈다.

"내게 업혀라."

이케다가 재호 쪽으로 등을 돌렸다. 그는 재호를 업어주는 것은 물론 반가워서 어쩔 줄을 몰라 하는 모습이 역력했다. 마음 둘 곳 몰라 상심한 재호에게 이케다의 그런 모습이 고맙고 위로가 되었다. 이케다가 없었다면 재호가 거기에서 견딜 수 있었을까?

"아녀유. 저 인자 괜찮아유."

재호가 썰매에서 훌쩍 뛰어내렸다. 그러자 상처에 충격이 전해져 콧날이 시큰해졌다.

"그봐라. 업히라니께."

이케다가 미간에 주름을 모으며 혀를 찼다. 요사로 들어서자 훅 끼치는 역겨운 냄새에 하마터면 구역질할 뻔했다.

'긴 겨울 동안 목욕은 물론 옷도 잘 빨아 입지 못하고 지내는 사내들의 체취가 이토록 지독한 것인 줄을 내가 모르고 지냈었구나…….'

기쿠코가 재호를 바라보는 눈이 왜 그리 혐오로 가득 차 있었던지 이해가 가는 순간이었다. 한편 그런 재호를 알뜰살뜰 보살펴준 다마코는 과연 천사였다는 생각을 하지 않을 수 없었다. 다마코는 지금 무얼 하고 있을까. 예고 없이 들이닥친 이별에 다마코도 분명 황망해하며 재호를 생각하고 있을 것이었다. 벌써 다마코가 그리워졌다.

이케다는 재호를 데리고 후지하라 요장한테 갔다. 재호는 그 앞에서 굽신 절을 했다.

"오, 이케다 어떠냐?"

웬일인지 요장이 반가워하는 표정을 지었다.

"이제 상처만 건드리지 않으면 뼈가 이어진대유."

깁스한 팔을 들어 올리며 대답했다. 그 말속에는 완전히 접골될 때까지 제발 일을 시키지 말아 달라는 재호의 애원이 들어있었다.

그리고 취사장으로 가서 새로 취사반장이 된 마쓰모토와 히로다, 결원된 자리를 메운 야마다 세 사람에게 인사를 했다.

재호를 본 그들이 일손을 놓고 다가왔다.

"오뎌? 접골은 잘된 겨?"

마쓰모토 반장의 물음에 재호는 후지하라에게 한 대답을 반복했다.

"야, 다행이다. 다행! 난 어린 니가 불구가 되는 줄 알았는디 그맨혀서 월매나 다행이냐! 다 이케다 상 덕분여. 병원으 못 갔으믄 워쩔 뻔혔냐!"

평소에 말수가 적은 히로다가 기쁜 낯으로 말했다. 고된 노동과 배고픔에 내몰려 날카로워진 신경들은 사소한 일에도 거친 욕설과 주먹으로 반응했지만, 소년을 진심으로 걱정해주는 취사장 사람들을 보면서 그 근본은 따뜻하고 선한 사람들이라는 생각이 절로 들었다.

이 느닷없는 노역장으로 끌려와 하루를 천년같이 견딘 아홉 달이라면 태중에 새로운 생명이 자라 곧 세상 밖으로 나올 시간이 아니던가. 재호는 어머니의 절대적 꿈 속에 철없는 어린아이에 불과했지만, 아버지나 삼촌 뻘 되는 사람들과 똑같이 먹고 똑같이 일하면서 어느덧 어른으로 거듭나는 중이었다. 이번 사고만 해도 이케다는 오로지 종씨라는 이유만으로 재호를 기어이 치료소로 보내 위험의 고비를 넘길 수 있게 했다. 노동판이 비정하다지만, 그 비정한 곳에서 사람 사는 도리를 깨우쳐 준 고귀한 마음들이야말로 재호가 이 질곡의 막장을 견딜 수 있게 한 근력이 되었다.

재호가 취사장 사람들에게 인사를 마치고 숙소로 돌아와서 보니 벽에는 넝마 같은 옷들이 즐비하게 걸려 있고, 그 안쪽으로 길게 가로지른 빨랫줄에는 덜 마른 채 퀴퀴한 냄새를 풍기는 빨래들이 축 늘어져 널려 있었다. 그것은 바로 막노동꾼들이 매일 씨름하는 고통의 무게였다. 지난밤, 깜깜한 눈 터널 속을 더듬어 찾아간 냇가에서 소경 빨래하듯 대충 주물러 널어 놓은 것들이다.

잠자리는 잠자리대로 왕골이 다 떨어져 나가 다다미 속 지푸라기가 검부러기가 된 채 바닥에 흩어져 있어 영락없는 외양간의 모습이었다. 빈대가 손톱으로 짓이겨져 판자벽에 말라붙은 핏자국에도, 여기저기 터지고 찢어진 채 뒹구는 신발짝에도, 아침에 꺼져버려 온기를 기억조차 못 하는 차가운 난로조차도, 지독한 추레함만 드러내고 있을 뿐이었다.

정갈한 다다미가 반듯하게 깔린 치료소가 저절로 떠올랐다. 재호는 저도 모르게 치료소의 모습과 이곳의 궁상맞고 가년스러운 모습을 비교했다. 밝은 태양 빛 아래 있다가 갑자기 캄캄한 굴속에 빠져버려 어느 곳 하나 보이지 않는 어둠 속에서 벽을 더듬고 있는 듯한 막막한 마음이 들었다.

취사장 풍경

어디라 엉덩이를 걸치고 앉을 마음 있는 것은 아니었지만, 무엇보다 실내가 너무 추워 견딜 수가 없었다. 이케다는 사람들이 일터에서 돌아올 무렵에야 난롯불을 피워놓을 것이다. 할 수 없이 아궁이 곁불이라도 쬐고 있는 게 나을 것 같아 취사장으로 들어가는데, 처마로 밀려 내려온 눈 더미가 바람에 흩날리며 사금파리처럼 날카로운 눈 조각 몇 개가 재호의 목덜미를 섬뜩하게 파고들었다.

취사장에는 지름이 2m는 족히 넘을 것 같은 일본식 주물 가마솥 세 개가 나란히 걸려 있었다. 솥마다 다 용처가 달랐다. 맨 왼쪽 것은 그릇 씻을 물을 데우는 데 쓰이고, 가운데가 밥솥, 오른쪽 것이 국솥이었다. 제일 먼저 물솥 아궁이에 불을 지피고 여기서 불붙은 장작개비를 밑불 삼아 밥솥, 국솥 순서로 지펴 나갔다.

이 밑불 위에 노동자들이 눈밭에서 자르고 도끼질하여 쟁여둔 잘 마른 고사목 장작을 아궁이 가득 집어넣으면 순식간에 불길이 괄해져 활활 잘도 타올랐다. 산불에 겉살이 타버린 삼나무는 그때의 불기운을 기억하는지 아궁이로 빨려드는 공기의 흐름을 거역하지 않고 길게 혀를 날름거리며 제 살을 태우는 것이었다. 잡목이 섞이지 않고 바싹 마른 삼나무 장작만 집어넣은 아궁이의 불길은 맑았고 불땀은 강렬했으며 은은하고 달콤한 향이 퍼져 나와 그 누추한 곳을 제법 안온하게 만들었다.

재호는 문득 따뜻한 아궁이 냄새가 배어 있는 고향 집 부뚜막이 그리워졌다. 삭정이나 푸장나무를 때노라면 낯이 지나간 자리에서 게처럼 거품을 물며 타들어 갔다. 한여름 무성한 메 숲을 이루던 것들이 아궁이 불에 던져져 뜨거움을 견딜 수 없다는 듯 눈물 같은 거품을 피워내지만, 그 소진(燒盡)의 끝은 한 줌의 재일 뿐이었다. 모든 솟아난 것들과 들쭉날쭉한 것들이 불 앞에서 견뎌내지 못하고 자취를 허물며 잔불로 남으면 그 속에 밤도 구워 먹었고 감자나 고구마를 익혀 호호 불며 맛있게 먹었다.

재호가 아궁이 불을 쬐며 저도 모르게 고향 생각에 잠겨 있는데, 야마다가 가운데 솥에 미리 썰어 놓은 감자를 소쿠리째 들어부었다. 그리고 그 위에 씻어놓은 쌀을 한 톨도 남김없이 탈탈 털어 넣었다. 그러고는 뒷문으로 양동이를 들고 나가 눈 터널 속 물웅덩이에서 검붉은 물을 길어다 밥솥에 들이부었다.

재호는 바삐 움직이는 취사장 사람들의 동선에 걸리적거리지 않으려 신경을 쓰면서 하릴없이 물솥 아궁이 앞에서 불을 쬐며 서 있을 수밖에 없었다. 감자밥을 안치고 나서 야마다는 국솥에 무 썬 것을 쏟아 넣고 있었고 마쓰모토는 오삽으로 소금을 한 삽 푹 퍼넣고 휘저었다. 그것으로 88명이 먹을 식단은 끝이었다.

밥솥의 김이 뭉게뭉게 오르고 솥 가장자리에 눈물이 흐르기 시작했다. 때를 기다렸다는 듯, 히로다와 야마다는 저마다 오삽을 들고 부뚜막 양쪽으로 올라서더니 판자로 된 둥근 솥뚜껑을 열어젖히고 보글보글 끓고 있는 밥을 푹푹 퍼 뒤집었다. 하얗게 피어오르는 증기가 얼마나 짙은지 밥솥 안이 전혀 보이지 않았지만, 그들은 아랑곳하지 않고 바쁘게 삽질을 해댔다. 그래야만 감자와 쌀이 고루 섞이는 동시에 위에서는 설고 바닥에서는 타는 것을 방지할 수 있었다. 재호는 삽의 용도가 공사장에서 땅이나 파는 데 쓰이는 줄만 알았지 밥 짓는 데 쓰일 줄은 꿈에도 몰랐다.

그러나 그 많은 인원의 밥을 짓는데 삽 말고 다른 대용물을 찾을 수 없겠다는 생각이 들기도 했다. 밥이 익어가면서 밥물이 잦아들자 그제야 솥뚜껑을 덮고 아궁이 속 장작불을 모두 꺼내 국솥 아궁이로 옮겨 넣고 잔불에 뜸을 들이는 것이었다.

　기다리는 사이에 씻어서 차곡차곡 포개놓은 나무 밥그릇이 꽁꽁 한 덩어리로 얼어붙어 히로다가 오삽으로 내지르자 와르르 무너지며 흩어졌다. 뜸까지 제대로 든 감자밥을 이번에는 오삽으로 푹푹 떠서 둥글넓적한 일본식 나무 함지에 수북하게 담아 받침대로 올려놓더니, 자루 달린 주걱으로 함지박의 감자밥을 한 번 푹 찍어내어 밥그릇 모서리에다 '탁' 치면 그릇의 반쪽도 채우지 못하는 양이었다.

　히로다는 기계처럼 단 한 번의 실수도 없이 빠르고 정확하게 배식해냈고, 야마다는 그 그릇을 받아 착착 포개어 쌓아 올렸다. 곰팡이가 새카맣게 돋아난 밥그릇에 뜨거운 밥이 담기자 얼어 있던 물기가 녹아내리며 지르르 흘러 고였다. 그것을 본 재호의 눈살이 저도 모르게 찌푸려졌다.

　마지막으로 세 사람은 쌓인 밥그릇을 한 아름씩 안아다가 식탁에 배열하고, 그 옆에다가 소금 뭇국을 하나씩 놓는 것으로 식사 준비를 모두 끝냈다. 저녁 준비가 마무리되자 재호는 더는 취사장에 머물러 있을 수 없어 이케다가 혼자 사용하는 칸막이 방으로 들어갔다. 현장 노동자들이 돌아오려면 아직도 반시간은 더 있어야 했고 그때를 맞춰 이케다는 난롯불을 지피러 나가 방에 없었다.

　재호는 깔린 이불 위에 벌렁 누웠다. 멍하니 천장을 바라보고 있자니 깁스 안의 상처가 성깔을 부리며 여기저기 쑤시고 다니는 바람에 신경이 곤두섰다. 아마도 냉기에 노출된 까닭이라 생각됐다. 겨우 한 사람이 누울 만큼 좁은 이케다의 거처는 밤에 근무하고 낮에는 자야 하는 경비의 특수성을 고려해 요장이 특별히 배려한 것이다.

　간헐적인 통증으로 미간을 잔뜩 찌푸리며 생각해보니 지난 일주일이 꿈만 같았다. 다마코와 함께 한 시간이 혹시라도 꿈은 아니었을까? 지금 이 옹색한 곳에 누워 있는 자신이 한갓 비천한 노예임을 처절하게 깨닫는 동시에 깨진 꿈이 안타까워 이리도 허망해하는 것인가? 재호의 기억 속에 세밀하게 새겨진 다마코의 숨결과 냄새와 그녀의 말들을 반추하며 그는 애잔한 노을을 바라보듯 마음조차 쓸쓸해졌다.

'여름날 난데없는 소나기처럼 내 마음을 두들겨놓고는 먼 뇌성과 더불어 사라져버린 다마코, 그녀를 다시 만날 수 있을까?'

이윽고 제1료 사람들이 노동을 끝내고 돌아오는 소리가 들렸다. 재호는 자리에서 벌떡 일어나 꽁꽁 얼어 푸르죽죽한 얼굴들을 맞이했다. 다들 재호를 에워싸고 반가워해 주었고 그들의 환대가 고맙고 쑥스러워 재호는 머쓱한 웃음만 지어 보였다.

취사반 세 사람을 빼고 여든다섯 사람 모두 이미 차디차게 식은 밥그릇을 앞에 두고 앉았다. 서사고 경비고 할 것 없이 저마다 밥그릇 앞에 앉은 것을 확인한 대장의 구령이 떨어졌다.

"다베나사이(드시오)."

구령이 떨어지자 노동자들은 소학교 학생들처럼 큰 소리로 복창하는 것이었다.

"이타다키마스(잘 먹겠습니다)."

그 알량한 밥 한 그릇 앞에서 슬픈 의식이 아닐 수 없었다. 꽁꽁 언 몸으로 하루의 중노동을 치러 낸 사람들이 나무 수저로 한술의 감자밥이나마 뜨게 될 때는, 한없이 어설픈 식사임에도 밥을 먹는다는 기쁨이 무리의 몸에서 뿜어져 나왔다. 사람이든 짐승이든 살아 있는 목숨에는 밥이 생명줄이다. 어떤 도덕보다 경건하고 어떤 사유도 밥을 능가할 수는 없다.

개들도 제 밥그릇 앞에서는 눈을 반짝이며 꼬리를 살랑살랑 흔들고, 돼지도 구유에 주둥이를 처박고 먹이를 탐하며 꿀꿀 즐거운 노래를 부른다. 재호가 치료소에서 먹던 밥과는 비교할 수 없이 조악한 감자밥에 소금국이었지만 노동자들은 누구 하나 불평하는 사람이 없었고 다만 적은 양을 한 없이 아쉬워할 뿐이었다.

일주일의 실내 작업

이튿날 새벽어둠 속에서 이루어지는 점호에 나갔다. 아침 점호는 그 누 구도 열외 없이 집합해야 했다. 총원 점호가 끝나면 서사, 경비, 취사반만 대열에서 벗어나 요 내로 들어가고 나머지 83명은 모두 현장으로 나가야 했다. 아무리 중환자라 할지라도 일단은 현장으로 나가서 쉬어야 했다. 환 자라고 해서 요 내에 남게 되면 너도나도 꾀병을 부린다는 것이 감독들의 생각이었다. 그날, 점호가 끝나자 이케다가 요장 앞으로 나가더니 간청하 였다.

"요장님, 저 안짱(꼬마)을 접골이 될 때까지 실내 청소 당번으로 남겨주 십시오."

"엣도, 그리하면 관례가 되니 안 되오."

재호는 마음을 졸이며 요장을 주시했으나 그는 단호했다.

"팔을 움직이믄 뼈가 붙질 않습니다. 그렇다구 그저 놀리겠다는 것두 아니구 요 내에서 헐 수 있는 일을 시킬 것이니 쫌 고려혀 주십시오!"

이케다가 다시 애걸하듯 말하는 것이었다. 완강하던 요장도 복잡한 표 정을 짓더니 딱 일 주간만 허락한다는 말이 떨어져 재호는 자신도 모르게 안도의 한숨을 내쉬었다.

재호는 깁스한 팔에 충격이 가지 않도록 온 신경을 기울이며 오른팔로 실내 청소를 했다. 양동이로 물을 길어다 숙소 통로에 물을 흩뿌리고 빗자 루를 겨드랑이에 끼운 채 손으로는 자루 중간을 잡아 팔과 빗자루를 같이 움직여 깨끗이 쓸어냈다. 난로도 연통이며 몸체를 장작개비로 탕탕 두드려

밑으로 재를 내려 말끔하게 담아내었다. 그러나 아무리 조심한다 해도 일을 하다 보면 저도 모르게 상처에 충격이 왔고 그때마다 따끔따끔 쑤시고 아팠다.

그러나 이렇게라도 요 내에 머무는 것이 얼마나 다행인가. 이케다가 아니었다면 현장의 추위에 상처를 노출한 채 무슨 일이라도 해야 했을 것이다.

14. 허무한 죽음들

재호 외에 1반에만도 중환자가 두 사람이 더 있었다. 야마모토는 잡혀 오기 오래전부터 위장병을 심하게 앓던 사람으로 이따금 가슴을 쥐어뜯으며 떼굴떼굴 구르며 신음할 정도였다. 그의 나이 이제 마흔아홉이라지만, 오랜 병고로 10년은 더 늙어 보여 쭈글쭈글 깊은 주름에 안색이 영 좋지 않은 사람이었다. 또 한 사람은 고창병(蠱脹病)으로 고생하는 다카야마였다. 그가 말을 하거나 숨을 내쉬면 내장이 썩은 듯, 역한 악취가 풍겨 모두 가까이 가기를 꺼렸다. 거기에다 부종도 심하여 해산한 어미같이 부석부석 부은 몸은 손가락으로 눌렀다가 떼도 탄력을 잃은 살은 원래대로 돌아오질 않았다.

3반의 히라무라는 간질병으로 매일 한두 번씩 발작을 일으켰다. 그의 체격은 건장했고 이제 갓 서른 살이라고 했다. 작업장에서 멀쩡하게 일하다가도 갑자기 픽 하는 소리와 함께 쓰러지면 이내 눈을 뒤집고 손과 발이 뒤틀리는 동시에 입에 거품을 품어 꼭 무슨 일이 날 것처럼 보였다. 그러다가 잠시 후면 어디 딴 세계를 다녀온 사람처럼 부스스 일어나 흙을 툴툴 털고는 아무 일 없었다는 듯하던 일을 계속했다. 4, 5m나 되는 막장 웅덩이 아래로 돌덩이 구르듯 굴러떨어지는 일도 여러 번 있었지만 어디가 부러지거나 다치는 일은 없었다. 일제는 이런 사람들까지 무차별로 끌고 와 중노동 현장으로 내몬 것이다.

요장은 환자가 쉬더라도 현장에 나가서 쉬고 앓더라도 현장에서 앓아야 하며 죽더라도 현장에서 죽으라고 닦달했다. 히라무라는 발작이 일어나 쓰러져 있는 동안은 어쩔 수 없이 작업 독촉을 받지 않았지만 다른 두 사람은 건강한 사람과 똑같이 일해야 했다.

감독들은 다카야마의 증상이 갈수록 악화하자 조광대에 올려 주걱질 임무를 맡겼다. 그러나 주걱질이라고 쉬울까? 밑에서 계속 퍼 올려 붓는 감흙을 긴 자루 주걱으로 흐르는 물에 밀어 내리는 작업은 잠시만 게을리해도 감흙이 차올라 금세 물이 넘치고 전체 작업공정이 중단되는 소동이 벌어지기 때문에 조금도 한눈을 팔 수가 없는 자리였다.

노동자들이 아파 죽든 말든 약 한 봉지 챙겨주지 않고 작업실적에만 급급해 날뛰는 감독들의 그런 태도가 역겨운 건, 치료소 생활 일주일 동안 재호가 본 것이 있기 때문이었다. 그들은 자기 가족들에게는 한없이 자상한 가장이었다. 하찮은 감기에도 치료소를 이용하는 이들은 모두 광업소 직원과 가족뿐이었다.

노동자는 재호가 유일했다. 이케다가 아니었더라면 재호도 다른 중환자와 똑같은 처지였을 것이다. 일본인들은 아마도 키우는 가축이 병이 나면 재산이 손실되니 무슨 수를 써서라도 살려냈겠지만, 착취의 대상일 뿐인 조선인에게는 아무런 손도 쓰지 않았다.

일본인들의 그러한 태도는 어쩌면 인간 본성이 적나라하게 드러난 것인지도 모를 일이었다. 히라노 감독이 호인이기는 했어도 조선인과 일본인을 대등한 인격으로 대하진 않았다. 패권을 쥔 자는 그 달콤한 이익을 절대로 포기하지 않는다. 온갖 법과 제도로 피식민지 백성을 수탈할 뿐이다. 히라노도 그 제도 안에 사는 일본인 중 한 명인 것이다.

그렇다면 다마코는? 재호가 만난 일본인 가운데 유일하게 조선인의 처지를 인간적으로 동정했고 안타까워했다. 그러면서 일제가 나약한 소년에게 어떤 만행을 저지르고 있는지 양심의 명령에 따라 판단했다. 그 판단 때문에 다마코는 기쿠코의 눈총을 받아야만 했다.

"다마코……."

가만히 불러볼 때마다 재호의 가슴이 먹먹해졌다. 소년과 다마코 사이는 거리상으로 겨우 십 리밖에 되지 않았지만, 그녀와 소통할 방법이 전혀 없는 처지라 그녀가 천 리보다 더 먼 곳에 있는 것처럼 느껴졌다. 재호가 다마코의 미소와 그럴 때마다 움푹 패는 볼우물, 희고 작은 손, 다감한 목소리를 그리워하듯 그녀도 자신을 생각하고 있는지 언뜻언뜻 궁금해졌다. 바닷가 모래사장에 제아무리 크게 이름을 파놓아도 들이치는 밀물에 자취 없이 스러지는, 다마코에게 재호는 그런 존재일까? 잡을 수 없고 닿을 수 없어 안타깝기만 한 이 마음은 도대체 무엇이란 말인가?

야마모토의 죽음

요 내 청소를 허락받은 일주일도 절반을 넘긴 날이었다. 작업 현장에서 12시 정각에 오전 일과를 마치고 요사로 돌아오면 12시 20분에 점심을 먹게 된다. 밥이라 봐야 몇 술 뜨고 나면 곧 바닥이 드러나는 식사 시간은 길어야 2분을 넘지 않았다. 식사 후 숙소로 들어가 잠시 쉬다가 12시 40분에 현장으로 출발하여 1시 정각에 오후 작업을 시작하는 것이 일상이었다.

그런데 그날은 평일보다 10분 정도 빨리 무리가 돌아와 취사반 사람들이 의아한 표정으로 밖을 내다봤다. 누군가가 들것에 실려 오고 있었다. 야마모토가 현장에서 쓰러져 의식을 잃고 혼수상태에 빠진 것이었다. 야마모토는 그날 밤을 넘기지 못하고 숨을 거둠으로써 두 번째 희생자가 되었다.

죽음은 누구에게나 공평하다지만, 죽음의 방식과 애도의 방식은 그렇지 않았다. 사람이 일하다 죽었는데도 감독들은 장례용품 하나 주지 않았고 그저 방관했다. 모두 망연자실 어찌할 바를 모르고 있는데, 가네가와 1반

반장으로서 망자를 위해 할 일을 다했다. 망자가 덮던 이불 홑청을 뜯어 그 한쪽 면을 여러 쪽으로 찢어낸 다음 이를 엮어 끈으로 만들어 가까스로 망인의 수족을 거둘 수 있었다. 남은 한 면으로는 수의 대신으로 시신을 싸매 주었다.

다음 날 감독들은 아무 일도 없었다는 듯 평상시와 다름없이 작업을 진행시켰다. 노동자들이 아침 점호를 마치고 일터로 떠난 뒤 한참이 지나서야 화장터로 운구할 썰매가 도착했다. 이케다와 취사장 사람들이 시신을 들어 썰매에 안치하고 동여매주었다. 남은 사람들이 할 수 있는 일이란 그것뿐이었다. 썰매는 이윽고 출발했다. 바라보는 사람들은 모두 납덩이처럼 무거운 마음으로 야마모토를 떠나보냈다. 아무도 눈물을 흘리지 않았다.

목숨 가진 것들의 숙명은 언젠가는 죽는다는 사실이다. 그러나 인간이 동물과 다른 길을 걷게 된 최초의 일은 주검을 버려두지 않고 하다못해 돌 멩이 몇 개라도 쌓아 올림으로써 미지의 죽음에 대해 저마다 할 수 있는 애도 의식을 치렀다는 점이다. 그러나 제1료의 노동자들은 아무것도 할 수 없었다. 대신 뼈저리게 깨달은 것이 있었다. 다케다 반장을 통해서는 일본인들에게 반항하면 보복받아 죽는다는 것과 야마모토 씨를 통해서는 조선인 노동자는 죽어도 하찮은 존재라는 사실을.

그날 밤, 재호는 잠이 오지 않았다. 숨이 멎을 때까지 일하다 죽은 야마모토 생각에 가슴이 메어왔다. 어디 재호뿐이었겠는가. 아프다는 말조차 꺼내지 못하고 하루에도 몇 차례씩 고통에 겨워 내지른 신음 앞에 그 누구도 귀 기울여 주지 않았다. 그는 처절하게 홀로 고통받다 홀로 죽었다. 그의 주검은 한 줌의 재가 되어 원한에 찬 이국땅 어딘가에 뿌려졌을 것이므로 우주에서 영원히 지워진 삶이 되었다.

일주일간의 실내근무를 마치고 현장으로 다시 나가기 시작한 재호는 다카야마처럼 조광대에 올라서서 성한 팔 하나로 긴 주걱 자루를 잡고 계속 쌓이는 감흙과 사투를 벌여야 했다. 삽질이나 목도를 메는 것보다는 낫다지만 높은 곳에 우뚝 올라서서 눈보라와 모진 바람을 견디며 쉴 새 없이 감흙을 처리하기란 이만저만 힘든 일이 아니었다.

깁스를 뚫고 파고드는 냉기로 뼛속까지 시려왔고 밤에 난롯가에서 언 몸을 녹일라치면 상처의 냉기도 풀리면서 쑤시고 아파왔다. 살아 있다는 것이 이토록 혐오스러울까. 모든 것은 다 지나간다지만 삶의 비탈을 헐떡거리며 아등바등 오르는데도 그 고비는 끝을 몰랐다. 삶보다 죽음이 더 쉬워 보여 차라리 목숨을 포기하고픈 유혹의 순간도 있었다.

그러나 야마모토처럼 허무하게 스러져버릴 순 없었다. 견디고 또 견뎌 기어코 어머니를 만나야 한다는 다짐을 재호는 주문처럼 외우고 또 외웠다. 그보다 중요한 것이 또 어디 있다는 말인가.

● 또 다른 죽음

한나절, 하루, 또 하루, 시간은 더디고 힘겹게 갔지만 그런 시간이 모여 3월하고도 중순에 접어들었다. 겨울의 뿌리가 얼마나 깊은지 꿈쩍도 하지 않던 동장군이 한결 무뎌진 바람결에 슬금슬금 뒷걸음질 치기 시작했다. 해 뜨는 시간이 점차 빨라지면서 봄의 기운이 대지에 어른거렸다. 표면의 눈은 그대로인 것 같았지만 눈 터널 속 개울이 홍수처럼 불어나더니 우렁찬 함성을 지르며 노도와 같은 기세로 사납게 흐르는 것이었다.

고향 땅이라면 양지바른 곳부터 눈이 녹아 검은 지표를 드러내는데 여기는 그렇지 않았다. 겨우내 켜켜이 쌓인 눈이 제 무게로 다져지고 얼어붙어 표면은 그대로였지만 눈 속의 하천은 범람하고 있었다. 높은 곳에서부터 시나브로 녹아 스며든 물이 계곡으로 쏠리는 모양이었다. 표토를 걷어내고 파고 들어간 광산 현장도 물살이 밀어닥쳐 조광대며 수파대가 다 물에 잠기고 말았다. 그런다고 노동자를 놀릴 감독들이 아니었다. 그들은 여기저기 수로를 내어 저수지처럼 벙벙하게 고인 물을 빼내거나 토사에 쓸린 작업대를 고치는 작업에 매달렸다.

다가오는 봄은 어떤 장수도 막아내지 못했다. 햇살이 다르고 바람도 다르고 눈 속뿐만 아니라 노동자들의 마음속까지 달라지고 있었다. 그들은 그 차갑고 냉혹한 겨울을 죽지 않고 견뎌냈다는 안도감과 함께 생명의 희망을 지피는 것이었다.

산기슭의 삼나무며 산죽 군락의 상고대가 강한 바람에 휘날려 눈안개가 자욱한 날이었다. 크롬 사광 적치장을 한데 합치는 작업에 투입된 가네다와 같은 반 고야마가 크롬 광석 상자를 목도로 메고 언덕에 새로 마련한 적치장으로 가다 졸지에 눈 바닥이 푹 꺼져 함몰되고 말았다.

"어어……!"

누군가 놀라는 소리에 바라보니 두 사람은 이미 사라진 뒤였다. 누구랄 것도 없이 본능적으로 눈바닥이 꺼진 곳을 향해 달려가는데, 히라노 감독이 벽력같이 소리를 지르며 막아섰다. 원래 하천이었던 곳은 겨우내 쌓인 눈이 얼어붙어 평지처럼 보이지만, 눈이 녹는 때는 속이 텅 빈 함정이나 다름없어 누구든 빠지면 그 아래로 흐르는 급류에 휩쓸려 간다는 것이었다.

기타미산지의 해동기에 흔히 일어나는 사고로, 빠진 사람을 구조하려고 접근했다가는 눈판이 꺼져 구하려던 사람도 죽게 된다면서 히라노는 어쩔 수 없다는 표정을 지으며 무리를 내려보냈다. 그런다고 발걸음이 쉬 떨어지지는 않았다. 졸지에 눈 속에 빠진 두 사람은 지금쯤 발버둥을 치고 있거나 아니면 눈더미 밑을 흐르는 거센 물결에 떠내려가고 있을지도 모른다. 그들을 구조하기 위한 아무런 시도조차 못 하고 돌아서야 하는 노동자들의 마음은 허망하고 기가 막혔다.

은산면의 가네다는 독자로, 잡혀 올 때 그 어머니가 필사적으로 면직원과 실랑이를 벌이던 청년이었다. 그 어머니가 했던 말처럼 이제 그 집안의 대가 끊기고 말았다. 감독들은 사망사고가 나도 경찰에 신고도 하지 않을

뿐더러 본가에 통보조차 하지 않았다. 가네다의 어머니는 이런 사실을 꿈에도 모를 것이다. 산루 산록을 흐르는 계곡물은 데시오강(天鹽江)으로 모여 깊고 넓게 흐르다가 동해로 빠져나간다. 자취도 없이 순식간에 사라져 버린 두 사람은 아마도 바다의 물고기 밥이 되고 말 것이다.

눈앞에서 벌어졌지만 믿기지 않는 현실에 노동자들은 비통하고 허무한 나머지 일손을 놓고 넋 나간 사람처럼 서성대고 있었다. 안 되겠다 싶었는지 노구치 감독이 모두를 집합시키고는 일장 훈시를 했다.

"총후전선은 제2전선이다. 제1선은 총칼을 들고 적과 맞부딪쳐 싸우는 것이요, 제2선은 제1선에서 잘 싸울 수 있도록 만반의 뒷받침을 하는 것이다. 제1선에서 싸우다가 전사하는 것이나 제2선에서 작업하다가 순직하는 것은 하나도 다를 바가 없다. 앞서가던 전우가 적탄에 쓰러졌다고 병정들이 서서 웅성거릴 수는 없지 않은가! 지금 그 두 사람은 천황폐하를 위해, 그리고 대일본제국의 승전과 대동아 공영건설을 위해 장렬하게 근로봉사 중 순직한 것이다. 여러분은 전사한 전우의 시체를 밟고 넘으면서 진격하는 제1선의 군대처럼 우리 대일본의 야마토다마시 정신으로 무장하고 가일층 분발하라. 자, 일하자!"

말을 마친 노구치는 무리를 헤치고 나가 직접 곡괭이를 들고 언 땅을 찍어대기 시작했다. 노동자들은 귀에 못이 박히도록 들은 진부한 선동이라 마음이 움직인 것은 아니었지만, 그렇다고 구경만 하고 있을 수 없어 하나둘 삽이나 곡괭이를 들고 일을 시작하기 시작했다. 바람은 여전히 불어댔고 해도 어김없이 운행을 계속하여 서쪽으로 꼴깍 넘어간 뒤에야 노동자들은 모두 입을 꾹 다문 채 숙소로 돌아왔다. 그리고 밥을 먹었고 저마다 가득한 생각을 안고 잠자리에 들었다. 두 사람이나 생사를 모르는데도 이렇게 아무렇지도 않다니, 그럴 수는 없는 것이었다.

노동자들이 잠들기에는 쉽지 않은 밤이었다. 저마다 먼지 나는 이불을 뒤척이며 취사반장 다케다, 그리고 야마모토, 고야마, 가네다의 죽음을 하나하나 떠올렸다. 그리고 졸지에 사라져버린 그들 목숨의 무게를 생각하고 있었다. 그들은 아무 애도조차 없이 지워져버렸다. 왜 하늘은 그 곤고한 자들의 인생을 새털보다 가벼이 여겼을까? 그 사람들이 무엇을 잘못했다는 말인가? 하늘이 분별이 있다면 후지하라 요장이나 스즈키 감독을, 그보다 이런 구조를 만든 일본의 지도자를 벌해야 마땅하지 않을까?

잠 못 들기는 마찬가지인 재호의 가슴에 문득 한 장면이 떠올랐다. 갖은 공출에 전전긍긍하던 시절, 교회 속회 모임 때 화서가 낭독해주던 예언자 하박국(Habakkuk)의 절규였다.

"살려달라고 부르짖어도 듣지 않으시고, '폭력이다'라고 외쳐도 구해주지 않으시니, 주님 언제까지 그러실 겁니까?"

그때는 어렴풋하게 이해했으나 지금은 선명하게 이해할 수 있었다. 바로 재호의 마음이었다.

15. 도박

두 달이 넘어가는데도 재호는 쉽게 깁스를 풀 수 없었다. 일터에서 추위에 장시간 노출되고 작업 중에 아무리 조심한다 해도 상처 부위를 자극하기 때문이었다. 4월 어느 날 깁스한 팔을 목에 걸고 현장에서 돌아오는 재호를 사무실 앞에서 물끄러미 바라보던 이케다가 소년을 불렀다.

"재호 너, 저녁밥 먹구 내방에 잠깐 다녀가거라."

무슨 일일까? 밥 먹는 내내 궁금했다. 방으로 들어서는 재호를 이케다는 한번 힐끔 바라보고는 이내 천장을 올려다보며 담배 연기를 길게 내뿜고 있었다. 재호가 자리에 앉아도 그는 골똘히 생각에 잠긴 채 연신 담배만 피워대고 있었다. 재호는 그의 표정에서 뭔가 심각한 말을 하려는 것이라는 예감이 들어 아연 긴장됐다. 그렇게 말없이 담배 한 대를 다 태우고 나더니 고개를 들어 재호를 깊이 응시하는 것이었다. 재호는 그 시선을 받기가 계면쩍어 눈을 내리깔았다.

탈출 모의

"재호 니가 다쳤을 때부텀 곰곰이 생각헌 일인디……."

말을 뺄고는 바깥 동정을 살피더니 결심이 선 듯 이어갔다.

"재호야, 지금부텀 내 말을 잘 듣거라. 나는 이곳을 탈출허려구 헌다."

"예? 탈출이라구유?"

깜짝 놀란 재호의 목소리가 커졌다. 그러자 이케다는 다시 문 쪽을 살피면서 검지를 입술에 댔다. 재호는 그 서슬에 놀라 고개를 움찔하며 입술에 성한 왼 손바닥을 댔다.

"워디로요, 워치게요?"

목소리를 죽인 재호 입에서 질문이 잇달아 쏟아졌다.

"쉬운 일언 아니다. 도망을 치다가 산죽 정글 속으서 죽을 수두 있구 잡혀 죽을 수두 있다. 그렇지만 여기 있는다구 이게 산목숨이냐? 왜눔덜은 우덜이 죽어 나가도 외눈 하나 꿈쩍 않는 놈덜이다."

재호는 동의한다는 뜻으로 고개를 끄덕였다.

"나는 니가 다쳤을 때두 절실허게 느꼈다. 이렇게 사느니 다케다처럼 죽는 것이 워떤 의미로는 낫겠다는 생각이 들더라. 나야 못 배우고 나이 들었으니깨 아무려면 워쩌겠냐만, 너는 내가 보기에 우덜 같은 노동자덜하고는 달리 큰 인물이 될 사람인디 여기서 죽도록 일만 허다 죽을 수도 있다는 것이 그렇게 마음에 걸리더라. 그래 생각헌 그다. 죽기 아니면 살기다! 워쩌, 해볼 텨?"

이케다는 말을 마치고 의향이 궁금한 듯 재호를 지긋이 쳐다보더니 담배 하나를 다시 말아서 불을 댕겼다. 그 물음은 재호가 원하기만 하면 데리고 가겠다는 뜻이었다. 하지만 재호는 너무도 엄청난 일이라 무어라고 선뜻 대답이 나오지 않아 고개를 숙인 채 바닥만 바라봤다. 재호의 심정을 헤아려서인지 그는 대답을 채근하지 않고 담배를 깊숙이 빨아들이며 기다려 줬다. 무거운 침묵에 재호 스스로 조바심이 났지만, 갈팡질팡하는 마음은 요동만 칠 뿐 갈피를 잡을 수가 없었다. 그러면서 퍼뜩 떠오르는 것은 이케다가 자신의 처지를 염두에 두고 탈출할 궁리를 했다는데 못 간다고 하는 것은 도리가 아니라는 생각이 들었다.

"무슨 짜놓은 계획이라두 있는감유?"

가까스로 가장 궁금한 것을 물었다.

"너두 알다시피 이 산죽 정글으서 무슨 계획이 있겠니. 목심 걸구 최선을 다해 보는 거여. 이곳은 다른 곳과 달라 인가나 도시 속에 숨어들 곳두 없잖니. 그래서 아예 장기 노숙을 각오허구 대탈출을 계획허구 있는 거다."

"아저씨, 대탈출이라니유?"

재호는 다른 사람들 앞에서 그를 한 번도 아저씨라 호칭한 적이 없었다. 어린 마음에도 이케다가 종씨라고 재호에게 베풀어주는 무한한 호의를 다른 사람들에게 티 내는 것이 둘 모두에게 좋은 일은 아니라는 생각이 들어서였다.

"그렇다. 그건 차차 알게 될 것이구……. 워뗘? 같이 갈껴?"

"예, 지두 여그서 개죽음당허구 싶진 않구먼유. 이렇게 사느니 죽는 그이 났다는 생각얼 많이 했슈. 여러모로 생각흐 주셔서 고맙구먼유, 아저씨!"

"그려, 알겄다. 지금은 구체적인 계획이 웂서. 먼저 동참헐 인원을 은밀히 알아보구 있는 단계다 이 말이여. 워쨌든 너도 마음의 준비를 단단히 허구 있거라. 그러구 이 일은 절대 비밀루 혀야 혀어."

그날 밤, 재호는 잠을 이루지 못하고 오랫동안 뒤척였다. 탈출, 탈출이라니! 곤고마루를 타기 전까지 그렇게도 재호를 괴롭히던 탈출이 아니던가. 그러나 배를 타면서부터 재호는 탈출을 깨끗이 포기했다. 모든 기회가 사라져 버렸기 때문이다. 그 때문에 스스로 용기 없음을 얼마나 자책했던가.

이 가혹한 노역장은 재호에게 사방이 다 벽이었다. 지금까지는 죽지 못해 어쩔 수 없이 견뎌왔을 뿐이다. 다 막혔다면 천 길 낭떠러지라도 뛰어내려야 죽든지 살든지 할 것이었지만 재호는 그 결정적인 순간에 항상 지레 겁을 먹고 뒷걸음질 쳤다. 그러나 이케다는 천성이 대담하고 의협심이 강한 사내 중의 사내였다. 거기에다 싸움이 벌어지면 상대방의 조그만 빈틈을 노려 급소를 날리는 뛰어난 승부사였다. 그렇다고 체격이 좋은 것도 아니었다. 오히려 작고 다부진 대신 날렵한 데다 단단했으며 판단력이 뛰어나 제1료의 누구도 이케다를 힘으로 넘볼 수 없는 절대적 패자였다. 요장 후지하라나 일본인 감독들도 그런 그를 인정해서 경비를 맡긴 것이다.

이 막노동판의 특징이라면 다들 과거에 주먹세계에서 한 가락씩 했다는 것과 그 화려한 전공(戰功)을 잔뜩 부풀려 허풍을 떨어댔다는 것이다. 하지만 정작 이케다 앞에서는 꼬리를 내리고 납작 엎드렸다. 그러나 이케다의 과거는 스스로 말하지 않아서 아무도 몰랐다. 그런 까닭에 오히려 사람들은 그럴듯하게 이케다의 신화를 만들어 유포하기까지 했다.

그 이케다가 어린 재호를 연민하여 편한 경비 자리를 박차고 목숨을 건 위험을 감수하겠다는 것은 쉬운 결정이 아니었을 것이다. 그만큼 그의 인품이 예사롭지 않다는 의미다. 제대로 된 세상이었더라면 그는 큰일을 감당하고도 남을 그릇이었다. 그러나 그는 가난하게 태어나 한학을 조금 익힌 것 말고는 배움이 없었다. 그 때문에 이곳까지 끌려온 것인지도 몰랐다.

이케다는 재호를 단지 종씨라서 편애한다기보다는 재호가 자기와 같은 불운을 겪게 될까 안타까운 나머지 입버릇처럼 한 말이 있었다.

"내가 사람 보는 눈이 있어 하는 말이다만, 재호 니는 크게 될 인물인디 워쩌다 여까지 끌려 왔누!"

재호는 그 말을 아직 어린 자신을 연민하여 한 말이라고만 생각했다. 그러나 오늘 그의 말을 듣고 보니 그게 다는 아닌 것 같았다. 다마코처럼 이케다도 재호에 대한 연민뿐만 아니라 그의 가능성에 대한 믿음을 가지고 있었다는 사실이 그렇게 고마울 수가 없었다. 재호는 이 노역장에서 쓸모없고 버려진 존재라 자책하여 좌절했다. 그러나 이케다의 말은 재호의 무너진 자존감을 일깨워준 데다 까닭 없이 이 탈출의 시도가 성공할 것이라는 낙관까지 하게 되었다.

기약 없는 형벌의 목도를 어깨에 메고 시간의 비탈을 무수히 반복하며 오르내리는, 그야말로 마지못해 살던 삶에 위험한 희망의 무지개가 걸리자 죽어가던 새싹이 단비를 맞은 듯 재호의 몸 어디선가 숨어 있던 활력이 튀어나왔다. 절망 쪽에 있던 추가 희망 쪽으로 옮겨 간 것이다. 불확실한 미래지만 오히려 그 예상되는 모험이 짜릿한 활력을 주는 것이었다.

빈대와 화투

10여 일이 지나서 드디어 깁스를 부수고 석고가 콘크리트처럼 굳은 거즈를 걷어냈다. 그러자 재호의 핏기 없는 하얀 왼팔이 온전히 드러났다. 그러나 근육이 힘을 잃은 탓에 팔꿈치가 잘 펴지지 않았다. 한동안 팔을 배에 대고 일을 해야 했다.

4월도 중순이 넘어서니 훈풍이 불어오는가 싶더니 굵은 빗줄기가 여름날 장맛비처럼 쏟아붓는 날이 많아졌다. 절대로 물러나지 않을 것 같던 눈더미도 그 비를 이길 수는 없는지 겨우내 숨었던 산죽 정글이 조금씩 드러나기 시작했다. 그러나 응달이나 계곡의 눈은 여전히 있어 자칫 방심하면 가네다나 고야마와 같은 횡액을 당할 수 있으므로 안전한 길로만 다녔다.

눈이 내릴 때는 아무리 날씨가 험해도 작업을 쉰 적이 없었는데 온종일 긋지 않고 내리는 비 앞에서는 감독들도 어쩔 수 없었는지 노동자들을 현장에 내몰지 않았다. 살다 보면 이런 날도 있구나 싶었다. 그런 날이면 재호는 으레 낮잠을 실컷 자는 것으로 누적된 피로를 풀었다. 혹은 옷을 벗어 들고 이 사냥을 벌였다.

요사에는 온통 이와 벼룩과 빈대 같은 물것들이 득실거렸는데 가뜩이나 못 먹고 헐벗은 노동자들의 피를 빨아댔다. 판자벽 틈처럼 어두운 곳은 빈대, 짚북데기가 된 다다미는 벼룩, 옷과 이불은 이의 영역이었다. 잠결에 이가 겨드랑이를 간질이는 것을 참다못해 긁다 보면 통통한 이가 손끝에 잡힐 만큼 창궐하고 있었다.

가장 독한 놈은 빈대였다. 빈대에게 물리면 너무 가려워 피가 나도록 벅벅 긁어도 시원함은 그때뿐이었다. 가려움증은 갈수록 더 심해져 잠을 설칠 뿐만 아니라, 빈대가 솔솔 내뿜는 그 기분 나쁜 의주감(蟻走感)은 견디기 어려웠다. 결국에는 이불을 박차고 일어나 칸델라 불을 켜야 하는 소동이 벌어지기도 했다. 그러나 빈대란 놈은 밝은 빛에서는 감쪽같이 자취를 감추어버려 잡아내는 일은 거의 불가능했다.

낮에 왜놈들에게 시달렸으니 밤잠이라도 편안하게 자야 하는데, 밤이면 물것들의 극성에 이중고를 겪어야 했다. 그러한 환경 속에서 노동자들은 갈수록 야위어 갔고 정신적으로도 피폐해져 마음자리가 모가 날 수밖에 없었다. 가난한 집에 싸움이 잦듯 그냥 웃어넘길 일에도 싸움이 벌어지고 한번 싸우기 시작하면 서로 죽일 듯이 덤벼들었다.

그러던 어느 날 생각지도 못한 일이 벌어졌다. 어디에서 화투를 구했는지 여기저기 몇 패로 둘러앉아 노름판을 벌였다. 아마도 감독들에게 웃돈을 주고 들여온 모양이었다.

'저 사람덜은 체력두 좋지. 모처럼 쉬는 날 노름이라니……'

재호는 누워서 생각했다. 어쨌거나 그들은 무료함 때문이었는지, 유일한 오락 때문이었는지는 몰라도 정말 열심히들 노름에 몰두했다.

이들의 가장 큰 고통은 노역장에 억지로 끌려와 일해야 한다는 것과 끝없는 노동에도 큰 보상이 따르지 않는다는 것이었다. 그들이 노름에 열중하는 것은 누가 시켜서가 아니라 제가 좋아서 뛰어든 일이었고, 쪼는 순간의 짜릿함과 따는 순간의 희열 때문이었다. 인간이란 또한 그런 것이다.

판돈은 1전 혹은 5전이었는데, 1전도 그들에게는 큰돈이었다. 그들이 받는 한 달 노임은 식대와 기타 보급품 비용을 제하고 고작 1원 50전이었다. 그것을 30일로 나누면 일당은 5전에 불과했다. 5전이라면 재호가 소학교 운동회 때 천막에서 팔던 국수 한 그릇 값이었다. 그들은 그토록 뼈를 깎아 번 하루치 품삯 전체를 판돈으로 걸고 있었다.

세상과 고립된 그곳에서는 돈이 많아도 쓸데가 없고, 돈이 없다고 해도 달라질 것이 없었다. 그런데도 일확천금에 대한 욕망은 어쩌다 찾아온 금쪽같은 휴식을 화투패를 잡고 쪼는 데 허비하게 했다. 이튿날 현장에서 치러야 할 노역을 생각한다면 잠이라도 좀 자 둬야 그 긴 하루를 견딜 수 있을 터인데 그들은 거의 밤을 꼴딱 새워가며 도박에 몰두했다.

노름판을 주도하는 이들은 역시나 막노동꾼들이었다. 언젠가 이케다는 가정을 꾸리는 것은 고사하고 평생 홀몸으로 막노동판을 전전하며 뼛골 빠지게 일한 그 대가를 노름과 술로 탕진하는 것이 대다수 막노동꾼의 삶이라고 들려준 적이 있었다.

5월로 접어들어 더욱 많은 비가 내려 쉬는 날이 잦아지면서 노름판의 판도가 바뀌기 시작했다. 단돈 1전도 남김없이 탈탈 털린 사람들이 구경꾼으로 전락하면서 판이 좁혀지는 대신 판돈이 커진 것이다. 여러 판의 최후의 승자들은 한결같이 막노동판에서 싸움꾼으로 이력이 난 이들이었고 묘하게도 다 2반 사람들이었다. 그런 면에서 도박은 역시 배짱이 두둑해야 이길 확률이 높아지는, 그야말로 승부사들의 세계라는 생각이 들었다.

판돈은 대부분 2반장 가네모토에게 쏠렸다. 그는 200원이라는 거금을 쓸어 담았다. 젊어서부터 막노동 판의 어깨로 굴렀다는 2반의 기무라와 야나가와 등은 몇십 원씩 갖고 있었다. 이제 최후의 결판을 앞둔 상황이었다. 사람들은 과연 가네모토가 싹쓸이할 것인지, 아니면 다른 사람이 판을 역전할 것인지에 대해 초미의 관심을 쏟고 있었다. 한편 이케다는 노름판에 전혀 끼어들지 않았고 흥미도 없는 것 같은데 노름판을 보며 싱글벙글 희색이 만면한 모습을 보여 궁금증을 자아냈다.

최후의 한판

5월도 중순으로 접어든 그날도 비가 내리고 있었다. 늘 그랬듯 칸델라 불빛 아래 아침밥을 먹고 가랑비를 맞으며 현장에 나갔지만, 비가 그치지 않아 옷이 젖어 들면서 엄습하는 한기로 일하기가 어설펐다. 거기에다 연신 눈으로 흘러드는 빗물을 손등으로 훑어 내려야 해서 처지가 곤궁했지만, 감독들의 감시 눈이 무서워 억지로 일을 할 수밖에 없었다. 감독들은 광산 현장이 샅샅이 내려다보이는 높은 곳에 나무판자로 지붕을 이은 감시소를 널찍하게 만들어 놓고 비가 오는 날에는 그 안에 들어가 현장을 감시했다.

'차라리 비가 억수루 쏟아붓던지 이게 뭐람.'

재호가 속으로 투덜거리고 있는데 정말로 빗방울이 굵어지더니 눈을 뜨고 일하기 곤란할 정도로 쏟아지기 시작했다.

'더 쏟아져라, 더 쏟아져라!'

모두 말은 안 해도 한결같은 마음이었을 것이다. 다들 물에 빠진 생쥐 꼴로 마지못해 일하기는 했지만, 쏟아붓는 비로 작업장은 금세 물바다로 변해 더 이상의 작업은 불가능했다. 히라노가 별수 없다는 듯, 곰이 우는 목소리로 외쳤다.

"작업 중지! 바로 요사로 직행하라!"

그 명령만을 기다렸던 노동자들은 세찬 비에 쫓겨 대열도 만들지도 않고 마구 뛰어 요사에서 옷을 갈아입었다. 이럴 때 난로라도 활활 타오르고 있으면 얼마나 좋을까마는 치운 지 오래라서 실내는 썰렁하기 그지없었다. 잠시 요 내를 서성거리고 있던 재호는 염치 불고하고 이케다의 방문을 두드렸다. 이불을 덮고 자고 있던 이케다가 부스스 일어나면서 재호를 바라보고 물었다.

"비가 많이 오냐?"

"예, 많이 와유."

"아적 점심시간 안 되었지?"

"예, 아적유."

그는 이불을 덮은 채 몸을 돌려 쌀 포대에 손을 넣더니 누룽지 한 움큼을 집어 재호에게 주었다.

"자, 이것 먹어라, 탈출허는디 식량으루 쓸려구 모아놓은 것이여. 취사장 히로다도 같이 합류허기루 혔다."

재호는 놀란 눈으로 누룽지를 두 손에 받아 들었다. 얼마나 오랜만에 보는 것인가. 구수한 냄새에 입이 먼저 알고 침이 가득 고였다. 재호는 무슨 대꾸할 겨를도 없이 누룽지를 와삭와삭 씹어 넘기고 있었다. 그런 재호를 바라보면서 이케다는 담배를 태워 물었다.

히로다는 탈출용 비상식량을 만들기 위해 쌀을 솥의 맨 밑바닥에 깔고 그 위에 감자를 얹어 밥을 지으며 매일 누룽지를 만들고 있다고 했다. 간간이 감자가 섞인 쌀 누룽지는 감자밥보다 훨씬 맛도 있었고 오랜 탈출 생활에 더할 나위 없는 식량이 될 것이었다.

"탈출 자금은 가네모토 반장이 대기루 허구, 그도 같이 가기루 혔다."

재호는 정신없이 누룽지를 씹으면서도 이케다의 주도면밀한 탈출 계획에 탄복하지 않을 수 없었다. 식량과 자금만 확보되면 승산의 확률은 높아진다. 이케다는 그동안 아무도 모르게 막연한 것들을 점점 구체화하고 있었다. 요즘 그가 왜 노름판을 자주 기웃거리며 흡족한 웃음을 띠었는지 의문이 풀리는 순간이었다.

오후에도 비는 줄기차게 내려 일을 갈 수 없게 되자 드디어 노름판 최후의 결전이 벌어졌다. 구경꾼들이 겹겹으로 둘러서서 열띤 눈으로 지켜보는 가운데 가네모토 반장과 기무라, 야나가와 세 사람의 신경전이 벌어졌다. 결국 세 사람은 길게 갈 것이 아니라 도리짓고땡으로 단판 승부를 보기로 합의했다.

가네모토 반장이 물주가 되고 기무라와 야나가와가 가진 돈 전액을 걸고 패를 돌렸다. 다들 짓기는 성공하여 마지막 두 장으로 팽팽한 겨룸이 시작됐다. 피워 문 담배 연기로 한쪽 눈을 잔뜩 찡그린 채 화투짝 두 장을 엄지와 검지로 겹쳐 쥔 가네모토 반장의 표정은 도대체 그 속을 알 수 없었다. 오히려 둘러선 사람들이 승패의 향배에 침을 꿀꺽 삼키면서 손에 땀을 쥐었다. 드디어 패를 깠을 때 요사를 진동하는 함성이 터졌다. 가네모토 반장이 최후의 승자가 된 것이었다.

가네모토 반장은 육척장신의 거구에다 힘이 장사고, 재치도 있었지만, 무엇보다 승부 근성이 강한 사람이었다. 의기양양한 가네모토 반장은 모여선 사람들을 둘러보며 최후 승자의 선언을 내뱉는 것이었다.

"자, 또 뎀빌 사람 읎서?"

나서는 사람이 있을 턱이 없었다. 요 내의 300원이 넘는 거금이 모두 그의 주머니로 들어가버렸기 때문이었다.

일생일대를 건 도박

이케다가 탈출 자금을 마련하기 위해 노름판에서 두각을 나타내는 가네모토 반장을 포섭한 것인지, 아니면 이미 탈출에 가담하기로 작정한 가네모토 반장이 제 발로 노름판에 뛰어든 것인지는 알 수 없었다. 하지만 어느샌가 자신이 가네모토의 돈 따기를 간절히 바라고 있다는 사실을 알고 스스로 놀랐다. 사실 재호는 노름판 자체가 싫었다. 농촌의 농한기에 동네마다 벌어지는 노름판의 흉흉한 소문들을 두고 화서가 재호에게 한 말이 있었다.

"세상으 일확천금은 읎단다. 남올 들어먹으려다가 지가 머히는 그이 노름이다."

화서의 말도 말이지만, 담배를 꼬나물고 시뻘건 날것의 욕망을 적나라하게 드러냄으로써 살벌하기조차 한 노름판의 열기는 종교적 분위기에서 자란 재호에겐 죄악 그 자체로 보였다. 그랬던 재호가 가네모토 반장이 돈을 따기를 바라다니. 지극히 간절하면 판단도 어두워지게 마련이지만, 그만큼 탈출은 노름꾼의 한탕처럼 재호의 인생을 건 일생일대의 도박이었다. 형편이 곤궁하여 바닥까지 추락하면 위선과 지켜야 할 명분은 다 사라지고 오로지 질긴 현실만 남는다. 그런 면에서 인간의 조건은 상황이, 불가피한 상황이 결정한다.

재호는 탈출을 눈앞에 두고 생각이 많아져 잠자리가 뒤숭숭했다. 번번이 높은 낭떠러지에서 추락하는 꿈을 꾸다 가위에 눌려 잠에서 깨면, 탈출 계획이 무모한 충동에서 비롯된 것은 아닌가 하는 회의가 목에 가시처럼 찔러댔다. 그만큼 탈출에 자신이 없었고 탈출의 실패는 곧 죽음을 의미했다. 그렇기에 그 불확실함이 주는 공포가 재호의 연약한 마음에 동요를 일으키고 있었다.

제일 고통스러웠던 것은 동료의 목숨과도 같은 쌀을, 다케다 반장이 목숨과 바꾼 쌀을 누룽지로 만들어 탈출 식량으로 삼는 것이었다. 그나마 감자 속에 쌀이 오 리에 한 톨인데 그것을 십 리에 한 톨로 만든 죄책감, 생각할수록 마음이 천근만근이었다.

다른 한편으로는 이렇게 사는 것은 사는 것도 아니다. 그러니 죽으면 죽고 살면 사는, 아니 이 구덩이를 벗어나 기어코 살아야겠다는 무서운 의지로 우리는 틀림없이 성공할 것이라는 낙관적인 최면을 걸며 마음을 다잡기도 했다. 화서도 재호를 위해 항상 기도하고 있을 것이고, 다마코도 재호가 고향으로 무사히 돌아가기를 기도한다고 한 말을 떠올렸다.

그렇다! 재호는 그동안 의지할 하나님께 기도하는 것을 너무 잊고 살았구나, 하는 자각이 들어 조용히, 그러나 간절하게 기도를 올렸다. 화서에게 배운 대로 하나님에게 간구하는 것은 나약한 인간이 기댈 유일한 힘이기 때문이었다. 사실 재호의 마음처럼 인간은 절실할 때 신을 찾기 마련이고 신은 그 절실함 앞에 비로소 자기 모습을 드러내는 존재기도 했다.

빗줄기가 점점 약해지고 있었다. 그러나 감독들은 이미 모두 퇴근하고 없었기에 다시 일터로 나갈 염려는 없었다. 마당의 빗물이 제 갈 길을 찾아 갈래갈래 작은 골을 지으며 레일 쪽으로 흘러가고 있었다. 재호도 갈 길을 찾아 그렇게 흘러갈 것이었다. 계곡에 물이 불었는지 흐르는 소리가 요란했다.

겨우내 눈더미에 묻혔다 드러난 산죽잎에 생기가 돌고 있으니 이제 때가 온 것이었다. 다람쥐 한 마리 볼 수 없는 광활한 산죽 정글을 헤집고 탈출자들은 몇 날이 걸릴지, 몇 달이 걸릴지 알 수 없는 길을 나설 때가 되었다.

이곳에서 사람이 걸어 나갈 수 있는 길은 오직 하나, 광차 철로뿐인데 그 길을 타고 가면 산루슈우라쿠 초소에서 막히게 된다. 따라서 애초에 그 길은 염두에 두지 않았다. 대신 허를 찔러 누구나 불가능하다고 생각하는 산죽 정글을 뚫고 기타미산지를 넘어가야 한다. 그러나 그 정글을 헤치고 걷자면 온종일 용을 써도 수백 미터를 가기도 힘들 것이다.

따라서 이들의 탈출 계획은 빨래터의 하천을 따라 상류로 거슬러 올라가는 것이다. 그러다 보면 기타미산지의 정상인 피야시리산이 나올 것이고 그곳에서 동쪽 바다 쪽을 향해 내려가면 해안 도시가 나올 것이라는, 어찌 보면 막연하기 짝이 없는 탈출 계획이었다. 어떤 뚜렷한 대안이 없는 탈출 행로였지만 불안한 마음을 애써 누르고 이케다는 결행 날짜를 확정했다. 그날은 1944년 5월 25일이었다.

16. 탈출

마침내 거행일이 닥쳤다. 자정 지나 자금 담당 가네모토 반장, 식량 담당 히로다, 그리고 통역 담당 재호, 이렇게 세 사람은 옆 사람이 깰세라 조심스럽게 잠자리를 빠져나와 이케다의 좁은 방에 모였다. 누구라 할 것 없이 하나같이 긴장한 얼굴들이었다.

야반도주

후지하라 요장이 낌새를 맡고 나타날 것만 같아 가슴이 두근거렸다. 히로다의 긴 속눈썹도 바르르 떨리고 있었다. 목숨을 건 일인데 떨리지 않는다면 그게 이상한 일이었다. 이케다는 미리 준비해둔 종이와 연필을 재호 앞에 내밀면서 구술하는 대로 일본어로 옮겨 쓰라고 했다. 11개월 만에 연필과 종이를 받아 든 재호의 손도 떨리고 있었다.

> 후지하라 요장 궤하(机下)
>
> 그간 후지하라 상의 특별한 배려를 받은 데 대하여는 무한한 감사를 드립니다.
> 그러나 기한도 희망도 없는 이 노예의 굴레를 벗고자 탈출합니다.

이 점 깊이 이해하여 주시고 한 가지 부탁드리고 싶은 것은, 이 건으로 인해 남아 있는 우리 동료들이 괴롭힘을 당하는 일이 없었으면 합니다.

소화 19년 5월 25일

지태하(池泰夏) 배상

편지를 들고 요장의 방으로 들어가는 이케다의 표정도 평소와 다르게 딱딱하게 굳어 있었다. 이제 돌이킬 수 없는 일이 벌어진 것을 실감하면서 다들 숨을 죽이고 지켜보고 있었다. 이케다는 5월이 다 가는데도 후지하라와 그의 부인 방에 밤마다 난롯불을 지펴주고 있었다. 새벽 1시는 아침까지 탈 장작을 채워주는 시간이어서 그 시각에 맞춰 들어간 것이다.

일을 마치고 나오면서 그는 요장 사무실의 책상 위에 가지고 간 편지를 펼쳐놓은 뒤 벽에 붙어 있는 홋카이도 정밀 지도를 떼서 들고나왔다. 그러고는 일행을 데리고 3반으로 가서 구니모토 대장을 깨웠다. 눈을 비비면서 일어난 대장은 일행의 복장과 짐보따리를 들고 서 있는 모습을 보고 눈이 휘둥그레졌다.

"무슨 일이요?"

이케다는 무릎을 꿇고 대장의 오른손을 두 손으로 잡으며 용서를 빌 듯이 조용히 말했다.

"대장님, 우리는 인자 이곳을 탈출허려구 나섰시유. 인사두 없이 떠난다는 그이 도리가 아니다 싶어 대장님을 깨운 거시쥬. 우리가 떠난 후에 대장님이 겪으실 고충을 생각허믄 그저 지송허구 또 지송헐 뿐이쥬. 그렇지만 은제까지 이렇게 살 수는 없다는 생각이 들어, 차라리 산죽 정글 속으서 죽는 한이 있더라두 탈출하려구 혀유. 이해해 주실 줄 믿어유. 대장님은 책임으 있응께 대원들을 잘 보살피노라면 반드시 고양으 갈 날두 오겠지유."

이케다의 숨죽인 말이 아닌 밤중에 홍두깨라 대경실색한 대장의 낯빛이 순식간에 변하여 무슨 일이라도 벌이면 어쩌나 마음을 졸이며 지켜봤다. 하지만 대장은 한 손으로 뒤통수를 박박 긁어 대며 입맛을 쩝쩝 다실 뿐 어떤 말도 꺼내지 못했다. 말을 마친 이케다는 다시 한번 대장의 손을 두 손으로 꽉 쥐었다 풀며 일어섰다.

"그럼, 대장님, 안녕히 계슈."

이케다가 단호한 태도로 인사를 할 때 일행 세 사람도 같이 고개를 숙였다. 막 발걸음을 떼려는데 대장이 비로소 말을 꺼냈다.

"생각지도 못한 일이 벌어져 복잡한 심사요. 내가 그동안 제일 신뢰했고 많은 도움을 받아온 처지라 막지는 않겠소만, 내 입장에서 잘 가라고는 하지 않겠소."

대장은 앉은 채로 이케다를 올려다보면서 말했다. 주변이 깰까 두 사람의 대화는 몹시 억누른 소리로 주고받았지만 그래도 3반과 4반의 귀 밝은 몇 사람이 부스스 일어나 이 장면을 지켜봤다. 그 모습을 보면서 재호의 콩콩 뛰는 조바심은 입을 바짝 마르게 하는데도 이케다는 흐트러짐 없이 해야 할 인사를 다 챙겼다.

새로운 일행

드디어 일행은 도둑고양이처럼 발소리를 죽이며 요사를 빠져나와 개울로 향했다. 선두는 당연히 이케다였고 세 사람은 그 뒤를 따랐다. 달빛도 없는 칠흑 같은 어둠 속에 몸을 숨긴 일행이 익숙한 빨래터를 막 건너려는데 요사 문이 벌컥 열리더니 여러 명의 시커먼 그림자가 움직이는 것이 보였다.

재호는 쭈뼛 소름이 돋으며 머리털이 곤두섰다. 대장이 반장들을 깨워 우리를 추격하는 것일까? 일행은 숨죽이며 이들을 주시했다. 만약 요장이라면 고함을 쳐 사람들을 깨우거나 한바탕 소란이 벌어졌어야 할 터인데, 그들의 조심스러운 태도를 보면 그건 아닌 것 같았다. 그렇다면 저 사람들의 정체는 뭐지? 어둠 속에 몸을 숨기고 숨죽이며 지켜보는데 뛰어오던 검은 그림자들이 레일을 건너면서 작은 목소리로 다급하게 외쳤다.

"우덜도 같이 가게 혀 주셔유!"

이들의 의도를 확인하고서야 비로소 일행은 안도의 숨을 내쉴 수 있었다. 3반의 다나카, 4반의 우치가와, 그리고 시로이시 세 사람이었다. 이들은 이케다가 대장과 하직 인사를 나누는 것을 지켜보다가 부랴부랴 쓸 만한 작업복만 챙겨서 일행의 뒤를 쫓아 나온 것이었다.

이케다는 가타부타 아무 대꾸도 없이 빠른 걸음으로 개울 상류 쪽으로 올라가고 있었다. 폭우로 산죽이 쓸려 드러난 개울 가장자리가 그나마 사람이 다닐 수 있는 곳이었다. 재호는 그 뒤를 놓칠세라 정신없이 따랐다. 그 와중에도 전혀 예상치 못한 세 사람의 합류에 머리가 복잡해졌다. 대탈출이 의외의 방향으로 흐르고 있었다.

재호는 이케다가 최종적으로 네 명이 탈출한다고 말했을 때 비로소 대탈출의 의미를 알아들었다. 많은 인원이 감행하는 대탈출이 아니라 목숨을 건 비장하고 중대한 무게를 염두에 두고 한 말이라는 것을. 그런데 이렇게 일이 커져 일곱 명으로 늘어났으니 아침 점호 때 후지하라가 이를 알게 되면 집요한 추적은 기정사실이라는 생각이 들었다. 식량은 말할 것도 없고 예상치 못한 돌발변수에 이케다의 머리도 복잡할 것이다.

산죽이 쓸려간 계곡 가장자리의 경사면을 미끄러지고 기어오르기도 하면서 위로, 위로 올라가면서도 요사 쪽에서 무슨 소리라도 들리지 않을까 온 신경이 곤두서 있었다.

먹통 같은 어둠 속에서도 사물이 어슴푸레 보이기 시작했다. 눈이 어둠에 적응한 것이다. 누구 하나 말을 꺼내는 이 없이 앞서가는 이케다를 따랐다. 산봉우리 쪽으로 뻗은 작은 계곡이 나타나자, 그는 그쪽으로 방향을 바꾸어 올라갔다.

계곡은 물이 제법 흐르고 있어 발걸음을 옮겨 디딜 때마다 찰박거렸고 발목까지 잠기는 곳도 있었다. 섬뜩하게 차가운 물에 발이 시려왔다. 계곡이 좁은 탓에 양쪽으로 우거진 산죽은 두꺼운 터널을 이뤄 수로는 별빛 하나 스며들 틈이 없어 아무것도 보이지 않았다. 잔뜩 긴장한 일행은 어떡하든 요사와 조금이라도 멀어져야 산다는 일념으로 어둠 속에서 넘어지고 일어서며 쉬지 않고 올랐다. 오르고 또 오르자 이윽고 작은 산봉우리가 나왔다. 시간 감각을 잊은 채 얼마나 걸었는지도 몰랐다. 모두 제정신이 아니었다.

요사를 나와 처음으로 이케다가 말문을 열었다.

"인자 쪼끔 쉬어 갑시다. 그러나 누구두 담배는 피우지 마시오. 어두운 밤으 담배 불빛은 백 리 밖에서두 볼 수 있는 것이랍디다."

이케다의 진뜩 긴장된 목소리를 어깻숨을 내쉬며 듣고 있었지만 아무도 대답하는 사람은 없었다. 누가 말하지 않아도 일행은 저절로 도주자의 은밀한 행동을 익히고 있었다.

잠시 숨을 돌린 다음 다시 피야시리산 주봉 쪽이라 짐작되는 방향의 골짜기를 따라 내려갔다. 일행이 있는 곳은 작은 산봉우리이니 더 높은 산봉우리를 오르기 위해서는 일단 내려가야 했다. 내려가는 계곡도 산죽 터널이었다.

언젠가 휴식 시간에 뚱보 히라노 감독이 했던 말이 떠올랐다. 기타미산지에는 곰이 많아서 길로 다닐 때는 반드시 손뼉을 치며 다녀야 곰이 피하지, 그렇지 않고 조용히 갔다가는 곰하고 딱 맞닥트리게 되어 놀란 곰이 사람을 해칠 수 있다는 말. 울창한 산죽 터널을 헤치며 내려가다 보니 꼭 곰이 나타날 것 같아 재호는 손뼉이라도 치고 싶었다. 하지만 그럴 수도 없는 형편이라 쭈뼛거리는 마음에 저 혼자 흠칫흠칫 놀라기도 했다.

뜻밖의 상황

그렇게 얼마를 걸었을까. 산죽 터널을 벗어나자 하늘의 초롱초롱한 별이 보였다. 어슴푸레한 주변을 살펴보니 삼나무 숲이었다. 하늘에 닿을 듯 쭉쭉 뻗어 올라간 삼나무 밑에는 그늘이라 자라지 못한 산죽이 듬성듬성하여 걷기가 아주 수월했다. 삼나무 숲이 끝나는 산기슭에 이르자 검푸르게 번지는 어슴새벽이 조금씩 밝아오고 있었다. 박명의 베일 속에 산죽 정글의 평원이 언덕 아래로 펼쳐져 보였다.

도대체 이곳이 어느 지점일까? 이리저리 살펴보는데, 산 밑의 평지 한 부분이 딱 눈에 띄었다. 빈틈없이 들어찬 산죽 정글에 그곳만이 움푹 패어 보이는 것이 이상하여 제호는 유심히 내려다보지 않을 수 없었다. 동쪽 하늘이 점점 더 밝아오면서 산자락의 어둠도 걷혀갔다.

"아, 아저씨! 저기가 바루 우덜 현장이잖유?"

재호는 저도 모르게 외쳤다.

"뭐라구?"

저마다 기겁하며 외쳐댔다.

"이럴 수가……. 이럴 수가……."

재호는 벼락에 맞아 쓰러지듯 땅바닥에 털썩 주저앉아 버렸다. 죽을 둥 살 둥 올랐는데 억장이 무너지는 소리가 와르르 들리는 것이었다. 메뚜기가 뛰어봐야 그 풀밭이라더니, 밤새워 헤매고 다닌 길이 돌고 돌아 제자리라니! 거기에서 요사까지는 겨우 15분 정도의 거리로 보였다. 이제 곧 감독들이 노동자들을 몰고 작업장에 나올 시각이었다. 다들 당황하여 어찌할 줄 몰라 허둥거렸다.

"우덜은 맞아 죽더라두 요사로 가 죽을랍니다. 이대루 돌아가겄슈."

뒤따라 합류했던 세 사람의 거의 울듯 부르짖는 소리가 일행에게 얼마나 절망감을 더해주는지 참담했다. 그러나 이케다의 생각은 달랐다.

"그러시오. 지금 싸게 뛰어가믄 아침밥은 못 먹을지라두 점호에는 낄 수 있을틴게, 어여 뛰어가시우. 그 보따리는 산죽밭 속으 감추어두구 요령껏 점호대열루 끼어들란 말이유."

이케다가 요장이 준 손시계를 들여다보면서 재촉했다. 그들은 이케다의 말이 떨어지자마자 뒤도 보지 않고 구르듯 뛰어가 버렸다. 일행은 일행대로 정신없이 삼나무 숲속으로 뛰어들어 내달렸다. 누구 하나 말을 뱉은 사람은 없었지만, 이들 네 사람은 산죽 정글 속에서 죽더라도 되돌아갈 수는 없었다. 그럴 것 같았으면 애당초 탈출할 마음도 먹지 않았을 것이다.

피야시리 산정을 향한 계곡을 찾아 삼나무 숲속을 헤매는 중에도 요장이 추적을 시작하지 않았을까 하는 염려에 자꾸만 뒤를 돌아보게 되었다. 아직 해는 떠오르지 않았지만 날은 환하게 밝아졌다. 하지만 시야가 온통 숲으로 가려져 피야시리 주봉을 볼 수 없을뿐더러 방향도 가늠할 수 없었다. 어쩌다가 언뜻언뜻 숲의 틈새로 비치는 햇살로 방향을 짐작하며 북쪽 방향의 계곡을 찾아 걸을 뿐이었다.

한참 동안 이리저리 헤매다가 산죽으로 뒤덮여 물이 흐르는 좁은 계곡을 만났다. 산죽 터널로 들어서니 채광이 차단되어 주변을 식별할 수 없을 정도로 어두컴컴했다. 여기라면 설사 그들이 추적해온다 해도 붙잡힐 염려는 없어 보여 적이 한시름을 놓을 수 있었다. 산죽 이외의 식물이라고는 아무것도 없었고 돌멩이 하나 발에 채지 않는 토질이어서 흐르는 물을 찰박거리며 걷기에는 매우 좋았다.

오르고 또 오르다 보니 그 무성하게 빼곡히 들어찬 산죽의 세가 점차 꺾이면서 하늘이 트이고 그렇게도 바라던 모습, 산정이 시야에 드러났다. 계곡물 또한 산루천과 달리 약간 검붉기는 해도 제법 맑은 물이 흘렀다. 곰이나 다닐 수 있다는 산죽 정글을 용케도 뚫어 바로 눈앞에 솟은 산정을 바라보니 풀린 다리에 힘이 불끈 솟아났다. 여기서부터는 산죽의 키도 작고 듬성듬성하여 걷는 데 어려움이 없었다. 이제 곧 창망한 바다가 보일 것이었다.

추적의 공포를 벗어나

그러나 그곳은 정상이 아니었다. 앞에는 바다가 아니라 파란 하늘을 배경으로 더 큰 산이 떡 버티고 서서 두 팔을 벌리듯 능선을 펼치고 있었다. 이케다의 시계가 오후 2시를 가리키고 있었지만, 일행은 새벽처럼 낙담하지 않았다. 이제 추적의 공포는 떨쳐 버릴 수 있었고 갈 길 없는 지함절벽이 아닌 살길이 보이니 마음에 여유를 되찾게 되었다.

일행은 양지바른 언덕을 찾아 짐을 풀어 누룽지를 꺼내 먹기 시작했다. 아침 겸 점심인 셈이었다. 피를 말리는 긴장 속에 배고픈 줄도 모르고 무려 열세 시간 동안이나 험산 계곡과 산죽 정글을 헤쳐 나온 것이다. 간밤에 한 순간도 눈을 붙여 보지 못한 일행은 배가 부르니 참을 수 없는 졸음이 쏟아져 너나없이 그 자리에 쓰러져 깊은 잠에 빠져들었다.

얼마를 잤을까. 따가운 햇볕에 잠을 깨어 보니 세 사람 모두 코를 골며 세상모르고 잠에 빠져 있었다. 이케다의 시계가 4시 45분을 가리키고 있었다. 재호는 누구에게도 통제받지 않고 내 의지로 잠도 자고 깨어 활동할 수도 있다는 사실에 비로소 자유의 몸이란 것을 실감했다. 해가 기울어진 서편 산 밑에 뭔가 움직이는 것이 보여 잔뜩 긴장하며 지켜보았다. 새까만 새끼 곰 세 마리가 엎치락뒤치락 서로 물고 뒹굴고 있는 옆에 어미 곰 한 마리가 낮잠을 즐기고 있었다.

"곰이다, 곰! 저그 곰이 있슈!"

재호의 외쳐대는 소리에 놀라 세 사람이 벌떡 일어나 두리번거렸다. 히로다는 천둥에 떠는 잠충이 같은 표정으로 미처 일어나기도 전에 놀라운 속도로 기어 달아나고 있었다. 그 꼴이 하도 우스워 재호는 거칠 것 없는 큰 소리로 깔깔 웃어댔다. 얼마 만에 이런 웃음을 마음 놓고 웃어보는지 가슴이 다 뻥 뚫리는 기분이 들었다. 다른 사람들도 합세한 웃음 속에 히로다는 멋쩍은 표정으로 되돌아와 재호를 흘겨보았다. 하지만 그도 이 상황이

싫지만은 않았는지 끝내 씩 웃고 말았다.

다들 즐겁고 흡족한 마음으로 짐을 챙겨 들고 피야시리산을 향해 걷기 시작했다. 여기서부터는 굳이 계곡의 물속을 걸을 필요가 없어 물에 흠뻑 젖은 지카다비를 여분으로 준비해 온 마른 신으로 바꾸어 신었다. 뽀송뽀송하고 쾌적한 촉감이 날아갈 것 같았다.

더구나 지긋지긋한 산죽 정글도 고산대에서는 세를 형성하지 못했다. 띄엄띄엄 한 포기씩 자리하고 있을 뿐만 아니라 고향 땅 조릿대 정도로 가늘고 키도 작아 탈출자들의 발걸음을 방해하는 것은 아무것도 없었다. 대신 어김없이 찾아온 봄을 직감하고 돋아나는 싱그러운 생명이 바위를 더듬거나 땅바닥에 납작 엎드린 채, 파랗게 산록을 물들여갔다. 그 모습은 그동안 잊고 지낸 평화의 온기를 일행의 가슴에 지펴주는 것이어서 노예의 무거운 멍에를 벗어버린 자유인의 들숨 날숨에도 달콤한 봄바람이 청량하기 그지없었다.

일행은 눈앞에 보이는 산정을 향해 오르려다 날이 저물면 은신할 곳이 없어 할 수 없이 다시 산죽 지대로 내려갔다. 자루가 짤막한 휴대용 산죽 낫으로 산죽을 쳐내 한 평 정도의 공간을 확보했다. 그리고 그 위에 베어낸 산죽대로 지붕을 이은 후 나머지는 바닥에 푹신하게 깔자 제법 아늑한 방이 되었다. 그 안에 빙 둘러앉아 어두워지기 전에 누룽지를 꺼내 먹으면서 탈출 과정의 무용담을 신바람 나게 떠들어댔다. 별로 웃을 일이 아닌데도 깔깔거리는 모습이 어디 야영 나온 이들의 들뜬 마음과 다를 바 없었다.

해가 지자 기온이 뚝 떨어지면서 어설픈 초막의 틈새로 영하의 냉기가 파고들었다. 얼어 죽지 않고 밤을 나기 위해서는 뭔가 대책을 세워야 했다. 어둠에 완전히 시야가 먹히기 전 이들 네 사람은 서둘러 산죽 대나무 밑동을 헤집으며 쌓인 산죽대를 주위 모아 화톳불을 피웠다. 천만다행으로 자리 한가운데 지핀 불은 연기도 전혀 나지 않고 불땀도 좋아 최적의 화톳불이었다. 삭은 산죽대는 주위에 지천이어서 땔감 걱정은 전혀 할 필요가 없었다. 지질이 형성된 이래 누구도 발을 딛지 못했을 이 대지는 바로 최초의 방문자인 그들을 위해 그 오랜 세월을 기다렸다가 때를 맞춰 땔감을 드러내 보여준 것이다.

어느덧 일행은 화톳불을 에둘러 한 귀퉁이씩 자리 잡고는 눕자마자 코를 골며 깊은 잠에 빠져들었다. 재호는 화톳불을 놔두고 저마저 잠이 들면 불이 꺼지거나 번질 우려가 있다는 생각이 들어 저절로 불침번을 서야 했다. 또 한 가지 은근히 걱정되는 건 곰이 사람 냄새를 맡고 들이닥칠까봐서였다. 곤두선 신경은 산죽잎이 바람에 부딪는 소리에도 귀가 쫑긋거려졌다.

밤이 깊어질수록 매섭게 부는 찬바람이 화톳불의 열기가 미치는 범위를 좁혀가자 새우처럼 바싹 몸을 구부리며 자는 사람들이 잠결에도 자꾸만 불섶 가까이 다가들어 화상을 입지 않도록 단속을 해줘야 했다. 화톳불의 열기는 이 엉성한 초막에 잠시도 머무르지 않고 대바구니에 물이 빠져나가듯이 틈 저 틈으로 다 빠져나가 버렸다.

화톳불 앞에서

누군가는 화톳불을 지켜야 밤을 견딜 수 있었다. 재호는 자신이 자겠노라 어른들을 깨우기도 면구스러워 불 곁에 앉아 마냥 숙어 드는 불땀을 계속 돋우어 주었다. 장작처럼 탁탁 불똥이 튀지도 않으면서 연기 하나 없이 활활 타오르는 화염의 춤사위는 지켜볼수록 마음을 빼앗아 집중하게 하는 정화의 마력이 있었다. 배화교도들이 치르는 불의 의식처럼 재호는 불 앞에 경건히 앉아 고산지대의 밤이 들려주는 소리들, 어느 설벽이 무너져 내리는지 우레처럼 으르렁거리는 소리며 '우우' 곰이 울어대는 소리에 오랫동안 귀를 기울였다.

태곳적 전설 같은 소리는 잠든 일행의 코 고는 소리와는 달리 선명하게 들렸다. 인류의 조상들은 모닥불 앞에서 우주의 가없는 공간을 운행하는 별들을 우러르며 무슨 생각을 했을까. 무량한 시간 속에 얼마나 많은 생명이 왔다가 갔을까. 그들이 느꼈을 슬픔과 기쁨, 희망과 절망, 사랑과 미움은 다 어디로 간 것일까. 덧없는 생명들의 자취가 화석처럼 풍화되어 밤에 부는 바람결을 따라 강물처럼 흘러가지만, 그들이 느꼈을 무연한 외로움은 그대로 소년의 것이 되어 소년은 자연스레 그들의 시간을 보고 있는 것이라 느껴졌다.

그러다가 찬바람 들이쳐 오싹 냉기가 등에 업히면 그는 목을 움츠리고 삭은 대를 한 움큼 넣어 불땀을 키워주었다. 산죽대가 저마다 자신을 바치는 연소를 모아 세를 키운 불꽃은 널름널름 혀를 내두르며 기세 좋게 타올랐다. 그중에 어떤 것은 타들어 가다 제풀에 주저앉으며 더미에서 미끄러져 시나브로 시르죽는 것도 있었다. 재호는 외로운 것들은 종말조차도 쓸쓸한 것 같이 안쓰러운 생각에 그것들을 주워 중심에 넣어주었다.

주황빛 불빛에 눈을 떼고 잠든 이들을 보고 있자니 불빛에 어룽대는 그들의 얼굴이 처연하게 비쳤다. 추위에 떨며 애써 잠을 청해서 그러는 것인지, 아니면 바라보는 재호의 심사가 그런 것인지, 천지간에 저 홀로 존재의 불빛을 밝히며 적막한 밤을 지키고 있다는 생각이 화선지에 먹물처럼 번졌다. 화톳불을 홀로 하염없이 바라보는 심사가 원래 그런 것인지도 몰랐다.

소년은 깊은 우물처럼 고여 있는 적막이 쓸쓸하여 하릴없이 산죽대 하나에 불을 댕겨 오래도록 바라보았다. 촛불처럼 맑고 고운 불길 속에 온화한 어머니의 얼굴이 떠올랐다. 사무치는 그리움으로 그것을 지켜보고 있자니 그 얼굴이 점점 어둠 속으로 사라져갔다. 타들어가던 산죽대의 끝이 말리면서 스르르 꺼져가고 있었던 것이다. 종내 꺼질까봐 산죽대를 거꾸로 하였더니 이내 다시 타올랐다.

이번에는 다마코의 얼굴이 떠올랐다. 다마코, 다마코가 떠오를 때마다 드는 생각은 '지금 그녀는 무얼 하고 있을까?', '내가 그녀를 생각하듯 그녀도 나를 생각하고 있을까?'였다. 인연이 아니면 마음에서도 떠나 무덤덤해진다는데 다마코는 소년의 마음을 떠나지 않고 이리도 맴돌았다.

주마등처럼 숱한 생각들이 명멸하고 스러졌다. 되돌아간 세 사람은 어찌 되었을까? 무사히 점호에 참여했을까? 탈주에 합류했다 되돌아온 사실이 발각됐다면? 우리 때문에 제1료 대장을 비롯한 남겨진 사람들이 감내해야 할 고초는? 그들의 소식은 알 길이 없어서 영원한 궁금증으로 남을 것이었다.

'우우.' 곰이 울어대는 소리가 또 들렸다. 이번에는 멀지 않은 아래쪽에서 들려왔다. 조금 있다 더 먼 곳에서 화답하듯 곰이 우는 소리가 들렸다. 곰들도 저마다 다른 음색을 가지고 있었다. 사람마다 목소리가 다르듯 곰들도 우는 소리로 서로 소통하고 분별하는 것 같았다. 몇 번인가 주고받는 울음소리가 들리더니 이내 잠잠해졌다.

산죽 정글에는 빈틈없이 뻗은 산죽 뿌리 때문에 다른 초목이 발을 붙이지 못했다. 초목이 없으니 열매나 잎을 탐하는 토끼며 다람쥐도 보이지 않았다. 노동자들이 목격한 것은 오로지 곰뿐이었다. 곰들이 무얼 먹고 사는지 몰랐으나 뚱보 히라노 감독은 계곡의 물고기, 특히 숭어나 연어를 잡아먹는다고 했다.

작년 가을 연어 산란기에는 제1료 세면장에 한동안 연어가 우글거렸다. 떼를 지어 일으키는 물보라로 수면이 요동치는 가운데 계곡 상류 쪽을 향하여 펄떡거리며 튀어 오르는 힘찬 생명의 도약이 여기저기서 폭죽처럼 터져 올라 장관을 이루었다. 고기 반 물 반이라 맨손에 쉽사리 잡힐 것도 같았지만 어찌나 잽싸게 도망치는지 누구도 성공한 이가 없었다. 단 하루만이라도 노동자들에게 잡을 도구와 시간을 주었다면 잡아 말리거나 훈제하여 배고픔을 덜 수도 있었을 텐데, 언제나 새벽같이 일터로 나가 어두워져서야 놀아오는 노동자들에겐 그림의 떡이었다.

새벽이 되자 기온이 더 떨어져 초막을 휘도는 공기가 예리하게 날을 세웠다. 그제야 세 사람은 일어나 춥다면서 화톳불 곁으로 당겨 앉으며 담배들을 피워 물었다.

"야는 꼬박 밤을 새웠나 부네?"

가네모토가 말했다.

"불 옆으루 누워서 한숨 자거라."

이케다가 자리를 비켜주면서 말했다. 그의 말대로 한잠을 자둬야 또 온종일 산을 탈 수 있을 것 같아 재호가 불을 바라보며 옆으로 누웠는데 화톳불이 한 바퀴 핑 돌았다. 현기증이었다. 재호는 눈을 꼭 감고 애써 잠을 청해봤지만, 뼛속까지 스민 고단함에 정신이 몽롱한데도 잠은 오지 않았다. 밤새껏 불땀만 바라봤던 눈은 가시가 돋아 까슬까슬했다. 결국, 재호는 한숨도 자지 못하고 일어날 수밖에 없었다.

바다가 보인다

화톳불에 둘러앉아 아침으로 누룽지를 먹고 나서 다시 정상을 향해 오르기 시작했다. 그러나 다리의 근육이 단단히 굳어 녹슨 쇠바퀴 모양 움직이지 않아 억지로 발걸음을 떼어 올라갔다. 헉헉거리며 산죽 지대를 빠져나온 뒤 한 걸음 또 한 걸음 고도를 높여 나갔다.

겨울의 뿌리가 얼마나 깊은지 사나흘 후면 6월인데도 산비탈 어디나 단단한 잔설이 앙버티고 있었다. 그 잔설에는 지난겨울 켜켜이 쌓인 눈의 이력이 나이테로 새겨져 있었다. 갈증이 난 일행은 신발 뒷굽으로 눈을 쿡쿡 찍어내 목을 축였다. 그러면서 힘겹게 올라온 길을 내려다보며 기분 좋은 햇볕을 즐겼다. 간간이 드러난 표토에는 야생초들이 싱싱한 녹색을 풀어내고 있었다. 그것들은 극한의 모진 땅에서 시련에 굴하지 않고 짧은 생의 주기를 이어가고 있었다. 잡초는 연약하지만 강인하여 이 불모지의 진정한 주인은 바로 그 하찮은 것들이었다.

　네 사람은 산의 정상에 오르기만 하면 그들이 그토록 염원하는 바다와 도시가 보일 것이라는 기대를 품고 앞서거니 뒤서거니 하면서 묵묵히 오르고 또 올랐다. 팍팍한 산길이어서 어느덧 흐르는 땀으로 등이 젖어 들었다. 적어도 시퍼런 하늘과 맞닿은 능선까지만이라도 올라채면 바다를 볼 수 있을 것이 아니겠는가.

　가까스로 능선 마루에 올라 보니 이게 웬일인가! 어디를 봐도 크고 작은 산봉우리들뿐이었다. 높은 산들은 하얀 눈을 이고 서 있었고 낮은 산들은 녹색으로. 높고 낮고 가깝고 먼 곳을 떠나 평평한 땅은 도무지 없었다. 저 위험한 틈새에 길은 물론이고 마을의 그림자조차 보이지 않았다. 안간힘으로 버텨온 기대는 단번에 좌절로 바뀌고 말았다. 전면으로는 가파른 경사가 끝없이 이어졌다.

　선택의 여지 없이 그 길을 타고 올라야 한다는 생각에 힘이 당기는 것 같았다. 몸은 이미 지쳐 발목이 자주 접질렸고 종아리에는 쥐가 올라 한참을 주저앉아 풀어줘야 했다. 그 비탈길에서 일행은 정상을 정복하는 등정대처럼 쉬다 오르기를 거듭하며 겨우 산마루턱에 도달한 시각은 오후 3시였다. 10시간이 넘는 고난의 등정이었다. 오르자마자 가쁜 숨을 몰아쉬며 바다가 있어야 할 동쪽을 바라보았다. 눈 아래 가없이 펼쳐지는 산맥이 굽이치고 모이고 흩어지며 장관을 이루고 있었다. 그 아래 이 골 저 골 모이고 모인 준령의 계곡을 타고 뱀처럼 휘도는 강이 보였고, 그 강의 끝자락에 아스라이 하늘과 맞닿은 수평선이 보였다.

　"바다다! 저그 바다가 보인다!"

　누가 먼저랄 것도 없이 모두 목이 터지라 외쳐대는 것이었다. 탈출자들은 결국은 해내고야 말았다는 기쁨에 겨워 서로를 얼싸안고 방방 뛰다 뒹굴디 어찌할 할 바를 몰랐다. 단순한 정상 등정이라는 성취감하고는 비교할 수 없는 감격이자 기쁨이었다.

환호작약의 순간이 지나고, 다리가 아픈 재호는 땅바닥에 퍼질러 앉아 숨을 몰아쉬며 하염없이 멀고 먼 바다를 바라다보았다. 오호츠크해였다. 피야시리산 정상에서 조국이 보이는 것도 아니요, 누구 하나 기다려주는 이도 없었다. 하지만 죽음의 산죽 지대를 기어이 벗어나 산의 정상에 올라서 일행이 나아갈 바를 정할 수 있었다. 그것은 목숨을 건 승부수의 한 고비를 넘어섰다는 뜻이어서 저마다 형용할 길 없는 환희로 들뜰 수밖에 없었다.

신기하게도 일행이 내려가야 할 산 동쪽 사면은 산죽 지대가 보이지 않았다. 지도를 펼쳐놓고 사방을 둘러보며 자신들의 위치와 앞으로 내려가야 할 길을 찾기 시작했다. 일행이 산에서 바라보는 동북쪽으로는 오호츠크해, 북쪽으로는 사할린, 서쪽 내륙으로는 데시오강이 있었다. 그 강을 따라 검은 벌레처럼 보이는 기차가 연기를 뭉게뭉게 내뿜으며 기어가고 있었다.

일행은 호로나이강(幌內江)이 발원하는 계곡으로 내려가 그 강을 따라가다 보면 호로나이 포구에 도달하게 될 것이었다. 해안까지는 넉넉히 잡아도 이삼일이면 갈 수 있을 것 같았다. 들뜬 마음이 가라앉으니 허기가 찾아왔다. 자루를 풀어 저마다 누룽지를 손에 들고는 사방천지를 조감할 수 있는 곳에 앉아 오독오독 씹으며 깊은 생각에 잠겼다.

탈출을 준비할 때부터 그날까지 피를 마르게 한 불안과 긴장은 거짓말처럼 사라지고 없었다. 에워싼 산죽 정글 앞에 누구도 탈주를 꿈꾸지 못했지만, 도박판을 거들떠보지도 않던 이케다는 목숨을 판돈으로 걸어 이 일을 감행했다. 도박판의 진정한 승자는 이 네 사람이었다.

자리를 털고 일어난 일행은 다음 날 내려갈 방향을 정해놓고, 어둡기 전에 숙영지로 삼을 산죽 지대를 향해 내려갔다. 겨우 힘겹게 올라온 길을 다시 내려간다는 것은 올라오는 동안의 고난을 생각하면 아깝고 억울하기까지 했다. 하지만 산 정상에서 숙영 도구도 없이 밤을 지새운다는 것은 곧 동사를 의미하는 것이어서 다른 방도가 없었다. 경사진 비탈길은 내려가기도 쉽지 않았다. 다리가 후들거리고 무릎에 힘이 없어 미끄러지고 넘어졌다. 마음은 가벼웠으나 몸은 무거웠다.

계곡을 타고 무성한 산죽 정글 속으로 찾아든 일행은 전날보다 더 두툼하게 지붕을 덮고 잘 마른 대를 깔고 땔감도 넉넉하게 모아놓았다. 불을 피울 한복판은 흙바닥이 나올 때까지 긁어내고 잠자리도 더욱 아늑하게 만들었다. 전날의 경험을 바탕으로 제법 그럴싸한 숙영지를 만든 셈이다. 수렵과 채취로 생존한 원시인들도 이렇게 살았을 것이다. 그들은 어젯밤처럼 저녁을 먹자마자 곯아떨어지지 않고, 이런저런 이야기를 주거니 받거니 이어나갔다.

지난밤 한숨도 자지 못한 재호는 아침부터 온종일 산을 오르내리느라 지친 몸이 천 길 낭떠러지로 꺼져가는 듯했다. 극심한 피로가 몰려왔을 뿐 아니라 두통에 열도 있었다. 누우면 추울 것 같아서 화톳불 앞에 두 무릎을 세워 감싸 안고는 고개를 묻었다. 이마에 닿은 팔등이 열 때문인지 뜨겁게 느껴졌다.

두번째 야영

가네모토는 탈출 직전에 뚱보 히라노를 통해 살담배 열 봉과 살담뱃대 하나를 거금 10원을 주고 사들였다. 물론 뒷거래로 산 것이다. 10원이라면 노동자들의 20일분 품삯이었다. 300원이 넘는 돈을 싹쓸이했기 때문에 그것을 어떻게 쓰든 본인 맘이었다. 하지만 그깟 담배에 그런 거금을 써야 하나, 하는 생각이 재호에게 뾰족하게 치솟는 건 어쩔 수 없었다. 한편으로는 돈을 좀 땄다 하면 셈도 없이 헤프게 쓰고 결국에는 빈털터리 신세가 되는 도박꾼들의 생리려니 하는 생각도 들었다. 하기야 그 맛으로 도박을 하는 것인지도 몰랐다.

살담배는 조선에서는 볼 수 없는 것으로 일본인들이 퍽 즐겨 피우는 엽초였다. 언뜻 쇠털로 오인할 정도로 자디잘게 썬 절초(切草)였기 때문에 노동자들은 일본인 감독들이 피는 그것을 쇠털담배라 불렀다. 살담뱃대 역시 조선의 담뱃대와 비교할 수 없을 정도로 짤막했고 대통은 겨우 콩알 하나 끼울 만큼 작았다.

피우는 방식은 먼저 쇠털 같은 엽초를 똘똘 말아 대통에 넣고 꾹 눌러 불을 붙인 후, 한 세 모금 정도 빨고는 아직 불씨가 남아 있는 재를 손바닥에 털어 내고 그사이 새로 뭉쳐놓은 절초를 대통에 넣어 손바닥의 불씨에 대고 빨면서 불을 댕기는 것을 반복한다. 잔손이 많이 갔지만 노동자들은 그 맛을 궁금해하고 선망의 눈으로 쳐다보던 담배였다.

일본인 감독들은 노동자들에게 거칠게 썰어 말린 엽초를 한 달에 일 인당 네 봉지씩 배급했다. 가네모토는 쇠털담배가 얼마나 부러웠던지 노름으로 돈을 따자마지 제일 먼지 많은 웃돈까지 얹어주며 그 일습을 사들였던 것이다.

세 사람은 화톳불에 둘러앉아 삭은 대를 꺾어 넣으면서 쇠털 담뱃대를 돌려 피우며 이야기판을 벌였다.

"제기랄, 이게 뭔 눔의 팔자 속이람!"

쇠털담배를 갈아 끼우던 가네모토 씨가 푸념을 늘어놓았다.

"우덜 노동자들이야 다 매찬가지 아닌가, 세상이 빨리 뒤집혀야 이 고상을 면허지."

이케다가 말을 받았다.

"그나저나 도시루 나가서 워치게 먹구 살지? 여행증이 없으니 맘대루 돌아댕길 수두 없을 테구. 일본말두 모르니 일터두 못 잡을 테구."

한고비를 넘기니 생각도 못 한 다음 고비가 걱정되었는지 가네모토가 구시렁거렸다. 원래 겁이 많고 걱정이 많은 히로다가 기다렸다는 듯 말을 이었다.

"그렇게 말여, 공연시 도망쳐 나왔나 벼."

이케다가 그의 말에 발끈했다.

"아무려면 어디 가서 무엇을 하든 간에 산루광산만 헐라구. 그렇게 후회스럽다믄 되돌아가든지. 내 붙잡지 않을 테니."

이케다가 산죽대 두서너 개를 화가 난다는 듯 뚝 분질러 불에 넣자 잠시 어색한 침묵이 흘렀고 괜스레 피어오르는 불땀만 바라봤다.

"씰디없는 걱정덜 허지두 말아유. 다 사람 살 구석은 있는 벱이니깨!"

이케다는 침묵을 깨며 각단 지게 매조지었다.

"허기야 하늘이 무너져두 솟아날 구멍은 있다는디, 워딜 가나 고상이야 허겠지만 산루광산보다야 낫겠지……."

눈치 빠른 가네모토가 공연한 일로 이케다의 비위를 거슬렀다고 생각했는지 얼른 말을 바꾸었다. 하긴 가네모토도 말이 반장이지 일은 일대로 하면서 반장 노릇 하느라 성가신 일을 떠맡는 경우가 많았다. 유난히 큰 체구에 감자밥 한 술로 중노동을 견뎌내느라 남들보다 고통이 더했을 것이다.

"아, 그만 넘겨유! 혼차만 계속 피울 거유?"

히로다도 무안했던지 까닭 없이 가네모토한테 과장된 목소리로 쇠털담 뱃대를 넘겨달라고 눙치는 것이었다.

17. 열병

  잠이 오지 않는지 세 사람의 주고받는 이야기가 끊일 줄 몰랐다. 재호는 이들의 이야기를 귓전으로 들으며 잠을 청했다. 하지만 머리가 지끈지끈 아파져 오고 발목과 무릎이 몹시 쑤시며 전신이 오슬오슬 떨렸다.

  몸살인가? 한잠 푹 자고 나면 나아질 것 같았지만 몸이 너무 괴로워 잠을 이룰 수가 없었다. 이제 세 사람의 이야기 소리는 확성기로 외쳐대듯 윙윙 재호의 귀청을 때렸다. 신경은 날카롭게 곤두서 잠은 더욱 멀리 달아나고 있었다. 그러다 어느샌가 저도 모르게 잠이 들었었나 치솟는 고통에 못 이겨 잠결에 신음을 내질렀다.

  "아이고, 엄니!"

  온몸 뼈마디마다 뾰족한 송곳으로 찌르는 것처럼 아파서 견딜 수가 없었다. 세 사람은 그때까지도 이야기가 끝이 없었다.

  "워디 아프니?"

  이케다가 놀라며 재호의 이마를 짚어 보았다.

  "얼라려, 너 열이 대단허구나! 큰일 났네, 약두 없구."

  이케다는 몹시 당황한 목소리로 말했다. 재호가 온몸을 사시나무처럼 떨고 있었다. 그러나 이 산중에 무슨 대처할 방법이 있겠는가. 세 사람은 재호의 떠는 기세에 놀라 옷 보따리를 모두 풀어 덮을 수 있는 것들이라면 하다못해 수건이라도 꺼내 재호를 덮어주었지만, 아무 효험이 없었다.

"으흐흐 으으, 으으으으……."

이가 저절로 딱딱 마주치는 소리가 재호의 골을 울렸고 정신이 다 아득해졌다.

"엄니, 엄니. 나 죽을 것만 같어유!"

"염병인가 본디?"

누구의 목소리인지는 모르겠지만 가늘고 아득하게 들려왔다.

'염병이라면 무서운 전염병이 아닌가? 이 산중에서 염병이라니, 인자 나는 죽는구나!'

엄니! 엄니!

혼미한 정신 속에서도 재호는 언뜻 그런 생각이 드는 것이었다. 시간이 갈수록 의식이 가물가물 흐려지면서 사람들의 말소리도 희미하게 멀어져 가더니 산발적인 메아리가 여기저기서 길게 꼬리를 그으며 들려왔다. 그러다 갑자기 '깨갱 깨갱 깽' 날카로운 꽹과리 소리, 징을 치는 소리, 북소리뿐만이 아니라 정체를 알 수 없는 소리들이 파도가 솟구치듯 부풀어 올라 고막이 터질 것 같았다가, 이내 물러났다가, 다시 부풀어 올랐다가 일정한 주기를 타고 오르락내리락하는 것이었다.

요란한 난타 음의 음압이 최고조에 이르면 재호의 머리는 거의 폭발할 지경이어서 턱, 막히는 숨통을 트여보려고 안간힘을 써야 했다. 그 고통의 주기는 쉼 없이 되풀이되어 기진맥진할 때쯤, 어디선가 아스라이 재호를 부르는 화서의 음성이 들렸다.

"재호야……. 재호야……."

애절하게 부르는 목소리가 똑똑히 듣고 싶어 간절히 귀를 기울여봤지만, 뒤따르는 거세게 휘몰아치는 풍악 소리에 묻혀 들리지 않았다. 너무 안타까워 화서의 목소리가 들리는 방향으로 달려가는데 새까만 곰들 수십 마리가 무리를 지어 앞발을 들고 일어서서 재호의 앞길을 막는 것이었다.

"엄니! 엄니!"

앞이 막혀 발을 동동 구르며 목이 터지라고 어머니를 부르는 소리가 들렸던지 멀리서 힐긋 돌아보는 화서의 눈초리는 섬뜩하게 낯선 것이었다.

"엄니! 엄니!"

재호는 이러는 어머니가 너무 야속하여 죽을힘을 다해 소리쳐 불러봐도 화서는 이제는 뒤도 돌아보지 않고 끈 떨어진 연처럼 가뭇가뭇 멀리 날아가는 것이었다.

"엄니 지가 재호여유! 엄니 아들, 재호유!"

억장이 무너져 통곡하는 재호를 아랑곳하지 않고 화서는 산 너머인지, 아니면 하늘 끝인지 점점 희미해지더니 기어이 보이지 않고 말았다. 재호는 몸이 바짝 달아올라 사력을 다해 어머니를 불렀다.

"재호야! 재호야! 정신 차려!"

누군가가 거칠게 흔들면서 불러대는 소리에 재호가 억지로 눈을 떠보니 이케다의 얼굴이 흐릿하게 보이는 것이었다.

"인자 정신이 쫌 드니? 나 알아보겠어?"

이케다의 다급하게 묻는 말이 모깃소리만큼이나 가늘게 멀리서 들렸다. 대답을 하려 안간힘을 쓰는데도 말이 나오지 않아 재호는 눈으로 대신했다. 머리에는 수건이 단단하게 동여매 있었으나 도끼로 패는 것처럼 아팠고 한기가 걷잡을 수 없이 몰아치는 것이었다.

"재호야, 심들어두 쪼끔만 참그라. 날이 밝는디루 산을 니려가 병원으 갈테니 그때까지만 견디자."

이케다의 말이 아까보다는 가깝게, 그리고 선명하게 들리는가 싶더니 또다시 땅바닥이 푹 꺼져 내려앉으며 화톳불이 거꾸로 핑 돌면서 앉아 있는 사람들의 모습이 아득하게 멀어져 가는 것이었다. 그렇게 열이 오르고 내림에 따라 의식도 왔다 갔다 하면서 꼬박 밤을 지새웠다.

날이 밝자 이들은 재호를 등에 업고 하산하기 시작했다. 재호는 돋보기를 쓴 것처럼 온 시야가 울퉁불퉁해 보이고, 눈알이 빠져나오려는 것 같아서 아예 눈을 꾹 감아버렸다. 언뜻언뜻 돌아오는 의식 속에서 세 사람이 교대로 재호를 업고 능선을 넘어 전날 정해놓은 계곡으로 내려가고 있다는 것을 짐작할 수 있었다.

하나님의 도우심

그러나 머리가 참을 수 없이 아프고 어지럼증이 극심하여 차라리 재호를 땅에 내려놓아 죽게 내 버려두었으면 좋겠다는 생각이 들었다. 비몽사몽간에 삶과 죽음의 경계선을 오락가락하는 위기의 시간이 얼마나 지났을까? 몽롱한 의식 속에서 인가에 도달했다는 것, 방 안에 눕혀지고 누군가 재호의 이마를 짚어보더니 이불을 덮어주고 있다는 것을 어렴풋이 감지할 수 있었다.

꿈결 같은 혼미 속에서도 안도감이 찾아왔다. 어떤 곳인지 궁금하여 눈을 겨우 떠보았으나 세상이 온통 빙빙 돌아가는 통에 도로 눈을 감고 말았다. 방 안에서 사람들의 말소리가 들렸으나 목소리가 한데 엉겨 단지 윙윙거리는 소리로만 들릴 뿐이었다.

시간이 얼마나 지났을까. 재호는 입 안으로 뭔가 따뜻한 물이 들어오는 것을 느꼈다. 하지만 고열로 입술이 트고 혀는 갈라지고 입 안이 바싹 말라 잠시 입안에 머물렀다가 가까스로 삼켰다.

물을 떠먹이는 사람이 누구인가 눈을 떠 보았으나 열기에 어른거리는 여인의 윤곽만 알아차릴 수 있을 뿐, 다시 울렁거리는 현기증으로 눈을 감을 수밖에 없었다.

"약이에요. 힘들어도 자꾸 마셔야 해요."

일본어로 말하는 여인의 음성이 다마코의 그것이 아니어서 적이 실망스러웠다. 또 재호의 입으로 약물이 들어왔다. 약이 쓰다거나 달다거나 맛을 전혀 느끼지 못하고 그저 떠 넣어주는 대로 삼켰다.

이 여인은 도대체 누구일까? 궁금한 마음이 들어 다시 눈을 뜨자 희미한 천정이 거세게 소용돌이치면서 여인까지 싸잡아 돌아가는 통에 정체를 알아볼 수는 없었으나 어렴풋이 젊은 여인이라는 생각이 들었다.

이케다가 산에서 내려가면 병원에 간다는 말이 생각났다. 그러나 재호가 누운 곳은 병원은 아닌 것 같았고 이 여인도 간호부는 아닌 것 같았다.

"제법 마셨으니 이제 잠이 들 거예요."

역시 일본어로 말하는 여인의 말소리를 알아들을 수는 있었다. 몸은 아직도 춥고 사정없이 떨렸지만 그래도 죽을 것 같은 고통은 넘긴 것 같다는 생각이 들었다. 한없이 꺼져가는 몸뚱어리의 저 희미한 곳에서 실낱같은 희망이 감지되었다. 사람 사는 집이 주는 안도감이었을지도 모른다. 재호는 저도 모르게 잇새로 스며 나오는 앓는 소리를 토하다가 약의 효험 때문인지 조금씩 진정되는 기미를 느끼면서 잠이 들었다.

그러다 남자들의 웅성거리는 목소리에 잠이 깼다. 아직도 몹시 어지럽고 머리가 빠개지듯 아픈 가운데서도 누가 누구인지는 알아볼 수 있었다.

"인자 정신이 드니?"

이케다가 물었다. 재호가 겨우 고개를 끄덕이고는 방을 둘러보았다. 천장에 통나무 대들보며 서까래가 낯설었고 벽 역시 통나무로 쌓아 올린 귀틀집인데 방바닥에는 새까만 곰 털가죽이 깔려 있었다. 현기증으로 더는 버틸 수 없어서 눈을 감으면서 물었다.

"여긴 워디래유?"

으응, 니를 업구서 한나절 동안 계곡을 내려오다 통나무집으 눈으 띄어서 찾어 들어온 것이여. 니가 말하든 하나님이 우덜을 도우셨어"

"정말 천운이다. 근디 말이 안 통혀서 손짓 발짓으로다 사람으 마이 아프니 도와달라구 사정 혔드니, 방으루 들어오라 해서 니가 여그 둔너 있는 거시란다. 이제 너는 살았어. 걱정헐 그이 한나도 읍다"

가네모토가 거들었다. 말을 모두 알아들을 수 있는 것으로 보아 조금 전에 먹은 약이 확실히 효과가 있는 듯했다.

"우덜은 으젯밤으 너를 지켜보느라 한잠두 못 자 볕 바른 곳으 나가 한숨 자고 들어온 게야. 들어와 보니 니두 곤히 잠들었기에 안심혔단다."

이케다도 한결 맘이 놓이는 표정이었다.

"워떠냐? 쫌 들헌 그 같으냐?"

히로다가 물었다.

"예."

재호는 현기증과 두통을 참느라고 눈도 뜨지 않은 채 대답했다.

"하나님이 우덜을 도우셨어!"

이케다가 감격스럽게 하던 말이 가슴을 찡하게 파고들었다. 이 넓은 첩첩산중에 하고많은 계곡과 언덕을 놔두고 어떻게 딱 집이 있는 곳으로 찾아들었다는 말인가. 아무리 생각해도 예삿일이 아니었다. 이것이야말로 하나님이 도우신 일이 아니면 무엇이겠는가. 이 모두가 어머니가 나를 위해 항상 기도하고 계시기 때문이라고 생각하니 뜨거운 눈물이 주르륵 볼을 타고 귓전으로 흘러내리는 것이었다.

"아저씨덜, 고맙구먼유……"

기어들어 가는 소리로 감사의 인사를 할 수 있었다. 그때 여인이 약 그릇을 들고 들어오다가 재호가 아저씨들과 말하는 것을 보더니 반색하며 호들갑스럽게 말했다.

"말을 다 하고, 많이 좋아졌네!"

삶과 죽음 사이

젊은 여인의 얼굴이 가까이 왔다. 유난히 짙은 눈썹 밑에 움푹 팬 검은 눈이 낯설었다. 광대가 넓죽하면서도 코가 오뚝하여 서양 사람 같기도 했지만, 피부는 조선 사람과 같은 황인종이어서 이 여인의 정체가 혼란스러웠다.

그녀가 재호 옆으로 다가와 앉으면서 약그릇을 방바닥에 내려놓는데 손등에 가는 털이 온통 덮인 것으로 보아 히라노 감독이 말하던 아이누족임이 틀림이 없다고 생각되었다.

"지를 요렇게 살려주시니 증말 감사혀유."

재호는 목숨의 경각에서 살려준 은인에게 어떻게든 인사를 해야 하겠기에 아득한 정신을 가다듬어 꺼져가는 목소리로 겨우 말했다.

"어머, 일본어를 질하네요!"

그녀는 재호가 일본말을 잘한다는 것이 그렇게 기쁠 수가 없는 모양이었다. 그도 그럴 것이 이 산중에 불쑥 나타난 시커먼 남정네들 앞에 얼마나 놀랐겠는가. 더구나 말도 통하지 않는 사람들이 죽어가는 재호를 업고 왔으니, 사정을 알 리도 없고 몹시 답답했던 모양이었다.

그녀는 재호의 머리를 받쳐 일으키고 나서는 마시기 좋게 약사발을 입에 대주었다. 정신이 혼미할 때는 아무 맛도 모르고 받아 마셨는데 풋내가 나는 쓰디쓴 생약이었다.

"이제 점차로 나아질 거예요. 이 약은 머위 뿌리를 달인 것인데 해열진통제로는 아주 좋아요. 하루 세 번씩 꾸준히 마시기만 하면 낫게 될 테니 마음 푹 놓고 안정을 해야 해요. 이 산지의 머위가 다른 어떤 곳보다 해열과 진통 효과가 뛰어나거든요"

"예, 고마워유."

"이 열병은 치료가 제대로 잘되어도 완치하는 데 한 달은 좋이 걸릴 거

260 아버지는 14세 징용자였다

예요. 그러니 마음을 느긋하게 먹어야 한답니다. 이 방은 내가 어릴 때 쓰던 방이고 부모님의 방은 따로 있으니까 어려워하지 말고 마음 놓고 치료받도록 해요."

산중 여인답지 않게 상냥하고 교양이 엿보이는 어투였다. 큰 위기는 넘겼다고 해도 재호는 여전한 어지러움과 고열로 끙끙 앓았다. 그녀가 나간 후, 지금 그가 여기 누워 있다는 것이, 그리고 저 모르는 여인으로부터 치료를 받고 있다는 것이 꿈인지 생시인지 그저 기적 같다는 생각이 들었다.

재호는 홋카이도의 광산까지 끌려와 고통으로 점철된 1년 동안에 고비고비마다 전혀 알지도 못하는 사람들의 도움을 받아 목숨을 부지할 수 있었다. 이케다와 다마코, 그리고 이제는 아이누 여인이 그 은인들이다.

다케다 취사반장을 비롯하여 야마모토, 가네다, 고야마의 죽음을 떠올려 보았다. 그들은 누구의 도움도 받지 못하고 혹한과 산죽 정글의 참혹한 땅에서 미물보다 못한 가장 하찮은 존재로 사라져버렸다. 그들의 억울한 죽음을 보면서, 재호는 어떤 일이 있어도 그들처럼 아무것도 아닌 채 이역 땅에서 허무하게 죽을 수는 없다고, 기어이 살아서 고향 땅을 밟고야 말겠다고, 도리질했던 것이다.

생명에 대한 집착은 생래적 본능이라지만 그 맹목적인 의지를 압도하는 것은 죽음이 아니겠는가. 죽음의 힘은 이토록 불가항력이었지만 재호는 아직 죽음을 이해하기에는 아니, 받아들이기에는 너무나도 어렸다. 다만 본능적으로 이들의 죽음이 너무 억울한 죽음이어서, 너무 하찮은 죽음이어서 절대로 승복할 수 없던 것이다. 기다리는 어머니를 위해서도 그렇고 열다섯 살 소년이 해야 할, 되고 싶은 미래의 꿈이 너무나도 많았기 때문이었다.

하나님은 왜 위기 때마다 누군가를 보내 나를 살리시는가? 왜 누구는 버리고 누구는 살리고야 마는가? 그 헤아릴 길 없는 미궁 속에서 재호가 붙들고 있는 단순하지만 확고한 믿음은 하나님은 태산과 같은 침묵 속에서도 나를 버리지 않고 사망의 음침한 골짜기에서 건지신다는 것이었다.

18. 통나무 귀틀집

열병은 감기나 몸살처럼 쉽게 물러서질 않는 병이었다. 찰거머리같이 소년의 몸에 눌어붙어 마지막 숨결까지 흡입하고야 말겠다는 집착으로 괴롭혔다. 열의 오르내림에 따라 의식도 혼수와 각성 사이를 오갔다. 열이 치솟으면 꺼져가는 의식 속에서 살아 있다는 것이 오히려 고통스러워 저도 모르게 발작적인 신음을 내지르곤 했다.

오늘도 그러기를 몇 번이나 반복했다. 그러던 중 문득 잠결에 뭔가 재호의 몸에 따끈따끈한 구들장 같은 촉감이 스며드는 것이었다. 고향 집에 돌아온 것일까? 어머니의 품인가? 눈을 떠 보았다. 방 안은 칠흑같이 깜깜한 어둠이 짓누르고 있어 눈을 떠도 아무것도 보이지 않았다.

'아저씬가?'

그러나 재호의 전신을 빈틈없이 밀착시킨 채 이마에 코를 대고 잔잔한 숨결을 내쉬며 자고 있는 사람은 남자가 아닌 것만은 분명했다.

아이누 여인

'그렇다면 그 젊은 여인?'

여인의 체온은 알을 품은 암탉처럼 뜨거웠다.

'아이누인은 몸에 털이 많구 체온이 높다더만…….'

모르는 여인의 품에 안겨 있다는 것이 면구스러워 몸을 틀자 여인은 더욱 억세게 껴안으며 말했다.

"그대로 가만히……. 땀이 날 때까지 참아야 해요!"

그제야 퍼뜩 '염병에 땀도 못 낼 놈'이라는 속담이 떠올랐다. 이 말인즉, 염병은 땀을 내야 산다는 말이 아니겠는가. 그렇다면 지금 이 여인은 고열과 오한으로 시달리고 있는 자신을 온몸으로 감싸 땀을 돋우려 하고 있다는 것인가? 그 생각에 이르자 가슴에 뭉클 뜨거운 것이 차올랐다.

'온돌방이 없는 이 땅에서는 이런 방식으로 취한(取汗)을 해 열을 다스리는구나!'

그렇다 하더라도 생면부지의 소년을 살리려는 여인의 행동은 결코 쉽지 않은 일이다. 그런 것을 알기에 재호는 어머니의 품인 양 더욱 깊숙이 몸을 파묻고 결국은 어깨를 들먹이며 흐느끼지 않을 수 없었다. 여인도 그런 재호를 안쓰러운 듯 등을 토닥이더니 껴안은 팔에 더욱 힘을 주어 바투 안는 것이었다. 그 순간에 전류가 흐르듯 몸과 몸으로 소통되는 수만 가지 형용할 길 없는 신호는 그 어떤 부끄러움이나 서먹함을 물리쳤고 오로지 경각에 달린 생명과 그 생명을 깊이 연민하는 세상의 모든 어머니의 마음만 전달될 뿐이었다.

모성의 힘은 어디에서 오는 것인가. 존재 자체가 사랑이신 하나님이 자신을 닮은 인간을 바닷가의 모래알처럼 번성하고 번성하라고 여성의 몸에 심어둔, 생명을 잉태하고 키우게 하는 힘의 동력일 것이다.

재호는 답답하여 숨이 막혔다. 하지만 이것만이 살길이라는 생각으로 참아내야 했다. 재호의 들숨에 묻어나는 여인의 체취에서 어머니의 익숙한 몸 냄새가 맡아져 어머니가 절절하게 그리워지는 것이었다. 지난번에는 다마코가, 이번에는 이름도 모르는 아이누 여인이 구해주는 그 배후에는 어떤 인과관계가 있을까 재호는 생각했다. 그저 우연이라고 넘길 수 없는 일들이 반복되어서, 재호는 태중에서뿐만 아니라 커서도 자신과 어머니 사이에는 보이지 않는 탯줄이 연결되어 절체절명의 위기 때마다 당신 대신 숭고한 마음씨의 여인들을 보내 자신을 구하신다는 생각이 들었다. 어머니가 새벽마다 아들을 위해 무릎 꿇고 눈물로 기도하는 간구를 어찌 하나님이 외면할 수 있단 말인가! 그러다 까무룩 잠이 들었던지 잠결에 여인의 외치는 소리가 재호를 깨웠다.

"땀이다!"

어느샌가 재호의 몸에는 땀이 흥건히 배어 나오고 있었다. 그토록 고통스럽던 뼛속의 통증이 녹아 흐르는 듯, 뼈마디가 다 시원해짐을 느낄 수 있었다. 재호를 그때까지 품고 있던 여인의 몸에도 땀이 흐르고 있었다. 마침내 여인의 헌신은 꺼져가는 심지에 생명의 불을 댕김으로써 죽음의 심연에서 소생의 길로 끌어 올렸다.

어디로 숨어드는 빛인지 굴속 같은 좁은 방 안으로 아침이 오고 있음을 알 수 있었다. 그렇다고 창이 아예 없는 방은 아니었다. 조그마한 들창문이 하나 있기는 했지만, 두꺼운 판자로 촘촘하게 덧대어서 닫으면 외부의 빛이 차단되었다. 아마도 길고도 혹독한 겨울을 나기 위한 아이누족의 가옥 구조인 것 같았다.

여인이 일어나 땀으로 젖은 머리를 손으로 쓸어 올리며 들창문을 밀어 올리더니 받침대로 고여놓고 밖으로 나갔다. 방 안이 훤해지자 잠에서 깬 여인의 부모가 다가와서는 재호의 이마를 손으로 짚으면서 전혀 알아들을 수 없는 말로 무어라 주고받았다. 노부부는 나중에 아저씨들에게 방을 내주고 재호와 같은 방에서 지냈다. 그들이 일본어를 안다면 재호에게 분명 말을 건넸을 텐데 그렇지 않은 것으로 보아 일본어를 모르는 것 같았다.

할아버지는 눈썹이 짙고 길어 산신령 같았다. 반백의 구레나룻과 풍성한 턱수염이 하얗기만 하였다면 영락없이 산타클로스라 했을 것이다. 팔과 손등 역시 온통 시꺼먼 털로 뒤덮여 있었다. 할머니 또한 손발에 가늘고 긴

털이 얇게 덮여 있었다. 아이누인의 특성인지 가족 모두가 눈이 우묵하고 광대가 넓적하였다. 이 노인들의 모습을 보고 있자니 뚱보 히라노 감독이 들려주었던 아이누에 대한 전설이 생각났다.

옛날, 홋카이도는 무인도였다고 한다. 시베리아의 극동 해안 연해주에 사는 한 어부가 통나무배를 타고 바다낚시를 하던 중 뜻밖의 태풍을 만나 여러 날 동안 표류하다가 구사일생으로 상륙하게 된 뭍이 바로 홋카이도라 했다. 천만다행으로 목숨은 구하였으나 그곳이 섬인지 육지인지도 몰랐던 데다 고향 땅이 어느 방향인지 짐작조차 못 하는 상황이라 낙심천만이었다. 절망에 빠진 어부는 주린 배를 채우기 위해 해안을 배회하며 낚시와 수렵으로 그날그날을 이어가고 있었다.

그러던 어느 날 낚시질을 하는데 어디서 커다란 들개 한 마리가 나타나 어부의 주위를 배회하는 것이었다. 그 어부는 들개가 배가 고파 그런 줄 알고 낚은 물고기 한 마리를 녀석에게 던져주었더니 날름 받아 게걸스럽게 먹었다. 들개는 그로부터 매일 어부의 낚시터에 나타나 졸졸 따라다니게 되었다. 어부 역시 외로웠던 터라 들개를 벗 삼아 낚은 물고기를 나누었고 결국은 침식을 같이하는 한 식구가 되었다.

그렇게 지내기를 여러 달, 유일한 정붙이인 암캐의 배가 불러왔다. 어부는 궁금했다.

'저 뱃속에 사람이 들었을까, 들개가 들었을까?'

달이 차, 분만하는 암캐를 어부는 착잡한 마음으로 지켜보고 있었다. 그때 암캐의 산도에서 머리를 내민 생명은 개가 아니라 사람이었다. 순간 어부는 기쁜 나머지 외쳤다.

"아이누다!" 아이누(Ainu)란 바로 '사람'이라는 뜻이다. 이 생명이 자라 아이누족의 시조가 되었다고 한다.

재호는 히라노로부터 아이누족의 이야기를 여러 차례 듣기는 했으나 정작 본 적은 한 번도 없었다. 그러나 꺼져가는 낯선 이의 생명을 온 정성을 다해 살려내려는 아이누 여인과 그 부모를 보건대, 하나님이 주신 본래의 따뜻한 마음을 가진 아이누인이, 간교하고 음흉한 데다 살육을 좋아하는 일본인들보다 비할 바 없이 나아 보였다. 히라노가 들려준 이야기는 온통 털로 덮인 외모에 문명화가 덜 된 아이누족을 경멸하고 차별하려는 일본인들이 그럴듯하게 만들어 유포시킨 것이 아닌가 하는 강한 의구심이 들었다. 밖에 나갔던 여인이 약 그릇을 들고 들어와 재호를 일으켜 앉히며 말했다.

"약이 써서 마시기 힘들어도 마셔야 나을 수 있어요. 자, 일어나요."

여인은 마치 아기를 어르듯 말했다. 그녀의 손에 의지해 가까스로 일어나 앉자마자 꼭 누군가가 재호의 팔을 잡고 뺑뺑이를 돌리고 있는 것처럼 방 안이 빙빙 돌았다. 겨우 약물을 비우고 자리에 누워 어지럼증을 안정시키려고 눈을 감고 있자니 이번에는 끓인 누룽지를 들고 왔다.

"안짱. 자, 이걸 좀 떠먹어봐요. 빈속에 약만 자꾸 먹는 것도 좋지 않거든."

짧은 이별

그러나 소태처럼 쓴 입에 뭘 먹는다는 게 몹시 싫고 귀찮았다. 재호가 움직이려 하지 않자 여인이 또 재호의 손을 잡아끌더니 등을 받쳐 일으켜 앉혔다. 그때 옆방에서 아저씨들이 들어왔다.

"쫌 워떠냐?"

이케다가 물었다.

"일어나 앉아 있는 그이 꽤 좋아진 모냥이구나?"

가네모토가 말했다.

"많이 좋아졌슈. 오널 새벽에는 땀두 났었구유."

재호는 그들의 염려에 조금이라도 보답하려고 할 수 있는 한 생기 있게 대답했다. 그러고는 누룽지를 억지로 떠먹어 보았다. 하지만 서너 술도 못 넘기고 앉아 있는 것도 힘들어 털썩 누워버렸다.

"안짱은 앞으로도 최소 한 달 이상은 치료를 해야 해요. 그렇다고 저분들이 이곳에서 마냥 기다리고만 있을 수는 없을 것 같아서 생각한 일인데요. 이곳에서 과히 멀지 않은 오무초(雄武町)에 오빠가 살고 있어요. 올케가 반도인이니까 말이 통할 테고, 거기에는 일할 데도 많으니까 일자리는 금방 찾을 수 있을 겁니다. 안짱과 저분들과 연락은 올케를 통하면 될 게 아니겠어요? 저분들한테 내 의견을 전해봐요!"

재호는 누워 눈을 감은 채로 통역해주었다.

"그러잖아도 우덜은 니가 나슬 때꺼정 이곳에 머물 처지두 못 되구. 그렇다구 일본말을 모르는 우덜이 어디 갈 디두 읎서 고민하든 중이었는디 잘되었구나. 그렇게 헐 테니 여러모로 고맙다구 말혀주거라."

이케다가 반색하며 말했다. 여인도 기뻐했다. 여기서 오무초까지의 길 안내는 여인의 아버지에게 부탁하겠노라고 했다. 아저씨들은 이튿날 노인과 함께 이른 아침에 산을 내려갔다. 이틀은 꼬박 걸어야 당도하는 거리였다.

재호의 병세는 호전과 악화 사이를 시계추처럼 왔다 갔다 하면서 심한 기복을 보였지만, 큰 흐름에서는 조금씩 나아지고 있었다. 여인은 지성으로 하루에 세 차례씩 머위 뿌리를 달여 마시게 하고 틈틈이 누룽지나 전분 죽을 끓여 억지로라도 떠먹게 하여 기력을 되찾도록 했다.

머위가 두통을 다스린다거나 해열진통제로 쓰인다는 말을 들어본 적은 없었다. 하지만 조선 땅 어디서나 흔하게 볼 수 있는 하찮은 머위가 재호를 살리고 있었다. 재호는 아이누인이 산간 오지에서 수렵과 채취로 살아온 민족이니까 식물의 약성에 대해서는 밝은 눈을 갖고 있을 것으로 생각했다.

노인은 닷새 만에 돌아왔다. 이틀을 걸어 아들네 집에 도착했고 거기서 하루를 쉬고 또 이틀을 걸어왔다는 것이다. 재호가 아저씨들의 거취에 대해 몹시 궁금해하는 것을 알고 딸에게 통역시켜 자세히 설명해주었다. 노인의 아들은, 아저씨들이 오무초에서 그리 멀지 않은 이케자키구(池崎組)의 토목 공사장에서 일할 수 있도록 알선해주었다고 한다.

"이케자키구가 큰 회사여유?"

"그래요, 이케자키구는 홋카이도에서 토건업과 광산업으로 손꼽히는 큰 회사랍니다. 그분들이 일하는 곳은 반도인 업자가 현장 하나를 하청받은 공사판이어서 같은 반도인들만 일하는 곳이니 안심해도 될 거예요."

여인의 말에 재호는 적이 마음이 놓였다. 조선인 함바라면, 우선 말이 통할 것이고 무슨 차별도 없을 것 같았다.

회복

재호가 통나무집에 누워 지낸 지 2주가 지나자 견디기 힘들던 병세도 한풀 꺾였다. 회복 단계로 들어선 것을 몸이 말해주기라도 하듯, 열도 내리고 어지럼증도 덜하였다. 그런 재호를 지켜보는 여인과 노인 내외는 자기 식구처럼 기뻐하며 환자의 입맛을 돋우려고 할 수 있는 일은 다 했다. 연한 옥수수를 띄운 전분 죽이며 화톳불에 구운 감자 등을 수시로 가져다주면서 조금씩이라도 자주 먹어야 기운을 차린다고 발싸심을 했다.

재호는 모처럼 죽 한 그릇을 다 비웠다. 여인은 꿇은 무릎에 두 손을 모으고 그런 그를 대견하다는 듯 바라보다가 입을 열었다.

"안짱의 이름이 무엇이지?"

비로소 말을 놓으며 물었다.

"지재호여유. 일본말로 이케다라구 불러줘유. 이 이케다를 네짱(누나)이 살려주셨슈. 증말 고마워유. 지를 동상으루 여겨 주셔유."

재호는 앉아 있기가 힘들어 자리에 누우며 여러 날 전부터 벼른 감사의 인사를 건넬 수 있었다.

"그래, 앞으로 동생처럼 대할게. 나는 처음부터 안짱 일행이 조선 사람이란 것을 직감했거든. 그분들은 일본어를 전혀 못 하잖아. 그래서 조선인이구나 싶더라구. 조선인이나 우리나 일본인들에게 괄시받기는 마찬가지라 동정이 갔어. 근데 언제 반도를 떠나왔지?"

"예. 꼭 1년이 되었구먼유. 작년 6월에 왔으니깨유."

"지금이 몇 살인데?"

"열다섯 살 먹었시유. 그니게 열니 살에 홋카이도루 끌려왔슈."

"아, 야위어서 그런지 나이보다는 더 어려 보이는구먼. 나는 그동안 무척 궁금했었지. 어떻게 이런 어린 소년이 홋카이도까지 와서 고생하고 있을까 싶어서 말이야. 그런데 어쩌다 이 깊은 산중까지 오게 되었지?"

"예, 시모가와의 산루광산이서 탈출혀 갖구 기타미 산맥을 넘어왔슈."

"어머나! 그 험한 산죽 정글을 어떻게? 거기는 사람이 살아 나올 수 없는 곳이야. 정말 위험했겠는데."

누구보다도 그 지형을 잘 아는 그녀의 놀라는 표정을 보고 지난번 탈출이 참으로 무모했구나, 하는 생각이 들었다. 그러나 탈출자들에게는 생사의 외통수에서 그 길 외에는 다른 선택의 여지가 없었기 때문에 산죽 정글로 뛰어든 것이고, 그 길에서 재호의 체력이 극한에 이르러 병을 얻었지만, 이 여인을 만나 살아났으니 자유의 대가는 혹독한 만큼 값진 것이었다.

"어쨌든 천만다행이야. 그 산죽을 헤치고 나왔다는 것도 그렇고. 우리 집에 찾아든 것도 그렇고. 축 늘어져 업혀 있는 안짱은 입술이 터지고 갈라져 뜨거운 숨만 내뱉는데 곧 죽을 것만 같더라고. 놀라 방 안에 누이고 이

마를 짚어 보니 열이 불덩이 같은 게 이 산중에서 엄두가 안 나 어찌할 바를 모르겠더라."

"증말 네짱이 읍었시믄 지는 죽었을 거시구먼유!"

재호는 진심으로 맞장구치지 않을 수 없었다.

19. 아이누 모시리

피야시리산의 동쪽 사면에 자리 잡은 여인의 귀틀집은, 하늘을 찌를 듯 쭉쭉 뻗은 삼나무숲이 뒤란을 울창하게 둘러서서, 일부러 찾지 않으면 그냥 지나칠 수밖에 없는 외진 곳이었다. 세상과 단절되어 숨어 사는 사람들에게는 자급자족의 정주 여건이 아주 좋은 길지 중의 길지였다. 한때는 10여 채의 그만그만한 가옥이 마을을 이루어 아이누 모시리(아이누어로 인간의 평온한 대지)의 평화를 구가했다. 그러나 하나둘 문명 세상으로 빠져나가더니 지금은 세 가구만 남아 세월 따라 영락한 집처럼 나이 든 노인들이 아이누 푸리(아이누의 전통적 생활관습)를 고집하며 살고 있었다.

여인은 이곳에서 태어나 사슴이나 토끼, 여우처럼 자연의 일부로 유년기를 보냈다. 그녀의 이름은 아이누어로 '피야에라'였다. 조금씩 차도를 보이는 재호를 기쁘게 바라보는 그녀는 의외로 문명 세계의 예절에 길들여 있었고 무엇보다 아이누 역사에 해박한 지식을 갖고 있어 재호를 놀라게 했다.

이곳에 시간이 있다면 분초 단위로 쪼개진 문명의 시간이 아니라 해와 달과 별의 운행에 맞추는 자연의 시간뿐이었다. 해만 지면 굴속 같은 어둠 속에 곰 기름 등잔불을 밝히고 재호 곁에 나란히 누운 그녀는 재호가 알고 싶어 하는 아이누 얘기로 이야기꽃을 피웠다. 밤이면 딱히 할 일 없는 산중에 피야에라에게는 좋은 말동무가 생긴 셈이었다.

아이누 수난사

아이누족은 아주 오래전부터 홋카이도와 쿠릴 열도, 사할린 등지의 해안과 풍요로운 산야 지대에서 독립적인 공동체를 일구며 아이누 모시리의 평화를 누리며 살았다. 그들은 농경을 몰라 바다나 강에서는 물고기를 잡고, 산야에서는 수렵하며 질박한 삶을 영위해온 민족이었다.

그러나 일본에 중세의 피비린내 진동하는 무사의 시대가 열리면서, 전투에 패한 군벌 주가 살인에 능란한 병력을 거느리고 살길을 찾아 쓰가루 해협을 건너기 시작하면서, 아이누 모시리의 평화는 위협받기 시작했다. 아이누족은 본래 전쟁을 모르고 과욕을 부리지 않으며 오직 자연과 더불어 원시 속에 평화를 누리던 사람들이었으니, 무슨 훈련된 조직이나 무력이 있을 리 없었으므로 사무라이들에게 속수무책으로 당할 수밖에 없었다.

이들의 가혹한 수탈과 살상에 견디지 못한 아이누인들은 사구책으로 코샤마인의 난이나 샤쿠샤인의 난, 쿠나시르 메나시 전투 같은 치열한 항쟁을 벌였다. 하지만 술수와 전쟁에 능한 사무라이들을 당할 수는 없었다. 결국 1807년에 에도 막부의 완전한 영토로 복속되고야 만다. 그러나 일본인은 아이누인을 야만인이라 멸시하고 극심하게 차별했다.

"적자생존 원리에 따르면 문명이 발달할수록 우월한 종족은 성공하고 열등한 종족은 소멸한다. 요즘 아이누족 토착민의 경우에서 이를 분명히 알 수 있다."

1886년 9월 3일에 발행된 하코다테 신문의 이 논조에서 아이누는 열등하니 소멸해야 한다는 일본인들의 본심이 여과 없이 노출되고 있음을 볼 수 있다.

이 궤변의 근거를 마련해준 것은 일제의 인류학자들이었다. 이들은 사회진화론적 인종주의에 기반하여 아이누를 '인간의 덜 진화된 모습'으로 낙인을 찍고 구토인(舊土人)이라 명명했다. 뭔가 그럴듯한 명분에 목말랐던 정부는 이 말을 기다렸다는 듯이 1899년에 '홋카이도 구토인 보호법(北海道 旧土人 保護法)'을 만든다. 말이 보호법이지 실제는 인종차별법이자 아이누 말살법이었다.

그 내용은 아이누인을 구토인으로 규정해놓고 구토인은 일본 황국신민으로서 아이누어 사용을 금지함은 물론이요, 창씨를 개명한다는 것과 옷도 일본 옷을 입어야 하고 수렵을 금지하고 농경 생활을 해야 한다는 것으로 아이누의 뿌리를 근본에서부터 들어내는 악법 중의 악법이었다.

더구나 학령 아동은 구토인 학교에 의무적으로 입학해야 한다는 조항도 있었다. 그러면서 일본인들은 공교육에도 아이누의 차별을 서슴지 않았다. '홋카이도에는 사람이 없고 곰과 아이누만 살았다'라는 내용이 그것이다. 일본인들에게 아이누는 사람이 아니라 동물과 같은 존재였다. 그러니 아이누 출신 학생들은 일본 아이들로부터 갖은 놀림과 차별에 절망하여 자신의 몸에 난 털을 피를 흘리면서까지 깎아내야 했다. 이 법령으로 피에야라가 일곱 살이 되던 해, 그녀는 삼촌과 오빠를 따라 이틀을 넘게 산을 내려가 오무초의 토인 학교에 들어가게 되었다.

피야에라, 야마코

아이누의 수난사를 한 번도 들어본 적이 없던 재호는 토인이라는 말에 놀라 묻지 않을 수 없었다.

"토인 학교라니유, 일본에 그런 학교가 있남유?"

"그래, 샤모(아이누어로 일본인)는 우리 우타리(아이누어로 동포)에게 토인이라는 공식 칭호를 붙였거든. 샤모는 홋카이도에 우리 우타리만 다니는 토인 학교를 여러 개 세웠어. 토인 학교는 샤모 학교보다 2년이나 짧은 4년제로 되었지. 우타리의 역사나 지리 같은 과목은 아예 가르쳐주지도 않고

국어(일본어)나 황민화 교육에만 치중하는 전형적인 식민 교육이지."

학교에서는 피에야라와 그녀의 오빠에게 일본식 이름을 지어주었다.

"뭐시라구 지었때유?"

조선 민족도 일제에 의해 강제로 창씨개명한 생각이 나서 재호는 묻지 않을 수 없었다. 여인의 얼굴에 부끄러운 표정이 스쳤다.

"으응, 내가 산에서 내려왔다고 야마코(山子)라고 지어주잖아. 오빠는 야마타로오(山太郎)라 불렀구. 그렇지만 깊은 산속 원시인 야마코라 놀림을 당했어도 공부는 잘해서 토인 학교를 우등으로 졸업했지. 그 때문에 심상소학교에 추천이 되어 샤모들만 다닐 수 있는 5학년으로 편입할 수 있었고, 6년 모든 과정을 마쳤단다. 큰삼촌은 이런 나를 굉장히 자랑스럽게 여겨 기타미시에 있는 여자중학교에 보내주었어. 우타리 세계에서 선망의 대상이 되었었지."

재호가 이 말에 고개가 질로 끄덕여진 것이 그녀의 몸에 밴 교양과 말본새가 왠지 산속 여인답지 않다고 생각하고 있었기 때문이다.

"그러나 정작 나 자신은 샤모들의 차별과 멸시 속에서 견딜 수 없는 소외와 열등감 때문에 도저히 버틸 수가 없어 2학년까지 다니다 중퇴하고 말았어. 큰삼촌이 병을 얻어 학비 조달이 어려워진 것도 영향이 전혀 없지는 않았지만, 차라리 잘됐다 싶었어."

"그리서 중퇴허구 만 거유?"

"그랬어. 큰삼촌이 오랫동안 병석에 있어서 내가 전분 가게를 돌봐주었어. 한 1년 정돈가 있다가 병세가 호전되어 다시 학교에 가라는 것을 거절했지."

"왜유?"

재호는 경성에 있는 중학교 진학을 목전에 두고 포기해야 했던 쓰라린 좌절을 떠올리며 묻지 않을 수 없었다.

"우리 우타리들은 배워봤자 차별이 심한 샤모 사회에서 별수 없잖아.

기껏 해봐야 하찮은 장사고, 그렇잖으면 노동이나 개간지 이민뿐이야."

"그럼 이때꺼정 뭘 혔나유?"

"으응, 모피점을 차린 오빠 가게를 돌보아 주고 있지. 나는 학교에 가려고 오무초로 나갈 때까지 이 방에서 지냈단다. 원래 우타리는 온 식구가 한 방에서 기거하는 풍속이 있단다. 그런데 그때는 우리 집에 할아버지, 할머니에다 삼촌까지 둘이나 있어서 여덟 명이나 되는 식구가 작은 방 한 칸에다 기거할 수는 없잖겠니? 그래 내가 갓난아기 때 이 방을 달아냈단다. 그때는 지금처럼 밭떼기도 없었고……."

"아아니, 그럼 뭘 먹구 살았슈?"

"우리 아이누 우타리는 원래 물고기나 산짐승을 사냥해 먹고살잖니. 그런데 내가 태어나던 해에 산을 내려간 큰삼촌이 문명 세상에 살다가 5년 만에 돌아왔단다. 돌아와서는 사람은 농사를 지어먹고 살아야 한다면서 밭을 일구는 한편, 가지고 온 감자와 옥수수 종자를 심었고 농경법을 가르쳐 주었단다. 저 밑에 물레방아도 그분이 만들었지. 문명의 신세계를 경험한 삼촌은 또한 사람은 배워야 한다면서 할아버지와 아버지를 설득해 작은삼촌과 우리 남매를 데리고 산에서 내려갔던 게야."

"그랬구먼유. 그럼 네쨩도 현재 오무초에서 살구 있남유?"

"그래. 작은삼촌은 군에 입대해 훈련을 마치자마자 중국 전선에 배치되었다가 바로 전사했단다. 큰삼촌은 지금까지 오무초에 살고 있고. 나와 오빠는 문명 세상에서 20년이나 살다 보니까 다시 산사람으로 살지 못하겠더라고. 그렇지만 부모님은 산에서 내려가지 않겠다고 강하게 버티시는 바람에 내가 잠깐 다니러 온 거야. 안짱을 만나려고 그랬던지 부모님이 꿈자리에 자주 보이는 게 영 걱정되더라고. 남편도 갑자기 곁을 떠나니 그 허전함이 견딜 수 없었고, 부모님이 너무 보고 싶더라고……."

그녀의 말을 듣고 보니 한 마리 병든 짐승처럼 죽어가는 소년을 하나님이 기억하고 피야에라를 보내주셨구나, 하는 생각이 다시금 들었다. 그러면서 어둠이 물러가는 고요한 시간에, 분요한 세상이 시작되기 전에, 그 세상에 발을 딛기 전에, 참빗으로 머리를 곱게 빗어 비녀를 꽂으시고 괸돌교회에서 매일 무릎 꿇고 눈물로 기도하실 어머니가 떠오르는 것이었다.

"네짱이 읎었으믄 지는 살지 못혔을 거여유."

재호는 다시 한번 진심으로 감사를 표했다.

"이 산중에 열병으로 죽어가는 사람을 외면한다는 것은 우리 우타리에게는 있을 수 없는 일이지. 더구나 한눈에 조선인인 것을 직감했고 샤모에게 같이 고통받는 처지라 더 마음이 끌렸던 게야. 내 남편도 올케도 다 조선 사람이란다……."

"네짱은 죽어가는 지를 살리주었구, 다른 아이누인들두 다 네짱처름 착허구 어진 사람덜임을 알게 되어 퍽 다행이라 생각혀유. 나는 아이누 역사를 더 알아 조선에 가게 되믄 많은 사람덜에게 알리구 시프유. 네짱이 아니라믄 누가 이른 귀헌 이야기를 해주겄슈. 더 듣구 싶어유."

"피곤해 보이는데, 괜찮겠어?"

"그러믄유, 누워서 들응게 갠찮어유."

그녀는 재호 곁에 누워 천장을 바라보았다. 등잔불의 따스한 심지 너머다 삭아빠진 통나무 서까래와 그 위에 덮인 억새가 어둑신하게 보였다. 재호가 고개를 돌려 자신을 바라보는 시선을 느꼈던지 피야에라는 이야기를 이어가기 시작했다.

"내가 산속에서 어린 시절을 보낼 때 다른 세상 사람들도 아이누처럼 털이 많은 줄 알았단다. 그러나 산에서 내려가서야 그게 아닌 줄 알았고 그 털 때문에 놀림과 차별의 대상이 되자 혼란에 빠졌단다. 여학교에 진학해서는 사춘기 때라 내 정체성에 대해 심각하게 고민하기 시작했지. 모멸스러운 털을 물려준 조상의 뿌리를 알고 싶었어. 그러나 학교에서는 전혀 아이누를 가르쳐주지 않더라고.

내가 이만큼이나마 아이누를 알게 된 것은 온전히 내 노력이었단다. 나이 많은 노인을 찾아가 물었고, 그 노인을 통해 또 다른 노인을 찾아가 물었지. 거기서 부족한 것은 도서관을 드나들며 아이누에 관한 것이라면 사록이든 야사든 닥치는 대로 탐독했단다. 내가 그 과정에서 크게 좌절한 것은, 아이누들이 벌인 피의 항쟁도 아이누가 아이누 언어로 기록한 것이 아니라, 샤모들이 그들의 언어와 관점에서 기록한 것이었다는 거지. 결과적으로 아이누들은 항쟁의 주체가 아니고 샤모의 질서 체재에 저항한 불순한 세력으로 규정되었지.

그런 면에서 안짱은 다행으로 생각해야 해. 조선은 일본에 나라를 빼앗기기 전에는 자신들의 문화를 일본에 전해주는 등의 기반이 탄탄하잖아. 안짱은 그걸 꼭 기억해야 해! 나를 포함해서 아이누는 샤모들에게 정신적으로도 문화적으로도 완전히 동화된 처지라 아이누의 표현방식을 다 잃어버리고 말았어. 고유한 역사도, 문화도 다 일본어를 빌어야 하고 그러다 보니 부지불식간에 샤모의 관점에서 말하는 처지가 되어버렸다는 거지."

재호는 피야에라를 통해 우리말과 문자와 그것으로 기록한 역사가 얼마나 소중한 것인지를 깨닫게 되면서, 한편으로는 아이누의 처지를 알게 되어 퍽 다행이라는 생각이 들었다. 온몸에 난 털 때문에 겪어야 했을 수모와 모멸을 피야에라가 아니었다면 재호가 어찌 짐작이나 했겠는가. 재호 역시 열네 살의 나이로 노예로 끌려온 슬픔의 아들이 아니었던가.

피야에라는 어느덧 일어나 침통한 표정으로 무릎을 세워 두 손으로 깍지를 끼며 제풀에 놀라 깜빡이다가 되살아나는 등잔의 불꽃을 지그시 바라보더니 무겁게 입을 열었다.

"나는 산 아래에 살게 되면서 우리 우타리들이 가장 싫어하는 털 많은 샤모로 변해버리고 만 것 같아. 샤모들의 놀림과 차별을 받으면서 나도 모르게 샤모들을 부러워하는 나를 보고 자책할 때가 많았지. 그러다 생각한 것이 나의 2세는 몸에 털을 벗겨주어 철저하게 샤모로 키우고 싶다는 열망을 가지게 되었지. 그런 이유로 조선 사람하고 결혼을 한 거야. 생각하면 우습지. 이런 생각은 나뿐만이 아니란다. 산지 깊숙이 흩어져 숨어 살던 젊은 아이누들은 아이누 푸리를 저버리고 산 아래 문명 세계로 빠르게 흡수되고 있는 게 현실이란다. 이러다 우리 우타리들은 모두 샤모에게 동화되어 수십 년 내에 그 흔적도 찾지 못하게 될지도 몰라."

그녀의 자조가 쓸쓸하게 들렸다. 그런 그녀에게 재호는 무슨 위로나 대답을 해야 한다는 압박감 같은 것을 느꼈다. 그러나 마땅한 말이 떠오르지 않아 궁금한 것을 묻는 것으로 대신했다.

"근디 남편은 워치게 만났대유?"

피야에라의 남편

피야에라보다 열 살 위인 남편은 조선 땅에 두고 온 아내와 자식도 있는 사람이었다. 그는 서른한 살 때 강제로 징용되어 유바리 탄광에서 일하게 되었다. 일이 고되고 배는 고픈 데다 작업장의 사고가 다반사라 많은 징용자가 다치고 죽어 나가는 형국이었다. 견디다 못한 징용자들이 이래 죽으나 저래 죽으나 매한가지라며 추운 겨울날 탈출을 시도했다가 그중 하나가 불운하게 경찰한테 잡혀 탄광으로 되끌려왔다.

탈주자들 때문에 골치를 썩이고 있던 일본인 감독들은 본보기로 징용노무자 전원을 마당으로 집합시키고는 사무실의 난로 위에 펄펄 끓고 있던 양동이 물을 들어다가 잡혀 온 탈주자 머리 위에 그대로 들이부어 버렸다. 상상도 할 수 없는 끔찍한 일을 당한 탈주자가 펄떡펄떡 뛰며 고통으로 몸부림치는 참혹한 모습 앞에 징용자들은 그만 얼어붙고 말았다.

탈주자는 다행히 목숨은 건졌다. 그러나 머리털과 눈썹이 다 익어 빠져 버렸고 얼굴과 신체가 화상으로 일그러져 근육의 신축이 제 기능을 못 하는 중상을 입었다. 그래도 정신상태는 멀쩡했다고 한다. 그런데도 샤모들은 괴물처럼 변해버린 그 사람을 몰고 다니며 노역을 시키더라는 것이었다.

샤모의 잔인함에 치를 떨던 남편은 이때부터 탈주의 기회만 호시탐탐 노리다가 1년 만에야 겨우 도망칠 수 있었다. 막상 탈주에 성공은 했지만 당장 먹고살 방편이 없어 일터를 찾아 전전하다가 이곳 오무초까지 오게 되었고 피야에라 오빠의 상점 옆 기계 제작소에서 선반공으로 일하게 되었다. 그러나 남편은 도망자의 신분이라 고국으로 돌아갈 가망이 없을뿐더러 혹 돌아간다 해도 다시 잡혀 어디론가 끌려갈 것이 뻔했기 때문에 선택의 여지 없이 그곳에 눌러앉기로 했다.

피야에라는 오빠로부터 남편의 사정을 알게 된 후 이 조선인과 결혼해야겠다고 마음먹었다. 아이누의 낙인이자 멸시의 근원인 털을 후세에게 물려주지 않기 위해서였다. 다행히 같은 반도 사람인 올케의 중매로 인연을 맺게 된 것이다.

그러나 결혼마저 불행이 따랐다. 두 사람이 동거하려면 도나리쿠미조 (隣組長: 반장)에게 신고해야만 했다. 법이 그러하니 별생각 없이 혼인신고를 한 것이다. 그런데 샤모는 한참 신혼의 단꿈에 젖어 있는 남편에게 군속 소집영장을 발부하였다. 마리아나 제도의 괌으로 소집된 남편은 어쩔 수 없이 떨어지지 않은 발걸음을 옮겼다. 결혼생활 열 달 만이었다.

재호는 이야기를 들으면서 얼마나 차별이 심했으면 처와 자식이 있는 남자와 결혼했을까 싶어 한숨이 절로 나왔다. 더구나 마리아나 제도는 태평양상의 본토 절대방위선에 위치하여 남편이 무사히 살아 돌아온다는 보장이 없었다.그로 인해 피야에라의 근심은 깊어가고 있었다. 그녀는 긴 한숨을 몰아쉬었다.

"나는 남편을 무척 사랑하고 있단다. 군속 복무기간이 2년이라는데 과연 기간을 무사히 마치고 살아 돌아올는지 걱정이야. 빨리 아이를 갖고 싶어. 아빠를 닮아 몸에 털이 없는 아기 말이야."

피야에라는 결국 눈물을 보이고 말았다. 재호는 어떤 말도 꺼낼 수 없었다. 어린 재호 앞에 눈물을 흘리는 것을 보이기 싫었던지 그녀는 일어나서 등불을 껐다. 꺼진 심지에서 피어나는 짙은 곰 기름 냄새를 맡으며 재호는 왠지 피야에라의 행동이 거리를 두는 것 같아 서운한 마음이 들었다. 재호의 진심은 그녀가 겪는 아픔이 제 아픔이 되기를 원했다. 그녀가 재호를 품어 땀을 돋워준 것처럼.

기다렸다는 듯 어둠에 잡아먹힌 방 안으로 납덩이 같은 침묵이 짓눌렀다. 아이누인의 가옥은 등불을 끄면 완전한 어둠의 심연에 갇히게 된다. 피야에라의 눈물 때문인지, 무겁고 칙칙한 어둠 때문인지, 가슴이 답답하여 재호는 숨 쉬기조차 불편했다.

쉬 잠들지 못하고 눈을 깜박거릴 때마다 아래위 눈썹 사이에서 파란빛이 번쩍거렸다. 그러나 그 빛 사이에서 보이는 것은 아무것도 없었다. 다만 어둠의 농도가 얼마나 짙은지 증명해줄 뿐이었다. 하나님이 빛이 있으리 명령하기 전의 어둠도 이랬을 것이었다. 오래도록 가만히 누워 우주의 공전과 자전 소리에 귀 기울였다. 피야에라가 어느새 잠들었는지 규칙적인 숨소리가 들렸다.

걷기 연습

구름 한 점 없는 맑은 아침이었다. 피야에라가 들창문을 열어 고이고 나서 밖으로 나가자 기다렸다는 듯이 햇살이 어둠을 가르며 쏟아져 들어왔다. 모든 걸 적나라하게 밝히는 빛살 사이로 부유하는 입자들이 춤을 추고 있었다. 햇빛뿐만이 아니었다. 고산지대의 청량하고 써늘한 공기가 폐부에 스며들어 기분이 여간 유쾌해지는 것이 아니었다. 이리하여 재호의 어둡고 깊은 밤은 신선한 아침으로 이행하는 것이었다.

아직 온전히 회복되지 않은 재호는 단지 아침을 먹었을 뿐인데도 몸에 노곤함이 몰려와 잠을 자려고 누웠다. 그러나 지난밤 내린 비로 개울이 불었는지 우렁차게 흐르는 물소리 때문에 잘 수가 없었다. 그 소리에 이끌려 엉금엉금 문지방을 기어 넘어 문틀을 의지하여 힘겹게 일어서서 밖을 둘러봤다. 눈에 힘이 없어 헛거미가 어른거리는 세상은 거울처럼 번쩍거리며 바야흐로 생명의 절정을 향해 질주하고 있었다.

그렇잖아도 굴속 같은 방 안이 더욱 어둡게 보여 내친김에 신발을 찾아 신고 허방을 짚듯 불안정한 발걸음을 조심스럽게 옮겨 개울을 찾아 나섰다. 느런히 서 있는 삼나무 숲 뒤로 어느새 진록으로 윤기가 자르르한 산이 시절을 구가하고 있었다. 동쪽으로는 우련하게 보이는 오호츠크해가 아스라이 멀어 보였다. 저 먼 곳에 어리는 그리움에는 안부가 궁금한 어머니의 시선이 느껴졌다. 계곡을 건너오는 바람이 물소리를 싣고 와 재호의 귀 부리에 부려놓는 바람에 갑자기 물소리가 커졌다가 작아졌다.

그 소리가 인도하는 대로 한 발짝, 또 한 발짝 발걸음을 천천히 뗐다. 그러나 한 달 이상을 누워만 지낸 다리 근육은 힘이 없어 몇 걸음만 걸어도 후들거려 이내 주저앉고 말았다. 할 수 없이 계곡까지 가보는 것은 나중으로 미루고 내일부터는 어떻게든 걷기 연습을 하기로 마음먹었다.

광산을 도망쳐 피야시리 산록을 헤맸을 때, 잔설이 물러난 자리에 재빠르게 돋아나는 푸른 것들을 보았는데 병으로 누워 지내는 동안 햇빛도 달라지고 바람도 달라져 여름의 기세가 고산지대까지 기어오른 듯 한낮에는 제법 따가웠다. 이 땅에 뿌리 박은 식물들은 금세 쳐들어올 동토의 계절을 대비해 서둘러 꽃을 피워야 하고 그 꽃들은 얼음장 밑에서 새순을 올렸기에 노랑으로 보라로 물든 고운 자태에는 어딘가 모를 강인한 신비스러움이 스며 있었다.

집 주위로는 재호의 키를 넘어 뵈는 머위가 지천이었다. 재호를 살린 머위라 새롭게 보여 다가가 살펴보다 밑동을 손으로 잘라내니 쌉싸름한 머윗내가 풍겨 햇것이 당기는 봄날, 입맛을 돋우던 고향의 머위나물이 떠올라 재호의 입 안에 단침이 괴는 것이었다. 비가 오면 우산으로 사용해도 좋을 만큼 키도 크고 잎도 넓은 머위가 있다니, 세상에나! 놀라웠다. 머위뿐만이 아니라 고사리도 그렇고 이 땅에 뿌리 내린 식생이 다 탐스럽고 무성해 보였다. 아마도 홋카이도의 토양이 그만큼 비옥하여 그런 것이 아닌가 하는 생각이 들었다.

"네짱, 나 오늘 오전에 배까테 나갔슈."

저녁이 되어 어두워지기 전에 피야에라가 등불을 밝히는 뒷모습을 바라보며 재호가 말했다.

"오마나! 그랬구나. 그래 그렇게 움직이기 시작해야 해. 그래야 산에서 내려갈 수 있지."

그녀가 뒤돌아서며 재호를 바라보는 모습이 꼭 첫걸음마를 뗀 아이를 보듯, 보름달처럼 환하게 밝았다. 혼자 답답한 방에 누워 있노라면 무료하기 짝이 없다가도 피야에라가 들어오면 새호의 마음이 편하고 안도감이 들었다.

피야에라는 틈틈이 부모의 일을 도와 거들면서도 재호에게 생약을 달여 먹이고 먹을거리를 챙기는 데 정성을 다했다. 또한 밤이면 으레 재호 옆에 누워 잠이 올 때까지 이야기를 나누다가 잠들었다.

열이 떨어지면서 점차 재호의 식욕도 돌아왔으나 아이누의 식문화가 날 것뿐이어서 피야에라의 고충이 클 수밖에 없었다. 문명 세상에서 살아온 그녀는 화식화된 산 아래 사람들이 무얼 먹고 사는지를 잘 알고 있었지만, 이 산중에는 곡식도 양념도, 아무런 조리기구도 없었다.

먹을 수 있는 거라곤 곰이나 사슴고기와 연어와 숭어, 농산물로는 옥수수와 감자가 전부였다. 그러니 피야에라가 재호에게 해줄 수 있는 먹거리는 옥수수를 삶아 전분 죽에 띄우고 말린 연어나 사슴고기를 화톳불에 구워주는 것이 고작이었다.

재호 입맛에는 피야에라가 잔불 속에 감자를 묻어 구워주는 것이 최상의 일미였다. 시절이 여름이라 굳이 불을 피울 필요도 없었지만, 피야에라는 재호 때문에 부러 불을 피워 그런 음식들을 마련해주었다. 그걸 모르지 않는 재호는 갈수록 마음이 쓰였다.

"고마워유, 네짱. 내가 빨리 나서야 헐턴디…… 자꾸만 수고를 끼쳐드려 느무 지송혀유!"

"또 그런 소리 한다, 그럼 나 화낼 거야."

토라지는 시늉을 했다.

"나는 안짱이 남이라는 생각이 들지 않아. 마음에서 우러나와서 하는 일이니 앞으로 미안하다는 말은 하기 없기야, 알았지?"

다짐을 받듯이 종주먹을 대는 것이었다. 재호는 피야에라의 헌신 앞에 자주 어머니를 떠올렸다. 늘 베풀고, 다독이고, 어루만져 주는 어머니. 열이 오를 때 이마를 짚어만 줘도, 아픈 배를 살살 쓸어만 줘도 거짓말같이 낳게 되는 그 마법 같은 어머니. 그 손으로 볼을 타고 흐르는 눈물을 훔쳐주면 철없는 재호의 슬픔은 다 증발해버렸다.

"네짱, 아저씨덜은 워치게 지낼까유?"

재호는 어른거리는 어머니의 모습을 떨쳐버리기라도 하듯 피야에라에게 물었지만 그녀 역시 모를 것이었기에 시원한 답을 바라지는 않았다. 병세가 완연하게 차도를 보이는 요즘 들어 아저씨들의 소식이 무척 궁금해졌다.

"글쎄…… 별일이야 있겠니?"

"아저씨들이 워치게들 지내시는지 굉장히 궁금혀유. 도망자들인 디다 일본말두 못 하는 사람덜이라서 마음이 안 놓여유."

"그건 걱정할 것 없어. 힘쓸 만한 사람들이 모두 전쟁터에 끌려간 바람에 지금 일할 사람이 없어 누가 됐든 일만 해주면 그저 황송할 판이지. 더구나 그 현장은 모두 반도인들 이라니끼 일본말을 모른다고 걱정할 필요도 없다고 내 말 하지 않았니? 그러니 걱정하지 말고 안짱 몸조리나 잘해 빨리 산에서 내려가자."

"네짱은 은제 내려갈 건가유?"

"나도 오무로 빨리 가고 싶어."

"누구 기달리는 사람이라도 있슈?"

"그보다 이 산속을 빨리 떠나고 싶어. 먹는 것, 잠자는 것도 견디기 힘들 정도로 불편해. 나도 이제 아이누 푸리와 멀어진 샤모가 다 됐나 봐."

"……."

재호는 자신도 모르게 미안하다는 말이 튀어나올 뻔했지만 애써 삼켰다. 피야에라도 그 마음을 읽었는지 바로 말을 이어갔다.

"안짱이 먼 길을 걸을 수 있게 회복되면 그때 내려가야지. 내려간다고는 하지만 산 고개를 수도 없이 오르락내리락해야 하는 길이라 우선 몸이 따라야 해. 환자가 함부로 나설 만한 길이 아니야."

"월매나 먼기요?"

"산길에 단련된 우리 아버지가 다녀오시는 데도 5일이 걸렸으니까 짐작해보렴? 얼마나 멀고 험했으면 샤모들이 여기까지 손길을 뻗치지 못했겠니!"

물레방아

재호는 걷는 거리를 점차 늘려가며 근육을 단련시켰다. 며칠이 지나자 비탈길을 걷다 쉬며 철철 물레방아 소리가 나는 동쪽 골짜기까지 내려갈 수 있었다. 물레방아의 작동 원리는 조선의 것과 크게 다르지 않았다. 물레바퀴를 가로지르는 방아굴대 양쪽에 눌림대를 설치하여, 바퀴가 돌아감에 따라 방아채의 한쪽 끝이 눌리면서 공이가 들어 올려져 운동의 방향이 수직으로 바뀌는 방식이었다. 돌확 안에 놓인 감자가 잘게 빻아지면 그 으깨진 즙이 네모난 나무통에 고이고 그 통이 가득 차면 다음 통으로 흘러가고, 그렇게 세 번을 가라앉히는 과정을 거쳐 마지막에 앙금은 다 가라앉고 맑은 물만 개울로 흘려보냈다. 통에 가라앉은 앙금을 꺼내 볕에 잘 건조하면 아이누의 보조식량인 전분이 만들어졌다.

매일 걷는 운동의 반경은 점차 넓어졌지만, 그 반환점은 언제나 물레방아가 있는 계곡이었다. 계곡 곳곳에는 흐르고 고이고 넘쳐나는 것들의 천지였다. 이 깊은 산골 어디에서 이렇게 맑은 물이 모여 흘러나오는지, 폭포랄 것은 아니지만 경사면을 휘도는 물살에 제법 깊게 팬 소에는 연록으로 고인 물이 햇빛에 찰랑거리며 반짝이는 정경은 바라볼수록 재호를 빠져들게 했다. 여울져 재잘재잘 흘러가는 물에 손을 담그면 맑고 투명한 것들이 차갑고 짜릿하게 파고들면서 간지럼을 먹이며 흘러갔다. 차가운 것에 익숙해질 무렵에 두 손으로 물을 떠서 얼굴을 씻었다.

숲 그늘진 오목한 곳에 조용히 갇혀 있는 물은 그야말로 명경지수라 주위의 풍경을 그대로 비추고 있었다. 재호는 손에 잡히는 대로 돌멩이 하나를 던져 일그러졌다 복원되는 수면의 잔영을 오래도록 바라보기도 했다. 겹겹이 이랑을 지으며 퍼져 나가던 파문이 잦아들고 수면이 본래의 고요함을 회복하면 재호의 얼굴이 그대로 비쳐 보였다. 광산에서 죄수처럼 빡빡 깎았던 머리가 제법 덥수룩하게 자라 있었다. 열병을 앓으면 십중팔구 머리가 빠진다는데 머위 뿌리의 효험인지는 몰라도 무척 다행이란 생각이 들었다. 백지장처럼 야위고 창백한 얼굴에 푹 꺼진 눈두덩이며 촉기 없는 눈동자는 오래 앓은 초췌한 환자의 모습이 여실했다.

한 달 넘게 누워만 있던 재호의 몸은 어서 깨끗하게 씻어달라고 아우성쳤지만, 온몸을 담그기에는 물이 너무 차가웠다. 재호는 조심스럽게 물에 적응해가며 윗옷을 벗고 바지를 걷고 몸을 씻어 나갔다. 그러고는 널따란 바위 자락에 몸을 누이고 구들장처럼 달궈진 바위의 따뜻함을 즐겼다. 화살촉처럼 쏟아지는 햇빛이 눈 부셔 윗옷으로 얼굴을 가리고 젖은 몸을 말리고 있노라면 쏴아 쓸려오는 물소리가 아련한 자장가처럼 기분 좋은 졸음을 몰고 왔다.

어느 날은 계곡으로 향하는 길에 발걸음 소리가 나서 바라보니 벗은 몸에 짧은 잠방이만 걸친 아이누 노인이 감자 바구니를 목도에 메고 올라오고 있었다. 엉클어진 고수머리가 짙은 구레나룻 수염으로 이어져 얼굴이 온통 털북숭이였다. 거기에 양팔과 드러난 앞가슴을 덮은 털은 복부의 배꼽 아래로 넓게 퍼져 내려갔고 허벅지는 물론 맨발인 발등조차도 온통 털로 덮여 있어 시선을 어디에다 둬야 할지 난감했다. 짐짓 비켜선 이방인을 노인은 눈길 한번 주지 않고 말없이 지나치더니 건너편의 조락한 귀틀집으로 들어가버렸다.

분명 피야에라의 부모로부터 재호가 누구라는 소식을 들었을 텐데도 없는 사람 취급하는 그 무심함에 재호는 적이 당황스러웠다. 그러고 보니 피야에라의 부모님도 말이 통하지 않는디는 것이야 그렇다 처도, 재호와 얼굴이 마주치면 텅 빈 구멍 같은 눈으로 먼 곳을 쳐다볼 뿐, 미소를 짓거나 친숙한 몸짓을 하는 경우가 없었다.

새삼스럽게 부부끼리도 그렇고 딸과도 그렇고 꼭 필요한 말 외에는 살뜰한 대화를 나누는 모습을 보지 못했다는 생각이 들었다. 혼네(本音)와 다테마에(建前)라는 두 마음의 일본문화를 접하지 않은 순수 아이누만의 본래 모습일까? 어렸을 때부터 일본식 교육을 받아서 그런지 깍듯한 예절과 인사치레가 몸에 밴 피야에라를 떠올리지 않을 수 없었다.

7월 1일

아침에 일어나 여느 때처럼 피야에라가 들창문을 열어 고이면서 오늘이 7월의 첫날이라고 말했다. 7월 1일이라. 온종일 그 말이 재호의 귓전을 맴

돌았다. 따져보니 지옥 같은 광산을 탈출한 날이 5월 25일이니 벌써 37일이 지났고 피야에라의 집에서 누워지낸 지도 35일이나 된 것이다. 뭔가 결단을 내려야 할 시기가 온 것 같았다. 그러나 아직 먼 산길을 걷기에는 재호의 몸이 너무 부실하여 곰곰 생각하다가 저녁을 맞았다. 피야에라는 등잔불부터 켜고 들창문을 닫았다. 아이누들은 방 안에 불을 밝힐 필요가 없었으나 오로지 재호를 위해 켠 것이다. 맑은 미색 불꽃을 망연히 바라보다 피야에라를 불렀다.

"네쨩."

"응?"

"이달 5일 날 산에서 니려 갈 꺼구먼유!"

"뭐라고? 5일에 떠나자구? 어떻게? 안짱 갈 수 있겠어?"

"예, 갈 수 있을 것두 같아유…….."

"같아요라니? 가다가 더 못 걷겠다고 산중에 주저앉으면 둘 다 죽은 목숨이야…….."

"…….."

재호는 말문이 막혔다.

"첫날은 무조건 인가가 있는 가미호로나이까지 가야 해. 그전에는 험산뿐이라 도중에 어두워지면 곰의 밥이 되는 거야!"

"난 네쨩만 져태 있으믄 워디든 미섭지 않아유."

"아니……. 내가 안짱을 업고 갈 수는 없잖아. 좀 늦더라도 안짱 자신감이 생겼을 때 가는 것이 좋겠어. 다시 한번 생각해봐."

"네쨩, 난 자신 있어유. 가도록 혀유."

한번 맘을 먹으니 산속에서 하루도 머물기 싫었다. 그녀와 노인들에게 폐만 끼치는 것 같아 너무 염치없어 보였다. 그만큼 재호의 여린 마음에는 하루하루가 부담이었다.

"하긴……. 실은 남편한테서 편지가 와 있을 것 같기도 하고 또 내가 달반이나 편지를 보내지 못해서 마음 한구석에선 빨리 내려가는 생각이 굴뚝 같아."

그렇게 하여 떠날 날이 결정되었다. 막상 날이 잡히자 예상되는 염려에 재호는 잠이 오지 않았다.

"네짱."

"응?"

"네짱두 잠이 안 와유?"

"왜, 안짱도 잠이 안 와?"

그녀가 재호 쪽으로 돌아누우며 물었다.

"예에, 아저씨덜 만날 생각으 잠이 안 와유. 네짱두 오무에 보구 싶은 사람덜이 있남유?"

"오무는 이제 내 고향이나 다름없어. 내가 일곱 살에 오무로 내려갔을 때는 여기가 그렇게 그리웠는데 지금은 거꾸로 오무가 그리워. 이제 아이누가 아니라 샤모가 다 됐나봐. 안짱은 고향의 어머니보다 아저씨들이 더 보고 싶은가 보지?"

"아니유. 엄니는 지 맘속에서 한 시두 떠난 적이 없구먼유. 엄니를 생각하믄 목이 메어유. 그러나 가지 못헐 곳에 기시니 말얼 안 헐 뿐이지유."

순간 재호의 콧등이 시큰거리면서 목소리가 젖어 들었다. 피야에라는 괜한 질문을 던졌다는 듯 재호의 손을 꼭 잡아주었다.

20. 잘 있거라, 평온한 대지여

1944년 7월 5일 어스름 새벽. 죽어가던 목숨을 다시 살려낸 요람을 꼭 40일 만에 떠나려 하니 재호의 가슴속에 무어라 형언할 수 없는 착잡한 마음이 들었다. 그러나 언젠가는 떠나야 할 곳이었다. 마음에 진 빚을 갚을 길 없어 이토록 걸음이 무거운 것인가. 겨우 살려놓으니 도망치는 것 같아 신발 끈을 매는 것조차 민망했다. 더구나 재호 혼자라면 덜 섭섭하련만 몇 년 만에 온 딸내미를 떠나보내는 노부부의 침울한 모습은 고향을 떠날 때 본 어머니의 얼굴 같아 마음이 다 아렸다.

"그동안 너무 큰 누를 끼쳐 드려 지송헐 뿐이여유. 덕분에 이렇게 건강허게 떠나게 되야서 을마나 감사헌지 모르겠시유. 깊이 감사드려유."

"그만해서 떠나게 되어 다행이야, 모쪼록 몸조심하도록 하거라!"

피야에라가 통역해주었다. 무뚝뚝한 피야에라의 아버지는 양미간에 짙은 눈썹을 모으고 슬픈 미소를 짓고 있었고 어머니는 아버지의 한 걸음 뒤에서 눈물이 그렁하게 고인 눈으로 말없이 피야에라와 재호를 바라보고 있었다.

이 욕심 없는 노인네들이 소원하는 세상은 어떤 것일까. 조상들이 그랬고 자신들이 그래왔듯, 자식들도 다 함께 이 산중에서 무탈하게 지내는 것 아닐까? 더구나 죽음이 가까운 노인들에게 자식과의 이별만큼 슬픈 것이 또 있을까. 죽음은 가장 소중한 것들과의 영원한 이별이자 상실이어서 남은 사람이나 떠나는 사람 모두 각자의 분량만큼 슬픔을 안고 살아가는 것이니, 동물과 달리 목숨의 숙명을 예감하는 인간의 이별은 그래서 슬픈 것인지 모른다.

피야에라의 삼촌이 문명 세계에 다녀와서 처음으로 개간했다는 경작지를 지나 숲길로 들어서기 전, 다시는 볼 수 없을 그곳을 마지막으로 한 번 더 보려고 재호는 뒤를 돌아보았다. 멀리 보이는 귀틀집은 언덕에 가려 삼나무 사이로 뾰족한 지붕만 보였다.

"잘 있거라, 평온한 대지여!"

피야에라를 따라 걷는 산길

피야에라는 늙은 부모를 산속에 놔두고 떠나는 것이 못내 가슴 아픈 듯 말을 잊은 채 낡은 트렁크를 들고 앞장서 걷고 있었다. 재호는 그러는 그녀를 말없이 따라갔다.

둘이 걷는 곳은 길도 아닌 길이라 이슬 맺힌 풀섶에 바짓단을 적실 수밖에 없었다. 기껏해야 1년에 한두 번 발길이 닿는 곳이니 사람이 지나다닌 흔적은 찾아볼 수 없었다. 문명 세상에 닿는 길이 따로 있는 것이 아니라서 단지 방향을 정하고 걸을 만한 곳을 찾아 이리저리 가는 길 아닌 길이었다.

"네짱, 방향이나 잘 잡어 가구 있는 거유?"

재호는 걱정이 되어 물었다.

"뭐야? 내가 일곱 살 때 삼촌과 오빠랑 처음으로 이 길을 지나갔고, 이번까지 왕복으로 다섯 번째인데 방향도 모를까봐?"

그녀가 비로소 웃는 얼굴을 하고 뒤돌아보며 말했다.

"뭐, 극정꺼지 되는 것은 아니구유. 사람이 댕긴 흔적두 없는 풀섶을 걸을라니 혹시나 허는 생각으로 물어본 거여유."

"그런 염려는 할 것 없고, 어때 걸을 만하겠어? 나는 그게 걱정이야."

"아직은 따라갈 만혀유."

"이런 걸음으로 사흘은 가야 해, 괜찮겠어?"

"가다가 못 가겠으믄 네짱 등에 업혀 가믄 되잖유!"

재호는 여유롭게 능청을 떨었다.

"뭐라고? 내 등에?"

"그러믄유."

"호호. 큰 상전 만났네. 상전 도련님! 그것만은 사양하겠습니다요. 알겠사옵니까?"

"농담이 아니구먼유, 진짜유. 이 산중에서 내가 정 못 걸믄 네짱이 업구라도 가야잖겠슈?"

"나도 농담 아니고 진짠데, 그 일만은 곤란하다니까. 평지도 아닌 험준한 산길을 어떻게 안짱을 업고 갈 수 있겠어?"

그녀는 웃는 얼굴로 재호를 돌아보고 놀리듯 말하며 걷고 있었다.

"그건 그릏구, 한 가지 궁금한 그이 있는디유?"

"그게 뭔데? 말해봐!"

"네짱은 마을에서 남편두 없이 워치게 생활하셔유?"

"왜, 안짱한테 밥도 안 줄까봐 걱정돼?"

"아니어유. 그른 뜻으루 묻는 그이 아니구유. 증말 궁금해서유."

"오빠가 모피상을 하고 있는데 그 일을 돕고 있다고 했잖아? 오빠는 여러 산지의 아이누 모시리를 찾아다니며, 그들이 사냥한 짐승 가죽을 사들이고, 올케와 나는 그것을 파는 일을 하고 있어."

"그것 가지구 먹구살 만헌가 모르겠슈?"

"산지에 사는 아이누에게는 돈이 필요치 않거든. 그래서 물물교환을 하는 거야. 주로 산지에 필요한 옷이나 소금, 성냥, 그 외에 그들이 미리 요구하는 것들을 오빠가 갖고 들어가서 모피와 바꾸어 오면 우리는 그것을 파는 거지. 그런 일을 올케 혼자서 하기에는 힘에 부치거든. 오빠네 상점에는 내가 꼭 필요해."

"그러겠구먼유. 그른디 네짱 오빠는 이른 산지를 드나들믄서리 워치게 그 무거운 모피를 운반허쥬?"

"그러니까 고생이 많고 어려운 일이지. 쉬운 일 같았으면 진즉 샤모들의 차지가 되었게? 물론 모피는 싸게 사들이지만 그것을 목도채로 꿰어 메고는 길도 없는 험산 계곡을 수십 리씩 오르내리는 게 어디 보통 고생이겠어?"

"그러게유. 시상으 쉬운 일은 읍나 봐유. 그른디 그분은 워치게 군으 안 갔쥬?"

"왜 안 갔겠어. 나보다 다섯 살 위이니까 지금 꼭 서른 살인데. 진즉 징병으로 끌려가 지나사변이 나던 해 총알받이로 선두에 세워져 팔에 총상을 입고 상이 제대했지. 팔을 잃지는 않았지만 신경이 끊겨서 쓰지를 못해. 아벌써 여기까지 왔네!"

두 사람 앞을 폭이 상당히 넓은 하천이 가로막았다.

"이제 이 내를 건너야 해. 안짱도 바지를 최대한 걷어 올려."

"예, 알었슈. 우덜이 월매나 왔을까유?"

"아마 세 시간은 족히 걸었을 것 같은데."

피야에라는 트렁크를 내려놓고 앉아서 신발을 벗고 몸뻬를 걷어 올리면서 내를 건널 채비를 했다. 내는 여울져 흐르는 곳이라 물살이 세찼지만 깊이는 그리 깊어 보이지는 않았다.

"이 하천은 워디루 흘러가는 것이래유?"

"응, 이 하천 하구에 호로나이마치(幌內町)가 있거든. 그래 하천 이름을 호로나이가와(幌內川)라고 하는데 여기는 상류에 속하고 이 물이 오호츠크 바다로 흘러 들어가는 거야."

아저씨들과 피야시리 정상에 도달해 지도를 보고 익힌 지명들이라 반가웠다. 한 손에 벗어든 지카다비와 옷 보따리를 들고 다른 한 손으로는 피야에라의 손을 꼭 잡고 한발 한발 조심스럽게 물살을 가르며 걸어 들어갔다. 그녀의 발이 옮겨 디딜 때마다 가는 다리털이 수정처럼 맑은 물결에 너울거리는 게 보였다.

내의 중심에 이르자 세찬 물살에 힘없는 재호의 다리가 휘청거려 피야에라의 손에 의지해 겨우 건널 수는 있었다. 그러나 두 사람의 바지는 모두 흠뻑 젖고야 말았다.

"어때, 힘들지?"

물을 건너오자 그녀가 잡았던 손을 놓으며 말했다.

"예, 많이 심들어유. 앉아 쉬었다 가유."

"그러자구. 나도 꽤 지치네. 오늘은 가미호로나이(上幌內)까지만 가면 되니까. 그전에는 인가가 없어 아무리 힘들어도 그곳까지는 가야 해. 그곳에도 여관은 없지만 첫 인가인 데다 더러 자고 가는 손님이 있어서 숙박업을 하는 집이 하나 있지"

"그러믄 우덜이 나온 곳 말구 이 산중이 따른 아이누 모시리가 또 있남유?"

"그럼 있구말구. 집단으로 많은 가구가 모여 살면 또 샤모들의 손이 뻗쳐 오니까 우리 부모님처럼 작은 가구가 사는 모시리는 여러 곳에 있어. 그런 곳을 상대로 모피를 수집하는 우리 오빠 같은 사람이나 다른 장사치들도 이용하고 나같이 아이누 모시리를 오고 가는 사람에게는 없어서는 안 될 집이지."

"그러겄슈. 또 니알은 워디까지 갈 규?"

"글쎄…… . 내일은 가미호로나이에서 다시 산 고개를 넘어가면 가미오무(上雄武)가 나오고 그곳에서 또 30리쯤 더 가면 나카오무(中雄武)가 있는네 거기까지는 갈 수 있으려나?"

"그러믄 가미호로나이서 나카오무까지의 총거리가 월매나 될까유?"

"그러니까……. 대략 60리쯤 될 거야. 어림잡아 그 정도 거리는 될 것 같아."

"야! 60리믄 먼 거린디 왜 버스나 기차가 없슈?"

"전쟁 전에는 버스가 다녔는데 지금은 기름이 없어서 못 다녀. 오무에서부터는 사철이 있어서 그걸 타면 국철로 연결이 되고."

"아니, 사철이 뭐시래유?"

"으응, 나라에서 부설한 철도는 국철이고 개인이 부설한 철도는 사철이라고 해."

"아니, 개인이 철도를 부설하구 기차를 굴류?"

"그럼. 홋카이도에는 광산이 많아서 석탄을 비롯하여 각종 광물을 수송하려고 깐 사철이 많지. 자, 쉴 만큼 쉬었으니 또 가보자."

피야에라가 신발을 신으며 일어섰다. 재호도 따라 일어서려는데 갑자기 허벅지가 땅기고 무릎이 펴지질 않아 풀썩 주저앉고 말았다.

"왜 그래?"

피야에라가 손에 들었던 트렁크를 땅에 내던지고 달려들어 오른편 허벅지를 움켜쥔 재호의 손을 뿌리치고는 두 손으로 힘 있게 주무르며 말했다.

"무릎을 폈다 오므렸다 움직여봐. 갑자기 산길을 많이 걸어서 그래."

한참을 그러다 언제까지 이럴 수는 없다는 생각에 재호는 그녀의 손에 의지해 일어나 억지로 다시 발걸음을 뗐다.

"괜찮겠어?"

"한번 걸어봐야쥬. 다른 방도가 읍승깨유."

그곳부터는 사람의 왕래가 더러 있는 듯 풀섶에 희미한 발길의 흔적이 보였다. 하천이 넓어지면서 생긴 벼랑 때문에 낭떠러지 길과 가파른 길이 자주 나타나 경직된 장딴지는 당기고 무릎은 후들거려 걷는 게 너무 고통스러웠다. 오르막길은 힘이 들어도 그런대로 걸을 만했는데 내리막길에서는 다리가 영 말을 듣지 않아 엉덩이로 미끄럼을 타면서 내려갔다. 그런 재호의 모습을 바라보는 피야에라의 얼굴에 근심이 가득해 보였다.

"내가 처음으로 산에서 내려갈 때도 안짱처럼 다리가 아파 걷지 못하고 주저앉아 우니까 삼촌이 나를 업고 가미호로나이까지 갔지. 그러나 지금은 그곳까지 간다고 해도 그때처럼 버스가 다니는 것도 아니고 또 아기치고는 안짱이 너무 커서 내가 업고 갈 수도 없잖아!"

피야에라의 말에 그 상황에도 둘이는 똑같이 웃음을 터트렸다. 큰 아기는 어쩔 수 없이 피야에라의 손에 이끌려 몇 발짝 걸어가다 주저앉아 쉬고, 겨우 일어나 가다가 쉬었다. 나중에는 쉬는 횟수와 시간이 점차 길어지면서 행보는 답보상태에 빠졌다. 재호 혼자라면 곰의 밥이 되더라도 길에 누워버리겠는데 피야에라의 애타는 얼굴을 보면 그럴 수도 없었다.

억지로 몇 걸음을 떼보았지만 그런다고 해결될 문제가 아니었다. 벼랑 길에서는 두 팔로 가슴을 감싸 안고 고슴도치처럼 뒹굴며 내려가기도 했다. 그러나 지척의 거리라면 그렇게라도 가겠지만 앞으로도 수십 리가 넘는 길을 그런 식으로 갈 수는 없었다. 더는 발걸음이 떼어지질 않아 어쩔 수 없이 풀썩 주저앉아 재호는 무릎에 얼굴을 묻었다. 곰에게 먹히는 한이 있더라도 더는 걸을 수 없었다.

눈물이 하염없이 쏟아져 나왔다. 피야에라가 재호 옆으로 다가와 앉으며 등을 다독이자 울음이 터진 방죽처럼 쏟아져 나왔다. 그녀는 재호의 얼굴을 끌어당겨 자기 무릎 위에 묻고는 등을 쓰다듬었다. 그칠 줄 모르는 눈물이 그녀의 옷을 적시고 있었다.

그렇게 얼마나 지났을까. 어느덧 절망에 흐느끼던 울음이 잦아들고 들썩이던 어깨가 잔잔해졌다. 그러나 재호는 그녀의 무릎에서 얼굴을 들지 않고 삼림 속의 적막을 듣고 있었다. 적막도 하나의 소리였다. 그러다 깜빡 잠이 들었다. 잠에서 깨어난 재호는 여전히 얼굴을 묻은 채로 자신이 부끄럽다는 생각이 들었는지 혼잣말처럼 조용히 속삭였다.

"네짱, 미안혀유."

"아니야……. 내가 잘못했어. 산이 답답하고 지내기 불편하다고 서두른 게 잘못이지. 안짱이 좀 더 회복되기를 기다렸어야 했는데……. 네가 잠든 사이 많은 후회를 하고 있었어."

"아녀유. 그런 말씸 마셔유. 모든 그이 지 탓이쥬. 가미호로나이까정은 아즉두 먼가유?"

"그래도 오긴 많이 왔어. 정 못 가겠으면 이대로 내 무릎에서 푹 자고 내일 새벽에 날이 밝아오거든 떠나도록 하자. 그러면 안짱의 몸도 좀 풀리겠지 뭐."

"워치게 이런 곳으서 밤을 새워유?"

"괜찮아, 걱정하지 마. 뭐 별일이야 있겠어?"

"곧 해두 떨어질 틴디유……."

"아냐, 해는 아직 많이 남았어. 우리가 워낙 이른 새벽에 출발한 데다 또 요즈음 낮이 길잖아"

"안 돼유. 가야 혀유. 해가 지믄 곰이 나타날 거유!"

지금까지 온 길을 되돌아갈 수도 없고 그렇다고 내려갈 수도 없는 백척 간두에서 재호는 어떻게든 살고 싶었다. 광산에서 그 무거운 목도를 어깨에 메고도 견뎠는데, 이까짓 산길에서 포기할 수는 없다는 각오가 샘솟고 있었다. 재호가 갑자기 그녀의 무릎에서 고개를 들고 결연한 표정으로 외치자 놀라서 쳐다보는 그녀의 긴 속눈썹이 눈물로 흠뻑 젖어 있었다.

"네짱, 가유. 얼릉 가게유."

재호가 오히려 그녀의 손을 잡아 일으키고는 앞서서 끌었다. 짧은 잠이었지만 약이 됐는지 걸을 만하다는 생각이 들었다. 산중 땅거미는 빠르기도 하였다. 먼 산의 정수리는 붉게 물들고, 가까운 앞산 중턱은 검게 보였지만 기를 쓰고 걸어도 산은 다가오지 않고 그 자리에 그대로 있는 것 같았다.

어둠이 내리자 조금만 쉬어도 땀이 식으며 산속의 싸한 냉기에 소름이 돋았다. 곰이 칠흑 같은 어둠 속에서 와락 달려들 것만 같아 마음은 바쁜

데 다리는 말을 듣지 않았다. 넘어지고 구르며 그저 죽지 못해 걷고 또 걸었다. 그러나 가도 가도 끝이 없는 그 길에서 완전히 탈진하여 그저 걸어야 한다는 몽롱한 의식만 있는 재호는 피야에라의 손에 이끌리다시피 하고 있었다.

가미호로나이

첫 인가가 있다는 가미호로나이에 도착하였을 때는 이미 밤이 이슥한 시각이었다. 재호의 눈에는 무엇을 분별할 만큼의 힘도 남아 있지 않았다. 피야에라에게 이끌려 들어선 곳은 두툼한 억새로 지붕을 이은 집의 문 앞이었다.

피야에라가 현관문을 두드리며 외쳤다.

"여보세요. 계세요."

누군가 문을 열자 안의 불빛이 어둠을 몰아내고 겨우 서 있는 둘을 비춰주었다. 노파가 피야에라를 알아보고 반갑게 맞아주었다.

"오, 또 오셨군요. 어서 들어오세요."

"할머니, 밥 좀 부탁드립니다."

둘을 6첩 다다미방으로 안내해주고 복도로 돌아나가는 노파의 등 뒤에 대고 피야에라가 말했다. 재호는 방에 들자마자 사지를 뻗고 벌떡 누워버렸다. 정신이 흐릿한 가운데 재호를 받치고 있는 다다미방이 올라갔다 내려갔다 하는 것처럼 느껴졌다. 잠시 후에 밥상이 들어오는 소리를 들었으나 손끝 하나 움직일 힘도 없었고 배고픈지도 몰랐다.

"안짱, 밥 먹자."

피야에라가 재촉했으나 재호가 움직이려 하지 않자 그녀는 작은 밥상을 들어 소년 옆에 놓고는 재호의 두 팔을 잡아 일으켰다. 된장국 냄새가 재호의 코에 훅 들이쳤다. 고향을 떠나온 후 처음으로 보는 밥상이었다. 밥상 모양이 조선 것과 달라 다리가 커다란 육각 목판 같았으나 어쨌든 밥과 찬을 차려 들고 방으로 들어오는 격식은 조선과 같았다. 이 얼마나 그리던 밥상이던가. 그러나 극에 달한 피로로 젓가락을 들기도 힘들었다. 재호는 젓가락을 놓고 앉은 자리에서 그대로 쓰러지듯 누워버렸다.

눈을 떠보니 어느새 아침이었다. 다리를 움직여보려 했으나 뻗은 다리가 경직되어 아예 굽혀지질 않았다.

"무척 고단하지? 무리한 짓을 했어. 오늘은 여기에서 하루 쉬고 내일 떠나도록 하자! 그래도 여기까지 온 게 얼마나 다행인지 몰라. 안짱이 주저앉은 곳에서 밤을 새웠어봐. 어휴, 무슨 일이 일어났을는지."

그녀는 무릎을 꿇고 재호의 양다리를 힘껏 주무르며 말했다.

"네짱, 증말 여기서 하루 쉬어 가는 거래유?"

하루 쉬어 간다는 말에 귀가 번쩍 뜨인 재호가 그녀에게 물었다.

"그래, 이런 몸으로 어떻게 바로 떠날 수가 있겠어. 여기서 하루 푹 쉬면 내일은 괜찮아질 거야!"

"고마워유, 네짱. 지금 같아선 증말 한 걸음도 띨 수 읎을 그 같유."

그때 아침 밥상이 들어왔다. 지난겨울에 광업소의 치료소에서 다마코와 식탁에 마주 앉아 밥을 먹었을 때, 비로소 사람 대접을 받는다는 생각을 재호는 했었다. 그런 인간다운 밥상 앞에 피야에라와 마주 앉아 밥이며 반찬을 제대로 씹지도 않고 꿀떡꿀떡 넘기며 세상에 이런 맛있는 음식도 있구나, 하는 생각이 들었다. 밥상을 내가려고 들어온 노파에게 피야에라가 목욕물을 데워 달라고 부탁하였다.

"좀 누워 있다가 목욕물이 데워지거든 가서 푹 담그고 있어. 그러면 다리가 풀릴 거야. 오랫동안 담그고 있어야 해."

"네짱이 먼첨 혀유. 다음에 내가 헐규."

"아냐, 나는 아까 안짱이 일어나기 전에 세수하면서 대충 씻었으니까 저녁에 또 데워달래서 할 거야. 그러니 맘 놓고 느긋이 담그고 있어. 오늘 중으로 몸이 풀려야 또 내일 아침에 떠날 수 있잖겠어?"

"예, 알었슈."

재호는 목욕물까지 데워주는 여인숙이라면 숙박비가 꽤 비싸겠다 싶어 그것이나 값을 치러야겠다고 마음먹었다. 편리하고 쾌적한 대신 반드시 돈으로 대가를 치르는 게 문명의 법칙 아니겠는가. 그 때문에 사람들은 새벽부터 늦은 밤까지 애를 쓰는 것이다. 산루광산에서 1년 동안 모은 돈이 10원 남짓하게 되었다. 쓰고 싶어도 쓸 데가 없어 모인 돈이었다.

화서가 쥐여준 돈 20원도 그대로 있었지만, 그 돈은 조선총독부의 그림이 박힌 조선은행권이어서 일본 내에서는 환전해야 사용할 수 있었다. 일제는 내선 일체를 내세우면서도 정작 화폐는 구별하고 있었다.

목욕물이 데워졌는지 노파가 소리쳤다. 본채 뒤꼍에 달린 조그마한 목욕실 문을 열자 둥근 주물 욕조 안에 목욕물이 어른어른 옅은 김을 풍기고 있었고, 무슨 용도인지 알 수 없는 둥근 판자가 동동 떠 있었다. 욕조 뚜껑일까? 재호가 용도를 알 수 없어 판자를 건져서 내려놓고 뜨거운 탕으로 조심스럽게 들어가는데 바닥에 발이 닿자마자 저도 모르게 "앗 뜨거!" 소리 지르며 튀어나왔다. 그때야 둥근 판자의 용도가 뚜껑이 아니라 발판이라는 데에 생각이 미쳤다. 발판을 눌러 딛고 욕조 안으로 다시 들어갔으나 역시 물이 너무 뜨거워 바로 나오고 말았다. 태어나 처음으로 욕조에서 목욕하는 재호로서는 뜨거운 물이 여간 견디기 어려운 것이 아니었다.

고향마을에는 신작로를 따라 오목내가 흘렀다. 물이 흐르다 고인 웅덩이는 여름날 어린것들의 더할 나위 없는 물놀이 장소였다. 천방지축 발가벗은 어린것들은 쑥을 비벼 귀를 막고 물에 첨벙첨벙 뛰어들었다. 가끔 혀를 날름거리는 물뱀이 몸을 이리저리 휘저으며 나타나면 온통 원색의 호들갑이 난무하여 대낮의 적막을 갈기갈기 찢어발기는 것이었다. 정신없이 놀다가도 간간이 물가로 나와 엉덩이를 서로에게 까 보이며 혹시나 거머리가 붙어 있지는 않은지 확인하기도 했다.

재호가 물장구치며 개혜엄을 배운 오목내의 완만히 흐르다 넓어지는 곳에는 대나무나 싸리나무로 엮은 게 발이 가로질러 놓여 있었고, 밤이 되면 관솔불을 밝혀 참게들을 통발로 유인하는 모습을 볼 수 있었다. 거기 잡힌 참게의 집게다리는 울퉁불퉁 털로 뒤덮여 억셌고, 만약 물리기라도 하는 날에는 손가락이 잘려 나갈 수도 있겠다는 생각이 들 정도로 위압적인 모습이었다. 게는 포획된 분노를 거품으로 방울방울 뿜어내고 있었다.

그런 여름날 물놀이 철이 지나면 어두운 저녁 장독 뒤에서 소래기에 물을 퍼담아 놓고 비누칠한 몸에 바가지로 물을 끼얹는 것이 고작이었다. 한겨울에는 설날 맞이로 부엌에서 가마솥에 데워진 물로 몸을 씻는 것 외에는 목욕이란 것을 모르고 살았다.

그러나 일본은 이런 산골까지도 목욕 시설을 갖추고 있는 것을 보아 조선과는 확실히 다르게 목욕문화가 발달한 것을 짐작할 수 있었디. 고온다습한 기후 때문인지, 아니면 화산지형에서 뿜어져 나오는 노천 온천이 많기 때문인지는 알 수 없었으나 피야에라나 노파의 태도를 보면 목욕은 일상인 것처럼 보였다.

내일의 여정에 피야에라의 근심을 덜어주려면 어떻게든 다리 근육을 풀어줘야만 한다는 생각으로 재호는 조금씩 조금씩 뜨거운 물에 몸을 적응해 나갔다. 물이 목에 차오르도록 잠겼다가 어지러워 숨이 차면 욕조 밖으로 나와 몸을 식히는 식으로 들락날락하면서 제법 오랜 시간을 욕조 안에서 견뎠다. 그러자 다리의 경직이 풀리고 쌓인 피로까지 씻겨나가 몸이 날아갈 것 같았다.

가미호로나이는 비록 산간 촌락일지라도 문명을 누리는 세상이었다. 어제까지 묵은 귀틀집처럼 그 집도 삼나무로 지어졌다. 하지만 그 집은 치밀한 설계에 따라 단련된 목수들이 치수를 맞추어 깎고 다듬은 현관, 복도로 연결된 방과 주방, 목욕탕, 화장실이 있었다. 방마다 반침이 딸린 구조에다 넓은 살창문이 시원스럽게 햇빛을 받아들였다. 그리고 사람의 미각을 돋우는 갖은양념으로 조리하여 보기에도 정갈하고 먹음직스러운 음식을 먹을 수 있었다.

산루광산의 함바와 선사시대 못지않은 아이누 모시리를 경험한 재호에게는 이 모든 것이 새삼스럽고도 솜사탕처럼 달콤했다. 단지 하루를 걸어 나왔을 뿐인데 문명의 차이는 수천 년의 시차가 있는 것 같았다. 그리고 보면 아이누 모시리에서 살다가 단 한 번 문명의 달 보드라운 맛을 경험한 후 그것에 경도된다면 어떤 차별을 감수하고라도 그 세계에 편입하고자 하는 아이누인의 입장에 공감이 갔다.

욕실을 나와 방으로 돌아와 보니 피야에라가 세상모르게 곤히 잠들어 있었다. 그 모습이 티 없는 성녀로 보였다. 생면부지의 재호를 혼신의 힘을 다해 40일 동안 치료해주었고, 여기까지 오는데 자칫 곰의 밥이 될 수도 있는 위험한 상황에서 결코 짜증 내거나 포기하지 않고 그를 어머니처럼 보살펴준 그녀가 성녀가 아니면 누가 성녀란 말인가.

그녀가 깰까봐 재호는 바로 문 앞의 바닥에 가만히 누워 다리를 쭉 뻗어보았다. 땅기던 다리가 많이 부드러워져 있었다. 내일을 위해 잠이나 푹 자려고 눈을 감았으나 잠은 오히려 달아나고 온갖 생각이 머릿속을 오갔다. 아무도 억압하지 않는 자유의 몸으로 사람같이 사는 집에서 제대로 된 음식을 먹고 평생 처음으로 해본 탕욕을 하고 깨끗하고 푹신한 다다미에 누워 있다는 사실이 과분하게 느껴졌다. 그러면서도 새로운 걱정이 피어올랐다.

'건강이 회복되어 산에서 내려온 이상, 저 여인을 언제까지나 따라다닐 수는 없다. 그렇다면 이제부터 어디로 가야 하고 어떻게 살아야 하는가. 아저씨들이 일하고 있다는 막노동판? 더는 그 가혹한 중노동을 할 수는 없을 것 같다. 그렇다고 그분들이 번 돈으로 밥을 얻어먹으며 빈둥거릴 수도 없는 일 아닌가.'

그리고 보니 고국 어머니의 품을 떠나 적지를 떠도는 자신에게 소년으로서의 삶이 없다는 생각이 몰려왔다. 그것은 다른 의미에서 상급학교 진학이 좌절되어서 하고 싶은 공부를 하지 못한 억울함이기도 했다. 여기에 이르기까지의 고달픈 여정도 차라리 방랑이라 할 수 있다면, 산허리 떠도는 구름도 정처 없어 슬픔이라 할 수 있다면, 심금을 울리는 한 편의 시에 잠 못 이루고, 아름답고 고귀하고 드높은 것들을 위해 기꺼이 순사 하는 소년이었다면……. 그러나 모든 것은 재호에게 꿈도 꿀 수 없는 사치일 뿐이었다.

한 가지 분명한 것은, 재호는 도망자로서 불안을 베고 잠들어야 하며 주린 배를 채우기 위해 고달픈 노동 현장을 떠도는 것 외에는 아무것도 할 수 있는 일이 없다는 사실이었다. 이튿날 아침이 되었다.

오무에 도착하다

"이곳에서 오무까지는 우리 걸음으로 하룻길은 넘고, 이틀 길은 못 되거든. 어차피 중간에서 하룻밤 쉬어 갈 바에야 너무 일찍 서두를 필요가 없으니 아침밥을 먹고 천천히 떠나도록 하자."

재호가 잠에서 깨어나 늘어지게 기지개를 켜는 것을 보고 피야에라가 누운 채로 말했다.

"고마워유, 네짱. 그렇잖어두 연태 몸이 회복되지 않으서 걱정하구 있었슈."

잠을 푹 자고 나면 풀릴 줄 알았더니 오히려 더 뻣뻣하게 굳어 있는 상태라 길 떠날 일이 걱정되던 차였다.

"그래, 내가 이렇게 피곤한데 안짱은 오죽이나 하겠어."

"네짱두 다리가 많이 아팠쥬?"

재호는 그 험준한 내리막길이 악몽처럼 떠올라 그녀를 바라보면서 물었다.

"그럼! 안 아플 리가 있나? 그러나 견딜 만했어. 나는 건강한 사람이고 익숙한 일이었으니까."

"그런디 그 산집으 또 들어갈규?"

"안 들어간다고 말할 수 없지 않겠어? 부모님이 계신 곳이니까 말이야. 내려오면서도 그런 생각이 들더라. 오빠나 내가 어쩌다 올라갔을 때, 부모님 중 누구라도 이미 이 세상 분이 아니고 쓰러져가는 빈 오두막만 남아 있을 그런 날이 미구에 닥칠 거라는⋯⋯."

그녀는 쓸쓸한 여운을 떨쳐버리듯 벌떡 일어나 앉았다.

"네짱, 먼첨 시수하셔유."

재호는 달콤한 잠자리에 아쉬움이 남아 엷은 홑이불을 끌어당기며 옆으로 돌아누웠다. 재호가 피야에라와 만난 그날로부터 이불을 따로 덮고 잔 것은 이 집에 와서 처음이었다. 아이누 모시리가 문명 세상이었다면 재호가 아무리 나이 어린 환자였다 하더라도 자기 품 안에 재워주면서까지 병시중하지는 못했을 것이다. 아무도 뭐라 하지 않았는데도 재호와 그녀는 부지불식간에 문명의 질서에 따르고 있었다. 문명의 또 다른 이름은 격식과 체면이었기 때문이다.

"무엇 하는 거야? 빨리 일어나지 않구?"

그녀가 세수를 마치고 들어서며 소리쳤다. 재호는 산토끼처럼 깡충 튀어 오르듯 과장된 몸짓으로 벌떡 일어나 세면장으로 달려 나갔다. 아침 식사 후 상을 물리기 전에 재호는 주머니에서 1원짜리 지폐 10장을 꺼내 피야에라 앞으로 밀어 내놓았다.

"이게 뭐지?"

그녀가 놀라 재호의 얼굴을 빤히 들여다보며 말했다.

"이틀분 숙박비를 줘야잖유?"

"아니? 숙박비를 왜 안짱이 내?"

"그동안 네짱 신세를 많이 졌는디 지두 돈이 쪼끔 있은게 숙박비라도 낼뀨."

그녀는 정색하며 그 돈을 재호 앞으로 되밀어 놓았다.

"내게도 돈이 있어. 오빠한테서 월급을 받잖아."

"이번에 그렇기 오랫동안 가게를 비웠는디두 갠찮겄슈?"

"으응. 내가 부모님 찾아가는 것을 오빠가 너무 좋아하거든. 오히려 칭찬해 줄 거야. 그것은 그렇고 안짱은 이제부터 돈이 필요해. 그 돈 다시 집어넣고 꼭 필요할 때 쓰도록 해야지!"

그렇다. 소년에게 다마코는 천사였다면 피야에라는 어머니와 같은 여인이었다. 해가 중천에 떠올랐을 때야 둘은 여인숙을 나와 골목길을 걸었다. 생각했던 것보다는 큰 마을이었다. 뾰족한 억새 지붕이 길게 늘어서 있는 집들 사이에 간간이 상점들도 눈에 띄었다. 오랜만에 보는 문명 세상이었다.

마을을 벗어나 큰길로 나서자마자 넓은 개천이 나왔다. 그러나 전혀 걱정할 필요도 없었고 신을 벗거나 바지를 걷어 올릴 필요도 없었다. 튼튼한 다리가 있었기 때문이었다. 개천을 건너 가파른 오르막길이 나타났지만 몇 해 전까지만 해도 버스가 다니던 길이라 걷기에 그리 힘들지 않았다.

"좀 어때? 걸을 만해?"

오름길에 가쁜 숨을 몰아쉬며 피야에라가 물었다.

"갠찮유. 첨 길을 나설 때는 다리가 뻣뻣혀서 걷기가 심들더니 이제 쫌 걸으니깨 풀렸쓔."

"가미오무에 도착해서 점심 먹고 좀 쉬었다 가도 나카오무까지는 어둡기 전에 도착할 수 있을 거야."

"그러믄 나카오무에서 하룻밤을 또 자야 허남유?"

"그래야지. 오무까지는 어차피 다 못가니까."

"네짱, 가미오무에두 밥을 파는 식당이 있슈?"

"아, 그럼! 식당이 왜 없겠어?"

당연한 걸 왜 묻느냐는 표정이 드러났다.

"우리 조선서는 음식점이 없어진 지 오래됐구먼유. 그리서 물어본 거쥬."

"그러면 여행자들은 어떻게 하지?"

"모든 식량이 총독부의 엄격한 통제 품목으루 지정되어 있어설랑, 사구팔구를 전혀 못 허게 돼 있슈. 그렇게 돈이 있다 혀두 곡식을 살 수 없는디 밥을 파는 식당인들 있을 수 있겠냐 이 말이쥬. 농사를 짓는 농민 역시 수확한 곡식은 강제공출루 다 빼앗기구 썩은 콩깻묵을 배급받어 기우 연명하구 있쥬."

"아니, 반도 땅이 쌀의 주산지라고 교과서에도 나와 있던데?"

"그건 사실이쥬. 그치만 쌀을 거의 공출로 거두어 가잖유."

"그러면 어떻게 콩깻묵만 먹고 살지? 그 콩깻묵은 부족하지 않게 배급을 주는 거야?"

"그 콩깻묵이라는 것두 그류우. 만주의 너른 벌판이서 수확헌 콩을 공출로 빼앗어 기름을 짜설랑 군용으로 쓰구 콩깻묵은 비료로 쓸려구 수년간을 야적해 놓아 새카맣게 썩은 것이쥬. 이것을 철도편으로 조선에 보내 배급으루 주는 것인디, 실상은 그나마두 부족히서 뉘렇게 부황이 떠설랑 죽어가는 사람덜이 겁나게 많다고 들었슈."

식민지에서는 그토록 악랄하게 수탈한 곡식인데도 제나라에서는 밥을 지어 팔도록 하는 일본의 차별정책에 은연중 울분이 끓어올랐다. 내선일체란 말을 쓰지 말든지, 그럴듯하게 구호로 내건 이면에서는 이렇게 차별이 크다니. 홋카이도는 아이누족 오륙 만을 제외하고는 모두가 일본인들이 살고 있었기 때문에 본토와 똑같은 처우를 받았다.

"어휴! 아이누나 조선이나……. 샤모들은 정말 악랄하기 이를 데 없어.

빨리 망해야 살지, 원!"

재호가 대답도 없이 걷자 그녀가 고개를 돌려 그의 표정을 살피며 물었다.

"다리 아프지 않아?"

재호는 대답 대신 물었다.

"가미오무까지는 아적두 멀었슈?"

점점 다리도 아프고 지치기도 했다.

"지금까지 두 시간 넘어 걸었을 테고……. 아마 절반은 왔을 거야. 안짱은 중병을 앓다 이제 겨우 회복단계에 접어들었는데 이렇게 먼 길을 나선 것은 사실 무리였어. 앞으로도 오륙 개월은 조심해야 할 거야."

가미오무에 당도한 것은 정오가 조금 지나서였다. 피야에라가 앞서가다가 '식당(飯屋)'이라 써 붙인 간판 앞에서 발을 멈추더니 재호를 향해 말했다.

"여기가 오늘 밤 우리가 묵을 집이야."

현관문을 열고 들어갔다. 입구에서부터 기다랗게 복도가 나 있고 그 양쪽으로는 일본식 미닫이로 된 방이 연달아 있는 구조였다. 점심시간인데도 손님이 없어 방들은 거의 비어 있었다.

식당 소녀가 안내하는 대로 따라 들어간 방은 역시 6첩 방이었다. 잠시 후 소녀가 들고 온 밥상에는 밥통 하나에 밥공기 두 개, 된장국과 울외장아찌(奈良漬け: 나라즈케), 단무지, 그리고 홋카이도 근해에서 잡은 정어리 소금구이가 올려져 있었다.

21. 재회

다디단 잠에서 눈을 떴을 때는 벌써 동천에 떠오르는 햇살로 눈이 부셨다. 길 없는 악산을 헤치고 온 첫날과는 달리 어제의 여정은 문명이 닦아놓은 큰길을 따라와서 그런지 견딜 만했다. 여유롭게 걷다 쉬다 해도 해거름에는 목표한 나카오무(中雄武町)에 도착할 수 있었다. 그러나 누적된 고단함 때문인지 일찍 저녁을 시켜 먹고 초저녁부터 잠자리에 들어 아침까지 긴 시간을 꿈도 꾸지 않고 죽은 듯이 단잠을 잤다. 피야에라는 홑이불을 젖혀 놓은 채 어디론가 나가고 없었다.

창을 활짝 열고 아침의 신선한 공기를 폐부 가득히 들이마셨다. 집집이 아침을 짓느라 불을 피우는지 알싸한 연기 냄새가 코끝에 스쳤다. 창밖으로는 제법 도도한 시냇물이 햇빛을 투영하여 섬광으로 번쩍거리는데 오리 떼가 그 황금빛 물살을 가르며 고개를 처박거나 깃을 펼치고 부리로 몸단장이 한창이었다. 제비 한 쌍이 수면을 미끄러지듯 날다가 물을 차고 오르는 건너편 언덕에는 형형색색의 꽃들이 지천으로 피어나 현란한 꽃 잔치가 벌어진 것을 본 재호는 자기도 모르게 탄성이 터져 나왔다. 무언가 좋은 일이 생길 것 같은 예감이 들었다. 이때쯤이면 고향 땅에도 참깨꽃이 하얗게 피어 영롱한 이슬방울을 달고 있을 것이었다.

피야에라의 몸단장

'오늘은 아저씨들을 만나게 되려나? 나에게 좋은 일이 생긴다믄 그 일 밖에 더 있을라구…….'

"아이구, 우리 도련님 벌써 일어나셨네. 하두 곤하게 자길래 깰까봐 살짝 일어나 나갔었는데."

마음이 들떠 있어서 그랬는지 농담을 건네는 피야에라는 젖은 머리에 수건을 두르고 있었다. 재호도 세수를 마치고 방에 돌아왔을 때 피야에라는 트렁크를 열어놓고 화장을 하고 있었다. 여태까지 그녀가 화장하는 것을 본 적이 없는 재호가 그 모습이 낯설어서 물었다.

"네짱? 지금 뭐 하고 있는 규?"

"두 달 만에 집에 가는 거니까 몸단장하려구 일찍 일어났어. 여기는 산이 아니잖니. 나도 여기서는 여자야. 아이누이기에 더욱 신경을 쓰는 것이고 그래야 샤모들한테 얕보이지 않거든. 하하!"

그녀는 열심히 손거울을 들여다보며 바르고 문지르고 토닥이며 말했다. 아이누 여자는 머리숱이 많고 눈썹은 짙어도 얼굴에는 털이 없었다. 그녀의 화장은 입술 선을 따라 공들여 붉은 루주를 바르는 것으로 끝이 났다. 머리는 속발(束髮: 소쿠하츠)로 빗어 올려 정수리에 둥글게 뭉쳐놓았고 여름 기모노에, 야들야들한 하오리(羽織)를 단정하게 걸쳐 입고 버선까지 신고 나서는 재호를 보며 쌩끗 웃으며 물었다.

"어때, 괜찮아 보여?"

"야, 정말 이뻐졌슈. 나두 이담에 아이누한테 장가들까봐유."

산에서는 더벅머리에 작업복 차림의 선머슴 꼴이던 그녀가 이렇게 꾸미고 나니 짙은 눈썹과 오목하게 그늘진 눈, 우뚝 선 코하며 얼굴의 윤곽이 뚜렷한 미인으로 거듭나 눈이 부셨다. 여자는 꾸미기 나름이라는 말이 저절로 떠올랐다.

그녀는 또 트렁크 속에서 신문지로 돌돌 말아 싸 놓았던 나막신을 꺼내 신었다. 그것도 조선에서 흔히 보던 거친 것이 아니라 왕골 바닥에 비단 끈 이 달린 일본식 나막신이었다. 그리고 벽에 걸린 큰 거울 앞에 서서 이리저 리 맵시를 살피는 그녀에게 재호가 말했다.

"너무 이쁘고 멋있슈. 이제부텀은 지가 감히 네짱을 따라다닐 수두 없 겠슈."

괜한 찬사가 아니라 놀라운 변신에 감탄한 재호의 진심 어린 말이었다.

"지금 날 놀리는 것은 아니겠지?"

"아니, 증말 그류."

활짝 웃는 붉은 입술과 가지런한 하얀 치아, 불그레 화장한 볼과 교태가 흐르는 눈빛! 어머니같이 여기던 피야에라의 모습은 온데간데없고 여성의 매력을 물씬 발산하는 그녀는 참으로 아름다웠다.

피야에라의 딸각거리는 나막신 걸음을 따라 두 사람이 오무에 도착한 것은 점심때가 조금 지나서였다. 읍사무소와 사철의 기차역이 있는 곳이라 지금까지 지나온 산골 마을과 달리 번잡한 시가지일 줄 알았는데 매우 쓸 쓸하고 한적한 해변 마을이었다. 시내에 들어서자 짠 내가 훅 풍겨왔다. 1 년 만에 맡아보는 바닷냄새였다. 생각보다 작은 마을이라 실망감이 든 재 호가 물었다.

"네짱, 이곳 인구가 월매나 되남유?"

"으응, 대략 5,000명쯤……. 그래도 몬베쓰군(紋別郡)의 북부지역에서는 가장 큰 읍이란다."

사람이 많은 중심부에 이르자 재호는 자신이 도망자임을 깨닫고 갑자기 위축되었다. 경찰의 눈에 띄면 잡힐지도 모른다는 두려움이 엄습했다.

"요기서 아사히카와(旭川)까장은 월매나 먼 거리래유?"

네 명이나 탈주한 사건에 산루광업소가 그냥 넘어갔을 리 만무했을 것 이다. 그들을 잡으려고 아사히카와에 상주하는 산루광업소 직원이 눈에 불을 켜고 있거나 아니면 경찰서에 협조 의뢰를 넣었을 것 같았다. 아사히카와는 도호쿠 지방에서 가장 큰 도시였다. 따라서 재호의 불안은 피야에라에게 아사히카와가 이곳에서 먼 곳이라는 답을 기대하며 물은 것이었다.

"글쎄……. 비행기처럼 공중을 직선으로 날아가면 그리 먼 길은 아닌데, 그곳과 이곳 사이를 기타미산맥이 가로막고 있어서 교통편으로는 꽤 먼 길을 돌아가야지. 그런데 난데없이 아사히카와를 왜 묻는 거지?"

그녀가 걷다가 뒤돌아보며 물었다.

"아뉴. 일업슈. 기양 아사히카와가 생각나서 물어본 그뿐유."

재호는 다행이다 싶어 에둘러 대답했다.

"이제 다 왔어. 바로 여기가 오빠 상점이야."

걸음을 멈추고 그녀가 가리키는 집을 바라보니 '기타미모피점(北見毛皮屋)'이라는 간판이 걸려 있었다. 그녀의 뒤를 따라 안으로 들어서자 젊은 여인이 피야에라를 보고 벌떡 일어나 반겨 맞아주었다.

"이분이 바로 나의 올케야."

피야에라가 돌아보며 올케 소개를 하자 재호는 고개 숙여 반갑게 인사를 하였다.

"안녕하슈. 네짱헌티 아주머니 야기 많이 들었슈."

그녀가 조선인 교포라고 들었기에 거침없이 조선말로 인사를 했다.

"아아, 네, 네. 그 아푸시다눙 부니궁요……. 고셍 마니 하요쓰네요. 이덴 겐쟈누세요?"

그러나 올케란 분은 일본 태생이라 조선어 발음이 능숙하지 않아 보였다. 재호가 일본어로 답했다.

"예에, 네짱 덕택으루다 인자 건강히졌구면유."

재회 그리고 이별

초면에 곧바로 아저씨들 소식을 묻기가 미안하여 피야에라에게 부탁했다.

"네짱, 아저씨들으 소식좀 물어봐 줘유!"

그러자 올케가 직접 그 말을 받아 말했다.

"아, 그분들이 10여 일 전부터 이곳에 와서 기다리고 있어요."

그녀의 말에 재호는 귀가 번쩍 뜨여 다그치듯 물었다.

"이곳이라니 그기가 어듀우?"

"아, 오무여관이요."

그 말을 듣자마자 재호는 피야에라의 눈을 조르듯 바라보며 말했다.

"네짱이 길을 쫌……."

"아니, 점심 먹고 가야지."

"네짱, 점심이 문제가 아니잖유. 지끔 바루 가유."

아저씨들은 재호가 한 달이면 나올 것으로 알고 날짜를 맞추어 와 있는 것 같았다. 그걸 알고 있는 바에야 어떻게 촌각이라도 지체할 수 있겠는가. 피야에라와 함께 오무여관을 향해 걸어가는데 마음이 바빠 그녀의 뒤를 따라가는 게 아니라 재호의 발걸음이 자꾸만 그녀를 앞지르려 했다.

"이곳 오무에는 그 여관 하나뿐이야."

한 걸음 앞서 걸어가고 있던 피야에라가 말을 꺼냈다.

"그류? 네짱! 아저씨들이 10여 일 전부터 나를 기다린다구 허니 마음이 바쁘구먼유."

갑자기 피야에라가 가던 발걸음을 멈추고 재호의 얼굴을 빤히 바라보더니 말했다.

"안짱! 그럼 우리는 이 길로 헤어진다는 거야?"

그 말에 재호는 아차 싶었다. 아저씨들을 만난다는 것에 들뜬 나머지 피야에라의 마음을 살피지 못하고 말았다. 얼른 대답할 말이 떠오르지 않아 그저 그녀의 눈을 바라보고만 있었다. 피야에라도 그러는 재호의 눈을 피하지 않고 눈씨름이라도 하듯 시선을 떼지 않았다. 그 시선에는 노여움과 놀람이 교차하고 있었다. 잠시 힘든 시간이 흘렀다. 재호는 그녀에게 다가가서 두 손을 잡았다. 다행히 피야에라는 뿌리치지 않았다.

"네쨩! 요 매칠 동안 많은 생각을 혔슈. 네쨩과 함끄 은지꺼정 아이의 시간 속에서만 머물 수는 읍다는 생각이 들드먼유. 인자 지 갈 길루 떠나기로 혔슈. 그릏게 맴 먹으니 고양으서 엄니와 이별하든 것맨치로 가슴이 아퍼유. 그간 네쨩이 지게 베풀어 준 사랑을 생각허믄 이 말을 헌다는 그이 너무 심들어유."

피야에라의 눈에 이슬이 맺히고 있었다.

"하긴, 그래. 틀린 말은 아니야! 하지만 이 길로 헤어진다고 하니까 너무 놀랍고 서운하구나. 나는 안쨩이 건강을 완전히 회복할 때까지는 같이 있을 줄 알았어. 이렇게 쇠약하고 어린 몸으로 어디 가서 무엇을 하겠다는 거지?"

"글씨유……. 으디 가서 뭐슬 할지는 지두 잘 모르겄지만서두 아저씨들과 사선을 넘어왔응게 그분덜과 노동판을 떠돌겄쥬."

피야에라가 한숨을 길게 내쉬고는 말을 이었다.

"일이 고되고 견디기 힘들면 언제고 날 찾아와야 해."

"예, 그럴규, 고마워유."

그녀는 이 뜻밖의 이별이 안타까운지 재호에게 잡힌 손을 빼내서는 자신의 두 손으로 재호의 손을 감싸 비벼주면서 어쩔 줄 몰라 했다.

"자, 거리에서 이럴 게 아니라 그만 가자구."

피야에라가 잡은 손을 놓아주며 다시 걷기 시작했다. 역사가 보이는 삼거리에 이르렀을 때 바로 역 건너편 모퉁이에 오무여관(雄武旅館)이라 쓰인 간판이 눈에 띄었다. 피야에라가 열려 있는 현관으로 들어서며 외쳤다.

"실례합니다."

여종업원이 종종걸음으로 달려 나왔다. 그리고 상반신을 깊이 숙이며 인사했다.

"네, 어서 오십시오."

"이곳에 기타미모피점을 찾아오신 손님들이 계실 텐데요?"

"아, 그분들을 찾아오셨습니까? 6호실에 계십니다."

싹싹하게 대답하면서 손님이 찾아온 것을 알리려고 6호실로 향하는 종업원의 뒤를 따라갔다. 그러나 피야에라는 현관에 그대로 서 있었다. 낮잠을 자고 있다가 종업원의 노크 소리에 문을 연 남정네들이 재호를 보자 벌떡 일어나 문 앞으로 몰리더니 재호의 손을 잡아 냅다 방 안으로 끌어들였다.

"왜 이제 오는 기어? 너 살아있었구나!"

"살아났으면야 한 달이면 나올 것이라 생각허고 날을 맞추어 나왔는디 40일째가 되어두 안 나오기에 그만…….."

이케다가 재호의 손을 잡은 채 울먹이며 말을 잇지 못했다.

"야, 다행이다. 우덜은 니가 안 오기에 포기허구 니알 이곳을 떠나려든 참이었는디."

가네모토가 말했다.

"정말 잘 맞추어 나왔구먼. 하루만 더, 하루만 더 허다가 열흘이 되어 오지 않으니 우덜은 니가 죽었구나 생각허고 이대루 돌아가려든 참이었는디. 이케다 상은 널 공연히 끌구 나와 죽였다구 월매나 가슴 아퍼혔는지 아니?"

히로다가 말했다.

"아저씨덜이 염려혀 주신 덕택으루다 이릏기 나아서 나오게 됐슈. 너무 큰 염려 끼쳐드려 지송혀유."

피야에라가 어느새 문 앞에 와서 지켜보고 있었다.

"아, 이분이 산지서 내를 돌봐준 분이셔유. 이분 땜시 지가 살아난 거유!"

그러나 산에서 피야에라를 보았던 아저씨들은 지금의 그녀를 전혀 알아보지 못했다.

"야, 이렇게 뵈니 전혀 물러 뵙겠는듀. 누구신가 했슈. 고마워유, 재호를 살려가꾸 데리구 나오셔서유."

이케다가 눈부신 표정으로 그녀를 바라보며 인사하는 것을 재호가 통역해주었다.

"아니에요. 당연히 할 일을 했을 뿐인걸요, 뭐. 우리가 늦게 와서 여러 날 기다리게 해서 죄송합니다."

피야에라가 일본 예법으로 허리를 깊게 굽혀 인사를 했다. 피야에라가 돌아가겠다고 하기에 재호가 따라나섰다. 아무도 없는 현관에 이르자 그녀가 돌아서서 말했다.

"안짱, 어디를 가든지 건강이 첫째야. 안짱은 아직 환자인 것을 잊으면 안 돼. 그리고 꼭 건강한 몸으로 고향에 돌아갈 수 있도록 마음속 깊이 빌겠어."

"네짱, 증말루 고마워유. 이 은혜는 평생 잊지 않을 거구먼유. 워쩔 수 없이 떠나지만 많이 그리울 거유!"

"어쨌든 돈 같은 것은 아예 벌려고 하지 말고 오직 몸조심해야 해. 다시 말하지만 어려운 일이 있거든 언제든 날 찾아오구."

재호는 목이 메 그저 고개만 끄덕일 뿐이었다.

"그만 들어가봐."

그러나 그냥 들어갈 수가 없었다. 어느새 뜨거운 눈물이 저절로 흘러내린 재호의 얼굴을 그녀는 와락 끌어당기어 가슴에 묻으며 재호의 등을 다독여 주었다. 재호의 눈물은 이제 그녀의 기모노 자락을 적시고 있었다.

"이만 가봐야겠네."

돌아서는 그녀에게 재호가 말했다.

"네쨩, 곧 찾아갈規……."

그녀는 그 말의 공허함을 아는지 뒤돌아보지도 않고 대꾸도 없이 가고 있었다. 재호는 현관문에 서서 멀어져가는 그녀를 바라보고 있었다. 그녀가 모퉁이를 돌아가려다가 힐끗 뒤를 돌아다보았다. 그때까지 자기를 바라보고 서 있는 재호를 발견하고는 멈추어 섰다. 재호는 손을 흔들어 잘 가라는 인사를 하려다가 다마코에게 그랬던 것처럼 고개를 숙여 절을 하였다. 그녀는 아무런 반응이 없이 그저 움직이지 않고 재호를 바라보고 있었다. 재호는 언제까지나 바라보고만 있을 수 없어서 다시 한번 꾸벅 절을 하고는 안으로 들어왔다.

22. 떠도는 사람들

6호실은 다다미 10첩의 꽤 큰 방이었다. 이케다가 처음 보는 사람을 가리키며 인사를 시켰다.

"이분은 우덜이 이케자키구에 있을 띠 현장이서 사귄 분인디 너두 알다시피 우덜이 일본어를 모르니께 같이 나온 분이여. 히라야마 상이다. 인사드려라."

"아, 그러셔유? 지는 지재호라고 혀유. 지둘리게 혀서 지송혀유!"

"얘기는 다 들었구먼……. 나이두 어린디 타양으서 고상이 많구먼."

억양이나 사투리로 보아 같은 충청도 출신인 것 같았다.

"아저씨들, 지 땜시 일두 못 하시구 여관비만 축나서 워쩐대유?"

"우덜이 지끔 돈 벌려구 다니는 게냐? 그저 때나 기다리구 살아가는 것이지."

가네모토가 말했다.

"우덜 처지는 으디를 가나 뼈 빠지게 일을 혀야만 하는 게야……. 그래두 산루광산과 달리 밥도 배불리 먹을 수 있구, 은제라도 일허기 싫으면 떠날 수 있는 자유가 있단다. 그리구 뭣보다 다행헌 거슨 일본에 인력이 크게 모자라서 우덜 같은 떠돌이 노동자들이 일할 곳이 쌔고 쌨다는 사실이다. 우덜 같은 신분으루 비록 고양으는 못갈지라두 이릏게 자유롭그 활동헐 수 있다는 그이 월매나 다행헌 일이냐. 너두 이제부텀 그릏기 알구 도피 생활을 혀야 헌다는 뜻으루다 허는 말이다."

이케다가 한 달간 미리 경험한 이곳의 실정을 말해주었다.

"이눔의 전쟁이 지끔 8년째인디 싸움은 자꾸 크 가기만 허니 은제 끝날 날이 올랑가 모르겄네."

히로다가 푸념하는 조로 말했다.

"아니, 전쟁이 끝나면 우덜을 고양으 보내줄 것루 알어? 우덜은 도망자잖어. 그때는 처벌받기 될지두 물러."

가네모토가 히로다를 향해 역정을 내며 말했다. 그러자 이케다가 두 사람의 말을 가로막고 나섰다.

"그기야 전쟁으 워치게 끝나느냐에 따라 상황이 달러질 그요. 일본이 지느냐 아니면 이기느냐에 따라 우덜 입장은 정반대가 될 수도 있다는 게요."

"그건 그릏구, 아저씨덜은 다시 이케자키구로 갈꺄?"

행선지가 궁금해서 재호가 물었다.

"이케자키구는 조선서 강제징용혀 온 우리 노동자들을 부려 먹는 회산디, 인자 조선땅으 사람이 씨가 마릏게 우리처럼 떠돌이 노동자들을 써먹을라구 조선 사람 하청업자헌티 공사를 떠맽긴 거여서 대우가 좋지 안 혀어. 그래서 이번은 몬베쓰(紋別) 쪽으루 가볼라구 혀어……."

히라야마가 대답했다.

"몬베쓰에 더 좋은 일자리가 있남유?"

재호가 물었다.

"글쎄. 가봐야 알지이. 막노동판이 다 그렇구 그렇지 뭐……. 어느 아지매 떡이 조금이라도 더 클까 허구 골라 보는 격이여. 가봐서 안 좋으문 또 다른디루 가문 디아."

히라야마가 아저씨들보다는 도피 생활의 선배로 경험이 많은 것 같았다.

"우덜 노동자들이야 어디 간들 뾰죽헌 수가 있간디. 워쩌다가 이릏기

떠돌이 신세가 되었으니 그저 세월이나 보낼려구 이곳저곳으로 다녀 보는
게지."

가네모토가 히라야마의 말을 보충하여 주었다.

아저씨들에게는 재호를 기다린 10여 일 동안의 여관 생활이 무척이나
따분하고 지루한 듯이 보였다. 할 수 없이 재호는 며칠 푹 쉬고 피야에라도
한 번 더 보고 싶은 마음을 접고 내일 그들을 따라나서기로 마음먹었다.

어머니께 부친 편지

몬베쓰로 가는 기차표는 다음 날 식전에 재호가 예매하기로 하고 일찍
자리에 들었지만 잠은 쉬 오지 않았다. 피야에라가 아닌 남자들 틈에 끼어
누워 있으려니 몸은 피곤한데도 잠자리가 영 낯설어 좀처럼 잠들지 못하고
엎치락뒤치락했다.

그 깨끗한 방에 청결하고 얇은 홑이불을 덮고 누워 있으면서도, 누추하
고 냄새나고 답답한 귀틀집의 굴속 같은 작은 방에 피야에라와 나란히 누
워 곰 기름 등잔불을 밝혀 놓고 끝없는 이야기를 이어가던 밤이 못내 그리
웠다.

세상 사람들의 호의와 친밀감이라는 것도 따지고 보면 다 좋은 때에나
통용되는 것일 뿐이다. 피야에라처럼 고열로 다 죽어가는 사람을 40일 동
안 온갖 병수발을 다 해 살려낸 것을 헌신이라는 말 외에 무슨 말로 대체할
수 있겠는가. 그녀가 재호에게 베풀어준 사랑은 정작 같이 있을 때는 몰랐
지만 잠 못 드는 밤이 길어지자 헤아릴 수 없이 크게 다가오는 것이었다.

이별이란 그런 것이로구나. 다마코와도, 피야에라와도, 헤어지는 순간
보다는 그 뒤에 홀로 남겨진 자가 감당해야 할 상실의 아픔이 이토록 큰 것
인 줄을……. 재호는 그렇게 이별의 아픔을 배우고 있었다. 그러면서 다마

코나 피야에라 모두 어차피 끝이 보이는 만남이었으니 이별은 어쩔 수 없다 치더라도 그들이 베풀어준 사랑은 재호 몸속의 피와 함께 돌고 있을 것이라는 생각을 했다. 심장이 멈출 때까지.

이별의 뒤끝이라 그런지 먼 곳을 바라보는 기린처럼 그리운 것들이 사무쳐 아무래도 잠을 자기는 글렀다는 생각에 재호는 가만히 일어나 현관 쪽을 향했다. 벼르고 별렀지만 하지 못한 일을 할 기회가 온 지금, 재호는 그 일을 하려고 나선 것이다. 현관 안내실에서는 심야에 내리는 기차 손님을 기다리는 듯 전등불 하나가 외로이 켜져 있었고 그 불빛 아래에서 주인 노파와 여종업원이 화투를 치고 있었다.

"누나, 미안허지만 종이 서너 장허구 연필 쫌 얻을 수 있을까유? 연필은 곧 돌려드릴 턴게유."

"무슨 종이를 드릴까요?"

"편지지라믄 더욱 좋겠슈."

재호는 얻은 종이를 들고 복도를 밝히는 전등불 밑에 엎드려 편지를 쓰기 시작했다. 재호는 '어머니 전 상서'라고 막상 적고 나니 무슨 말을 이어 나가야 할지, 할 말은 많은데 말들이 두서없이 헝클어져 잠시 숨을 골라야 했다. 더구나 일제는 강제동원 지역에서 발송되는 우편은 빠짐없이 검열한다는 말을 들은 탓에 혹시라도 어머니와 가족들이 화를 입지나 않을까 염려되어 조심스러웠다.

다음 날 아침에 일어나려는데 재호의 다리가 굳어 당기고 아팠다. 누워서 한참을 다리를 굽혔다 폈다를 반복했다. 뭉친 근육을 푸는 운동을 하고 일어나 복도의 시계를 보니 일곱 시가 조금 지나고 있었다. 오무역으로 나가 몬베쓰 행 기차표를 사서 돌아오는 길에 피야에라를 만나보려고 모피 가게에 들렀으나 이른 시간이라 그런지 문이 닫혀 있었다. 간밤에 아무리 생각해봐도 피야에라와 그렇게 헤어진 것이 마음에 걸렸는데 굳게 닫힌 문 앞에서 어쩔 수 없이 되돌아설 수밖에 없었다.

'피야에라, 남편으 무사 귀환을 빌어유. 부디 슬픈 일 읍기를…….'

마음속으로 인사를 건네며 여관으로 돌아오니 아저씨들은 잠이 깨어 두런두런 이야기들을 나누고 있었다.

"아저씨, 11시 표루 사 왔슈. 오늘 바루 현장꺼정 갈 건가유?"

"오늘은 몬베쓰에서 하룻밤 자구 니얄 아침에 일찌감치 떠나야 혀어, 산길루 100리가량 걸어 들어가야 한댜아."

히라야마의 설명이었다.

"아니, 아저씨가 잘 아는 곳이 아닌가유?"

"그려어, 나두 가보지는 안했는디, 가는 길이랑 현장설명은 자시하게 알어놨어. 광산을 개발헌다는디 함바 집두 새집이여서 아주 깨끗허댜아."

재호는 아침을 마친 후 간밤에 써놓은 편지를 들고 거리로 나왔다. 중심가를 걷다 보니 우체국이 눈에 띄었다. 들어가 편지 봉투를 사 고향 집 주소를 쓰는데 만감이 교차했다.

'이 쉬운 것이 1년 넘게 걸렸구나!'

이제부터 정처 없는 떠돌이 신세라 발신인 주소를 적지 못해 마음이 아팠지만, 그래도 고향에 편지 한 장 못 보내, 끌려간 노역장이 어딘지도 모르고 죽었는지 살았는지 소식도 몰라 눈물로 지새는 사람들이 태반인 것을 생각하면 재호는 그나마 얼마나 다행인가 싶었다. 우체국을 그냥 나서려다 용기를 내어 우체국 직원에게 물어보았다.

"조선 땅 충청도루 가는 편지는 월매나 걸리남유?"

그곳도 남자들은 다 소집되고 없는지 여직원뿐이었다.

"글쎄요. 전시라 우편도 군(軍)이 우선이어서 잘 모르겠어요."

짐작은 했지만 재호의 바쁜 마음과는 달리 답답한 대답이었다.

몬베쓰행 열차

달리는 열차의 차창 밖 짙푸른 오호츠크 바다가 그보다 옅은 하늘과 맞닿아 시야 가득 수평선을 그어 놓았다. 세상에서 가장 단순한 선이지만 바라볼수록 질리지 않은 선이었다. 저 가없는 선 너머, 보이지 않으나 존재하는 광대한 세계에 대한 예감을 주기 때문일까. 멀리 검은 연기를 내 품으며 윤선(輪船) 한 척이 반쯤 잠겨 보였다. 기차가 가는 것인지 윤선이 가는 것인지, 하얀 항적이나 연기로 보면 항해하는 것이 분명하지만 차창에 보이는 풍경은 그저 정물에 불과했다. 1년 전에는 끌려오는 노예 신세로 미지에 대한 불안에 떨며 차창에 기대 바다를 바라봤다면 지금은 제 의지로 행선지를 선택한 것이라 감회가 남다를 수밖에 없었다.

"너, 아즉은 일허믄 안 되잖어?"

재호가 차창 밖을 내다보는 데 열중하고 있을 때 이케다가 조심스럽게 물었다.

"허는 디까지는 혀봐야쥬. 밥값은 벌어야 잔유."

사실을 말하자면 오무까지 걸어온 여독도 여태 회복이 안 됐는데 그 몸 가지고 중노동에 자신이 있을 턱이 없었지만 그렇다고 여관에 묵으며 돈이나 축내고 있을 처지가 아니어서 일행을 따라나선 것이었다.

조선에서는 돈 많은 사람이나 여관잠을 자는 것인 줄 알았다. 재호가 화서와 경성에 올라갔을 때도 밤에 도착한 여객들은 모두 역사에서 밤을 지새웠다. 어쩔 수 없이 객지에서 유숙하게 될 형편이면 사돈의 팔촌이라도 연줄 닿는 집을 찾아가거나 그도 아니면 고향 사람을 찾아가 신세를 지는 것이 보통이었다.

그러나 당시 일본에는 수십만 명의 자유노동자가 이곳저곳 일자리를 찾아 떠도는 일이 많다 보니 여관마다 북적거린다고 했다. 이런 자유노동자들은 여행증명이나 신분증이 있을 리 없었고 당연히 관부연락선을 탈 수 없어 고향으로 돌아가지 못하고 일본을 떠돈다는 것이었다.

'내게 갈매기의 날개가 있다믄 그 심 다헐 때까지 날아 고양 땅으 가련만…….'

쪽빛 파도가 한낮의 햇볕에 번쩍이며 크게 갈기를 세우더니 하얗게 부서지는 모래사장에서 갈매기 떼들이 맞바람을 타고 일제히 날아오르는 날갯짓을 보며 부질없는 생각에 젖어 있던 재호는 이케다에게 물었다.

"우덜 같은 도망자들이 기차여행을 허다 경찰으 잡혀가지는 않남유?"

"그려, 너 불안하지?"

"예."

"우덜두 첨에는 너처럼 불안혔는디. 그른디 알구 보니깨 일본에서는 쓸만한 사람은 죄다 전쟁터루 끌려가설랑 일헐 사람이 없응게 우덜 가턴 사람덜이 웁스믄 모든 공사판으 문을 다 닫을 지경이랴아. 그릏게 경찰두 모르는 척 방치허는 거여."

"아하, 그렇구먼유. 지는 그른 것두 모르구 연태 겁을 잔뜩 먹구 댕겼슈."

"그 일루는 한나도 겁먹을 그이 읍다!"

열차는 계속 홋카이도 동북부 해안을 따라 나요로(名寄)본선을 타고 남쪽의 도요노(豊野), 사루루(沙留), 오콧페(興部), 시오미초(潮見町)를 거쳐 일행이 내릴 몬베쓰(紋別)역에 도착하였다.

몬베쓰의 새 공사판

몬베쓰는 오무에 비해 규모가 있는 도시라 항구에는 큰 배들은 물론 어선도 빼곡히 정박해 있었고 시가지는 오가는 사람들로 활기차 보였다.

일행이 역에 가까운 곳보다는 조용하고 쌈 직한 숙소를 찾느라 외지고 허술한 곳을 찾아 들어간 곳이 모베츠(藻別)여관이었다. 종업원도 없이 주인 노파 혼자서 손님도 맞고, 밥도 지으며, 청소까지 하는 그 조그마한 여관에서 하룻밤을 지낸 재호 일행은 아침 일찍 행장을 챙겨 길을 나섰다.

히라야마가 앞장서 길을 찾고 네 사람이 그 뒤를 따랐다. 바다를 등지고 서쪽에 있는 오야마산을 돌아 좁다란 길을 찾아 걷는 와중에 지카다비의 옆이 터지기 시작하였다. 산길 100리는 쉬운 길이 아니었다. 길은 끝없이 멀고 험하여 배도 고프고 다리도 아파왔다. 날달걀이 늦은 점심이었다. 마을에서 날달걀 열 개를 사서 두 개씩 나누어 먹는 것으로 겨우 시장기를 때웠다. 계속되는 오르막길이 힘들어 재호는 몇 번이나 주저앉고 싶었지만, 일행에 누를 끼칠까봐 기를 쓰고 따라갔다. 그러고 보니 일주일째 다리가 풀릴 겨를도 없이 걷기만 하고 있었다. 기진맥진할 무렵 높은 언덕배기에 기다란 판잣집이 보였다. 목적지에 도착한 것이다. 일행은 활짝 열려 있는 판자문으로 거침없이 들어갔다. 흙바닥 복도 왼쪽 사무실에 서사 한 사람이 앉아서 서류를 정리하고 있었다.

"수고 많구먼유. 일헐려구 찾아왔슈."

일행이 들어서자 고개를 드는 서사를 보고 이케다가 말했다.

"아, 그렇습니까. 다섯 사람입니까?"

예. 다싯 사람이유."

"여기는 성인 일당이 1원 20전이고 저런 아이는 80전입니다. 밥값은 한 끼니 10전이고요. 그래도 하겠습니까?"

"예, 알었구먼유."

'저런 아이'는 재호를 두고 한 말이었다. 그런다고 하는 일이 다르지도 않은데도 어리다는 핑계로 40전이나 깎아 버리다니 무슨 돈을 벌자고 온 것은 아니었으나 속으로 좀 억울하다는 생각이 들었다. 여기까지 와서 다른 방도가 없는 재호는 아저씨들의 결정에 따를 수밖에 없었다. 서사는 장부를 책상 위에 펴놓으며 말했다.

"그럼 이름과 나이를 대십시오."

등록을 마친 일행은 사무실을 나와 복도 건너편 숙소로 들어섰다. 숙소는 산루와 비교하면 규모는 작았지만 새로 지은 건물이어서 그런지 훨씬 나아 보였다. 흙바닥 통로를 사이로 양편으로 무릎 높이의 마루가 깔려 있었고 그곳에는 다다미 대신 가마니가 깔려 있었다. 그러나 가마니라 해도 새것이어서 산루의 '이리 떼가 틀고 앉아 수세미 자리 같던' 다다미보다는 훨씬 깨끗해 보였다. 일행은 보따리를 아무 데나 던져놓고는 현장을 둘러보겠다고 나갔고 재호는 파김치가 된 몸을 가마니 바닥에 뻗고 누워버렸다. 제 발로 걸어 찾아오기는 했지만 내일부터는 부실한 몸으로 또 뼈를 깎는 막노동을 해야만 하는 자신의 형편이 서글펐다.

잠시 후 현장을 둘러보러 갔던 아저씨들이 돌아왔다. 아저씨들 말에 따르면, 이곳 역시 이케자키구에서 재일동포가 하도급을 받은 공사판이었다. 광산을 새로 개발하기 위한 시설공사로 산을 깎아내고 터를 닦아 선광장과 창고와 요사를 짓고 도로공사까지 완료하려면 앞으로 최소 반년은 꼬박 걸린다는 것이었다. 짐작하건대 시설공사가 끝나면 또 일행과 비슷한 처지의 식민지 징용자들을 잡아다 채울 것이다.

여름날 긴긴해가 저물고 땅거미가 몰려오자 노동자들이 일을 마치고 돌아와 줄줄이 식당으로 들어갔다. 제대로 된 점심을 못 먹은 재호 일행은 그 대열에 합류했다. 식욕을 자극하는 구수한 냄새는 양배추를 썰어 넣고 왜 된장을 풀어 끓인 국에서 풍기는 것이었다. 충분한 양의 잡곡밥에 양배추김치와 단무지가 반찬으로 따라 나왔다. 식사 분위기도 자유로워 하루의 피로를 푸는 담소로 떠들썩한 것이, 무슨 여염의 음식점과 다르지 않았다. 요사는 아직 어둡지 않은 실내에 칸델라를 세 개나 켜놓아 대낮같이 밝았다.

산루광업소와는 모든 것이 근본적으로 달랐다. 더구나 일하기 싫으면 일당을 포기하고 언제라도 쉴 수 있고 그도 싫으면 다른 곳으로 옮겨갈 수 있다는 사실이 믿기지 않을 만큼 좋았다. 맨 끝에 잠자리를 잡은 재호는 생소한 환경에 이 사람 저 사람의 얼굴을 살펴보았다. 대부분 30, 40대들이었고 간혹 흰머리가 듬성듬성한 50대나 팔팔한 20대도 몇 명은 있어 보였지만 재호와 같은 10대 소년은 보이지 않았다. 역시 그 현장에서도 재호는 막내였다.

아침을 먹은 후 현장으로 나갔다. 곡괭이와 삽으로 산의 언덕을 깎아내린 흙을 목도로 나르는 작업이었다. 아무런 기계나 장비도 없이 모두 인력으로 개미 떼처럼 역사하는 것이었다. 산루 현장과 다르다면 감독이 일본인이 아니고 같은 동족이라는 점이었지만 감독은 역시 감독이었다. 도급받은 입장에서 수지를 맞추려면 노동력을 쥐어 짜낼 수밖에 없는 구조여서, 감독은 고삐를 바짝 잡아채며 힘에 겨워 헐떡이는 황소를 몰아치듯 소리쳐 노동자들을 다그쳤다.

일당 40전을 깎았다고 15세 소년에게 쉬운 일은 없었다. 이곳에서도 선택의 여지 없이 목도를 멜 수밖에 없었다. 팔이 부러진 후 반년 만에 잡은 목도였다. 100kg이 넘는 흙 망태를 멜 때마다 굳은살이 빠져나간 어깨가 휘청이며 하늘이 노랗게 보이고 무릎이 후들거렸다. 이 세상에서 가장 길들지 않는 것이 있다면 바로 고통이 아닐까. 살을 저미는 상처가 늘 새롭게 아프듯 고통도 마찬가지여서 겪을 때마다 새롭게 통점을 쑤셔댔다. 아득바득 겨우 한나절 일을 마치고 돌아와 밥을 먹는데, 바짝 마른 입 속에서 밥알이 모래를 씹는 것 같아 국물을 한 술 떠넣었더니 터진 혀가 쓰리고 아팠다.

재호는 수저를 놓고 숙소로 돌아와 벌떡 누워버렸다. 피야에라의 말이 옳았다. 아직 뼈와 근육이 어린 육체에 갇혀 있는 데다 열병으로 죽을 고비를 가까스로 넘긴 상태여서 재호가 애당초 뛰어들 일이 아니었다. 그러나 언제까지 피야에라의 신세를 질 수 없다는 생각에 아저씨들과 합류한 것이었지만 목도 메는 일은 할 수 없을 것 같은 생각이 들었다. 그렇다고 그곳

말고 밥을 먹을 수 있는 곳이 따로 있을 리 없는 재호로서는 앞에 놓인 삶의 조건이 답답하고 서러웠다. 점심을 마친 아저씨들이 들어와 재호 곁으로 걸터앉으며 담배를 피워물었다.

"너 심들어 못 허겄걸랑 쪼메 쉬어라."

이케다가 누워 있는 재호를 내려다보며 말했으나 재호는 눈을 뜰 힘도, 대꾸할 힘도 없었다. 시간이 되었는지, 모두 자리에서 일어나 일터로 나가는데 재호는 이럴 수도 저럴 수도 없어서 그저 누워 있었다.

"니, 와 안 나가노? 퍼뜩 일어나그라."

잘 알지도 못하는 노동자 한 사람이 다그치는 바람에 하는 수 없이 따라나섰다.

이케다와 서사의 충돌

"재호야, 비가 내린다! 오늘은 푹 쉬거라."

이케다가 아직 채 밝지도 않은 새벽에 숙소에서 좀 떨어진 변소에 다녀오면서 하는 말이었다. 재호를 늘 안쓰럽게 여기는 이케다는 비가 오는 게 자기 일처럼 반가웠던 모양이었다.

"비가 많이 내리남유?"

재호는 자기도 모르게 반색하며 외쳤다. 제발 주룩주룩 많은 비가 내려 며칠 푹 쉬었으면 좋겠다는 마음이 간절했다.

"그렇게 많이 오는 비는 아닌디, 일 못 할 만큼은 내린다."

재호는 확인도 할 겸 세수를 하려고 일어나 밖의 개울로 나갔다. 이슬비가 내리고 있었다. 부지런한 사람은 덥지 않아 일하기가 좋겠고, 게으른 사람은 낮잠 자기 딱 좋은 날씨였다.

재호는 아침 식사를 마치고 숙소로 들어오자마자 바로 자리를 잡고 누웠다. 부어오른 어깨의 살갗이 벗겨져 쓰리고 아팠다. 비가 오는 날씨라 바닥에 깔린 가마니에서 올라온 지푸라기 냄새가 고향 생각을 절로 나게 했다. 어제 하루치 노임으로 오늘까지 밥값은 충분하다고 생각하니 마음도 편했다. 그때 사무실의 서사가 들어왔다. 책상 앞에 앉았을 때와는 달리 어깨가 떡 벌어지고 턱뼈가 각진 장골이었다.

"왜들 일 안 나갑니까? 빨리들 나가시오!"

숙소의 모든 사람이 들으라고 일부러 큰 소리로 말했다.

"비가 이렇게 오는데 어떻게 일을 하겠소!"

누군가가 심드렁하게 말했다. 떠돌이 노동자 중 이곳에 돈을 벌려고 온 사람은 아무도 없었다. 갈 곳이 없으니 함바로 찾아든 것이고, 함바에 온 이상 마지못해 일하는 사람들이었다. 재호는 누웠던 자리에서 벌떡 일어나 동정을 살폈다.

"여보시오, 이까짓게 무슨 놈의 비라고 그러는 거요? 오히려 시원해서 일하기 좋지. 다들 빨리 나가시오, 빨리!"

서사는 기가 찬다는 듯 언성을 높였다.

"적은 비도 비는 비잖소. 날 들거든 합시다."

이번에는 이케다가 말했다. 그는 분명히 재호를 의식하고 한 것이 틀림없었다.

"어느 놈이야? 너 이 새끼, 언제 왔다고 건방지게 나서는 거야?"

서사가 너 잘 걸렸다는 듯 눈을 부라리며 막 대했다.

"말 조심혀! 나도 내 밥 먹구 자란 놈이여!"

여기는 일본인 감독들이 설쳐대는 산루광산이 아니었다. 이케다가 꿀리고 들어갈 이유가 하나도 없었다. 그러나 이 말이 사달을 불러왔다. 이케다의 말에 발끈한 그가 쏜살같이 밖으로 뛰쳐나가더니 이내 곡괭이 자루를 들고 비호처럼 달려들면서 두 손으로 번쩍 들어 이케다의 머리통을 향해 힘껏 내리쳤다. 제아무리 민첩한 사람이라도 피할 수 없는 치명적인 일격이었다. 순간 압도적 살기에 실내가 바짝 긴장했다.

그러나 눈으로 보면서도 믿지 못할 일이 벌어졌다. 이케다는 머리를 살짝 젖히면서 오른손으로 몽둥이를 재빠르게 잡아챘다. 실로 찰나였다. 자가사리가 용을 건드렸으니 이번에는 서사가 맞아 죽을 판이었다. 서사의 눈이 놀라서 화등잔만큼 커졌다. 그러나 이케다는 곡괭이 자루를 서사 앞으로 살짝 내던져주고는 담배를 꺼내 물었다. 서사는 그의 태산 같은 태도에 질려 털썩 무릎을 꿇었다.

"형님, 몰라뵙고 죽을죄를 저질렀습니다."

그는 두 손을 모아 입에 대고 이케다를 올려다보며 빌었다.

"무신 말얼 그리하오. 막노동판, 다 그렁거 아뉴? 그러나 당신이 왜늠이었다면 내 살려두지 않았을 것이유. 우덜 동포끼리는 지발 삼가며 삽시다. 여기가 워디유. 왜눔덜 땅 아니유? 일어나시오. 나두 사과합니다!"

숨을 죽인 채 피 튀기는 살육을 예상했던 사람들이 놀라 다들 혀를 내두르며 웅성거렸다. 참으로 아찔한 순간이었다. 잠시 후 이케다의 오른손이 부어오르기 시작했다. 죽으라고 내리치는 거센 곡괭이 자루가 손바닥에 큰 충격을 준 것이었다. 만약 내리치는 것을 피하지 못했거나 팔로 막았다면 어찌 되었을까! 이케다가 귀신같은 손놀림으로 낚아챘기 때문에 어디가 부러지거나 다치지는 않았다. 서사가 허둥지둥 사무실에 비치된 응급약품 상자를 들고나와 옥도정기를 듬뿍 바르고 붕대로 감고는 고리를 만들어 목에 걸어 주었다.

난리 통에 그날 작업은 무산되고 말았다. 그들은 하루하루 시뻘겋게 달궈진 철판을 맨발로 걷듯 견딜 수 없는 것을 견디며 사느라 가슴속에 불을 품기 마련이었다. 노동으로 거칠어진 손처럼 말과 행동이 거칠어 건드리면 사소한 일에도 욱하며 폭발했다. 그 양상은 말보다는 주먹이, 분별보다는 박치기가 앞섰지만, 집요하게 증오를 쌓거나 정교한 계교로 함정을 파는 일 없이 단발성으로 폭발하고 나면 그뿐 뒤끝은 없었다.

그렇다고 위험하지 않다는 것은 아니다. 자포자기에서 비롯된 자학이 우발적인 폭력으로 이어질 때는 살인으로 귀결되는 때도 있었다. 이러한 단순성의 약점은 강한 자에 대한 맹종이라는 빈약한 의식에 있었다. 이들에게 서열이 있다면 그것은 오로지 힘에 의한 것이었다.

그날도 막노동판의 생리를 누구보다도 잘 아는 서사가 본보기로 한 사람을 희생시켜 기강을 잡으려는 의도에서 벌어진 일이다. 마침 신참인 이케다가 끼어들자 너 잘 걸렸다고 본때를 보이려던 것인데 이케다를 몰라도 한참 몰랐던 서사의 불운이었다.

이케다의 손은 다행히 뼈에는 아무 이상이 없었기 때문에 일주일이 지나서부터는 작업장에 나갈 수 있었다. 재호는 이틀 일하고 하루 쉬는 식으로 겨우 밥값이나 충당하며 지냈다.

그러나 그 충돌사건이 있고 난 뒤 이케다를 바라보는 노동자들의 지나친 눈길도 그렇고 서사는 서사대로 이케다를 어려워하는 기색이 역력하여 일행은 20여 일 만에 월말 정산을 하고 그 현장을 떠나기로 했다. 물론 재호가 아직은 힘에 겨운 노동을 하기가 어렵겠다는 이케다의 판단도 작용했다.

피야시리산을 같이 넘은 일행은 각자 모래알처럼 따로 노는 막노동판과는 달리 강한 유대감으로 똘똘 뭉쳐 있었다. 밥을 먹을 때나 잠자리에 들때도 늘 같이했기 때문에 서로 알아서 자리를 내어주었다. 몬베쓰의 모베츠여관으로 되돌아왔을 때도 누구 하나 이탈하는 사람이 없었다.

오히려 히라야마가 홀로 떠돌다 일행에 합류한 것은 그로서도 재호 일행으로서도 서로 필요했기 때문이었다. 그는 일본어로 소통할 수 있었으며 탈출 노동자로서 많은 경험이 있었기 때문에 노동 현장의 사정에도 밝았고 고향 사람이라는 점도 한몫하여 자연스럽게 합류했던 것이다. 다른 언어와 풍속을 헤집고 다니면서 그 땅의 사람들로부터 학대와 멸시를 받는 사람에게 동반자가 있다는 사실은 얼마나 큰 힘이 되는지 모른다. 그 때문에 히라야마는 우리라는 울타리 안에서 가족의 일원이 된 것이다.

여관의 노파는 단 하룻밤을 묵었을 뿐인 재호 일행을 무척이나 반갑게 맞아주어 객지를 떠도는 헛헛한 마음에 온기를 지펴주었다.

해수욕

"재호야! 오널은 바닷가에나 나가 볼까나?"

어제 종일 100여 리를 걸어와 피곤한 일행이 아침을 먹고 나서도 누워서 빈둥거리고 있는데 이케다가 재호에게 머리를 돌리며 말했다.

"예, 증말요? 좋츄!"

"우덜 모처럼 해수욕 한번 합시다!"

가네모토도 들떠서 말했다.

"암튼 그만덜 인나유."

히라야마가 일어나 앉아 담배를 말면서 말했다. 이미 11시가 넘은 시각이었다. 시가지를 걸어 바다로 향하는 마음이 풍선처럼 부풀어 올랐다. 일본 땅에 발을 디딘 후 처음으로 노역이 아닌 휴식을 즐기기 위해 가는 길이니 어찌 설레지 않을 수 있겠는가.

부두가 가까워지자 생선 비린내가 코를 찔렀다. 크고 낮은 돛대들이 물결 따라 오르락내리락하는 선창에는 어부들이 싱싱한 생선을 퍼 올리고 있었고 머리에 흰 수건을 질끈 동여맨 목도꾼들과 바구니를 든 아낙들로 제법 왁자한 가운데 즉석에서 소매하는 사람들도 있었다. 끝없이 죽고 죽이는 전쟁의 한 귀퉁이에서 삶은 여전히 지속되고 있었다.

재호 일행은 해수욕을 마친 후 회를 먹기로 하고 해변을 따라 적당한 곳을 찾아 걸었다. 해변은 완만하게 바다로 경사진 암반이어서 기슭을 훑는 바닷물이 너무 맑아 깊은 바닥까지 훤히 들여다보였다. 이들은 누가 먼저

랄 것도 없이 넓은 바위 자락에 옷을 벗어놓고는 팬티 바람으로 바닷속으로 텀벙텀벙 뛰어들었다. 한참 무더운 날씨라 그런지 바닷물은 물놀이하기에 맞춤하게 시원했다. 히라야마만 헤엄을 못 치는 듯 어린아이들처럼 희희낙락하는 동료들을 물끄러미 바라만 보고 있는 줄 알았는데 어느새 바위틈을 헤집고 다니며 무언가를 열심히 잡고 있었다.

재호는 두 발로 퉁탕 퉁탕 개구리헤엄을 치면서 호수처럼 잔잔한 바다의 가장자리를 맘껏 휘젓고 다니다가 물속에 머리를 잠가 바닷속을 들여다보았다. 바다의 겉과 속은 너무나 달랐다. 표면은 찰랑거리나 속은 어항 속같이 고요했다. 암반 바닥에 뿌리를 내리고 물결 따라 너울거리는 해초 사이를 노니는 물고기들은 시선을 의식하는 곡예사처럼 온갖 군무를 보여주고 있었다.

배가 고플 때야 일행은 물속에서 나와 선창으로 향했다. 어판장에 면한 도로변에는 햇볕에 그은 구릿빛 얼굴의 장사치들이 갖가지 싱싱한 어물을 늘어놓고 팔고 있었다. 그중에 큰 솥뚜껑만 한 홍어가 먹음직스레 보였다. 지나가는 말로 재호가 값을 물었더니 20전만 내란다. '아니, 20전이라니!' 잘못 들었나 싶어 다시 확인해보니 역시 20전이 맞았다. 그래도 믿기지 않아 왜 그렇게 싸냐고 물었더니 홍어는 크기만 컸지 살은 양 볼에 한 점씩밖에 없어 그렇다는 것이었다. 알고 보니 일본에서는 홍어와 게는 먹을 만한 살이 많지 않아 가장 싼 해물 취급을 받고 있었다.

재호가 들기에는 무거워 가네모토가 홍어 아가미에 꿴 지푸라기를 손에 들고 수영하던 곳으로 되돌아갔다. 그리고 편편한 바위에 둘러앉아 주머니칼로 아직 살아서 팔딱거리는 홍어를 한점씩 썰어 살은 물론이고 물렁뼈며 날개까지 모두 먹어 치웠다. 초장이 없어 아쉬웠지만 얻어온 소금에 찍어 먹자니 오히려 싱싱한 홍어의 단맛을 제대로 느끼며 배부르게 먹어도 물리지 않았다. 홍어는 적당히 삭혀 코를 톡 쏘는 맛으로 먹는 줄만 알았더니 날것으로 먹어도 또한 일미였다.

8월의 따가운 햇볕을 피해 바위 그늘에 들어간 재호는 포만감 때문인지 아슴아슴 밀려오는 졸음에 겨워 실눈을 뜨고 바다를 바라보았다. 그림처럼 고요한 대낮에 멀리 번쩍거리는 윤슬 사이로 한가롭게 고기 잡는 배들이 검게 떠 있었다. 아득하고 드넓은 바다, 감청 빛 해원과 맞닿은 수평선에는 먹먹한 본원적 그리움으로 가득 차 있어 저절로 어머니의 애틋한 눈빛으로 겹쳐 보였다. 그늘을 찾아 낮잠을 즐기고 있는 아저씨들의 얼굴도 모두 평화로워 보였다.

푸르고 투명한 저 광활함이야말로 악다구니와 헐떡거림으로 들끓는 노동 현장에서 재호가 늘 동경하던 자유를 향한 갈망이 아니었던가. 끼룩거리는 갈매기의 날갯짓을 쫓아 시선을 옮겼다가 기분 좋은 미풍에 졸음도 달아나 하릴없이 바닷물에 종아리를 담갔다. 밀려와 찰랑찰랑 간지럽히는 바닷물이 재호의 마음속에 꼭 그렇게 잔잔한 평화의 파편들을 찰랑이게 하였다.

'하늘은 기뻐하고 땅은 즐거워하며 바다와 거기에 충만한 것이 외치고…….'

참으로 그러한 풍경이었다.

여관 주인의 호의

모베츠여관으로 돌아와 저녁 식사를 마치고 재호가 아저씨들의 이런저런 이야기를 건성으로 들으며 쉬고 있는데 주인 노파가 큰 소리로 재호를 부르는 소리가 들렸다.

"3호실 안짱!"

"네, 할머니."

재호가 대답하면서 복도를 지나 노파가 기거하는 안방으로 갔다.

"안짱, 거기 앉아요."

노파는 혼자였다.

"할머니 무슨 일이셔유?"

노파가 왜 불렀을까 궁금하여 물었다.

"응, 다름이 아니라 요전에 저 사람들과 함께 떠나는 안짱을 보고 마음이 몹시 아팠단다. 보아하니 건강하지도 않아 보이는 어린아이가 함바 같은 데로 따라가는 것을 보고 말이야. 어쩌다가 이렇게 어린 안짱이 여기까지 오게 되었지?"

"성을 징용자로 잡으러 온 사람헌티 성이 집에 없으니깨 꿩 대신 달기새끼 맨치로 끌려왔슈. 함바라두 찾아다녀야 밥이라두 먹게 되잖유."

재호 말을 듣던 노파의 얼굴이 일그러지며 곧 울음이라도 터질 것 같은 표정을 지었다. 일본 여인들은 조선 여인들과 다르게 얼굴에 짓는 표정이 섬세하게 보였다.

"그래서 또 어디로 가기로 한 거야?"

"예, 니얄 비행장 공사허는 함바으 가기루 했슈."

"그래? 저 사람들이야 장정이니까 괜찮지만, 안짱은 그런 곳에 다니기는 아직 너무 어려. 일행하고 의논해서 여기 남아 있도록 해. 우리 여관에 하숙하고 있는 측량사 와다(和田) 상한테 부탁해서 측량 장대나 잡아주는 일을 부탁해볼 테니……. 알았지?"

"예, 참말루 고마워유. 아저씨들허구 의논히서 알려드릴게유."

재호는 3호실로 돌아와 아저씨들에게 노파의 말을 전했다.

"야, 그것참 잘됐다. 그렇잖아두 너 일하는 거 보믄 은짮아 죽을 것 가텄는디……."

가네모토가 말했다.

"그럼, 우덜은 니얄 아침으 함바루 떠날 팅게 넌 요기 남아 있그라. 우덜이 이리루 자주 들를 팅께."

이케다도 다행인 표정으로 말했다. 재호는 일행과 떨어지는 것이 못내 섭섭했지만, 목도 메는 일이 끔찍해 할 수만 있다면 피하고 싶었다. 더구나 재호 대신 통역을 할 히라야마가 있는 터라 마음이 놓였다.

이튿날 이른 아침 아저씨들은 20km 정도 떨어진 고무케호(コムケ湖)와 시부노쓰나이호(シブノツナイ湖) 사이에 있다는 비행장 공사장으로 떠났다.

모베츠여관은 종업원 없이 노파 혼자서 모든 일을 다 하는 곳이라 재호는 시키지도 않은 청소를 현관까지 하고 나서 다다미 바닥에 누워 쉬었다. 일행과 또다시 떨어져 혼자 남게 되자 허전함이 몰려왔다. 애써 눈을 감아 보았지만 그럴수록 밀려오는 것은 쓸쓸함뿐이었다.

'내가 괜히 여기에 남았나?'

재호는 저도 모르게 이케다에게 의지하는 마음이 컸던 모양이었다. 거칠고 황량한 사람들 틈에서 그가 없었다면 재호가 어찌 견뎌낼 수 있겠는가. 재호를 늘 안쓰러워하던 그의 눈이 자꾸 떠올라 재호의 가슴을 시리게 했다.

"할머니, 지 바닷가으 바람이나 쐬다 올그유."

재호는 주방에서 일하고 있는 노파에게 말하고 여관을 나왔다. 그러나 바다마저 어제와 전혀 다른 풍경을 보여주었다. 잔뜩 찌푸린 날씨에 바람도 세차 노도가 바위를 때리며 하얗게 부서졌다. 해무가 짙게 낀 바다는 온통 뿌예서 먼 곳은 오리무중이었다. 갈매기들만 어제와 다름없이 끼룩거리며 파도 사이를 오르내리고 있었다.

바람을 안고 해변을 걷던 재호의 발걸음은 저도 모르게 아저씨들과 놀던 너럭바위로 향하고 있었다. 바다를 향해 거침없이 트인 곳이라 찐득한 바람이 거세게 불었다. 떠밀리는 몸을 대지에 뿌리박듯 재호는 두 발로 굳게 서서 마주치는 힘의 대척점을 향해 바라보았다. 곧 비라도 뿌릴 것처럼 검은 구름이 찢기어 날리고 있었다.

오늘 같은 날, 바다는 안으로만 뭉쳐 있던 분노를 기어이 터트리려는 듯, 큰 함성으로 몰려와 폭발하고는 허연 배를 보여주며 물러섰다가 그보다 더한 노도에 갈기를 세워 우우 몰려와서 거대하고 무모한 침탈을 반복하고 있었다. 그러나 바위는 의연히 버티며 육지의 경계를 지켜내고 있었다. 재호는 바닷가에 처음 선 사람처럼 홀로 속삭였다.

'이것이 바다라는 것이로구나. 저토록 뒤척이며 용솟음치는 것이……'

기어이 굵은 빗방울이 파도에 대고 기총소사를 해댔다. 재호가 냅다 여관을 향해 달렸으나 이미 온몸이 흠뻑 젖은 채였다. 옷을 갈아입고 있으려니 노파가 불렀다. 비 때문인지 손님이 없어 여관은 노파와 재호뿐이었다.

"오늘 점심은 나하고 같이 먹자꾸나."

"예, 고마워유. 할머니,"

서너 가지의 반찬과 밥이 올라 있는 밥상머리에 일본 여인답게 노파가 무릎 꿇고 앉으며 말했다.

"자, 어서 먹어."

"예, 잘 먹겠슈."

"안짱이 지금 몇 살이지?"

"열다섯 먹었슈."

"고향에 부모님 모두 계시고?"

"이예……."

"그럼, 부모님이 보고 싶겠구나."

"예, 많이유."

"저런 가엽게도 쯧쯧쯧!"

노파는 들었던 젓가락을 밥상에 놓더니 눈살을 찌푸리며 혀를 찼다.

"전쟁은 인간에게 큰 저주야. 전쟁 때문에 얼마나 많은 사람이 불행해지는지 몰라."

노파는 그 불행의 책임을 일본 정부가 아닌 전쟁에 둘러대는 것 같았다.

"할머니두 전쟁으 피해를 당하셨슈?"

"그럼! 러일전쟁 때 남편이 소위로 봉천 전투에서 전사했지."

억양에 무슨 슬픔이나 고통이 묻어나지 않고 담담했다.

"아, 그러시구먼유……. 근디, 일본이 승리헌 전쟁이 아닌게뮤?"

재호는 저도 모르게 때아닌 물음이 튀어나와 후회막급이었지만 이미 뱉은 말이었다.

"물론 이겼지. 그렇지만 군인은 많이 죽었거든. 그때 내 나이 스물여섯에 아들 하나, 딸 하나였는데 아들은 중일전쟁 때 또 전사했고, 사위는 태평양전쟁이 터져 사이판에서 전사했어. 모두 전쟁 때문이었지."

노파는 그 모든 불행을 전쟁 탓으로 돌리고 있었지만, 재호는 속으로 전쟁광 일본의 호전성 때문이라 생각했다. 사실 할머니가 말한 전쟁은 한결같이 일본이 앞장서서 일으킨 전쟁이었다.

"예에……."

흐려지는 대답 끝에 할 말을 찾을 시간을 벌기 위해 재호는 된장 국물을 오래도록 입 안에 머금었다.

"남편에 아들에 사위까지……. 월메나 심드셨유. 뭐라 드릴 말씀이 없구먼유. 손주는 읍슈?"

"왜. 손자 손녀가 하나씩 있는데 기타미시에서 제 엄마하고 살고 있어. 여기 몬베쓰에는 딸이 외손자와 같이 살고 있구. 아들은 대위였고 사위는 소위였지!"

"와, 장교 집안이시네유."

"장교 집안이면 뭘 해. 모두 전사했는데……."

노파는 결국은 쓸쓸한 표정을 지으며 허랑한 목소리로 뒤끝을 흐렸다. 대를 이은 노파의 슬픈 가족사는 메이지유신 이래 끊임없이 전쟁을 일으킨 일본의 후과였다.

1894년에 일어난 청일전쟁, 1904년의 러일전쟁, 1914년에 5년간이나 지속한 제1차 세계대전, 1931년에 일으킨 만주사변, 1937년의 중일전쟁,

1941년 진주만 공습으로 촉발된 태평양전쟁은 하나같이 일제의 침략 본성이 일으킨 전쟁이었다. 그때마다 조선은 막대한 피해를 봐야 했고 재호도 그중의 하나였으니, 그가 노파의 동정을 받는 현실이 참으로 얄궂었다. 노파는 일제의 패권이 지도상으로 확대될 때마다 열광했겠지만 실상은 진드기처럼 피를 빨아먹고 비대해지는 일본 군부에 남편과 자식과 사위의 목숨을 내준 격이었다. 그러나 이 노파는 알면서 그러는지 아니면 모르고서 그러는지 전쟁만 원망하고 있었다.

재호가 일제에 끌려온 조선인이어서였을까? 그럴 수도 있겠지만 그럼에도 어떻게든 재호의 살길을 찾아주려는 노파의 동정은 체제나 전쟁, 내편 네편을 떠나서 혈육을 하나둘 저세상으로 떠나보낸 노파의 고통이 시키는 일 같았다. 재호의 입장을 헤아리는 한편 그 고통을 이해하고 재호가 감내하고 있을 아픔과 괴로움을 마음에 새겼기 때문에 재호를 불렀을 것이다.

만약 노파가 민족적 우월감 내지는 득의양양한 정복자의 우월감에서 그랬다면 재호는 당연히 그것을 감지했을 것이고 일언지하에 거절한 뒤 아저씨들을 따라갔을 것이다. 고통의 유용성이 있다면 바로 이러한 연민이 아니겠는가. 내 고통과 상처를 통해 타인의 고통에 다가서는.

"안짱은 오늘 밤부터 2층 3호실을 쓰도록 해요. 그 방이 혼자 쓰기에는 적당할 테니까."

"예, 알았슈. 와다 상은 오늘 오시남유?"

"오겠지. 그 사람들은 2층 1호실을 쓰고 있거든."

노파는 일본 여인으로서는 키가 크고 갸름한 얼굴에 깊은 주름이 패어 있어 재호의 눈에는 그것이 슬픔의 깊이로 보였다. 그런 모습이 꼭 고향의 이웃집 할머니 같아서 재호를 끌리게 했는지도 모른다. 그녀는 외롭고 한 많은 세월을 오직 끊임없이 일하는 것으로 달래며 살아온 듯, 방이며 화장실이며 어느 한구석 정갈하지 않은 곳이 없었고 주방의 기명들도 다 번쩍거렸다.

측량 보조 일

재호는 넝마 같은 작업복과 내복이 들어 있는 옷 보따리를 챙겨 들고 2 층으로 올라갔다. 3호실과 복도 건너 맞은편의 6호실이 가장 작은 방으로 4첩 반 다다미가 깔려 있었다. 동쪽으로 창문이 나 있어 아주 밝았고 반침 이 딸린 아담한 방에서 재호 혼자 지낼 생각을 하니 흡족한 마음이 절로 들 었다. 창문을 활짝 열어젖히고 반침 안에서 베개를 꺼내 낮잠이나 자려고 다다미 바닥에 벌떡 누웠다. 거센 바람과 함께 폭우를 퍼붓던 날씨가 거짓 말처럼 활짝 개어 솔솔 시원한 바람이 불어와 금방 잠에 빠져들고 말았다.

저녁 식사 때 노파가 와다 기사에게 어린 안짱이 함바로 가는 것이 너무 가엾어서 잡아놓았으니 측량대라도 잡고 자잘한 심부름이라도 하게 해달 라고 부탁했다. 그러자 그는 흔쾌히 승낙했다.

다음 날, 노가와는 측량기 케이스를 메고 앞서가고 재호는 측량기 다리 와 측량 장대를 어깨에 멘 채 노가와의 뒤를 따랐다. 와다 기사는 뒤따라오 고 있었다. 앞서가던 노가와가 재호의 이름을 물었다. 얼굴이 둥글납작하 고 매우 유순하게 생긴 그는 재호의 고향 친구들과 다를 바 없어 그 옛날 백제의 후손일 거라는 엉뚱한 생각이 들었다. 소학교 3학년 때 담임은 조 선인 장 선생님이셨는데, 그분 말씀이 백제 시대에 많은 지식인이 일본으 로 건너가 그 사회를 개화시켰다는 이야기가 떠올랐던 것이다.

"노가와 상, 현장이 여그서 월매나 돼유?"

"측량 현장은 한군데가 아니야. 우린 몬베쓰와 기타미시 사이의 전선 배선에 필요한 전주 설치 장소를 측량하기 때문에 매일 움직여야 하지. 지 금까지 한 2km쯤 해왔거든. 오늘은 그 지점에서 측량해 나갈 거야."

"그럼 날마다 일터가 멀어지겠네유?"

"그렇지. 측량한 거리만큼 멀어지는 거지."

"그럼 수십 킬로미터 나갔을 때는 워치게 혀유?"

"그땐 측량 노선을 따라 숙소를 옮겨야지."

"그럼 몬베쓰에는 원제까지 있게 되남유?"

"그건 날씨에 따라 달라지는데, 날씨가 도와주면 앞으로 한 20일 쯤······. 어쨌든 한 달 안에는 떠난다고 봐야지."

이들은 길도 없는 들을 지나 하천을 건너고 야산으로 들어갔다. 사람들의 발길이 닿지 않은 곳이라 나무와 풀이 우거져 앞으로 나가기가 매우 힘들었다. 노가와는 전날의 기점을 찾아 그 포인트에 측량기의 구심과 수평을 맞추어 놓았다.

와다 기사는 렌즈를 한참 들여다보더니 재호한테 장대와 줄자의 끝을 끌고 자기의 손끝을 보면서 가라고 했다. 그는 렌즈를 들여다보면서 오른손을 들어 좌로 우로 방향을 지시해주었고 노가와는 줄자를 계속 풀어주는데, 우거진 덤불을 헤치며 가는 것이라 쉽지만은 않았다. 한참 줄자를 끌며 갔더니 노가와가 멈추라고 외치고는 그 자리에 장대를 세우라고 하였다.

와다 기사는 여전히 렌즈를 들여다보며 신호로 손끝을 좌우로 움직이다가 손을 번쩍 들었다. 재호가 바로 그 지점에 장대를 꽂으면 노가와가 뛰어와서 장대 자리에 측량목을 해머로 박았다. 그 지점이 또 다른 측량의 기점이 되니 노가와는 앞 지점의 측량기를 가지고 와서 새로 박은 말목 자리에 세웠다. 그런 식으로 2포인트를 끝냈을 무렵 점심때가 되어 여관에서 준비해 온 도시락을 먹었다. 오후에는 구릉에 빽빽이 들어찬 나무들을 톱으로 베어내며 길을 트느라 일이 빨리 진척되지 못했다.

여관에 들어서자 노파가 미소를 지으며 물었다.

"어때, 할 만하겠어?"

"그러믄유! 목도질보다야 훨씬 숩지유."

다음 날은 전날보다 300m가량을 더 앞으로 나아갔다. 하지만 광산이나 토목공사장의 신역에 견주면 노동강도가 비교할 수 없을 정도로 낮은 일이라 감사한 마음으로 최선을 다해 일했다. 게다가 재호만의 절대공간인 여관의 정갈한 독방에서 노파의 정성이 깃든 음식을 배불리 먹을 수 있다는 것이 그 시국에는 믿기지 않을 정도로 호사를 누리는 것이어서, 밥 한 그릇을 앞에 놓고도 고향 식구들이 떠올라 가슴이 먹먹해지고는 했다. 측량일은 하루에 겨우 몇백 미터씩 진척되는 작업이라 그 성과가 금방 드러나지는 않았다. 그래도 보름이 지났을 때는 왕복 20km를 넘게 걸어 다녀야 했다. 가벼운 깃털도 계속 쌓이면 배를 가라앉게 하고, 조그마한 물건도 높게 쌓으면 수레의 축을 꺾는다더니 매일 꾸준히 하는 일처럼 무서운 것이 또 있을까 싶었다.

다시 모베츠여관으로

몬베쓰에서 자꾸만 멀어지자 다음 숙소는 시분(志文)으로 결정이 났다. 3일 후에 이동하기로 했다.

"노가와 상, 시분에서 고무케 호수가 월매나 된데유?"

고무케호는 아저씨와 일행들이 일하는 곳이다.

"그곳에서 고무케호까지라면 한 10km쯤 되지 않으려나?"

아저씨들과 가까워진다는 말에 재호는 적이 마음이 놓였다.

"시분이 이 몬베쓰보다 더 큰 도시래유?"

"아니야. 그곳은 아주 시골이라서 여관도 없어. 그렇지만 측량선을 따라 찾을 수 있는 인가는 그곳뿐이어서 불가피하게 시분으로 정한 것이야."

"그럼 여관도 없는디 워디서 숙식을 헌데유?"

"하숙집이 하나 있어서 예약해두었지."

"그곳에서는 월마 동안이나 있게 된데유?"

"그러니까 이곳의 측량 기점에서 그곳까지 약 10km고, 또 시몬에서 기타미쪽으로 15km 정도는 일을 해야 하니까 아마도 20일은 걸릴 거야."

8월 25일, 그들은 시분으로 숙소를 옮겼으나 시설이 너무 조악하여 9월 15일에는 다시 가미유베츠초(上湧別町)로 숙소를 옮겨 작업을 계속했다. 그곳에서 또 거리가 멀어지자 다시 기타미시 방향을 따라 히가시바로(東芭露)로, 마지막에는 기타미시 주변 단노(端野)로 숙소를 옮겼다.

하루는 일을 마치고 돌아와 저녁을 먹다가 여관 사람들로부터 놀라운 소식을 들었다. 미국 폭격기 B-29가 11월 24일 도쿄 외곽 무사시노를 폭격했다는 것이다. 재호는 경악하는 와다 기사 앞에서 표정을 감출 수밖에 없었지만, 화서가 말한 일본의 패망이 머지않음을 직감하며 가슴이 뛰었다.

측량일도 본격적인 겨울이 시작된 11월로 끝이 났다. 와다 기사를 따라다니는 넉 달 동안의 숙식비는 회사에서 모두 부담했기 때문에 40원이라는 돈이 모였다. 산루에서부터 모은 것까지 합치면 55원이나 되었다.

'이 겨울에 나는 또 어디로 향해야 한단 말인가?'

아무리 생각해봐도 재호가 갈 곳은 아저씨들과 연락이 닿는 모베츠여관 뿐이었다.

"안짱, 어찌 된 일이야? 벌써 일이 다 끝난 거야?"

재호가 여관에 들어서자 노파가 반기면서 물었다.

"할머니, 그동안 안녕허셨슈. 겨울이 닥친 게 올해 일은 다 끝났다는구먼유."

"그럼 어떡할 거지?"

"일단 할머니와 함께 있으믄서 아저씨들을 기다릴뀨."

"오긴 잘 왔다만, 걱정되는구나."

"아저씨덜은 연락이 없었나뷰?"

"왜, 왔다가 하룻밤 자고 갔지. 또 들르겠다고 했어."

"몇 사람이나 왔었슈?"

"두 사람인데 한 사람은 일본말을 못 했었어."

이케다가 히라야마와 함께 왔다 간 것 같았다.

"그래서 뭐라고 하셨나유?"

"안짱이 일이 끝나면 여기로 온다고 했지. 그랬더니 안짱이 오거든 딴 데로 가지 말고 기다리고 있으랬어."

"예에, 알겠슈. 2층 3호실 비었나 모르겠슈?"

"응 그래, 그 방으로 올라가 있다가 때 되면 내려와 저녁밥을 먹도록 해."

이튿날 아침에 재호는 몬베쓰 시가지로 나가 작업복과 내복, 양말과 지카다비 등을 구입해 겨울 준비를 했다. 그는 아저씨들을 기다리면서 그가 할 수 있는 청소며 심부름도 다니며 외로운 노파를 도왔다. 방 안에만 오도카니 처박혀 있는 것이 답답해지면 추위에도 불구하고 지난여름 아저씨들과 함께 간 바닷가를 하루 일과처럼 다녀왔다.

몬베쓰에서 재호가 갈 곳은 그곳밖에 없었다. 으스스한 바닷가에는 철시한 어물점들의 완강하게 닫힌 문과 빛바랜 상호들이 마음조차 황량하게 했다. 북쪽 오호츠크해에서 불어오는 세찬 바람이 우우 아우성치며 거리거리를 쓸고 다녀 사람들은 쫓기듯이 종종걸음을 쳤지만, 어디라도 예리한 바람을 피할 곳은 없었다. 맵싸한 바람에 눈물 콧물이 흘러나왔다. 아무도 없는 바닷가에 홀로 서서, 해안을 향해 끊임없이 밀려오는 성난 파도가 바위에 부딪칠 때마다 하얀 물보라가 솟구치는 것을 바라보았다.

해가 구름으로 들어갔다 나왔다 할 때마다 바닷물은 갖가지 색채로 변하면서 시선을 붙들었다. 그렇게 바람에 등 떠밀려 여관으로 돌아오면 손님 없는 복도에 고인 쓸쓸함이 오지 않는 아저씨들을 기다리는 마음에 조바심이 일게 했다. 날씨가 혹독하게 추운 날 노파와 안방에서 저녁밥을 먹고 있는데 손님이 들어 노파가 맞으러 나갔다.

"안짱, 빨리 나와봐. 그 사람들이 왔어!"

노파가 수선을 떨었다.

"아저씨들, 오래 지둘렸는디 엄청 반갑구먼유!"

"재호야 너, 그동안 얼굴두 건강해 뵈구 살두 오른 것 같구나!"

이케다가 말했다.

"에, 함바에 비하면 에러운 일도 아니구 잘 먹구 잘 지냈어유."

다들 좋아라 하니 재호도 덩달아 좋았다. 그날 밤, 그들은 4개월 동안 쌓인 이야기로 밤을 새울 기세였다. 비행장 토목공사는 마무리가 되었고 시설공사를 들어가야 하는데 추운 날씨 탓에 콘크리트 타설공사를 할 수 없어 나왔다고 한다. 그러면서 이번에도 역시 히라야마가 알아본 일자리로, 겨울 동안 따뜻한 남쪽 지방 시코쿠(四国)의 에히메현(愛媛県) 마쓰야마(松山) 가까이에 조선 사람이 운영하는 함바를 찾아갈 작정이라고 했다.

새로운 일을 찾아 떠나는 여정

아저씨들도 B-29 본토 공습 사건을 들어 알고 있었다. 이미 도쿄 근교에 폭격이 시작된 이상 일본이 얼마나 버티느냐는 시간의 문제지 패전의 날이 머잖았다는 말을 이케다가 힘주어 말했다. 미래에 대한 어떤 희망도 없이 영원히 적국을 떠돌 줄 알았던 이들에게 이번 공습은 하늘에서 희망이라는 폭탄이 떨어진 일대 사건이었다.

그러나 일본인들은 엄청난 충격을 받았음에도 여전히 일본의 승리를 믿고 있었다. 살아 있는 천황이 다스리는 '신주불멸'의 나라라는 헛된 믿음을 가진 그들은 자신의 믿음과 일치하지 않는 불길한 소식을 애써 무시하고 있었다. 그런 까닭에 조선인의 희망과 일본인의 희망이 전선을 형성하여 버티는 형국이 만들어졌고 이제 지켜볼 일만 남은 셈이었다. 과연 신은 누구의 손을 들어 줄 것인지 아니, 어느 신이 진짜인지를.

12월 5일, 일행은 첫차를 타려고 여관을 나왔다. 역으로 가는 길이 간밤에 내린 눈으로 발목까지 푹푹 빠졌고 부지런한 사람들이 하얀 입김을 내뿜으며 고무래질로 눈을 치우고 있었다. 내리는 눈을 맞으며 가는 길에 길 가장자리에 쌓아놓은 눈더미가 이미 허리에 이르고 있었다.

제법 굵어진 눈발이 달리는 열차의 차창으로 날아와 부딪치는 모양을 바라보다가 깜박 잠이 들었던지 '가미유베쓰!'라는 스피커 소리에 깜짝 놀라 재호가 눈을 떴다. 그곳은 재호가 측량 보조로 와다 기사를 따라 25일 간이나 머물렀던 곳이다.

열차는 유베쓰 강변을 따라 가이세이(開盛)역을 거쳐 엔가루(遠輕)역에 도착했다. 거기에서 내려 아사히카와로 가는 열차로 갈아타야 했다. 대합실로 나와 시간표를 보니 한 시간 이상이나 남았기에 일행은 역전의 식당에서 아침밥을 먹으며 시간을 보냈다.

정시에 출발한 아사히카와행 열차는 유베쓰강 상류를 따라 검은 석탄 연기를 힘차게 내뿜으며, 신사카에노(新栄野)역, 세토세(瀬戸瀬)역, 이나우시(伊奈牛)역 등의 산골 역을 거쳐 마루셋푸(丸瀬布)역에 이르렀다. 여기서는 기관차에 석탄과 물을 보충하는 한편, 객차 뒤편에 기관차를 또 하나 달아 기타미 산맥의 남쪽 허리를 횡단해 넘어가려는 채비를 갖추었다.

앞에서 끌고 뒤에서 미는 기관차가 검은 석탄 연기를 앞뒤에서 뭉게뭉게 내뿜으며, 유베쓰강을 따라 상류 계곡을 타고 올랐다. 주변은 온통 눈으로 덮여 하얀 눈 세상이었다. 열차는 이윽고 북쪽의 치토카니우스산(チトカニウシ山)과 남쪽으로는 니세이카우슛페산(ニセイカウシュッペ山) 사이를 꿰뚫은 세키호쿠 터널 속으로 기어들어 갔다.

차창이 꼭꼭 닫혀 있는데도 매캐한 석탄 연기가 스며 들어왔다. 사람들은 모두 손수건을 꺼내 코를 싸맸다. 터널이 얼마나 긴지 한참을 달려도 끝이 없었다. 지루한 터널을 한 10여 분이나 달렸을까? 차창이 환하게 밝아졌을 때는 사람들의 코언저리가 새까맣게 그을려 저마다 손수건으로 얼굴을 문지르고 닦아내느라 한바탕 소란이 벌어졌다.

밖은 시야가 10m 전방도 안 보일 정도로 함박눈이 세차게 퍼붓고 있었다. 열차는 힘에 겨운 듯 씩씩거리더니 기타미산지의 분수령을 넘어 제설차가 지나간 내리막길을 달려 가미카와(上川)에 이르렀다.

가미카와! 가슴이 뛰었다. 시모카와무라 산루(下川村 珊琉)는 바로 가미카와궁(上川郡) 관할이었다. 열네 살 재호의 무른 뼈가 으깨어지도록 중노역을 한 곳이었고 그들 일행이 목숨을 걸고 탈출을 감행한 곳이기도 했다. 가미카와역에서 산루광산까지는 산세가 너무 험하고 질러가는 길이 마땅치 않아 철길을 따라 돌아가야 했다. 아사히카와에서 기차를 갈아타고 시베츠를 거쳐 나요로역에서 내려, 광차를 타고 들어가자면 무려 120km가 넘는 먼 거리였다. 산루는 같은 군에서도 그만큼 오지 중 오지였다.

다마코는 여전히 시모카와 광업소 사무실에서 지내고 있을까? 궁금하고 보고 싶었다. 겨울 때는 하루가 천년처럼 몸서리쳐졌는데 다마코를 생각하면 아련한 그리움으로 남는 곳이었다.

열차가 후미 기관차를 떼어냈다. 계속 달려 아사히카와역에서 하코다테 본선으로 갈아타고 삿포로시를 경유 하코다테역에 도착했을 때는 이미 어둠이 내린 저녁이었다. 하룻밤을 하코다테에서 묵었다. 하코다테에서 마쓰야마까지 가는 길은 긴 일본 열도를 종주하는 것이라 배와 기차를 두 번씩 갈아타고 꼬박 이틀이 걸리는 여정이었다.

가는 동안 기차 안에서나 배 안에서 만난 일본인들의 한결같은 화제는 무사시 폭격과 B-29에 관한 것뿐이었다. 거대한 폭격기로 순항고도 1만 미터를 비행하기 때문에 대구경의 대공포도 사정거리가 못 미쳐 일본의 방공망은 있으나 마나 한 꼴이라는 것이었다. 여행객들도 젊은 남자는 없고 다들 여자들이라서 더 호들갑스러웠다. 일본인들이 두려워하는 것은, 사이판도 필리핀도 빼앗겼으니 이제 B-29 폭격기가 일본 본토를 마음 놓고 휘저으리라는 것이었다. 그렇게도 선량한 사람들의 피를 얼어붙게 만들고 인간의 짓이라고는 생각할 수 없는 갖은 악행을 거리낌 없이 저지름으로써 신의 뜻에 반역한 일본이, 돌연히 날아온 화살을 맞고 고꾸라질 판이었다.

뜻밖의 행운

일행이 기진맥진하여 마쓰야마역에 내렸을 때는 영상 5도의 살갑고 보드라운 바람이 뺨을 스쳤다. 영하 20도에 가까운 홋카이도의 추위에 항상 어깨를 움츠리고 턱이 아프도록 덜덜 떨고 다닌 그들을 잠시 어리둥절하게 만들었다. 그곳에서 서쪽으로 우뚝 솟은 가쓰야마성(勝山城)을 끼고 6km 정도 떨어진 기타사야(北濟院)여관을 향해 걸어가는 동안 일행은 두꺼운 겨울 외투가 거추장스러워 벗어야 했다.

여관에 도착해 하룻밤을 보내고 창문을 여니 이른 아침의 제법 차가운 공기가 코끝에 스쳤다. 가쓰산(勝山) 꼭대기에 자리한 복잡한 구조의 성루들이 얕게 내려앉은 구름에 싸여 용마루 일부를 가리고 있었다. 그렇다고 비가 올 것 같지는 않아서 함바를 찾아가기에 어려움은 없을 것 같았다.

지붕까지 차오르는 홋카이도의 눈을 생각하면 비교할 수 없이 따뜻한 이곳에서 겨울을 나기에는 그만이라는 생각이 들었다. 일행은 아침을 먹고 히가시하부(東垣生)에 있는 반도인 하청업자 가네무라구미(金村組)를 찾아 나섰다. 여관의 여종업원에게 물어보니 그곳에서 남쪽으로 7km 정도 떨어진 곳에 있다고 했다. 찾아가는 길가에는 윤기가 흐르는 진녹색 잎새 사이로 황금빛 귤 열매가 주렁주렁 매달려 과연 남쪽 지방은 다르다는 생각이 들었다. 귤을 대만에서만 들여오는 줄 알고 있던 재호가 태어나 처음 보는 귤나무밭이 끝도 없이 이어져 다마코가 재호에게 내밀던 귤이 떠올랐다.

기타시야를 출발하여 두 시간 정도를 걸어 히가시하부에 도착할 수 있었다. 마을 주민에게 가네무라구미를 묻자 친절하게 알려주어 무난히 함바를 찾을 수 있었다. 재호 일행이 들어서사 40대로 보이는 서사가 사무를 보다 고개를 들었다. 히라야마가 말했다.

"서사님, 일 쫌 헐려구 찾아왔슈."

여기도 역시 이름과 나이를 묻는 것으로 등록은 끝이었지만 문제는 재호였다. 재호가 장부에 이름을 적고 있는데 아래위로 재호를 훑어보던 서사가 물었다.

"니는 어데 일하겠노?"

"아니유, 지가 일본이 온 지가 1년 반두 넘었슈. 그동안 쭉 목도질을 했구먼유."

재호는 내침을 당할까 긴장하여 어느덧 방어의 자세로 대답했다.

"니 고향이 어데고?"

"충청도 부여인듀."

"이름이 지재호 맞나?"

장부를 보며 물었다

"예, 창씨로는 이케다구유, 나이는 열다섯 먹었슈."

"학교는?"

"소학교를 졸업했슈."

"왜 공부나 더 하지 않고 이까지 온기고?"

"성 대신 끌려왔슈."

"기래, 니 일본말 잘하나?"

"예, 일본말은 잘헌다고들 허데유."

"그러문, 예 있그라."

"예?"

"사무실에 있으문서 심부름이나 하락하잖나."

재호는 이 경상도 사나이의 모지락스러운 말에 순간 어리둥절할 수밖에 없었다. 그러다 가까스로 말귀를 알아듣고 답했다.

"아, 참말루유? 고마워유! 시키는 대로 열심히 허겠슈!"

일본 땅에 끌려와 막노동판의 감독이나 서사는 일본인이고 조선인이고를 막론하고 재호에게 어른들과 똑같은 일을 강요했다. 그래서 재호도 그것을 당연한 일로 받아들였지만, 이곳 서사는 그런 재호를 측은히 여겨 없는 일을 만들어서 배려한 것이다. 재호보다 이케다가 더 좋아했다. 다른 아저씨들도 재호의 뜻밖의 행운에 다들 흡족한 마음으로 숙소로 들어갔다.

함바는 어디나 다 마찬가지였지만 개켜 놓은 이불이 낡아서 해어진 부분을 시멘트 종이로 붙여 놓은 옹색한 모습에 마음마저 다 어두워졌다. 춥지 않은 지방이라 시설이 허술해서 빗물이 스며든 자국이 사방에 얼룩져 있고 판자벽 벌어진 틈새로 빛이 스며들고 있었다. 마룻장 밑에는 헌신짝들이 나뒹굴고 짚신짝도 눈에 띄었다.

막노동판은 북쪽이나 남쪽이나 다르지 않았다. 그저 제 몸뚱이 하나 건사하기 위해 하는 일이라 무슨 신명이 날 리 없고, 죽지 못해 끼니를 때우는 노동자들이었다. 아저씨들은 현장을 둘러보기 위해 나갔고 재호는 서사가 시키지 않았어도 사무실을 빗자루로 쓸어내고 흐트러진 것들을 가지런히 정리했다. 서사의 고마운 배려에 재호가 할 수 있는 감사의 표시였다.

점심시간이 되자 떠들썩하게 노동자들이 몰려들었다. 식사는 콩깻묵이 절반쯤 섞인 밥과 두부를 넣은 야채 된장국에다 단무지뿐이었다. 하지만 밥의 양은 넉넉했다. 노동자들은 들고 나는 일이 일상이기 때문에 새로 들어온 재호 일행에 그다지 관심을 보이지도 않았다.

밥을 먹으면서 들은 이야기로 가네무라구미는 코마키 비행장(현재의 나고야 비행장)의 기초공사 때부터 제니타카구미를 따라 들어온 하청업체였다. 자유롭고 대우도 괜찮은 편이라 했다. 서사의 하는 양으로 봐서는 과연 그럴 만하다고 생각됐다. 식사하는 노동자들의 수는 어림잡아 40명은 넘어 보였고 현재는 비행장 주변의 엄체호를 하청받아 만들고 있다고 했다.

저녁 식사 후에 가네무라 서사가 숙소로 들어와 재호를 불러 세워놓고 사람들에게 소개했다.

"오늘 이케다 군이 우리 사무실 보조로 채용되었습니데이. 앞으로 사무실의 용건은 무엇이든 이케다 군을 통하믄 되겠심니데이."

재호는 얼굴을 붉히며 깊게 고개 숙이는 것으로 인사를 대신했다. 숙소에는 석탄 난로를 하나 피워놓았다. 외풍이 워낙 드센 탓에 새벽에는 추워서 몸을 새우처럼 구부리고 자야 했다. 재호는 아침에 일어나자마자 세면장에서 걸레를 빨아 근무시간이 되기 전에 사무실 청소를 말끔하게 해놓았다. 걸려 있는 온도계를 보니 섭씨 5도를 가리키고 있었다.

도요타 도미코

가네무라 서사는 출근하자마자 재호를 데리고 제니타카 사무실로 갔다. 제니타카 사무실은 활주로 북쪽 끝에 자리한 해군항공대 본부청사 바로 옆이었다. 사무실에서 올려다보이는 야산에는 벌집 모양으로 여러 개의 터널을 파서 들어가는 현장이 보였고 광차 레일도 깔려 있었다. 그때 발밑이 울리더니 쿵쿵 다이너마이트 폭발하는 소리가 들렸다.

서사의 뒤를 따라 사무실로 들어가자 말쑥하게 차려입은 미모의 여직원이 일어나 서사에게 반갑게 인사를 했다.

"도미코 상, 앞으로 우리 사무 연락은 이 이케다 군이 다닐끼리요. 잘 봐주이소."

그녀는 미소를 밝게 지으며 정중하게 인사를 했다.

"아, 그래요. 도요타 도미코(豊田富子)라고 해요."

"예, 이케다라 혀유. 앞으로 잘 부탁허겄슈."

사실 어린 재호가 그렇게 격식을 갖춘 인사를 하는 것은 처음이라 여간 당황스러운 게 아닐 수 없었다. 더구나 미모의 아가씨라서 얼굴이 화끈 달아올랐다.

"대단한 미남이네요!"

그녀가 서사를 보며 감탄조로 말을 건네자 가네무라는 큰 소리로 껄껄거리며 말했다.

"둘이서 잘해보라요!"

물론 농담이었겠지만 개방적인 일본 여자답게 초면의 재호에게 거침없이 그런 말을 건네는 것에 적잖이 놀란 것도 사실이었다. 서사는 도미코가 내주는 차를 마시며 이야기를 나누는 동안 재호는 식량과 부식 전표를 받아 바로 옆에 있는 창고로 갔다. 거기서 자기 또래로 보이는 일본인 소년에게 내밀었다. 재호는 소년이 전표를 보고 내주는 물품을 꼼꼼하게 확인하여 제니타카구미의 트럭에 싣고는 서사와 함께 올라탔다.

"서사님, 아깨 보니깨 사무실 뒷산이다 굴을 많이 파던디 그기이 워따 쓸려구 헌데유?"

"그거이 말이다. 이 항공대 본부 봤제이? 미국이 폭격을 해대기 시작하니 굴 안에다 본부를 옮기는 작업을 한다 아이가. 벤텐야마(弁天山) 기슭을 뺑 돌아가며 굴을 파는 기라!"

"발파두 하던디, 땅속에서 쌔가 빠지게 일허는 사람덜이 죄다 조선 사람들 이었쥬?"

"그기이 감독은 쪽발이잖나. 그라고는 모두 엽전인기라. 그노마들의 함바는 벤텐야마 서쪽 너머에 외떨어져 있능기라. 죄다 조선 땅에서 끌려왔다 앙카나."

"메시나 된데유?"

"하마 300명은 될 끼다이."

"하따야, 그릏게나 많이! 그럼 그 사람들 먹는 거슨 워떻데유?"

춥고 굶주렸던 산루가 생각나서 묻지 않을 수가 없었다.

"말도 마래이. 우리 함바의 꼭 절반씩이데이. 그노마들 배고파서 고생 많데이!"

"그름, 도망치는 사람덜두 많겠슈."

"도망? 몬간다. 해군 요장들 경비가 철통 같다 아이가. 우리도 그노마들하고는 접촉 몬 한 대이."

"얼라! 그른 사람덜얼 엽전 노예라 하는디, 지두 그 생활을 혔쥬."

"맞데이, 맞데이! 우리 엽전들이야 모두가 노예 아이가."

"서사님두 그른 생활혀봤슈?"

"내사 우리 아제께서 어렸을 적에 가난으로 몬 살겠으니께 일본 와가꼬 막노동판 구르다가 지금은 가네무라구미 가시라(우두머리)가 되지 않았나. 기래 내도 찾아온기라."

"그렇구먼유. 그럼 구미조 상하고는 숙질간 이신개뷰."

"맞데이. 자, 다 왔데이."

재호가 하는 일은, 매일 제니타카구미에서 식량과 부식을 타다가 취사장으로 나르는 것과 사무실의 도미코에게 서류와 연락사항을 주고받는 것이어서 금방 그녀와 친해지게 되었다. 도미코는 5년제 중학교를 졸업했다니까 재호보다 많아야 네댓 살 위일 것이었다. 일도 힘들지 않을뿐더러 배고픔도 없었기 때문에 시간은 빨리도 지나갔다.

23. 종전

　12월 13일, 비명을 질러대는 사이렌 소리에 놀라 사무실의 라디오를 켜니 B-29가 본토를 침공하고 있다는 다급한 뉴스가 나왔다. 잠시 후 그곳에서 멀지 않은 규슈 구마모토현(熊本縣) 아마쿠사시마(天草島, 현재 아마쿠사마치) 오에(大江, 현재 규슈 구마모토현 아마쿠사마치 오에)에 있는 미쓰비시 비행기공장을 집중 폭격하고 있다는 보도가 나왔다. 그렇다면 규슈와 지근거리에 있는 마쓰야마의 군사 항공기지도 무사하리라는 보장이 없었다. 군수공장이 폭격당하는 것은 통쾌한 일이었지만 천 도깨비 맞을 벼락을 까닭 없는 재호가 맞을 수는 없는 노릇이어서 은근히 걱정되었다. 하부지구(엄체호)에서 일하던 사람들이 재빨리 완공된 엄체호 속으로 피신하는 것을 볼 수 있었다. 한 시간도 더 지나서야 해제 사이렌이 울렸다. 재호가 건설자재 신청서를 가지고 사무실로 갔다. 도미코가 하얘진 얼굴로 말했다.

　"이 사무실은 사령부 바로 옆이라 정말 위험해. 다음에는 이곳을 폭격하면 어떡하지?"

　"사무실을 엄체호루 옮기믄 안 되나유?"

　"엄체호는 지금 군인들이 중요시설들을 옮기느라 난리야. 그렇지만 우리는 민간인이라 들어갈 수가 없어!"

　도미코의 말대로 재호가 사무실로 갈 때마다 완공된 엄체호 앞에 트럭을 세우고 군인들이 분주하게 짐을 옮기는 광경을 볼 수 있었다. 재호가 은근히 걱정돼 아저씨들에게 상의하자 지금 형세로는 벌어진 함바마다 엄체호 같은 군사 시설을 만들고 어딜 가나 마찬가지라고 했다. 조금 더 지켜보다 정 안 되겠으면 어디 시골이라도 가서 소낙비 지나가기를 기다릴 수밖에 없다는 것이었다.

미군의 일본 본토 폭격

해가 지나고 재호가 열여섯 살이 된 1945년 3월, 우려했던 대로 미군 함재기가 마쓰야마 항공대를 폭격하였다. 이제 그곳도 미국의 공습에서 벗어날 수 없었다. 3월 9일 자정 무렵에는 300기가 넘는 B-29 폭격기가 도쿄에다 소이탄 융단폭격을 하여 촘촘하게 들어선 목조건물들이 성냥갑처럼 불타올랐다는 뉴스가 나왔다. 이른바 도쿄 대공습이었다. 일본이 중국의 충칭(重慶)에다 5년간 쏟아부은 소이탄의 열다섯 배가 넘는 분량이 하룻밤 사이에 쏟아진 것이다.

5월 5일에 공습경보가 또 요란하게 울렸다. 동쪽 하늘에서 천둥처럼 콰르릉대는 소리가 나는가 싶더니 B-29 폭격기가 하늘을 온통 새까맣게 덮으며 서쪽을 향해 날아가고 있었다. 일하던 사람들이 재빠르게 뒷산 숲속으로 뛰어들고 있었다. 재호도 사무실을 빠져나와 이들 무리 속에 합류했다. 먼저 피신 온 일본인들이 넋 나간 얼굴로 하늘을 바라보고 있었다.

서사 이야기를 들어보면 미군 비행기가 날아가는 서쪽 세토나이카이(瀬戸内海) 건너에는 히로시마의 제2군 총사령부와 구레 해군 총사령부 같은 군사요충지뿐만 아니라 군수공장이 널려 있다는 것이었다. 100대도 넘어 보이는 폭격기가 은빛 동체를 반짝이며 하늘을 가득 덮고 날아가는 모습은 압도적위용이었다. 그때 호위기 P-51 머스탱 전투기 한 대가 기체의 중심을 잃고 팔랑팔랑 추락하는 것 같았다. 그것을 바라보던 일본인들이 좋다고 소리를 지르며 손뼉을 치는 순간, 그 전투기는 어느새 기체를 들어 수직으로 상승하면서 새까만 물체를 떨어트렸다. 조금 있다 땅이 들썩이며 폭음이 작열했다. 이번에는 전투기 세 대가 저공비행으로 지상을 스칠 듯 날아가며 기총소사를 해댔다.

나중에 들으니 이날 히로무라 해군 공창 하늘에서 폭탄이 우박처럼 쏟아져 많은 군인과 민간인이 죽고 다쳤다고 한다. 6월 22일에는 구레 해군 공창이, 7월부터는 군 시설이 아닌 구레 시내까지도 무차별적인 폭격이 이루어졌다. 7월 24일, 날이 밝자마자 하늘을 가득 덮은 폭격기들이 구레항으로 몰려가고 있었다. 7월 26일에는 B-29 약 60대가 굉음을 울리며 하늘을 덮었다.

'또 구레를 폭격하러 가는구나.'

이렇게 생각하며 숲속으로 피신했다. 그런데 알고 보니 바로 코앞 마쓰야마시 성북 지구가 목표지점이었다. 지축을 뒤흔드는 굉음에 귀를 틀어막고 납작 엎드린 사람들은 이러다 죽을 수도 있겠다는 공포로 전율했다. 미군은 제 집 앞마당 드나들 듯 거침없이 일본 본토의 도시들을 폭격했다.

그에 대한 일본의 대응은 없는 것이나 마찬가지였다. 기껏해야 라디오를 통한 새빨간 거짓말뿐이었다. 아나운서는 미국이 일본의 무적 황군을 당하지 못하고 최후의 날이 임박하자 발악적으로 본토 폭격을 감행하고는 있지만, 일본 승리의 시간이 다가오고 있다며 흥분한 목소리를 쏟아내고 있었으나 누구 하나 사실로 받아들이는 사람은 없었다. 미국은 일본의 보잘것없는 대공 방어력을 조롱하기라도 하듯 폭격하기 전에 사전 경고 전단을 뿌려댔다.

그 전단이 미국의 자신감인지 고도의 심리전인지는 알 수 없었으나 공습 노이로제가 걸린 일본 사람들에게 끼친 심리적 타격은 컸다. 위기 때마다 신풍(神風)을 불게 해 한 번도 외침(外侵)을 받아본 적이 없다는 아라히토카미(現人神) 천황의 신통력이 미국의 공습에 속수무책이라는 사실을 일본인들이 알게 됐다.

그것은 또 다른 전술적 효과를 발휘하고 있었다. 만약 열 개의 도시들을 폭격한다고 예고하면, 실제 다섯 개의 도시만 폭격했어도 모든 도시를 꼼짝 못 하게 묶어놓았다. 전단이 살포된 도시들은 제일 먼저 군수 시설을 안전한 곳으로 옮겨야 했으며 주민들은 주민들대로 살기 위해 도시 외곽으로 빠져나갔다. 사실상 도시가 공동화되어 일본 전체의 공업생산 역량이 마비되었다.

그뿐만이 아니었다. 미국은 일본 해안을 기뢰로 빈틈없이 봉쇄해놓은 데다 잠수함까지 촘촘히 배치해 한반도나 중국 등 외부로부터의 물자 공급을 막아버렸다. 그에 따라 일본 내해의 해상 운송 수단도 끊기고 말았다. 일본은 국토 대부분이 산지라 평상시에도 물류 이동의 대부분을 해상 운송이 맡았는데, 그게 막혀버리니 식량과 생필품 등이 바닥나는 지역이 속출했다. 이제 일본은 독 안에 든 쥐 꼴이었다.

7월 26일, 마쓰야마시가 받은 공습으로 숱한 시민들이 다치거나 사망했다. 쏟아지는 소이탄으로 집과 건물이 다 잿더미가 되었다. 그것을 보고 재호 일행도 소개(疏開) 행렬에 끼어들었다. 어디로 피할 것인가를 놓고 의논이 분분했다. 세토나이카이 건너 히로시마가 한 번도 폭격을 맞지 않은 곳이라 그곳으로 가야 안전하다고 했지만, 이케다의 판단은 달랐다. 거기는 군 관련 시설이 너무 많아 섶을 지고 불로 뛰어드는 것이나 마찬가지라 했다. 결국 그의 주장대로 정 반대쪽, 바다에서 먼 마쓰야마 시 동쪽 내륙으로 들어가 적당한 곳에 자리를 잡기로 했다. 나중에 알게 된 사실이지만 그 결정은 일행의 생사를 가른 탁월한 선택이었다.

원자폭탄

이들은 시게노부강을 따라 걷다가 토온 지척의 오모테강으로 들어섰다. 그곳에서 안코쿠사(安國寺) 주변의 여관방 한 칸을 빌렸다. '토온(東溫)'이라는 지명에서 알 수 있듯, 절 주변에는 온천도 있고 우메가야산(梅ヶ谷山), 이시즈미산(石墨山), 네무산(根無山), 타루야산(樽谷山), 호시야마산(法師山)과 같은 1,000m가 넘는 고산준령이 둘러싸고 있어 폭격을 피하기에는 그만으로 보였으며, 울창한 숲과 계곡 간을 흐르는 계곡물로 더위를 피하기에도 더할 나위 없었다. 그곳에서 전세를 관망하며 불안한 시간을 보내고 있던 일행에게 놀라운 소식이 전해졌다.

8월 6일 오전 8시 15분, 인류역사상 처음으로 미국이 히로시마에 원자폭탄을 투하하여 도시 전체가 삽시간에 날아갔다. 아침 8시면 사람들이 아침밥을 먹거나 부지런한 이들은 이미 일과를 시작할 시간이었다. 히로시마 상공에 세 대의 B-29가 나타나 공습경보가 울렸지만, 사람들은 대수롭지 않게 여겼다. 그동안 B-29의 폭격은 통상 수백 대가 들이닥치는 것이어서 세 대쯤이야 흔한 정찰 정도로 가볍게 생각했다.

8시 15분에 폭탄이 폭발하며 히로시마 시민들은 실내에서든 밖이든 한 번도 경험하지 못한 눈부신 섬광을 느끼는 순간, 오렌지색으로 빛나는 불덩이가 하늘로 소용돌이치며 치솟고 있었다. 역설적으로 경이로운 그 광경을 본 사람들은 몇천 도의 열복사로 다 녹아 없어지고 말았다. 뒤따르는 음속(音速)의 엄청난 폭풍은 건물을 무너트리고 불씨를 키워 도시 전체를 불바다로 만들었다.

짙은 연기로 태양 빛이 차단된 어둠 속에서 고농도 방사능으로 오염된 검은 비가 쏟아졌다. 타는 듯한 갈증에 고통받던 생존자들은 허겁지겁 입을 벌려 빗물을 받아 마시고 죽어갔다. 방사선에 피폭된 숱한 부상자들은 그것이 무엇인지도 모르고 끔찍한 고통을 호소하다 죽어갔다. 모르기는 의 사라고 예외일 수 없었다. 그들이 할 수 있는 건 죽어가는 환자들을 그저 지켜보는 일뿐이었다.

미국이 세토나이카이 지역을 초토화하면서 히로시마만은 일절 손대지 않은 이유는 일찌감치 핵폭탄 제1차 투발 지구로 정해놓았기 때문이었다. 그 사실을 나중에 들으면서 일행은 새삼 가슴을 쓸어내렸다. 만약에 히로시마로 건너갔다면 어쩔 뻔했을까. 생각할수록 아찔한 일이었다.

1945년 8월 15일 정오, NHK 라디오는 이른바 옥음(玉音) 방송이라는 히로히토의 항복 조서를 발표하였다. 장중한 기미가요가 연주되더니 지글거리는 잡음과 함께 일본 천황의 목소리가 흘러나올 때 재호는 깜짝 놀랐다. 도대체 무슨 말인지 알아들을 수 없었기 때문이 아니라, 단지 천황의 목소리 때문이었다. 히로히토의 옥음이라고 해서 보통 사람과는 다른 무슨 옥처럼 아름답고 신적인 위엄으로 가득 찬 목소리일 줄 알았다. 그런데 아랫동네 시영이 아저씨의 어설픈 목소리와 다를 바 없었다. 재호가 학교 신사당에서 그토록 일본이 신성시하던 위패를 꺼냈을 때 겨우 종이때기 한 장뿐이라 가소롭던 기억이 떠올라 만들어진 신의 벌거벗은 몸뚱이를 보는 느낌이었다.

……생각건대 금후(今後) 제국이 받아야 할 고난은 처음부터 심상치 않았노라.

그대들 신민의 충정(衷情)도 짐이 잘 알고 있다.

그러나 짐은 시운(時運)이 향하는바, 견디기 어려움을 견디고 참기 어려움을 참음으로써 만세(萬世)를 위하여 태평을 열고자 한다…….

일본 천황의 허세로 가득한 요령부득의 방송을 들은 히라야마의 말은 정곡을 찔렀다.

"아, 근디 뭔 말을 저렇게 어렵게 헌디야. 진잎죽 처먹고 잣죽 트림 허는 기어?"

　땅에서, 바다에서, 하늘에서 이미 헤아릴 수 없이 많은 사람이 피를 흘렸다. 그렇지만 본토 결사 항전이라는 배수진을 치고 여고생에게까지 죽창을 들게 한 일본 군부였다. 얼마나 더 무고한 생명이 죽어 나갈지 알 수 없는 상황에서 투하된 원폭은 일본의 항복을 얻어낸 결정적인 수단이 되었다. 그들이 부르짖던 1억 옥쇄는 무산되어 숱한 생명을 살렸다. 기나긴 전쟁이 끝나고 조선으로서는 독립을 맞이하는 순간이기도 했다.

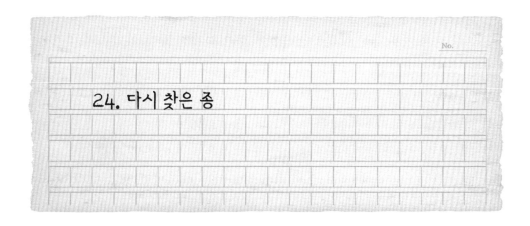

24. 다시 찾은 종

에덴에서 추방당한 첫 여자는 해산의 고통을 겪고 나서야 비로소 인류의 첫 어머니가 되었다. 그 후로 아무리 전쟁의 창칼이 사람의 목숨을 쓸어가도, 모든 동족이 노예로 끌려가도, 역병과 기근으로 마을과 도시가 없어져도, 여자들은 첫 여자가 그랬던 것처럼 해산의 고통을 겪으며 새 생명을 낳음으로써 생명의 강은 마르지 않고 흘러 흘러 아래로 내려갔다.

아이가 태어났다. 화서의 손자이자 재영과 현애의 아들이었고 재호의 조카였다. 그 꼼지락거리는 어린것이 배냇짓으로 방싯방싯 웃는 얼굴을 바라보노라면 아이를 세상에 보낸 신비의 손길에 감사하지 않을 수 없었다. 재호로 인해 가슴속에 옹이처럼 박힌 고통은 딱지가 지지 않는 상처와 같아서 하루하루가 쓰리고 아팠다. 하지만 어린것을 안을 때마다 고통은 잠시 놓임을 받을 수 있었고, 까닭 모르게 내 눈물이 그칠 날도 곧 들이닥칠 것이라는 희망이 싹텄다. 그러면서 제발 이 아이가 살아갈 세상은 슬픔과 눈물 없기를 바라는 기도가 마음속에서 저절로 터져 나왔다.

재호에게서 온 편지

처서도 지나고 아침저녁으로 찬 바람이 불기 시작했다. 그래도 한낮이면 벼를 익히는 따가운 햇빛이 쨍쨍한지라 어지간한 일이 아니라면 바깥출입을 삼가는 편이었다. 화서에게는 재호가 끌려간 이후로 전에 없던 습관이 생겼다. 그것은 대청마루에서나 마당에서나, 무슨 일을 하다가도 괜스레 대문간을 일없이 내다보는 것이었다. 볼일이 있어 밖에 나갈 때도 마음 한구석에 혹시나 하는 마음에 집으로 오는 걸음이 허위허위 잰걸음이 되었다. 바로 재호로부터 편지가 오지 않았을까 하는 마음이었다. 기다림, 얼마나 애가 타고 가슴 저미는 일인가.

바다 건너 먼 곳, 아니면 만주 땅, 어떤 바람이 부는지 도대체 알 수 없는 곳으로 끌려간 사람들로 집집이 끙끙 앓는 소리가 방방곡곡 돌림병처럼 횡행하던 그 시절, 희미하게 들려오는 불길한 풍문은 남겨진 사람들의 애간장을 다 녹이는 것이었다. 살아 있다는 소식, 어디에 있다는 소식, 그 소식만으로도 목숨을 걸 만큼 절박한 마음이었다. 화서가 추운 겨울날, 먼 곳의 얼음장이 '쩡!' 하고 갈라지는 소리에도 깜짝 놀라 자다가도 벌떡 일어나는 이유였다. 갈피를 잡을 수 없는 마음에 이미 잠은 천 리나 멀리 달아나버리고 안절부절 두근거리는 가슴은 예배당으로 뛰어가 차디찬 마룻바닥에 엎디어 이마를 찧으며 하나님께 매달리곤 했다.

"고통의 멍에 벗으려고 예수께로 나옵니다."

눈물로 부르는 찬송이 그렇게 위로가 될 수 없었다. 노래란 본래 흥이 나야 부르는 것이겠지만 그 반대편에서 고통이 지극하여 터져 나오는 절규도 가락을 타고 흐르면 노래가 되는 것이다. 화서가 부르는 찬송이 그랬다. 눈에서는 하염없이 뜨거운 것이 흘러내리는데도 입으로는 찬송을 부르고 있었다.

본시 있으나 없는 공기 중의 결에 불과하여 움켜쥘 수도 없고 볼 수도 없지만, 노래처럼 외부의 공간과 내부의 공간이 혼연히 일치하는 것이 또 있을까. 화서 영혼의 적나라한 토로이자 심정의 상태가 그대로 곡조를 타고 흘러갔다. 끊임없이, 그리고 나직이 반복되는 곡조 속에서 어느덧 시간을 초월한 순간이 화서에게 찾아왔다. 절망이 희망으로, 의심이 확신으로 변하는 순간이었다. 소망인지 낙관인지 명확히 구별할 수 없는 모호한 것들은 다 사라지고 강렬한 확신이자 믿음은 바로 하나님이 재호를 사망의 골짜기에서 건지신다는 것이었다.

문제는 화서가 바라는 것들의 실상과 보지 못하는 것들의 증거를 눈으로 보고 손으로 만져서 확인하고픈 열망이었다. 그런 면에서 화서는 연약한 인간이자 자식을 가진 어머니였다.

이러한 화서의 갈마드는 마음은 오로지 소식, 편지 한 장을 기다리는 것이었다.

"편지 없었니?"

집에 들어서면 며느리에게 묻는 말은 언제나 이 말이었다. 그럴 때마다 며느리는 제 잘못인 양 어찌할 줄 몰라 했다. 그러다가 정작 우편배달부가 문을 열고 들어서면 가슴이 쿵 내려앉고 머리가 아찔해지는 화서였다. 기다리는 편지가 없어도 화서는 배달부를 거저 보내지 못했다. 그 배달부가 재호의 목숨줄이라도 쥐고 있는 것 같이 뭐라도 먹이고 뭐라도 마시게 하고서야 보내는 것이었다.

농촌에서는 처서가 지나면 이미 농사일도 사람 손을 떠나고 나머지는 오로지 하늘이 하는 일이라 한시름을 놓는 때다. 화서가 이제 제법 그늘이 시원한 대청마루에 앉아 손자를 어르고 있었다. 그때 삐거덕 대문 열리는 소리에 얼른 고개를 내밀어 대문간을 내다보았다. 가죽 가방을 든 우편배달부였다. 화서의 가슴이 방망이질 치기 시작했다. 평소와 다른 배달부의 웃는 표정이 심상치 않아 신발을 채 꿰차지도 못하고 마당으로 내려섰다. 갑작스러운 화서의 행동에 손자가 자지러지게 울어댔지만 개의치 않았다. 며느리가 무슨 일인가 하여 행주치마에 손을 닦으며 부엌에서 나오고 나서고 있었다.

"아줌니, 지둘리든 편지가 왔슈!"

의기양양한 배달부가 건네주는 노란 봉투를 받는 화서의 손이 떨리고 있었다. 배달부는 평소와 같이 시원한 물이라도 한 사발 마실까 기대했다. 하지만 화서가 안중에도 두지 않고 겉봉을 눈으로 읽으며 돌아섰다. 그는 열없는 웃음을 띠며 모자를 벗어 이마에 흐르는 땀을 손등으로 닦고 막 돌아서려는데 며느리가 냉큼 물 한 사발을 내왔다.

큰아들도 마침 돼지 구유에 뜨물을 부어주다 화서의 손에 든 편지를 바라보고는 바가지를 내팽개치고 화서에게 따라붙었다. 대청마루로 올라간 화서는 급한 마음으로 봉투의 윗부분을 가로로 찢어 속지를 꺼내 들었다. 며느리가 젖을 물리자 손자는 울음을 뚝 그치고 꿀꺽꿀꺽 소리를 내며 젖을 넘기고 있었다.

화서는 떨리는 목소리로 편지를 소리 내어 읽어 나갔다. 마당 한구석 대추나무에서 쓰르라미 한 마리가 쓰름쓰름 여름이 간다고 울어댔지만 아무도 그 소리를 듣지 못했다.

어머니 전 상서

그립고 그리운 어머니!

어머니 석 자를 쓰는 순간에도 눈물이 북받쳐 이 둘째는 어찌할 바를 모르겠습니다.

마음속으로 매일 수십 번, 수백 번 부르고 또 부르는 어머니!

드리고 싶은 말들이야 모시 줄 이어가듯 끝없이 많지만, 사정이 여의치 않아 이제야 소식 올리게 되었습니다. 너그러이 헤아려 주소서.

그동안 아버지, 어머니의 건강은 어떠신지요!

눈물의 자식일 뿐인 저로서는 차마 여쭙기조차 송구할 뿐입니다. 모쪼록 기력 강녕하심과 형 내외분, 그리고 동생들의 건안을 늘 마음 깊이 기원하고 있습니다.

이곳에서 항상 마음을 졸이는 일은 무엇보다 형의 신상 문제입니다. 자식들로 인해 어머니의 가슴에 대못을 박는 고통이 더는 없어야 할 터인데 시국이 시국인 만큼 항상 근심이 떠나질 않습니다. 그러나 어머니께서 늘 평화를 간구하고 계시니 머지않아 하나님이 주시는 평화가 이 땅에서 이루어질 것임을 굳게 믿습니다.

어머니, 제 어릴 적 새벽 미명에 어머니 기도 소리에 잠을 깬 적이 있습니다. 호롱에 불 밝히시고 단정하게 무릎 꿇고 눈물로 자식들 이름 불러 기도하셨지요. 숨죽이며 들었던 어머니의 그 기도가 제가 위기 때마다 천사들을 보내어 저를 지켜준 것임을 의심치 않습니다. 때가 되면 건강한 몸으로 어머니를 찾아뵙게 될 것이오니 둘째로 인한 근심을 제발 놓으시고 편안한 맘 가지시길 바랄 뿐이옵니다.

어머니! 멀고 먼 이역 땅 북해도에서 이 둘째가 엎드려 큰절을 올리며 이만 붓을 놓습니다. 다시 뵈올때까지 부디 강녕하시고 또 강녕하시길 비옵니다.

7월 7일 밤 오무(雄武)에서

소자 재호 상서

"재호야, 되었다. 장허다, 우리 아덜!"

무엇이 되었다는 것인지, 무엇이 장하다는 것인지 알 수 없는 말을 화서는 혼잣말처럼 중얼거렸다. 가르마가 제법 하얗게 센 화서를 바라보는 재영의 얼굴에서도 눈물이 흐르고 있었다. 그동안 그는 자기 대신 잡혀간 동생을 생각할 때마다 죄의식으로 큰 고통을 당하고 있었다.

돌아온 교회의 종

다음 날 새벽, 종을 치는 화서의 손에 부쩍 힘이 들어갔고 종소리는 더없이 힘차게 울렸다. 땡그렁! 땡그렁!

"재호야, 쪼꼼만 더 참구 견디렴. 이 시상이 월마나 가겠느냐. 이 어미는 확신헌단다. 인자 끝날 날이 머잖었다구."

일제의 발악은 극에 달했다. 태평양전쟁이 길어지자 자원이 고갈된 일제는 가마솥은 물론 숟가락까지도 빼앗아 가더니 결국에는 교회의 종도 수탈의 대상이 되었다. 괸돌교회의 유서 깊고 유별나게 명료하게 울리는 종도 예외가 아니었다.

황오일이라는 사람이 있었다. 어려서 일찍 부모를 여의고 고아가 된 그는 이집 저집 어린 손으로 할 수 있는 궂은일을 도맡아 겨우 밥술이나 얻어먹으며 자랐다. 그러다가 백 살 나씨 할머니 집에 머슴으로 들어간 것을 인연으로 괸돌교회에 출석하게 되었다. 나중에 교회 설립자의 소작인들과 머슴들이 다 떠났을 때도 오일은 그러지 않았다. 무학자로 다른 지식이 침범하지 못한 그 순백의 영토에 뿌려진 복음의 씨앗은 깊숙이 뿌리내려 가지를 뻗고 우거진 잎새마다 탐스러운 열매로 익어갔다.

그의 신행은 경탄스러웠다. 시계가 있을 리 없는 가난 때문에 새벽닭 울음소리에 일어나고 샛별로 등불 삼아 사시사철 한 마장 거리를 달음박질치며 새벽기도에 빠지지 않았다. 비가 억수로 퍼붓는 날이라고 빠질까? 띠로 엮은 도롱이와 삿갓을 쓰고 달려와 누구보다 먼저 교회 문을 열었다. 한 뙈기의 밭이나 비탈 논도 없이 농사일 날품팔이로 주렁주렁 많은 자녀를 키우며 겨우 입에 풀칠이나 하며 살아가는 곤궁 속에서도, 걸인이 오면 한 상에서 밥을 먹고 때로는 재워주며 옷이 귀한 시절에 자기 옷을 입혀 보내기도 하였다. 신작로가에 버티고 솟은 바위로 차가 다닐 수 없자 낮에는 품을 팔고 밤에는 오로지 정과 망치만으로 몇 달을 쪼아내고 쪼아내 기어이 바위를 치워버림으로써 트럭은 물론 버스도 들고 날 수 있도록 했다.

이런 그의 행적은 밤에만 이뤄낸 역사라 나중에야 알려지게 되었다. 섬기는 유일한 하나님의 음성에 귀를 기울이며 예수의 뒤를 묵묵히 따르는 그의 정금 같은 신행은 교회와 마을을 감동하게 했고 교회의 집사로 소임을 받아 할 수 있는 열심을 다 했다. 그때 괸돌교회는 교역자도 없었고 장로도 없었기에 그는 내부는 물론 외부에도 교회를 대표하는 영수로 성장했다.

그런 그에게 커다란 시련이 닥쳐왔다. 주재소에서 자꾸 호출하여 교회 종을 헌납하라고 강요한 것이다. 그런다고 그 시퍼런 순사들의 위협에 굴복할 오일이 아니었다. 끝내 들볶이다 못해 눈앞의 협박을 넘겨보자는 심사로 그런 일은 나 혼자 이러고저러고 할 수 있는 문제가 아니고 교회의 공의를 거쳐 결정할 수밖에 없다고 대답했다.

"저런 종을 저렇게 비생산적으로 한가히 매달아놓을 것이 아니라 대동아공영과 세계평화를 위하여 쓰이도록 즉시 헌납하는 데 반대할 사람 있으면 지금 말해보시오."

교회 공의회에 참석한 순사부장 오모리의 다그침에 어느 누가 반대할 수 있겠는가. 다들 꿀 먹은 벙어리였다. 이튿날 결국 종은 내려졌고, 소달구지에 실려 주재소로 징발당하고 말았다. 1945년 8월 12일 날이었다.

종을 잃은 교회는 예배당의 한쪽이 뜯겨 나간 듯 허전했지만 어쩔 수 없는 일이었다. 한때 100여 명이 넘던 교인들이 모두 떠나버린 빈 예배당이었지만 그런 고난 속에서도 종지기는 나씨 할머니에서 화서로 이어져 시간 맞춰 종을 쳤다. 그랬던 종이 대동아 공영과 세계평화를 위해 용해되어 대포나 총으로 둔갑할 참이었다.

그런데 뜻밖의 일이 벌어졌다. 주재소에서 종을 운송하기 쉽게 조각을 내려고 장정들이 큰 메를 들고 아무리 내려쳐도 그 큰 메를 튕겨낼 뿐, 종은 끄떡도 하지 않는 것이었다. 할 수 없이 원형 그대로 소달구지에 싣고 부여로 운송하는 도중에, 홍산에서 해방을 맞아 종은 교회로 되돌아왔고 제자리에 올려졌다.

충화면 골짜기에도 해방의 소식이 날아들었다. 화서는 소식을 듣자마자 교회로 달려가 종 줄을 힘차게 당겼다. 이 기쁨을 하늘과 땅, 산천초목과 거기에 깃들어 사는 모든 귀 있는 것들에게 알리기 위해.

"땡그렁! 땡그렁!"

한편 충화소학교 신사당도 헐리고 있었다. 신주를 불태우려고 내용물을 꺼내자 분명히 '天照大神皇太神宮(태조대신황태신궁)'이라는 위패가 있어야 할 자리에 '大韓獨立萬歲!(대한독립만세!)'가 튀어나오는 바람에 지켜보는 사람들을 경악하게 했다. 사람들은 이 엄청난 일을 벌인 사람이 과연 누구인지를 궁금해할 수밖에 없었고 그 필적으로 보아 일본으로 끌려간 재호의 소행으로 결론을 내렸다.

이듬해 재호가 귀국하자 사숙(的尼私塾)의 훈장 산정(山庭) 선생을 비롯하여 동리 어른들이 그를 불러 큰 칭찬을 아끼지 않았다.

25. 머나먼 귀향길

아리랑 아리랑 아라리요
아리랑 고개를 넘어간다
나를 버리고 가시는 님은
십리도 못가서 발병난다

어디서 누군가가 아리랑을 불렀다. 나지막하고 묵직했지만, 목이 쉰 것 같기도 하고 덕지덕지 쌓인 설움으로 억장이 무너지는 소리 같기도 해서 뭉클 심금을 울렸다. 조선 사람이라면 모를 리 없는 노랫가락에는 눈물의 깊은 강을 건너온 자만이 낼 수 있는 피 울음이 있어서 가슴팍을 파고들었다.

다른 누군가가 따라 부르더니 한 사람, 두 사람, 점점 더 많은 이가 합세하여 결국에는 모두의 합창으로 증폭되었다. 고난의 세월을 함께 겪어낸 자들의 영가는 천 마디의 말로도 풀어낼 수 없는, 아니 말로는 다 풀어낼 수 없는 숱한 애환이 켜켜이 새겨진 불덩이라 끝내는 흐느낌으로 변해갔다.

단박에 동족의 동질성을 확인해주는 짧은 노래가 못내 아쉬운 듯 처음부터 다시 불렀다. 누가 나서는 사람이 없어도 이심전심으로 다 그렇게 부르는 것이었다. '나를 버리고 가시는 님은' 대목에서는 불끈 쥔 주먹을 머리 위로 들어 땅으로 내리치며 목이 터지라 사무친 포한을 터트리는 사람도 있었다. 일본 땅에서 부르는 아리랑이라니, 상상할 수도 없었다.

해방과 징용해제

재호 일행은 라디오를 통해 그렇게도 바라던 해방의 소식을 들었다. 하지만 정작 그 순간은 망치로 세게 머리를 강타당한 듯 어떤 말도, 어떤 생각도 떠오르지 않았다. 원자폭탄은 이들의 머리에도 터져 있었다. 허무하기조차 했다. 전쟁의 관성이 아직 마음속에 작동하고 있어서, 관성적인 진자운동을 멈추는 데는 저항이나 마찰력이 있어야 하는 것처럼 그들에게는 얼마간의 시간이 필요했는지도 몰랐다. 아니면 일본인들 때문에 조심스러워 그랬는지도 몰랐다. 씨름이나 축구를 보는 것처럼 내 편이 이기면 환호성을 질러대는 단발적이고 즉답적인 흥분과는 견줄 수 없는 해방이라는 핵폭탄을 얻어맞은 재호 일행은 누군가 그 국면을 쉽게 풀어줄 해설자가 필요했다.

8월 16일, 아침을 먹고 난 재호 일행은 일단 마쓰야마 항구를 찾아가기로 했다. 거기로 가야만 제대로 된 소식과 이후 전개될 일들을 알 수 있을 것 같아서였다. 놀랍게도 그들과 같은 생각으로 모인 남루한 복장에 야윈 몰골의 조선인 수백 명이 거기에 모여 있었다. 다들 헤아리기 어려운 감정으로 아리랑을 부르고 나서야 비로소 해방의 의미를 실감했다. 이제 징용이란 이름으로 끌려온 노동자들은 그 무겁던 노예의 족쇄를 풀고 해방된 자가 된 것이다.

그러나 이 환희의 고개를 넘어서자 또 다른 현실이 기다리고 있었다. 그들은 이제 해방자가 되었으므로 당연히 고향으로 갈 것이었지만 그들의 미래에 대해서는 누구도 말해주는 사람이 없었다. 어떤 기관에서 어떤 대책을 세우고 있는지 아는 사람은 아무도 없었다. 그럴 수밖에 없는 것이, 일본의 항복으로 포성만 멈췄지, 징용자들의 귀향을 처리할 주체도 없을뿐더러 충격에 빠진 일본은 전 행정조직이 마비된 상태라 대책이 있을 리 만무했다. 별수 없이 뿔뿔이 흩어져 각자 방도를 찾는 수밖에 없었다.

재호 일행은 가네무라구미를 찾아갔다. 하지만 군사 시설과 밀접한 관련이 있는 작업장은 종전과 동시에 곧바로 폐쇄되었다는 말만 듣고 어쩔수 없이 여관을 찾아 들어갔다. 해방만 되면 저절로 고향 땅을 밟는 줄 알았더니 일행은 이제 새로운 걱정거리로 쉬 잠들지 못했다. 귀향길이 쉽지만은 않겠다는 생각을 하게 된 것이다.

그렇게 시간을 보내던 8월 21일에 일본 정부가 '조선인의 징용해제'를 결정했다는 보도가 나왔다. 뜬금없게 들렸지만, 일본 정부의 절차적 과정인 것 같았다. 방송에 촉각을 곤두세운 일행은 운수성(運輸省)이 조선인 송환을 위한 수송대책을 검토하기 시작했다는 보도를 접했다. 그러나 9월부터 일본 정부가 추진하고 있는 조선인의 송환계획은 운송용 선박의 절대부족으로 인해 어려움을 겪고 있다는 후속 보도가 나왔다. 고안마루(興安丸)와 도쿠주마루(德壽丸)의 수용 능력만으로는 도저히 귀환자들을 감당할수 없다는 것이었다.

그런데도 9월 12일 일본 정부는 일본 내 한반도 출신 군인, 군속, 집단이입 노무자를 우선 송환하겠다고 발표했다. 그러나 이 발표는 무슨 선의를 가지고 한 것이 아니라 조선인들을 일본에서 빨리 내보내고 싶어 하는 그들의 속셈일 뿐이었다. 일제가 필요할 때는 강제로 끌고 가더니 이제는 조선인들이 일본에 남게 될까 두려워 어떡하든 빨리 쫓아내려 했다. 일본 정부는 강제 동원된 조선인들이 집단으로 피해 보상과 같은 권리를 주장하기 시작하면 자신들이 감당하기 어려울 뿐만 아니라 일본인들도 정부에 대한 불만을 가질 것을 두려워하고 있었다.

일본은 끝까지 간악했다. '집단이입 노동자의 우선 수송' 방침에는 그들에 대한 임금 지불이나 교통비 같은 돈이 들어가는 일은 '위임'이라는 말장난으로 회사가 알아서 하라고 했다. 그 위임이라는 단어에는 노동자들을 속히 조선으로 보내 일본에 남지 않도록 잘 관리하라는 암묵적 지시도 포함되어 있었다. 그러다 보니 조선인들은 자구책을 구하지 않을 수 없었고 생존과 귀환을 위해 자신들을 부려 먹던 현지 작업장의 사무소를 습격하거나 대규모 시위를 한다는 소식도 들려왔다.

그런다고 일본인들이 조선인들의 요구에 귀를 기울였을까? 천만의 말씀이었다. 작업장에 따라서 최소한의 요구사항을 들어준 곳도 없지 않았겠지만, 대부분 모르쇠로 일관했다. 백방으로 귀환 길을 뚫어보려고 여기저기 알아보고 있던 재호 일행이 가장 경악한 것은, 조선인 귀환 대책상 그 순위는 군인과 군속, 그리고 징용자들이었고 일반 거류민의 귀환은 자비라는 것이었다. 재호 일행은 산루광업소를 탈출했기 때문에 일반 거류민 신분이었다. 그러면 그 경비는 얼마나 될까? 놀라 자빠지게도 300원이었다. 300원은 재호 일행에게는 꿈도 꿀 수 없는 거금이었다. 그렇게 된 데에는 우키시마(浮島丸) 폭침 사건도 한몫했다.

1945년 8월 24일, 일본 동북부 아오모리현(青県県) 오미나토(大湊)항에서 강제 동원된 조선인들을 태우고 조선으로 향하던 우키시마가 돌연 방향을 틀어 마이즈루(舞鶴)항에 기항하는 도중에 폭침하여 수천 명이 사망한 사건이 발생했다. 고향으로 돌아간다는 기쁨은 허무하게 수장돼버리고 말았다.

우키시마는 일본 해군에서 징발한 4,740톤급 화물선이다. 일본인의 고의적 폭침이라는 생존자들의 증언이 쏟아져 나오자 조선 전체가 반일 감정으로 들끓었다. 당황한 미군정 당국은 부랴부랴 사고원인을 기뢰에 접촉하여 일어난 폭발이라며 흉흉해진 민심을 수습하려 안간힘을 썼을 정도였다. 그런 소식이 전해지자 귀향자들은 철선을 기피하고 촉뢰(触雷)를 피할 수 있는 목선을 알아보기 시작했다. 목선은 밀선으로 똑딱선이라고 불릴 만큼 작은 배들이었다. 가뜩이나 선박도 부족한데 그런 사고까지 나니 이 틈을 노리고 한몫 챙기려는 비열한 일본인들이 속출했다.

시모노세키(下關)항을 관리하는 미군의 보고서를 보면, 조선인들이 고향으로 돌아가려고 대거 모여든 항구에는 5~10톤의 작은 밀선들이 성업 중이고, 항해 중에 태풍을 만나 사망한 자가 무려 3만이 넘었다고 한다. 더구나 밀선을 공격해서 승선자들의 금품을 갈취하는 해적까지 등장했다는 소식은 아연하다 못해 인간에 대한 회의마저 일게 했다. 남의 고통을 얼씨구나 먹잇감으로 삼는 자들, 가마우지를 이용해 고기를 잡는 일본의 어부들이 떠올랐다. 가마우지의 목에다 고리를 끼워놓음으로써 가마우지가 아무리 많은 고기를 잡아도 삼키지 못하니 잡는 족족 어부에게 빼앗겨버리는 배고픈 가마우지, 일본인들에게 조선인은 한갓 가마우지에 불과했다.

인간은 동물로 태어난다. 이 동물은 영리한 만큼 먹잇감 앞에 교활하기 이를 데 없어 가장 위험한 동물이다. 신이 정해준 시간을 오로지 눈앞의 먹잇감만을 쫓다 죽는다면 그가 먹고 배설한 삶과 동물이 먹고 배설한 삶이 다를 바가 무에 있겠는가. 그러나 하늘의 미세한 음성에 귀 기울이고 타자에 대한 연민을 가진 인간의 길을 걷는다는 것은 욕망을 분별하고 스스로를 통제할 줄 안다는 것이니, 어찌 쉬운 일이겠는가. 그러니 대부분 그 길에서 동물로 죽고 만다. 따지고 보면 전쟁도 다를 바 없다. 얼마나 더 기다려야 인간의 세상이 올 것인가.

● 다시 찾은 이름

그런 형편이다 보니 고향에 갈 여비 마련은 고사하고 당장 눈앞에 닥친 먹고 자는 문제를 해결해야 했다. 일행은 교포들이 운영하는 함바를 수소문하여 여기저기 찾아다녔다. 꾸준한 일거리는 없어도 그런대로 마무리 작업이나 철거작업을 하면서 대책 없이 시간을 보내야 했다.

어느덧 11월도 다 지나가는 어느 날, 재호는 여관으로 배달된 신문에서 조선에 관한 기사가 눈에 띄어 반가운 마음에 읽어보았다. 지금까지 3개월 동안 시모노세키항과 니가타항, 사카이미나토항(境港), 홋카이도의 무로란 항에서 군인과 징용노무자를 우선순위로 매일 만여 명씩 조선으로 실어 나른 결과 그 숫자가 이미 100만 명 정도가 된다는 것과 아직도 일본 내에 100여만 명이 남아 있을 것이라는 보도였다.

그러나 재호를 암담하게 하는 대목은, 남아 있는 100여만 명 중에서 약 30만 명은 징용노무자로 접수가 이미 되어 있고, 나머지는 도망 징용자와 자발적인 이주자, 그리고 유학생 등인데 이들의 귀환은 모두 자비에 맡긴다는 것이었다. 300원! 거기에다 부산에서 고향까지의 여비를 생각하자 저절로 한숨이 나왔다.

"아저씨, 앞으로 우덜은 워치게 헌대유?"

"글쎄다……. 아무런 계획도 없이 막연히 이러구 떠돌아 댕기니 답답허구나."

"그러게 말유. 여관이서 신문을 봤는듀, 우덜과 같은 경우는 자비로 가야 헌 대유."

"그려, 그기 우덜 같은 사람들헌티 워디 깜냥이나 나겠니? 그래 속으로 걱정만 허구 있는게야."

"돈 읍서서 못 돌아가면 일본 귀신 되는 거지 뭐여. 그런 사람덜이 우리뿐이겠어? 그 숫자도 엄청날 거여."

이케다와 재호의 이야기를 듣고 있던 가네모토가 거들었다.

"일본으 과부 많겄다 뭐. 하나 은어 살면 될그이 아뉴?"

히로다가 비죽비죽 웃으며 말했다.

"일본말 헐 줄 알어? 일본 과부 델꾸 살게?"

가네모토가 가당치도 않다는 듯 응수했다.

"그거야 일본 여자허구 살면 지절로 배워질탱게 뭔 걱정이유."

히로다의 대꾸였다.

"아저씨덜, 지금 한가하게시리 그런 야그헐 때인감유?"

그들이 농담으로 하는 이야긴 줄 뻔히 알면서 속이 상한 재호는 오금을 박았다.

"아따야! 농담으로다 헌 말이잖어."

잠시 침묵이 흐른 후 재호가 말했다.

"아저씨, 니얄은 일 안 나가구 꼭 한번 찾어봐야 할 디가 있슈. 거기가믄 무슨 수가 생길 것두 가튜"

"워딘디?"

세 사람이 합창이라도 하듯 동시에 물었다. 일본 각 현에 조선인 귀환 추진단체가 활동하고 있다는 신문 기사가 눈에 띄었다. 분명히 에히메현에도 그런 단체가 있을 것이었다. 마쓰야마는 에히메현의 현청 소재지일 뿐만 아니라 시코쿠섬에서 가장 큰 도시이기 때문에 분명히 마쓰야마에도 지부가 있을 것이라는 재호의 추측을 말해주었다.

"그름, 그른 단체가 마쓰야먀 어딘가 있단 말이여?"

"지 생각인듀. 배를 타구 가야헝게 항구에 가보믄 분명히 그기에 있을 것두 같유."

다음 날, 재호 일행은 마쓰야마 항구 근처의 '조선인 전재동포 귀환 추진본부 에히메현 지부(朝鮮人 戰災同胞 歸還推進本部 愛媛縣 支部)'를 물어물어 찾아갔다. 책상에는 왼쪽 어깨로부터 오른쪽 허리에 '조선인 전재동포 귀환 추진본부 에히메현 지부'라 적힌 띠를 두른 청년이 혼자 앉아 있었다.

"선생님은 조선으서 오셨슈?"

재호가 물었다.

"아니요. 나도 학도 근로대로 시코쿠로 끌려온 전문학교 학생이오. 이 시코쿠에만도 강제노동수용소가 꼭 50군데나 된다고 들었소. 지금 일본

지역별로 우리 동포 지도자들이 조선민족자치회를 결성하여 일본 관계기관에 조선인의 조기 귀환을 위해 조치를 취해 달라고 강력하게 요구하는 일과 고국으로 가는 동포들의 수송배치를 받는 일을 돕고 있다오."

재호 일행은 이제 조선인을 보호해줄 조직이 있다는 사실에 감동할 수밖에 없었다.

"고렇구먼유. 동포를 위해 수고가 많슈."

이케다가 말했다.

"우리가 해방은 되었지만 아직은 정부가 없으니까 우리 동포끼리 서로 도와 조국으로 건너가야 합니다."

재호는 일행이 징용자로 끌려와 여기까지 이르는 과정을 설명하고 이후 어떻게 해야 귀국선을 탈 수 있는지를 물었다. 학생의 대답은 재호 일행 같은 경우는 홋카이도에 광산이 있으니 일단 삿포로 지부로 찾아가 상의하라고 알려주었다.

"그름, 삿포로에두 지부가 있남유?"

"그럼요. 모든 현에 지부가 결성되어 있으니 분명히 삿포로에도 있을 것이오."

"그름 싸게 삿포로로 가자꾸나."

가네모토가 서둘러댔다.

"그려, 오늘은 이미 늦었구 니얄 아츰으 출발허도록 혀어."

이케다가 단안을 내렸다. 내일 삿포로에 가기로 결정이 나자 모두 잠자리에 들었으나 재호는 잠이 오지 않아 옆에 누운 이케다를 불렀다.

"아저씨."

"응?"

"우리 서루가 본 성명이나 알면 좋겠는듀!"

"아, 좋은 생각이구나. 우덜이 해방되았으니 인자 부모님이 져준 이름이나 찾으야겄구나."

"왜 연태 고런 생각을 못했지? 나는 김종인이여."

가네모토가 말했다.

"나는 홍순재여."

히로다가 말했다.

"나는유 이재준이어유."

히라야마가 말했다.

"그름 인자부텀 모다 김형, 홍형, 이형, 지형으로 통용허기루 헙시다!"

이케다, 아니 태하가 말했다. 그들은 해방을 맞은 지 넉 달 만에야 비로소 제 이름을 찾은 셈이었다.

한국인전재민귀환연락사무소, 삿포로

다음 날, 그들은 아직도 교통질서가 잡히지 않은 일본 땅을 무려 일주일이나 종주하여 삿포로에 도착할 수 있었다. 같은 일본 땅인데도 시코쿠와 홋카이도의 기후 차이는 15도 이상이었고, 벌써 영하의 날씨에 함박눈이 몰아치고 있어서 여기가 홋카이도구나 싶었다.

삿포로역 광장에 나와 시가지를 바라보니 거기도 예외 없이 온통 폭격을 맞아 황량했다. 간간이 병원이나 학교 건물이 한 귀퉁이씩 무너진 채 서 있을 뿐이었지만 그래도 도로는 말끔히 치워져 교통의 장애는 없었다. 그러나 너른 삿포로 어디에 조선인 귀환추진사무소가 있는지 막연하여 일단은 점심을 먹기로 하고 식당으로 들어갔다. 식사를 주문하면서 별로 기대도 없이 재호가 여인에게 물었다.

"아주머니, 이 삿포로으 조선인 귀환 추진본부가 있다는디 혹시 워디에 있는지 아시나유?"

"네에, 나는 그런 것 모르지만 그런 일이라면 경찰서에 가서 물어보면 될 터인데……."

"아차! 고걸 생각두 못 혔구만유. 아주머니 고마워유."

어릴 적부터 이 세상에서 가장 무서운 게 순사였는데 그 순사들이 수십 명 모여 있는 경찰서에 가서 길을 물어본다는 것은, 더구나 조선인 전재동포 귀환 추진본부를 일본경찰서에 가서 물어본다는 것은 감히 엄두도 못 낼 일이었다.

그런데 식당 아줌마의 말을 듣고 생각하니 일본 경찰을 무서워할 이유가 하나도 없었다. 재호와 아저씨들은 이제 일본의 노예가 아니라 당당한 조선인임을 다시 한번 가슴에 새겼다.

식사를 마친 일행은 경찰서를 향해 가다가 거리에서 정복 경찰을 만났다. 경찰은 옛날 복장 그대로였다.

"경찰관님, 잠깐 물어볼 그이 있는디유?"

"무엇이오?"

"삿포로으 조선인 전재동포 귀환추진 사무소가 있을 틴디유?"

"아, 있지."

"워디에 있대유?"

"삿포로에 주둔하고 있는 미군 제77사단 본부 내에 있지."

"그기가 워디쯤 되나유?"

"저기를 봐요."

경찰이 거리의 먼 끝을 손가락으로 가리키는 방향에는 처음 보는 깃발이 겨울바람에 펄럭이고 있었다.

"아아, 저 깃발이 뵈는 딘가유?"

"그렇소, 바로 그곳이오."

"고마워유."

이들은 달라진 세상을 새삼 실감하며 그 깃발을 향해 걸었다. 이윽고 콘센트 막사가 열을 지어 즐비하게 늘어선 부대 앞에 다다랐다. 정문에는 다리가 훤칠하게 쭉 빠진 미군 헌병이 허리에 권총을 차고 서 있었고 초소의 한 귀퉁이에는 '한국인전재민귀환연락사무소(韓國人戰災民歸還 連格事務所)'라는 간판이 걸려 있었다. 마쓰야마의 사무소에는 '조선인전재동포귀환추진본부'라 쓰여 있었는데 이곳의 간판은 '한국인'이라는 것이 달랐다.

그렇다, 재호 일행은 이제 조선 백성이 아니라 한국 즉, 대한민국 백성이었다. 한국인, 가슴이 고동쳤다. 일본 땅에 대한민국의 간판을 버젓이 내걸 수 있는 나라가 된 것이다.

"헤이, 컴인."

그때 헌병이 부르는 소리에 깜짝 놀라 일행이 돌아보았더니 손가락으로 영내의 한 건물을 가리키며 그리로 들어가라는 신호를 보냈다. 헌병이 이들이 한국인이라는 것을 알아차리고 한국인사무소로 들어가라는 것으로 보아 재호 일행과 같은 사람이 많은가보다 짐작하였다.

재호가 앞장을 서 건물 안으로 들어서며 인사를 건넸다.

"안녕하슈. 상담 쪼꼼 헐려구 왔시유."

"네, 어서 오시오. 자 이리들 앉으시지요."

검은색 학생복에 대학교 마크가 새겨진 황금색 단추가 돋보이는 한 청년이 일어서서 자리를 권했다. 맨 안쪽에 놓인 큰 책상에는 미군 대위 계급장을 단 장교가 앉아 있었고 그 앞으로 다섯 개의 책상이 나란히 놓여 있었으나 한국 사람 둘이서만 자리를 지키고 있었다. 이들을 맞이한 학생의 안내로 책상 앞에 앉아 있는 청년에게 찾아온 용건을 말하면서 꼭 고향에 갈 수 있도록 도와달라고 간청하였다.

"우린 한국군정청 외무부 소속으루 닐본당국과 절충해 징용자들을 귀환시키넌 님무를 띠고 있외다. 니야기를 들어보대니끼니 당신들의 경우엔 다시 광산으루 원대복귀 해개디구 기 광산에서 단체귀환이 니루어져야 될 것 갔외다."

어투로 보아 북선, 아니 북쪽 지방 사람인 것 같았다.

"그 광산으서 받어줄라나 모르겄슈?"

"기야 제 놈들이 강제루 잡아 오댔으니끼니 이데 해방이 되어 우리와 국제관계루 된 이상 당연히 제자리에 데려다주어야 하디 않겠소?"

재호의 생각과 똑같은 당연한 말에 재호는 반색하며 맞장구쳤다.

"그러믄유!"

"사람두 제자리에 복귀시켜 주어야 되갔지만 36년간 우리 됴국에서 착취하댔넌 재산꺼지두 모두 되돌려 주어야 합네다. 이데 기치들 앞에서 굽힐 필요 없지요. 당당하라요!"

그는 말을 마치자 몸을 돌려 미군 대위에게 영어로 이들의 사연을 보고하는 것 같았다.

"우덜이 광산으로 가도 갸들이 거부할 시는 워치게 혀유?"

그 청년이 다시 몸을 돌리기에 재호가 또 물었다.

"넘녀 마시라요. 당당히 싸우라요. 여러분의 뒤에는 여러분을 보호하넌 군정청이 있디않소? 물론 기치들은 안 받으려구 할 꺼외다. 기때넨 내래 명함 한 장 줄께니 니걸 내보이문서 군정청에 고발하겠대래구 하라요."

그가 내주는 명함에는 '韓國軍政聽外務部, 北海道 派遣災民歸還事務所 孫應龍(한국군정청외무부, 북해도 파유재민귀환사무소 손응룡)'이라고 쓰여 있었다.

징용자가 아닌 자유인으로 요구하다

재호 일행은 후련하고 흡족한 마음으로 밖으로 나왔다. 멀고 먼 시모가와로 가기에는 이미 늦은 시간이라 삿포로에서 하룻밤을 자고 아침 일찍 떠나기로 했다. 그러나 생각지도 않은 난감한 일이 벌어졌다. 이재준(히라야마)은 산루광산 소속이 아니므로 어쩔 수 없이 헤어져야 했다. 이재준 덕으로 지금까지 밥 안 굶고 여기저기 일을 다녔는데 이렇게 헤어지다니 섭섭하기도 하고 죄송하기도 했다. 그와 마지막으로 하룻밤을 지내고 이튿날 아침, 재호는 그에게 말했다.

"아저씨, 이렇게 헤어지게 되어서 너무 섭섭하구먼요. 그런디 지가 어지 밤으 곰곰 생각혀 본그이, 아저씨도 다시 군정청 사무실로 가서 명함 한나 달래갖구 가셔유. 없는 것 보담사 백번 낫잖것쥬?"

"그려어, 나도 그런 생각이 들었어."

고향에서 다시 만날 수 있기를 서로 빌면서 아쉬운 작별 인사를 했다. 재호 일행은 열차를 타고 나요로(名寄)에서 내려 썰매 마차를 세내어 산루 광업소로 찾아갔다. 사람의 손이 닿지 않아서인지 보급창고와 치료소 같은 부속 건물은 무거운 눈을 잔뜩 이고 있어 위태롭게 보였다. 한창때는 사무실마다 석탄 난로에서 피어오르는 매캐한 연기로 자욱했지만, 광차 오가는 소리도 끊기고 눈이 천지간의 소리를 다 빨아먹었는지 적막만이 괴괴하게 고여 있을 뿐이었다. 눈 속에 파묻혀 겨우 보이는 치료소 창문이 보였다. 다마코가 볼우물이 파인 미소를 지으며 재호를 바라보고 있을 것 같아 사무실을 들어가면서도 몇 번이나 뒤돌아보게 했다.

사무실 안에는 남자 직원 두 명이 한가롭게 앉아 있다가 이들이 들어서자 벌떡 일어서며 말했다.

"어찌 오셨습니까?"

"혹시 기억헐는지 모르겄지만유, 우덜은 1943년 6월에 산루광산 제1료로 끌려온 사람들인디 혹사를 당허다가 배고픔에 못 이겨설랑 1944년 5월 25일 새벽에 탈출한 사람덜이유."

"아, 그렇습니까. 그런데 용건이 무엇입니까?"

"인자 해방이 되었응게 우덜을 고국으로 언능 보내달라 이 말씀이쥬."

"그거는 안 되지요. 우리 회사를 마다하고 도망쳤는데 종전이 되었다고 찾아와서 귀국시켜 달라는 것은 말도 안 됩니다."

"여보슈, 도망이라니요! 환장허것슈. 우덜이 자발적으로 왔슈? 당신네

회사가 우덜을 강제로 끌고 왔잖유. 거기다가 배 곯리고 일은 참말로 고되게 시키구, 우덜을 사람 취급이나 혔슈? 그래설랑 견딜 수 없응게 목숨 걸고 탈출한 것이쥬. 그렁게 당연지사 우덜을 보내줘야 맞잖유?"

재호가 언성을 높이며 씩씩거리자 지켜보던 세 사람은 무슨 말인지 알아듣지는 못해도 분위기로 보아 가만히 있을 수 없다는 생각이 들었는지 노가다 근성이 폭발하고야 말았다. 이들이 동시에 뛰쳐 일어나 고함을 지르며 의자를 들어 내려치려 하자 험악한 기세에 놀란 직원들이 어느새 줄행랑을 치고 말았다.

재호 일행은 고향으로 돌아가는 배편을 확답받을 때까지 사무실에서 죽을 각오로 버틸 작정이었다. 얼마나 시간이 지났을까. 권총을 허리에 찬 순사부장과 그 밑에 수하로 보이는 순사 한 명이 들어오며 엉망이 된 사무실을 훑어보더니 나뒹구는 의자를 일으켜 세우고는 일행에게 의자를 갖고 와 앉으라고 했다.

순사부장은 권총을 빼 무릎 위에 놓고 오른손으로 만지락거리며 말을 꺼냈다.

"왜 도망자들이 와서 소란을 피우나?"

그는 제국의 순사인 양 다그치는 위세가 여전했고 여차하면 너희를 쏠 수도 있다는 두려움을 주려고 권총을 꺼내 들었지만 천만의 말씀이지, 그들은 이제 옛날의 노예가 아니었다. 재호는 외무부 파견관 손응룡과 캡틴 로이의 얼굴을 떠올리며 말했다.

"우덜이 갠히 이러는기 아니유. 우덜을 강제루다 끌구 왔을 적은 은제고 인자 집으루 돌아가게 혀달라니 안 된다는 그이 말이 안 돼잖유?"

순사부장은 재호가 손응룡과 캡틴의 뒷배를 믿듯, 자신이 믿을 것은 권총뿐이라는 듯 만지락거리는 손을 멈추지 않고 말을 받았다.

"그때는 당신들도 우리 일본의 국민으로서 당연한 의무를 지고 근로 보국하러 왔다가 나라와 회사를 배신하고 도망쳤잖아? 그런 사람들을 인제

와서 우리 정부가 경비를 들여 귀환시킬 수는 없어."

"뭐유? 날강도맨치로 우리 조국을 강탈하구설랑 아직도 무슨 놈에 근로보국 타령을 헌단 말유. 우덜 대한민국 국민이 당신네 식민지 노옌 줄 알유?"

재호가 두 발로 마룻바닥을 구르며 고성을 질러대자 순사부장이 권총을 집어 들고 벌떡 일어서더니 재호에게 삿대질하며 고함을 쳤다.

"네 이놈, 함부로 지껄이지 마!"

순사의 이런 행동은 벌집을 건드린 형국이었다. 지켜보던 이들이 벽력같은 고함과 함께 눈에 불을 켜고 책상을 뒤집어엎고 닥치는 대로 집기를 내던지며 당장 무슨 일이라도 벌일 듯이 설쳐댔다. 겁을 먹은 순사부장이 두 손으로 권총을 잡고 방아쇠를 당길 듯이 총구를 이리저리 겨누었지만, 그까짓 권총의 위력에 두려워 떨 이들이 아니었다. 재호와 아저씨들은 이심전심으로 이 작자가 절대로 우리를 죽일 수 없다는 계산을 하고 있었다. 바뀐 세상인데 이들 중 누구 하나라도 죽으면 제 놈이 어찌 뒷감당할 수 있겠는가. 따라온 순사 놈도 긴 칼을 빼 들려고 들먹이면서 집기가 자기 곁으로 날아올 때마다 움칠움칠 놀라며 몸을 피하고 있었다.

"아저씨덜, 지발 좀 진정들 하세유."

재호가 소리쳤다.

"그리서 우덜을 워치게 헐규? 아, 확실허게 말을 혀봐유!"

재호가 순사부장을 향해 조용하지만 단호한 말투로 물었다.

"어쨌든 당신들은 다시 받아들일 수 없으니 그리 알고, 더 이상 소란을 피우면 국제법에 따라 폭력행위 행사로 조치할 테니 그리 알아!"

"좋아유. 당신이 법을 들먹거린 게 우덜도 법대로 헐 것이구먼유. 자, 이걸 잘 보슈!"

재호는 회심의 카드, 손응룡의 명함을 내밀며 말했다.

"우덜은 여기 오기 전에 미군 77사단으 한국군정청 홋카이도 파견대장로이 대위를 만나고 왔슈. 그 사람이 결과를 보고혀달라구 했응게 이대로 보고하것슈!"

순사부장이 명함을 빼앗듯이 채트려 보더니 얼굴에 당황하는 표정이 역력했다. 유리창 바깥에서 안에서 벌어지고 있는 일을 살피고 있던 회사직원들을 손으로 불러들여 비어 있는 소장실로 들어가더니 잠시 후 잔뜩 구겨진 얼굴로 이들의 시선을 피하면서 나가버렸다.

직원이 소장실 안에서 한참 동안 어디론가 통화하는 소리와 두 사람이 쑥덕거리는 목소리가 새 나왔다. 그러더니 둘 중 상급자가 역시 벌레 씹은 표정으로 다가와 썰매를 내줄 테니 타고 가라는 말만 하고는 담배를 꺼내 물고 나갔다. 그 뒤를 하급자가 쪼르르 따르는 것이었다. 아저씨들도 개선 장군처럼 엉망진창인 사무실에서 성한 의자를 찾아 앉더니 성냥을 모양 나게 칙 그어 담배에 불을 붙였다. 이들의 승리였다.

아저씨들이 담배 한 대를 맛있게 피우고 나서 마룻바닥에 비벼 끄는데 말방울 소리가 들렸다. 잠시 후 풀 죽은 직원의 안내를 받아 이들은 광업소에서 내주는 썰매 마차에 올라탔다. 눈에 빠지지 않도록 보조 굽을 끼운 말은 아직 굳지 않은 눈길을 방울 소리 쩔렁거리며 뚜벅뚜벅 걸어 지옥 같았던 제1료 방향이 아닌 다른 어딘가로 가고 있었다. 매섭게 몰아치는 추위에 그들 네 사람은 몸을 최대한 밀착시켜 서로의 등에 고개를 처박으며 칼바람을 피했지만, 가슴속에는 귀향길이 열렸다는 기쁨으로 가득 차 있었다. 그러나 볼이며 입이 꽁꽁 얼어붙어 누구도 말할 수는 없었다.

생각할수록 고소하였다. 점령군 로이 대위의 이름만 듣고도 오금을 못 펴고 그들에게 굴복한 순사부장의 구겨진 상판대기가 떠올라 비실비실 웃음이 삐져나왔다. 그 명함은 로이 대위 본인의 것도 아니고 단지 그의 통역관 손응룡의 것이었을 뿐이다. 하찮게 본 나뭇가지에 눈 찔린 듯 쩔쩔매는 망한 제국의 순사 나리라니, 해방은 그토록 좋은 것이었다. 썰매는 제법 먼 길을 가고 있었다. 어디로 향하는지 궁금하여 마부에게 묻고 싶었지만 얼어붙은 입을 떼기가 싫어 그냥 참기로 했다. 내심 제1료로 가지 않는 것을 다행으로 여기면서.

귀환 대기

그들이 내린 곳은 말로만 듣던 제3료였다. 제1료보다는 규모가 작았으나 지은 지 얼마 안 된 판자 건물이라 아늑하고 깨끗한 편이었고, 귀환을 대기하는 30명 정도가 거기서 기거하고 있었다. 산루광산 제1료 동료들의 소식이 궁금하여 물어봤더니 1진은 이미 떠났다는 대답을 들었다. 그들이 이들 탈주자 때문에 겪었을 고통을 생각하면 늘 마음이 무거웠는데 그렇게 결말이 지어져 다행이라는 생각이 들었다.

그날 밤, 전에 제1료에서 먹었던 감자밥보다 양도 많고 그런대로 먹을 만한 저녁을 먹고 나서 태하가 여유롭게 담배를 태우며 말했다.

"재호야, 니가 이번에 큰일을 했다. 사람은 역시 배워야 혀. 너는 고양으로 가면 꼭 공부를 열심히 혀서 큰 사람이 되거라!"

"맞어, 맞어. 재호가 일본말을 몰랐으면 우덜은 꼼짝없이 일본 귀신이 될 뻔했지 뭐여."

김종인이 거들더니 홍순재의 어깨를 툭 치면서 물었다.

"일본 색시하고 못 살아서 워쪄?"

그 바람에 이들은 오랜만에 유쾌한 웃음을 웃을 수 있었다. 재호는 정색하고 말했다.

"아뉴. 지가 태하 아저씨랑 여기 있는 아저씨덜 읍섰으믄 하마 죽었을 거여유. 지야말루 아저씨들헌티 엄청 고맙지유."

언젠가는 꼭 전하고 싶었던 재호의 진심이었다. 그곳에서 재호가 할 일이란 망연히 귀환 일자를 기다리며 무료한 시간을 때우는 것이었다. 오줌

발이 힘이 없는 노인이라면 모를까, 한참 팔팔한 재호가 그 정지된 시간에서 우리 안의 짐승처럼 숙소를 맴돌며 하릴없이 보내는 일이란 형벌과도 같았다. 견디다 못해 밖에 나가보지만, 사방이 눈에 막혀 어쩔 수 없이 되돌아서야 했다. 해야 할 일과 하고 싶은 일이 있다는 것, 그것이 바로 인간이 존엄을 유지하는 것임을 재호는 어렴풋이 깨달았다.

무한대로 늘어진 시간은 사실 시간의 의미도 없는 것이었다. 시간은 어김없는 규칙성이 있다지만, 심리적 시간은 사람마다 제각각이었다. 노예의 족쇄가 풀린 무리에게, 죽지 못해 끌려다니던 타율의 시간에서 해방된 지금이야말로 감춰진 각자의 본성이 여지없이 드러나게 마련이라 그들이 권태에 대응하는 방식도 제각각이었다.

윤 씨라는 사람이 있었다. 그는 주머니칼로 화목용 삼나무 토막을 열심히 깎아내고 새기면서 그 속에 자기만이 감지한 형상을 찾아내, 난로에 던져지면 재로 변할 하찮은 나무의 성분을 바꾸고 있었다. 그는 이미 40대 중반의 바싹 마르고 긴 손가락을 가진 사람이었다. 재호는 그의 진지한 작업을 볼 때마다 마음 한구석에서는 공들여 숫돌에 간 저 예리한 칼로 윤씨의 새까맣게 때가 낀 긴 손톱을 깎아주고 싶다는 간절한 충동이 일기도 했다. 하지만 어른한테 그럴 수는 없는 노릇이라 애써 참았다.

불상을 비롯하여 부여 읍내에서 본 오층 탑 같은 형상을 만들어 내는 윤 씨는 마치 납품 날짜에 쫓기는 사람처럼 밤낮없이 그 일에 몰두했다. 밤에는 그 맑고 파란 칸델라 불빛 아래, 윗니로 아랫입술을 앙다문 채 힘을 주어 골을 파내다가 입술을 둥글게 말아 깎아낸 부스러기를 후후 불어 날려버렸다. 그러고는 그 결과물을 오른손으로 높이 들어 요모조모 살피다가 다시 파내고 다듬는 모습은 바로 백제의 아비지(阿非知) 후손다웠다.

재호의 할아버지의 할아버지, 그 할아버지의 할아버지와 같이 헤아릴 수 없이 많은 할아버지가 살았던 까마득한 시절에 동굴의 화톳불 앞에서 봄이 오기만을 기다리다 지친 인간이 권태의 무의미함을 이겨보려고 단단한 석기를 갈아 동굴의 벽면에 쪼거나 긁어내 호랑이도 새기고 고래도 새긴 것들을 지금 윤 씨가 하는 것이었다. 아이들은 하찮은 돌멩이나 막대기를 가지고서도 놀이를 만들어내고 놀이에 몰두하며 긴 하루를 쉴 새 없이 움직인다. 마찬가지로 그는 아이들처럼 일체의 욕망도 없이 오로지 실존의 성취를 위해 밤을 새우는 것이었다. 몰입을 통해 시간에 맞서 싸워 이기고 시간을 초월할 수 있는 가치를 창출해내는, 어쩌면 예술이라는 것도 이와 같을 것이었다.

그런가 하면 한쪽에서는 각진 모서리가 둥글게 마모된 화투짝을 들고 푼돈 내기 노름으로 꼴딱 밤을 새우는 이들도 있었다. 그래도 그런 부류는 좋든 나쁘든, 크든 작든 욕망을 위해 몰두하는, 살아 있는 사람이었다. 흔히 자유란 어떤 간섭으로부터 속박받지 않고 마음 내키는 대로 자행자지하는 것이라 생각할 수도 있다.

하지만 사람이란 앉으면 눕고 싶고 누우면 자고 싶은 속성, 그러니까 나태와 게으름은 그보다 더 지독한 게으름을 불러와 종국에는 만사가 귀찮은 듯 끼니마저 건너뛰고 잠만 자는 사람도 있었다. 그 사람 곁을 지나노라면 어쩔 수 없이 맡아야 하는 역한 냄새가 동면하는 곰의 채취도 그럴 것이라는 생각이 저절로 들었다.

난롯가에 모여 좀 더 따뜻한 자리를 다투면서도 정작 불땀이 사위면 취사장 곁에 산더미로 쌓아둔 장작을 가지러 가는 게 싫어 내 미락 네 미락 하다 싸움이 벌어지기도 했다. 또 누군가 오뉴월 거적문처럼 문 닫는 걸 깜박하고 변소에라도 갈라치면 춥다 춥다 욕을 하면서도 기어이 그 사람이 올 때까지 아무도 나서지 않는 행태는, 감추어진 인간의 어두운 속성 중 하나였다.

그러므로 탄력을 잃은 용수철처럼 축 늘어진 나태야말로 숨은 쉬되 죽은 사람이요, 고인 시궁창처럼 썩어버린 정신이었다. 자유란 방임이나 방치가 아니라 그 자유를 찾고 누리려는 적극적인 의지이고, 그 공간을 삶의 분명한 지향으로 채워야 비로소 온전한 자유를 향유한다 할 수 있을 터였다.

누구에게도 간섭받지 않지만, 누군가를 지배하려 들거나 불편을 끼치지 않으면서 독자적인 삶의 양식과 스스로 부여한 의무에 충실한 것이어야 비로소 하늘을 나는 새처럼 자유로울 수 있는, 말 그대로 진정한 참 자유인이 될 수 있는 것이 아니겠는가. 태평양 바다 위를 한 번도 쉬지 않고 12,000km 이상을 나는 도요새는 지향 없이 허공을 헤매는 것이 아니라 분명한 방향을 향해 필사의 날갯짓을 한다.

그런가 하면 괜스레 여기저기 벌어지는 이야기판을 기웃거리는 사람도 있었다. 막노동꾼들의 이야기란 다 왕년에 시어미 범 안 잡은 사람 없다고, 싸움판의 무용담이나 과부와 눈이 맞아 놀아나던 질펀한 정사를 걸게 풀어내지만, 그게 허풍이란 걸 다 알면서도 웃고 떠들었다.

이런 어른들의 틈바귀에서 참으로 다행인 것은 재호가 생각 없이 그들에게 동화되지 않고 그들을 반면교사로 삼아 인간에 대한 각성과 교훈을 얻는다는 점이다. 그것은 그가 노력을 통해 얻었다기보다 천성이 그러했다. 그러나 그들을 마냥 탓할 수만도 없는 것이 그들에게 기다리는 것 말고는 딱히 할 일도 없었다는 점이다. 기다림, 기다림은 유예된 시간이라 삶이 정지된 공간이었다. 하여 그들의 가장 관심사는 당연히 언제 귀환선을 타느냐였다. 들리는 말에 의하면 지정된 항구마다 귀환 동포로 꽉 차 있어서 언제 갈지 하세월이라는 것이었다.

"왜 그렇게 밀려 있답니까? 꽉꽉 실어내지 못하고요."

"일본이 전쟁 통에 큰 배들이 다 격침당해 남은 배가 몇 척 없답디다. 귀환 동포는 한없이 몰려들고."

"하이고. 그럼 언제쯤이나 가게 된답디까?"

"그건 모르지요. 인원수와 승선 날짜 배정통지가 여기까지 와야 한다는데 사무실에서도 그냥 기다리는 것 외에는 방법이 없답디다."

"근데 말입니다. 그런다고 바로 배에 태우는 것도 아니라고 하던데요.

배에 자리가 날 때까지 창고 안에서 한 달도 넘게 기다리는 경우도 비일비재하답니다."

"이야! 그렇게나 밀려 있대유? 형씨들은 은제 이곳으로 왔나유?"

"우리가 이곳으로 온 지는 한 1년 반이 되었네요. 그런데 형씨들은 어떻게 해서 이곳으로 오게 되었나요?"

지태하가 말을 받았다.

"글씨올시다. 오기루 말얼 헐그 같으믄 우덜은 재작년으 제1료루 왔었지유. 그러다 작년 5월으 탈출혀서 자유노동자루 막노동판을 전전허다 해방얼 맞었지유."

"아, 그러세요. 그럼 고생도 했겠지만 좋은 구경도 많이 하셨겠는데요?"

"아이구, 전쟁 통으 우덜이 놀러 온 사람들두 아니구 막노동판 벌리나 오무리나 다 거기서 거기지유."

● 더딘 귀향

그렇게 한 달이 지나고 두 달이 지나고 해가 바뀌고 재호가 한 살을 더 먹어 열일곱 살이 되는 1946년 2월 초였다. 느닷없이 광업소 직원 한 사람이 스키를 타고 와서는 모두 짐을 챙겨 나오라는 것이었다. 짐이랄 것도 없었지만, 흥분으로 바쁘기만 한 마음에 허둥거리는 손으로 가까스로 짐을 꾸려 요사 밖으로 나와 보니 죽은 나무에 꽃이 피었나 싶게 다들 환한 얼굴로 모여 있었다. 흐물흐물 늘어져 한없이 게으름이나 피우던 사람들이 어느 사이에 짐을 꾸려 나온 것이다.

쇠눈으로 굳어진 눈길을 스키를 타고 미끄러져 가는 직원을 따라가느라 달릴 수밖에 없었지만, 누구 하나 불평하는 사람이 없었다. 미 점령군의 명령에 따라 일본 정부가 징용귀환자들에게 지급한 동계 군복과 군화를 착용하고 하얀 입김을 휘날리며 힘차게 뛰는 대열은 총만 들었다면 꼭 용기 충전한 돌격대였다. 하지만 손에 든 제각각의 궁상맞은 보따리가 패잔병 같기도 하고 무슨 유형수 집단 같기도 했다. 게다가 나이도 많게는 50대부터 적게는 10대에 이르기까지 종잡을 수 없었다.

그런데 이 괴상한 집단은 놀랍게도 나요로시 남쪽에 위치하는 히가시후렌역(東風連驛)까지 60리가 넘는 눈길을 네 시간 만에 주파하고야 말았다. 다들 고향에 빨리 가고 싶은 마음에 숨이 턱까지 차올라도 아랑곳하지 않고 뛰었다.

하지만 정작 역에 도착해서부터는 참고 견뎌야 할 고행이 기다리고 있었다. 영하 20도에 육박하는 대합실 한쪽에서 두 시간을 넘게 오돌오돌 떠느라 저절로 힘이 들어간 몸뚱어리가 경직되고 아플 때가 돼서야 열차에 오를 수 있었다.

이제 그들이 올라탄 이상 배가 기다리는 항구까지 칙칙폭폭 홋카이도의 설경을 뒤로하며 전속력으로 내달릴 줄 알았다. 하지만 그 열차는 도대체가 늙어빠져 고집 센 노새처럼 말을 듣지 않았다. 역마다 빠짐없이 서는데 한 번 정차하면 바퀴가 철로에 얼어붙었는지 떠날 줄을 몰랐다. 정차 시간이 길어지면 길어질수록 마음 바쁜 사람들의 울화통이 쌓이고 쌓여 그 압축된 울화통만으로도 시속 100km의 속도로 천 리는 달려갈 것 같았다.

재호가 가만 보니 북쪽을 향해 올라오는 열차는 자리가 텅텅 비어 있는데 하코다테 방향으로 내려가는 열차는 열차마다 사람들로 꽉꽉 들어차 빈자리가 하나도 없었다. 홋카이도의 귀국 동포들이 이렇게도 많다는 것일까? 가까스로 삿포로에 도착하자 아예 열차는 닻을 내린 배처럼 제자리에 주저앉고는 일반인들을 모두 내리게 하고 열차 안에서 하룻밤을 재우는 것이었다.

이튿날도 열차는 삿포로와 하코다테 중간지점인 우치우라만 깊숙이 자리한 오샤만베(長萬部)에 이르러 그곳에서 또 하룻밤을 지냈다. 그리고 하코다테가 아닌 우치우라만 동쪽 끝 무로란으로 향했다.

드디어 지루한 기차여행이 끝나고 무로란 항구에서 배를 타고 고국으로 가는구나! 열차 안이 술렁거리더니 다들 선반 위의 짐을 다투어 내려서 무릎 위에 올려놓고 기다렸다. 하지만 누구 하나 사정을 설명해주는 이도 없이 객차 안에서 무려 이틀 밤이나 지내야 했다. 다들 지치기도 하고 점점 불만이 터져 나와 누군가 호송 담당자가 나타나기만 하면 멱살이라도 잡아 패대기칠 기세였으나 아무도 코빼기를 비추지 않으니 제풀에 지쳐 나가떨어져야 했다.

벌써 객차 안에서 지낸 지가 4일이나 되었으니 그 답답함은 이루 말할 수가 없었다. 그렇다고 끼니를 챙겨주는 것도 아니라 각자 알아서 해결해야 했다. 역마다 열차가 정차하면 귀환 동포를 상대로 주먹밥이나 김밥, 과일과 같은 음식을 팔려고 장사치들이 자가사리 끓듯 몰려들었다. 재호 수중에는 100원 가까이 남아 있었지만, 부산에서 집까지 가는 길을 생각하면 한 푼이라도 여퉈놔야 할 형편이었다. 그는 하루에 딱 한 번, 한 입 거리밖에 안 되는 주먹밥이나 삶은 달걀 하나로 견뎠다. 한창 먹을 나이인데 삶은 달걀 하나로는 간에 기별도 가지 않았으나 어쩌겠는가, 참고 견디는 것 말고는!

그 여정에서 끼니때마다 떠들썩하게 배불리 먹고 마시고 트림하고 이를 쑤시는 모습을 지켜봐야 하는 형벌을 받았다면 다들 유리창에 머리를 박고 죽었을지도 모른다. 그러나 나라 팔아먹은 권세로 번쩍이는 훈장을 주렁주렁 매단 자가 그 열차를 탈 이유는 애당초 없었다. 이들 형편이야 도긴개긴이니 빈속에 연기라도 채우려는지 담배를 피워 무는 입술마다 메말라 갈라 터져 있었고 끈적이는 침조차 아까운지 힘겹게 삼키고 말았다. 속으로는 애써 제3료에서 두 달도 넘게 기다렸는데 '이까짓 것쯤이야' 하는 마음으로 다독이고 또 다독였다.

그러나 무로란 항구에서 기다리다 지쳐 엉치뼈가 녹아버린 이틀 동안도

선박 배정은 글러 먹었는지 오샤만베역으로 되돌아왔을 때는 여기저기서 욕설이 터져 나왔지만 그런다고 상황이 바뀔 리 없었다.

귀향선

이번에는 열차가 하코다테로 향했다. 역시 그 상황에서도 인솔자는 그림자도 없었다. 전쟁이 끝난 지 이미 7개월이 지나가도록 혼란에 빠진 일본의 현실을 말해주는 것인지도 몰랐다. 열차가 설 때마다 뭐라도 하나 팔아보겠다고 악착을 떠는 일본 사람들의 얼굴에도 궁핍이라는 몹쓸 병이 들어 있었다. 추레하고 찌든 몰골에 하얀 입김을 내뿜으며 창문을 두들기는 모습은, 그들보다 열 배나 더 딱한 귀환자들이 오히려 그들을 향해 혀를 찰 지경이었다.

열차가 하코다테역에 도착했을 때야 승무원이 나타나 하차를 지시했다. 무리가 지쳐 무릎이 잘 펴지지 않아 어기적거리며 역에 내리자 '한국인전재민귀환본부(韓國人戰災民歸還本部)'라는 어깨띠를 두른 동포 한 사람과 일본인 두 사람이 그들 앞에 나타나 따라오라고 하였다. 날카로운 해풍과 함께 짭조름한 냄새가 코를 파고드는 부두에 정박한 채, 흔들리며 그들을 기다리는 배는 부산항이 아닌 쓰가루 해협을 건너 혼슈의 아오모리로 향했다.

아오모리항에 도착하자 다시 안내자를 따라 귀환자 전용 열차에 올랐고 다시 3일 동안을 가다 서기를 반복하여 최종 목적지 니가타항(新潟港)에 도착할 수 있었다. 그렇다고 거기서 바로 승선하는 것은 아니었고 창고에 수용되어 6일을 기다린 2월 19일에야 배에 오를 수가 있었다. 제3료를 떠난 지 꼭 보름만이었다.

그들이 탄 배는 전시에 남태평양을 누볐다는 일본 해군의 대형 수송선이었다. 그러나 군대가 해산당한 지금 그 배의 승무원은 모두가 사복이라 그 사람들의 과거를 알 수 없었고 미 해군 장교 한 사람이 감독관 노릇을 하고 있었다. 승객은 모두가 귀환노동자들이었다. 긴 고동 소리와 함께 니가타항을 출발한 배는 사도가섬(佐渡島)을 바라보고 좌현으로 틀어 혼슈 서해안을 따라가다 망망대해로 나섰다.

재호는 선실에 갇혀 있기보다는 추위를 무릅쓰고 일찌감치 갑판으로 나갔다. 화서를 닮아 세상에 알고 싶은 것도 많고 보고 싶은 것도 많은 그가 어른들처럼 선실에 누워 편안한 것만 찾기에는 나이가 허락하지 않았다. 재호는 미로와 같은 큰 배의 이곳저곳을 호기심 가득한 눈으로 오르내리다 단조로운 항해의 지루함을 잠재우는 최적의 공간을 발견했다. 바로 선체에 막혀 바람 한 점 없는 고물의 상갑판이었다. 무엇보다 시야가 거칠 것 없어 낮 동안은 볕조차 따스했다.

그곳에서 바라보는 바다는 하늘과 맞닿아 가없는 것의 궁극이었다. 태양과 달은 저 바다에서 떠올라 저 바다로 잠기고 만다. 난간에 기대어 바라보이는 것이 모두 바다라서 아무리 큰 배라도 제자리에 머물러 있는 것 같지만 점점 멀어지는 육지를 보노라면 배가 가야 할 곳을 향해 나아가고 있음을 수긍하게 된다.

영리한 인간의 궁리는 갈수록 빠른 것들을 만들어 거리를 좁혀간다고 하지만 높은 하늘에서 내려다본다면 그 배는 작은 점 하나로 박혀 있는 미미한 것일 터이고 더 높은 곳이라면 그나마 보이지도 않을 것이니 그 안에 갇힌 재호는, 그리고 재호가 겪은 고통의 시간과 강도는 과연 있기나 한 것이었을까?

인생이라는 뱃길에서 때로는 폭풍이 몰아치고 때로는 순탄할 수도 있겠지만 어쨌든 재호는 한고비 큰 격랑에 휩쓸려 가파른 자맥질로 겨우 헤쳐 나온 셈이고, 이제 지난 것이 되었다. 그러나 그것은 얼마나 고통스러웠던가.

바다 가운데서 바다를 바라봄으로 바다의 시선을 얻은 재호의 마음은 바다가 주는 평화 속에서도 그 평화 속에서만 가능한 궁극의 것을 깊이 생각하게 되었다. 나라와 나라를 아우르고 더 높은 곳에서 지구를, 태양을, 그리고 우주의 공간에 가득한 항성과 행성들의 운행을 어김없이 관장하는 조물주의 시야에서 본다면 존재의 틈새에서 아등바등 발버둥 치는 찰나의 생명은 그저 존재도 못 되는, 없음과 다름없는 허무한 존재겠지만 그 존재 앞에 놓인 삶은 그렇다고 쉬운 것도 아니었다.

"헛되고 헛되며 헛되고 헛되니 모든 것이 헛되도다."

지혜자 솔로몬 왕이 인생의 황혼에 모든 영욕을 겪은 후 토로한 삶의 결말 역시 진한 허무였다.

"해는 뜨고 해는 지되 그 떴던 곳으로 빨리 지나가고 바람은 남으로 불다가 북으로 돌아가며 이리 돌며 저리 돌아 바람은 그 불던 곳으로 돌아가고 모든 강물은 다 바다로 흐르되 바다를 채우지 못하며 강물은 어느 곳으로 흐르든지 그리로 연하여 흐르느니라."

재호가 좋아하는 이 성구는 접할 때마다 알 수 없는 힘으로 재호를 사로잡았다. 그렇다고 어린 재호가 이 허무의 인과를 어찌 다 짐작이나 할 수 있겠는가. 어쩌면 화서가 재호를 무릎에 뉘고 읽어주던 그 평화롭고 행복한 시간을 재호는 사랑했는지도 모른다. 그러나 재호는 이 성구가 특별한 느낌으로 가슴에 다가온 것만은 틀림없는 사실이다. 재호가 보고 느끼는 강과 바다와 그 위를 부는 바람과 해와 달과 아스라한 별밭 너머의 세계에 대한 알 수 없는 신비를 이 구절은 함축하고 있는 것 같았다.

어느 시대나 죄와 불의가 있었고, 어느 시대나 약자는 당하기만 하지만, 역사는 돌고 돌아 변하는 것이 없다는 솔로몬의 통찰은 이 허무하고 허무한 것을 처절하게 인식한 후에야 비로소 '새 하늘과 새 땅'에 대한 지향과 믿음을 갖게 하는 것이 아니겠는가.

그렇다. 다가갈 수 없는 영원에 이르는 방편은 인간의 존재론적 한계를,

그 허무를 몸서리치게 자각한 후에야 비로소 가능한 것이다. 망국의 노예로 전락하여 뼈가 으스러지는 가혹한 노동으로 가쁜 숨을 몰아쉬어야 했던 인고의 3년은 재호에게 유년의 허물을 탈각하는 우화(羽化)의 시간이기도 했다. 고통의 쓴잔을 마시며, 사선(死線)을 몇 고비 넘어선 사람은 열일곱 나이에 묶이지 않는다.

그 담금질을 통해 또래에 비해 단단한 뼈와 근육뿐만 아니라 무엇보다 성숙한 정신을 가지게 되었다. 그것이 인생의 허무를 속속들이 이해할 수는 없지만 분명한 삶의 지향을 재호에게 갖게 했다. 먹고살다 죽는 허무한 공간을 무엇으로 채워야 하는지를.

다만 재호가 억울하게 생각하는 것은 한참 그와 그를 에워싼 세계에 대해 알고자 노력하는 때에 마땅한 공부와 독서를 하지 못했다는 것이다. 그러나 그 또한 지나간 것이 되었다. 죽을 것 같던 그 순간도 다 지나가고 이제는 살아서 고향 땅을 향하고 있으니, 그 결말은 곧 어머니의 품에 안기는 것이다. 그것으로 감사하고 그것으로 된 것이었다. 이 바다에서 조국을 눈앞에 두고 폭침과 사고로 원통하게 죽어간 수많은 귀환 동포를 생각하면 더욱 그런 생각이 들지 않을 수 없었다.

모든 강물이 다 바다로 흘러들어 바다를 이루고 그 바다는 바다와 연하여 깊어지면 저리도 검푸르러지는 것일까? 아니면 사무치게 멍든 가슴들이 녹아들어 저렇게 된 것일까? 거대한 물의 집적은 배가 크면 클수록 그 무게에 응분하는 힘으로 밀어 올려 온통 쇳덩이인 큰 배는 쉼 없이 힘차게 나아갔다. 바다가 잔잔해서 그런지 뱃멀미도 나지 않았다. 일본으로 잡혀갈 때 경험했던 뱃멀미가 떠올랐다. 갈매기 너덧 마리가 마중 나와 유유히 날개를 펼치고 배를 따라 날았다. 육지가 다가오고 있었다. 아니, 멀리 푸른 베일에 싸인 조국이 점점 다가오면서 그 모습을 보여주기 시작했다.

부산

"아, 부산이다!"

어느새 귀환 동포들이 갑판으로 나와 다가오는 고국을 바라보며 감격에 찬 목소리로 외치고 있었다. 오륙도와 영도를 뒤로한 배는 부산항이 보이자 뱃고동을 길게 울렸다. 일본의 동쪽에서 서쪽으로 너른 바다를 건너고 대한 해협을 건너 이제 긴 항해를 마치고 도착했다는 안도의 신호로 들렸다.

배가 접안장소로 지나치게 겸손을 떨며 다가가 선석을 향해 밧줄을 던지자 줄잡이들이 힘겹게 끌어다 계선주에 걸었다. 배는 대양을 넘나들던 자유를 잃고 선체가 굳건한 육지에 꼼짝없이 묶이자 귀환자들이 조국 땅을 밟기 위해 트랩을 내려왔다.

때맞춰 항구의 확성기에서 이들을 환영하는 해방의 노래가 울려 퍼졌다. 조선 사람이라면 다 알아들을 수 있는 노랫말이 가슴에 뭉클 스며들었다. 괜스레 눈물이 터져 볼을 타고 흘렀다.

어둡고 괴로워라 밤이 길더니
삼천리 이 강산에 먼동이 튼다.
동무여 자리차고 일어나거라.
산 넘고 바다 건너 태평양 넘어
아- 아-
자유의 자유의 종이 울린다.

사람은 두 발로 땅을 딛고 일어나 걸어서 다닌다. 그래서 네발짐승보다 땅에서 멀어져 산다. 그만큼 땅에 대한 애착도 멀어질 수밖에 없다. 그러나 살아서 돌아와 두 발로 내딛는 단단한 땅, 고국의 땅은 달랐다. 이 대지에 우뚝 솟은 백두와 지리와 한라산, 그 사이를 굽이쳐 흐르는 한강이며 금강이며 섬진강이며, 이내 빛 곱게 물든 노을에 튀어 오르는 물고기들과 논이며 밭이며 골짜기며 납작 엎드린 초가집이며 도시의 골목에 이르기까지, 같은 말로 말하고 그 말귀를 알아들으며 같은 문자로 힘을 주어 새긴 숱한 역사의 고비마다 슬프고 기뻤던 순간들을 같이 기억하는 친척들과 이웃들과 가족들과 추억을 나누는 친구들이 있는 땅, 무엇보다 내 어머니가 나를 기다리는 땅, 바로 내 고국이었다.

수송선에서 내린 재호 일행은 '환영! 귀환동포'라는 어깨띠를 두른 사람들의 안내를 받아 곧바로 환전소로 갔다. 여태 쓰고 남은 일본은행권 50원을 조선은행권으로 교환했다. 해방된 지 반년이 넘었지만, 아직 화폐는 해방을 몰라 조선총독부의 조선은행권을 사용하고 있었다. 김밥 한 줄에 무려 5원이나 하여 재호는 깜짝 놀랐다. 일본 물가보다 열 배도 더 높다는 생각이 들었다. 재호가 30개월 동안 뼈를 깎아 모은 돈이 김밥 열 줄 값인 50원에 불과하다니 허망했다.

환전이 끝나자 방송이 나왔다.

"귀환자 여러분에게는 기차 요금을 면제하여 주고 있으니 이제부터는 각자가 자유롭게 고향으로 돌아가십시오."

물가에 놀란 일행은 그 방송이 고맙기 이를 데 없었다. 일본에 다 갈취당해 껍데기만 남은 조국이지만 그만큼이라도 생각해주는 배려가 어찌 고맙지 않겠는가. 그러나 임자 잃은 논밭에 돌피만 무성하다더니 아직 정부가 들어서지 않은 조국은 혼란하고 무질서했다. 역을 향해 걷는 짧은 순간에도 그 모습은 여지없이 드러나 방금 떠나온 일본과 비교하지 않을 수 없었다.

일본 역시 무질서하기는 마찬가지였지만 그래도 그곳은 정부가 있고 경찰이 있기에 그 정도는 아니었다. 미군정의 치안은 해방공간의 사회질서를 통제하지 못하고 방치상태인 것을 짐작하게 했다.

그러나 이제부터가 난관의 시작이었다. 기차역에 도착한 재호와 일행에게 낭패감을 준 것은 수천 명인지 수만 명인지 모를 수많은 귀환 인파로 역사와 광장이 발 디딜 틈 없이 들어차 있는 모습이었다. 조국에만 건너오면 고향 땅에 가는 것쯤이야 쉽게 생각한 일행은 아연실색하지 않을 수 없었다.

일본은 패전 이후 자기들의 필요에 따라 강제로 끌고 온 한국 사람들을 한국으로 되돌려 보내는데 사력을 다하고 있었다. 무슨 인도주의적 차원에서 그런 것이 아니라 한 명이라도 떠안을 부담을 지기 싫어서였다. 그 결과 매일같이 배편으로 실어 나른 사람들이 모두 부산역으로 모여들었다.

하지만 정작 한국은 이 귀환자를 수용하여 최소한의 쉴 공간을 마련해 줄 생각은 하지도 않고 수송할 능력도 힘에 부쳐 아수라장이 따로 없었다. 촌각을 다투어 고향 집에 돌아가고 싶은 귀환자들은 객차나 화물차를 가리지 않고 상행열차라면 무조건 올라탔고, 앉는 건 고사하고 서 있을 자리도 부족하여 승강구에 매달려 가고 있었다.

논산행 열차

2월 20일, 정오가 훨씬 지나서야 김밥 한 덩이로 점심을 때운 재호 일행은 들어찬 사람들로 비좁은 대합실 바닥에 끼어 앉아 꾸벅꾸벅 졸며 열차를 기다렸다. 하지만 열차가 들어올 때마다 사람들이 벌 떼같이 우르르 몰려가 아비규환의 전쟁터를 만들었다. 그 바람에 고개만 설레설레 저을 뿐 끼어들 엄두가 나지 않았다.

이런 대혼란을 내버려 둘 게 아니라 줄을 세우고 순번을 부여하고 조직적으로 대응했어야 했다. 그러나 여력이 없는지, 생각이 없는지 제멋대로였다. 결국 힘으로 밀어붙이고 끼어들고 올라타는 상황이라 우격다짐으로 그 대열에 비집고 들어설 수 없는 이들을 망연자실하게 했다. 어쩔 수 없이 대합실에서 밤을 새우고 말았다. 여전히 발 디딜 틈이 없는 대합실 안은 인파의 훈기로 바깥보다는 그런대로 견딜 만했다.

그러다 먼동이 틀 무렵에야 겨우 열차에 올라탈 수 있었다. 생각건대, 밤사이에 많은 사람이 역을 빠져나갔고, 아직 일본에서 귀향선이 들어오지 않은 이른 아침이라 그나마 재호 일행이 열차에 오를 수 있었다.

그러나 열차는 일본에서와 마찬가지로 역마다 정차했고 한번 정차하면 출발할 줄을 몰라 어렵사리 대전역에 도착하였을 때는 이미 캄캄한 밤이었다. 일행은 호남선으로 갈아타야 논산으로 갈 수 있었지만, 경성에서 호남 쪽으로 내려가는 노선도 혼란스럽기는 마찬가지여서 또 하룻밤을 대전역사에서 노숙했다.

다음 날 겨우 정오 무렵에야 열차에 올라 요행히 좌석에 앉을 수 있었다. 파김치가 된 재호의 몸에 열이 올랐다. 눈을 감고 잠을 청하려 했으나 차창 밖으로 스쳐 가는 조국의 땅을 바라보지 않을 수 없었다. 그 길은 재호가 6학년 때 꿈에 부풀어 경성을 다녀온 길이었고 일본으로 잡혀가던 길이기도 했다. 보이는 산판마다 나무를 마구 베어냈는지 민둥산으로 변해 있었다. 일본 순사가 두려워 베지 못했던 나무를 이제는 얼씨구나 마음 놓고 베어내는 것 같았다.

동료들과 마지막 식사

오후 해가 설핏해서야 논산에 도착한 일행은 그래도 고향을 지척에 두고 있다는 설렘과 그 고달픈 여정에 끝이 보이는 터라 몸과 마음을 추스를 수가 있었다. 논산역에서 버스 차부까지는 걸어서 채 20분이 되지 않았다. 이제는 목탄이 아닌 기름 버스가 다녔지만, 정해진 시간을 제대로 지키지 않아 형편대로 다니는 것 같았다. 그 틈새를 노리고 트럭이 버스보다 조금

헐한 가격으로 사람들을 실어 나르고 있었다.

그러나 트럭은 사람들이 적재함에 빼곡히 탈 때까지 기다렸다가 출발했다. 돈을 벌고자 하는 그들로서는 절호의 기회였고 귀환자들로서는 애타게 그리던 조국의 이러는 모습이 하냥 슬펐다. 어디라 할 것 없이 귀환자들로 넘쳐나 버스도 트럭도 북새통을 이뤘지만 어떤 질서나 통제도 없어 오로지 돈만 벌면 되고 나만 올라타면 된다는 벌건 이기심이 판을 치고 있었다. 사람들로 미어터지는 버스는 문을 닫지도 못하고, 출입문에 대롱대롱 매달린 사람들은 빨리 발차하라고 소리를 지르고 있었다. 그렇게 막차는 떠나버리고 말았다.

추위에 떨면서 기다리던 재호 일행은 낙담할 수밖에 없었다. 이제 버스를 타면 다들 제 고향 집으로 뿔뿔이 흩어져야 했기에 아쉬운 마음으로 다시 만날 것을 약속하며 미리 인사를 나눴던 터였다. 그러나 사정이 이러니 논산에서 또 하루를 유숙하든지 아니면 트럭이라도 타고 가야 했다. 추운 날씨에 이틀이나 역사에서 밤을 새운 그들은 겨울날 노숙이 얼마나 끔찍한지를 경험했기 때문에 걸어서라도 가고 싶었다. 밤은 이미 깊어가고, 트럭은 부여까지만 간다는 데 다른 선택의 여지가 없는 그들은 그 차에 올라탈 수밖에 없었다. 아마도 규암 나루를 건네주는 넓적 배가 끊길 시간이라 그런가 보다 짐작하였다.

그러나 경사진 길을 힘겹게 올라가던 트럭이 그르렁그르렁 천식 앓는 노인네 가래 끓는 소리를 뱉다가 털털 숨넘어가는 소리를 내더니 결국은 엔진이 서버리고 말았다. 기름에 적신 헝겊으로 햇불을 만들어 수리하는 데 많은 시간을 허비하고서야 가까스로 시동이 걸려 부여에 도착할 수 있었다.

일행은 부여 차부 근방에 규암 사는 이재준이 잘 아는 밥집이 있다 해서 추위에 지치고 허기진 배를 채우려고 찾아갔지만 이미 문이 닫혀 있었다. 다급해진 재순이 미닫이 유리창을 거칠게 흔들어대자 방문이 열렸다.

"아, 지끔 오밤중으 누구랴?"

"나유!"

"나유라니 누규?"

"나 재준인디, 문쪼끔 열어봐유!"

"얼라, 재준이 아닌개벼!"

오십은 넘어 뵈는 여인이 화들짝 놀란 얼굴로 문을 열어주었다.

"아줌니, 진 말은 이따 허구 배가 마이 고프니 식은밥이래두 한술 줘봐
유!"

그러나 밥은 이미 떨어졌다. 뭐라도 먹을 것을 내놓으라는 재준의 숨넘
어가는 소리에 장독소래기의 차디찬 물에 담가놓은 묵과 두부를 꺼내고 팔
다 남은 아지찌개를 김치와 함께 내놓았다. 묵을 허겁지겁 먹던 재준이 소
라말 아줌니라 부르는 여인에게 말했다.

"아줌니, 밀주라두 잇시믄 내봐유."

"왜눔덜이 모다 물러가설랑 밀주 단속은 없는디 쌀이 귀혀, 그리두 대
보름 쇨라구 담가 논 그이 남은 기 인는디 바탱이서 닥닥 글거 내올팅게 쩨
끔 기둘리 봐아."

일행의 얼굴이 이게 웬 떡이냐는 듯 반색을 하는 것이었다. 정말 바가지
로 중두리 긁는 소리가 나더니 소라말 아줌니는 대두병에 하얀 막걸리를
가득 담아 내왔다.

"이그이 다여, 목이나 축여!"

아저씨들은 희색이 만면하여 사발 가득히 콸콸 술을 따르더니 벌컥벌컥
들이킬 때마다 목울대가 오르락내리락했다.

"캬아, 션하다."

"을마 만인기어. 인자사 고양이 온 그 같구면!"

소라말 아줌니가 재호한테 물었다.

"총객은 술을 한나도 몬 헌댜아?"

"예."

"차서 안 내놨는디 고구마라도 먹을 텨?"

"예, 그러믄 고맙지유."

소라말 아줌니는 대바구니에 담긴 고구마와 빨간 김칫국을 재호 앞에 내려놨다.

"장사가 끝나 부려 당최 먹을 그이 읍서어. 체헐까 미선게 멀국 허구 천천허게 어여 먹어."

재호는 속으로 '천천허게'와 '어여'의 상반된 의미를 생각하며 대답했다.

"예, 잘 먹긋슈."

오랜만에 먹어보는 김칫국에다 고구마였다. 소라말 아줌니는 징용 갔다 돌아온 이들이 짠해 보였는지 있는 것은 뭐라도 먹이려고 내놨다.

"왜눔덜한티 강심살이(고생살이) 헌 사람들이 오눌두 겁나게 마이들 돌아오드먼 그려어. 근디 총객 엄니는 에린 아덜을 징용 보내구 월매나 소그터짔쓸까이. 참말로 험한 시상으 끝나 부려서 월매나 다앵인지 믈러."

각자의 집으로

막걸리 한 잔씩 걸친 이들은 소라말 아줌니와 이야기에 빠져 자정을 넘기고서야 일어들 났다. 고맙게 잘 먹고 간다는 인사를 올리고 밖으로 나서는 일행의 등 뒤에 소라말 아줌니의 측은해하는 소리가 들렸다.

"안직 배깥 날씨가 추울틴디 고상혀서 워척헌댜아."

낮에 내린 눈이 녹아 질척거리던 길은 밤에 기온이 떨어지자 얼어붙어 걷기에는 무난했다. 정월대보름 둥근 달이 망(望)에서 삭(朔)으로 일주일 동안 먹어들어가 하현으로 이울었다 해도 높이 떠올라 훤히 비추는 냉엄한 빛은 까치인지 까마귀인지 넉넉히 식별할 정도는 되는지라 여간 다행히 아니었다. 그뿐인가. 하현달은 자정 무렵에 떠올라 다음 날 정오까지 반달로 버텨주니 길 밝혀주기로는 조족등에 견줄 바가 아녔다. 배도 든든하겠다 홋카이도에 비하면 이까짓 추위쯤이야 추위도 아니었다.

길을 나선 이들은 규암 배다리를 건너 내리에서 이재준과 작별하고 달빛이 하얗게 부서지는 신작로를 따라 걷기 시작했다. 논티에 이르러 내산 사는 태하 아저씨와 작별해야 했다. 서운한 마음이야 이루 말할 수 없지만 꽃피는 봄날에 다시 만날 것을 약조하고 갈 길을 가는데, 못내 아쉬워 뒤돌아보니 그도 달빛을 받으며 지켜 보고 있었다. 피어 문 담뱃불이 붉게 타들어가고 있었다.

"조심히서 가그라."

"예, 달빛이 훤언허니께 걸을만 혀유, 어서 가셔유."

손짓하며 대답하는 재호의 가슴이 먹먹했다. 이제 재호하고 순재만 남았다. 그는 원래 과묵한 사람에다가 어른이기도 해서, 재호가 무슨 말이든 꺼내고 싶었으나 그게 어려웠다. 그저 발밑에 채는 돌멩이 소리만 들으며 홍산까지 같이 걸었다. 그는 기어이 아무 말도 꺼내지 않았다. 가끔 멈춰서서 담배를 피워 물면 재호는 말없이 이제 좀 쉬어 가나 보다 생각하고 적당한 곳을 찾아 앉았다. 차가운 고독을 저 홀로 높이 띄워 적요한 벌판이나 검은 숲을 비추는 달을 바라보거나 멀리 귀 밝은 뉘 집 개인가 밥값 하느라 컹컹 짖어대는 소리에 귀를 기울였다.

홍산면 소재지를 지나면 그는 옥산저수지 쪽을 향하여 곧장 가야 했고 재호는 왼쪽으로 꺾어야 했다. 홍산 초입에 들어서자마자 이 말 없는 아저씨에게 무슨 말로 작별의 인사를 해야 하나 은근히 걱정되었다. 결국, 방향이 갈리는 길에서 고개를 푹 숙이고 인사를 했다.

"아저씨 먼 길 살펴가셔유."

그러자 순재도 그제야 나긋한 목소리로 말했다.

"오냐, 너두 살펴 가그라."

메아리처럼 되돌아오는 대답을 듣고 나서야 발걸음을 옮겼다. 부여에서 홍산까지 30리는 걸었을 터이고 이제 여기서부터 고향 집 괸돌마을까지는 시오리 길이었다. 재호네 집에서 부여까지 지름길로는 40리라 들었던 기억이 생각났다. 그러나 그 길을 재호가 모를 뿐만 아니라 같이 걷는 일행이 있어 신작로를 따라 걸었다.

천당의 종소리

삽다리를 건넌 이제부터는 저 넓은 논바닥 끝이 배아구이고 지척의 금천리에는 외가가 있어 익숙한 길이었다. 마가산 자락을 향해 올라가는 외진 솔숲은 어두운 데다 군데군데 녹지 않은 눈이 희끗희끗 처연한 빛을 띠어 무섭기도 하고 섬찟하기도 하여 저도 모르게 걸음이 빨라졌다.

마가산을 넘어서면 삼거리 모퉁이에 천둥이라도 치면 그 소리에 놀라 폭삭 주저앉을 것 같은 초가 한 채가 울도 없이 엎드려 있었다. 무슨 가난하고 슬픈 사연이길래 저리도 외떨어져 살고 있을까 볼 때마다 궁금했지만, 오밤중에 마주하는 시커먼 초가는 상엿집처럼 무섭기만 하였다.

여기서부터는 완만한 내리막 신작로 길이라 차오르던 숨도 점차 잦아들고 고단한 발걸음도 가벼워졌다. 발길에 차이는 돌멩이들이 서로 부딪쳐 부싯돌처럼 번쩍번쩍 불꽃을 튕겼다. 재호네 다랑논이 있는 서근매는 재호가 가는데도 어둠 속에서 침묵으로 오불관언이었다.

'나를 어리다구 무시허는 거여, 나도 인자 열일곱 살이란 말여.'

마가산 고개에서 발원한 오목내가 완만하게 흐르는 너머에도 재호네 밭과 논이 있는 곳이라 자꾸만 눈길이 갔다. 재호의 형이 고된 하루 일을 끝내고 땅거미가 짙게 몰려오는 어스름에 쇠스랑이며 삽이며 호미를 씻는 개울물에는 달빛이 찰랑찰랑 부서지곤 했었다.

한 10분 거리나 될까? 누천년 고향을 지킨 고인돌 위에 밤새 내려앉은 하얀 서리가 달빛에 반짝이는 길을 걸어 외뜬말을 왼편에 바라보고 급한 경사를 잡아채자, 마루턱 잿정지의 아름드리 느티나무 등걸이 시커멓게 늘어서서 재호의 귀향을 지켜보고 있었다. 재호의 눈에 깊숙이 박힌 고향의 모습은 고인돌처럼 하나도 변함없이 그대로였다. 그 익숙한 것들이 뜨끈한 아랫목에 이불을 뒤집어쓰고 익어가는 청국장 냄새같이 마음을 푸근하게 했다.

서리친 새벽, 뉘 집인가 아직은 어두운데 식은 구들을 데우는지, 아니면 새벽잠 없는 노인이 소죽을 쑤는지 자욱이 하얀 연기를 피워 올리고 있었다. 잿정지에서 재호네 채전에 이르는 좁은 길목을 들어서기 전에 하늘을 보았다. 재호를 시방까지 따라오며 길 비춰주고 있는 달빛은 여전히 선연했지만, 재호의 고단함 때문인지 하얗게 지쳐 보이기도 했다.

'다 왔어, 쪼끔만 더 견뎌주렴.'

백 보 어간의 이 길은 대낮조차 음침하고 밤에는 고목나무 썩은 둥치에서 도깨비불이 파랗게 빛나는 곳이라 재호가 달님에게 사정하지 않을 수 없었다.

이 길이 끝이 나는 모시밭과 채전 사이 좁은 길을 걸어 영인이네 대문간을 지나면 바로 재호네 집이었다. 영인이네의 돌로 쌓은 축축한 축대는 언제나 이끼가 덮여 있었고 한여름 채전 가는 길에 몇 번이나 싯누런 구렁이가 스스로 몸을 풀며 틈새로 들어가는 것을 본지라, 지나칠 때마다 여간 살펴지는 게 아니었다. 지금은 겨울이라 그럴 염려가 하나도 없지만, 습관이 붙어선지 미끄러운 돌계단을 조심스럽게 내려갔다. 그때 귀에 익은 재호네 집 대문 열리는 소리가 삐거덕 새벽 공기를 찢어 놓았다. 순간 재호의 가슴이 뛰었다. 하얀 옷이 빠져나오더니 교회로 들어가는 게 보였다. 화서였다.

"엄니!"

"……."

화서는 제자리에 굳어진 채, 탱자나무 그늘에 가려 어둡게만 보이는 재호 쪽을 바라보고 있었다.

"엄니, 저유. 재호유!"

"아가……. 아가!"

화서가 하얀 목련 꽃잎 한 장이 떨어져 이울듯 그 자리에 스르르 무너졌다. 놀란 재호가 한달음에 달려가 화서를 감싸 안아 일으켰다. 화서 머리의 동백기름 냄새가 콧속으로 스며들었다.

"니가…… 니가 오다니……. 니가 오다니…….''

"예, 두째가 살아왔슈. 엄니!"

재호의 콧날이 시큰해지더니 뜨거운 것이 볼을 타고 흘렀다. 한참 동안 모자는 그렇게 붙들고 놓을 줄을 몰랐다. 놓치면 잃어버릴세라 힘주어 껴안은 화서는 작아지고 연약했다. 그것이 슬퍼 재호는 기어이 꺼이꺼이 울었다. 눈물이 볼을 타고 턱을 지나 울대까지 적셨다.

"아가, 인자 일어나자. 종을 쳐야 헐 시간이 지났구나."

"예, 엄니. 지가 칠깨유."

"아니다, 이날을 기다렸다. 같이 치자꾸나!"

"예, 엄니!"

종루 기둥에 묶여있는 종 줄을 풀어 힘껏 당겼다. 그 손에 화서의 손이 포개졌다. 쇠가 부르르 떠는 울림이 손바닥에 전해졌다.

"땡그렁! 땡그렁!"

어디선가 종소리에 놀란 수탉이 목청을 길게 뽑아 새벽이 왔다고, 아니 재호가 살아왔다고.

"꼬끼오오~"

뒤따르는 '오'를 길게 늘여 빼며 시김새를 넣자, 이 골 저 골에서 수십, 수백 마리의 수탉들이 꼭 그렇게 우렁찬 화답을 했다.

"땡그렁! 땡그렁!"

그러나 종소리는 수탉들의 합창을 압도하고도 남았다.

"땡그렁! 땡그렁!"

길고 긴 전쟁이 끝나고 일본이 물러났다고.

"땡그렁! 땡그렁!"

슬픈 이별 없는 새로운 세상이 열렸다고.

"땡그렁! 땡그렁!"

새 하늘 새 땅이 이 나라에서 이루어지기를.

"땡그렁! 땡그렁!"

그러나 재호와 화서의 귀에는 여전히 이렇게 들렸다.

"천당! 천당! 천당!"

에필로그 – 답사길 반만 리

2023년 계묘년

아버지는 올해로 96세이시다.

그 세대가 그렇듯, 험한 시대의 온갖 악조건을 헤쳐 나오셨다. 일제강점기 열네 살이라는 어린 나이로 징용되어 끌려갔고 해방공간의 혼란에 이어 5년 만에 터진 한국전쟁 때는 군에 소집된 참전 용사이기도 하다. 그 후로도 강대국 사이에 낀 분단국가의 모순을 온몸으로 겪어낸 그야말로 파란만장한 삶의 굴곡을 감당해야만 하셨다.

다행히도 아버지는 당신이 어린 나이에 겪은 시대의 고통을 세세한 기록으로 남기셨다. 전 4권의 장편 실화소설 《도벌에게 짓밟힌 엽전》이 그것이다. 그뿐만이 아니라 90세가 될 때까지 꼭 검지에 침을 묻혀 자판을 하나하나 두들기며 여러 교회 연대사도 집필하셨다.

그러나 그 건강하시던 아버지도 세월을 이기지 못하고 지금은 병원 생활을 하고 계신다. 나는 그 삶이 안타까워 비가 오면 비가 와서, 눈이 오면 눈이 와서, 날이 더우면 더운 대로, 추우면 추운 대로 괴로운 마음에 전전반측 쉬 잠들지 못했다. 그 불면의 밤에 아버지의 오래된 책들을 들춰 한 장 한 장 넘기며, 아버지가 남기신 방대한 기록에서 여타의 것은 다 들어내고 당신이 몸소 겪은 행적에만 집중하여 한 권의 책으로 풀어 가야겠다는 생각이 들었다. 여타의 것이란 일제강점기 조선인이 당한 참상의 기록을 말함이고 그 자료는 다양한 방식으로 축적된 아카이브를 통해 얼마든지 접할 수 있기 때문이다.

나는 아버지가 닥친 상황 속에서 그것을 겪어낸 당신의 마음을 나의 것으로 환원시키며 글을 써 내려갔다. 그 간극을 최소화하려고 당신이 징용자로 끌려간 여로와 강제노동의 현장을 직접 눈으로 확인하는 일본 답사길에 나섰다.

3월 28일(화요일)

부산역에 열차 편으로 도착하여 국제여객터미널을 향하는 길고 긴 육교에는 바닷바람이 세차게 불고 있었다. 가뜩이나 심란한 마음에 바람마저 이리 불어싸니, 배낭 무게가 더욱 무겁게 어깨를 짓누르는 것이었다. 그럴 수밖에 없는 것이, 열차에서 제공하는 자막 뉴스에 "강제 동원은 없었다"라는 일본 외무상의 발언과 "총리가 아닌 외무상의 발언일 뿐"이라는 우리 정부의 황당한 태도에 분개한 내가, 다름 아닌 일본을 향해 가고 있다는 것에 몹시 불편한 마음이 들었기 때문이다.

오후 세 시에 출항하는 쾌속선 비틀(Beetle)호에 오른 지 3시간 만에 후쿠오카(福岡)에 도착할 수 있었다. 80년 세월 동안 문명의 진보는 사연 많은 바닷길의 거리를 이토록 좁혀놓은 것이다. 아버지가 이 길에서 거센 폭풍을 만나 심한 뱃멀미의 고통을 당한 대한해협은 이날 의외로 파고가 높지 않았다. 아내는 꼭 멀미약을 먹으라 했지만 내 생각은 달랐다. 풍랑이 심하면 심한 대로, 멀미가 오면 오는 대로 다 겪어낼 작정이었다. 그런다고 열네 살 어린 소년이 겪은 고난과 같을 수는 없겠지만 마음으로는 그러고 싶었다.

3월 29일(수요일)

후쿠오카는 어쩔 수 없는 선택이었다. 아버지는 시모노세키를 통해 일본 땅으로 끌려가셨지만 이미 배편 예약이 상당 기간 끝나 다른 방도가 없었다. 그러나 나는 이 답사길의 원형을 훼손하지 않기 위해 새벽같이 하카타(博多)에서 열차 편을 이용하여 시모노세키항을 찾았다. 후쿠오카는 도시도 클 뿐 아니라 현대식 빌딩들이 즐비했고 문명의 화려한 불빛으로 불야성을 이루고 있었다. 나는 조선통신사 시절부터 대한해협의 관문으로 유서 깊은 시모노세키가 당연히 후쿠오카보다 더 큰 항구도시인 줄 알았다. 그러나 내가 본 시모노세키는 낡고 조용한 항구여서 내심 당황스러웠다. 어시장에서나 맡을 수 있는 짠 내가 도시에 짙게 배어 있어 옹색함을 더해주고 있었다. 이 독특한 냄새가 낯설지만은 않아 가만 생각해 보니, 한껏 기대를 안고 베네치아 운하의 좁은 미로를 들어섰을 때 훅 키치던, 바로 바닷가의 낡고 오래된 건물에 찌든 냄새였다. 그러면서 이 냄새야말로 1943년에 이 땅을 밟았을 소년도 맡지 않았을까 하는 생각이 들었다.

역에서 내려 긴 육교로 연결된 국제여객터미널을 찾아갔다. 너무 이른 시각이라 그랬을까? 어느 층을 막론하고 인적이 없어 빈집을 몰래 들어간 사람처럼 마음이 다 조심스러웠다. 터미널 높은 벽에 '축, 부관국제항로 여객운송 재개(祝, 釜關國際航路 旅客運送 再開)'라는 펼침막이 선명하게 걸려 있었다. 코로나로 막혔던 뱃길이 다시 열린 것이다.

일제강점기의 모습이 어딘가 남아 있지 않을까 싶어 항구 이곳저곳을 기웃거렸다. 하지만 눈물겨운 이별의 서사를 건드리는 마땅한 볼거리 같은 게 눈에 띄지 않아 허망한 마음으로 돌아서야 했다. 무엇보다 한참 바빠야 할 출근 시간인데도 사람의 왕래를 볼 수 없어 텅 빈 유령의 도시 같았다. 들고 나는 배로 부산한 항구를 바라보며 아침을 먹으려고 호텔 조식도 마다하고 왔는데 어디 마땅한 식당도 없었다. 나는 이 난감한 상황을 오히려 다행으로 받아들이기로 했다. 녹이 빨갛게 오른 접안 시설처럼 변화에 부응하지 않은 오래된 항구라서 오히려 소년이 본 시모노세키의 모습을 어느 정도는 간직하고 있을 거라는 생각에서였다. 하릴없이 되돌아온 시모노세키 역사(驛舍)에는 이렇다 할 편의 시설도 없었고 한쪽 구석에 자판기만 덩그러니 놓여 있었다. 배낭을 풀어 준비해 간 비상식량으로 아침을 때우고 신시모노세키로 향했다.

메기를 닮은 신칸센(新幹線) 고다마(こだま)호로 도쿠야마(德山)까지 가서 사쿠라(さくら)호로 갈아탔다. 일본은 민영 철도가 활성화된 국가라 우리나라와 달리 복잡한 철도체계를 이해하기가 쉽지 않고, 요금 또한 깜짝 놀랄 정도로 비싸다. 대중교통의 민영화를 반대하는 내 입장을 다시 한번 확인하는 기회이기도 했다.

히로시마를 지날 때는 세토나이카이 건너 시코쿠섬의 마쓰야마시가 어드메쯤일까 눈여겨보았지만, 건물에 가려 짐작도 할 수 없었다. 마쓰야마시는 아버지의 족적이 한동안 머문 곳이어서 마음은 원이로되 철로가 연결되지 않아 그냥 지나칠 수밖에 없는 것이 아쉽기만 하였다. 신칸센 고속열차는 신시모노세키에서 3시간 만에 교토역에 나를 내려놓았다.

빠듯한 일정에도 불구하고 비싼 호텔비를 물며 교토에서 일박하기로 한 것은, 무슨 상춘의 관광을 즐기려는 탐미 행각이 아니라 뚜렷한 목적이 있어서였다. 바로 금각사(金閣寺)와 노기 마레스케(乃木希典)의 신사를 둘러보기 위해서였다.

1075년 동안 일본 열도의 수도였던 교토는 무려 17곳의 사찰과 신사들이 유네스코 세계문화유산으로 지정될 정도로 일본의 정신적·문화적 수도이며, 오닌의 난(応仁の乱)이나 센코쿠 시대(戦国 時代) 숱한 피의 쟁투와 권력의 부침이 전개된 곳이라, 나에게는 일본인들이 말하는 '야마토다마시(大和魂)' 정신과 죽음의 미학을 상징하는 고도로 각인되어 있다.

예약한 숙소가 하필이면 북으로는 금각사요 남으로는 후시미모모야마

능(伏見桃山御陵, 메이지 천황 능)의 중간쯤이라 택시를 이용하여 금각사를 먼저 보고 남은 시간에 노기의 신사를 찾기로 동선을 잡았다. 금각사는 오후 5시면 문을 닫기 때문이었다.

내가 고등학교 2학년 때인 1970년, 우리나라 신문의 지면을 달궜던 작가 미시마 유키오(三島由紀夫)의 할복자살은 그 선연한 자학성으로 문명 세계에 큰 충격을 주었다. 그것도 노벨문학상 후보에 여러 차례 오를 정도로 세계적 지명도를 가진 작가가 자신의 정치적 신념을 관철하기 위해서.

눈썹이 유난히 짙은 미시마 유키오의 이해하기 어려운 행위를 계기로 한동안 나는 그의 작품에 빠져들었다. 특히 열등의식에 쌓인 행자가 좌절 끝에 절대미의 극치인 금각사를 방화하고야 마는 소설 《금각사》의 파괴적 탐미는 내게 강렬한 인상을 주었다. '도대체 얼마나 아름답기에…….' 마음속에 지피는 호기심은 언젠가 기회가 된다면 꼭 한번 가보리라 염두에 뒀던 터였다.

그러나 정작 금각사에 도착하자 세계 도처에서 몰려든 각양각색의 인종들이 북새통을 이뤄 매표소부터 사찰을 빠져나올 때까지 '금각 자체의 아름다움보다도 금각의 미를 상상할 수 있는 내 마음의 능력'을 키울 여지는 아예 불가능했다. 이미 금각사는 청정한 수행도량의 기능을 상실한 한갓 유명한 관광지일 뿐이었다. 물론 벚꽃이 만개한 때이기도 했지만 워낙 볼거리가 많은 교토라 그렇게까지 붐빌 줄은 짐작도 못 했다. 그러나 금각사에서 빠져나와 어렵사리 택시를 잡아 도착한 후시미모모야마 묘역은 찾는 이가 없어 한적하기만 했다.

메이지 천황은 살아생전에 실질적인 신권과 황권을 행사하며 도쿄로 천도하였지만, 죽어서는 그의 원대로 교토로 돌아와 모모야마의 광대한 묘역에 묻혔다. 그의 권위를 상징하듯 230개의 계단을 올라가면 교토 시내를 한눈에 조망할 수 있는 능이 나온다지만, 나는 처음부터 그럴 생각이 전혀 없었다. 내 목표는 묘역의 울창한 삼나무 숲 끝자락에 자리한 노기 마레스케의 신사였다.

제국 일본의 군대가 욱일승천기를 높이 들고 육탄공격을 감행한 무모함 뒤에는 '야마토다마시'라는 주술(呪術)이 있었다. 일본인들은 스스로를 '와민족(和民族)'이라 부르며 식민지 백성과 차별화하였고 이들이 전장에서 산화하는 최후의 외침은 '덴노헤이카 반자이(천황폐하 만세)'였다. 죽음처럼 진실하고 절절한 게 없는 그 순간에 과연 그랬을까 믿기지 않지만, 반면에 얼마나 골수에 세뇌된 이데올로기였으면 그랬을까 소름이 돋기도 한다.

이런 이데올로기의 표상, 그러니까 일제 군부가 원했던 천황군의 전범(典範)이 되는 인물이 있었다. '오노다 히로오(小野田寬郎)' 일본군 소위였다. 태평양전쟁이 종전된 지 30년이 다 돼가, 이미 잊힌 역사 속의 전쟁이었는데 그만이 홀로 그 전쟁을 수행하고 있었다. 필리핀 루방섬의 밀림에 숨어 존재하지도 않는 천황의 제국을 위해 게릴라전을 전개하고 있었던 것이다. 태평양전쟁 당시 그가 소속되어 있던 8사단장의 최후 명령은 '생존해 게릴라전을 펼쳐라. 시간이 걸리더라도 반드시 구출하러 올 것이다. 옥쇄는 불허한다'였다.

오노다는 그 명령에 한 치의 흔들림도 없이 29년 동안 필리핀 민간인과 정찰대를 자그마치 30여 명이나 살해하고 100여 명에게 부상을 입혔다. 그는 그 긴 세월 동안 무고한 사람의 목숨을 숱하게 살상하면서 그 생명의 의미와 한 생명과 관련된 무수한 인연의 고리를 생각하지 않았고 무엇보다 왜 죽여야만 하는지 고뇌하지 않았다. 그는 심장이 없는 로봇 병기나 다름없었다.

오노다의 이런 엽기적 행동 때문에 필리핀과 일본은 할 수 있는 모든 수단을 동원하여 설득하려 했지만, 그는 요지부동이었다. 이 로봇 병기에게 어떤 설득도 불가능하다는 것을 뒤늦게 깨달은 일본은 오노다의 요구대로 구(舊) 일본군의 투항명령문을 보냈고, 그제야 1974년 3월 10일, 그는 필리핀 공군사령관에게 일본도를 넘기며 정식으로 항복했다.

발견 당시 그는 일본군 규칙에 따라 머리를 짧게 깎았고 복장은 단정했으며 소총과 대검은 번쩍거렸다. 탄환 500발, 수류탄 6개 등의 무기는 당장 사용해도 이상이 없을 정도로 잘 관리되어 있었다. 물론 항복한 오노다는 그간의 루방섬 정찰 및 전투 경과를 과거 상관에게 보고했다.

'최후의 황군'이 22세 청년에서 52세 중년의 나이로 귀국했을 때 일본 열도는 열광의 도가니에 빠진다. 오노다는 "일본 군인정신의 부활"이자 "'야마토다마시'를 굳게 지킨 영웅"으로 추앙받았다. 마이니치신문은 사설에 "오노다는 일본인들에게 인생에서 물질적인 측면과 맹목적인 욕망을 추구하는 것보다 더 중요한 가치가 있다는 점을 일깨워 준다"라고 논평했다.

2차대전 패전 직후 일본인 작가는 체험적 수기에서 "사회의 붕괴, 혼란, 기아, 내일을 알 수 없는 운명, 벌거벗은 이기심, 살기 위해 늑대처럼 변해버린 사람 떼, 정신의 의지처를 잃어버린 일본인의 마음"이라 밝히기도 했다.

그랬던 일본에게 기적이 일어났다. 바로 1950년 한국전쟁이었다. 한반도의 참상과 고통은 그대로 일본에게 절호의 기회였고 그 결과 일본은 경제 대국으로 도약할 수 있었다. 그러나 배는 불렀지만 뭔가 가슴이 헛헛했던 그들에게 오노다는 과거 아시아 패권국으로 세계에 힘을 과시했던 일본의 영광을 환기해준 영웅이었다.

나는 '타임캡슐에서 튀어나온 일본인'이 신기한 게 아니라 두려워서 전율스럽기까지 했다. 명령에 따라 '천황폐하만세'를 외치며 언제나 죽을 수 있는 수많은 오노다가 떠올랐다. 또 오노다에게 최후의 명령을 내린 사단장처럼 가미카제나 옥쇄를 서슴없이 강요할 수 있는, 그럴 가능성이 많은 미래의 일본이 무서웠던 것이다.

그러나 야마토다마시는 일본의 역사적 맥락에서 살펴볼 때, 헤이안 시대 중기(11세기)의 '겐지 이야기'에 처음 등장한다. 거기서는 '실제로 문제해결을 가능케 하는 생활 상식과 지혜'라는 의미로 쓰였다. 그러다 메이지

유신 이후 벌어진 청일전쟁과 러일전쟁에서 섬나라 약소국 일본은 예상을 깨고 대국을 상대로 승리를 쟁취한다. 전혀 의외의 결과에 서구 열강은 일본을 떠오르는 신흥 강국으로 주목하면서 경탄의 시선으로 바라보게 된다. 그러나 승리의 환호 뒤에는 무모하다고밖에 할 수 없는 숱한 희생이 따랐다. 러일전쟁의 영웅 노기 마레스케(乃木希典) 대장은 절대적 우위를 가진 러시아의 화력과 장비 앞에서 총검 돌격으로 열세를 극복하고자 했다. 착검을 한 보병이 적의 중화기와 포탄이 우박같이 쏟아지는 사지에 뛰어들어 몰살당하면 다음 선이 겹겹이 쌓인 주검을 밟고 넘어 끝없는 파상 돌격을 감행하는 목불인견의 처절한 참극이 벌어졌다. 노기는 이 전투에서 자신의 두 아들과 16,000여 명의 목숨을 갈아 넣어 그야말로 시산혈해를 만들고서야 승리를 얻을 수 있었다. 그뿐만 아니라 노기는 메이지 천황이 죽자 '군주의 뒤를 따른다'라며 아내와 함께 할복자살하여 일본 군국주의 모범인 야마토다마시를 완성한다. 메이지유신 이후 천황을 절대화하는 신 지배 질서를 구축하기 위한 대중적 프로파간다가 필요했던 시점에 노기의 순사는 절묘하게 타이밍을 맞춘 영웅 서사를 완성한 셈이었다.

일본 군부와 일본은 노기가 이룩한 기적과 같은 승리에 도취하여 이제 이성은 설 자리를 잃고 광신적 천황 종교의 주술에 빠져 전투에서 죽어가는 순간에도 천황폐하 만세를 외치며 기꺼이 순교자가 되었다.

결국, 일본 군국주의는 군신(軍神)이 된 노기의 전훈에 따라 진주만을 기습하여 태평양전쟁을 일으켰다. 절대로 이길 수 없는 청나라도 이겼고 러시아도 이겼는데 미국이라고 못 이길까? 천황군은 신군(神軍)이니 이번에도 반드시 기적을 불러올 것이라는 허황한 믿음이 배후에서 작동하고 있었다면 과장된 생각일까? 본래의 '상식과 지혜'는 온데간데없어지고 야마토다마시를 외우며 사람 목숨을 파리와 같이 여기는 무모한 돌격 정신은 일본인의 비참한 문명 수준을 적나라하게 노정시켰을 뿐, 제정신을 가진 사람이라면 부끄러워해야 할 야만이 아닐 수 없었다.

인간은 개인이 아니고 전체가 되면 국가 간 가공할 폭력도 애국심으로 둔갑해 버린다. 특히 일본인에게는 이런 경향성이 심했다. 이웃을 죽이면 살인자가 되지만 적병을 죽이면 훈장을 주고 칭송해 마지않는다. 이편과 저편에서 아무 유감도 없는 상대방을 죽여야 내가 산다. 그런 면에서 전쟁은 연민과 사랑의 반대편에서 인간의 고귀한 감정을 말살시키는 가장 잔인한 폭력이 아닐 수 없다.

야마토다마시 정신의 부활을 꿈꾸는 미시마 유키오나 오노다 히로오는 전후 경제적 풍요를 누리던 일본이 '퇴폐와 개인주의로 얼룩진 나라'로 전락(?)한 것에 좌절하면서 열렬한 황도주의(皇道主義) 부르짖었다는 데 공통점이 있다. 천황을 위해 명예롭게 죽을 수 있는 일본을 부활해야 한다는 이들의 생각은 오늘을 사는 이들에게는 황당하기 그지없을 뿐만 아니라 괴기스럽기까지 하지만 이 두 인물로 대표되는 황도주의는 여전히 굳건해 보인다.

태평양전쟁 말기, 패전이 기정사실로 되자 제국 지도부는 국민의 생명보다는 국체의 보전, 즉 천황제 유지에 사활을 걸었다. 당시 천황 히로히토(裕仁)는 일본제국 헌법상의 최고 군 통수권자로서, 아무리 변명을 늘어놔도 전쟁의 책임을 피해 갈 수 없는 명백한 전범이었다. 그러나 그는 신으로 군림했던 절대적 위엄을 내팽개친 채 도조 내각(東條 內閣)의 꼭두각시였을 뿐이라는 비겁하기 그지없는 변명과 책임회피로 일관했고, 푸른 눈의 쇼군(將軍) 맥아더의 정치적인 판단으로 천황제는 존속되고야 만다. 이로써 2,000만 명이 희생된 일본의 과거사는 봉인되었고, 오히려 원폭 피해자 코스프레로 진실을 호도하는 빌미를 줌으로 우리에게 천추의 한을 남기고야 말았다.

오늘날 천황(Emperor of Japan)을 국체로 여기고 연호를 사용하는 나라는 일본만이 유일하다. 그들 때문에 분단의 고통을 겪는 나라도 대한민국이 유일한 것과 마찬가지로. 가끔 천황제 폐지를 주장하는 시위도 있는 모양이지만 이들을 바라보는 다수 일본인의 시각은 싸늘할 뿐이다.

내가 노기나 미시마의 할복에 주목하는 것은 그들의 죽음을 수단화하는 사생관이다. 과거 낭만주의 시대처럼 '죽음의 미학'이라 그럴듯하게 미화하지만, 할복은 잔인하고 고통스러운 극단적인 자해 수단이다. 그러나 선혈이 낭자한 죽음조차도 일본인 특유의 치밀한 형식과 절차를 갖추게 되면서 할복하는 이가 고통을 느끼지 않도록 신속하게 목을 쳐주는 가이샤쿠(介錯)도 등장하고 작법(作法)이라는 할복의 표준(?)도 만들어지게 된다.

도살된 짐승의 사체가 육가공품으로 정갈하게 포장되어 백화점이나 마트에 진열된 것을 보고 눈살을 찌푸리는 사람은 없다. 마찬가지로 이 참혹한 자해도 고도로 의식화되어 무사다운 명예로운 죽음이라는 사회화 과정을 거치면서 일본인들의 뇌리에 은연중 죽음의 문화로 스며든 것일 터이다.

소설가 박경리 선생은 일본의 역사는 처음부터 정벌과 죽임이었다면서 본질적으로 야만스러운 문화라고 단정했다. 그러면서 아쿠타가와(茶川龍之介)나 미시마(三島由紀夫), 가와바타(川端康成) 같은 유명 문인들이 모두 자살로 생을 마감한 것은, 그들의 센티멘탈리즘의 선이 너무 가냘파서, 그 로맨티시즘을 극복하지 못하고 목숨을 끊은 것이라 진단했다. 공교롭게도 교토의 숙소에서 일기예보를 보려고 TV를 켰더니 세키가하라 전투를 배경으로 가이샤쿠가 할복 자의 목을 치는 섬뜩한 장면을 모션 그래픽으로 반복해서 보여주는지라 더는 볼 수가 없었다.

어쨌든, 오늘날에도 일본에서는 새해가 되면 천황과 황실 가족이 고쿄(皇居)에서 인사하는 장면을 매체가 다투어 전국에 중계한다. 그 현장에는 2만여 명의 군중이 몰려들어 저마다 일장기를 흔들며 "덴노헤이카 반자이"를 외친다.

이처럼 국체의 보전을 위해 일억 명의 옥쇄를 부르짖었던 그 야만의 시대에 향수를 갖는 사람들이 여전하다는 것이고, 문제는 이런 전체주의에 대한 향수가 일본뿐 아니라 우리 사회 곳곳에도 고질병처럼 뿌리 박고 있다는 점이다. 내가 초중고, 하다못해 대학을 다닐 때나 군에 입대해서도,

일제의 잔재는 기승을 부렸다.

중·고등학교 때는 추운 겨울에도 검정 교복 외에는 겉옷 착용을 금지했다. 바지 주머니에 손을 넣지 못하도록 아예 주머니 자체를 봉합하도록 했다. 한여름에는 빡빡머리에 땀이 밴 검은 학생모를 반드시 쓰고 다녀야 했다. 교사들은 교단에서 일제의 향수를 노골적으로 들어내던 시절이었고 내 대학 시절의 은사는 일본의 대표적 우파 잡지인 《문예춘추(文藝春秋)》를 열독했다.

군대는 더 말해 무엇 하랴. 소위 유신군대는 군기라는 이름으로 구타와 욕설이 일상화된 곳이었다. 야마토다마시의 구호였던 '안 되면 되게 하라'를 천연덕스럽게 병영의 곳곳에 걸어 놓았다.

요즘 광화문에서 볼 수 있는 내 또래의 군복 입은 사람들은 권력의 지시에 따라 대오를 지어 일사불란하게 움직이던 시대의 향수를 가지고 사는 것 같다. 그들은 힘에 대한 맹종이 은연중 체화된 나머지 자유분방하고 시끌벅적한 민주주의를 미시마나 오노다처럼 '퇴폐와 개인주의로 얼룩진' 잘못 굴러가는 나라라고 생각하는 사람들이라 한다면 지나친 주장일까? 일장기까지 등장하는 것을 보면 일제의 '피해자'로서 상처받은 열등감이 그런 식으로 표출되는 것이 아닌가 생각이 들기도 한다.

더구나 내가 요즘 시국에 더욱 놀라는 것은 때가 되면 나타나 기승을 부리는 모기떼처럼 느닷없이 친일의 말들이 활개를 친다는 사실이다. 그 사람들이 그동안 어디에 숨어 있다가 이렇게 나타나는지 모르겠다. 우리가 이전 세대를 기억하지 못하면 다음 세대는 말해 무엇하랴.

나는 해방공간에서 반공 열차에 재빨리 올라탄 '실용주의'와 '현상주의', 그러니까 그놈의 '먹고사니즘' 때문에 정의를 바로 세우지 못한 점을 늘 애석하게 여기며 살아왔다. 이들의 득세 앞에서 일제에 부역한 죄는 사함을 받았고 기회는 다시 왔으며 어느덧 기득권이 되어버렸고 앞으로도 그들의 영토는 넓어져 갈 것이 분명해 보인다. 자꾸만 우경화되는 일본은 그런 대한민국을 어떤 눈으로 바라보고 있을까? 자기들이 뿌려놓은 친일 세력이 공고하게 기득권을 쥐고 있고 대통령도 되는 나라라고 쉽게 생각하지 않을까? 나는 일본의 숨겨진 본심을 이렇게 파악하고 있다.

"머슴이었던 놈들이 어쩌다 먹고살 만하다고 어딜 감히……!"

되돌아서 숙소로 향하는 길, 모모야마 초등학교의 좁아빠진 통학로에 떡하니 우뚝 솟은 도리이(鳥居) 너머 고목 진 춘백(春栢) 한 그루가 노기의 단심인양 빨갛게 피어 있었다.

죽은 자는 말이 없다. 그리고 수많은 시간이 흘렀다. 시간 속에서 미움도, 사랑도 용해되어 결국에는 부질없음으로 귀결된다지만, 한마디 속 시원한 사과와 진정이 담긴 손 내밂을 받지 못한 이웃 나라 떠도는 자의 심정은 그저 답답할 따름이었다.

3월 30일(목요일)

대부분 도쿄에서 홋카이도의 삿포로로 가려면 항공편을 이용하기 마련인데 직항이라도 1시간 30분이나 걸리는 먼 곳이다. 만약에 열차 편을 이용한다면 가장 빠른 고속열차도 센다이를 거쳐 쓰가루 해협의 해저 터널을 통과해 8시간 정도를 달려야 한다. 그러나 아버지는 도쿄에서 요코하마로, 거기서 다카사키를 거쳐 니가타로, 니가타부터는 동해안을 따라 북상하여 사카타, 아키타를 거쳐 아오모리까지, 아오모리에서는 쓰가루 해협(津輕海峽)을 배로 건너 홋카이도로 끌려가셨기 때문에, 나도 그 루트를 따라 도쿄역에서 조에쓰 신칸센(上越 新幹線)을 타고 일본 땅 허리를 가로질러 서쪽 니가타로 향했다. 더구나 니가타는 광복 후에 아버지가 배를 타고 부산항으로 귀국하신 곳이기도 해서 꼭 가봐야 하는 중요한 답사지 중 하나였다.

도쿄만을 에두른 간토지방(関東地方)은 4천만 명 이상이 모여 사는 세계

최대 인구 밀집 지역이고, 도시 연담화로 이루어진 메갈로폴리스다. 그런데 천안에서부터 밀리는 고속 도로변의 고층아파트를 서울까지 보고 가야 하는 답답함과는 사뭇 달랐다. 도호쿠 신칸센과 갈라져 본격적으로 조에쓰 신칸센 선로를 달리자 넓은 평원 멀리 하얀 눈을 머리에 이고 완만한 어깨를 펼친 아카키산(赤城山)이 차창을 따라와 보는 눈이 다 시원했다. 3월 말에 눈을 보다니, 눈을 뗄 수가 없었다.

첫날, 하카타역 제이알 패스(JR PASS) 창구 앞에서 무거운 배낭을 메고 두 시간 넘게 차례를 기다린 끝에 가까스로 직원과 마주할 수 있었다. 사무적으로 보이는 여직원에게 이번 답사 전 구간의 열차 시간을 메모한 종이를 디밀면서 별 기대도 없이 차창 쪽 좌석을 부탁했더니 가타부타 말도 없이 씩 웃는 것이었다. 그 알 수 없는 웃음의 비밀은 열차에 오르면 어김없이 창가에, 그것도 아름다운 풍경을 볼 수 있는 방향에 앉을 수 있는 것으로 나타났다. (아버지도 이 철로를 달릴 때 꼭 창 쪽을 고집하셨다.)

다카사키시(高崎市)를 지나자 그 드넓던 간토 평원도 끝이 나고 군마현과 니가타현의 경계에 있는 1,977m 다니가와산(谷川岳)이나 2,026m의 센노쿠라산(仙／倉山)과 같은 연봉들이 하얀 눈을 뒤집어쓰고 있는 것이 얼핏얼핏 보였지만 숱한 터널에 가려져 전모를 볼 수 없는 것이 아쉬울 뿐이었다.

가와바타 야스나리의《설국》, 그 유명한 첫 문장의 배경을 지금 나는 지나고 있는 것이다. "국경의 긴 터널을 빠져나오자 눈의 고장이었다." 역시나 길고 긴 터널을 빠져나오자 그곳은 여태 설국이었다.

니가타항은 일본의 긴 열도에서 동해에 면한, 그러니까 일본 쪽에서 보자면 서쪽 해안으로 대한민국과 러시아를 마주 보는 큰 항구이다. 이 때문에 일제강점기에는 조선의 관북지방으로 향하는 항로의 거점이 되었고 전후에는 우리에게 잘 알려진 만경봉호가 재일교포들을 청진으로 실어 나른 항구이기도 하다. 그뿐인가, 니가타 앞바다 사도가섬(佐渡島)의 사도광산은 일제강점기 조선인 1,200여 명을 강제 동원하여 가혹한 노동 착취를 자행한 곳이다. 그러나 일본은 강제 동원 배상 문제와는 별개의 사안이라고 선을 그으면서 군함도처럼 유네스코 세계유산 등재를 추진하여 그 뻔뻔함에 울분을 자아내고 있는 곳이다.

한참 공사 중인 니가타역 버스터미널에서 구글 지도로 검색해보니, 사도가섬을 오가는 사도기선(佐渡汽船) 페리항과 오타루(小樽)나 쓰루가(敦賀), 그리고 내일 지나가게 될 아카타(秋田)를 연결하는 신니혼카이(新日本海) 페리항이 다르게 자리하고 있었다. 이 두 항구 사이에서 나는 궁리를 해야 했다. 과연 아버지는 어떤 곳에서 귀국선을 타셨을까? 강진(强震)이 엄습한 도시고 보면 오랜 세월 동안 두 항구는 모두 새로 생긴 것은 아닐까? 알 수 없는 일이지만 아무래도 사도가섬만을 오가는 항구보다는 여러 항로의 출발지인 신니혼카이 페리 항이 맞을 것 같다는 생각이 들어 버스를 타고 그곳으로 향했다.

터미널에 들어섰더니 배 시간이 아니라 그런지 차갑게만 보이는 연둣빛 플라스틱 의자에 앉은 청년 하나가 열심히 핸드폰을 들여다보고 있었다. 하릴없이 2층에 올라 짙푸르기도 하고, 창망하기도 한 바다를 바라보는 것으로 이 터미널을 나와, 다음 목적지인 사도기선 페리항도 둘러보고 니가타시의 랜드마크인 도키멧세(Toki Messe, 朱鷺メッセ)빌딩과 그 뒤편의 버드나무길을 답사하기로 했다.

버스에서 내려 사도기선 페리 터미널을 향하는데 신축 건물들이 파란 하늘을 배경으로 우뚝우뚝 솟아 있어 쾌적하게 보였다. 의외인 것이 사도가섬만을 오가는 단일항로인데도 터미널의 규모나 편의 시설이 신니혼카이 페리항과는 비교할 수 없을 정도로 크고 다양했으며, 출항 시간이 임박했는지 여객들로 붐비고 있었다.

터미널을 빠져나와 31층으로 높이 솟은 도키멧세빌딩을 향해 걸었다. 이 건물에는 호텔, 컨벤션센터, 125m 높이의 전망대가 있어, 회의나 파티, 숙박과 관광을 하나의 공간에서 해결할 수 있는 일본에서도 손꼽히는 복합 일체형 건물이다. 그러나 나는 정작 버드나무길을 찾고 있었다. 일본 정부는 사실상 재일교포 추방사업을 무슨 인도주의 사업으로 호도하기 위해 재일교포 북송을 기념(?)하는 버드나무길(보토나무 도리)을 조성했다 들었기 때문이다.

한국전쟁 이후, 북한과 일본은 정식국교가 없는 관계로 양쪽 적십자사를 내세워 제일 조선인들의 북송사업을 진행했고, 이 결과 10만 명에 가까운 교포들이 니가타에서 청진항으로 향하는 배에 올랐다. 북한의 실정을 모를 리 없는 일본이, 그것도 적십자사라는 간판을 버젓이 달고 인도주의가 아니라 반인도주의적인 북송사업을 오랫동안 진행한 것이다.

북송선에 오른 사람 중에는 '제주 4·3'의 학살을 피해 고향을 등지고 오사카로 떠날 수밖에 없었던 '보트피플'도 많았다. 살길을 찾아 오사카로 왔지만 기다리는 것은 온갖 차별과 밑바닥 생활고였다. 이들이 북한의 감언이설에 취약할 수밖에 없었던 이유다. 그렇다고 세상의 신산한 풍파를 겪어낸 이들이 지상낙원이라는 북한의 선전에 미혹되어 북송선을 탈만큼 어리석었을까? 아마도 일본만 하랴 싶었을 것이다. 그러나 이들은 철저한 정치적 희생자로 북한에서도 감시와 차별을 받는 처지라 들었다.

다 분단이 빚어낸 비극이고 배후에는 일본의 원죄가 있으니 생각할수록 암울해지는 가슴으로 찾아든 이 길에 버드나무는 없었다. 그 효력이 다했다 싶어 베어냈는지 찾아볼 수 없었다. 대신 햇빛과 비를 피해 걸을 수 있는 아크릴 회랑이 긴 길을 따라 설치되어 있었다. 그 도로와 연결된 육교를 올라 컨벤션센터 안으로 들어갔다.

광활한 공간에 서향 빛이 깊숙이 들어와 있었고 한쪽 귀퉁이에 놓인 검은색 그랜드 피아노 앞에는 아가씨 하나가 앉아 일본 가요 같은 곡을 연주하고 있었다. 아니 연주랄 것도 없는, 그저 그곳에 왔다가 놓인 피아노를 보고 마음이 동해 본인의 애창곡 정도를 쳐보는 솜씨여서 귀에 거슬렸다. 더구나 유리에 반사되는 시끄러운 한 음향이라니.

소리에 쫓겨 시나노강이 내려다뵈는 발코니로 나오는 순간, 놀랍게도 유리 회랑이 100m도 넘게 연결된 건물의 소실점에는 내가 조금 전 들렀던 사도기선 페리 터미널이 있었고 그곳에서 여객선 한 척이 검은 연기를 뿜으며 막 부두를 빠져나와 사도가섬을 향하고 있었다.

3월 31일(금요일)

사카타에서 아키타 구간은 우에쓰 본선(羽越本線)으로, 이곳을 운행하는 열차는 역마다 멈추는 시골 완행열차였다. 신칸센이 연결되지 않은 구간이라 지정석도 없고 전철처럼 자유롭게 서로 마주 보고 앉는 구조였다. 그러니까 그 구간은 아버지가 끌려가시던 시절의 열차와 별반 달라진 게 없으리라 생각되어 내심 반가웠다. 어디 그것뿐이겠는가. 차창의 풍경도 겨우내 묵은 논이 김제 만경 너른 곡창지대와 다를 바 없었다. 다만 멀리 뵈는 높은 산에 하얀 눈이 햇빛에 반짝이는 것이나 바닷가 풍력발전기의 블레이드 돌아가는 모습이 다를 뿐이었다.

사카타-아키타 구간은 현지 주민들이 이용하는 로컬 선이었다. 가끔 키를 넘는 산죽밭과 잡목이 메 숲을 이루는 사이로 가없이 푸른 바다가 보였다가 사라졌다. 마냥 평화로운 풍경이었다. 마을 주변에는 샛노란 수선화가 무리 지어 피어 있고 벚꽃이 곧 터지려고 불그스름하게 망울져 있었다.

아키타역에 도착하여 아키타 신칸센을 달리는 고마치(こまち)호로 갈아타고 모리오카(盛岡)로 향했다. 내 좌석이 지금까지 없었던 역방향이라 내심 불편하다고 생각하는 순간, 갑자기 순방향으로 바뀌어 놀라지 않을 수 없었다. 고마치호가 오우본선(奧羽本線)과 만나는 오하나초(大花町)에서 동쪽으로 크게 방향을 틀었기 때문이었다. '그러면 그렇지.' 매표소 여직원의 성의를 의심한 내가 부끄러워지는 순간이었다.

거기서부터 모리오카까지는 이와테산(岩手山)을 왼편으로 끼고 달리는 구간이라 터널도 많고 계곡은 겨우내 쌓인 잔설이 녹아 불어난 물로 철철 넘쳐흐르고 있었다. 깊은 산간을 달리는 이 구간의 풍경은 알프스의 심산계곡을 달리고 있는 듯, 아름다워 잠시 여행의 목적을 잃고 경치에 빠져들게 했다. 모리오카역에서 내려 한 시간 정도의 시간이 남아 짙푸른 가타카미강을 가로지르는 고즈카타 다리(不来方橋)에 서서 가이운바시 철교(開運橋) 멀리 우뚝 솟은 이와테 설산을 바라보노라니 과연 '청정한 땅'이라 할 만하였다.

아오모리에 도착한 시각은 오후 1시 50분이었다. 쓰가루 해협을 건너는 배는 오후 5시에 출항하므로 아오모리 항구를 여유롭게 살펴볼 작정이었다. 역을 나서자마자 매서운 바닷바람이 얼굴을 때렸다.

누구나 여객선을 탄다면 아오모리 여객 터미널로 가기 마련이라 나도 아무 의심 없이 여객 터미널로 향했다. 아버지의 기록에도 아오모리역의 철로를 걸어 배를 탔다고 되어 있었다.

가다 보니 노란 하코다마루(八甲田丸)가 외형은 그대로 유지하고 내부를 개조하여 역사박물관으로 쓰이고 있었다. 특이한 것은 오래된 침목 위로 녹슨 철로 세 가닥이 배 안까지 연결된 점이다. 지금처럼 아오모리와 하코다테를 관통하는 해저의 세이칸터널(青函トンネル)이 없었을 때 하코다마루는 갑판 한가운데에 철로를 깔아 기차를 통째로 싣고 113km의 쓰가루 해협을 건넜기 때문이다. 해협 건너편 하코다테역의 선로가 바다 쪽을 향해 열려 있는 이유가 되겠다. 열차는 제 동력으로 하코다마루로 들어갔고 마찬가지로 제 발로 그 선로를 빠져나와 홋카이도 땅을 달렸다. 징용으로 끌려가던 아버지 일행도 아오모리역에서 이 철로를 타고 하코다마루에 올랐을 것으로 짐작된다.

문제는 내가 타고 갈 하코다테행 배가 이 항구가 아니라는 점이었다. 만나는 사람마다 물어봐도 아무도 돌핀호 여객 터미널을 몰랐다. 한국에서 미리 선편을 예약하고 온 나로서는 난감한 일이었다. 아오모리 여객 터미널

여직원을 계속 귀찮게 하면서 메모지에 영어로 몇 번인가의 필담이 오간 끝에 얻은 결과는 그 터미널은 오마마치(大間町) 항구에 있다는 것이었다.

구글 지도로 확인해보니 버선발 모양의 무쓰만(陸奥湾)을 돌아 그곳까지 가려면 5시간이 넘게 소요되는 거리였다. 이걸 확인하는 순간 눈앞이 다 캄캄했다. 선사(船社)가 이 사실을 왜 정확하게 알리지 않았을까? 분노가 치밀고 이해도 되지 않았다. 일본 사람들의 장점이자 단점은 지나칠 정도로 세밀하고 꼼꼼하다는 점인데 어찌 이런 일이……

순간 배고픈 줄도 모르고 머리가 복잡해졌다. 오늘 중으로 하코다테에 도착하지 않으면 예약된 호텔도 날아가고 그다음 모든 일정이 틀어지게 된다. 결국, 방법은 배편을 포기하고 열차 편으로 다시 신아오모리역으로 가서 지정석이 아닌 자유석으로라도 하코다테로 가야 한다. 그렇게 되면 이번 답사의 의미가 상당 부분 왜곡돼 버리고 만다. 어찌할 바를 모르고 당황하다 일단 신아오모리로 되돌아왔다.

역사에서 바쁜 마음으로 돌핀호 선사와 오고 간 메일을 확인하기 시작했다. 핸드폰과 패드를 이용해 일본어로 된 내용을 번역기로 돌리면서 어렵사리 알게 된 내용은 아오모리에서 하코다테로 가는 선편과 오마마치 항구에서 하코다테로 가는 선편이 구분돼 있다는 것과 내가 아버지의 여정을 그대로 따라가려고 아오모리 편을 예약한 사실이 분명하게 드러났다. 그렇다면 그 아가씨가 잘못된 정보를 알려준 셈이었다. 물론 본의는 아니겠지만……

종잡을 수 없는 상황에서 선명해진 것은 아오모리에서 출항하는 돌핀호의 터미널을 알아내는 일이었다. 이미 오후 4시가 임박한 시간에 점심도 거르고 몸은 지쳐 어질어질했지만 결국 오랜 검색 끝에 알아내는 데 성공했다. 바로 쓰가루 해협 페리(津軽海峡フェリ)항이었다.

문제는 이미 신아오모리로 되돌아왔는데 다시 아오모리로 가야 하는가였다. 다행히 구글 지도는 그곳이나 이곳이나 큰 차이가 없다고 알려주었다. 그렇다면 아오모리로 가는 소요 시간을 생각할 때, 여기서 가는 게 훨씬 빠르겠다는 결론이 나왔다. '자, 택시, 택시를 타야지. 어느 출구를 가야 택시를 잡지?' 이리 뛰고 저리 뛰어 손님을 기다리던 택시 기사에게 패드에 적혀 있는 주소를 보여주니 안다고 고개를 끄덕였다. '오케이, 당신 최고!' 택시 기사는 무슨 말인지 모르겠지만 나는 이 말을 도저히 하지 않을 수 없었다. 추운 날인데도 땀이 흘렀다. 우리 돈으로 7천 원 정도 거리였다. 일본은 택시비가 비싸니 그 정도면 그리 먼 거리도 아니었다. 택시 기사는 그렇게 찾아 헤매던 터미널 바로 문 앞에 떡하니 나를 내려주었지만, 그러나 터미널 안은 썰렁했다. 혹시나 뭐가 잘못됐나 싶은 조바심에 예약권을 보여주니 제대로 찾아온 것이었다.

홋카이도는 일 년 중 3~4월이 관광 비수기이고 겨울과 여름이 성수기란다. 그 이유는 3~4월의 홋카이도는 겨우내 쌓인 눈더미가 마치 썩어 문드러진 패잔병 사체처럼 흉한 모습을 보이기 때문이란다.

출항 30분 전인 4시 30분에 버스가 와서 선객 몇 사람을 달랑 싣고 돌핀호 선착장으로 향했다. 그 큰 배에 쓰가루 해협을 건너는 대형 트럭과 승용차들, 그리고 그 운전자들뿐, 일반 승객은 몇 사람 되지 않았다. 배에 오르자마자 컵라면과 빵을 사 허겁지겁 허기를 달랬다. 4시간의 긴 항해 끝에 야경으로 유명한 하코다테에 가까스로 도착하여 답사의 노선을 훼손하지 않고 지켜낼 수 있었다.

4월 1일(토요일)

하코다테에서 오전 9시 정각에 출발한 호쿠토(北斗) 특급열차는 태평양 쪽 우치우라만(內浦湾)을 휘돌아 가는데, 과연 홋카이도답게 산이란 산은 죄다 하얀 눈을 뒤집어쓰고 있었고 도로변이나 건물 공터마다 겨우내 제설

작업으로 쌓아 놓은 눈들이 산더미였다.

　무로란(室蘭)을 거쳐 누마노하타(沼ノ端)에서 지금까지 따라오던 바다를 떨쳐버리고 내륙 깊숙이 파고들어 삿포로에 도착한 후, 다시 가무이(カムイ) 특급으로 갈아타고 아사히카와(旭川)역에 내리니 오후 2시 25분. 5시간 25분이 소요된 먼 길이었다. 그러나 아버지를 비롯한 귀환 동포들은 귀향선을 타기 위해 니가타로 향하는 이 길에서 무려 9일을 열차에서 지내야 했다. 그것도 하루에 딱 한 번, 한 입 거리밖에 안 되는 주먹밥이나 삶은 달걀 하나로 견디면서.

　역사를 빠져나오는 순간, 계절이 갑자기 겨울로 되돌아간 듯 잔뜩 으등거린 날씨에다 볼을 따갑게 때리는 찬바람에 나그네는 잠시 정처를 몰랐다. 마음이 급해 점심도 거르고 미리 검색한 렌터카 센터를 찾으니 하필이면 토요일이라 차가 없단다. 이번 여정의 모든 열차 편과 호텔을 앱을 통해 치밀하게 예약했지만, 오늘은 산루금광을 찾아가는 날, 이번 답사의 최종 목적지고 대중교통편이 닿지 않는 오지라 차를 빌리지 않으면 접근할 수 없는 곳이다.

　지도상에서는 산루금광으로 검색이 되지만, 쌓인 눈으로 광산 현장까지 가는 길은 접근이 가능한지, 과연 현장이 남아 있기나 한지, 예측할 수 없는 불확실성 때문에 숙박할 장소도 어디 근처에서 찾아볼 요량으로 예약하지 않았다. 설마 일본의 최북단 변방 도시에 대여해줄 차가 없을까 싶었는데, 답사의 대미를 눈앞에 두고 이런 차질이 생긴 것이다.

　어떤 활로가 있을 것이라는 굳센 믿음을 가지고 오는 길에 봐두었던 다른 렌트점을 향해 걸었다. 횡단 도로를 두 번이나 신호를 기다려 건넜는데 갑자기 여권과 국제운전 면허증을 두고 온 것 같은 느낌이 들어 이 주머니 저 주머니, 나중에는 배낭을 풀어 샅샅이 뒤져도 오리무중이었다.

　현기증이 몰려왔지만 어쩌겠는가, 되돌아갈 수밖에. 배는 사정없이 고프고 무겁기만 한 배낭은 어깨를 파고드는데, 무엇보다 다급한 시간에 터무니없는 실수였다. '정신차려라!' 되뇌며 렌트점 사무실에 도착해보니 직원은 아무도 없고 창구에 두고 온 여권과 면허증이 눈부시게 빛나고 있었다. 왔던 길을 되짚어 다른 업소로 들어서자 젊은 여직원 두 사람이 친절하게 인사를 했다. 내 가슴은 사정없이 쿵쾅거렸다. 심호흡하고는 "차를 빌릴 수 있어요?" 필담으로 묻는 내 손은 허기 때문인지, 아니면 긴장 때문인지 떨리고 있었다. 대답은…… 있단다!

복잡한 절차를 끝내고 핸들을 잡았다. 알다시피 일본은 좌측통행 국가라 핸들도, 주행도 다 한국과 반대라 적응하는 데 좀 시간이 걸린다. 영어 내비게이션이 턴 레프트, 턴 라이트 지시하는 대로 갔더니 그게 E5번 홋카이도 2차선 고속도로였다. 만약 과속하여 단속에 걸리면 경찰서까지 가서 해결하고 와야지 그냥 귀국해버리면 어마어마한 벌금을 물어야 한다는 안내장을 본지라 정해진 속도로만 운전했다. 고속도로는 속도제한이 수시로 70km와 80km를 왔다 갔다 했다. 백미러를 봤더니 내가 수도 없이 많은 차를 선두에서 끌고 가는 형국이었다. 그렇다고 과속할 수는 없지 않은가.

눈 딱 감고 규정 속도를 지키며 가는데, 추월선이 나타나자 기다렸다는 듯 뒤따르던 차들이 씽씽 지나쳐 갔다. 아, 그래도 누구 하나 뒤에서 경적을 울리는 사람은 없었다. 다들 얼마나 답답했을꼬!

비까지 부슬부슬 내리기 시작해 와이퍼를 작동하자 방향 지시등이 켜지고 반대로 방향지시등을 켜면 와이퍼가 움직였다. 모든 게 반대로 작동했다. 그러고 보면 일본은 가까운 나라지만 모든 게 달랐다. 욕실 문도 밖으로 열어야 했고, 세면기 수전도 아래로 내려야 물이 나왔고, 전기 콘센트도 100볼트라 여행용 멀티 플러그 지참은 필수였다. 시베츠 톨게이트에 도달했는데 통행료 내는 방법이 묘연했다. 기계는 뭐라고 알아들을 수 없는 말만 반복했고, 뒤 차는 기다리고, 그렇다고 그냥 나올 수도 없고…….

뒤늦게 하이패스만 이용하던 습관대로 요금소를 무정차 통과했다는데 생각이 미쳤다. 자동 수납기는 빨간불, 노란불을 번쩍이면서 어서 통행권을 넣으라고 재촉하는데, 하, 정말 등에서 식은땀이 흘렀다. 다행히 뒤차는 점잖게 내 하는 양만 지켜보고 있었다. 그 운전자에게 말할 수 없는 부담을 품으면서 전화기가 그려진 벨을 누르자 헬멧을 쓴 아주머니가 나왔다. 그 몇 초가 얼마나 길던지…….

그분도 영어가 전혀 통하지 않아 나는 필사적으로 아사히카와를 부르짖으며 지폐를 흔들었다. 사정을 눈치챈 그분이 어디론가 전화를 걸어 내 자동차 번호판을 불러주는 것 같았다. 이윽고 정산기에 1,400엔 통행료가 뜨는 것이었다. 1,000엔짜리 두 장을 지폐 투입구에 넣자 거스름 동전이 좌르르 소리 내며 쏟아졌다.

이런 소동 끝에 고속도로를 빠져나와 일반도로로 들어섰다. 시베츠(士別), 다요로(多寄), 후렌(風連) 같은 이정표가 나타나는 것이 아버지가 끌려간 땅, 산루금광이 머잖은 지명이라 반갑기 그지없었다. '반갑다'는 말은 한국에서 여기까지 힘겹게 달려와 목표에 가까워졌다는 의미이지 오랜만에 고향을 다시 찾는 것 같은 정서적인 것은 아니었다.

사실 처음 와보는 곳이라 그 지명들이 갖는 내력을 알 수 없는 나로서는 하얀 눈이 켜켜이 쌓여 있고 전봇대만 길게 늘어선 변방 오지의 황량한 풍경으로만 보였다. 도대체가 차 한 대는 고사하고 하다못해 강아지 한 마리 마주치지 않아 좀 싸한 느낌이 들었다. 날은 점점 저물어가고, 천지에 눈은 하얗고, 배는 고프고, 비는 내리고, 몸도 고단하여 더 늦기 전에 무슨 결단을 내려야 했다.

결국 산루금광 답사를 내일로 미루기로 했다. 와이파이가 터지는 적당한 곳에 차를 세우고 구글 앱을 통해 숙소를 찾았다. 고미온센(五味温泉)이 제일 가깝고 무엇보다 일제강점기에 문을 연 오래된 온천이라 마음을 끌었다. 206번 도로로 접어들자 가랑비가 점점 굵어지면서 뿌연 안개 때문인지, 아니면 북쪽 나라라 그런지, 생각보다 빨리 어둠이 몰려오는데, 머릿속에는 예약도 하지 않고 찾아가는 온천에 과연 내가 유숙할 방이 있을지 걱정이 앞섰다.

산모퉁이를 돌자 난데없이 차들이 꽉 들어찬 주차장이 보였다. 그뿐만 아니라 건너편 길가에도 차들이 줄줄이 늘어서 있었다. 고미온센이었다. 저렇게나 많은 차가 있다니, 난감했다. 만약 방이 없다면 지금까지 온 길을 되돌아 나요로 같은 도시로 나가 숙소를 찾아야 한다. 그러나 홋카이도는 남한에서 경상북도만 뺀 면적의 광활한 땅이고 그곳은 오지 중 오지다. 도로 곳곳에 '야생동물 주의'라는 간판이 수시로 눈에 띌 뿐만 아니라 와이파이도 끊겼다 이어졌다 하는 지역이다.

온천장에 들어서니 시끌벅적 들고 나는 사람들로 상황이 여의찮아 보였다. 프런트의 젊은이는 외국인을 마주하는 게 처음인지 쩔쩔매며 어쩔 줄 몰라 했다. 일본어를 한마디도 모르는 나는 영어로 방이 없냐고 물었더니 당황한 기색이 역력한 표정으로 이 서류, 저 서류만 찾으면서 허둥댔다. 그러더니 노트북을 가져와 번역기를 사용하여 내가 건네는 쪽지를 확인하기 시작했다. 그렇게 어려운 절차 끝에 하룻밤 잠자리와 식사 문제가 해결된 줄 알았다.

그러나 이 친구는 "잠깐만 기다려 주세요"라는 문장을 남기고 어디론가 전화를 했다. 그 와중에도 계속 목욕객이 몰려들어 입욕권과 식권을 건네거나, 돈을 받고 거스름돈을 건네는 등으로 시간은 한없이 지체되고 있었다. 드디어 전화가 연결됐는지 호텔 직원 복장에 명찰을 단 사람이 나타났지만, 처음부터 똑같은 절차가 다시 반복되었다. 그사이에 다른 사람들을 상대하고, 그때마다 일본식 복잡한 인사치레는 빠지지 않았고……. 그렇게 하여 겨우 방을 하나 얻을 수 있었다.

도대체 뭐가 특별해서 이렇게 사람들로 붐비나 검색해보니 일본의 하고많은 온천 중에서 여기가 이산화탄산수가 나오는 희귀한 온천이란다. 그러나 내가 오늘 유숙지로 정한 이유는 무슨 효험보다는 이 온천이 발견된 연도가 1905년이라는 사실에 있었다. 그렇다면 산루광산의 징용자들을 괴롭힌 감독들도 몇십 리 길인, 이 온천에 한 번쯤은 들렸을 거라는 생각 때문이었다.

고단한 몸이라 그냥 잠자리에 들고 싶었지만, 남들은 멀리서도 일부러 찾아오는데 여기까지 와서 그럴 수는 없다는 생각이 들어 겨우 몸을 추슬러 온천수에 몸을 담갔다. 이산화탄산수 욕탕은 우윳빛으로 바닥이 보이지 않았고 물이 뜨겁지 않아 내겐 좋았다. 유황온천처럼 미끄럽지도 않고 냄새도 없었다.

4월 2일(일요일)

일정이 좀 늦춰지긴 했지만, 만약의 경우를 생각하고 마지막 이틀을 여유 있게 잡아놓은 것이 결과적으로 잘한 일이 되었다. 분 단위로 쪼개진 일정이어서 어느 것 하나 어긋나면 전체가 다 틀어지기 마련이라 이게 가능할까 걱정했다. 그런데 놀랍게도 착착 맞아떨어져 여기까지 올 수 있었다. 그만큼 일본의 열차 시간은 정확했다.

아침에 일어나 하늘부터 살폈다. 다행히 비도 그치고 파란 하늘에 흰 구름만 뭉게뭉게 한가로워 적이 안심되었다. 일찌감치 고미온센에서 북쪽으로 6.5km로 떨어진 시모카와초(下川町)로 향했다. 이곳은 현 행정구역상 가미카와군(上川郡)에 있는 3개의 초(町)중 하나에 불과했지만, 왕년에는 잘나가던 동네였다.

1926년 12월에 미쓰이 광산주식회사 산루금광이 채굴을 시작하면서 인구 유입이 늘어났고 1941년에는 고미온센 지척에 미쓰비시 광업주식회사의 시모카와광산까지 조업을 개시하는 바람에 인구가 15,555명(1960년)에 이른 적도 있었다 한다. 그러나 두 광산이 폐광된 지금은 3,015명(2023년 1월 31일 기준)으로 5배나 감소하고 말았다. 이렇게 쪼그라든 시모카와초는 이제 도시라기보다는 우리나라로 치면 평범한 면 소재지나 다를 바 없어 그냥 차창을 통해 지나치는 것으로 대신했다.

시모카와초를 빠져나오자마자 나타난 60번 도로를 따라 나요로강의 지류인 산루강을 끼고 외길을 무작정 올라갔는데, 눈앞에 산루댐이 나타났다. 멀리까지 보이는 얼어붙은 수면의 하얀 눈만 마냥 쓸쓸해 보였다. 여태껏 깊은 겨울이구나 싶었다. 도로만 겨우 제설이 되어 있고 보이는 세계가 온통 켜켜이 쌓인 눈 천지였다.

하늘을 찌르는 삼나무 사이로 자작나무가 곳곳에 자생하고 있어 눈길을 끌었다. 무리 지어 숲을 이룬 것은 아니어도 하얀 눈의 정기를 빨아들였나, 순백의 수피가 발산하는 선명한 기운은 대번에 시선을 빼앗았다. 지난겨울의 폭설이 얼마나 대단했는지를 말해주듯, 이리저리 찢긴 나뭇가지들이 지천이라 저것만 모아 때도 홋카이도 사람들의 난방은 다 해결하고도 남아 보였다. 실제로 고미온센은 북해도 지역에서 처음으로 펠릿(pellet) 보일러를 도입한 곳이고 시모카와초의 모든 관공서와 공공시설은 죄다 이러한 바이오매스 보일러를 가동해 난방한다고 했다.

"엇, 저거 봐라!"

엉덩이가 하얀 에조사슴 서너 마리가 길을 건너는 것이 보였다. 여기는 무슨 공원 지역으로 묶여 야생동물을 보호하는 곳도 아니었다. 그러니까 방금 나를 놀라게 한 사슴들은 인위의 손을 타지 않은 본래의 자연 생태계였다. 좀 더 갔더니 이번에는 무령왕 금관 같은 커다란 뿔의 위용을 뽐내며 네 발로 턱 버티고 서서 길을 비켜줄 생각도 하지 않는 커다란 사슴이 보였다. 급하게 핸드폰 사진 앱을 여는데 이 동작이 위험으로 감지됐는지 그제야 산죽 숲 비탈로 성큼 올라가버렸다.

심심찮게 나타나는 그놈들은 자동차를 그다지 경계하지 않았고 오히려 그 맑고 순한 눈으로 한참을 쳐다보기까지 했다. 기회를 포착하여 사진이라도 찍어 볼까 정차하고 싶어도 갓길이 없는 좁아터진 길이라 자칫 사고를 유발할 수 있어 아쉬울 뿐이었다. 다행히 딱 한 번 멀리 사슴 일가가 설원을 일렬로 서서 멀거니 내 차를 바라보는 모습을 포착할 수 있었다. 곰도 자주 출몰한다지만 아직 동면에서 깨어날 때가 아니었는지 맞닥뜨리지 못했다.

도로 경사면에는 어김없이 눈사태 방지 철 구조물이 설치되어 있었다. 도로를 뺀다면 보이는 시야가 다 울울창창한 숲과 눈부신 설원, 그 사이를 흐르는 강물뿐이었다. 아이누의 땅, 광활한 홋카이도를 달리면서 참 부러운 마음이 든 것은 바로 대자연의 풍광이었다.

대학 시절에 한참 지리산에 빠져들었을 때, 제석 단이나 천왕봉에 텐트를 치고 밤하늘의 별을 우러르다가도 시선을 아래로 돌리면 어김없이 아랫동네 불빛이 지척에 보였다. 한 사흘 내리 걸어도 사람 하나 만날 수 없고 인가마저 찾을 수 없는 그런 땅이 우리나라에는 왜 없는 것일까 아쉽기만 했다.

60번 도로에서 좌측 길로 들어서자마자 나타난 다리를 건넜더니 도로 정면을 출입 금지 입간판과 함께 펜스로 막아놓았다. 순간 '어떡하지?' 당황스러웠는데 다행히 우회전 길이 있었다. 이 삼거리 길목에 지붕 경사가 급격한 조그만 통나무집이 눈에 띄었다. 출입문은 있는데 창문 하나 없는 것이 무슨 용도의 건물인지 짐작하기 어려웠다. 지붕 뒤로 전신주보다 가늘고 더 높이 솟은 기둥에 안테나가 달려 있었다. 의외로 와이파이가 잘 잡히는 것으로 보아 아마도 그 안테나가 아닐까 싶었다.

거기에서 우측으로 핸들을 틀었더니 '국영초지 개발도로. 피야시리 12선'이라는 이정표가 나왔다. 지도상으로 보면 멀고 먼 답사길의 최종 목적지가 가까이에 있었다.

산루강으로 흘러드는 지류를 따라갔다. 무슨 비행기 격납고 같은 하얀 콘센트 다섯 동이 나타나 이 또한 무슨 용도인지 알 수 없어 궁금증을 자아냈다. 거기서 한 1km 정도나 올라갔을까? 삼거리가 나왔다. 내비게이션은 우측으로 올라가라 했지만, 더는 들어갈 수 없는 것이, 제설작업은 딱 거기까지만 되어 있었다. 오래전에 폐광된 광산이라 그런지 간판조차 떼어져 기둥만 남아 있었다.

거기서 피야시리산 쪽으로 고잔소고천(鉱山沢川)을 따라 2km 정도만 더 올라가면 산루금광! 고지가 바로 저긴데 눈에 막히다니, 애석하고 안타까웠다. 그렇다고 걸어서 갈 수도 없는 것이, 쌓인 눈이 아직도 허리를 넘는지라 들어설 수 있는 길이 아니었다. 나는 그 거대한 자연 앞에서 다만 무기력한 인간일 뿐이었다. 그저 철조망에 가로막힌 휴전선을 바라보는 실향민의 심정으로 막힌 길 앞에서 서성일 뿐이었다.

눈밭에 멀리 길의 흔적을 따라 보이는 고잔소고천. 이케다의 뒤를 따라 탈출자들이 이 물줄기를 탈출로로 삼아 올라갔고, 가을이면 연어 떼와 숭어 떼가 새카맣게 올라왔다는 곳이었다.

그 계곡이 못내 궁금해 나는 길을 나서기 오래전부터 자료를 찾고 또 찾았다. 한자로 광산택천(鉱山沢川) 지명 중에서 '沢'를 처음에는 '泥'(진흙 '니')로 잘못 읽었다. 그러나 아무래도 아닌 것 같아 사전을 찾아보니 '澤'의 일본식 약자(略字)였다. 못 '택', 늪 택', 풀 '석'으로 읽히지만, 현장에 와서 지형을 보니 못 '택' 이나 늪 '택'으로 봐야 타당해 보였다. 그러니까 광산택천(鉱山沢川)은 광산에서 흘러나온 물이 못을 이루는 천, 아니면 늪을 이루는 천이 되겠다.

아버지의 기록에 의하면 감독들이 출퇴근하던 산루슈우라쿠(柵瑠集落)는 광산에서 걸어서 한 시간 거리라 했으니, 지금 내가 서 있는 이 땅은 온통 키를 넘는 산죽밭이라 협궤도 아니면 발 디딜 틈이 없어야 했다.

그러나 80년 세월은 모든 흔적을 지워버렸고 지표의 식생조차 바뀌버렸다. 협궤도는 철거되어 도로가 되었을 것이고, 산죽 정글도 다 걷어내고 나무를 심었는지 자작나무를 비롯한 키 큰 활엽수와 삼나무들이 빼곡히 들어차 있었다.

내 추측에 확신을 주는 문서도 없는 게 아니었다. 시모카와초는 광산업이 몰락한 후 정책의 방향을 완전히 전환했다. 산촌 오지의 특색을 살려 산과 더불어 살아가는 정책을 편 것이다. 그 사업 중에 주된 내용은 산림을 매입하여 공유림을 만들고 이를 바탕으로 해마다 50ha씩 60년을 주기로 벌채하고 조림하는 순환형 산림경영을 추진했던 것이다. 그 정책으로 국유림과 시모카와초가 소유한 산림에 대해 '지속 가능한 산림경영 인증(FSM)'을 취득하기도 한다. 그러니까 조금 전 오면서 보았던 '국영초지 개발도로. 피야시리 12선'이라는 이정표도 그 사업의 일환으로 보였다.

나는 아버지의 기록에 의존해 "온 천지가 산죽으로 절어 수천 년, 수만 년 잎과 줄기가 죽고 돋아나고 쏟아지고 쌓인 것들이 썩고 썩어서 흐르는 물이라 검붉어서 바닥이 전혀 보이지 않는다"라고 기술하였다. 그러나 이제는 산죽밭이 없어졌으니 피아시리산에서 발원하여 금광을 거쳐 산루강으로 합류하는 고잔소고천도 검붉은 물이 아니라 옥같이 맑고 푸른 물이 여울져 흐르고 있었다.

그러면서 왜 하필 산루(柵瑠)였을까를 생각하지 않을 수 없었다. 이 깊은 산골짜기에 바다에서나 볼 수 있는 산호 '산(柵)'자가 붙은 이유 말이다. 이어지는 일본어 '루'는 한자로 맑을 '류(瑠)'이니 금방 이해가 되지만, 산호 '산(柵)'자를 왜 끌어왔는지 도무지 알 수 없었다. 크롬 광석이 산호 모양이라? 아니면 보석을 만드는 광석을 채굴하는 곳이라? 모를 일이었다.

기록에 산루금광은 1917년 노두가 발견된 이래 민간 기업이 공동으로 채굴하다가, 1926년에 미쓰비시 광산이 이를 인수하여 본격적인 개발과 채굴을 시작한 것으로 되어 있다. 누적 생산량이 금 6,237kg, 은 33톤이라지만 돈으로 환산한 액수는 얼마인지 짐작도 할 수 없다.

이런 노다지를 보고 몰려든 인구가 급격히 늘어 시모카와에 초등학교, 진료소, 극장이 들어서는 등 도시가 형성되었다 한다. 여기서 놓칠 수 없는 중요한 부분이, 1943년 금광 개발 조례에 따라 모든 관리 자원이 군사 관런 광산으로 이전되었다는 내용이었다. 이 1943년이야말로 바로 아버지가 징용자로 끌려간 해이다.

태평양전쟁의 도발로 가능한 모든 자원을 쓸어모아야 했던 일제는 산루 금광의 산출을 모조리 군수로 돌렸던 것이고 당시 식민지였던 조선 사람을 징용으로 끌고 가 노예로 혹사시켰던 것이다.

패전 후에는 광업소가 이소베 광업 주식회사(磯部鉱業株式会社珊瑠鉱業所)로 이전되어 10년 뒤인 1955년에서야 채굴이 재개되었지만, 1960년을 정점으로 점차 자원이 고갈되고 금 가격이 하락하자 1986년에 이르러 광산을 폐쇄한 것으로 되어 있다. 그러나 아무리 기록을 샅샅이 뒤져봐도 어디에도 징용자에 대한 언급은 없었고 다케다 취사반장, 야마모토, 가네다, 고야마의 죽음은 더더구나 찾을 수 없었다.

그 산지의 눈은 5m, 6m 높이로 쌓여 매일 지붕의 눈을 쳐내야 했다. 고잔소고 계곡은 눈 터널 밑을 홍덩하게 흘러간다고 한 것처럼 여기는 그야말로 설국이었다. 시모카와초의 연간 강설량 평균치가 820cm이고 10월부터 눈이 내리기 시작하여 4월에도 강설량 평균이 40cm에 달한다고 한다. 시모카와보다 한참 높은 피야시리산 자락 산루금광의 적설량은 도대체 얼마란 말인가. 오늘이 4월 2일인데도 저토록 쌓인 눈은 언제나 녹으려나, 다만 이 골짜기 저 골짜기 눈더미 속을 잠류하던 물이 강물로 모여들어 도도하게 흘러갈 뿐이었다.

허망하기 이를 데 없는 마음으로 되돌아 나와 피야시리산 분수령 너머에서 발원한 호로나이강이 오오츠크해로 빠지는 오무초(雄武町)를 향해 가기로 했다. 오무는 아버지 일행이 광산을 탈출하여 천신만고 끝에 피야시리산 정상에 이르러 목표로 삼았던 도시고, 열병으로 사경을 헤매던 아버지를 치료해준 아이누 여인 피야에라와 눈물로 걸어 당도한 곳이기 때문이다.

거리상으로나 위치로 보았을 때 여기가 바로 그 시절 산루슈우라쿠가 있었던 곳이 아니었을까 싶은 곳에서 다시 60번 도로로 빠져나와 이리 휘

돌고 저리 휘도는 길을 따라 분수령을 넘자 오무초 이정표가 나왔다.

　폭설 속에서도 길을 벗어나지 않도록 도로의 경계에 사람 키가 넘는 야광봉이 일정한 간격으로 세워져 있다든지, 가로등 대신 위에서 아래로 향한 화살표로 도로 경계 지점을 표시한 것이라든지, 타이어체인을 탈착할 수 있는 공간을 도로변에 마련해놓은 것을 보면 이곳이 얼마나 눈이 많이 내리는 곳인지를 다시 한번 확인할 수 있었다.

　신몬폭포(神門の滝) 진입로 부근에 주차 공간이 있어 잠시 내려서 주위를 살필 수 있었다. 신몬폭포는 피야시리산 정상 못 미쳐 동쪽 사면을 흐르는 호로나이강 상류에 위치하는 폭포이며, 근방 어딘가에 아버지가 열병으로 사경을 헤맬 때 기적적으로 찾아든 피야에라의 통나무 귀틀집이 있을 것으로 추정되는 곳이다. 눈만 아니었다면, 그리고 좀 더 시간이 허락했다면, 구름이 몰려와 더욱 으슥해진 저 눈길을 더듬어 올라가, 아이누 모시리이자 피야에라의 귀틀집 흔적이라도 찾고 싶었지만 어쩔 수 없이 돌아서야만 했다.

　차 문을 연 채 못내 아쉬워 다시 한번 뒤돌아보니 눈이 두껍게 쌓여 있는 울창한 숲에 벌거벗은 나무들이 가지마다 하얀 상고대를 달고 있었다. 그 완강한 침묵 사이로 자작나무의 하얀 줄기가 형광처럼 빛을 내고 있었다. 길고 긴 겨울의 폭설과 한파를 이겨내고 저리도 우뚝 서기까지 얼마나 많은 시련을 견뎠을까. 가만 보니 나무마다 밑동 둘레가 눈이 녹아 움푹 패 있었다. 아무도 모르게 겨우내 쌓인 그 두꺼운 눈을 조금씩 조금씩 녹여낸 생명의 힘이었다.

　좀 더 내려가자 처음으로 지붕이 다 뜯겨 나간 폐가가 보였고 가미호로나이(上幌內)의 이정표가 나타났다. 가미호로나이! 아버지가 회복되지 않은 몸으로 피야에라의 귀틀집에서 내려와 첫 인가가 있는 이곳까지는 어떤 일이 있어도 도착해야만 했던 곳. 그래서 걷고 구르고 좌절하며, 가도 가도 끝이 없는 산길에서 그만 탈진하여 이슥한 밤에 도착했다는 여인숙이 있던 곳. 그러나 지금은 어떤 숙박 시설도 보이지 않았다. 여기 어디쯤 피야시리

산에서 문명 세계로 내려가는 길의 첫 민가이자, 아버지가 피야에라와 이틀 밤을 묵은 가미호로나이의 여인숙이 있었을 것이다.

그쯤에서 처음으로 화장실도 있고 쉬어 갈 수 있는 주차 공간이 나왔다. 아직 겨울인 그곳은 화장실 외에는 다 폐쇄돼 있었다. 휴일이라 눈을 즐기러 나온 두 사람이 SUV 승용차에서 스노모빌을 분리하고 있었다. 아침에 60번 도로를 타고 여기까지 오던 중 마주친 유일한 사람들이었다.

60번 도로와 49번 도로의 분기점인 가미호로나이 신사(上幌内神社) 삼거리가 나왔다. 신사는 말이 신사지 을씨년스럽기만 한 폐가나 다름없어 귀신이 깃들어 살기에는 적당해 보였다.

거기에서 잠시 지도를 보고 남은 시간과 답사로를 따져보았다. 신사를 이등변 삼각형의 꼭짓점이라 보면 60번 도로를 타고 호로나이 어항(幌内漁港)에 이르는 길이 위쪽 변이 되겠고, 그 대변이 49번 국도가 된다. 이렇게 벌어진 두 도로 사이를 연결해주는 밑변이 오무초 시내를 남북으로 관통하는 238번 도로였다.

나는 49번 도로를 따라 오무초로 향하기로 했다. 그 길은 여인숙을 나선 아버지와 피아에라가 오무를 향해 내려간 바로 그 길이라 생각됐기 때문이다. 그때와 얼마나 달라졌을까? 산천은 의구하다 했으나 모를 일이었다. 아무튼 식생이 바뀌고 아스팔트 포장과 튼튼한 다리가 놓인 것은 틀림없는 사실이다.

눈에 익은 가미오무(上雄武)와 나카오무(中雄武)의 이정표가 나타났다. 두 사람은 가미오무에서 점심을 먹고 힘겹게 걸어 나카오무에서 다시 일박했다. 그러나 나는 그 길을 렌터카를 이용해, 한 시간도 채 안 되는 시간에 내려갔다. 군데군데 목장들이 자리하고 있는 길에 축사와 관리사만 보일 뿐, 역시 인적이 없었다.

오무초에 이르러 238번 국도를 타고 시가지를 지나는데, 그 도로에는 주유소와 신호등이 보였고 약국이나 병원, 더구나 일본서 보기 힘든 교회도 나타났다. 하지만 변방 해안가의 외진 도시가 주는 쓸쓸함은 어쩔 수 없었다. 휴일임에도 자동차만 오갈 뿐, 다들 어디에 숨었는지 사람 모습은 보기 힘들었다.

오무초 시가지 적당한 곳에 정차하고 혹시나 해 '기타미가와야(北見毛皮屋)'와 오무여관(雄武旅館)을 검색해보았다. 하지만 80년의 세월이 다 지워버렸는지 검색창에 아무것도 뜨는 게 없었다. 하긴 그 시절에 있었던 오무에서 엔가루역까지의 철로조차 1989년에 철거되었으니 말해 무엇하랴.

아버지는 오무에서 이케다 일행이 기다리는 오무여관을 찾아 그들과 재회하면서, 생명의 은인인 피야에라와 힘든 작별을 고한다. 열다섯 살 소년은 언제까지나 피야에라의 보호 속에 의지하며 지낼 수 없다는, 그러니까 고난을 통해 일찍 세상의 켯속을 들여다봄으로써 소년답지 않게 인생의 무게를 저울질할 수밖에 없는 그 마음이 애처로워 가슴이 메었다. 시내를 빠져나와 60번 도로와 다시 만나는 호로나이 어항에 도착하여 닻을 내리듯 차를 멈췄다.

이곳에서 굽이굽이 흘러온 호로나이강이 종내 바다로 흘러들어 민물과 짠물이 부딪는 곳이자 하나로 섞이는 곳이고, 종착점이자 시발점이 되는 곳이다. 내 여정도 거기서 끝이 나고 이제 집에 돌아갈 일만 남았다.

강이 바다와 만나는 지점은 과연 어떤 풍경일지 보고 싶어 호로나이 다리로 향했다. 그 다리는 상행선과 하행선이 분리되어 흔히 말하는 쌍다리였다. 다리 밑을 지나 바다로 이입되는 어귀에 강이 실어다 놓은 검은 퇴적물이 높이 쌓여 있는 데다 건너 쪽은 언덕배기라 마치 호리병처럼 바다 쪽 출구가 좁아도 너무 좁아 열 걸음도 채 안 돼 보였다.

의외의 풍경에 육지 쪽을 뒤돌아보지 않을 수 없었다. 시야가 확 트인 멀리 피야시리산을 비롯한 기타미산지가 나지막하게 깔린 구름에 반쯤 잠겨 묵언수행 중이었다. 가까이는 눈 녹은 물로 한껏 불어난 강물이 울창한 숲 사이를 그들먹하게 흐르는지라 마땅히 하구는 부챗살처럼 퍼지며 가장 넓은 곳에서 바다에 몸을 부릴 줄 알았다. 느닷없는 좁은 목이 강의 하구를 막아놓은 이런 지형이면 감조(感潮)의 영향은 크지 않을 것 같다는 생각이 들었다. 이 좁은 목에서 더욱 깊어지고 사나워진 강물은 오호츠크해의 물밀어 오는 파도와 부닥쳐 하얗게 물보라를 일으키다 끝내는 흔적도 없이 바다의 아가리에 먹히고 있었다.

다시 60번 도로를 타고 돌아오는 길에 기타호로나이(北幌內)에 이르러 차를 잠시 멈췄다. 마지막으로 꼭 들러보고 싶은 곳이 있어서였다. 그곳은 호로나이강이 오호츠크 바다를 코앞에 두고 크게 휘돌아 감입곡류 하천을 만들어 낸 지형이다. 옛날 이 땅의 주인이었던 아이누인의 차시유적(リ—チャシ跡) 네댓 곳이 산재한 곳이다. '차시'란 아이누인이 지형지물을 이용하여 요새화한 감시소나 회의 장소, 또는 신성한 신앙의 영역을 말하는 곳이다. 당연히 안내판이나 접근로가 있을 법했는데 도무지 찾아낼 수가 없었다. 아이누 유적을 방치하는 것이 차별에 의한 고의일까, 아니면 보존할 가치가 없어서일까? 좀 납득하기 어려웠다. 더구나 그곳은 영월의 한반도 지형같이 계곡이 휘도는 곳이고 입구에 소형 댐도 만들어 지도상에서 보면 강폭이 갑자기 넓어져 호수처럼 보이는 곳이다. 관광지로도 손색없어 보이지만 접근할 방법을 몰라 그냥 지나쳐야 했다.

나카호로나이(中幌內)를 올라가는 동안 피야시리산 정상과 그 전모가 드러나길 소원했으나 구름은 오불관언 끝내 물러나지 않았다. 어쩔 수 없이 삿포로의 호텔로 돌아와 7일 동안 2,600여 킬로미터에 이르는 긴 답사 여정을 마쳤다. 이제 넣기만 하면 철커덕! 개찰구가 열리던 마법 같은 제이알 패스도 달랑 한 장만 남았다. 내일 아침 치토세 공항까지 가는 열차 탑승권이다.

그날 밤, 물먹은 솜처럼 고단한 몸인데도 침대에 누워 불도 켜지 않는 채 이 생각 저 생각으로 쉬 잠들지 못했다. 역사(歷史) 안에 사는 삶과 역사 밖에 사는 삶을 생각하지 않을 수 없었다. 일제강점기에 조선인 징용자들의 피로 새긴 고통 앞에서, 그 수난사가 시간 속에 상투화되어 박제된다면, 그리하여 징용자들의 고통과 죽음과 그 인생이 역사의 지층에 화석처럼 묻혀버리고 만다면, 무엇보다 그 기억조차 불편하다고 한다면, 치욕스러운 역사가 반복되지 말라는 보장이 있을까?

여행길에 마주친 일본 사람들은 예의 바르고 친절했다. 그 친절이 너무 지나쳐 오히려 불편할 정도였다. 첫날 늦은 밤에 하카타역 앞에서 호텔을 찾지 못해 길을 물었을 때, 바삐 가던 청년은 걸음을 되돌려 기어이 호텔 간판을 가리키고서야 돌아섰다. 20분을 좋이 넘는 먼 길이라 너무 미안해 돌아가길 강권해도 아랑곳하지 않았다.

우리나 일본이나 과거의 업보로부터 하루빨리 벗어나 홀가분하게 협력하고 교류하길 반대하는 사람은 없을 것이다. 그러나 일본 정부는 한마디 유감 표명 뒤에는 열 마디, 백 마디의 말로 과거를 부정하고, 독도를 걸고 넘어지면서 국민적 염장을 질러왔다. 그러니 우리는 일본의 진정성을 의심할 수밖에 없는 것이다. 더구나 미국은 자국의 이익을 위해 한반도를 둘러싼 일본의 군사적 역할 확대를 원하고 있다. 이에 따라 일본은 막강한 해군력과 공군력을 앞세운 첨단 군사력으로 빠르게 재무장하고 있다. 자위권이 언제 교전권으로 바뀔지 모른다.

미·일과 중·러의 대치 전선이 갈수록 첨예화하다 폭발한다면 최전방이 될 수밖에 없는 한반도와 우리의 미래는 어떻게 될까? 미국을 차치하고라고 과연 일본을 우방이라 믿을 수 있을까? 편 가르기를 강요당하는 현실에서 어느 편에 서든 한반도의 전쟁터화를 피할 수 없다면 우리의 생존을 위해 두 세력 사이의 버퍼 존으로서의 중재자 역할은 불가능한가? 어렵더라도 남북 간에 협력하여 외세를 주변으로 만들 수는 없는 것인가? 강대국에 동맹이란 이름으로 종속되기보다는 오히려 국익을 위해 강대국을 활용할 수 있는 역량이 대통령과 정부에 있기는 한 것인가? 많은 생각이 꼬리에 꼬리를 물었다.

따지고 보면 아버지께서 걸어오신 길은 내 가족사에 갇히지 않고 같은 시대를 살아간 사람들의 삶과 크게 다를 바 없다는 생각도 들었다. 역사는 집단 기억을 쌓아가는 과정이라지만 그 집단이란 결국 개인의 기억들이 모여서 된 것이 아니겠는가.

　2차대전은 인류역사상 최대의 사상자를 낸 미증유의 불행이었다. 그 가공할 전쟁에서 잔혹한 야만의 참상을 목격한 양심 있는 사람들은 대전의 원인이 힘없는 약자의 목소리가 배제되었기 때문이라고 말한다. (약자는 무조건 옳다는 말이 아님을 유의하길 바란다.) 히틀러 같은 파시즘의 광기는 유대인의 목소리를 외면했기 때문에 가능했다는 것이다. 마찬가지로 일본 군국주의의 발호도 그 서슬에 묻힌 양심 있는 사람들의 미약한 소리와 조선인의 고통을 외면했기 때문이라고 말할 수 있겠고,

　내 아버지는 그런 사람들 가운데서도 약자 중의 약자였다. 한반도에 다시 전쟁이 터진다면 우리 민족은 공멸할 수밖에 없다고 누구나 말한다. 내 아버지가 무른 뼈로 감당해낸 그 고통의 목소리를 크게 들을 때, 다케다 취사반장, 야마모토, 가네다, 고야마의 죽음을 우리가 잊지 않고 기억할 때, 상시적 전쟁의 먹구름을 걷어내고 평화 속에 공존하는 방법 역시 찾아낼 수 있지 않을까? 평화를 만들어내는 사람이야말로 진정 용기 있고 위대한 사람이라고 나는 굳게 믿고 있다.

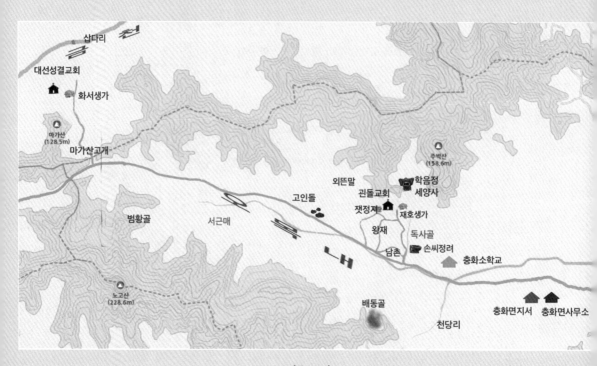

재호 고향

교회 루트

외산면

은산면

규암면

부여

내산면

규암나루 부화암
배다리

초촌면

구룡면

홍산면

석성면

장암면

금 천

옥산저수지

남면

옥산면

세도면

옥녀봉

논산

충화면

임천면

백마강

황산나루 강경

양화면

한산면

부여군도

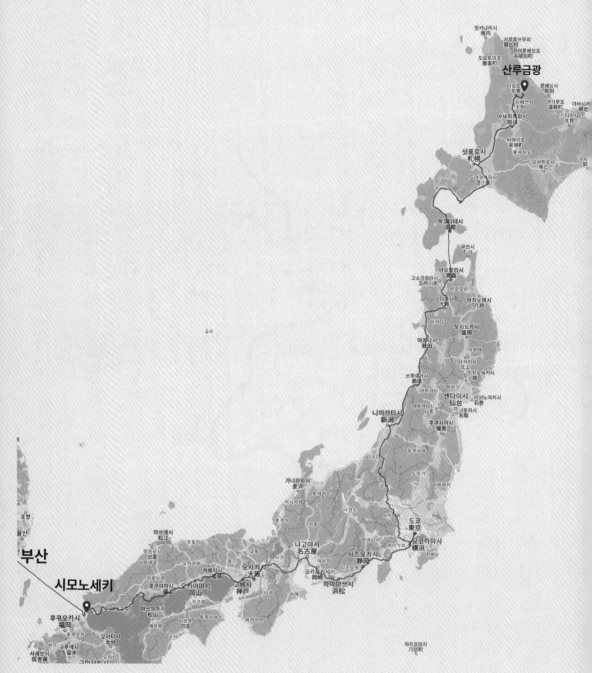

왓카나이시
稚内

사루후쓰무라
猿払村
하마톤베쓰조
浜頓別町

토요토미조
豊富町

산루금광

나요로
名寄

몬베쓰시
紋別

시베쓰시
士別

엔가루조
遠軽町

아바시리
網走

아사히카와시
旭川

비에이조
美瑛町

오비히로시
帯広

삿포로시
札幌

훗카이도

구시
로시

도마코나이시
苫小牧

하코다테시
函館

무쓰시
むつ

아오모리시
青森

고쇼가와라시
五所川原

아오모리

오다테시
大館

하치노헤시
八戸

아키타시
秋田

기타카미시
北上

이치노세키시
一関

쓰루오카시
鶴岡

야마가타

미야기

센다이시
仙台

이시노마키시
石巻

모리오카시
盛岡

이와테

야마가타시
山形

나토리시
名取

니이가타시
新潟

후쿠시마시
福島

나가타

후쿠시마

도치기

이바라키

가나자와시
金沢

도야마

이시카와

나가노

군

사이타마

도쿄
東京

요코하마시
横浜

마쓰에시
松江

후쿠이

기후

야마나시

가나가와

치바

이즈모시
出雲

돗토리시

오카야마

교토

시가

아이치

나고야시
名古屋

시즈오카시
静岡

부산

시마네

히로시마

히메지시
姫路

오사카시
大阪

오카자키시
岡崎

하마마쓰시
浜松

시모노세키

하기시

후쿠야마시
福山

오카야마시
岡山

고베시
神戸

나라

미에

포항

울산

도

후쿠오카시
福岡

마쓰야마시
松山

시코쿠
四国

와카야마

오이타시
大分

도쿠시마

사세보시
佐世保

구루메시
久留米

고치

구마모토시

오이타

하치조마치
八丈町

재호 산루금광까지 여정

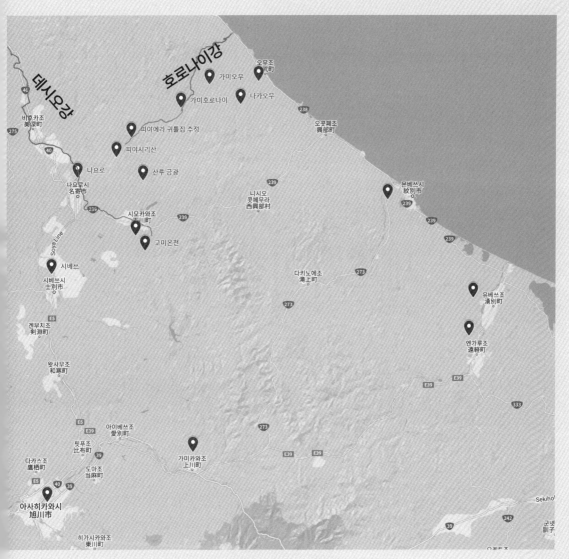

탈출 이후 재호 행적

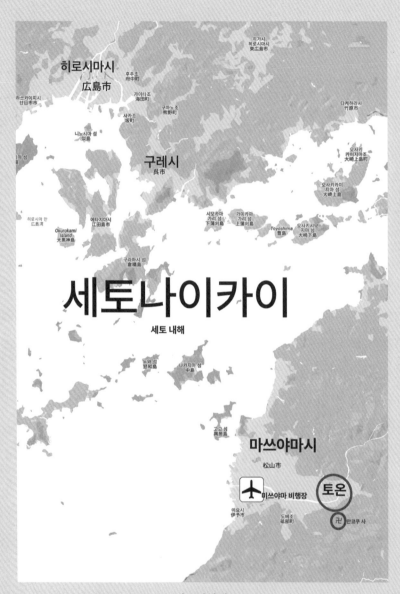

히가시
히로시마시
東広島市

히로시마시
広島市

후추초
府中町

가이타초
海田町

하쓰카이치시
廿日市市

구마노초
熊野町

다케하라시
竹原市

사카초
坂町

니노시마 섬
似島

오사키
카미지마초
大崎上島町

구레시
呉市

오사키카미
지마 섬
大崎上島

히로시마 만
広島湾

에타지마시
江田島市

시모카마
가리 섬
下蒲刈島

가미카마
가리 섬
上蒲刈島

오사키시모
지마 섬
大崎下島

Okurokami
Island
大黒神島

Toyoshima
豊島

구라하시시 섬
倉橋島

세토나이카이

세토 내해

누와 섬
怒和島

나카지마 섬
中島

고고 섬
興居島

마쓰야마시
松山市

✈ 미쓰야마 비행장

토온

이요시
伊予市

도베초
砥部町

안코쿠 사

마쓰야마시

등록번호	제 8376 호

일제강점하강제동원피해 심의·결정통지서

<table>
<tr><td rowspan="3">신고인</td><td>성 명(한자)</td><td colspan="2">지재관 (池載官)</td><td>주민등록번호</td><td colspan="3">280919-*******</td></tr>
<tr><td>주 소</td><td colspan="6"></td></tr>
<tr><td>피해자와의관계</td><td colspan="2">본인</td><td>전화번호</td><td colspan="3"></td></tr>
<tr><td rowspan="5">피해자</td><td>성 명(한자)</td><td colspan="2">지재관 (池載官)</td><td rowspan="2">출생
년월일</td><td rowspan="2">1928.09.19</td><td rowspan="2">성별</td><td rowspan="2">■ 남

□ 여</td></tr>
<tr><td>창씨명</td><td colspan="2">池田載官</td></tr>
<tr><td>당시본적</td><td colspan="6">충남 부여군 충화면 지석리 170</td></tr>
<tr><td>당시주소</td><td colspan="6">상동</td></tr>
<tr><td>심의·결정 내용</td><td colspan="6">지재관은 특별법 제17조에 의거 일제강점하 강제동원에 의한 피해사실(생존)이 인정되는
자로 결정함</td></tr>
<tr><td colspan="2">위원회 의결</td><td>안건 번호</td><td colspan="2">8513 (전북-122)</td><td>일 자</td><td>2006.03.31</td></tr>
</table>

「일제강점하 강제동원피해 진상규명 등에 관한 특별법」 제17조의 3 및 동법 시행령
제20조의 2의 규정에 의하여 위와같이 심의·결정되었음을 통지합니다.

2006 년 04 월 11 일

일제강점하강제동원피해진상규명위원회위원장 ( )

* 안내사항
○ 통지받은 내용에 재심의가 있는 경우 통지를 받은 날로부터 60일 이내에 위원회에 서면으로 재심의 신청을
  할 수 있습니다.
○ 강제동원 피해에 따른 가족관계등록부의 경정 등은 민원실로 문의하시기 바랍니다.
  (민원실 ☎2180-2613~16)

일제강점하 강제동원피해 심의·결정통지서

아버지는14세 징용자였다

초판 1쇄 발행 | 2024년 1월 10일

지은이 | 지성호
펴낸이 | 소재두
편　집 | 강동준
펴낸곳 | 논형

출판등록 | 2003년 3월 5일
주　　소 | 경기도 부천시 성주로 66, 2-806
전자우편 | jdso6313@naver.com
전화번호 | 02-887-3561
팩　　스 | 02-887-6900
I S B N | 978-89-6357-987-0 03810
정　　가 | 19,000원